NIRVANA
DAY

泥日

著

北京联合出版公司
BeiJing United Publishing Co.,Ltd.

图书在版编目（ＣＩＰ）数据

泥日 / 陆天明著 . -- 北京 : 北京联合出版公司，
2023.10（2025.11 重印）

ISBN 978-7-5596-7000-7

Ⅰ . ①泥… Ⅱ . ①陆… Ⅲ . ①长篇小说—中国—当代
Ⅳ . ① I247.5

中国国家版本馆 CIP 数据核字 (2023) 第 111261 号

泥日

作　　者：陆天明
出 品 人：赵红仕
责任编辑：高霁月
封面设计：吴黛君

北京联合出版公司出版

（北京市西城区德外大街83号楼9层 100088）

北京新华先锋出版科技有限公司发行

三河市兴博印务有限公司印刷　新华书店经销

字数374千字　787毫米×1092毫米　1/16　26印张

2023年10月第1版　2025年11月第2次印刷

ISBN 978-7-5596-7000-7

定价：69.00元

序　言

王蒙

　　我和陆天明相识已经很久了。才一会面，他就引起了我的关注。我的印象：他是一个思想型、信念型、苦行型的人。他忧国忧民，他期待着热烈的奉献和燃烧，他完全相信真理的力量、信念的力量、文学的力量、语言文字的力量。他愿意摆脱一切世俗利益的困扰。为了信念，他会产生一种论辩的热情，他无法见风使舵也无法轻易地唯唯诺诺迎合别人。他可能见人之未见却又不见常人之能见。他的几近乎"呆"的劲儿与特有的聪明使我想起年轻时候，例如五十年代的自己。他的大头、他的眼睛、他的目不转睛的执着，都很可爱，又有一点点可怕，还有相当的可悲。我觉得，他是一个充满悲剧感的人物。我不知道在那种情况下（"文化大革命"当中），我怎样向他传达一点经验、一点"狡狯"，帮助他避开他也许不可能完全避开的悲剧性命运。

　　然而许多年过去了，他的历程不算太喜，但也谈不上太悲。毕竟时代不同了，谁说我们没有进步？他孜孜不倦地进行写作，用年轻人中突然流行起来的一句话说，他似乎活得很"累"。不同的是他的累不是由于文坛内外的蝇营狗苟、纵横捭阖、劫夺捞取；而只是累于写作、写作、写作……他似乎在事倍"功"半地写作，虽然像长篇小说《桑那高地

1

的太阳》、中篇《白木轭》和《啊，野麻花》，也都取得了相当的成绩，获得了好评。

后来，在热热闹闹，沸沸扬扬的那几年，陆天明沉默着。文坛似乎有他不多，没他也不少。三年过去了，当新的兴奋或者狼狈激动着一些作家的时候，陆天明抛出了一块大"砖头"，他寒窗三载、辛苦经营的新作力作——《泥日》。

说是"力作"可不是熟语套话。从《泥日》中我们几乎可以感到、可以看到陆天明的那透过了纸背的力度。那是一种思考的执着——他从来都热衷于进行忧国忧民、忧史忧文、忧斯民更忧人类的整体性思考。那是一种结构的精力，陆天明运了气、发了功，把各种强烈鲜明而又各具异彩的人物，把各种触目惊心、既"现实"又浪漫的生存状态，把富于反差的、既严峻又迷人的种种自然景观与人文景观，把极有戏剧性但又大致合乎情理而且不落窠臼的故事情节组织在一起。那更是一种创造力、想像力的高扬。陆天明在新疆生活了多年，边疆的奇异风光、特殊的历史、民族与文化背景当是他构思这部长篇的基础。但陆天明无意去写某个边疆地区某个特定的民族、某段历史的事件与事件的历史，这并不一定是陆天明所长。陆天明全力以赴的是创造他小说中的一个边疆世界，一块边疆土地，一群带有传奇色彩、神秘色彩、极尽所能地"陌生化"了的血血肉肉之人。如果说这部书标志着他的文学想象力、小说想象力的一大跃进，是他的创造主体意识的一大弘扬，当非夸张不实。他不拒绝猎奇，毋宁说他很喜欢猎奇。但他的猎奇不是局限于奇风异俗与无巧不成书的惊人之笔，他的猎奇与荒凉的地貌、多变、无情而又雄奇宏伟的气象（天象），与人物的强悍、奋争、热情，与这一切的得不到结果、得不到答案，以及与历史的威严与并非完全可解的步伐，与对人生对人性对个性对国土的思索结合得比较好。这就是说，他的猎奇与严肃的思考追求结合起来了，他的猎奇有着远非一般传奇性作品所具有的广度与深度。《泥日》的传奇性既体现于故事更体现于人物，既体现于场景更体现于艺术氛围，既体现于题材的取舍（其中当不乏对于"可读性"的考虑）更体现于一种严肃的悲剧性。它不是历史，却充溢着历史感。它未必赞成"认命"，却流露着俯瞰的悲悯的宿命感。从严格的民族学、社会学的角度看，《泥日》并不（或十分不）可靠，却具备着一种相当理性的认识价值。它是有魅力的，更是有分量的。

我在读《泥日》的时候常常想到边疆、想到祖国、想到那些艰难而强悍地活着的人物，想到人生的辉煌与盲目，绚丽与残酷，想到欲望与情感的价值与无价值……

我更想到陆天明。我好像看到了身穿盔甲手执长矛的唐·吉诃德。我好像看到了赤身裸体、气功劈石劈山的河北吴桥（我的故乡一带）壮士。我好像看到了保加利亚的举重选手要求工作人员一次给杠铃增加了10公斤。我好像看到了他两眼中燃烧起的火光。我知道我无法用轻松如意、用俯拾随心、用舒缓从容、用举重若轻、用四两拨千斤的一套美学范畴或评文命题来谈论他。虽然我不无这种求全的希望。陆天明就是陆天明。我又想起他的几分"呆"来。不是食书不化。更不是真缺点什么心眼。他这是一种选择，一种如今已经少有了、久违了的虽九死而未悔的郑重。《泥日》的成绩令人肃然起敬。《泥日》的美学理想令人感到崇高和静穆。也许他确实选择了一条事倍功半的路。也许他还远远没有进入"化境"。但是，当旁人竞逐捷径的时候，他的路不是更值得珍重与理解吗？

我的文学三十年祭（代序）

陆天明

三十年了。

我的文学创作又走过了三十年的路。

是"一竿风月"，还是"一蓑烟雨"，抑或是"波涛万顷"？

上小学三年级时，写作文：《我的理想》。我说我要当"作家"。我上学早。写作文的那年我七岁。我那个被多年的肺痨病已经折磨得几乎要对生活失去希望的父亲，看到我的那篇作文，非常欣慰地说："好啊。我儿子也想当作家了。"他年轻时的理想就是要当作家。但不幸的是，他是巴金笔下"觉新"式的人物，一个大家族的长房长子，终归屈服于生活的压力，为了顾全家族的生活"大局"，无论哪方面，都"痛苦"而又"自觉"地放弃了他个人的理想。

三年后，他死了。还是死于肺痨。死的时候才三十岁。

在此之前和之后很长的一段时间，我并不知道他曾经想当一个作家，并不能体会那天晚上他站在写作文的我身后，所发出的那一声喟叹里所饱含的全部伤感意味。也许他活着时，觉得我太小，就没想到还有那个必要跟我细细地说说这些。

又过了十年，我离开上海，离开母亲，要去新疆生产建设兵团"战天斗地"。母亲为我准备行装。全部的行装就是一个旧帆布箱和一个旧铺盖卷。她却把父亲十九岁时发表的一些小说和诗歌，还有抗战时期他流亡昆明一路上写的日记当作唯一的"遗产"放进了我的行李里。

我这才知道自己和毕生经商的父亲在精神上一度是多么的接近。两代人的文学梦，两个世纪的挣扎生涯，让我觉出许多的心酸和沉重。所幸我迅速全身心地投入到了社会变革的大洪流中去了。我可以活得和父亲不一样。虽然，我也曾得过肺结核（是父亲传染给我的？说不清），但我可以不再用一个"旧时日肺痨病人"和"只属于一个大家族"那样的苍白软弱和绝望去处置自己的一生，去处置自己的文学梦。

大西北农场难以想象的艰苦贫瘠，不仅让人同样难以想象地彻底治好了我的肺结核，还给我心底铸进了西北汉子常有的那种倔强和愚拙。大概就是因了这种"倔强和愚拙"，农场十二年，我一次又一次主动放弃了种种充满另一类诱惑的人生选择，执着地在那戈壁荒漠上做着文学梦。

一九七三年，在到农场的第十个年头，我终于写出了平生第一部"大作品"，一个知青题材的四幕话剧《扬帆万里》。这部作品引起了方方面面的关注：西安电影制片厂要将它拍摄成电影，上海要发表它，兰州北京西安乌鲁木齐以及东北和别的一些地方的大大小小的剧团将它搬上舞台演出。其实那时候，我一共只看过三个国产的剧本：《槐树庄》《第二个春天》和《年青的一代》。只看过一个话剧演出，还是那个永远激动我的《年青的一代》，那还是在离开上海前看的。后来在农场宣教组仓库里，翻拣到一本契诃夫的戏剧集，半本易卜生的剧本集。记得当时反反复复地读，一直到把它们读破。也就是像罗兰•巴特说的那种"抬头阅读"，读一段，抬起头来默想细究，"将其切割，亦因迷恋，又将其恢复，并从中汲取营养……"我的倔强和愚拙，同时也体现在：我写作，只是觉得自己心里有话要说，要对这个世界表白什么。我要叫喊。要喊出属于我的那一声来。在底层的十多年生活，面对这个世界，我总觉得自己心里有太多的话要说，有太多的声音要发出。总是直觉到，这个世界需要这样一种声音。这愿望，这直觉，这冲动和向往极其真诚而又无比强烈。甚至强过初恋时的那种可以说无与伦比的冲动和向往。至于这样喊出的"声音"是否时下或教科书上界定的那种"文学"，我不管。也许正是因了这种愚拙的真诚，我的这第一部"大作品"在当时确实打动了不少的人。后来，也是因了这部作品，我才被北京一个专业文艺团体看上，把我全家调进北京。我也因此开始了自己三十多年的专业创作生涯。

但我创作上真正的新生，却开始于"四人帮"倒台。"四人帮"倒台，让起步于"文革"期间的我，有可能开始一场彻底的"蜕变"。这对我个人，对我这一代人来说，在精神上，具有哈姆雷特式的"绝对意义"："是活着，还是死去？"这是一道必须跨过去的大坎。当文学艺术的春天重归人间，文学艺术创作将充满艺术个性地回归到它的本真意义上来。因为时代使然，我们这一代人曾经一度失去过，或者说忽略过自我和艺术个性，而要重新找回自我，谈何容易！要重新确定自己的艺术创作个性，同样"谈何容易"啊！我们必须要像幼蛇蜕变那样，从紧紧包裹束缚着自己的"旧壳"中蠕动挣脱出来，必须先用锋利的"手术刀"细细地解剖自己。需要认真地重新认识自己，认识"人"。而在这个世界上最难的事情，恰恰是认识自己和认识"人"这样一种最复杂又最完美的"东西"。是自己拿着刀，一刀一刀地切割自己的肌肤；是舐食自己的血水，以此去重新获取新生的力量。

我用整整一年的时间彻彻底底地沉到一个钢厂里去生活。每天跟着工人三班倒，春夏秋冬、日日夜夜，以重新获得普通人的生存感觉，站在普通人的立场去重新认识眼前的这个世界，借此来摆脱那个旧我。同时又大量阅读能找到的新小说、新理论著作。并且写了两部长篇小说，一部是《桑那高地的太阳》，用它来回顾自己这一代人是怎么失去自我的，以从容告别过去。然后又写了《泥日》，以确立自己新的创作定位。学会不看任何人的脸色，只凭自己的心灵感觉和感悟去创作。寻找一种完全属于那个叫"陆天明"的男人的创作风格，力图发出一种只有那个叫"陆天明"的男人才发得出的声音。迈出这沉重而又必需的一步，找回创作上的自我，我用了将近四年的时间。那时我已经快四十岁了……

不蜕变便会被阉割。"是活着，还是死去？"现在回想起来，我之所以能坚持着写下来，还是得归功于自己那个最原始的创作动机：要对这个世界说出自己想说的话。同时也要归功于一种最本真的生命动因：视天下为己任。我清楚地知道，我们这一代人是有许多东西可以总结和必须加以纠正的。但是，我们幸运地从时代那儿获取了汇聚了又胶结了这样一种热源：把文学创作和民族命运、人民需求紧密地结合在一起。那样，就没有人能挡住一个男人发出自己的声音。我们和每一代的年轻人一样，都做过一些错事，但许多事情我们是在自己心里的真实感受驱使下去做的。错了，也该由我们自己来负责。我们的灵魂是真实的，是完全可以面对历史的。我始终坚信，文学必须属于人民，是应该也是能够在历史的进程中发挥它可以发挥的那一点作用的。我们不能把文学创作所必需的个性化，扩大到，以至于极端化到私人化隐私化的地步，更不能因此极端地认为，文学只有在脱离现实脱离社会，完全不讲它的社会功用和大众阅读权利的情况下才能完成它的升华。这也是我在发觉上世纪九十年代中期以后中国当代文学不可避免地开始萎软苍白，决定实现我自己创作的第二次回归——向现实回归，向大众回归的主要原因。它让我在整个中国发生巨大社会变革的历史进程的关键时刻，下决心要用自己的文学创作去参与这场变革。即便这样的写作被一些先锋的"理论家"冷落过，也丝毫不能动摇我继续实现这二次回归的决心。这样的作品，最典型的就是《苍天在上》《大雪无痕》和《省委书记》。这几部作品，严肃、沉重、朴实，没有任何时尚元素和花哨的个性玩弄，却在大众中引起极其强烈的反响，一版再版，印数已达几十万，至今还在不断的再版中，不仅被收到各种集子里，还被改编成电视剧、舞台剧。由它们而拍成的电视剧，播出时，最高收视率达到百分之三十九……即便如此，我并不认为，它们是完美的。我不认为它们是完美的，并不是因为它们曾经被那些"理论权威"冷落，而是以我的文学感觉和文学本真的意义去衡量，我始终认为，一个作家和一个民族的文学创作，真正成熟的标志应该是既被自己的人民认可，又在文学史的进程中有创造性的突破。中国的文学产生在中国这块土壤上，又要让它在中国的历史进程中发挥它能够发挥的应该发挥的那点作用，就不能回避我们大众的阅读接受程度。它应该是既深刻，又好读，既文学，又大众，既充满着深层次的形而上意味，又洋溢着当代的生活气息，既有作家独特的个性魅力和独立思考的张力，又具有涵盖时代和历史的广度和深度……我知道我离这个目标还很远，但我将继续努力。我的《木凸》《黑雀群》《高纬度战栗》，包括最近创作的《命运》，都属于在向这个目标靠拢的尝试之作。我在一点一点地积累这方面的经验和教训。我一定要再向前跨那么一大步，使自己的创作真正接近这个目标……

这些年，我常常深夜扪心自问：天明，你在变吗？你变了吗？是的，我在变。我变了。我不断地在变。一种不可推卸的使命感让我不能重复自己，不能在原地踏步。我必须在变。但我又没有变。我要求自己不变。不变的是，我希望自己永远能够以一个"热血青年"的面貌出现在中国文坛上，出现在自己的创作中，始终那样真切地关注着，并全身心地融入到自己的国家自己的民族自己的人民为争取更加美好未来的奋斗中去，虽然老之将至，老已降至，我必将不可挽回地衰老……一天比一天地衰老……

去年，我回老家南通一次，到墓园去看望了父亲。一个六十岁的儿子去祭扫三十岁的父亲。看着极其简陋粗糙的水泥墓碑上他那个极年轻极清瘦极忧郁极聪慧又极无奈的神情，我哽咽了。我该对他说些什么呢？"父亲，你儿子终于成了一个作家了。"这话好像三十年前就该说了。"我还会写下去的，直到把心里要说的那些话都说出来为止。"这话好像也不准确，只要你关注人民的命运，心里的话有说得完的那一刻吗？"我知道自己还没写出最好的作品，为此，我将不懈努力。"几十年了，还用得着来对父亲表这个态吗？三十岁的父亲早就了解了自己这个六十岁的儿子：他一生的努力就只有一个目标，就是为了写出一部更好的作品而不惜一切。两代人的文学梦。两个世纪的生存努力。我和我妹妹，我和我儿子，我和我的作家朋友们，我和我那些亲爱的读者们，我和所有还活着的中国人，中国的平民大众，我母亲，我弟弟，我亲戚和非亲戚们……我们不曾放弃，也不会就此止步，为了两代人的强国梦，为了那两个世纪的复兴之路……我将持续地用我固有的那种倔强和愚拙写下去，而不管别人会说些什么！

第一章　加长的槽子车或腌鱼人 /001

第二章　联队部 /019

第三章　水　蛭 /039

第四章　女相公 /062

第五章　零点过后不是黎明 /068

第六章　商校生 /073

第七章　影　子 /086

第八章　第五根弦上的叫板 /098

第九章　大来娘 /112

第十章　再　造 /139

第十一章　过　渡 /148

第十二章　端实儿巷　鸡屁眼儿院 /157

第十三章　重炮旅旅长姓那 /176

第十四章　准黑白进行曲 /193

第十五章　姐　妹 /210

第十六章　瘸　鬼 /220

第十七章　木屋　泥屋　石头屋 /245

第十八章　政　委 /257

第十九章　种马场 /269

第二十章　关于度的哲学浅释 /281

第二十一章　不是我不愿意 /296

第二十二章　疑是兵变 /311

第二十三章　张满全其人 /323

第二十四章　乔　木 /326

第二十五章　来自另一世界的年轻人 /336

第二十六章　连续常鳞凡介不同于寻常尺寸 /354

第二十七章　最后一扭 /370

第二十八章　结　局 /382

关于《泥日》的复信（代后记）/396

后　记 /400

第一章　加长的槽子车或腌鱼人

那天下雨，下大雨。七天七夜，或者五天五夜，也许三天三夜，或者更多、更少，他已经记不清了。他只记得那是一种在阿达克库都克荒原上千古百代都稀见的大雨。雨的精液，雨的狂恣，雨的挺进，雨的震颤抽搐，就像是有人把灰白的阿伦古湖一下拥到了天上，又把它猛地折翻。于是，一千棵一万棵千年的胡杨同时倾倒，一千匹一万匹千年的公狼同时仰头长嗥，一千座一万座山头同时从乌云密布的半空塌落，一千个一万个部族同时聚集在他们各自神庙的图腾柱跟前，向着火和太阳的图腾，踩动他们一致地戴着铜镯铜铃铜箭镞的脚板。于是乎，干旱了千古百代的阿达克库都克水满为患，满坑满谷。满坑满谷地涌淌黑的黄的棕栗红褐的泥汤，洪水嗖嗖地打旋，陡岸崩坍，草根再度肥白……

他记得那天他没在村屠宰场门前停留。那一会儿，雨势悠悠忽忽地收敛，渐渐见小。车到家门口时，他的确想过，马上跳下车，冲进屋，找爹，叫他当着全家人的面，钉是钉铆是铆地把事情抖落清。但他没这么干。干不动，他实在太累了。在雨地里连着赶了这么些路之后，他着实累劈了，一摊烂泥似的，一点也动弹不了。后脊梁上的那根筋儿，死死地拗住了后脖颈儿，粗暴起来，一痉一痉地抽疼。下半身也全木掉了，他甚至都没法叫自己一直盘起的双脚，从巴叉着的腿弯里起出。他只得弯勾下那段跟泡菜坛子一般粗硬的脖颈儿，把很鼓壮的一个脑袋，沉沉地垂落到胯巴裆中间，狠狠地歇了一气。雨水冰冰凉凉地从他后脑勺和后脊板上连绵地滴淌。他那粗硬黑褐的皮肤，跟生牛皮一样，火烫火烫，雨水溅上，便立马儿地蒸腾起一股酸臭的热气。

后来，他叫大妹替他烧搓澡水。家里有专备来让男人用的澡桶。这桶，桶身深，桶口小，他往里浸，一坐下去，辛辣滚烫的花椒水就涌涌地漫到他宽厚的嘴唇上。澡间里，炉板烧得猩红，火墙烫得不敢摸，水蒸气弥漫。他犯晕，喘不上气，虚汗淋淋漓漓地往外冒。他开始虚脱。那天起早离开老满堡城时，只匆匆啃了两口头天夜里剩的干馍，中午晚上就再没填补。这一路，并不是没有吃食店或吃食摊，而是他没舍得花那份钱，也不想耽误工夫。只是在喂马的时候，他跟着一起嚼了两把生苞谷豆，点点饥。

后来，要不是又一次听到了那个古怪的声音，那天他准得死在澡桶里。当时，他整个身板儿已经软不出溜地朝桶底瘫去。水堵了鼻孔，他推不开它们，想喊，但除了喝进更多的花椒水以外，根本没出得来半点儿响，乏力的双手胡抓乱挠。整个胸膛都像是填满了已经着了火的油棉，憋闷得就要爆炸。他知道自己不行了，只是不肯松了这最后一口气，偏偏把牙关咬得铁紧。他委屈，想哭。想到这个家，窝囊的爹，自己刚开始实行的一切……他觉得再咋样也不能松了这最后一口气……

就在这时候，他听到了那声音。没错，是它，急切的，隆隆的，好像一面沉闷的老鼓，又好像在汪得儿大山背后埋藏了多年而待发的陈雷。它带着一种怨恨，又带着一种叫人无法抗拒的气势，直透桶壁。他熟悉它，但从来也没听清过，它到底在咕哝个啥，从来也不知道它到底要叫他干什么，搞不清它从哪儿来，干吗老跟着他，只知道听过一回以后，就老想听到它。不能说它就是个女人的声音，但他的确想听到它，蜇摸它。他总觉得它是在叫他跟它去，他也想跟它去。他太希望有那么一个东西，正经能做了他一生的主，哪怕只是一种声音。现在它又来了。它有些不高兴，嗡嗡地涨红了脸，攥紧了拳头（假如它有拳头的话）。它嘟哝，一板儿正经地责备，又要他跟它去。他像见了亲娘，振起，在桶底猛地侧转身，鲤鱼打挺似的拼命蹬了一下腿，手使劲向前抓扑，正好扒住桶口，就这样，哗哗地带着一头一脸的水，从桶底里钻出来捡回一条小命。

后来，大妹来收拾澡间，见他脸色灰白，就问咋的了。他啥也没说。他觉得说不清。出了澡间，进黑长的过道，他还回过头来寻那声音，止不住地要回头。但声音再没有了。只有澡间的门，虚开一条窄缝，漏出扁扁一片油黄的光，也泄出大妹用很旧的钢丝刷，一下一下刷洗澡桶的声音。

肖天放两年前去老满堡联队补了个缺，当了个除吃粮穿衣每月还能落几个子儿零花的联防兵。

头些日子，联队新来了个指挥长，叫朱贵钤。细皮嫩肉，戴副金丝边眼镜。在印度孟买英国皇家军事工程学院念了六年书回来，还带回来一个皮肤有点黑的老婆和一对皮肤不算黑的双胞胎男孩。有一天，朱指挥长忽然把肖天放叫到自己家，忽然打听起他的身世，忽然说到天放一家曾在老满堡住过许多年。尤其让天放吃惊的是，朱指挥长说："那会儿，你爹就是这联队的指挥长。虽说那会儿联队的兵员远没有这会儿的多，但你爹把掐把拿，大小事儿都攥在自己手心里。怎么，他一点都没跟你说起过？我那时候在他手下，还只是个屁毛都不是的书记官，只领个见习军官的衔哩！"朱指挥长这么说。

肖天放不相信。他记得肖家在老满堡城里居家过日子的情景，那年他五岁，也许还要小一点。他不能相信，也不敢相信朱指挥长最后所说的那些。他怕朱指挥长逗他，就像前任指挥长"老狗头"那样，总喜欢找个茬口，叫几个新兵蛋子上他家去混折腾一番取乐。但细看看眼前的朱指挥长，却又不像在混折腾人。

朱指挥长略嫌扁了些的国字脸，这时虽然匀称地分布了一种含意并不明晰的微笑，但眼底的神情，却明显贯注着关切和询察。他那微微咧开着的薄嘴唇，透着温和，轮廓是那样的鲜明，再加上唇上那一抹总修剪得十分整齐的黑髭，便一总在俊秀中流露出许多豁达和明智，也流露一种多少要叫人为之担忧的敏感。他那双奇特的手，静静地安放在胸前，略微弓起手背，手指头触着手指头，在整个谈话过程中，他一直这样让它们一动也不动地安放着。他靠在宽大的皮圈椅里，把脚交叠起，搁到写字桌上，远远地伸出，显得很随便，又很认真。他请肖天放也随便一点，找把椅子坐下，或者，从冰桶里取点菠萝汁，稀释了来喝，总之，完全可以随心所欲。但肖天放不敢，他依然站得笔直，上身微微前倾，两眼死死盯住指挥长，紧紧贴住裤腿的巴掌心，却在涔涔地渗出热汗。

他不敢相信朱指挥长所说的这一切，但又不能不信……他要闹清楚它。

雨越下越小，终于只剩下一片微细而又匀和的淅沥声，在忽远忽近地移动。大团大团冰凉的湿气，从黑得发黏的老房子背后，漫过宽阔而又低矮的屋顶，铺盖到空空荡荡的院子里，涌涌地随着那同样冰凉的晨风，向四下里伸展。那棵老榆树，仍然是那样的壮实、阴暗。荒草长得齐了窗台。草棵里散放着生锈的马拉农具。用树条子编扎起来的栅栏，大段大段地歪倒在水坑里。后山墙拴着两头黑叫驴。四匹自小由他养大的狼狗，猎猎地冲出，扑到他肩头上，表示亲热。他没想到，它们居然还记得他。一见他，居然还躁动得那样厉害。

这就是家？

他挪不开脚去。

他曾经竭尽全力地想去归置好它。他是那样的有力气，在哈捷拉吉里村，再没有哪一个男人能像他那样有力气了，再没有哪一个后生小子会像他那样尽心尽力地来归置自己的家了。屋顶上做瓦片用的木板，全是他用斧子一下一下砍出来的。做瓦片用的木板，不能使锯子锯。锯的板，起毛，滞水，易沤。假如再使刨子推一遍，又多一道手续，费大了工夫。所以，阿伦古湖边的许多村子里，干这活，直截了当使斧子砍，把锋钢的斧刃磨得极薄亮。天放想到雨从阿桦河源头来，一连七天七夜，乌云简直就像堵了窗户眼儿上，雷紧着在方筒似的烟囱管里进进出出，房梁震得嘎吱嘎吱直摇晃，弟弟妹妹们唯一的去处，就是老老实实待在这小山背后的大屋里。他想到自己砍的木板，能让它们干干松松地躲过那连前山包也要淹去半拉的洪暴，他每回都要多砍出许多来，留做后备。他铲院子里的荒草，潋猪圈里的臭水，拿硝石、硫黄碾成了粉，去大干沟的陡壁上摘猩红的黄珠子果，捣出浆汁，一起拌和，用它治猪娃身上的癞疮。他清理地窖，修理桌腿。他掮着鸟铳，整夜整夜地守在槽子沟一边的柴草垛底下，打那狗日的黑獾，炼狗日的油，专治烫伤。他鼓起一身的肉疙瘩，做那乌黑枣红的腌鱼木桶……

那时他十四……十五……十六……以至憋到了十七岁，他不得不走了。他并不是一开始就讨厌、嫌弃爹的窝囊的。不，很长一段时间，他也没觉出爹窝囊，只是说不清爹究竟是个什么样的人。当他急切地想知道自己的爹到底是个什么样的货色，但又怎么也闹不清、说不准，并且明晰地觉出自己再怎样使劲儿也无法改变这个家的现状时，他不得不走了。

天放长得矮，爹的个头要高出天放一个头。同样不使胰子皂角，天放的手和脸总是黑漆抹乌的，爹却总是一副青生生的干净样儿。他不赌，对烟和酒，有也过，没哪，也照样过，没瘾头，不馋它们。他喜欢娃娃，常常故意折腾村里的那些"泥猴"和"丫屁"，包括自己的三个女娃和三个男娃（他不逗天放，从来不），他喜欢听他们叽叽哇哇乱叫乱扭。他从来不打娃娃，弟弟妹妹经常挨的不是爹的棍子，而是天放的巴掌。在这个家，一个老绷着个脸，跟税警似的，总给弟弟妹妹做规矩的，也不是爹，还是天放。爹有一个好饭量，也有一身好力气。他腌得一手好鱼，这一招，在阿伦古湖畔，绝对是一件了不得的事。虽说都是咸鱼干，他在这个一把盐倒腾出的"咸"字里，却能给你玩出十几二十种各式各样的味儿。还有一手，也挺绝：他腌的鱼，不爱坏，经得住存放，存多久，鱼肉不爱干巴，不硬绷，老那么油脂麻花，透着个润劲儿，香红香红。他爱替人办事。他替人办事，意在给自己解闷儿，但他那闷儿，解得可真叫地道。譬如你托他做个板箱，存点面、豆什么的，转过身，他连箱襻、锁鼻儿都全给安齐了，里头拦上隔扇，不叫豆和面、红豆和黑豆混了。等上罢腻子，再拿砂皮砂光净，叫儿子们抬到你家门口，剩下油漆活儿，就是你自个儿的事了——他没那么些钱。油箱子特别费漆，一个大概能让人看得过去的箱子，都得油好几道。漆的价钱贵，也不好买，即便在索伯县城，一年里头也来不了几回货。

比起别的一切的一切来，爹更喜欢女人。他只爱跟村里那些三十出点头二十大几的老丫头小寡妇们瞎缠乎。他从来不在外头跟她们胡来。他把她们叫到家来。他有一张木床，大厚板，大高腿，宽得像个戏台。他在床底下铺上草褥、毡毯、床单，预备好用水的铜盆、梳头的镜匣和那条使了几十年的英国毛毯——他喜欢把那些女人塞到这大木床底下去做他的好事。没人知道他为什么不肯在床上干，更没人知道他为什么偏偏要在自己家里这么干。娘管不住他。她老了，病病歪歪，睁着失神的眼睛，活像一把在房顶上撂了百八十年的干瘪铁皮水壶。爹却总是不显老。爹说他在这些女人堆里搅和，是为了给天放相亲。但谁都清楚，这些个女人都比天放大许多，她们只喜欢跟天放的爹搅和。

爹不管家，他总是在凑合、将就。荒草长得齐窗沿，土豆烂在地窖里，马拉农具在院子里生锈，护窗板上的旱獭皮掉毛、起团儿、滴油、发霉、变臭……他全懒得收拾。他随便把天放好不容易从老满堡城赚回来的羊皮筒子送给那些跟他相好的烂女人。他啥都不在意，有阵子，连自己屋的窗户都几个月不开一下，窗框上都长了草。黑盖头，黄盖头，小娘儿们起妆红盖头，他就爱这样。地里的活儿，只待一种罂苞谷，不等显行，他就甩手不管了，就带上狗皮褥子和油苫布，带上一小袋花椒盐，带上铁排叉，夹起一件老山羊皮袄，就去阿伦古湖和阿柈河交会处抓鱼。一去，多少天，把家整个儿地都撂给了一天比一天干瘪的娘和一天比一天沉默的天放。

最让天放伤心的是，起小，爹就没多余的话跟他说，从来不跟他逗个乐。他觉得在他眼里，他只是一把好使的铁锹，一头会说话的大叫驴，一堆老也燃不尽的干柴，一汪淌不完的清水。要说这样的日子过得艰难，天放又觉得啥也难不住他；可要说不难，这话，他只有往自己肚子里咽，带着它全部的生冷、苦涩。看四月的黄云一簇簇高高浮动，身后更是一片片烧焦的大地，臭烟烘烘。几十年后，当天放唯一的儿子，肖大来被人捆上特别军事法庭审判时，叫了一声："别这样……别这样……我从来就没有年轻过……没有……没有！"在法庭里旁听的天放伤心得"哇"地喷出了一口鲜红的血。他佩服自己的儿子。这句话，正是他憋了几十年，一直想喊，却又一直不知道到底要喊出个啥的一句话；正是他一直想喊，却又始终没能喊成的一句话。没想到却成了儿子留给这世界的最后一句话。

我年轻过吗？后来，天放天天这么想。

假如爹真的曾是个腰板儿挺得笔直又当过指挥长的人，他又何以放浪形骸到这个地步。假如爹真的是个非常有能耐而又值得叫新来的指挥长牵念的人，能不能求他去见一见指挥长，能不能就此机会把家搬到老满堡去，这对娘、对弟弟妹妹、对他肖天放今后的前程，都不无重大关系啊……

第一个听到天放叩门声的，是大妹。这一向，她老觉得半夜里有人摸她，隔着那一层薄薄的圆领没袖内衣，使劲揉捏她那鼓鼓实实的乳房。她害怕，她推不开那双看不见却又分明是发烫的大手，她惊醒过一次又一次。猛地带着一身热汗坐起，她才觉出是个梦，但又总觉得听见了离去的脚步声，旧帐子外头却不见人影。她不知道究竟发生了什么。她恨自己老做这样的梦，可后来又常常盼着做这样的梦。上床时，就怔怔地望着黑乎乎的打了补丁的帐子角，等着入梦。睡熟了，也容易惊醒。

当大妹听清了在外头拍她护窗板的真是天放时，她拼命叫了声"哥——"便朝护窗板扑了过去。她忘了，这护窗板早让爹钉死了。他怕村里什么野小子半夜来动这窗户——肖家的三个闺女可都在这一个屋里住着哩。

大妹冲出去擂弟弟们住的那个屋，再回来把妹妹们一个个拽起。她高兴得不知所措，慌里慌张地把全家都轰了起来，唯独忘了最该做的一件大事——给天放开门。天放站在阴凉潮湿的木板台阶上，听着门里头的那股乱劲儿：板凳撞翻木桶，磨刀石掉进鸡食盆里，知道直性子的大妹又在犯迷糊了。他会意地笑了，没再傻等，从靴筒里掏出小刀，插进门缝，挑开了榆木门闩。

弟弟妹妹们分两排在窄窄的黑黑的过道里站着，一个个都蓬头散发，光赤双脚。最小的七弟天一，才四岁，紧挨着大妹的腿杆儿，手里还提溜着快要掉下来的裤子，瞪着两只清秀的大眼，陌生地看着这个秃脑瓢的大兵亲哥。

娘蔫不出溜地站在紧后头。自打大妹喊出头一声"哥回来了"，她的两条腿便立刻软了，一直在打战。她相信天放会回来的。虽然走的那天夜里，他爷俩大干了一仗，天放吼着哭喊过，说他今生今世再不回这个憋屈的家了，但她还是认定他会回来的。她知道，他心里撂不开这个家。他是她身上掉下来的一块肉，没人比她更了解他。她心里明白着哩，只是不肯说，说不出来，说不清楚，说了也不管用。她原以为起码也得等个十年二十年才能再见到这个大儿子，她甚至都以为自己肯定熬不到那一天了，却没想，这日子竟然就在今天……

天放推开拥上来抓他挠他的弟弟妹妹，恭恭敬敬地走上前，叫了声"娘"，把一个鼓鼓囊囊塞满了东西的军用背囊，放到娘的身前。很快地，从背囊上滴淌下来的雨水、泥汤，濡湿了娘身前那一大片裂着缝的地板。只有爹没有露头。他应该听到这些由天放的归来而引发的响动。从背囊上滴淌下来的泥汤水不一会儿也流到了他那间屋子的门口，并且调皮地从门槛底下钻了进去。全家都听到他在屋里乒乒乓乓地忙乱，想堵住这源源不断的泥汤水。他应该看得出，也闻得出，这泥汤水是大儿子辛苦一路，从老满堡带来的。它跟阿伦古湖畔所能有的完全不一样，不一样的色，不一样的味。但他就是不肯出来。天放没敢去惊动老爷子。他不想进门伊始，就引发一场大战。这不是不可能。真的这样，娘一定会被这爷俩憋了两年而一触即发的喧嚣争斗，吓掉老命。

到中午时分，爹的屋里才总算有了点动静：大床晃动，带痰的咳嗽，仿佛有人在用脚后跟不住地磕撞一只小小的空木桶。

爹有他自己的一把摇椅，正对着窗户，能看到时而灰白时而黑蓝或浅蓝的阿伦古湖。天放进屋去时，他正躺在摇椅里，慢慢嚼着烫面苞谷贴饼。

大屋里很空，并没有什么像样的家什，也不会有什么像样的家什。除去两个立在那儿，有半人多高盛粮食的大木板箱，就只有一张长长的白皮桌了。爹喜欢在这张桌上用纸牌给那些女人算命，但他从来不给自己的老婆和娃娃们算命。长桌子的做工极糙，所谓的四条腿也不过就是四根粗糙的方木罢了，看上去，好像都没正经使刨子刨过似的，磕磕巴巴，坑坑洼洼。

"爹。"

天放恭敬地叫了一声，不知道咋个往下说。过了好大一会儿，他又叫了一声。

摇椅不摇了。架在火盆里的劈柴，突然间垮架，劈劈啪啪轰轰隆隆，迸溅起成千上万个火星闪烁，冒出一团团浓烟转悠。而后，摇椅才又开始慢慢地摇了起来。

天放再一次感到了困窘憋闷。他周身的血一阵阵往上涌。他死死地盯住爹灰白的后脑勺，命令自己开口，但就是开不了口。

吃罢早饭那会儿，娘和大妹曾叫他好好歇歇，在库房的阁楼里，给他铺了个暖暖和和的地铺，那地方黑暗、安静，保他睡个好觉。他去了，也真想睡，骨骨节节里全跟灌了铅似的沉重、酸涩。但他就是睡不着，翻来覆去睡不着，只好跳起来穿衣服。朱指挥长曾对他说："你要是不相信我说的，你回去可以细心地找一找。我想，再怎么样，你爹总会留下一些过去的东西。以前，你小，不谙世事，就算见了那些东西，也不懂它们到底表示什么意思。现在你再去看看，大概就能用这些一般不可能出现在你们村平民百姓家的东西，来验证我的话了。"

哈捷拉吉里村，最早是口里[1]来的一批流放犯建起来的。天放爹早年就是押送流放犯到阿达克库都克荒原上来服刑的一个卫队长官。别说哈捷拉吉里村，连老满堡城，最早的一批居民也是流放犯和押送他们的卫队官兵。

"哈捷拉吉里"的意思，就是"监狱长"。这是一句俄语。当年这一带常有从国境线那边流窜过来捕鱼、淘金、挖沥青矿、找女人的"老

---

[1] 口里，新疆民间一般称嘉峪关为"口里""口外"的边界，"口里"为内地。

毛子"，穿着高靿的长筒皮靴，束着很宽的皮带，外边套一件棕褐色的麻织长袍，再随身带一帧装潢得十分精美或十分结实的圣像。

这一带还有不少"哈萨克"。

指挥长的意思是，你家里肯定还留有既不可能为那些流放犯所能拥有、也不可能为当年那个卫队里一般兵士所能拥有的东西。因为在那个时候，朱指挥长就听说，天放爹在口里老家活得潇洒，不仅有一个国立高中毕业的资格，还在镇上当过南货和陕货同业公会的供奉，常在镇公所走动。

天放就去翻找。在猪圈棚顶的一个横梁架上，一并搁着三四个老大不小的漆皮箱子。为了伪装，箱子外头糊着十七八层黄表纸和那个年月的旧报纸，撕到最底下那层，才露出滑亮韧软枣红色的漆皮。箱皮上一律印上了朱文钤印，印文为"巢园厂制漆盂十八"，大概是当时一个名工匠的落款，箱底则还有大明永乐年间的制款。箱盖的装饰，一为戗金，再为堆红，三为螺钿，图案分山水花鸟仕女几等。箱子里收藏的都是些天放根本认不得的古董玩意儿。比如有一箱专是放的紫砂壶。茶壶，天放当然认得，但紫砂茶壶，在阿达克库都克荒原上长大的他，就完全不懂它的妙处了，当然就更不懂，这里边出自明代制壶巨匠供春、时大彬及其后的徐友泉、陈用卿、李仲芳之手的壶，又名贵到何等程度。至于有那么三两个竹节双耳提梁蟋蟀罐，他就更是连用途都说不上了。在阿达克库都克只兴斗鸡，有时也撞煮熟了的鸡蛋，但从来没兴过斗蟋蟀——太干旱，没蟋蟀。

再比如：有一只箱子里藏的全是当年的戏报，从大清初年攒到民国。"色艺皆精尝演剧，浪萍飞絮前生果"。有那些女角，艺名取作"柔些""云些""月些"……真是少见的装腔作势，而又肉感。还有乾隆甲午年的八达子唱戏时贴的戏报，有与八达子同时期的京伶旦角天保儿、唱秦腔的魏三、魏三的徒弟四川人陈银官，还有以演《思凡》见称于世、素有"戏妖"之名的樊大……从这一摞戏报里甚至还能找得到出自如皋名流冒辟疆"家有梨园"中的伶官的踪迹……

还有一箱子线装书，全叫虫蛀了，有的蛀成粉齑；有的老化而变得脆黄，一碰就成碎片；有的虽然还成形，但蛀洞密布，竟为筛眼。

你有这么个身份家世，又有这些书，从小你为什么不教我们识一个字？

哦，爹！

他把那一箱书扔在爹的面前。

枕在摇椅靠背上的那个灰白色的后脑勺依然一动也不动。

你叫我咋说哩？爹啊爹……

天放在心里喊叫。

你知道我这两年，在老满堡是咋过的吗？我啥都没有。除了从娘肚子里带出世的这一身笨肉、两手傻劲儿，我真是啥都没有。你为什么要藏起你恁些能耐，不肯在人面前，甚至都不肯在你儿女面前显山露水？这两年，我对不住你这个当爹的，我撇开这个家走了。你知道我在外头过的是啥日子吗？我骂自己是驴操的狗日的不是人种，我骂的这些，你能听到一丝半毫吗？我在新兵队当兵。我给"老狗头"家当差。我伺候他傻呆的侄子。我做他哑巴厨娘的下手。她讨厌我会说话，她恨我能开口，她要我跟她一样，只干活不说话。后来我总算能进"老狗头"内室的那些个上房里干活了。我给他们擦地板。以至到后来，我当上了新兵营管带，已经管住了三个新兵队，我还是一到值星日，就去他家擦。我还是他家一条不说话的狗，一根想怎么使就怎么使的拖把。我甚至比以前擦得更勤，更透着一点心甘情愿的气性。我总是让他们瞧见我跪着，有拖把也不使，只使大块的麻布，用手抓着，沾上碱水，使劲地蹭，把"老狗头"家每一间上房的地板都擦出木纹来，让它们清清楚楚地显现在"老狗头"家每一个男人和女人脚下，清楚得就像我脊背上的每一团肉疙瘩。碱水咬手，咬烂十个指头，咬出我带钻心疼的汁血。我钻到他家桌子肚里，擦每根档档每条桌腿。我擦"老狗头"每个小妾床前的踏脚板，擦她们放在踏脚板上的每一双漆皮鞋和牛皮底软垫拖鞋。我得把她们每一双牛皮的或漆皮的鞋底都擦得能用舌头舔。我撅着屁股，弓着腰。我擦出滋味，擦出瘾头了，有一回不去擦，我心里就不踏实。哪一回，该来叫我去擦了，他（或她）没来叫，我心里就犯嘀咕。我一边琢磨，一边半天不自在，翻过来倒过去地寻思，我到底在哪一处又有了个什么不是，又怎么得罪了他们家的谁。我拼命擦，擦她们（他们）的铜痰盂，擦他们（她们）的铜尿盆，擦她们也包括他们的铜床腿、铜灯座、铜香炉、铜火锅……我像狗一样在她们屋里爬来爬去，更像皮影戏里的薄片傀儡。我真想一头撞死在那永远也不干不净的铜床腿上算了！但我还得擦，还得爬。谁叫我只有一身笨肉两手傻劲儿呢！你瞒着我，我的爹。你本来满可以让我以另一身胎骨另一副脸面跟他们，跟这大得没边没沿、小得又不及我们家一个腌鱼桶宽敞的世界打交道的，可你没有这么做……为什么？你吭个气呀！我就那么惹你恶心？说破大天去归了齐，我还是你的亲血种啊，我的亲爹！

天放一想起这一段在老满堡遭的罪，后脊板上的那根筋又硬硬地粗暴起来，一痉痉地跳疼。这根筋扯着他脖颈儿，这使他那大得跟个泡菜坛子似的脑袋一下就向右边歪斜了过去。脸的右半部，也变得异常乖张可怖：右眼瞪大了，右半个嘴角抖搐个不停。半边的脸整个收紧，以至于他整个右半身都火辣火辣地烧灼了。

他忙低下头。他不想让爹，也不想让家里任何一个人看见自己忽然间竟奇出怪样地变成这副模样，便一扭身，踢开一条刚好挡住他后身的板凳，捂着那半边脸，跑了出去。

黑的冷风扎人。木的台阶磕绊人。小山包上的沙枣树变成拴马桩。他任凭它们在自己面前舞动，或者跟它们一起喘气。干燥的马粪和青灰的石片，都不能使他清醒，并去做出合理的判断，弄明白自己究竟想往哪儿闯。十二个土堡，分布在方圆十二公里的地面上，他常常把这些土堡当作自己家门口的木台阶。他常常想着把脚远远地伸出去，伸到阿伦古湖里。他想念那水的生腥，水的冰清，水的波纹，水的飘摇……想念阿伦古湖畔遮天蔽地的芦苇丛，那般厚密、静谧和旷达……只是不软和，不收缩，不干涸，不温热。

爹走上木台阶。天放没动弹。

爹把一碗家里私酿的酸酒放在了天放身边。

酸酒泛着浅棕色的泡沫，这是一种黑得像牛血一样的酒。

"我不喝。"

天放站起来要走。

"陪我待一会儿。"

"我没工夫！"

爹反转手一把摁住他。爹的一双手还是很有点力气的。

"那姓朱的还跟你叨叨了些啥？"

"人家现在是我们的指挥长！"

"指挥长算个鸟！"爹吼。

天放愕愣。

爹掏出一把紫砂茶壶放在天放脚边。

"替我把这带给姓朱的，就说我多谢了。"

"人家指挥长是想不通你干吗要这么活着委屈自己。人家不稀罕你这鸟尿壶！"

天放跳了起来。

爹不作声了。他脸色瞬间发了青。闭上了眼，他一拳砸碎了那把也许只不过是仿制的但仍非常昂贵的紫砂茶壶。茶壶碎片弹跳起来，在空中打了一个又一个的旋，带着紫褐的陶土的雍容浑朴厚拙光润。空气已完全被橘黄的晚霞映染透明。

这一夜，自然睡不着。我还能做些啥呢？他真想扒光了自己，就那样躺到院子里去，咬一口苦涩的树根。第二天大早，他去存放腌鱼的地窖，清理那些已经开始霉烂的旧桶。这两年，天放爹每年仍在腌鱼，自己家吃一点，也卖一点。但只要腌够了那个数，能挣回下一年的油盐钱、烟钱、棉线钱和布钱，他决不再多腌一斤，也决不再多赶一回集。桶总有剩余，还是天放离家前做下的。

天刚麻糊糊地放出些靛青，郁塞了好些天的地气，洇湿地化作一团团浓雾，从树林子背后、从槽子沟的弯道里、从阿伦古湖时时涌动的湖面上、从丛丛密密的苇荡深处，向低湿的高燥的起伏的不起伏的喜欢它们的或压根儿也不喜欢它们的场所漫盖，时而稀薄轻柔，时而浓稠滞重，时而捎带阴凉的小风，时而沉闷得叫人惊厥、窒息。五步开外，它能叫你啥也看不见，五步之内，大板房、老榆树也一概地消失。离地窖最近的两个干草垛，从雾里艰难地露出它们干黄的坡顶，蠕蠕地好像在浮动，并跟着那雾极慢极慢地远去……

老满堡城里也常有这样浓重的雾，但见不到这么干净的雾——那里的雾总是被煤烟子和硫黄糟践得不像个样子。

头一阵雾推了过去，接着又飘来的一阵就稀薄得多了。风也渐渐干朗起来。这时，他突然听到，屋后牲口棚旁边那个大草垛里，有声音响得细碎、急切，还有人的急促的喘息。偷马贼？他赶紧抱过一把铁锹，蹲下半截身子，一点儿一点儿地向那出声的地方挪动。

这是一个很大的草垛，长长地堆起，对着一片开阔的草场，弯成一个半弧。一个冬天下来，草垛中间，被扒出许多个凹洞。有几段垛身挺不住劲儿，便倾斜，为了不让它倒塌，就用些碗口粗的树干儿支撑着。他那辆从老满堡城带来的加长槽子车，就卸在这草垛跟前。

细细地瞧过，没人。

声音明明是实在的嘛。于是，他慢慢直起腰，往前蹚一蹚，再听。声音发自槽子车的背后。真怪了，槽子车喘起气来了，鞋壳里能酿酒了。

他攥紧铁锹，野猫似的逼近过去。他喜欢这种偷袭，特别是偷袭那些下流的贱鬼，那些胡子拉碴、自以为是的新兵。他渴望听到铁锹把砸到一堆笨肉上的钝响，他渴望看到他们抱着脑袋躲闪时的惊恐。他决不饶恕。他想象自己左右开弓。他常常需要这种痛快、顺畅。年龄不满二十，却已当上了新兵营管带的他，在抽打那些不服管教、而又老改不了老百姓习气的新兵方面，全联队再没有谁能比他更下得了手。

再往前逼近，他看见有几件灰灰白白的衣服撂在槽子车的厢栏上，还有裤腰带和女人的三角头巾。他疑惑了。他听见女人的哼哼和痴迷的低语："哦……老天……老天……"他还听见了一个男孩的惊慌和急切："你咋了……咋了……"他听出，这男孩便是他大弟天观。

长这么大，还没碰过女人的天放，不明白他们到底在干个啥，但觉出，一男一女，脱了衣服，还哼哼唧唧，肯定没干好事。究竟不是偷马贼，不能一棍子砸到一堆笨肉上，他有些失望。他大步向车后走，吆喝："天观你狗日的，偷鸡摸狗干啥呢？"

那窸窸声和哼哼声突然中止。很短的一个间歇后，又突然一阵忙乱，忙乱得好像地裂天崩前的逃亡一般。天观从车后冒出了上半身。他只穿了个单布裤，单布裤的扣子都解开了，腰以下光裸着，满脸的惊恐、羞愧，头发上和裤子上沾着不少草屑。

天放呆住了，怔怔地咽了口唾沫。天观本能地去抓衣服。但天放已经明白过来大弟在干一桩什么丢人的事，便更凶猛，更快当。他没跟大弟去夺衣服，他觉得那太轻巧，完全不足以发泄他这一刻突然涌到心头的愤恨和惊愕。他去抓的是槽子车。他一把拽住车的辕杆，用力一拽，便把几百斤重的车拽离了原地，并掀翻到一边。天观只来得及抓下一件他自己的黑棉袄，本能地拿它捂住自己下身，而后一猫身，又缩回到草垛当间的凹洞里。

天色一时比一时明净。雾也只剩下些很淡的麻缕似的痕迹。圆圆的土丘更高地隆起。在湖边零星散布的村子里鸡先醒，狗压根儿就没睡。倒扣在岸滩上的破船还是发黑。许多条很小很小的死鱼，根本也没人要。

天观哆哆嗦嗦地求饶："哥……哥……"

天放太伤心了。

"你才十七岁。你怎么人牵着不走鬼带着飞跑？什么正事都还没干哩，就先使上了这邪性！我离开这个家之前，咋跟你说的？我说，观子，我走了，上外头去挣钱，这家就只剩你一个大男娃了。你咋说来着？'哥，你放心，我明白咧。'"

"你就这么个明白劲儿？你才十七，就跟咱们那没出息的爹一样了，就跟个骚公狗似的了？"

天放直想吼。他抓住支撑草垛的树干儿，使劲晃。大半拉草垛在晃动中，不断往下坐。只要一撤去这些树干儿，草垛立马儿就会坍倒，这两个贱货就全埋在小山一般的干草里头。那倒也省事了，清净了。

家里的人闻声都跑出来。爹也走了过来。他从歪在一边的槽子车上，捡起那个女人的衣服，向他们走去。天放拦住了他。

　　"叫那女的走。"爹低声说。

　　"没那么轻省。"天放狠狠地盯着爹手里的衣物。

　　"你要冻死他们？"爹突然提高了声音，"叫那女的走。"

　　"走？我还要叫全村的人都来看这出好戏咧！你们都不要这个家。一个鸟儿子才十七岁就学他那爹的样儿，跑糊道哩。这个家……这个家……"

　　"让他们穿上衣服走！"天放爹咬着牙吼道。

　　假如说，天放爹对发生在这个家里的一切变故，没有一点自责的心理，也绝不是事实。但他总在安慰自己，多少年来自己谋求的不就是这一种没人管束的自在吗？虽然，还不尽如人意，又有另一种苦涩，但是，既然到了这一步，没法再后悔，也不能再后悔，眼前只有强撑住咬紧牙关，忍过那一阵几近虚脱的战栗和昏厥。他的确再打不起那精神，重新回到种种的钩心斗角中去了。他现在只需要一点平静，谁也不来计较、打扰的平静。差不多他就要得到它了，偏偏自己的大儿子放不过他。不能说恨这个儿子，也不能说常在防备着这个儿子，更不能说已经想到要依靠这个儿子，他只希望，将来会有一天，儿子会明白今天做爹的这颗心的。但眼前，他不能忍受天放的不服。"让他们走！"天放爹又吼了一声，紧攥着那些女人的衣物，双腿并拢，上身挺得笔直，两眼虎虎生光，仿佛当年在军官团受训时，习惯的那样。

　　天放当然不肯松手。而后就发生了那桩谁也想不到的事——已经有二十年没有打过任何一个人的爹，竟甩起手，抡圆了，狠狠地擂了天放一个大嘴巴，不等天放从疼痛和惊愕中醒悟，又一脚把天放踹翻在地。接着，他很平静地打发走那女人，很平静地护着天观，回屋去了。紧接着，二弟二妹也都出出溜溜地回了屋。

　　大妹没走。她抱着惊呆了的小弟，跟娘还站在草垛一头的拴马桩跟前。

　　娘闻声跑出来以后，便一直站在那根拴马桩跟前，一直也没敢往前来。她知道自己往前去了也不管用，无论是那个老的，还是那个小的，都是个强梁，都不会听她的。她知道这个家早晚要出事。她不敢让自己往下想——她甚至希望这个家出点事。她知道有这种念头，罪孽，但又驱赶不掉这个念头。自从有了这种念头，她不敢正眼看孩子们的爹。她改吃长素，她再不喝烧过的水，每天在这根拴马桩跟前滴一滴自己的血入土。她甚至把二十年前留下的两件最值钱的衣服铰碎了烧给祖宗。但这一切都没能赶走她的内疚、不安、自愧。她害怕。她觉得自己太坏。她一天天地往下瘦，变得干瘪。她祈求上苍，别让大儿子出事。当她发现，她的这个念头比起前一个恶念更加强烈时，她的心稍稍得到了些安抚：她总算又给自己找到了一个应该继续活下去的理由。

天放被打蒙了。他重重地倒在地上，脑袋撞在一根砍倒多年的杨树桩上，嗡的一声，差一点炸了开来。羞辱的泪水立即糊住了他的双眼。脸面上火辣辣。天空也火辣辣。耳膜上仿佛扎满了烧红的钢针。有好大一会儿，他脑子里完全空白了。他羞愧得抬不起头。他羞愧的不是挨了爹的巴掌。他羞愧的是，自己竟然无力阻止眼前发生的一切。他不愿相信这是真的，不愿相信自己甚至都无法制止自己的抽泣。等大妹硬拖着愕愕的娘，也离开了这不洁的草垛，等场院里完全走空时，他才清醒，才觉出这个家已经完全不能指望了。他跳起来，冲上木台阶，从那檐下堆放工具的搁板上，抽出一把长柄斧子。娘一头扑过来，抱住他，叫道："天放，天放……天放……"天放疯了似的，推开娘的抓挠，冲进了爹的屋里。

"你……你……你……"他拼着全力吼道。

爹这时脱了鞋，正盘腿坐在床上，咕噜咕噜吸他的水烟。他斜起眼，瞟了一下天放，手心里顿觉黏潮。有一眨眼工夫，他的腿陡地麻麻地僵硬。但他没动弹。

"你给我躲开！"天放一面喊，一面就朝床头砍去。天放爹刷白了脸，身不由己地蹦下床。但他没往外躲，只是稍稍后退了两步，把身子贴紧了那张供放香烛神位的长案，双手在身后架住案边。掉在地上的水烟壶，听凭焦黄的烟水汩汩地从铜烟嘴里泄出。

木床垮了。黄白的木屑木片四下飞散。天放哭着喊着："你是我爹……

你是我爹……你是我爹……"

他终于使尽了力气，终于被满地的碎片碎块绊倒，终于再带不住那舞动的斧子，锋快的斧刃终于从砍得狼狈不堪的床架上滑过，楔进天放自己的小腿肚里。他终于跪了下去，终于看见流出的仍然是自己身上的血，像牛血那么黑，像骆驼血那么稠，像唧筒里喷射出的那么有力。他抱住腿，慢慢弯下腰去。

哦，是你生下了我……是你……

没错。

还要说个啥呢？

…………

李窝铺漫漫子沟白沙沙走，

白沙沙细伢子上坝头；

不较之七梁八垴九斤九，

怎见俄（我）婆姨上羞楼。

李窝铺漫漫子沟白沙沙走，

白沙沙平川望不到头；

不较之石大个磨盘咬磨轴，

只盼那小阁妆奁彩绸新席子枣木嵌炕首，

那咦喂子丢唻喂咦子丢……

第二章　联队部

老满堡联队的参谋长已不止一次过了半夜之后，还来新任指挥长朱贵铃府上打扰。自然是有事，但也不都是十万火急，非得深夜赶办的，想来，他就来了——参谋长是个夜猫子。朱贵铃已经不止一次旁敲侧击地、半开玩笑地，但十分明确地向这位参谋长仁兄表示过，自己有神经衰弱的毛病，尤其晚上这段时间，大脑格外需要安静，不是上峰急令，非关下属人命，黑了天以后，就别再来叫门。在阿达克库都克，在老满堡城，白天总是很长很长的嘛，有什么事，不能放到白天来办呢？但这位前辈却依然故我，想来就来，哐当哐当地赶着他那辆什么时候都保养得金光锃亮的轻便铁壳子马车，不知啥叫收敛。朱贵铃明白，这个该死的老兵痞子，压根儿就没把他这个年轻的指挥长放在眼里。他恨得不能自己，但一时半会儿还不便发作。

参谋长本该使用电话，但老满堡联队所有这些"该死"的老兵痞子，偏偏都还有这么个怪癖，不爱摆弄那玩意儿。他们喜欢往一块儿聚，喜欢说在当面，有事没事，都喜欢互相串来串去，从这个支队到那个支队，从那个支队到这个支队，或者逛到联队部来。联队部大院里你常能见到这些成群结队的老兵，围着一辆辆卸了套的大车排子，摆方甩牌，蹭痒，谈女人……这在他们中间，有个说法，叫"放号"。或者，一溜十来个人二十来人，沿墙根一蹲，蹲着，各人把自己的烟袋往身前的地上一顺，每个人都挨着个儿地把别人的烟抽一个过。当然也可以只抽三五个人的，只抽许多日子没见面的伙计的……这就由你自个儿了。抽一个，议论两句烟叶的优劣，再抽下一个。大多是自言自语，也有只抽不吱声的。都抽过了，再晒会儿太阳，拍拍屁股，走人，全随你。这在他们，叫"放烟号"，是这帮老兵最爱干、也最常干的一档子事。他们觉得，省联防总部那几位从日本士官学校留学回来的家伙，之所以要给下边的联队装电话，就是不想让这帮老兵经常见面，怕他们常聚常串。他们就是不愿意隔得老远地说话，有啥事，宁愿在马背上颠几十里，也要赶到一块儿当面说，说完了再热闹一通。当然，电话对他们也不是一点都派不上用处。过了不久，许多老兵便发现，用它跟总机房那一茬又一茬老在换的女话务兵吊膀子，还是十分有趣和方便的。虽然隔得老远，只能听听声音，也算过个瘾头。不过，在她们身上动真格儿的，还不是这些在下边当差的老兵——轮不上哩。真把这档事办了的，只有一个人，那就是这位干瘦干瘦而又早做过了五十大寿的参谋长：他直接管着通讯科。

今天跟往常不一样，好像真有急事。

"么东捌哨位得到报告，在离堡子西南三十公里处的那段大裂谷里，发现二十二特勤分队。"参谋长开门见山。经常熬夜的他，不仅眼窝下常有一圈青晕，整个跟板凳条一样窄长的脸面上都隐隐透着一股黑气。他平日稀松，随和，谁都能跟他打哈哈，特别是跟那些老兵的关系，更显得没大没小，叫人初一看，准认定他是个挺没主意的糟老头，就缺一个酒糟鼻。但一到事头上，你再瞧吧，他立马就跟换了个人似的：马靴擦得锃亮通明，说话行事完全条令化，而且跟板上钉钉子一样，干脆利落决绝，再没一丁点儿冗废之处。这时，谁要再跟他打哈哈、讨价还价，就自认倒霉吧。关键时刻，你冲不上、顶不住、守不了、办不好，还想跟他论个理、摆个情况，那就趁早滚蛋。撤了你，算是便宜你的，否则捆起来，吊你三天三宿，或者干脆叫人拉出去，枪崩了你。他不是没枪崩过人。

"二十二特勤分队？离堡子西南三十公里？情报核实过了？"朱贵铃连着追问。

"核实过了。"

"把他们的退路堵上了？"

"堵上了。"

"备车！"

"车在门外等着您哪。"

朱贵铃身上掠过一阵阵寒战。虽然被任命为联队指挥长已经快半年了，但一遇突发事件他仍然止不住要激动得打战，而又何况这一回呢。

二十二特勤分队失踪快三年了。这个特勤分队是前任指挥长霍庆庆（老狗头）派出去，到横贯阿达克库都克荒原北半端的大裂谷里，寻找黄金宝物的。往前推算二千二百六十七年，这一带曾建立过一个叫"尚月"的古国，曾是名贵的西亚地毯的主要集散地之一，盛产名噪一时的十八子香和金丝伽楠香，一度寺庙林立，通衢纵横，极热闹繁盛过。后来，它不见了，只留下大片干硬的不毛之地和缓缓起伏的砂砾坡，遥望从地平线上隆起的远山，常年刮着很凶猛的风，一阵阵扬起灰黄的尘土，高高地从半空中游动着垂挂下来，好像似有似无的布帘，在荒原上疾走、慢走，拉过一片，又来一片，拉了两千来年，拉出许多馒头似的秃丘和支离破碎的干沟。遗址陡壁的岩层上，留有极为明显的土水冲刷的痕迹。据此，都认定尚月国是让大水冲细碎了，最后被水裹进了阿伦古湖，并且走湖底的一个大洞子，又去了大海。人还说，每过一百二十年，到当年发大水的那一天的那一时辰，在大裂谷这片古尚月国遗址上，还会重现当年那霎时间天崩地陷的震动，只是没有水。但有声音，屏息静气，依然能从中听到当年女人和娃娃哭救、经楼倒塌、喇嘛寺大钟悲鸣、胡杨树被拧成麻花，听到天主在惩罚无罪的人们时，那种格外惬意的喘息声。你仿佛觉到，大裂谷立时已变成了个威力无比的风洞，再崛崎的岩块也都像在被翻滚揉搓，棕红色的烟雾像无数条刚冬眠苏醒的巨蟒，盘旋席卷。但时辰一过，一切又依然如故，荒寂的依然荒寂，悠远的照常悠远。

大水带走了尚月国人所有的财宝，但也有不少只是被冲散了。两千多年来，一再有人在大裂谷里，在稍远一些的大戈壁滩上，在更远一点的阿伦古湖畔多少公尺厚的淤泥中间，拾到尚月国时代的珍珠玛瑙绿玉耳坠银丝镶嵌胸针和碎金块。

　　许多人都认定，被冲散的财宝，绝大多数还在大裂谷里。

　　二十二特勤分队是一批最忠实于前任指挥长霍庆庆的老兵。他们称"老狗头"为"我们的庆官儿"。令人奇怪的是，这批老兵找了这么长时间，却一无所获。这可真把这批老兵惹火了。找不到宝物，他们觉得没脸回来见庆官儿，也没脸回来见伙伴。庆官儿答应他们，从找到的宝物里拨出一些来给他们做遣散安家费。联队的惯例：每五年都要遣散一批十年以上的老兵。

　　二十二特勤分队在大裂谷里待的时间一长，衣衫褴褛。他们走到哪儿，吃到哪儿。他们还带着枪，带着十字镐、铁锹、铁丝网眼筛，带着行军锅。开始，每过一两个月，还回联队部来取一次给养，后来，连给养也不好意思回来取了。他们要报答庆官儿平日的恩遇。他们觉得他们没找到宝物，是有人故意跟他们、跟庆官儿作对。他们开始警戒，不让任何人接近他们所在的区域。他们把警戒线放出几公里远，随身还带着跟他们一样几近半疯了的狼狗，一有什么人接近，他们就开枪。但他们仍然一无所获。庆官儿被免职的消息传到他们耳朵里以后，他们便彻底疯了。他们自责，他们觉得假如他们能找到宝物，上边便不会怪罪于庆官儿，他们更认定上上下下所有的人都在跟他们过不去。从那以后，他们失踪了，大裂谷里再没他们的音讯。但过一段，总有他们袭击村民的消息传来，过后，他们又像古尚月国人那样，消失得无影无踪。

　　他们在报复除了他们自己以外的所有的人。

　　他们也要报复自己。

　　省联防总部已三令五申，让老满堡联队不惜一切代价，找回这个二十二特勤分队。仅仅阿达克库都克这一地的各县咨议局，近半年就未曾断过派人去省府告状，恨不能每天都去，告老满堡联队和省联防总部纵容部属扰民,治安不力,严重失职。朱贵铃走马上任前,省联防司令亲自把他找到官邸,当面交办了这件事,要他着实地把它当一回子事来办。朱贵铃当然不敢含糊。

朱贵铃扶着冰凉的车门把,走下装着防弹甲板的轻便马车,迎面一股猛烈的干硬的风袭来,差一点把他刮倒。他竖起大衣领子,扣上大衣扣子,用戴着麂皮手套的手,虚虚地捂在鼻子和嘴的前边,虽然这样仍不能完全阻挡那些被风刮起来的沙粒进入口腔鼻腔。

参谋长沉着脸。尽管他非常瞧不起这位新任指挥长的"文弱气",但此刻,他却没半点流露,声色不动,全神贯注于眼前正在发生的事情。

奉命来堵截二十二特勤分队的部队,都已进入射击位置,只待一声令下。

"还用得着跟他们磨嘴皮子吗,这些家伙早疯了。"参谋长低声提醒。他戴着副金丝边的眼镜,因为本没近视,所以戴的只是副水晶片儿的平光镜。

"不谈一谈,他们怎么肯归队呢?"朱贵铃不无诧异地回头瞟了参谋长一眼。穿得笔挺的参谋长一直在他身后站着。

"四边制高点上,我布置了四五百个弟兄。一个冲锋过去,把他们带回联队部再慢慢开导他们吧。"

"他们手里还有枪,来硬的怕不行……"

"他们敢开枪,这件事就好办了。"参谋长水晶镜片后闪出阴沉的光。

朱贵铃暗自一惊,但没作声。对这位参谋长历来做人手段的老辣狠毒,他不是一点没有所闻,但他还是想不到,参谋长竟然要这么对待这批老兵。这批老兵是庆官儿的心腹,也是他参谋长的心腹。当初就是他奉庆官儿的旨意,亲自从各支队一个个把这些老兵挑选出来,组建了这个二十二特勤分队,去执行这项特殊使命的。假如说,这批老兵今天真的全疯了,他这当参谋长的同样负有直接的责任。从良心上、从道义上来说,以事实和法律为绳墨,他都不能逃脱这个干系,他都应该设身处地地为这批老兵想一想。

朱贵铃下决心要这批老兵活着跟他回到老满堡。他知道全联队的老兵都十分同情这批老兵，也特别敬仰他们在这件事上所表现出的顽强和忠心。假如他能善自待之，不仅能叫省联防总部的一些家伙睁开眼看清朱贵铃不是等闲之辈，不是只靠着爷爷那点背景混日子的人，的确是一把处理难题的好手（联防总部里的这些家伙，对这次朱贵铃的任命，背后的议论既多，而且还相当激烈），不仅可以叫周围那些县咨议局里的大佬刮目相看，同样重要的是，他还能博得全联队老兵的欢心和信服。老兵是联队这条大船的龙骨，这对他能否驾驭好这一条并不是任何人都能驾驭的大船，有至关紧要的意义。

还有一点意图，是任何人猜不透的。他把这一二十个老兵掐在自己手里，就等于掐住了这个几任指挥长都不敢碰的参谋长的半条命。假如日后，他要像对待其他几位指挥长那样，对他朱贵铃也大不敬，他就可以抛出这几个老兵来作证，除了他。

参谋长这家伙，是这个联队真正的唯一的元老。打组建联队之日起，他就稳待在参谋长这个位置上了。曾经有过很多次背后的动议，要他出头来执掌这联队，他不干。他宁可当这个参谋的长，也不去做主脑官。他自有他的一帮人，是组建这个联队时就贴身带来的。他把他们安插到各支队，也是只当参谋长，不当支队长。实际上，当初来组建这个联队时，他就奉了这样一个密令：要他在参谋长这个位置上监督控制这个远离总部的联队。所以，多年来，指挥长和各支队的支队长，似流水般更换调动，只有他和他那一帮子大大小小的参谋长跟铁打的营盘一样，稳固不动。知情人都知道，真在老满堡联队掌秤杆儿的，是这个干瘦的一个大字都不识却偏偏做斯文样，还要戴副金丝边眼镜的参谋长。

朱贵铃当然想制服他。

二十二特勤分队的踪迹，是新兵营管带肖天放在家养好腿伤，返回老满堡途中发现的。这一刻，这些老兵，只许新任指挥长朱贵铃带着肖天放走近他们。他们的步枪都带着铁支架，十几个黑洞洞的枪口都对准了随同朱贵钤来的那三辆轻便马车。马车上都架起了马克辛式的水冷重机枪。他们不许新任指挥长多带一个人，尤其不愿看到参谋长走近他们。为了显示在这一点绝无商榷余地，他们警告性地打了三枪，打飞了三辆轻便马车上的三盏玻璃罩车灯。这批老兵中，有不少是联队里最出色的狙击手，疯了以后，枪法似乎更加精妙绝顶了。

"为这一二十个疯子，你犯不着！"参谋长告诫朱贵钤。

"既然他们同意见我，看起来，还是能跟他们说得上话的。"朱贵钤温和地笑笑，一面解下自己的手枪，一面命令三挺重机枪把枪口掉到后边去，也让肖天放解下腰间的手枪。同时命令所有的随从和前来堵截的部队，撤出射击位置，后退三十米。他要向这些老兵表示诚意。

肖天放在前头打着白旗，一边走，一边喊："别开枪，指挥长来接你们回联队过好日子了——"

朱贵钤往前走时，心有点慌，腿肚子有点哆嗦。他要求自己每一步都迈得稳重，脸上保持微笑。他走得很慢，肖天放不时停下来等他。他俩之间的距离不能拉得过大，万一出点什么事，他无法护卫他。奉参谋长之命，他在军褂子里面，还掖了一支德国造的二十响驳壳枪。

大约走到离这批老兵二十来步的地方，老兵们呼啦一下冲着朱贵钤全跪下了。朱贵钤没料到会有这个阵势，一时弄不明白这全体下跪的后边，会不会隐藏起别的什么名堂，便赶紧站住了。肖天放也赶紧向朱贵钤靠拢。

"指挥长——"

呜咽的喊叫，粗野，沙哑，委屈，伤心，哀求，绝望，再加上那干裂的愤愤不平……他们一律像尚月国人那样，用布条缠住自己的脑袋。当然，他们缠的，只能是一些破布条。

"求您了，准许我们再找三年……"

"求您了，让我们见一见我们的庆官儿……"

"庆官儿走得冤啊……"

又是一片粗野的、沙哑的、参差不齐的喊叫。

"退下——"

这时身后突然传来参谋长一声厉喝。

还没等朱贵钤明白过来，他到底在叫谁退下，老兵们的叫喊突然终止了。老兵们突然都站了起来，突然都端起了步枪，突然都朝传来参谋长喊声的方向瞪圆了双眼。因为他们看到，远处，参谋长做了个很古怪的手势，那三挺马克辛水冷式重机枪突然又都掉转了头来，那些远远地离开了射击位置的士兵，突然又以跃进的姿势，重新进入了原先的射击位置。

某种预感……但似乎又仍不相信会发生什么。没等他们叫出一声迷惘的惊愕的"啊"，其中的一挺重机枪响了。头一个点射是冲天上打的。肖天放闻声，立即一纵身扑到朱贵钤身上，把他抱住，推倒，并滚到一个极好的死角里隐蔽起来。紧接着，三挺重机枪和所有的步枪一起响了。所有的枪口都死死对准了这些不及防备、也没想防备的老兵。这次被参谋长调来堵截这批老兵的，几乎全是肖天放新兵营和前两年刚出新兵营的弟兄。

看见头几个老兵被击中，捂着腰，重重地摔倒在地，而后蹬腿、抽搐、滚动、反弓般撅起、挣扎……朱贵钤便拼命地叫喊："别打了……不许打……"他想跳起来，但肖天放却死死抱住他，并哀告道："指挥长，子弹不长眼睛……你别这样……"他愤恨地掰开肖天放那双铁耙一般的大手，从大石头后站起来，但一梭子子弹紧贴住他头皮擦过，又逼使他躺下。

子弹"噗噗"往老兵的肋条里、脊背里、腿股里和脑袋里钻，溅出很烫的血汁。朱贵钤这才想到，自己上当了：参谋长在杀这批老兵灭口。他会说，这批疯了的老兵突然冲指挥长端起了枪，他不得不先下手为强，以保证指挥长的安全。事实上，这个干巴瘦的老家伙后来也的确是这样向省联防总部派来调查此事的两个中校陈述的。

十几秒钟后，枪声便停止了。

朱贵钤连头都没再回一下，赶紧上了轻便马车。他怕自己忍不住会当众给这个残忍的瘦家伙一个耳光。他也不愿意让在场的部属看出，由于无法接受这个突然而至的血肉横飞的场面，他已经头晕心虚，胃里翻腾得直想呕吐，脸色也顷刻间青白了起来。

"去看看，还有伤着没死的，赶紧送卫生队！"他强抑制住一阵阵往上翻腾的苦水，沉重地拉上车门，吩咐道。但没等马车驰出多远去，他又一次听到了枪声。是单发的手枪声，参谋长那支大口径带标尺的"加拿大"九零手枪。他给每个伤着了仍在哼哼的老兵，在眉心间又都补了一枪。

　　一直到开晚饭前，朱贵钤都没法让自己镇静下来。连续不断的重机枪声一直在敲啄他的心口。他眼前总有那些个半疯不疯、衣衫褴褛的老兵在晃动。他看见他们的下巴被子弹削去，满嘴淌着鲜血。他看见他们在临死前的挣扎中，把屎尿全拉到裤裆里。有几个就倒在离他不远的地方。他听见大股的鲜血从胸壁上拳头大的炸子儿洞里冒出，带着嘶嘶的气泡声。他听见不止一个老兵在拼死的扭动中喊着："哦，我日你爹……我日你祖奶奶……"

　　吃罢晚饭，他立即把自己关进楼上的工作间，吩咐女接线兵，没他的解禁令，不准把任何电话接到他工作间来。

　　窗外，新建起来的木板阳台，正对着落日余晖映照之中的大裂谷。雾一般的暮霭徐徐从裂谷里升起。苍凉的山谷，刀削般壁立的谷岸和谷岸上千百万年前由造地运动而堆褶起来的山脉，此时都一刻比一刻地幽暗了，越发变得深蓝了。只有那向阳的山坡和远处那圆凸状从地平线上隆起的高地，依然浸沐在灿烂辉煌的晚霞中，仿佛一批从最后的晚餐上撤下来的铸金器皿，被圣主遗忘，流落在这片荒原的边缘……或者犹如穆圣所启示的那样："你们和你们的妻子，愉快地进乐园去吧！将有金盘和金杯在他们之间挨次传递。"

　　老兵的死，给朱贵钤的刺激太深、太重。仔细地回想，他还能认得这些老兵。二十年前，当他还只是个极稚嫩的毛伢子，被祖父送到老满堡来当兵熬炼性子时，正是这些老兵中的人，赶着马车，到省城车站接的他。那一路，他和他们走了多少天？二十天？三十天？记不清了。还能记得的只是一双穿在一个十四五岁男学生脚上的黄色小牛皮皮鞋和那些个斜背在老兵背上用来盛酒和水的皮囊，还能记得没完没了的摇晃，还能记得那一点强烈无比的感受——每一天，看到灼热的太阳烟烟夺目地重新升起时，他都觉得，他跟他这一小队士兵，已无路可走了，他们已经走到地的尽头天的边缘了，再往前走三几里地，他们一定会从那高高隆起的浑圆的地平线上一头栽出这个山穷水尽的地球……十年前，祖父又把他送去印度，仍是这些老兵中的一些人护送他到红其拉甫山口踏上异国他乡。临分手时，他给他们每人送了一盒骆驼牌香烟。他至今还能记得，他们双手捧着这种他们从未见过的外国纸烟，那迟钝厚道的眼神中，所流露出的无限的感激、惶惑、不安……

他们失踪几年，竟然活了下来。还有什么东西像他们这样持有如此强大的生命力？在动物中，恐怕只有狼。但狼活着，只为了它们自身，他们却明显地被某种责任驱使、鼓动。一直到死，他们都没想到要去再想一想，人在这个世界上，应该不应该、能不能有另一种活法。

人，自己能把握自己吗？

他应不应该享有这样的权利？

他应不应该具备这样的能力？

但朱贵铃却觉得，甚至一年比一年觉得，人无法把握自己。所谓要去做自己想做的事，完全是黄口小儿不谙世事的一种痴想。

他昂起头，眼睛异样地发亮、发黯。

几个月前的一天，他被请去参加一个支队长的婚礼。这已经是这位支队长第七回或第九回的婚礼了。并不是说这位快五十岁了的支队长金屋藏娇，因此攒起了七位或九位太太，不，他始终只有一位太太。他娶了那么多，却总是留不住，不是死了，就是跟人跑了。这回，他发狠心，把前六回或前八回替他做媒的那个媒婆娶进来，归一个总。婚礼自然是从未有过的热闹、喧嚣。朱贵铃多喝了几杯，回家时，便很晚了。

门厅里很暗。唯一一盏还点燃着的玻璃罩美孚油灯，灯捻子也捻得很小很小。壁炉里将熄未熄的柴火乏力地幽微地向自己的近边布散出暗重的朦胧。他不想马上进客厅。客厅和门厅就隔着一道总是敞着的柚木门。他在门厅里站了一会儿，回想这一夜的喧嚣，喧嚣中众人对他的趋奉，包括那位又做新嫁妇的半老徐娘有意无意地用她那特意收拾得坚实而又软和的乳房，来回来去地蹭他的胳膊肘。他知道，一贯由行伍草莽出身的军官主政的老满堡联队，对于他这样的人历来抱有极大的戒心，但到当面，他们却又几乎全体一致地趋奉。"狗东西！"想到这里，他自嘲地却又不无得意地笑了，而后仰起头，微微闭上眼，轻轻呼出一口被酒灼热了的底气。这时，突然一声尖叫，惊吓了他。那叫声很低，明显是压抑住的，但又充满了骇异。叫这一声的是他多病的从印度带回的妻子。这一晚上，她一直靠在壁炉前的软椅上等他，等着伺候他上床，后来便瞌睡过去了。门响，惊醒了她。她忙略略地整理了一下有些凌乱的鬓发和衣襟，起身去迎朱贵铃。待稍定神一看，她吓坏了。她看到在门厅里站着的不是朱贵铃，而是两三个月前刚死去的那位老人，朱贵铃的祖父。后来，她一再发誓，当时她是醒得很彻底的，看得清清楚楚。她熟识他的祖父，她虽然是印度一位华侨富商的孙女，但从小却是在他祖父膝前长大，她发誓那一晚上，在门厅里看到的是他的祖父：那老派坚硬的自信，那经世之人理智的自嘲，那灰白但又潇洒地遮覆在额前的头发，躯体极有韵致地挺直在那儿，手极自然而又正规地垂放在大腿两侧，这种难以言表的韵致，是只有通一生都强烈要求自己生活在那种特定的军人意识中的老军人才会浑然地体现出来的——而这，正是他的祖父。

"你疯了？门厅里只有我一个人。"当时他对她嚷嚷过。他被她说得周身的汗毛根根直立，脊背上直蹿冷气。但他没再责备呵斥下去，只是不许她往外说，更不许在那一对双胞胎儿子面前说及这事。他很快进自己屋去了。他久久地在穿衣镜前害怕地端详自己。是的，差不多在一年多前，也就是祖父住进陆军总医院那段时间的前后，他就发现，自己在许多主要的方面，无可挽回地变得越来越像祖父。

他不明白这到底是怎么一回事。

他原先是很不类同于被许多人崇敬又被许多人仇恨的祖父的。

他从来没有想到过要刻意去模仿祖父，相反，当发现自己行为举止、嗜好脾性，以至相貌都越来越酷似祖父时，他时刻警醒，不许自己下意识地模仿祖父。甚至在睡梦中突然惊醒过来，第一件事，也总是马上去查验自己睡觉的姿势，是不是有雷同祖父的地方。一度，他过敏得简直都神经质了。后来，他还是放弃了这种种努力和戒备。因为他终于发觉，这种努力地拼命地全身心地去做一件在一般人看来绝对做不到的事的狂劲儿，也正是祖父一贯的特点，而自己过去是从来没有过这种"狂劲"儿的。再后来，发觉自己外貌上也开始向着祖父的那副干瘦瘦小强悍的模样变形，便彻底断绝了抵御的念头。他知道，事到这一步，已不是人的任何努力能挽回的了，更绝对地不是什么能自主的了……

天正在变黑。暮云覆盖住城外的高地。阿桦河拐了个大弯，阔阔地淌来，幽幽地在树丛间发亮，好像一片蓝玻璃、黑玻璃，或者天主堂里那带格儿的彩色玻璃。风加紧了，狼不出动，四野也同样地静。布满碎石的岗包上，高高耸立着早已废弃不用的那座磨坊。它是阿达克库都克荒原上唯一的一座风力磨坊。古老的风车断了架，扇片只剩下几根干硬的筋骨，接头处筑起了秃顶鹰的大巢。它那圆筒状的塔身和比塔身还要高出许多的铁杆儿风扇架，百多年来，早已成了阿达克库都克的象征。域外的人提到它，便会想起这整个荒原；想到荒原的悠远辽阔，也总会想起它的坚固久长，仿佛诵经楼上那一声声古老的叫唤。

朱贵铃想好好地歇一会儿。可我又在等谁呢？他问自己。他面颊依然潮热，心里烦躁，不时瞭瞥紧闭着的门扇。他确实在等个人。不是妻子，孱弱多病的她早回她自己的卧室安息了。为了免去她上下楼的劳累，她的卧室就安排在一楼。但她尖促激烈的咳嗽声，仍不时传到楼上。他等的也不是孩子们和他们的姑姑。吃晚饭的时候是他过问他们学业的时间，现在，则是孩子们的姑姑管教他们的时间。单日，她给他们讲圣经上的故事，双日给他们讲《龙文鞭影》。这本书，是明朝万历年间国子监祭酒萧良有编撰的，也是朱贵铃小时候，听人系统讲过的第一本书。

他骂自己没有出息。但他的确在等那个人。她果然来了，脚步声迟疑、仓促、羞愧，又是迫不及待。一听到她上楼来了，他立刻从面对木板阳台的落地窗跟前转过身来，本能地捻小了灯芯。他浑身突然变得炽热而又无力，在一股灼人的气血的冲击下，身子胀胀地战栗。

她捧着他的睡衣睡裤和睡帽。她是他从印度带回来的女佣，十九岁的二小。

门迅速地滑开，她闻到了那股熟悉的热烘烘的带着一点檀香味的男人体息。她没敢抬头。她想隔着门槛把睡衣递进去就走。她知道走不了。上楼时她就在战栗、心跳，她知道自己会在近似黑暗的朦胧中被拥到一个火热的怀抱里。她熟悉那件雪白的衬衣、袖口上的金纽扣。她熟悉那眼底的贪婪和赤诚。把她抱到那宽大柔软的皮圈椅上，他喜欢她手足无措到连气都喘不上来的神情，也喜欢她无依无靠的可怜劲儿。每一回，他都要暗自惊讶，她怎么会有那么沉？他总是先去抚摸她纤小而圆活的双脚。他总是跪在她面前，把整个脸都埋在她脚面上，那样狂热地长时间地亲吻着她的脚面。

"哦……不行……不行……"她几乎要惊叫，但又不敢。她知道这时候，夫人还没睡着。患有失眠症的夫人上床后，不到天亮前的那一两个小时，是不会睡着的。在这段时间里，夫人的听觉格外敏锐，任何一点响动，她都听得清清楚楚。她想用力收回被他紧紧捉住的双脚，差一点蹬翻铸铁底座的皮圈椅。

他只得松开了她的脚，但仍然要搂住她柔韧而富有弹性的腰，把她的脚夹在自己的腿的中间，把自己的脸埋放在她温软的腿面上，久久地跪坐在她面前，一动不动，也不让她动弹，直到心底那一阵阵抽搐般的战栗渐渐平息。

然后，他会对她说："你走吧，我要办公了。"他便不再传唤她。

祖父也喜欢身边的女佣，或者说，比朱贵钤更喜欢。丧妻后，他就不肯再续弦。他讨厌给他介绍的那许多有身份有学问有丰厚嫁妆的女人。他觉得这些女人没一个不装腔作势的，没一个能算得上真正的女人。他只喜欢那些女佣。他甚至都不讲究她们的身材相貌年龄，哪怕是一个大字也不识的女佣，不管什么样的都能激起老头儿的狂劲儿。朱贵钤也一样，甚至在中学时代，他就腼腆地纠缠自己家里的那些丫鬟。他根本不能和外头的女人交往，一见外头的女人就心慌得不知所以，但却从不放过自己家的女佣，甚至自己那位年轻的乳母……

十分钟后，电话铃响得厉害。他不肯接，随它响去。它果然顽固，继续响，同样不肯罢休。他简直要扯下电话机，扔下楼去，把玻璃窗哗啦啦砸个大洞。电话是联队部值班军官打来的。城里最大的一家富商，白氏兄弟，紧急求见指挥长本人。在老满堡联队，没人愿意怠慢白家这一对兄弟。特别是中下级军官和普通士兵，没一个人不敬佩这二位。这二位当年也是苦出身，二十年前，从晋东南的塬上来，揣着几斤莜面，一张狗皮褥子，盲流到阿达克库都克。现在人家过的什么日子？先甭说别的，前年这二位给全联队当兵的每人添了一身替换衣服，去年又给全体校级以下的军官每人添一双黑牛皮皮靴——按规定，只有校以上的军官，上边才发给这样的皮靴，可全联队校级以上的军官一共才六七个。到去年下半年，联队奉命组建骑兵支队，经费上有一大块缺口。他俩得知，马上购置了阿枓河河边上一片上好的草场，送给联队做马场，并且又派人去西安南京置办全套药械用品，帮骑兵支队办起了必不可少的兽医室。今年还会给个什么彩呢？大伙眼巴巴正盼着哩。

二小不愿指挥长为了她而耽误公事。她轻轻从朱贵钤的臂弯里抽出手，去摘下电话听筒，递到朱贵钤面前。这几乎等于在命令指挥长接这个电话了。朱贵钤无奈地笑笑，只得接了。但一等听到，是白氏兄弟的事，而且他俩已经到了联队部，此时正在院子里等着，朱贵钤便跟触了电一样，猛地蹿将起来。

"你们这些值班的，是干啥吃的？为什么早不来电话？让白先生干等这么长时间！"他吼了，立马儿变了副面孔，匆忙地甚至很生硬地催促二小伺候他换衣服。他要那件硬领的、袖口上缀着两颗水晶纽扣的白衬衣。一直到临下楼前，他才回过神来，轻轻捏了捏二小的脸颊，抱歉似的吩咐了声"送几杯咖啡下来"。

金黄，黑褐，墙布或者护衬板，巴格达出产的多头刻花吊灯在散发洁净而柔和的灯光，还有那四个雕在一根木柱上的非洲裸女做着各种舞姿，泰国的象牙，白俄罗斯的铜茶炊，阿姆斯特丹的水晶瓶，西班牙牛角柄的弯刀，亚马孙河的鳄鱼皮，伊丽莎白港那艘最古老的三桅船上的核桃木舵轮,瑞典的刻花玻璃器皿,法国的烫金瓷盘,阿拉伯的神灯,斯堪的纳维亚半岛上农妇穿的木鞋,整只的海龟,瓦罐和古代的烟具,绣花的靠垫,带有浓厚婆罗门教色彩的壁饰——就是没有一般富家厅堂里必备的中国字画。

白氏兄弟怔怔地站在壁炉跟前。

客厅的布置,主要应归功于朱贵钤那位基本上不出来见客的夫人。孩子们有孩子们的姑姑管教,家务也全交给了能干的二小,她又不爱去其他军官家串门——老满堡的任何一条街道只能使她感到伤感和更加憋屈,更不习惯去别人家牌桌上凑数,剩下的,便只有这么一点余兴了。但是,这个客厅,真叫白氏兄弟动心的,还是一种被朱贵钤叫作"月白藤"的东西。

"月白藤"的真名叫什么,连朱贵钤也不知道。这是他去印度北部高原上实习时,在一个王公的古堡里发现的。它非树非草又非藤,粗大繁茂,四处爬蔓,耐得住干旱,又经得起沤烂,它的每一张叶片,真正长开了,能有团扇那么大。"月白藤"是他给取的名儿,只是因为发现它的时候,那一晚上古堡上空的月色格外皎洁。回国前收拾行李,他明白,自己将回到一个什么样的地方去。他带回这些月白藤,并非想弥补那必将失去的什么,他只是由着记忆的惯性去做了这件事,拿四个大木箱装运了这四大棵月白藤,多花了不少运费。他觉得自己是在做一种惯性的游戏。没想到,运回它来,在客厅里长得特别好,似竹非竹的枝干很快长到了拳头一样粗,并沿着四壁,爬上墙头,又把整个天花板攀得满满登登;扇面大的叶片,肥韧而有光泽,也快把客厅里的四扇大窗户遮没;强有力的气根,把四壁铁梨木的博物柜架紧紧包缠,更多的,钻透了地板,深深扎到楼的地基里去了。它们现在跟这幢小楼一样,直接生根在阿达克库都克的土层中。朱贵钤甚至担心,它们再强大下去,到那么一天,会不会把整幢小楼都抬起来呢?未必不可能。他甚至不无忐忑、又掺杂着幸灾乐祸地期待着这一天。

至于,真被朱贵钤视为收藏品的,轻易不给别人看。它们都存放在他三楼的那间工作室里了。他跟祖父一样,除了嗜好最昂贵的白衬衣外,只收藏一样东西——望远镜，而且只收藏德国蔡斯公司出产的望远镜。从单筒的到双筒的，从单倍的到一百倍的，从铜管的到裹着鳄鱼皮的，从仕女观剧用的，到苏沃洛夫元帅率军翻越阿尔卑斯山出奇兵击溃十万土耳其大军时所使用过的……它们都被锁在那把用南美大草原上的羚羊皮缝制的大圈椅背后的几个玻璃柜里，玻璃柜一概地又都被黑丝绒罩蒙住。

"好气派！好雅兴！"

白老大接过二小端来的咖啡，哈哈一笑，指着客厅里发绿的和不发绿的一切，对朱贵钤说道。

"见笑见笑。"朱贵钤淡然一笑，做了个让座的手势。

白家兄弟俩没坐。这两个至今还没成家的大老爷儿们，除了到他们各自的相好家里，还会坐一坐、躺一躺，不管到谁家，都不肯坐。他们是痛快人，明白人。积四十年辛酸苦辣，他们觉得人与人之间的关系，就是求与被求那么点东西，做人的全部功力，就在于你能不能求到根劲儿处，在求和被求中最终得到你所求的那一切。所以，进屋不坐，开门见山，说完说走；只要他俩能办、愿办的，一定替你办得干脆利落，决计不会做出那种厾半截又夹半截的事。

不过，有人又这么说，只要让他俩捏在手里，砂石子儿里也能攥出二两油。这话也没错。

他俩今天来找朱贵钤，是为修铁路的事儿。他俩想做大生意，修一条铁路直通国境线。从老满堡到苏俄边界，比到省城近一半还多，比到兰州和西安近八倍或八百倍。他们已经求到了省经济资源委员会地（方）拓（展）局的筑路许可证。他们准备招募两千民工来干这件事。他们知道约束这两千民工，可不是件简单的事。这些从口里跑饥荒到阿达克库都克来找饭辙的劳工里有不少是吃死娃不看天道的家伙，三不折二，绝对能搅得你天昏地暗。这哥俩想请老满堡联队派队伍，随筑路工程所一起行动、压阵。

"派出来的弟兄，一切花销，我们管了。"白老大亮开他那铜锣般的大嗓门，震得房间嗡嗡地响。他总是穿件很旧的长及脚面的马裤呢军大衣，里边套一身黑粗布棉袄棉裤，还扎着裤脚口，脚上穿着双脸的元宝口千层底老式棉鞋，不土不洋，亦土亦洋。

"那敢情好啊，那我就把老满堡联队所有人马连锅给你们端了去！"朱贵钤笑道。

"怎么敢当。"白老二温和地笑了笑。他是白家一切"宏图大略"的主谋者，虽然骨子里也是个咬死狗都连毛吞的家伙，但说起话来，总慢条斯理有板有眼儿，揉圆了抹平了，叫人不好找缝岔。他因为经常去国境线那边谈生意，不知道从哪儿搞来一套苏俄红军穿的灰呢军便服，就这样常年在穿着，腰里束了根宽宽的牛皮腰带，脚上蹬一双高靿的军用皮靴，再加上他不算矮的个头，浓黑的长发，密密的连鬓胡和一双精明闪烁的眼睛，一见之下，总让人觉得此人可信赖可托付可共事。有人就这么让他在背地里给卖了，还高高兴兴帮着数钱哩。还有件怪事，他那身常年穿着四处溜达的红军呢制服，从来没见他换下来洗过、熨过，却老见它不脏不皱也不坏，老那么干净那么顺溜那么合身，又那么新齐，好像每天晚上都有人替他把它洗了烘干又熨过似的，又好像他家库房堆着三百六十五套这样的军便服，每天供他轮换似的。

"多了，我们也负担不起。这么个数吧。"白老大伸出两个指头，表示两百。

"不难为朱指挥长，到底能派给多少，最后还是请指挥长定夺。我想，多少给一点就行。"白老二补上一句。

"对对对，多少给些人就行！"白老大咧开大嘴，亮出满副黄板大牙。这哥俩都清楚，朱贵钤目前在老满堡还没到说了就算的地步——左右都有参谋长的人在跟他掣肘着哩。他们还没摸到朱贵钤的深浅，不太清楚这位出自英国皇家军事工程学院、仪表堂堂又文质彬彬的长官，到底有多大的能耐，对自己对这个联队能把握到何种程度。他们不想逼得太狠，没有杨小楼那副嗓子，硬要满宫满调地唱，唱倒了嗓子，自找。

朱贵钤看出了兄弟俩心底的这点算计。这件事的确使他为难。白氏兄弟在领到筑路许可证前，曾托人到他跟前来讨过口风，问他日后能不能给予这样的支持。他也曾到参谋长跟前去探过口气，却让那位干巴瘦的驴蹶子一蹄子给刨了回来。参谋长一直对白氏兄弟的暴富，感到满心的不自在。他一直对这哥俩不断膨胀的野心抱有百倍的戒心。虽然他也是个跑江湖行伍苦出身，但却从心底里瞧不起白家这一伙人。

"想把老满堡联队当成他白家私人镖局？操，纸糊的×哩，这一对光棍，还真会想好事，让他们来找我！"参谋长咬牙切齿。

朱贵钤说："白家兄弟对咱们联队也不错，豆腐账不算，算青菜账，给他们帮这一点忙，也不为过。"

参谋长哈哈一笑："花他那么点钱还值得你那么上心？姓白的有一个铜板是从他祖宗兜里带来的吗？别人不摸这一对宝贝蛋的底儿，我还不摸？花他一点钱，那是给他面子！他还想咋着？咱们不惯他那毛病。今天修路了，要派人。明天开矿了，你派还是不派？后天又出殡葬他娘的七大姑八大姨了，咱还得去替他娘的扛幡杆儿？我没那么贱！"

但朱贵钤还是下决心要在这件事上帮白家兄弟的忙。他知道，在兰州行营军事长官室走动的祖父死后，自己失去了半壁靠山，假如日后还想做点事情，光凭自己这点能耐是不行的。首先，当然是得把省联防总部的那一帮子伺候舒服了，余剩的，有两条路可走，一是走参谋长的路，二是走地方大户的路。参谋长是自己的部下，做自己部下手里的傀儡，不到山穷水尽，他还抹不下这点脸，无论如何也是心不甘情不愿。因此，他想来想去，走地方大户这条路，兴许还是条可以试一试的路，假如闹好了，能在白氏兄弟办的铁路公司兼个副主事一类的头衔，就连退伍以后的出路也都有了着落。他并不愿像祖父那样，在军队干一辈子。不，他从心底里就觉得自己天生不是个军人，也不能是个军人。他要为这一点和祖父的不同而挣扎。他必须考虑自己的出路了，因为毕竟是三十好几，小四十去的人了。

还能有几年时间，让自己逞能呢？

"你们放心，两位要在地方上办实业，就是不请，我们联防队也应该派人帮着维持。要不，干吗还非得麻烦大伙儿养着这么一支军队呢？派两百、三百，还是一百，我得看看各方面的勤务情况才能定个准数，但我一定给你们派。这件事就这么说定了。"

朱贵钤的这一番话有如铁筒子里掷铜豆，字字作金石声，叫白氏兄弟好不感动，也好不意外。第二天，天刚见些黑，白家的一轮加长铁壳马车，轰轰隆隆给朱府送来一个足有大半人高的大木箱。朱贵钤让人拆开看，里边填足了稻草和僵瓣棉，扒开草絮，才看出里边站着一架少见的白漆面的俄罗斯钢琴。送货的人什么话也没说，卸下货，递上一张便条，赶着车就走了。那便条上只写了这么几个字："贵钤兄，惭愧，惭愧。"落款只是一方朱文印章，钤着五个篆体字"白亦不白也"。印章的直径总有一寸多。这是一方在老满堡名震四方的印章。印章的主人就是白氏兄弟。当年，他俩初入生意场，一个大字也不识。白老大从院墙跟前的柴火堆里随手捡了个树疙瘩，磨平了一头来看，木质细密坚润，乌红如玉，掂一掂，重得像铁砣，扔在水里，照样不沉底，问遍了各方细木匠，居然都不认识它是什么木头。白老大托人把它带到省城里，用一个字五十块大洋的代价，请专治名人印章的宝晋斋主，刻了这"白亦不白也"五个字。说"不白"，是不会一无所有的意思，冲一冲他们自己姓氏的不祥之气。宝晋斋主非常喜欢这块罕见的树疙瘩，提出，要用一方寿山田黄跟白老大交换。白老大不肯。有识货的行家劝他："这块田黄，是寿山田坑出产的田黄中最名贵的一种，叫橘皮黄。论价钱，你到随便哪一家古董行里去打听，它都要比同等重量的黄金贵三倍以上。这么个好事儿你不干？你要那烂木疙瘩管屁用？"白老大说："我没想要它，是它自己凑到我跟前来的。不管它是个烂木疙瘩，还是块宝贝疙瘩，总是我命分中应有的，命中注定的。我要只为了贪他那几两大事干不了、小事又累赘的黄金，把它换了，以后财运还肯往我跟前凑吗？你懂个鸟！"宝晋斋主爱屋及乌，要免费替他刻那五个字，白老大也不肯。宝晋斋主说："那你就按每个字一块银洋结吧。"白老大说："你当我是到你门前要饭吃来着？你可着劲儿开价。你给省府大员刻名章开的是啥价？"宝晋斋主说："那你就不好比了。我收他们每字二十五块大洋。"白老大笑一笑，哗哗扔出二百五十块大洋，让宝晋斋主按每字五十块大洋给他刻。这件事不出三个时辰，传遍省城大街小巷。白老大和他的这方印，顿时身价百倍。奇怪的是，原先还不大愿意贷款给这哥俩的银楼钱庄，竟然都一一松动。后来，白老大做了个小皮口袋，把这方印章装起来，吊在腰间，日夜不离身。以后生意越做越大，成千上万块大洋的进出，字据上只要见此印，对方就放心。白老大也使足劲来维护这方印章的信誉，只要盖了此印的字据，他豁出命也要兑现。他也越发地不肯轻易使用它，也更加珍爱它。久而久之，在所有阿达克库都克人的心目中，这方印章便成了腰缠万贯的白氏兄弟的本命符，成了他俩的根底和化身。甚而至于，还有人削尖了脑袋四下里专门去收集盖有这方印章的字据。那原因当然全在于白氏兄弟肯出高价往回收这些字据。

第三章　水　蛭

天放在家养腿伤。四个月后，伤好了，腿瘸了，人也变了。瘦得厉害，精黑精黑，更不爱说话，也不像从前那样爱折腾新兵了。在以往，他手里老拿着根柔柔的树条，或者掂着根用生牛皮编起来的细长的教鞭。新兵们都怕他，也服他。不只是因为他下得了那手，真打，更主要的是，他真能干。新兵的活，除了操典射击，就是要做老兵们不肯再去做的那些永远也做不完的勤务。你说干啥吧，和泥巴、打土块、上房梁、淘茅厕、清阴沟、钉蹄铁、杀猪、宰羊、剥皮、掏脏、种瓜、点豆、浇水、挖渠、搂草、上垛、碾场、打把、阉鸡、骟马、锯刨、锛凿、犁锄、耱耙……你干个啥，他都能给你挑出个毛病；可他干啥，却总比你漂亮利索。而且他还真干，真愿意干，他似乎天生就是个干活儿的，打人的。他的肩膀又厚又宽，两条腿又粗又短，巴掌伸开来，就是一副在娘胎里淬过火了的铁篱。而这一向，他变成蔫儿狠，冷不丁抽你一马鞭，或踹你一脚。也常常看到他，木木呆呆地背起手，攥着那根短柄马鞭，站在马号前的泥坑边上，冲着融融西沉的太阳发愣，从远处看，活像一根烧焦过半拉的檩木。大伙都不明白，他到底咋的了。老兵们自有老兵们的解释，说他"憋迷糊"了。二十出头的人，却从来不跟他们一起到堡子里去找女人泻火，也不见他暗地里搅个固定的相好，他们觉得他不可思议。这一向，白家招来两千多民工，聚集老满堡，堡子里热闹非凡。特别是在白家工程所大木门外那片空场地上，摩肩接踵地搭起了一排又一排的棚子，新挂出那么些饭馆、烟铺、游乐场、理发店、同春院、招商客栈的招牌。有的没招牌，干脆，歪歪扭扭地用石灰水把店名直接刷到席棚上。有的讲究些，在门口栽一根高杆儿，高杆儿顶上再挂个红灯笼壳儿，灯笼壳儿下面垂上几尺黄流苏蓝流苏绿流苏，灯笼壳上再贴上剪的彩字，或者说"宾喜客来"，或者说"人财皆旺"。老兵们最爱去泥泞的后斜街。那儿门挨着门，一溜儿的同春院、金香堂，家家门口一年四季挂着彩色的灯笼壳儿，都在院子里新砌锅灶。从老兵们手里贱买来军用苫布，搭起防雨棚，摘下门扇做案板，这就是厨房。腾出两边厢房做"肉号"。所谓"肉号"，就是姑娘们住的，每间厢房门上都挂着颜色各异的布门帘。老板娘叫号就那样按颜色叫："蓝春——红春——蓝香——红香……"她们就能明白，下一个该着谁了。其实，蓝呀红的，都不是爹妈早先给的名儿，卖了爹妈给的肉身，谁还肯再糟践爹妈给的名儿呢？——中国人往往是脸面儿比肉身要紧。这么蓝呀红地被喊上几年，或者被人赎出从良，或者让脏病烂死，或者攒下足够的私房钱，也去揽一帮子新来的女移民，再租几间房，再办个"同春""金香"。后斜街永远还是后斜街。下过雨，房顶、树顶都湿，街面汪水。屋檐比天空黑，天空也黑，但那些大小各异、新旧两便的灯笼壳儿里，昼夜点燃着蜡烛，却总在那儿摇摇晃晃地亮着。

那天斧子楔进小腿骨头里去以后，血几乎流尽。爹决计不让天放再回老满堡。他后悔两年前放走了这个大儿子。两年工夫不算长，但这个大儿子已经瞧不上这个想太太平平过日子的爹，已无法在这个破破烂烂、但也自在稳便的家里安生。这一点自在，这一点稳便，爹是花了高过性命的代价才换得的。儿子，我怎么才能让你明白这里边全部的辛辣和苦涩？怎么才能跟你说清，做爹的在终于躲进这稳便和自在中前，那所有过的头破血流和心惊胆战？爹用个特殊的配方，熬了一锅骆驼油。他让大弟大妹死死地摁住天放，把一铁桶滚烫的骆驼油灌进天放的伤口里。熬这锅骆驼油时，他放了骆驼粪、槭树叶、老墙土、五步不回头草，放了女人的"骑马带"和天放自己小时候用的尿裤子。伤口周围的皮肉全烫焦了。天放觉得自己已经死了过去。用这样的骆驼油烫过的伤口，至少得烂一年，一年后伤口收口，腿肯定要痛。爹就是要他痛。瘸了，我看你还往哪儿跑。跑到哪儿，我也能逮得住你，别看我老。

四个月的时间，他们一直用细皮条把他捆在长板凳上。天放真灰心了。好心不得好报，还折腾个啥？开罢春，天又晴，刚种完土豆，地沟被太阳晒得暖暖乎乎。湿漉漉的地气在鸟背上聚成雪白雪白的云团。天放闭上眼，他让大弟大妹把他抬到地头。他叫他们走开。他叫娘关上她眼前的护窗板。他不想让任何人看着他。他要独自待在这寂静的温暖的单调的太阳地里。他再一次连同长板凳一起翻倒在地。他哭了。他委屈。他把脸紧紧贴着松软湿润的泥土。他挣扎着伸出脚，把十个粗大的脚趾深深扎进泥土里。哦，它的松软、阴凉、细润、广博、深厚……哦，它的清香、醇厚、浓郁、稳重、永恒……我还活个什么劲儿呢？我还有个啥奔头呢？他侧过脸去，狠狠咬了一口那祖祖辈辈都叫人丢不开的泥土……

后来，大弟大妹又把他抬回到草料房的阁楼上。他不吃也不喝，他以为爹因此会动心，兴许不再捆他。但爹却对他说："想死，就赶快死，别再来烦人！"他又一次哭了。他叫道："哦，我烦你们……烦你们……"他委屈。他下决心死。他的眼泪几乎把整个草料房里的干草垛全泡烂了。

到夜里，那久违了的声音又来找他了。它几乎是带着红光，散发灼人的热浪。几乎没等他惊起，就从四面八方涌进了这充塞了干草腐败气味的阁楼。它来回地在阁楼里游荡，几乎要胀破那糊着泥巴的树篱子墙。村子里的人也说，那天夜里，在好几里以外，都能看见天放家草料房屋顶上蹿着红光，都以为着火了——天火烧，都跑到湖堤上。男人钻进苇丛，手执镰刀，把两腿插进冰凉的湖水里。女人敲着面盆、瓷缸、铁铲，排成一字长蛇阵，在湖堤上绕圈跺脚喊叫。他们看见那红光一会儿喷薄升高，一会儿又柔柔地回缩，只从墙缝里泄出一丝丝袅袅的余光。他们甚至还看到半空里影影绰绰站着个巨人，不见头，不见腿，只有半截身。就是这半截身，跟个大山似的在黑云的后头缓缓移动，若隐若现。甚至还有人说，"他"是个女的，后来倒退着变成一条同样不见头尾的黑蛇，隆隆地游进了云缝。

天放家里的人也被惊醒。他们只觉得房在震跳，屋架也要倒塌。他们头晕目眩，不明白到底出了个啥事。只有爹猜到了一点。他舀起剩在锅里的那半桶骆驼油，叫大弟拿着长柄斧子跟他往草料房那儿冲去。但一出门，他俩都被一股腥烈的大风刮倒。红光已经消失，大地还在颤抖，而阿伦古湖却怒不可遏地翻腾，就像是要站起来，扑进哈捷拉吉里村来似的。大弟叫道："爹，咱们没命了，没处逃了……"天放爹紧紧抱住廊柱，只把眼盯住草料房小阁楼上那早已被风刮开的窗户。他心里一阵酸热。他忽然猜到，他今生今世再也见不到自己的大儿子了。他忽然觉得，自己是多么对不住这个自己故意把他弄成一字不识的大悍佬的儿子。他将最终失去这儿子。可是儿子，难道你不明白，爹这么干，也是为了你、为了这个家啊……他想冲过去，但此时此刻他却一步也挪不动，就像许多噩梦在同一刻死死缠住了他。

到天亮，所有的人发现自己仍然在自己那张睡了多少年的床上，好像啥也没发生过似的，压根儿没去湖堤上喊叫，连鞋底都是干的。只有天放家的人知道，夜里的确出过事。因为天放不见了。捆他的四根牛皮条，全崩断了，断口的两头，都还留着皮条深深勒进皮肉里以后沾上的血迹。那根长板凳也断成了两截。爹没让家里人去追天放。他相信村里人说的"梦话"，在昨天夜里满布黑云的半空中，曾出现过一个巨大的陌生人，是他，或她，叫走了天放。这是没法阻拦的。

就在往老满堡赶的路上，天放发现了二十二特勤分队。

有一天，刚吃过晚饭不大一会儿，参谋长亲自来叫天放："走，小虺蛋蛋，陪我出去散散心。"老家伙换了一身崭新的军服，灰呢子军大衣上的铜纽扣擦得金鳞般光亮。那张瘦长而又凹陷得像个炒勺的马脸上，坑坑洼洼全是肉疙瘩。略有异常的是那一天，每一个肉疙瘩上的杂毛全收拾光净了。

门外马车伺候。天放赶紧把营务托给值星队长，就跟着钻进了马车的座厢。他很喜欢坐参谋长的马车。座厢宽大，干净，软和，坐垫和椅套每天都换洗，每天都拿香料熏过。这是一种特殊的薰香，他爱闻这种薰香，很有点阿伦古湖边花草的香味儿——当然，还不是他最向往的那种气味。

不一会儿，马车便进了城圈，但没往后斜街和白家工程所门前那片空场地去，而是贴着城根儿，紧着往北走了。

参谋长瘦得像把干柴，精明两眼灯。别瞧他五十出头，一百公里长途奔袭演习，他绝对从头顶到底，能一直随大部队行动。他这把年纪了，说不累，人真不信。但他就好跟当兵的混作一堆，天生一个军人坯子。天放对他佩服得五体投地，他也器重这个新兵营管带。

由着马车轻微地哐当了一会儿，天放觉得该探问一下了，便毕恭毕敬地问："参谋长，有话要吩咐？"

"吩咐个鸟！出来散心，就是散心。"参谋长那对细小的肉里眼在平光的圆镜片后头善意地闪烁，又问，"腿上的伤好些没有？李医官说，他给你使的药，一百条腿也能长好了……"

天放忙站起，立正："谢谢参谋长。我听说了，是您让李医官不惜工本给我使最好的药。不过我这伤口就是这样，好了又犯，犯了又好，不管使什么药，也拦不住它折腾一年。一年到期，不使药，它自然而然就会好。"

"咋的了？它事先跟你约好的？"参谋长笑了。

"约是没约……不过……"天放一时不知怎么跟参谋长解释这件事，只有傻笑一下。

这一段，天放的伤又开始溃烂，每天得往外出小半桶脓血。他也不肯歇假，只把马鞭改成一根手杖，打人之外，还可以帮着自己支撑那成天热辣辣胀疼的肿腿，而且照样在风里雨里、操场马场上训练新招募的兵娃子。参谋长就心疼这种硬汉子，喜欢这类下属。看天放仍绷着劲儿在抬不起头来的车厢里站着，赶紧叫他坐下，轻轻叹了口气道："一天不出恁些脓血就好，偌样过于伤元气了……"说完，竖起大衣领，缩回座位角落的黑暗中，打瞌睡去了。

参谋长当然不是无所事事，只为了让天放陪他出来散心的。假如真只为了散心，他也不会叫天放。因为肖天放这人根本不会放松自己，根本不是玩的人，跟他在一起，想玩会玩的人也玩不好，别扭，不自在。

这一段，参谋长的确忧心如焚。烧他心、刺他心的，便是白家那两个麻糜不分[1]的家伙。他绝对不能够让这一对狗日的把阿达克库都克全卷进他白家腰包，也决不能让他们小恩小惠地把朱贵铃拢了过去。要不然，这几十年，他就等于白干了。阿达克库都克必须由他来说了算。因为这背后还关系到整个联防军进退两全的大战略安排计划。这许多年，风云诡谲，群雄相争，结局难料。当年，省总部的几个头头把他派到老满堡来，就是相中了这块外人一般进不来也不大会愿意进来的阿达克库都克荒原，要他好生经营这个联队，牢牢把住这块地面，把它经营成绝对可靠的后方基地。万一局势有变，他们便能据此有个保全身家性命、再图东山的支点。即便局势不会发生这样的变化，大批退伍需要安置的军官和老兵，也得有个去处。他们中，大多数人在省联防军干了几十年，再回老家去跟别人争一席之地，较一日之短长，打进别人惨淡经营了几十年的生活圈子，实在是很难很难的了。回不了老家的，就准备都安置在阿达克库都克。所以也就不能允许有任何一把出头锥子胡乱在这麻布袋里乱扎，就容不得白家兄弟如此嚣张、横行。

他有事要肖天放干。

只是还没到说这件事的时候。

今天，他真想散散心，也想叫天放这愣小子长长见识，为用他走下一步关键的棋，垫个底儿。

马车出北门，下官道，便拐上了一条颠得挺厉害的碎石子路。接近干河滩，树便稀落，树皮粗糙，树干儿也歪斜，迎着风势，都向一边斜。再往前走一点，路面升高，又上了岸坡。林子片片拉拉，里边开始不再那

---

[1] 麻糜不分，陕北、关中地区方言，本意为麻子和糜子都分不清，后多用来形容人比较傻。

么荒寂，出现人家，大都是独门独户的小院，也有孤零零不带院墙的旧楼。这些小院、旧楼，原先都是城里有钱人发家后出城来盖的住宅、别墅。后来，堡子里面的街市一天比一天热闹，他们又想着那里的种种方便，相继搬回城里，建起一片片住宅区，把这里的小院、旧楼很便宜地转让给不那么有钱的人。有许多转让不出的，便索性空关着。这一带越来越冷落，时有剪径的强人出没，一般人就更不敢上这儿来了。

台阶很高。天放想不通，这么个破小楼，干吗要砌这么多的台阶。十七级？二十级？也许更多，他没数。台阶的水泥外壳全破碎了，露出不整齐的砖面。铁栏杆也锈得厉害，根本不敢摸。楼里好像没一点灯光。等参谋长若无其事地敲了几下门，所有的窗帘一起慌里慌张地晃动，帘缝里陆续闪出一条条亮丝儿，门后边便有响动。先出来开门的是个将近四十岁的女人，紧接着从楼上又跑下来两个更年轻一些的妇人。她们把灯盏都留在身后的门厅里了。看不清她们的脸，但肖天放还是觉得她们眼熟。

"参谋长，我们怎么得罪你了，怎长一段时间都不来看我们一眼？"其中最年轻的一位拉起参谋长的手，故意嘟起嘴。

参谋长大度地哈了哈嘴，让天放把两袋面粉和一筐蔬菜、牛羊肉抬进楼。

"什么时候又添了这么位年轻勤务兵？"那位年纪最大的，斜起眼瞟天放。

参谋长托住肖天放的下巴，像卖牲口似的，把肖天放的脸亮给那几个妇人看。妇人们端来油灯，在肖天放脸前晃了晃，才能"啊"出一声来，表示许多的诧异和一点尴尬。

她们怎么会认不出肖天放呢？

这时，肖天放也认出她们，竟是"老狗头"庆官儿的几位姨太太。

老狗头被突然免职后，心里憋闷，很快得了疯瘫，不久又染上痢疾，没过俩月，就一蹬腿走了。大太太回北平蓝靛厂的老家，带走了庆官儿的全部家私，连庆官儿这几十年里置的房产地皮，也叫她全换成现大洋带个精光，只撇下庆官儿平日最疼爱的四个姨太太，算是出了窝在心头几十年的这一口怨气宿恨。四个姨太太虽说各自都还有一点私房钱，还有一点放出去尚未收回的印子钱，在首饰店定做了还没取的金银小件，托给古董店寄售而一时还没变成现大洋的几件洪武年间的灯具、几串菩提子佛串、几饼名贵的唵叭香、几个白玉玻璃翠内画烟壶什么的，但眼面前，却连住都成了难题。易手后的房主凭着房契要收房子，立时三刻，叫她们上哪儿去"高就"。糊个纸房还得三根麻筋儿打底哩！就算凑凑合合把住的问题解决了，往后怎么活？那点存钱够她们糊弄几天的？俗话说金水银水不如一塘活水，马靠夜草，人得活钱，也许她们最后的归宿，就在那条后斜街上了。

还真有人愿意往她们身上大把地花钱。

真有人想尝尝前任指挥长姨太太的滋味儿。

白家哥俩就托人来捎过话，他们愿意收留这四位太太。故意张扬出来的条件是，第一，其中的一位得愿意陪夜，陪的还不是白家这哥俩，而是这哥俩手下一位最受信任的账房先生；第二，其中的另一位得进由白家常年资助的子都剧社唱戏，因为她原先就是个科班出身的戏子；第三，其余的两位，大致上是指三姨太和五姨太，便派在下房使唤。

这当然是故意要给庆官儿抹黑。用参谋长的话说，这是在扇咱老满堡联队的脸哩！

都不管她们的死活，他得管。他买下了这幢破旧的小楼让她们住下，常派人给她们送吃食用品，也常给她们送些零花钱。他自己（也只许他自己）上这儿来陪她们"搬搬玉砖"（打麻将牌），吃吃消夜，后来，也在这儿过夜。这件事，联队部的人都知道，但大伙儿也只当不知道。特别是一帮子老兵，觉得参谋长真讲义气，真为联队着想，她们的这个结局，总比最后去了后斜街要强一千倍一万倍。

肖天放当然想不到，参谋长会带他到这里来。

他难堪。

她们也难堪。她们已经很不习惯见除了参谋长以外的男人了。参谋长给她们下的死命令是轻易不许出楼门。况且这个男人又是过去替她们擦床腿的家伙。

"咋的了，还没回过味儿来？"参谋长搂着二姨太肥硕的腰，揶揄她们木讷的样儿。

天放忙知趣地应声："参谋长，我就在门外等着吧。"

"参谋长让你来陪我们玩玩，你就别再两斤放在三斤里饶了。"四姨太侧过身子，掩饰起心底的厌恶，笑着一边说，一边伸出白而略有些虚肿的手，去拉肖天放。她就是那位曾学过戏的姨太太。

"小三呢？"参谋长忽然想起了三姨太，在楼梯上停住，回头问那二位，"病好点了没有？还那么阴阳怪气？李医官来给她瞧过病没有？"

"对对对，让小三陪陪咱们这位新兵营管带。"几位妇人几乎同时恶作剧般喊叫起来，眼仁儿也明亮起来。

而后就由那位在旧旗袍上很体面地加了件玫瑰红呢坎肩的四姨太陪着肖天放，去找三姨太了。

屋子里黑洞洞的，肯定是堆满了旧家具，似乎已经满到桌子摞桌子、橱柜叠橱柜的地步，恨不能天花板上也吊几排藤椅板凳。窗前横陈着一张长沙发椅，织锦缎的椅套虽说也破破烂烂的了，但那些金银丝织成的华贵图案，还是使这把既宽又长大的沙发椅显得与众不同。三姨太就半靠半躺在这把沙发椅里。她变得那么瘦小，即便伸直了腿脚，也没够到沙发椅那一头的扶手。天放记得她以前长得很圆。现在的确不圆了，嘴角尖细得像个篾片。头发也不再故意梳绾起来，剪短了，由它们轻软地顺着耳郭拂落到稍嫌长方了的脸庞上。

她身边陈放着好几个很大的玻璃缸。缸里什么也不养，只养着一种特别扁长的水蛭，南方管它叫"蚂蟥"，喜欢吸人血的一种东西。她躺在那儿，瞧着黑糊糊的窗外，一只手便下意识地伸进玻璃缸里，戏弄着那些比手指还要长还要宽的水蛭。她手背上叮满了幼小的水蛭。它们吸饱了她的血，一个个变得圆鼓鼓之后，便自动从手背上脱落，掉到缸底的沙土上，静静将养，而后又涌上来一批，就着还在往外渗着血丝的小口子，继续叮咬她。她毫不在意。她曾大病过一场，从那以后，便大变样。她突然喜欢起这些在阿达克库都克很难见得到的水蛭，喜欢一动不动地伸直了身子躺在窗前，喜欢说些不三不四莫名其妙的话，有时突然会昂起头东张西望。李医官来给她瞧病，她反说李医官有病，把李医官特地带给她的那一袋袋益母草、五月艾、侧柏叶、石龙芮、桑寄生、独定子和一捆捆岗稔根和地稔根都扔到炉子里烧了。她逼着李医官躺下，捉来许多水蛭放到他肚脐眼周围。她蹲下，轻轻跟水蛭说话，水蛭们便扭动屈伸，纷纷挤到李医官的肚脐眼里去吸他身上的脏血——有些脏血还是他当年从娘胎里带出来的。李医官差一点吓晕了过去，有好大一会儿闭住了气。但后来他感到头脑果真清爽多了，心里也不那么无故地烦躁。虽然如此，他以后却再不敢单独一人进她这屋子了。

天放恨她。因为她过去总捉弄年龄跟她差不多大的天放。她躲在庆官儿大宅细窄阴暗的小过道深处，等他走过，冷不丁地掐他一把，专掐他肉厚的背部，常在他背脊上留下一块块乌青的痕迹。她一边掐，一边笑着骂他"小矬狗"，而后扭头就走。天放恨她，知道她背着她那个穿军服的老丈夫，作弄过许多男人。她做出温和恬静的笑，这种微笑，在她土豆般圆活可爱的小脸上荡漾，常常十分迷人。她跟你谈你感到有兴趣的话，做出真心想听你说的样子。当你装出偶尔触碰到她那同样是圆实的胸部时，她会略略皱皱眉，但马上又会主动邀请你靠在她肩头上休息。她在你亲她时，会把你嘴唇或舌尖咬得鲜血淋漓。然后，又羞涩地满足地笑笑。当她把你折腾得非要跟她上床的时候，她却站起来要走了——她说你完全误会了她的意思。她恨天下所有的男人。再过两天，她见到你时，便会只当不认识你似的，或者也只是很轻淡地跟你点个头。你会看到另一位经常染发的山西老表或出外差来老满堡的天水捎客出入她的门户。

有一回，军邮送来个急件时，恰好轮到他在联队部值星。急件要指挥长亲启，十万火急，立马儿要回执。他就去庆官儿宅邸。在客厅门外等了一会儿，三姨太来了，捧着把高白瓷斗彩茶壶，官窑出品。她叫他去花厅，挺客气。关上中堂扇门，她老瞧着他笑，又给他沏茶。他觉得不能受她这么大的礼，要往起站，她却用一根指头在他额头上用力一戳，把他点倒在红木太师椅上，哗哗地从自己那把整日都不离手的茶壶里筛出细长而清亮的一缕到天放身边茶几上的五彩堆花盖碗里，而后贴近他，眯眯地笑着，蜷起一条腿，把小圆小圆的膝盖头慢慢搁到天放的腿面上。开始，天放还没回过味儿来，还不明白这位三姨太到底想干啥。他只是觉得她贴他太近，那股好闻的脂粉气太浓。后来，他惊悚了。再后来不仅惊悚，简直恼火起来。三姨太的膝盖头放肆地沿着他肌肉块鼓凸、且又在微微惊颤的腿面，往前滑动，咕嘟一下，竟滑落到天放的胯巴裆中间，死死抵住了他。他没法后退，太师椅的椅背同样死死地抵住了他。他不愿应和。他肖天放一切的一切，还只是个开始，他不能贸贸然就把一生都葬送在这么一个臭女人身上。他浑身发胀，热汗一下便骚臭地把土布衬衣溻个精透。他一动都不敢动，不想让面前这个臭婊子觉出他有半点附和她的意思。他甚至都不看她，也没法去看。而她，却装作无意的天真样儿，还一边跟他拉扯闲聊什么一个叫刘七的黑头新近灌的唱片，好像她的膝盖头此时此刻紧紧抵着的只不过是个木头做的板凳腿。后来，她索性探出一根葱白似肥短的手指头，从他棉袄领口里伸进，慢慢沿着由左右两根锁骨交会而形成的凹处摸索。他真捺不住了。他额头淌汗，好像揭了盖的蒸笼，口舌干燥，心嗵嗵地要爆裂，只觉得中堂那一排雕花窗棂格子扇门立时三刻就要被土炮轰开。他没法再装傻样儿了，就用力拧了下上身，把她那只还想满把往下的小手甩出棉袄领口，并且站了起来。这一下可把她治愣了，她还没受过这么重大的打击。有一会儿，她都不相信这是真的，不明白究竟发生了啥，紧接着，一咬牙，随手就把那杯沏得很苦很苦、又很烫很烫的浓茶，劈头盖脸，全泼到了肖天放脸上，并骂道："真他妈的不是个玩意儿……"

那茶的烫和苦，至今他还记得清清楚楚。

没想到，这么个臭婊子也会有今天的下场。

他要报复她。

他还没报复过人。

没有机会。

但今天机会来了。他要把她当个"玩意儿"来揉搓。哦……狠狠的……撕碎她那张人皮。他要掐她、踢她，叫她的骨骨节节都一段段散开。还要找一满壶的茶水，他要一杯一杯地往她那清瘦而灰白的脸上泼去，要烫烫的，苦苦的，从头淋到底，泼得她透不过气，泼得她没处躲，泼得她叫爹叫娘叫大哥。他要把浑身湿透的她从窗户里扔出去，听她噗的一声摔倒在干河滩上，红红地碎成八块……他浑身都发颤了，左腿上流脓的伤口痉挛般地跳动着。他的身子摇晃，头发晕。他的肩膀头用力抵住门框，才稍稍稳住了自己。

肖天放进门的一瞬间，所有的水蛭仿佛受了惊吓似的从她手背上逃开了。她也立刻认出了他。

"来看看您哪，三姨太。"肖天放幸灾乐祸地笑笑。他奇怪自己竟会用这种口气跟一个病恹恹的女人说话。也许由于失血，她的皮肤近乎透明。

她变得很认真，丝毫没有过去的阴狠和谑弄。"多谢你还没忘记我们。"说这句话时，她的眼圈竟略略地红了起来。"找我替你治腿伤？"她温和地问，问的声音很轻。说着，她就过来想撩起他的裤管——她的那些水蛭足以吸尽他伤口里的脓血和烂肉。

天放躲开了她那只冰凉滑腻的手，并且用力推了她一把。这时，陪他到这房间来的四姨太早已回楼上去了。于是乎这小楼就灌满参谋长和另几位姨太太调笑的声音。

三姨太跌跌撞撞地摔倒在那排大玻璃缸上。她没有惊叫，甚至都没抗议、谩骂。她只伏在玻璃缸上喘气、苦笑。天放冲过去，又把她拖起来。他使了那么大的劲儿，以为满可以掐断她软软的胳膊。他咬紧牙，用力摇晃她，满以为能晃得她哼哼、求饶。但她却一声不吭，脸色只管一时比一时灰白，充满病容的脸上渗出许多融化了自嘲的清淡，没有求饶，却像临死前的青蛙似的，瞪大了最后一刻的眼睛，只是在向往轻轻荡漾着绿萍的池塘。

有两颗泪珠慢慢从她深黯的眼角里往外淌。

他不认识这女人。她不是三姨太。当他用力摇晃她时，从她晃动着的身子上，发出一股越来越强烈的气味。这气味和阿伦古湖附近沼泽地里的水草和淤泥的气味一样，和水鸟居住的草窝的气味一样，和雷雨前狂风带来的湿润一样，也有点像成衣铺的库房。

她连鞋都没穿，穿着的只是一双灰布袜子。

他终于松开了她，跑出屋去。

干河滩里，风生硬得很，半夜后又添许多潮气。一丛丛水曲柳灌木根本挡不住从四面八方汇集来的阴冷、寂静。铁壳马车远远地停在那小楼门前，只剩一点虚影。

他一直在想，她怎么会变得不是那个他熟识的三姨太了呢？

过了几天，参谋长又来找他。他赶紧支开营部的勤务员，亲自给参谋长煮砖茶、上烟。

参谋长又提出，要他陪他去"散散心"。

肖天放结巴了。他觉出，参谋长之一之二地把他当最贴心的人来对待，肯定有大事相托。他掏出一根蛇形力巴，往参谋长面前的桌上一放，而后直挺挺地打了个立正，说道："参谋长，你看我是那种陪您去楼里跟太太们散心的货吗？有啥事要我办，您就直说了。为参谋长、为咱这联队，我肖天放没什么不能干的。"

参谋长微笑着摸了摸那根蛇形力巴。

力巴，是老满堡联队老兵们打架专用的工具，也是老兵特有的"身份证"。它是一根枣木棍，暗红油润，比手背稍稍长一点，两头用一根皮条结上。打架时将它套在手背上，手心便攥紧皮条。枣木棍上开有一条细缝，开打时在那细缝中间嵌进去长长的铁钉或极薄的刀刃，它就变成一个既能吃肉又爱喝血的好玩意儿了。别瞧它不起眼，在老满堡联队，还只有当过班长的老兵才能使用它。规定得也相当严格，只许在老兵打老兵时用。假如新兵偷偷用了它，或老兵用它打了新兵打了老百姓，那肯定会有九个以上的力巴来惩罚他。不管被惩罚成什么样，还不许往外说，否则后果更惨。老满堡联队里每年都有些老兵因此致残或致死，上头下过几次死命令，要老满堡联队下狠心禁了它。但禁不住，谁都不敢惹这七百多个曾当过各种各样班长的老兵。他们有一个力巴团，只知道这力巴团的首领便是参谋长本人，你能禁谁去？

力巴团的人掏出力巴来发誓，这就表明，他发的是绝誓、死誓，也就是说刀搁在脖颈儿上也不会改悔的誓言。

肖天放向参谋长表的就是这种态。他知道参谋长需要他表这种态。

肖天放的这根力巴，不比寻常。它还不只是一根普普通通、光光溜溜的枣木棍。它是一根方方的枣木条，通体被精细地刻上了两条正在盘绕交尾的五步不回头蛇。它俩使劲地绞结到一块儿，两个蛇头归集到木条的中央，昂起，张开嘴，这儿便是安铁钉或刀刃的地方。

七百多根力巴中，只有九根是这样被文了身的，文的全是兽形，龙、虎、狮、豹、犰、狼、熊、蛇、狗。手里握有这九根兽形力巴的人，才是七百多个老兵真正的首领、灵魂。正因为如此，参谋长才自信，真正掌握着这个联队的，不是哪一位指挥长，而是他这个参谋长。

刻制这九根兽形力巴的人，有七十来岁了，住在城北，是个回民。他家里开着个箱店，在北蛇正街拐角处，家的院墙高得像城墙，都是用黄土捶起来的。他雇了十来个单身汉子，还有不少童工，从早到晚坐在拐角处的街沿上，空空咚咚地做板箱、上漆，往板箱的毛坯上钉闪闪发亮的细金属条，用金属条钉出伊斯兰的圣洁的图案。单身汉们拿铁柄扁嘴小锤子敲钉子，钉子都含在嘴里。吃的饼里和了盐巴，还和了切得细细的洋葱末，掰下一块，蘸蘸茶水使劲嚼，有时啃一个生茄子。在他们的身后，贴近院墙根，筑有一个不高的土台子。老汉便整日盘腿坐在土台子上，白袍白帽白胡子。土台子上摆着一溜各种版本的《古兰经》，深绿色硬封皮上印着清真寺高大的穹隆和古代穆罕默德至诚的信徒。土台子紧挨着一个过街门楼，门楼挺矮挺深挺黑，是用弯曲的树干儿和芦席、泥巴搭起来的。过街门楼后边是一条细长弯曲狭窄的小巷，小巷两边也许有五百间屋，也许更多一些——全是这老汉的。它们全是泥巴房。那天，九个人悄悄来到他家。这是一个有雨的夜晚。老汉家有一个仿照黑汗王朝[1]时期最重要的思想家

---

[1] 黑汗王朝，又称喀喇汗王朝，是中国古代西北地区回纥人和葛逻禄人等族群建立的封建政权。辖地包括今中亚和中国新疆南部的部分地区。

和诗人玉素甫·哈斯·哈吉甫的居所布置起来的大厅。壁龛上描画着最精美的伊斯玛力纹和那种叫"巴旦木杏"的图案。抹顶天花板上则有许多凸起的科尔古丽雕饰，图形所显示的神秘和深奥，几乎没有人能解释和通达。后屋的铁铸窗格上，拴着不老少小红布条。有的布条拴的时间过于久远，在发黑以后，又渐渐褪变发白。当地的回民，把这个大屋当作圣殿，到这儿来拴上一根红布条，是为了给本人或家庭祈求安泰，也有求子嗣的。在大厅里，有一块生满了蛀洞的壁毯，据说是出自伊朗高原的大流士帝国时代的珍品。珍品中还包括一套彩漆木餐具和一把锡制的洗手壶，它们一直被虔诚地供奉在壁龛最靠里头的暗处。壁龛的四边镶嵌着红宝石和蓝宝石，据说它们全都是尚月国的真物。

老人拿出一本波斯最古的圣经《阿维斯塔》，让这九个人同时向先知萨拉苏什特拉起誓。起誓的内容，别人永远不会得知。希腊人称这位先知为索罗亚斯德。索罗亚斯德年轻时受教于生命和光明之神阿胡腊·玛士达。用现在的话来说，《阿维斯塔》就是阿胡腊·玛士达给萨拉苏什特拉讲课时用的教案，或者说是萨拉苏什特拉听课时做的笔记。

老人让这九个人并排坐在经台前，请他们默颂"真主至大"。他仔细研读他们每人手上的纹忏，要他们讲述自己头一天晚上做到的梦象。他由此来断定，谁应该得到哪一种兽形力巴。当他把蛇形力巴断给天放时，仔细打量了他好大一会儿，最后让天放跟他一起用波斯语默诵三遍"赞颂主者，主必闻之"。事毕后，这九个人要把带给老人的一些面粉、金币和牛羊肉留在大厅里，老人立即把他们轰出院去，还让他们带走了这些东西，并且让自己家的雇工，立即用黄泥浆汤，把这九个人刚跪坐过的地方，反复涂抹了九遍。

天放嘴里说："参谋长，你看我是那种陪你去跟太太们散心的货吗？"但自从那天去过三姨太房间后，他一直没法使自己不去想她那灰白而平静的神情，没法使自己不去想她在猛烈的摇晃中那柔韧而又在散发着阿伦古湖沼泽地淤泥气息的身子。他常常向小楼所在的方向张望。带队执勤，假如恰好也是去那个方向，他还会莫名其妙地激动上一阵。他想看到她。一种柔韧和平静，一种物我两泯的灰白，这些都是他没有的、不懂的，但又能打动他的。他本能地觉得，他应该有它们。

当然，他也想搞清楚，她到底是谁。

他惊奇，一个女人怎么会发生那么大的变化。他也惊奇，自己干吗老想着她……

当然，他不敢独自去小楼找她。

那是参谋长的禁区。

参谋长让他收起蛇形力巴，而后掏出手枪，打开保险，子弹上膛，把枪放在桌子上，弯下腰，低下头，沉吟了好大一会儿。

参谋长说："我把二十二特勤分队的人全毙了，你咋想？"

肖天放赶紧咽了口唾沫说："我没咋想……"

参谋长抬起头，直盯着他："跟我说实话！"

"是。说实话……"

"说！"

"打死就打死了……"

"啪"，一个耳光。

肖天放摇晃了一下，又赶紧站直。鼻血咕嘟咕嘟地流到嘴里，他一口一口往下咽。

"为什么不能让他们活着被人抓去，这里的道理你明白吗？"

"不明白……"

"啪"，又是一个耳光。

鼻血继续咕嘟咕嘟往嘴里灌。他觉得鼻梁骨上火辣辣地灼疼，也许是鼻梁骨给打折了。

参谋长挺直了上身，攥紧了拳头砸在桌面上，离手枪很近，让手枪弹跳着。

"有人想翻老账，想在二十二特勤分队身上捞稻草，挤垮咱们的联队，想踩在咱们的肩膀头上去够王母娘娘的尿喝哩！"

"明白了。"

"明白个鸟！"参谋长吼道，"没人会真正来替咱们这些臭当兵的着想！要有那么些好事，你爹当年也就不会躲到哈捷拉吉里村去了！你明白个啥？你还得吃几斤咸盐哩！"

"是。"

"他们挤走庆官儿，又想撬下我……咱们的这位新任指挥长……"他本想数落几句朱贵钤的，但转念一想，在肖天放面前这么做，未免有失分寸，便在唏嘘两声后收住，掉转话头说，"我老了，啥样的日子都过过了。我没有正经娶过老伴儿，可阿达克库都克哪个县都有我的儿子闺女。我有四个儿子在日本士官学校留学，还有两个在德国。你说我怕啥？我还舍不得个啥？可我撂不下咱联队这几千个弟兄，这七八百跟了我一二十年的老兵。他们再没别处可去，我得给他们挣一个铁打的饭碗。我知道我气数快尽了。这一向，我老想着我那些分散在各地的私生子女，老想着这些跟我干了几十年的老部下，老想着这么多年风风雨雨、恩恩怨怨，这不是好兆头。大概这也是一种临死前的回光返照吧……更多的我不能跟你说了。好不容易我们盼来个正经从国外留洋回来的指挥长。我在他爷爷手下当过兵。二十年前，我就答应过他爷爷，只要他这位孙子在老满堡一天，不管干啥，我都会尽心尽力照看好他。这句话，我只能在你面前说，要不是我最后在总部几位长官面前使了把劲儿，还很难说，老满堡联队指挥长到底姓朱还是姓别的什么哩！可这些天，朱指挥长越来越不待见我了，越来越防备我了。我不计较他，我知道这都是姓白的那一对狗娘养的在背后使的坏，咱们的指挥长是好指挥长。不除掉那一对狗娘养的，老满堡联队就没个舒坦安心日子过！"

"说吧，要我干啥。"肖天放的心怦怦乱跳。

"好了，该说的不该说的，我全说了。该你知道的不该你知道的，我全让你知道了。现在……"参谋长稍稍停顿了一下，斜眼打量了一下肖天放，抓起手枪再一次重重拍在肖天放面前，接着说道，"现在，你要么先打死我，要么打死你自己，要么替咱全联队几千个弟兄，也替朱指挥长去除了那一对狗娘养的。三条路，随你挑！"

肖天放浑身上下木木地胀，嘴里干得要冒火。他愣怔了好大一会儿，回答道："我想……最好还是不使枪来干这档子事……您说呢……"

九点了，白老二还没来电话。朱贵铃有点急，想打个电话过去催问一下。几次走到电话机边上，想想，又走开了。他对自己说，沉着点，不能在白家哥俩面前失了身份，既然说好，由他们那边先来电话，就得稳住点儿劲，等着。作为一个指挥长，应该还有许多军务要处理，但这一段，他满脑子是"白家"，是"铁路"，是"商务专利"，是随着火车一声鸣响，在阿达克库都克可能刮起的种种旋风。

霍庆庆在任时，曾给城里许多头面人物家拉了电话线，就是不给白家拉。他们都瞧不起背着一卷狗皮褥子扒火车拽着驴尾巴来到老满堡的这白家哥俩。他们不愿跟这哥俩来往，但又躲不开他俩，更压不住他俩。十多天前，朱贵铃下令给白家埒拉专线，还给白家下属的各厂家商号、工程所、建筑事务所，安了十部分机。他几乎每天都跟白氏兄弟通电话。他似乎比他俩更热衷于这条铁路。他知道印度比中国更穷，但印度的铁路总长度却远远超过中国。他是学工程的，他太清楚"火车一响，黄金万两"这句话的可校验性了。他太渴望制图板上那精细而标准的线条组合和数据推算，太不希望磨死在正步走拉枪栓那单调呆板枯燥的操练中。

白老大约请各方要人到白家埒坐席，举行一个盛大的开工仪式。他俩准备花它个几万几十万，向各方显示一下白家雄厚的实力和决心，以争取支持和信用。摆酒席，三番四火，唱大戏，包下后斜街所有的堂子院馆，还准备干个新招——游猎。在白家埒以北二十公里处荒原上，用树篱子围出一块几平方公里大的地块，赶进黄羊和马鹿去，供宾客射杀猎取，扎起帐篷，让他们带上女人，在里边玩个三两天。

有两件事，白家哥俩要请朱贵铃帮忙。一、要请他在请柬上联合署名。白家兄弟担心单有他俩，还请不来某些要人。二、请他派人手准备围猎场地，向要人们提供围猎用的枪支弹药及有关技术咨询。要人中，有惯于驾车捕猎追杀的，但更多的恐怕还只是在史书上见过，或只是听说过。

朱贵铃很愿意办这两件事。今天白老二约他，就是去北原看地形，初选围猎场地。他已通知了作战室、通讯科和军务处的膳食科、勤务科，各派两名参谋随同，还通知了工兵营营长。他还想把自己那一对五岁的双胞胎带上，他们自从来到老满堡后，很少有这样郊游的机会。

车马早已备齐，参谋们也早在院里待命，孩子们楼上楼下不知跑了多少遍，催过多少遍。只有孩子们的妈妈和姑姑保持着沉静，她俩不去——孩子们由年轻的二小带去。指挥长夫人一遍又一遍地检查给孩子们准备的衣服、食品和饮用水，孩子们的姑姑则一遍又一遍地向二小叮嘱各种注意事项。二小也很兴奋，其实她也不过是个大孩子，但她在此刻必须抑制住自己的兴奋，必须捺住性子，一遍又一遍地对着雷同的絮叨，不断地点头称是。

白家兄弟是出了名的遵守时间的人。一过十点，还不见他们来电话，朱贵铃预感出什么事了。他在电话机边上犹豫着，终于摇通了总机房，让她们给接白家坞。不一会儿，值班的女话务员磕磕巴巴地回答："白家坞断线了……"

断线了？朱贵铃脑袋嗡地一响。

"什么时候断的？"他紧贴住送话器，大声追问。

"有那么一会儿工夫了……到底多大会儿，我给您去问问……"对方吞吞吐吐。

"问？你干啥吃的？"他呵斥，不等对方回答，扔下电话机，跑下楼去。

院子里阳光温暖。已经长到巴掌大的白杨树叶，在和煦的暖风中翻动，一会儿显示深绿的正面，一会儿又翻开白茸茸的阴面。马车夫懒洋洋地在车座上重新裹着脚布。两门早就要拉到省总部军械所修理的野炮，身上套着潮湿的炮衣，耷拉着不长的炮筒，显得慵懒悠闲。

"到白家坞，快！"朱贵铃跳上马车，嚷道。

那些一直守在马车跟前的参谋，这时，不约而同转过身来。他们明明听到了朱贵铃的吼声，但却没有执行命令。足有十秒钟，不，还要更长一些，大约三十秒钟左右，他们都没动弹。朱贵铃突然感到，他们都知道今早会发生什么事。他们早就明白（起码是猜到）什么大宴请、什么开工仪式、什么围猎的新招，全都是不可能实现的扯蛋的事儿！他们联合起来，只瞒住了他一个人！

哦，我的参谋长！

今天大早，河滩里稍有点雾。白老二让人备好了车，想先送老大去灰林堡跟人洽谈一笔枕木生意，然后再送自己去联队部和朱贵铃会合，等踏勘完了围猎场地，再由同一辆车去接回老大。想必到那时，不管成与不成，那笔生意也能谈出个眉目了。那样做，一来，无需多备车，再者，精细的老二也想亲自接送大哥，以防不测。树大招风，过去、现在以至将来，他们曾有过、也必然还要有许多强劲的对手和敌手。他们感觉到，近来应格外谨慎，因为他们正在把手向持有枪炮的一个圈子里伸去。这样造成的动静，可能很大很大，大到他们不能预想，也无法预防。但即使如此，也得冒一下这么个风险。要只图平安，不出娘肚子最好。可那样，活着还有个什么劲呢？

论白家的财力，他们早该从上海天津洋行里订购两辆福特汽车回来用用了。他们没这么做，不是怕招祸。白家已到了这个份儿上，已经不在乎再多这两辆车了，有它烂一锅，没它也一锅烂。没买汽车，只是怕麻烦。老满堡不像天津上海北平，修理、加油、零配件销售……为汽车服务的行业配套成龙，你光弄回车来，不把那些行当配合上，这车白买，正经使不了多久，准得抛锚。但为两辆车，去配套成龙，经济上划得来划不来，固然要掂量掂量，但这哥俩更舍不得的还是精力。花那么多时间去玩那一摊，不值当。等一等吧——汽车还是要的，他俩喜欢这世界上所有的新玩意儿，只要能搞到手，总有一天要把它们搞到手——不过要分个先后。

于是他俩仍使用那辆铁壳马车。那辆加长加重的铁壳马车，底盘是用整炉的铁水浇铸的，装上了道奇载重卡车的防震弹簧片。车上四排座，两两相对，必要时中间装上隔扇，便成了两个包厢，兄弟俩各带各的客人，互不干扰。跑长途的话，拆去中间两排座，拉出底箱，便是两个软和的卧铺。后厢还带了个小厨房——这兄弟俩什么时候都离不开酒和肉。倒也不多讲究,酒只要烈性的散白,不带色的都行;肉只要大块的干卤,不管是牛肉羊肉,反正顿顿得有肉,假如有阿伦古湖边渔村里腌的鱼干,他俩更喜欢。亏得他俩不爱搓澡,否则,他们准会在这辆已经长大得出奇的铁壳马车后边,再装上个浴室。那样,真抵得上一辆总统专列了。

偏偏是这么一辆结实得少有、长大得出奇的铁壳马车,今天救了这兄弟俩的命。

肖天放决定不用枪击的办法来对付白家兄弟,也是因为碍于这辆铁壳马车。马车上窗户做得很小。马车一出动,总有保镖跟着,他们站在马车两边的踏脚板上,用自己的身躯挡护着那唯一能进子弹的窗玻璃洞。当然,他也可以用自己新兵营管带的身份,在社交场合接近白家兄弟,然后伺机枪击他俩。但这样做,自己就断难脱身。更重要的是,当自己和白家兄弟面对面站着的时候,他不知道还能不能有那勇气掏枪。白家兄弟和他无怨无仇,他一直仰慕苦挣一生而终于出人头地的这一对兄弟。白家兄弟到联队部来,不管跟他有没有关系,他总要挤到跟前,不远不近地看看他俩。他觉得他俩的确与众不同,有一种无法解释的吸引人的魅力,有一种震慑对方的魅力。

但是,既然参谋长发了话,不干也得干。

白家大宅,建在白家坳。这里原先是一片荒谷,背后有两条高垄相合,面前一水相依,开阔豁亮。用风水先生的话说,这是环抱有情、山水兼得、气脉合局的好地势。由白家坳去老满堡城只有一条道,大约八九里地。一出白家坳就有一座七道桥,是一座木结构的吊桥。肖天放打的就是这座木桥的主意。

假如锯断两根桥桩,极重的铁壳马车一驶上这座桥,结果会怎样?到那时,恐怕一百个保镖也不管用。

没人会想到有人敢在这座桥上做手脚,因为桥离白家坳太近,只有半里来地。

没人会听到锯桩的声音,因为桥离白家坳又太远,毕竟还有半里多地。

就要钻它这个又近又远的空子，楔进去。

锯完最后一根桥桩，四周围一片寂静。天色还不亮，白家塝里也没狗叫。一个个烂泥坑好像全灌满了胶油。散放的牛群在慢慢嚼着带露水的草。宅后的高树和远处的矮山都同样的黑。有人去豆腐坊点灯。有人从榨油坊里出来撒尿。

肖天放收起手锯，擦擦汗，燃着一支烟。涌出的口水立马儿把多半支烟湿透。他觉得浑身酸软，连连咂巴了几大口，才稍稍觉得松缓了些。第一次杀人，还是有些紧张。他不时回头看着被自己锯断的桩茬，总觉得还有地方不妥当。他不时看看正被微明的晨曦逐渐衬出更多的轮廓线，越发显示许多灰白色块来的白家塝。他的手发麻发胀，身子沉重得像一堆融化了的酥油，或者像一麻袋经了雨的羊毛。他从桥架上往下爬。爬到河滩上，风更冷更潮更厉。让风一激，他才想起，装手锯的那个军用背囊还挂在桥面下的架上。他一惊，军用背囊和手锯把上都烙有编号，能查到作案的人是谁。必须取回背囊！但桥桩有十来米高，这时，他浑身上下却没一点力气了，腿上的伤口再一次涌出一股股带脓的鲜血。他试着往上爬，爬到四五米高处，便再没那力气去够更高一点的桥架和木梁了。他又试着从桥面上往下翻，这样也许要省力得多。但没等他接近桥面，白家塝里出来巡夜的，已结伴走上了桥面。他只得缩回到桥下的荆槐丛里去，浑身打战。巡夜的老在桥面上不走。天色越来越亮，再过一会儿，给白家塝送牛奶的毛驴车就要过来了，而后是送柴火的、送蔬菜的，而后白家塝往工程所送豆腐、豆芽的车也要过来了……一直到断了桩脚的桥面被那沉重的铁壳马车压塌，他再没机会取回背囊了，他要跟白家兄弟一起完蛋。这时，他真想冲出去，告诉那些巡夜的，桥下面发生了些什么。他干吗要跟白家兄弟一起完蛋？一切的一切，还仅仅是个开始……他咽了一口唾沫。他忽然感到无比的委屈。没有人为他着想，滚烫的骆驼油……锋快的斧刃……发霉的护窗棂……即便是参谋长，当他掏出手枪拍在桌子上的时候，他想到过我二十岁刚出了点头吗？还有那些在马克辛水冷式重机枪扫射下痉挛着抽搐着倒下的老兵。是的，纵有一千条一万条射杀他们的理由，但有一条是替他们本身想一想的吗？从哈捷拉吉里村跑回联队后，天放原以为朱指挥长总要找他问一问回家探望的情况，因为这件事毕竟是由指挥长提议做的。他还寄希望于指挥长的关心，把父亲的底细弄清，或者把家搬到老满堡来。但指挥长好像完全把这件事忘了，第一次见面，第二次见面……第十次第一百次……他压根不问这件事。只是有一次，指挥长来看马场里进的两匹顿河种的公马，见到带新兵在打扫马厩的肖天放，忽然问了一句："前一段，怎么老没见你啊？"肖天放忙答道："我回哈捷拉吉里探家去了。"指挥长笑着点点头，鼓励地笑笑："探家好，有时是得探探家……"接着他就跟两位新来的驯马师，谈论那两匹马的事了。一直到要回联队部了，上了马车，盖上护腿的毛毯，摘下抚摸马时戴的细白纱手套，看见勤务兵来关车厢门时，他才好像又突然想起一点什么，对勤务兵说了声"等一等"，重新探出半截身子去，迎着掠过马场的凉风和细雨，叫住肖天放，问："你父亲怎么样？""还行……""哦，真不容易……下一回探家，替我问他好。"车厢门关上了，马车辘辘地在风雨里远去，并且在湿润的草泥地上留下两条常常是不等距的车辙，留下一片怅惘给还在期望着什么的肖天放。

我把这一切都当了真，我真的去砍，真的去吼，真的去阻拦，真的去跺脚，真的扭动，真的奔跑。但他们又有多少真的在对待我？

他忽然不想去取那手锯和军用背囊了。

他忽然想跟自己开个玩笑。

他忽然想做一件跟自己过不去的事。他还从来没敢做一件跟自己过不去的事，从来没有大声在人前说过这么一句话："我就这么干了，看你能把我咋样！"他总是小心勤谨，他总是辛苦自己。他从来没玩过任何恶作剧，今天偏要做一做……他热血沸腾，疲惫已极，他就这样空手离开了潮湿的荆槐丛，跳上马背向新兵营营地跑去，身上却像发着黄热病似的，格格战栗。

第四章　女相公

北宋淳化三年，翰林侍书蒋梁公奉旨篆刻《五塬志》载："坝上五塬，旧名苏沙，沿沙浦而成市；后因五河新出，故而易名。邑城在县境东偏，周围仅及三里有半。分东西南北四门，以鼓楼为正中。纵横两大街衢贯之。东南二门濒海。商铺一百八十余家。集市早晚两次。物产以棉花、布匹为大宗。菜蔬亦多，逐日贩卖邻境。凡花、布店贾，则多为苏门所创……"一直到当代，当年苏家的老堂屋，现在县工商联旧址，那当院两根将被白蚁蛀空的朱漆大堂柱上，仍依稀保留着一副对联，还是苏门曾太祖的亲笔：

水清濯月　胜事无边　千盏明灯跃五塬

池小容天　太平有象　万家管弦乐三界

给"三里有半"的城池，缀以"千盏""万家"之胜景，应该说是夸张而又夸张。但是到日本人进占五塬城，拆东校场中学的房舍，建起一式的油毛毡盖顶、沥青涂墙的日本兵营时为止，五塬城的确已不止"千盏""万家"了。五河中唯一的一条穿城而过的小五河，两岸仅临河而起的染布作坊，就不止百余家。漂布的女子，光着两根粗壮的小腿，站在那远远伸向河面的踏脚板上。桃花汛水陡然发起，从上游浑浑浊浊地打着旋涌来，堤岸便大片坍落，淹了那窄长的踏脚板和踏脚板上肥厚的光脚。在那些日子里，河面上，除了哇哇尖叫的水鸟，别的是什么也看不到的，两岸也都显得单调乏味了。各染布作坊都有几个晾晒坯布的木板晒台。它们都高出屋顶许多，窄而陡的木扶梯往上走，钉起一圈半人高的栏杆。以往，白白长长的坯布一溜接一溜地晾成十里长棚，难得有几个缺口。到这时，就只剩光秃秃的晾架，在大风里嘎吱嘎吱作响。

教堂的门不肯开。雨点在散发着桐油气味的伞面上敲打。隔着橡胶套鞋，也能觉出教堂门前那水泥地的冰凉和潮湿。苏可没法忘记这一个浑厚沉重寒冷和黏稠的夜晚，没法忘记教堂后院那几株高大的玉兰树在这风雨夜里的摇晃。

林德在门后边站着。

这一点，她清清楚楚地觉察出来了。

她叫他，轻轻地但却是坚决地叫他。她要他开门，她要他听她说句话。她还从来没有这么灼热地渴望过一个男人。他在她家的客厅里教她弹风琴时，她就料想到会这样灼热起来。她嘲笑他那身神甫的长袍，他却温和恬静地笑着。他有很多次坐在她袍边上，帮她去踩琴下带动风箱的踏板，她故意挨着他，甚至用脚尖紧紧抵着他的脚。他总是略略红起脸，不嗔不怒，甚至连脚都不挪开，照旧温和地教导："切分音……切分音……再来个切分音……"

"林德，我只说一句话……你开开门……"

没有回答，只有喘息。

"你再不开门，我放火烧你的教堂了！"

没有回答，只有喘息。

"我只说一句话。明天你别走。你把竹家渡和桃浦那两间肺病疗养所交给别人去办，你得留在五塬。别离开我……你听到没有……"

没有回答，只有喘息。

"既然没这个胆量，你干吗要一直那么样地接近我？"她近乎咬牙切齿了。

这一回，既没有回答，也没有喘息了。

她不再说话。她紧紧地抱住伞，把她那长得有点像小生演员的长方脸贴住光滑的湘妃竹伞柄。只有挨近了看，才能看出，她的脸上还长着不少颜色很淡的雀斑。因为冷，她把两只手交叉起来插在两边的腋窝里。因为失望、羞愧和对即将失去的向往的恨，她几乎要被无法进涌的泪水窒息了。

第二天，她看到他上了轮船。从她家二楼的阳台上，可以看到不远处的轮船码头。衷济会的那些医士、修女和教堂里的助祭、副助祭、襄礼员、诵经士都去送他，还围着许多善男信女。他在码头上曾几次回头来张望苏家这个林木葱郁又可俯瞰全城的院子。他太熟悉这个完全用红砖砌就的欧式小楼了，他想他一定能在那用白釉砖砌出圣十字图饰的二楼大阳台上找到他期盼中的倩影。但他看到的却是一个陌生的人，男人。二楼阳台通着她的房间，此时此刻怎么会有这么个男人？历来高傲的她，怎么可能只隔了一夜，就会把一个陌生男人引到自己房间里去了？还让他公然地站在阳台上，以示报复？林德脸色苍白了，心里一阵阵地揪着疼。

没有什么男人。其实就是苏可本人，只不过她改换了男人的装束。她历来喜好这种"先生""相公"的装束，衣柜里早备有几套男式的衣装鞋帽。她常在自己屋里，关紧门窗，拉严窗帘，装扮成男人，对着大玻璃镜，做各种英武的动作，或者狠狠地发一通脾气，狠狠地骂一通平日不敢骂但又想骂的人，堵着门低声说几句平日想说但又不敢说的脏话。城里邮政局有个新来的女练习生，常到她这儿来征订报章杂志，常给她送"留局待领"的各种邮件，也常向她借各种医学书籍。女练习生一心想当个妇科大夫，却只能当个邮政局练习生。女练习生长得特别细巧，总是那么羞怯。她常把她叫到楼上，关起门来，改扮成男人给她看。她常常留她过夜，很亲热地搂着她，惊喜地打量她完全跟个小孩似的身材和那一点点大的乳房。她打开自己的梳妆盒和衣柜，对她说："你喜欢什么就拿什么吧。"她摇摇头。她说："你嫁给我吧。"她却笑了，还说："有本事，你就娶吧。"

后来女练习生让她父亲领回去，嫁给本镇屠宰场的一个老板，老板前妻生的儿子比她还大了三岁。临启程的前一夜，女练习生在她怀里哭了一整夜。

昨天从教堂回来，她就换上了这一身相公的装束。栗色绸长衫，厚底靴，还改梳了背头，公开这样外出，只差左手托鸟笼，右手搓一对铁核桃了。她叫全家吃惊，更叫为人内向的大哥吃惊。大哥活着，似乎只是为了维持这一片祖业。她不同，她活着，似乎就是为了要叫所有的人晓得，她没白来这世界上走一趟。她不想白走这一趟，她也有条件不白走这一趟。她接管了父亲临死前在遗嘱里写定了给她的两家药铺、两个诊所。没几天，她又兼上了衷济会育婴堂的司库，兼上了四乡赈粥馆的专事。她越来越好交往，越发的快人快语。她在县城里上堂河小学边上开了个小小的西医诊所，隔三岔五亲自动手免费给小学的教员、学生和附近船码头上扛活儿的缝穷的男人女人做点小小不言的手术，开点花费不大的药方，过一过当大夫的瘾。她毕业自州府医专，在学校里并不是个好学的学生，但这时却染上了当大夫的瘾头，于是很快在城里出了名，真可以说"未曾开口齿生香，一迫拱手春自来"。

有一天晚上，大哥找她，还把几位上了年纪的长辈找来了。苏家是五塬城里最早的一批天主教徒，但那一段日子里，苏可却再不去教堂做弥撒，撤回了她对教会办的各种慈善事业的赞助，甚至辞去了育婴堂司库的职务，反而在自己卧室里迎来了女形的观世音菩萨，在一道黄缎子素锦帘子后面，建起一个精美小巧的佛堂。但她又从不念经拜忏，偏偏在菩萨面前供奉着一双那位小练习生穿过的小鞋。

大哥隐隐知道她和林德神甫之间的那一点点瓜葛。他似乎能猜到她发下狠心来折磨自己和折磨家里人的根本原因。他怕她无边无际地任性。他怕她糟蹋了接管过去的那点祖业。

父亲在遗嘱里曾写明，她接管那点祖业后，一年之内，必须成家，三年内必须生子，生男孩，得姓苏。假如做不到这些，交给她的那些祖业得由大哥代管。假如婚后只生女孩，也得交回三分之二的祖业。

大哥想给她找个丈夫来约束她。

“找个男人，好。”她笑笑。

“你也到成家的时候了。”一位长辈小心翼翼地把几个备选男士的名帖递给她。

她翻了翻，扔在一边。

她说："祖宗没说我必须嫁一个你们给找的男人，是不是？"

在座的面面相觑，的确，遗嘱里没写这一条。

“我要花钱培养一个丈夫，一个真正归属于我的男人。”她斩钉截铁地说。

“小可……”哥哥惶悚，又替她在那许多老人面前愧疚。

“祖宗没说这么干就得收回交给我的祖业，是不是这样？”她却继续追问。

没人回答，但几乎所有在座的人都气昏了头。

“我不相信任何一个现成的男人。我得自己教养一个。”

三天后，她宣布和苏家最大一个中药店的学徒，一个比她小六七岁的“男孩”订婚。全城的人都以为她疯了。她却照常出门，照常上茶馆听书，照常去戏园子做票友，照常到上堂河小学边上的门诊所为没钱去大医院拔牙的男人女人拔牙，把明光锃亮的拔牙钳当当嘟嘟地往白搪瓷盘子里扔得脆响。下一个月，她就送自己相中的这位小未婚夫去了州府商校做插班生。每个月她都专程雇车去八十里外的州府城看望这个小未婚夫，亲自到教务处去查他的各科测验成绩，带他到市中心天主教堂去做弥撒，而后，在市北门的同善居菜馆，单开个雅座间，让他美美吃上一顿，补足补足。她不吃，只是看他吃，还教他怎么吃，才更符合上等人的身份。商校里全是男生，这一点，她特别放心。小学徒长得丑，马勺脸，地包天，抄下巴，很有点明太祖朱元璋“遗风”，但鼻子更尖，颧骨更高，眼窝更深，眉棱更外突，额头更狭窄，更加沉默寡言，更加心神专一。而且，他绝对的不笨。不，应该说，他相当聪明。

后来几十年间，坝上五塬不少有钱的寡妇、有钱的小姐、有钱的女伶、有钱要强的女光棍兴起一股自己掏钱培养小丈夫的风气，溯其源，大概都始于苏门这位女相公。

那一年，楼前香樟树开的是玉兰花。马家的女厨娘守寡七年生出一窝小老鼠。鼓楼三次着火。东校场门前那段小五河突然黑稠得跟重油一般。半夜听见校场上有部队在走正步，只见下身，不见上身。碗口粗的青蛇从七七四十九家房檐上掉下来，无影无踪地游进了女眷内室。后来全城的玉兰树一起开出了猩红猩红的花瓣，霎时间全城都跟着了火一般。

第五章　零点过后不是黎明

天刚刚黑透，天放解开绑腿，慢慢卷成个小卷儿，塞到床底下那双一时半会儿再不会穿它的旧鞋鞋壳里，搬张小板凳，往新兵营营部门口一坐，只等指挥长派人来逮他了。

谋杀白家兄弟的事，败露了。七道桥被震开以后，那辆专列似的铁壳马车没掉下去。它太长太宽大了，被卡在断口子上。车夫和车厢两边的保镖全被震下桥去，在河谷的青灰卵石上跌碎了脑袋，但白家兄弟却只是颠摇了那么几下，连皮都没伤着一块。他们不知道凶手在这一招后头还跟着什么连环招，赶紧悄悄爬出马车，悄悄回到白家垮大宅里面，让人立即关闭所有通道、所有七寸厚的大木门，并且在正堂天井里高高竖起白色招魂幡，让阴谋杀害他俩的人以为已经得逞。一直等到九点过后，看到并没其他动静，这才秘密派人去联络朱贵铃，恰好在去联队部的路上，遇到了急急忙忙向白家垮赶来的朱贵铃。

一听说白家雇的捕快、侦探，很快就找到了那个背囊和那把手锯，肖天放又后悔了。他关上门，让自己镇静。他让自己头脑空白，什么也不想，只告诉自己"这样也好"。晚饭前，去了堡子里，找了个最好的澡塘，上下搓了个光净，泡了个透红。他要的是全活儿 —— 搓背、捏筋、修脚、剃头、刮胡子、掏耳朵，一壶香片茶，一碗用辣油拌红了的羊肉泡馍——一切都办得舒舒齐齐，并第一次慷慨地把堂倌找给的零钱，又全赏给了堂倌。过去他不舍得这么做。他得攒钱，为了那个家，也为了自己。回来后，看到有人把他的三个新兵队全调离了，怕他兵变，只剩下个空壳在这冷风萧瑟的河滩边上。他听见附近的一个老兵支队在吹紧急集合号。他看见各处岗楼都加了双岗、三岗，枪口上全上了刺刀。架着马克辛水冷式重机枪的游击马车，哐哐当当驰出联队部大院，在四近巡弋。他又回屋去细细嚼了一口茶。他并不渴，他发觉自己抖得厉害。他问自己，抖个鸟，我的结局就该如此？

后来他看到冲进院来执行逮捕任务的，却是军纪会的几个老家伙。他们带来足足一个分队的老兵，全拿枪对着他。这些家伙都是参谋长的人。会不会参谋长抢在朱贵铃之前，先下手把他"监护"起来，慢慢再脱这个钩呢？他想，大概如此。但几十分钟后，他知道自己错了。军纪会的那几个老家伙虽然对他还算客气，没给戴手铐，但态度都极其冷淡，没递给他任何能让他放心的暗示。马车一出新兵营大院，就跑得飞快，车窗全用黑布蒙住，一前一后还有两辆游击马车押送。一路上他都听到有岗哨询问口令的喊叫声，显然，沿路全都戒严了。口令是新换的。他看不到外边的路，但靠摸左拐右弯的方向，估算所走的路线，还是在脑子里画出一幅相似的地图。他大吃一惊：这辆车正载着他往联队专用的刑场跑去。那儿原先是联队的靶场，后来改了刑场，联队每年总要在这儿枪毙几个新兵或老兵。他忽然悟到：参谋长这是要杀他灭口。

霎时间，他从心底凉透；霎时间，整个身子便瘫软在漆布的坐垫和冰冷的铁框架上，使劲挣扎，完全僵硬了的脚板和麻木的上身才稍稍动弹了一下……

审讯的过程简单得就跟喝豆腐脑一样。肖天放觉得，你不仁，就不能不容我不义了。没等军纪会那几个老家伙怎么发问，他就把事情一五一十兜底抖落个光光净净，甚至连那回参谋长带他去庆官儿的几位姨太太处过夜的事，也捎带上了。等到后悔时，已经来不及了。

刚才，马车驰进刑场，哨兵撩开车窗上的黑布查验人犯，他向外张望过。平房周围，三步一岗，五步一哨。小树林后边的土包上，布置了密集的散兵线，个儿挨个儿，简直戳成了人墙，统统上着刺刀。他应该想到，这样的一个阵势，绝不是用来对付他的。只枪毙他，没那必要让全联队都进入一级战备状态，他不够那个份儿。

　　朱贵钤此刻在隔壁的一间小屋里焦急地等待，只等肖天放在供词上签字画押。那天，朱贵钤得到报告，谋害白家兄弟的不仅仅是联队的人，而且还是参谋长的心腹、新兵营管带肖天放。他马上意识到，自己和参谋长最后摊牌的好机会到了——是彻底摆脱这个老家伙控制的时候了。他脑子里嗡嗡地红热起来。他让自己冷静，把自己关在三楼工作间里。他让自己久久凝视祖父的遗像，凝视祖父最后穿用过的那一身军服。他止不住地战栗，暗自祈告祖父在天之灵能给他最后一击的勇气，让他强硬起来，让他真正像一个军人。

　　他紧急找来平日和参谋长关系不太融洽的八、九两个支队的支队长，要他们立即带人查封所有支队的武器库。因此，从昨天下午起，全副武装控制了联队部、马场、刑场的，只是这两个支队的人。而其他支队得到的命令，只是要他们空手到刑场集合待命。

　　正在庆官儿的几位姨太太处打牌的参谋长就地被软禁在那小楼里。朱贵钤拿到肖天放的供词后，便立即下令将参谋长绑赴刑场。

　　这时，天快亮。他们把肖天放关在正对着行刑处的一间空屋子里。一夜没睡的他，听到不断有部队往这边开来。一个分队接着一个分队跑过，脚步声整齐，口令声沉闷。没多大一会儿，他便看到，整个刑场周围的土包，都被连夜紧急调来的部队占满，但这些都是不带枪械的。全副武装的那两个支队的人，此时全部署到两边的制高点上，枪口不仅对着行刑处，还对着这些来观看行刑的士兵和军官。天大亮后，一辆光板子马车把五花大绑的参谋长拉到刑场中央一个土台子跟前。

　　参谋长赤裸着上身。捆他时，他不肯穿衣服。只听参谋长大声喊："朱贵钤，我也是为了你——我在你爷爷手下当过兵——"昨天半夜，朱贵钤让军纪会的人去逮捕他时，他要他们出示省总部的批文。军纪会的人拿不出这样的批文，他就跳着脚大喊："告诉朱贵铃，我也是为了他——"

两千六百个士兵，七百个老兵，没一个出声。大家心里都觉得不是滋味，但都不敢出声。七个支队长带头下了跪，那七个被缴了械的支队的士兵也下了跪。他们只要求朱指挥长能允许他们替他们的参谋长穿件上衣。七个支队长脱下了七件上衣，他们跪着给参谋长穿上。后来，一颗尖瘦的子弹穿透了这七件上衣。但血没往外流，七层被弹洞烧焦的布上没一点血迹。他不让它们往外流。他不服气，他说他冤得慌，他说他的血早为这联队熬干了，让阿达克库都克灼热的猩红的太阳烤干了。

他的确是瘦，收尸时，把他放进最窄一号的棺材里，两边还空出许多地方。收尸队去庆官儿的姨太太屋里，取来他的呢军大衣、高靿皮靴、缎子面鸭绒被、三件滩羊皮坎肩、十二条加长黑围脖、成堆的雪地行军时穿的白毡袜和八顶红狐皮的皮帽，外加四盒冬虫夏草、九斤枸杞子、四捆山西黄芪、半筐川中天麻、半筐抚松野山参和两麻袋晒成干的肉苁蓉，才最后把棺材填瓷实了。七个支队长把他抬到马车上，往大裂谷里走。开枪前，他仰起头叫过："老子早就知道会有今朝这一天。只求你们把我埋到二十二特勤分队那些老伙计一块儿，我死也踏实了！"

大裂谷里没水，但越往里走，马车的铁轱辘越往下陷。快要走近那十来个老兵被打死的地点，马车沉得怎么弄，也不往前走了，真好像是被焊实了，或者是被什么牢牢吸住。收尸队全体动，再加上那七个支队长，也抬不起来它。后来，年岁最大的第六支队的支队长扑通一声，双膝跪下，对着参谋长的棺木磕了三个响头，说："参谋长，这儿就是您的家了，您将就些吧。我们知道，您是实在没辙了，才下令开枪打死自己那些弟兄的。您心疼我们，这些年，没有您，就不会有我们。您就在这儿跟二十二特勤分队的弟兄们一起好好过，我们会常来看您的……"话还没说完，马车动窝了，从棺材缝里哗哗地喷出许多血，简直就像漏了底的水缸一样。这些血一直在流，直到把那十几个老兵的尸体躺过的地方全盖住为止。

几天后，朱贵铃下令重新粉刷联队部的房子，甚至把从前由参谋长规划的院中甬道、林带，全改了个向，联队部大院整日铁锹镐头闪亮。但奇怪的是，不管他用什么样的石灰粉刷，所有房子的墙壁到最后总要慢慢洇出一种叫人坐立不安的淡红，仿佛一杯用白水冲淡了的血。朱贵铃想了想，叫人带来肖天放，让他来刷。

肖天放已经有好几天滴水不进了。他吃不下，喝不进。他被搀扶下马车，刚拿起石灰刷，便从军纪会那几个穿黑长袍的人手里挣脱，冲着大裂谷参谋长的方向，扑倒，哭着叫了三声："参谋长，是我害了你……"两眼一黑，天旋地转便昏了过去。喊声刚落地，所有的墙壁立马有了动静，半个时辰后便恢复了应有的那种灰白，只不过白得总有点惨，有点黯，再不像从前那样耀眼和明净了。

肖天放在卫生队住了七天，第八天开始进食。他觉得自己还不能死，不为那个家，不为自己，就这么蹬腿去了，也还是太年轻。想来想去，想到最后，认定只要指挥长肯让他活，他还是应该拼着命往下活。

第六章　商校生

　　州府城里干旱的雨季特别明显地体现在道台大人巷的阴潮上。宽平的街面，完全用棕褐色的卵石铺砌，斑驳的粉墙退让得很远，还有一排高瘦的乌黑的德国冬青，贴着墙，消消停停地临着低矮的街。每天两次，商校的学生排着队从这儿走过，不许说话，不许抬头，冬天也不许戴帽子，一律穿着黑制服，熨烫得不见一丝皱纹的小立领，紧扣住那些白皙的脖颈。商校是州府城里最富名望的一所学校，收的全是商界子弟，收费极高，一个学生一年的花销，就尽够用来在任何一个县城里开一家独间门面的小杂货铺或烟纸店的了。虽然是子弟学校，管束却极严酷，每年都有那些爹妈的"宝贝疙瘩"骂骂咧咧摔摔打打地退学。校方很高兴，受不了，就趁早卷铺盖，他们实行"严酷"，要的就是这种自然淘汰。校方认为，中国未来的商战必定是残酷的，没有强壮的体魄、坚毅的精神、时刻思进的原欲和肯吃苦、会吃苦的训练，什么都谈不上。因此，在这个学校里，冬天学生宿舍也不让生火，只许学生盖学校发给的一条薄薄的棉被和一条灰色的粗毛毯，自己收拾寝室，轮流洗刷便桶，每年年底都要打发他们去城里各大商号站柜台，要经受领班当众的呵斥、故意的羞辱。入校的头一年，从周一到周五，一日三餐，都只吃些煮得半生不熟的发芽豆和大麦饭，周六每人发一块腌鱼或咸肉，校方还希望他们能俭省地留到下一周去吃。学校里有一个能跟校外任何一家上等餐馆媲美的膳食部，但是它只供教职员和高年级学生用餐。即便是高年级学生，要取得进膳食部用餐的资格，还得事先通过一项专业考核——双手打算盘，限时限刻，左右开弓，把三百张汇票加减乘除到一块儿。低年级学生也能申请参加这种考核，他们跟高年级学生不同的是，必须每月考一次。假如考生每次都能合格，那么期末便给予张榜表彰，由校方在膳食部专为这样的低年级学生开一桌，届时，还要请他们的家长，请当地的商会会长作陪，由校长给家长和商会会长敬酒。校方还会雇了军乐队和黄包车，吹吹打打地拉着家长和商会会长在城里正街上周游，全城的人都会出来叫好，其隆重和盛大，绝不亚于当年乡试发榜和正月十五的花灯会。当然，要每月都通过这样的考核，每天差不多都得花两三个小时在算盘上，别的功课还得保持优良，这就得晚睡，陪伴他们的是更加的单调、枯燥，更加手眼心三位一体，更加咬紧牙关、六根清净。

于是就有"宝贝疙瘩"退学。

宋振和却很喜欢这样的严酷。他知道，只要取得商校毕业生的资格，他就会被州府城里最大的商号、银楼、会馆、珠宝古玩店、布匹绸缎庄、股份有限公司或新起的交易所、新进的株式会社和欧罗巴洋行争相聘用。不仅仅是如此，他太喜欢这种有目的的训练了，太喜欢这种明确的进取了，太喜欢这种群体生活了。他很珍惜这千载难逢的机会。他十分清楚，像他这样一个乡村穷教书匠的儿子能进商校，在商校的历史上，前无先例，后，恐怕也不会再有来者。

他知道，全校的富家子弟无一不在背后嘲笑他这个由"女相公"养起的"小老公"，骂他是"焐脚佬倌"。什么叫"焐脚佬倌"？那意思是说，你实际的生存效应，只在于冬天替那有钱的大年岁的心里无比清寂的妻子，在被窝里暖暖脚跟而已。当面相遇，他们也总是好奇地不无诧异地打量他两眼。

有一回，几个高年级学生在校外西公园东墙根一条僻静的猫尾巴巷里把他截住。

"喂，你这丑小子，你怎么挑逗你那位女相公的？怎么搞得她肯替你掏这份钱的？喂，你让她尝到什么甜头了？丑小子，不想教教我们？商界的这碗饭，你觉得什么人都能吃的吗？丑小子，开口呀！"

他们向他脸上吐唾沫。

他们一起蜂拥上前，使劲扭他胳膊，用力地掰他那双令任何一个陌生人都感到神奇的双手——他进商校的第二个月就能通过那珠算考核，而且每月不用费太大的劲儿，就能保持这个成绩。他们不知道，在苏家中药店当学徒时，他已经熬过许多个不眠之夜了。

他对他们唯一的回答是把嘴闭得更紧。他不想跟他们打起来，只要有一次打架的记录，商校就会开除。对于那些"宝贝疙瘩"们，上半年被开除，下半年他们还可以由爹妈掏钱塞进这所培养商界巨子的学校。他却只有这一次机会。他不能让"女相公"失望。为了这一切的一切，他必须忍受，他必须把屈辱和着眼泪一起咽下。他必须等他们走后，等西公园上空的乌云完全笼罩了傍晚的静庐，东墙根的这条无路可出的死巷完全被淫雨濡湿，公园里的树皮桩长出第三层青苔的时候，他才允许自己号啕痛哭一场。在以后的日子里，他把腰挺得更直，让自己更加消瘦、发黑，并且在成绩册里得到更多的"优"和"超优"。

他相信，出水才看两腿泥，火功到时猪头烂，只要下水打猎，没一盘也有一碟。他相信，一把火烧不热大海，一根绳子箍不住将要崩坍的大山。他相信，三十以后才知天高地厚，开弓没有回头的箭，木头里藏着三分火性，瓦片也有翻身日。他相信，手指头当不得门闩，月光晒不干稻谷，上吊也得找棵大点的树。他相信，海再深也经不住别人用瓢儿舀，水再大也漫不过鸭子去，就是天上给你落白面你也得起个早，去晚了还轮不上你捡哩……

他相信这一切，就像相信一百个蛤蜊肯定会有两百个壳一样，没错。

那天她去外埠批发莼菜买药品，路过州府城，又去看望振和。她给他带去一副半截指的黑毛线手套。他说不用，同学们都不用，他也不用。她

075

喜欢他的这种倔强、刻苦。她知道他的那些同学没一个不使用暗招儿来抵御学校的这种苦行僧生活，没一个不在被窝里使用暖水袋、在枕头里夹带鸭绒被、在制服裤子里套进皮护膝、在高帮黑皮鞋里加穿西藏板曲拉毡袜。但她喜欢他的这种认真。她知道他不想多花苏家的钱，她知道他始终没忘了自己的出身和原有的地位。她喜欢他的这种清醒。后来，她又带他去小教堂，带他去吃饭。后来，她要去教会办的辅仁医院，打听一种新药盘尼西林的价格，他便回商校去了。

在辅仁医院那四处都挂着圣像的院长室，跟院长嬷嬷谈完话出来，她看见在那雪白的走廊尽头怔怔地站着一个中等个儿的神甫。她怔怔地认出是林德。她定下神，故意向他走去，却不打招呼。

他有些慌张，向四周围打探了一眼，低声叮嘱："跟我来，别离太近。"

他去医院后首的小教堂。

林德离开五塬城以后，忙于筹办那两处疗养院，但也兼任了州府城教区的副执事，常在几个教堂里走动。辅仁医院的院长嬷嬷很是器重这位富家出身、却又躬行地方慈善事业的年轻神甫。他每回到城里，她都要请他到她医院的小教堂里来住几天。这儿有两间专为过往神职人员准备的客房，当然，能享受这种殊荣的神职人员，为数并不多。换一句话说，能被德高望重的院长嬷嬷瞧得起的人，即便在神职人员中，为数也寥若晨星。

小教堂在院后一个不大的高坡上，全由水泥建成。铁栅栏并不能闭锁住它的庄重和精巧，满院羊脂般白润的玉春棒花，更增添这一方小天地里的圣洁肃穆。

林德引苏可进了教堂，立即锁上大门，并把她带到祭坛旁的一个小屋里——这是执事们为做弥撒更换法衣、休息、候场的地方——四壁立着一圈油棕色的雕花木柜，一边的窗户照例地由彩色玻璃镶嵌，窗户下摆放着一张供本堂神甫休息用的软垫长躺椅和一个四方大机凳。

苏可紧张得浑身发抖，不知道他到底想干什么，但又止不住地要跟他走。他俩是当年全五塬城考取省国立高中的仅有的两个学生，同窗三年。他后来去了上海圣约翰大学，中途退学，又转到神学院进修了两年。

在国高时，他几乎是全校所有女生的崇拜对象。他的一切都是那么出色、优雅、从容。他总是用最简洁的明确的语言对周围的一切进行最令人信服的解释，他什么也不需要，仿佛他生来就只是为了向周围的人解释他们身边这个世界的。

离开五塬城以后，他曾多次给苏可写过信。他觉得他有责任让她复归真平。他觉得他有这个义务告诫她，灵魂最后的得救和被宽赦，除了我主基督的恩宠，还归因于自身的补赎，也取决于各人的选择。这种选择是自由的，你可以选择接受主的恩宠，也可以选择不接受这种恩宠，而紧随靡非斯陀（《浮士德》一书中的魔鬼）终坠地狱。

但苏可从来没回过他的信。

"你为什么不回信？"在充满着圣香气息的小屋里，他的声音显得那样的焦虑、空洞。

"我为什么要回信？"

"你为什么不回信？"

"我为什么要回信？"苏可愤怒了。

"我希望你今后再别这样了！"他黑起脸叫道。他觉得自己所做的一切是那样的明白可鉴，件件桩桩不必细说都应得到最充分的理解。他神经质地挥动双手，大幅度地扭动他那总是灵巧、但近来却越来越显示某种笨拙的身子。他习惯了被所有人理解接受。他觉得自己是大度的，能容忍一般人无法容忍的东西，他从不在无穷尽的锱铢必较中苦熬。他身为天主教的神职人员，也钦羡禅宗的"坐忘"的境界。在圣约翰大学的哲学教授那儿，他接受了"过程便是一切"的基本思想，现在他追求的便是不问后果的永恒。他希望坦白诚实地通信，间或，这样秘密地会面，闻到她的呼吸，听到她的声音，了解她的思想，抚摸她刚使用过的茶杯。他并不奢望能得到更多的什么，更多的什么也是不允许的，但自己已经在做的、已经得到的，他希望"恒值"……

苏可没跟他争辩。她不想争辩。她看到他依然在等着她的回答，眼睛里闪烁着不可遏止的干热的光，一再重复道："答应我，以后再别这样了！行吗？"

他也是脆弱的。他终究也需要一种至诚的认同。当他在肉体上无法占有一个女人的时候，他仍然渴望在精神上占有一个女人。

她怜悯地注视着他。

他突然像软瘫了似的，索索地扶着身旁一个高背软垫椅子，慢慢坐了下去。高背椅子套着金黄的织锦缎椅罩，四壁高大的玻璃门木柜里，挂着同样金黄的法衣。

假如此时，他不是跌坐下去，而是炽热地冲过来，拉住她的手，赤诚地向她诉说自己心中全部的渴念，用臂弯拥住她战栗的腰背，决不让她退缩或迟疑，那么无论对于她，还是对于他，今后几十年的生活也许不会是后来所发生的那样了。

"假如你的确不想回信，也就不必勉强了。"过了一会儿，他用他受过严格声乐训练的中音，柔曼地说道。这时，他眼睛里重新漾出博大和宽容。他那极富有魅力的柔软而多变动的嘴唇，又跟以往一样，在拒绝了一切诱惑以后，又把纯正的"诱惑"，轻轻发送。他又变得举止得体，充满睿智和豁达。她知道，紧接着，他一定会用他宽厚的中音，引用《路加福音》里的某一段话，告诉她，今后该怎么做才好。但她却不想再听了。她打开教堂的门，把阳光放了进来。

这一年，宋振和进入高年级。学校发给他们每人一顶黑呢帽，像税警戴的那样，不过帽圈稍小一些，帽檐却更长更漂亮。学校也允许他们自费购置一件由学校统一缝制的黑呢大衣，一双黑皮鞋，允许他们出入城里的酒馆，允许他们进入城里各种社交圈子，甚至鼓励他们进入那种种社交圈子。只在一点上，仍然严加管束禁令如山——不许跟任何年龄的女人来往。虽然如此，但只要这些商校的高年级生一出现在街上，总会吸引、招徕众多的青睐，每年总有一两个高年级生因卷入富商巨室的桃色事件，而被校方毫不留情地除名。

潇洒的双排扣，大翻领黑呢大衣，硬底牛皮鞋在道台大人巷卵石街面上敲出脆响，他们中的很多人照着上海滩绅士的模样，留起了唇胡，喝越来越多的酒。同时也有人不等毕业，便搭乘伊丽莎白号邮船穿越红海那闷热而晴明的氤氲，到地中海沿岸寻找更时新的生活支点。

振和当然不会向他的"女相公"提出国的要求，但是他身上的许多变化同样在刺激着她，引起她许多无名的忧虑。那种从未有过的对终将要失去什么的预感，往往伴随无法排遣的怅惘和酸涩。

这一年，太平洋上战事频繁，人心慌乱，于是商校提前放暑假，遣散学生。"女相公"也不无焦虑，直接从五塬城派了一辆车，去州府城里接振和。原想，来回的路程，两天时间，富富有余，没想到第五天的下晚，才把他盼到。宋振和说，他现在担任校友联谊会副干事长，家里派车去接他的那几天里，有几位校友绕道香港乘船去欧美，在太平洋上失踪，音讯全无，他帮着四处联络，往南京、香港打长途电话，找轮船公司和有关的使领馆打听人员下落。他说，商校里人早走光了，只剩个空壳，伙食都开不出，他们校友会几个干事的，每天只能在煤油炉子上下点烂糊面充饥，后来连煤油都断档了。他说他的确很想早点回来，实在脱不开身，使她担心了，自己也觉得很对不起她。但她还是不高兴，想方设法冷淡了他好几天。

她觉得他这一次回来，变化太大。以往，一回到苏家，他总是马上脱掉商校的制服，换上在苏家学徒时穿的灰布长衫、圆口黑布单鞋，还去原先那个中药店柜台上做生意。他似乎十分谨慎地向所有知道他底细的人表明，一进苏家门，他就又是苏家的学徒了，又是苏家忠顺的员工了。而且他还要人相信，他永远会这样的。他从不炫耀自己商校生的资格，他似乎懂得在苏家人面前，这是绝对不能炫耀，也没什么可炫耀的。

但这一次，却不同了。不知道是有意还是无意，回来的第二天第三天，他还穿着商校的那套黑制服，老在整理一只过去从未见他用过的书箱，老在写信，老往邮政局跑。他也去药店柜台做生意，但去了以后，第一件事总是先找当天的报纸，一个人闷坐在账房间外头的小过道里，把报纸翻来覆去地看个遍。他老在打听一些船期消息。外头也老有人给他寄信来，只要信一到，他会马上撂下手里所有的事，急着去拆信。

他说有几位已做了华侨富商的老校友看中了他，愿意出资帮助他到国外留学，或者到他们在海外办的企业里做事。还有几个老校友在美属领地东萨摩亚岛，办了个同乡会，还缺一个人常年驻会管事。那里有金色的沙滩、常绿的棕榈和椰子，剑麻、菠萝都不稀罕。同乡会有一幢白色的小楼，暂时还是租别人的，暂时只租了它的车库和地下室的四间房。房东全家在美日宣战前就跑回美国去了，把整幢楼都托给同乡会的人看管，还留给他们一辆一九三零年出产的蓝鸟牌轿车。

宋振和进入高年级以后，商校里大多数老师和同学都不得不改变了对待他的态度。他们逐渐看到他在智能和精神素质上所具备的实力，而且更重要的是，他们终于摸清，这个被大家叫作"黑担儿"的年轻人，虽然聪明能干，但没有丝毫想去妨碍别人、伤害别人的念头。一种根深蒂固的自卑仍顽强地束缚着他。他似乎只想做一点自己想做的事，只希望别人能充分地信任他使用他，给他做事的机会。他只想把别人托付的事，一件一件地做成功。他周围的人，终于明白，他是他们同类中为数极少的那种既可以信任使用，又不会对他人构成威胁的人。

宋振和也这样看待自己。

有一天，苏可对振和说："上堂河斜街那边的诊所太忙，诊所里的那个小护士请假回去生孩子了，你搬那儿长住，帮我做做下手吧。"

"我这个只会打打算盘抓抓草药的人，到你那西医门诊所去帮得了什么忙？"宋振和一面收拾铺盖，一面笑着问道。这一年，在"女相公"面前，他不再是只低头等着她询查，也敢抬起头大胆打量她，端详她那过去总让自己觉得模糊绰约的身形，还敢笑着向她反问。

"那边也有账要算。再说，端端器械盘、递个碘酒瓶什么的，你总还能学得会吧？我记得还没人说你笨到那种程度！"她笑着回答。这两天，她不再冷淡他，又跟从前似的，对他多方关照。但过去的那种"关照"，实质上近似管束，甚至更像严母对宠儿的管束，现在，这"关照"里，似乎添进了许多体贴、爱护。

他觉察到了，心里一阵阵异样的激奋。即便在这些方面，他也一点不笨。他愿意跟她去上堂河斜街，在那小小的诊所里，将只有他们两人。这一年多，在商校里，他常常想起她。在以往，他像感激一个师长、大姐姐似的感激、敬佩她。但这一向，他常常会这样惊喜地想，她真的会是我将来的内室？她的清俊潇洒富有男子气质的面容，在他的记忆里越来越清晰。同寝室的那些家伙，总是挑逗他，逼迫他讲跟他这位"女相公"的罗曼史。当然，他跟她从没有过一点"罗曼"，他总只是从命、听命。同寝室的那些家伙跟他吵过闹过，纷纷呼呼睡去以后，留给他的却常常是辗转难眠。他开始一次又一次地回想他的这位"女相公"，把过去记忆中关于她的那些"断片""零部件"，艰难而又饶有兴味地连接成一个"整体"。她终于在他的记忆中，渐渐变得可以触摸，他终于能听到她的喘息。他终于发现，她一颦一笑之间同样具有女子的微妙，甚至想到她那男式长衫下竟然也有同样隆凸的胸部……以至于有几次，他敢去想象有一天把她搂到怀里，躺到床上的种种情景。

这使他不敢再往下想，使他久久地喘不过气。这也使他越发地用功读书，为了将来有一天，能有资格跟她匹配。当然，每每想起他这位风度翩翩的"女相公"，他仍不自禁地会生出一种莫名的自卑，这又使他时时地畏怯。

上堂河斜街是一条青石板铺的老街，单开间的门面里总是散发着霉烂的木屑味和陈旧的油烟气；幽暗潮湿的过道，也总有一些猫一般大的老鼠在巡视领地；局促的楼梯板被脚底经年累月地踏至凹陷；床帏子和墙纸上，除了褪色褪到一片混沌，那攒花图案的底色上更多的是历史累加的臭虫血迹，一摊摊变得厚重、棕黑。只有苏可开的这一间诊室，门面全用寰球牌白油漆刷过，反而显得扎眼，墙壁也常用石灰水消毒。门后的筒道里，放着两条长板凳，这就是候诊的场所。因为不收费，诊室里常年只雇请一个十八九岁的小护士帮忙。后来苏可的妹妹苏丛也常喜欢来帮姐姐做这善举。苏丛喜欢这一身白净的护士服，特别喜欢那顶白色的护士帽。它像修女们戴的帽子，苏丛喜欢它的文静、别致。有时放了学，大姐又不在，苏丛一个人在诊室里，也会穿戴了它们，关起门，来回在筒道里走动，看天井上边那一小方被四周陈旧低矮的房檐限死的天空，看天井里那一缸发黄的雨水。天井里还养着几盆从来没开过花的菊花，总是那么一副瘦瘦高高、矜持莫测而又病病歪歪的模样。

苏可让振和把行李铺盖放到紧靠天井的东厢房里，歇着；她自己到前边诊室里去照顾那些早就等候在长条板凳上的病人了。

那天下雨，苏可就没回老宅。到晚边晌，镇里三味鲜菜馆的跑堂撑着棕红色油纸伞，脚蹬油壳高屐钉鞋，手提黄竹篾双屉笼，送来四碗四碟一汤的一桌子菜，显然是苏可事先订好的。那天的天气即便不那么闷热，到最后没焐出那么样一场黄暴雨，苏可也没打算回老宅。跑堂的按苏可的吩咐，去堂屋的八仙桌上，上齐了菜，烫热了酒，摆好两副餐具，拿随身带着的布巾擦净桌子，顺手又把桌里档和凳面抹一个过，问清什么时间来收家伙，便知趣地带上门走了，把满院的清静和雨的滴答，留给了这一男一女两位年轻人。

苏可陪振和喝。振和的酒量不敌苏可，苏可允许振和慢慢抿。苏可对他讲自己一个人留在这憋屈的五塬城里的全部寂寞。她解开领扣，除掉长衫，她说她头晕了。这时，天漏了，雨哗哗地封了门，满世界的确只剩了他跟她两个人。她让他扶她去西厢房躺下，那原本是她的一间卧室。柔细的头发轻轻蹭着他过分长大的下巴，他从没觉得她身子有这般酥软温热，半边身子依偎在他臂弯里，他竟一点没觉着沉重。后来，他耐不住一人在她床边枯坐，又回到堂屋里，独自急急地喝了几口，吃了几筷。听到她又在叫他，他在她门口犹豫，因为她从来没有用这种口气叫过他。这是一种使他不知所措的口气，使他心发软的口气。他听见了自己的心跳。他觉得喝下去的两碗黄酒，已经把自己周身每一处细枝末节上的微血管都浸个净透。她斜躺在床上。她叫他在床沿边坐下。他没敢那样靠近她，只局促地在床头的夜壶箱上，就着那凉生生硬邦邦的箱面坐下。天光早就黄浊，房檐因此也低矮下来，屋里没有点灯，他也找不到火柴。在他独自又去喝酒吃菜的那会儿，她已经用过水，洗了脚，但不知为什么，却又穿上了她那双杏黄缎子面的绣花软底鞋。鞋底是那样的干净，仿佛从没沾过地似的。

宽大的淡青色竹布睡裤，裤口上好看地绣上了一条墨绿色的云寿纹花边，并且露出了一截藕段似白嫩的脚踝。

他记不得她还问了他一些什么，又说了一些什么。也许有怨艾，也许有倾诉，也许有笑嗔，也许有探询……也许什么也没有，他只是那么尴尬地呆坐着。他真怕有人来敲门。

再后来，他听到，她要他帮她把鞋脱了。他满脸涨得通红，很短的一瞬间，他甚至感到受了屈辱。他不知道此刻应该隐忍这种"下贱"的差使，还是应该愤然离去。但直觉又告诉他，"女相公"此刻真没半点羞辱他的意思，相反，她是羞怯地在请求。他不明白了，糊涂了——他没经历过。后来，他觉着她动弹了一下，把脚轻轻搁在了他腿面上。他就像挨了电击，一动都不敢动。但她却扭过脸去，把整个脸都羞怯地埋在了松软的枕头里。他突然有些明白她到底在想个啥了。他激奋，甚至害怕，他的手沉重得抬不起来。他一遍又一遍地对自己说，不要自卑，去把握住她，既然你喜欢这位"女相公"，那就大胆去喜欢吧。他终于伸出手，握住了她的脚。她痉挛般地轻轻哼出声，全身都抽搐了一下。他脸面上顿时一点血色都没有了，仿佛要窒息。足足有一秒钟的工夫，长长的无尽止的空白。雨水成匹地从门和窗的楣檐上泻落。他终于鼓起勇气掀掉她宽松的鞋壳，猛地俯下身去，把脸紧紧地贴到了她哆嗦着的腿面上……

暑假剩下一个半月。这段时间过得特别平静顺畅，平静到使他忐忑不安，顺畅得让他预感要出什么大事。在他终于得到苏可至亲的疼爱之后不到一个星期，苏可便把上堂河的这间诊室正式改名为"振和诊所"。由她执掌的店铺里，所有员工，都一律改称振和为"宋先生"。苏可让宋振和正式接管两家中药店账房间的钥匙，让他用在商校所学的西式簿记的方法，把这些店铺的账目重新清理造册。于是他有了直贡呢礼帽，有了从上海步云皮鞋店买回的尖头镂空白皮鞋，有了从天津洋车行订购的专用黄包车——黄铜的灯座和白细布的椅套，再加上锃光明亮的克罗米（Chromium）轮圈和始终散发着桐油气息的车篷——经常有大红烫金的鹅黄水印梅竹笺的或锦缎盒封折子式的各种请帖送到。他还是住在上堂河那间东厢房里，老式的雕花木床，那挂蚊帐的框架同样是用沉香木雕就的。他学会了简易的手术，比如穿刺个脓包，清理个创面，缝合个伤口，拔除个指甲。苏可要他学，他也很愿意学。他愿意看到苏可的笑容，愿意苏可走近他。虽然在经历了那一个心尖发颤的夜晚之后，苏可再没允许他那样亲近她，再没给他这样的机会，但他无法不叫自己期盼。

他几乎断绝了跟五塬城外的一切联络，他几乎觉察不出这点变化。以至到又一场黄暴雨到来的时候，他才觉到自己期盼得太久太久，去翻看久已不翻的日历，才发现暑假已经结束十来天了。他才开始惊惶，惊惶苏可不派人来接替他管账，不向他提返校的事。而在从前，总是她催他返校，怕他假期太长，舒适惯了，怠惰了性子。他觉得蹊跷，怪异，也才发觉，这一个多月来，竟然一封信都收不到。他去邮局查问，才知道，所有寄给他的信，全让苏可取走了。他这才去找苏可。苏可明确告诉他，他不能再去商校了，她肚子里已经有了他的孩子，她已经派人去商校替他办了退学的手续，婚礼就定在下个月的阴历初七。

他蒙了。

他本来是决意要成为商校有史以来最杰出的一个毕业生的，他本来还想去法国蒙高特商学院深造的。只剩下最后一年时间，只剩下最后一步要跨。一扇门，一块石头，一片树叶，这是商校的英文教员给他们曾念过的一句话，是汤玛斯·伍尔夫书里的一句话。伍尔夫说，他要写尽那扇门里各种各样的人。现在，他却被死死地堵在了这扇门里。他可以对苏可说，他仍要去州府城。校友联谊会肯定能帮他恢复学籍。毫不夸张地说，凭他这几年里所建立的种种关系，他也能借到最后这一学年的学杂费，况且这几年里，他已经暗自节省出一笔钱，完全够一年的膳食花销了。

苏可对他将无可奈何。

但是，她肚子里的孩子呢？

这是他的。

还有她本人呢？

也是他的。

他喜欢她。她还不清楚他有多么喜欢这样一个厉害的充满男人气概的却又俊美的"女相公"。

还有她的店铺、商号。

假如他跟这一切决裂，会引起全地区商界的愤慨厌恶？他们也许会联合起来，给商校施加压力，让学校开除他这样一个知恩不报、恩将仇报、吃人奶不干人事的"白眼狼"。将来，权力很大的商会组织，也许还会阻止任何一个店家聘用他。他们一定还会把这影响造到海外的同乡会去，断了他出国深造就业的路……

以你这么一个宋振和，想和苏家在这块土地上戳起了百把十年的老牌子倒毛饯行，那不是有点太过于撒缰了？

有谁不知道你是她一手苦心孤诣、悉心悉力栽培起来的呢？

良心。

做人要讲良心。

她毕竟连她自己都给了你啊！你还想要什么？

可是那硬底皮鞋敲击在道台大人巷鹅卵石街面上的清响，那彻夜的辩论中虎虎生光的眼睛，那蒙高特商学院金黄色的阶梯形教室，那东萨摩亚海滨浪涛的訇訇，古帆船似隐若现，还有那梵哑铃（violin）C弦上的跳弓和粉红色芭蕾舞鞋的旋转……所有那一切未曾想象得到和已曾想象得到的，又该怎么办？

不知道。

第七章　影　子

　　肖天放第三次被传唤到指挥长官邸，已经没有看守人员"押送"了。但他还是走得沉重。群山的紫褐，天的变脸，乍晴却雨，乍暖又寒，黑中有亮，亮又在慢慢转黑。那大裂谷的断层和断层上边的天空，恰如一部正在遭虫蛀的羊皮书或贝叶经。一支木柄的毛瑟枪，枪柄被烧焦。一支老掉了牙的来福枪，枪筒内的来福线已被磨蚀。

　　他在那砌有花斑水磨石护栏的台阶上站了许久。前两回，由看守人员去按门铃，这一回得由他自己来按。他知道只要轻轻地去触碰一下那个褚石色的电木小突起，立刻就会在门的里边引起一阵快乐的骚动。指挥长家里的人，除了他那位多病的夫人，其他的似乎都渴望听到门铃常响，常有客人来走动。尤其是那个叫二小的年轻女佣和指挥长的那一对宝贝公子，总是最先冲出来，争着去拧门锁。而后是孩子们的姑姑，气喘吁吁地来把孩子们赶回学习室去，但她也常常站在孩子们的身后，久久打量来客的身容气质，仿佛也在寻找自己熟悉和希望熟悉的某种以往。

　　二小总是局促地打量每一个来客。她总觉得外边所有的人，都已经知道她跟朱先生这点"不正经"了。她害怕，内疚。她柔细、拘谨地说话，对任何人都十分客气。

"请跟我来。"她像一个白色的影子,在肖天放前面飘忽。

客厅里没有人,壁炉里幽暗地燃着一点炭火。即便在无霜期很短的阿达克库都克,在这季节生火,的确也还太早。但夫人自小就长在潮湿炎热的恒河边,始终不能适应这儿的高寒和干燥。每到晚上,她总要叫二小生上火,独自一人在壁炉跟前坐上一会儿。她总是早早地回自己的卧室。她屋里有几个盘花釉下彩虎足双耳大扁瓷缸,那形状很像古代青铜器,只是不加盖罢了。缸里盛水,她要它们蒸发出湿润。

楼里一点声音都没有。其实,孩子们的姑姑正在教孩子弹钢琴,只不过他们没使用那架白俄罗斯钢琴。孩子们的姑姑在用一排画出来的琴键,做无声的教练。贵钤在家会客,她不想吵扰他。

"报告,直属队待命军佐肖天放奉命求见。"

肖天放在三楼工作间门口站得笔直。

迅雷不及掩耳地处决了那个心腹之患之后,朱贵钤不容全联队的人喘息,又立即整编调整了所有支队:首先软禁了所有支队的参谋长,接着又撤换了那七个支队的支队长,打散了过去的支队建制,重组了外勤、内勤大队。所谓外勤大队,就是为白家兄弟那个筑路工程服务的人员。现在远不止是为筑路工程护卫,朱贵钤还主动承担了工程所需的全部砂石料的供应,以及一部分运输任务。所谓内勤,就是过去那一摊地方治安。除此以外,他还编了一个加强支队,全用精良的轻重武器装备,直接归自己掌管,也就是所谓的直属支队。直属支队主要由两种人构成,大部分的,自然是朱贵钤觉得最可信赖的,另一些,就是像肖天放那一类,朱贵钤认为必须放在自己眼皮子底下管辖起来的人。

虽然新兵营仍在,但他早就免去了他新兵营管带的职务。

朱贵钤曾经也想把肖天放枪毙了完事的。那天处决完参谋长,他就亲自来提肖天放。枪毙肖天放,当然无需当着全联队那几千弟兄的面干。他解散了大部队,准备把肖天放带到一个背静的树丛里,给一枪算了。当时,朱贵钤的确非常兴奋。他没料到事情会解决得如此顺当。他原以为那些追随了参谋长许多年的人,不管怎样,总要闹出点事来的。下令逮捕参谋长，他神经紧张到几近崩溃的地步。他根本不能设想下一步会怎么样，下一分钟究竟会发生什么事。他甚至把家眷都转移到白家垲去了。办公室的抽屉里和座车的箱垫下总备着一把填满了子弹的左轮手枪。他之所以要选择左轮，是因为这种手枪在关键时刻，几乎不会发生扣不响、瞎火卡壳的事故。他完全没有想到在场的两千六百个士兵，七百个老兵，面对着他们被赤裸着上身捆绑来的参谋长，竟然全都一声不吭。他完全没有想到事情竟然会在两千六百个沉默和七百个愣怔怔的大喘气中结束。事后，从惊骇中逐渐省悟过来的军佐士官，也有表示各种不平和骚动的，但朱贵钤在白家兄弟的资助下，下令全联队分队长以上军官立即分期分批回老家探亲一次，全联队改每月打两次牙祭为三至四次，全联队上下每人增发一月饷银。一天里连续发布三道这样的优渥令后，骚动竟然渐渐平息。

他忽然觉得，他完全能做一些自己想做的事。

当然也可以顺便给肖天放一枪。

他把随从留在拘留室门外。他不想骇着了肖天放。不知道为什么，他对这个来自阿伦古湖畔的新兵营管带，天生有种好感。他想安慰他几句，说一些"军纪难容，天理不可违，为了联队今后的前程，不得不借用你这颗人头"之类的话，做出挥泪斩马谡的腔调。但十分奇怪的是，一走进拘留室，他竟瞧不见肖天放。他觉得有柔绔的雾，有高大的苇秆儿摇曳苇叶摩擦所发出的沙沙声，有水汽的清凉、水鸟的扑腾。他觉得自己在温凉相宜的沼泽中下陷，伸手又可摸到蓝得透顶的天宇。所有这一切的清净旷远和轻曼，使他感动得想哭。他愿意下沉。他觉得自己累了，忽然想坐一会儿，喝一杯从孟买带回来的冰冻椰汁，想依托着这种越来越浓稠的雾气，彻底地放松了自己，随它去游荡……他退出拘留室，在阳光下闭上眼，站了好大一会儿。再睁开眼时，他却怎么也提不起精神头再说枪毙肖天放的事了。

朱贵钤决定再度起用肖天放。白家兄弟听说肖天放就是哈捷拉吉里村那个腌鱼肖家的传人，对他立即发生了兴趣。朱贵钤瞧不上一切本地的腌鱼干。他只是觉得自己在老满堡干下去，手头得有几根用起来得心应手的"棍子"。"参谋长事件"后，他充分意识到强迫和强制的必要了。没有强制，眼前这个世界就会进入某种疯狂的旋涡。他觉得肖天放能成为这样一根"棍子"，或者说，他就是这样一根"棍子"。再度起用肖天放，也有利于安抚参谋长留下的那批老兵，特别是那批力巴团的人。

"到我这儿，就随便一点。抽烟，喝茶，就跟在自己家里一样。好军人，也要学会适时放松自己。"朱贵铃伸出他那双柔软、颀长、灵巧得跟女人一样的手。这真是一双保养得极为精细的手，一双相当出色的手，拥有这样一双手的人，一定患有极深的"自恋癖"。肖天放不懂什么叫"自恋癖"，但他的确羡慕他在这幢楼里所看到的一切，它的富足、优裕、精细和处处显示出来的自如。

"我……还是站着好……"肖天放不无拘谨。

"去护卫支队的事，想出点名堂来了没有？"朱贵铃往圈椅里一靠，笑着问。他要叫肖天放当护卫支队的支队长，带三百号人去替白家兄弟监管那两千个民工。在得到那样的宽大和赦免之后，又给予这样的任命，他原以为肖天放会感激涕零，不惜一切地以涌泉相报。没想，找他谈了两次，他都婉言相拒。

"我这可是三请诸葛了。"朱贵铃略带些讽喻地笑道。

"指挥长……带兵的差使，我的确再干不了了……我不配带兵……你让我到砂石场去干活儿……"肖天放直挺着身子，结结巴巴地说道。参谋长被处决后，他也完全垮了。抬不起头，不敢见力巴团的老伙计们，他觉得自己完全失去了依赖。一颗子弹震耳欲聋地打进连一滴血都不肯往外流的参谋长身体里。他觉得已经没什么人再可信赖的了。他宁愿待在直属队营房外头晒晒太阳蹭蹭痒。假如不怕惹恼了朱贵铃，他甚至想提出退伍回哈捷拉吉里村。他觉得，在亲历刑场那一幕以后，自己比以往任何时候，都能体谅爹当年的勇退。

"你……还跟我记着参谋长那笔账？"朱贵铃努着下嘴唇去啜了啜那一抹漂亮的唇胡，冷冷地提问道。

"我只记着指挥长不杀我的恩德。"肖天放赶紧大声回答。

"你就这么记着我的恩德？是不是还要我派人用八抬大轿来请你？"

"指挥长要么说，还不如先给我一刀。"

"你听说过我那位在兰州行营当侍从主任的祖父吗？"

"听说过。"

"我祖父喜欢用能干的人。他看中了一个人，死活也要把他弄到手。假如这个人死活都不肯替他干，那么，他就死活也要想办法毁了这个人，因为他讨厌这种不知好歹的家伙！"朱贵铃猝然停住，打量了一下怔怔地在听着的肖天放，而后故意很平静地说，"你知道，很多人说，我现在越来越像我那故去太早的祖父了……"

"那就请指挥长毁了我吧。我的确没脸再在弟兄们中间活下去了……"

"混蛋！"朱贵铃终于耐不住了，大声喊叫起来。他没想到这根"棍子"远比他想象的要复杂得多。他冲到他面前叫道："混账东西，抬起头！站直了！知道什么叫立正吗？收腹，挺胸，挺胸！王八蛋……"

这时的朱贵铃，心里特别难受。这是他历来的一个怪毛病。当他突然面临一个必须解释清楚但自己却偏偏又无法解释的难题时，脖颈儿右边那根筋就会陡然地僵直起来，胀胀地收缩，死死地吊住脑袋，向一边歪斜。他揉搓那根变得粗硬火暴的筋，用力地朝圈椅的生铁底座踢去。当然，这种发作，是在打发走了肖天放之后进行的。

他记得清清楚楚，这种病的第一次发作，还在他十一岁那年。当时祖父把他送到长沙市郊一所只收军人子弟的寄宿学校去住读。学校在半山腰上，跟邻近的小镇还间隔着一条土红色的河。这在当地，习惯称之为"江"。学校的前身是曾国藩湘军的一个兵营。再之前，据说是禅宗五家里最早的一支沩仰宗法嗣芭蕉慧清的弟子化缘所得盖起来的一座大庙。庙盖得宏大，连同殿堂经楼和大小和尚住的大小房舍，有一百九十九间半。后来曾国藩又加盖了一百九十九间半，这些年倒塌焚烧，毁了一百九十九间半，剩下的，还是原先的一百九十九间半。朱贵铃住读的那个学校，占了它的一多半。另有一些房舍，做了个盲聋哑学校。朱贵铃入学初，胆子很小，甚至都不敢接近这些盲童和聋哑孩子。后来觉得他们或者看不见，或者听不见说不出，头脑十分简单，就觉得可笑好玩，胆子也大起来，他开始作弄他们。有一次，一个新入学的盲童要上厕所，问了朱贵钤，朱贵钤就把他领到女厕所去了。自己却躲在外头一棵古银杏树的后边，等着好戏看。他知道女厕所里有人，他以为她们会打那盲童一顿——她们的年龄和身材都比这个盲童大得多。他看见她们红着脸，慌慌跑出，过一会儿又去把盲童从女厕所领到外头男厕所的方位。那盲童并没有马上进厕所。他抬起苍白的脸盘，好像是在听那两个女生离去的脚步声，又好像在寻找戏弄他的朱贵钤，脸上的表情，惭恶、懊恼、自卑、困惑、怯懦……绝不只是用其中哪一个词便能穷尽描述的。朱贵钤发现他的神情中自有明眼聪耳人所不能明白的微妙细奥的东西。这是一个他无法进入的天地。他越想进入，越进入不了，心里就越难受。于是他常常去躲在慧清和尚留下的千年七叶桉巨树后头或者那一排修剪成圆球状的黄杨木丛后头，窥测那些盲童和聋哑孩子。他心里非常恨，恨到脖颈儿右边的筋粗暴地抽搐。从那以后，他再没戏弄过任何一个盲人或聋哑人。

肖天放一走，二小赶紧拿了拂帚来收拾屋子：紧要的是赶紧打开窗户和阳台门，换一换屋里的空气；把所有被那些军佐摸过的门把，细细用酒精棉擦过；把被他们喷射大蒜臭、烟油臭、牙垢臭、羊膻臭的嘴沾染过的茶杯统统用开水煮个三过；同时还要换掉被他们坐过的椅垫。朱先生无法忍受这些人可能会留下的任何一点汗渍味儿。特别是他们常年骑马，身上总有一股无法清除的马的臭味儿。许多条肮脏的被褥一起晒出来，军官食堂里荤油煎炒，修鞋铺里旧鞋破靴堆积如山，士兵澡堂子里泛着黄沫，屠宰场带着粪便的血水，肆意的哈欠和骤然从大黄板牙缝里射出的喷嚏，他都极度厌恶。有时，他要她点燃一小束薰衣草来驱赶这些他无法忍受的气味。假如连薰衣草都驱赶不了，他就会让二小坐在自己身边。他叫她把总是洗得干干净净的长发散开，解开领口，把他紧紧抱在怀里。他喜欢她温热而清净的体息。但今天却奇怪了。他没让二小在工作间里逗留，没要她点燃薰衣草，还让她马上走开。他关上门，关上窗户，细细地在屋子的各个角落里嗅闻。他早就发现，这个长相粗陋的小个子军佐，每次到这儿来，都带着一种与众不同的气息。这里边，没有一点让他讨厌的气味，甚至相反却能嗅出芦根的那种清香和湖水的那种阴凉。他真是不敢相信。

第二天，他又第四次把肖天放找到家里来。根本不谈任命的事，他只是为了要证实这个矮壮而固执的年轻人身上天生带着一股遥远的清新。他要他出汗，紧张，不知所措，窘迫异常。他连珠炮地发问，搬出五万分之一的作战地图，在他面前用英语说话，使用雅利安人的俚语，讲孟买街头的小铺，讲在布拉马普特拉河上的旅行，讲锡克教人的强悍，讲他们头上包着的那一坨猩红色的布巾，讲那黑皮肤的白种女人，她们的早婚，她们的眉心痣，她们飘逸的莎丽，她们和他们对牛的崇拜……

肖天放果然非常紧张，一身一身地连着出汗。他非常想听，他甚至拿潮湿发黏的手去抓摸高背餐椅两旁光滑的木扶手。最后证实，这年轻人在屋里留下的气息，的确酷似阿伦古湖畔的芦根和芦根上所连带的淤泥，也像一艘经久搁浅在沼泽地里的独木小船和船底上长着的青苔湖草。

朱贵钤不再向他提任命的事。

肖天放也不那么紧张了。

后来，又找他谈了几次，朱贵钤心里觉得很痛快。很久很久以来，他还没遇到过一个人，愿意这样真心倾听他讲述自己所经历的一切——他早就想对别人讲讲自己。每次这样讲一遍，他心里就特别痛快。他甚至向他谈白家兄弟，讲铁路，讲老满堡，讲女人。肖天放开始只敢听，不敢问。后来也敢问了，但只要一涉及老满堡眼前的事，他就闭上了嘴。他非常喜欢听朱贵钤分析这些眼前正在发生的事，但他不敢发问。

他知道，自己应该做的，是在听完以后，离开这幢小楼以前，到厨房里，到后院里，再去帮指挥长的那位干干净净的女佣做一点什么。他也的确这么去做了。他帮她重砌炉灶，让煤火在炉膛里呼呼作响。他帮她淘尽井底的淤泥，让井水重新泛出青蛙脊背上才会有的那种明光。他帮她重栽晾衣服木杆儿，搭上十斤重的被褥，它们都不晃一晃。拉牵的牛牛车，一经他的手，轱辘里就不会再发出能把人牙根都酸倒的那种吱嘎声。没过了多久，朱贵铃一家人——除了那两个孩子，几乎都打心眼里喜欢上了这个不大爱说话，却又实打实的年轻军佐了。

到这一年槐花一串串都谢尽了的时候，肖天放带着护卫支队那三百来号人，随着浩浩荡荡的筑路工程大队，已经把铁路修到索伯县县城边上了。铁路将从县城外三里多路的那面大坡上通过。带烟囱的守车、大平板的压道车、双层的食宿车，还有堆积如山的枕木、砂石料、鳞次栉比的工棚和高耸在这一切之上的木结构瞭望塔，再加上从各处像蛆虫一样围拢来的小商小贩杂耍艺人算命瞎子练拳脚卖膏药的江湖骗子和代为浆洗缝补连带卖身的古南区无业女游民服务队嗑着大把的黑瓜子儿趿着鞋皮半敞着襟怀嘻嘻哈哈在工棚里直进直出，那儿已经结集成一片不大不小的闹市了。

天放自己也说不清，最后是怎么接受了这个任命的。他还是想干点啥。朱贵铃书房里有几本写铁路的书，他借来读了。他识的字不多，只能半猜半会意，但他还是一本本地读下来了。特别是那本讲美国西部当年修那条通往波特兰和温哥华的铁路的书。同样的工棚，越发地荒芜、寒冷，倒转过来的炎热、瘟疫，他喜欢书里的插图，那些圆圆脸厚嘴唇的黑女人，她们脸上奇怪的表情，那些奇怪的房顶和庄园、大树。他还知道了一个叫"盐湖城"的地方。他奇怪那些黑白线条的细密和精确，还有些木壳鞋和细瘦的绅士腿，粗大的雪茄烟、啤酒杯。

那一段，因为只是待命，所以清闲。他不愿去老满堡城里逛。联队里的老兵们常去那儿逛，他仍然怕见他们，有愧。他常常觉得无处可去。

他也想女人。有一回，大妹从哈捷拉吉里村来看他，他坐在一旁，看她做晚饭。这一段，她常来。爹叫她来的。爹听说了这儿发生的事，但没说什么，只是让大妹常来看望天放，伺候他一段。爹对天放的态度有变化，这是全家人都感觉得到的。河滩里，长着不少鸦葱猪蒿和铁边藜菜，而大妹不去河滩头拾柴火和挖野菜时，总光着脚，把她那双青布面鞋挂在向阳的那一面墙上晒晒鞋底，这样鞋底不容易烂——做一双鞋不容易。他看到她的脚背同样丰厚，大脚趾圆活有力地叉开，另外四个脚趾，很有趣地长得一般大小，一并齐地像四个虎头虎脑的嘎娃那样鲜活。他喜欢看她干活。她喜欢用手背擦汗。她从来不嚷腰酸。撅着的后身总是圆圆实实，被汗溻透了的青布单褂，整个儿都贴紧了也同样是圆圆实实的胸部，汗迹明白地显示出里边那两坨圆的乳峰，也能从没系上扣的领口里，看到软坨坨的晃动。他浑身痉挛，忙掉过脸去，骂自己，但又不知道自己到底想干啥。

他总觉得没着没落，他总想往人多的地方去。有一回他跟直属队的人去汪得儿大山里伐树。山下的小河就是国境线，他跟他们一起去了河那边的小酒店。用木做的大杯子喝噶瓦斯，用玻璃杯喝伏特加，那到处是酸黄瓜和莫合烟气味的低矮的店堂，那被熏黑了的圣像和大屁股的吉尔吉斯女人，那棉布的大花连衣裙，那肥腻的白里透红的多毛的胳膊……他没有勇气像伙伴们那样，把钞票或银圆塞进她们宽大的领口里，而后趁机乱摸。当她们中的一位嬉笑着跌坐到他腿上来时，他又不由自主地泛出一阵厌恶和战栗。他闻到她们头发上的汗臭。她们上嘴唇上的毛发黑浓得像男人的胡须，身上散发着烈酒和劣质烟叶的气味。

他觉得她们根本不是女人。

后来，他就常到索伯县城去。他把马拴在达吾提家的院子里。达吾提是个双腿从膝盖以下都被截掉的残疾人，随便给点茶叶或方糖，他就能替你把马给喂了、饮了。他还是个好铁匠。

天放去找一个披着黑色布篷的女人。没过多久，她成了他的妻子。过了这么些年，肖天放都想不起来当初是为了什么才想到要去找她的。但是他记得，正是因为她，他才下决心重新振作，接受了护卫支队的支队长的任命。

过街楼后的黑场院。过街楼低矮的天棚下堆放着许多又粗又短的寿木。他还记得一个窗户，窗户纸上的一个蓝蝴蝶。他记得她的黑布篷从头上裹下来，平时只露出大半个脸 —— 那是张圆圆的温和的平静的脸，还露出两只圆滚滚的小手。

他走过许多星夜。长桥下没有水又有水，并不是每一条干河滩都跟枯树一样。那许多根戳在矮土房后的杨树桩也一样硬撅。

他记不清究竟哪间房是属于她的了。也许整个到处是泥坑水坑的院子都是她的，也许她只是这个又窄又长的大院子里许多个房客中的一个。不少人到这院里来，只是为了找她。她会看相。她摸你的后脑勺，预言你的死期。她摸你的眉棱骨、颧骨、下巴，摸你十根手指的每一节关节，再看手纹。她也陪人打牌。打牌时穿一件圆领的蓝布单褂，很圆的一截手腕露在不够长的两段袖口外。她不戴耳环，天放甚至想不起来，什么时候见过她的耳朵。跟她在一起的时候，完全顾不到看她的耳朵，等到想起这一点时，她却又失踪了，想瞧也瞧不见了。

她住着一个单间，屋里有三面很旧的长方形镜子，镜面上现出不少斑痕。她让那些找她来看相的人坐在炕沿上。她离他们远远的，而且用柔软而浑圆的脊背对着他们。她只从那三面镜子里掂量这些人。她也常常叫天放这么坐着，让她从镜子里细琢磨。她久久地瞟瞥，却什么也不说。有时半夜里醒来，也看见她像蛇一样昂着头，亮亮地瞪大了双眼，在琢磨镜子里的天放，眼圈红红的。

她比天放大五六岁。

头一回进她的屋，他就觉得她一点不陌生。他脱了鞋，盘腿坐在她那炕沿上，只觉得屁股底下炕沿木滑溜生硬。原先炕沿木上那些凹凹凸凸的结疤眼儿，全给来来往往的人蹭光溜了。

他觉得不仅早就见过她，而且早就听到过她说话的声音。他曾经在她那窄长得简直就像是没有尽头一样的院子外边徘徊过大半夜，拼命回想究竟在什么地方听到过她的声音，拼命地要自己回答，为什么一见她就好像是多少年前就相好的一个老熟人。他没法回答第二个问题。因为长到这么大，除了家里的女人和庆官儿那位三姨太，他的确再没接近过任何一个女人。但她的声音，他却想起来了，她的声音太像那经常在冥冥中跟着他的声音了。他冲进她院子，拼命擂响她的门。他告诉她，他想起来了。他问她，相信不相信。她不说话，只是用黑布篷紧紧地裹着刚从热被窝里坐起来的身子，并且在惊骇中一阵阵颤抖。

"告诉我，那是你的声音吗？"他抱住她。她没挣扎，但却扭过头去。

他闻到她身上同样有一股阿伦古湖畔长满芦根的那黑泥土的芳香。他恨不得立刻把自己整个身子都深深陷入无法离开、也无法忘怀的土地里。他有一双大得出奇的脚，像两片老开山镢，脚背脚跟一样宽厚，而五个叉开的脚趾，却比脚背还要宽大，每个脚趾鼓凸的骨节都结上厚厚的牛皮似的茧壳。在哈捷拉吉里村，有一块坡地，坡地上长着一棵老杨树，坡地里常种土豆。他喜欢在这块黑色的土豆地里蹲着。他喜欢把自己这双粗壮的脚板深深插进酥松湿软阴凉的土地里，深深地插进，用五个脚趾使劲地扣住泥土，让泥土完全埋住脚背，让那润润的地气慢慢地浸透自己全身的骨节骨眼。

她要他叫她"姐"，要他叫"亲姐姐"，叫"肉蛋蛋姐"。他叫不出口。他从来没叫过谁姐，他没有姐。他只是抱住她，只是把自己那双大得出奇的脚伸到她腿弯里，使劲用脚趾夹她那像阿伦古湖畔的泥土一样酥软阴凉的皮肉。他太想家了，太想阿伦古湖了，太想那块土豆地了。他太为自己已经遭遇的一切而委屈，他太需要一个"姐"来抱住自己、安慰自己。但他叫不出口，只是用脚趾使劲地夹她。她哭了。他也哭了。

她问他："你干吗愿意上这儿来，跟我好？"

他说："这就算跟你好了？"

她说："这还不算好？"

他去摸她的肚子，笑着说："得替我生八个娃娃。"

她打掉他的手，啐他一口："没正经！我问你哩。"

他坐起来，抱住双膝，把下巴搁在膝盖头上，有滋有味地看着她，故意逗她："想上这儿来就来了呗！上这儿来的，我又不是头一个，也不会是最后一个吧……"

没想她恼了，拽过被子，让他光着身子，一脚就把他踹下炕去，自己裹紧了大花被，把脸拧到床里边，不再理他。他被踹愣了，没想到她真恼，劲儿还真大，一骨碌蹾到地上，愣愣地呆了好大一会儿。

"你真踹呀……"他喃喃道。

"你把我当成啥了？你要找烂菜花，趁早别进我这门槛。我这床可不是肉铺里的大砧板，哪块肉都能往上搁的！"

"那你也别那么踹呀……"他揉着痛处。

她又忍不住笑了，拉他上床，拿大花被捂住他，求他："再不许那样说我。"

他却正经起来了，问："既然不是肉铺里的砧板儿，你又怎么肯让我这块肉往上搁？我啥都不是……"

她忙捂住他嘴，不让他往下说。她说："你啥都是。"

他问："这话咋说哩？"

她不肯说。他胳肢她，挠她痒痒。她不怕挠，不怕胳肢，由着他挠，由着他胳肢，只是躺在他腿根儿上，脸冲上，微微地笑着。后来，她突然昂起上身，用脸和嘴摩挲他粗短的脖颈儿和宽大的脸颊，一边笑着，一边流着泪说道："别再问了，能这样到老，就挺好的了……真的……"说着说着，竟饮泣起来，人也瘫软了，瘦小了，一个劲儿地往他怀里依偎。天放疼惜地只知抱紧了她，再没追问。

第二天，他觉得太阳格外明亮，觉得自己再不能垂头丧气下去，该做点事了，不只是为了自己，也为了她。他去找朱贵钤，把借的书都还给了他，说，眼都看迷糊了，不看了，得干活儿了，随便派个差使干干吧。朱贵钤抖抖书上的灰土，笑着说，活儿早就在等着你哩，还来说啥呢？肖天放不好意思地笑笑，接过专门配发给支队长一级军官用的手枪——德国造的撸子，转身又去军务科仓库领新的皮靴和呢子军大衣了。

第八章　第五根弦上的叫板

朱贵钤接到省联防总部的加急电，要他火速去总部议事。动身的前一天，朱夫人终于为了二小的事，向他摊牌了。

"我已经没有勇气再来找你谈这种事了。今天是你姐姐逼我来找你的。她说她实在看不下去了。她说，我要再不出面来管管这件事，她就走，带着两个孩子离开这个家。孩子们一天比一天懂事，她不能允许，有一天，孩子们看出……他们的父亲竟是那么样个东西。今天你给我说清楚，你到底要谁，是要我，要这个家，还是要那个……那个……"她不知道此时此刻应该怎么称呼这个既没有良心也不知廉耻的小丫头。以往，她总珍爱地称她为"小妹"。她父亲年轻时小丫头就在她家里做仆人，她可以说是看着她长大的。但这时，她却怎么也不能再叫她"小妹"了。"你不要以为别人都不知道你的丑事。我只是不想在孩子们面前伤了你这做父亲的面子，我只是想到，这个也还算是和睦的家还需要一点父亲的尊严来支撑……"她越说越生气，两只拳头紧紧攥捏在身前，脸色苍白得像一尊最完美的石膏女神像。

她要朱贵钤立刻答复她。

朱贵钤拖延着。他有些不知所措。他想说出一点什么道理来，但浑身的沉重，使他不能正眼去看她一下。他想让她明白，他从来都没有想过不要她或不要这个家。

他怎么可能用二小这样一个小丫头来取代她？更不可能用二小来取代这个多年来不管怎么说也已经完全习惯了的也还是安稳的舒适的家。假如有这种念头，他也就不会找二小了。他没去找别人，这已经很能说明他对她和这个家的态度。

他没有更多的念头。

他想到过孩子。他需要和睦。他愿意承认自己在骨子里还是懦弱的。

"这件事也不要去责怪二小。假如有错，错全在我。"

"假如？你还假如？"妻子尖叫起来。

"的确有错……"他赶紧纠正。

"你准备把那小丫头怎么处置？"妻子紧紧把住门框。她喘不过气，头晕得快要站不稳了。

"你给我几天时间。总部来了急电，等我从总部议完事，咱们再说这件事。你也不用急成那样，急垮了身子怎么好！"

"我死了才好！"

"没人要你死……真的……请你别这么想……"

但是等朱贵铃几天后从省总部议完事回来，二小突然失踪了。这事发生在他到家的第二天。那是个大雾弥漫的早晨。她给朱贵铃送过咖啡奶，后来还听到她在厨房里收拾碗盏，打水刷后院的台阶，拌了鸡饲料和猫食，把刚洗好的衣服晾出去。

在越来越浓的雾里，她只是一个模模糊糊的黑影。后来孩子们说，他们听到"小姨"晾完衣服，在雾中站了好大一会儿，轻轻地哭了好大一会儿，后来就没有了声音。

门也没响过。通后院的道上也没出现过任何往外走的脚步声。到中午，厨房里照例该有准备午饭的响动了，却偏偏没有。谁都觉得奇怪，但谁都没想到二小会突然离去，谁也没想到厨房里去探个虚实。后来很饿了，孩子们的姑姑去餐厅转了一圈。

中午饭好端端地早已摆放到餐桌上了，碗碟上都盖上了一层雪白的餐巾。按惯例，全家人在餐桌旁就座完毕，二小便会勤快地送上滚烫的汤。夫人爱喝滚烫的汤，汤做好后，便捂在保温的棉套里，非得等到那一刻才能上桌。但那一天，全家人毕恭毕敬地坐了二十分钟，不见有送汤来的响动。又等了一会儿，仍不见有响动，大家不约而同地站了起来，几乎在同一瞬间意识到出事了，推开餐椅，赶到厨房去看。汤的确做好了，还是烫的，也捂在棉套里，但二小不见了。哪儿都找不见她。那条她从来不离身的围裙，此刻安详地悬挂在白漆碗柜的门鼻子上。这是条金黄色的围裙，她知道朱先生喜欢金黄色。在金黄的底子上，她又绣了几朵白色的曼陀罗花，她也知道夫人喜欢白色的曼陀罗花。

她会到哪儿去呢？无论在老满堡，还是在整个阿达克库都克，她都没有第二个熟人。她的全家都在印度，她家在那儿已经待了三代之久了。国内，也许在胶东，还能找到一个半个八杆子都打不着个边的远房亲戚，但她连他们姓甚名谁都不知道。

雾一直到天黑都没散去。

第二天一大早，朱贵钤派直属支队的四个分队长，各带四名军佐、四匹军犬，分四路，顺着去索伯县、灰林堡、省城和红其拉甫山口的方向寻找，要他们注意每一个穿白连衣裙的女子。没有。后几天，又分四路，换四个方向。他下了决心，没有活的，也得把死的抬回来。他们几乎惊动了沿途每一匹公狼或母狼，每一群敏感的黄羊和迟钝的驼群，搜查了每一顶帐篷、每一个冬窝子或夏窝子、每一个塌顶的砖窑和废弃的羊圈。都没有。无论是死的还是希望中的活的，都没有。十九岁的二小就这样完完全全地不见了。

全家人都不说话。

朱贵钤摔碎了所有的瓷盘。但这又有什么用呢？

笨重的立地木座钟摆动它巨大的铜摆，在客厅那个幽暗的角落里计算着所有那些必要的丧失和不必要的追悔。每隔三十分钟，它就嘶嘶地响一次，铸花的指针便艰难地往前搬动，带着惯常的哆嗦，仿佛一个僵硬、佝偻的老人。据说它是天津卫一个过去专为王爷府做钟的工匠手里的活儿。

朱贵铃讨厌它，非常非常讨厌它。

但这又有什么用呢？

虽然是这样，还应该说，这只是一件小事。在这同时，还发生了一件真正可以称得上是严重至极的事——有人殚精竭虑，迫使铁路工程下马、完戏、垮台。省联防总部十万火急把朱贵铃催到那满街扔着羊骨头的省城，要跟他说的就是这么一件事。谁那样殚精竭虑，非要姓白的姓朱的彻底垮在老满堡？不是别人，正是省联防总部的一批谁也惹不起的高级军官。多年来，他们正是那位在白氏兄弟暗中鼎助怂恿下，被朱贵铃突然处决掉的参谋长的后台。朱贵铃处决参谋长，用的是先斩后奏的办法。他连续向省总部和兰州行营报了参谋长三件十恶不赦的"罪状"：一、在处理二十二特勤分队一事中滥杀无辜；二、唆使部属暗杀本地商人；三、霸占前任指挥长妻妾，丧尽天良。当时的确封住了所有人的嘴。白老大白老二还出了很大一笔钱，帮朱贵铃迅速还清了老满堡联队拖欠省总部后勤财务上的几笔大宗债款，帮他在总部一些中间派人士中争得几许口碑，堵一堵参谋长派的人的嘴。

那一帮人没有在铁路工程上马之初下手，是想缓一手，让你爬上老虎背之后再说。他们知道，白家这次是豁上了全部老本，工程一旦有个三长两短，他俩只有倾家荡产一条归途。朱贵铃在这件事情上，也是湿手沾了干面粉，甩不掉搓不净的。

那一帮人决不会允许任何人来染指他们决心要经营，也已经经营了几十年的老满堡。

联防总部的人先查的是：这条铁路途经多处军事要塞和边防险隘处，由谁批准他们这么干的？

白家兄弟说，申报筑路许可证时，就附上了路线图，省资源委员会地拓局在批复此事时，是很清楚未来的铁路的走向的。

联防总部的人又查：铁路修经军事设施地区，为什么不报请军事当局审批？

朱贵铃说，这件事，他曾提到总部联席会议上复议过，是得到联席会议的认可的。

他们要文字凭据，朱贵铃说有当时的会议记录为据。但使他吃惊的是会议记录上有关此事的记载完全空白。

白家兄弟火急火燎地又赶去兰州。他们当时找过兰州行营的一位年高德劭的副督军长，带去过一份重礼，得到过口头的支持。但再去找，听他口气，好像从来就没听说过这条铁路，好像当初白家兄弟压根儿就没到兰州他家里去过。他劝他们，回省里，好好跟省总部的人商量。"好好商量，啊？好好商量，能办成的。宣统三年，我们把皇帝老子都赶出了金銮殿，还有啥事办不成的，别毛躁……啊？有空去尝尝兰州街上的牛肉拉面。过去来过兰州吗？逛一逛。别整天都一脑门官司，悠着点……"

"我操他舅舅的先人！"一出副督军长官邸那红漆大木门，白老大圆睁着布满血丝的眼睛，回头便骂。呼哧直喘的嘴角，溅出白沫。

"事情干到这一步，就是给碗尿，也得当人参喝了……不管咋样，也得熬住啊……"白老二安慰道。

"我看是……顶不住了……"白老大攥紧了拳头。

朱贵铃在边上，一直没吱声，似听非听，目光透过车窗上的门帘缝，去看那实在没什么可看的灰黄的荒原。

省总部不说禁修铁路的绝话，他们说他们是支持地方实业界的。他们只是要对此事补办个手续，在有关当局的办公会议上复议一下。话说得很轻巧。一个月、两个月、三个月……六个月过去了，却依然不见复议的结果。他们只是不断地派人到工地上来视察、盘查、稽核、清点，不时到工地上来抓人，更多的是到工地上来"借"东西。

各个县的各个机关部门都来"借"，什么都想"借"，从无铁麻绳到钢筋砖块葵花油。工地上不仅不敢不借，还不敢让他们打借条。但一般他们还都给"借条"，你不要，他们还提醒你，拍拍你肩膀头……而后成车成车地往外拉。

没过多久，朱贵铃病了。这一回他是真病了，肚子里长了不少瘤子，要去省城，到陆军医院住院检查。那天，白老大喝醉了酒，带着两个描细了眉毛、光腿穿着高靿皮靴、在大花绸绉纱边多裥连衣裙外头又严严实实裹着件灰鼠皮大衣的吉尔吉斯女人，轰轰隆隆地赶着那辆铁壳宽体加长马车，到朱贵铃家看望朱贵铃。

"老弟，咋的了？吓趴下了？堂堂指挥长，属蚯蚓了？没关系，捅破大天去，我白老大总是头一个在阿达克库都克修铁路的人。拔个头筹，倾家荡产也值。我还有白家塆那一亩三分地。咱种蒜苗韭黄也不卖给那些狗日的小舅子……好好割你那些瘤子。留座青山待来日，待来日啊……谁说得准……说得准……明朝举杯醉何人……呃……呃……"

陆军医院从南京总医院请来德国大夫为朱贵铃会诊，确定在两个月后动手术。再度去省城接受手术前，朱贵铃把肖天放叫到家。由于低烧不断，朱贵铃真是又黑又瘦，说话都有气无力了。

肖天放把两盒从索伯县县城里买来的点心放到朱贵铃的床头。朱贵铃厌恶地苦笑笑道："我连牛奶都喝不下去了，你还买这些东西干啥呢？多此一举……"说着让肖天放自己取果品盘里的四川蜜橘，只管剥来吃。他自己取了一个，放到鼻子尖前，嗅那橘皮的清香，却没有半点吃的欲望。

二小莫名其妙地失踪以后，他对女人的饥渴，也同时消失得无影无踪。朱夫人的病却一下全好了，竟然担当起全部的家务，而且发誓再不雇请女佣，只是有时叫一两个勤务兵来相帮做些重活。肖天放也常从自己的护卫支队里派些人来收拾这幢小楼。朱贵铃一度十分内疚过，也感到过一种难以言喻的孤寂，曾主动地搬下楼，跟妻子同住。但这样做，实际上并没有消除那种他自己都说不清的孤寂，相反，却更引发了他对二小的思念、追忆。

夫人是印度华侨的女儿，家境殷实，虽不能算十分富有，但家教甚严。她是他们家这一代里唯一的女孩。为了不让他们这一代忘祖，父亲把他们兄妹几个陆续都送回国读大学。几个哥哥都是取得清华同济的资格以后，又被送到哈佛和普林斯顿去深造的工科学生。让她随夫嫁回国来，更是她父亲一贯的主张。妻贤夫贵家和，这大概是他们家近百年来最重要的一条遗训。他们坚信，维系一个家庭的主要精神支柱，不是父亲的能干，而是母亲的贤惠、任劳任怨和宽容大度温谨谦恭，是她的端庄贞淑。须知《周易》解"贞"为"正而固也"，诸家解"元亨利贞"皆作"四德"，《文言》曰"贞者事之干也"……

　　家里出了二小那样丢人的事，朱夫人自十分痛心。她觉得这一切都是自己过分迁就朱贵铃的结果。她不愿意说自己鄙视朱贵铃的出身，但她的确时时戒备着朱贵铃那个粗野的军人祖父在朱贵铃血管里遗留的一切。从二小事件后，她要求自己越发勤谨、吃苦，她更加全身心地奉献于这个家。夜晚，在一对双胞胎儿子身边督学的，不仅仍有他们的姑姑，也加上了她这做母亲的。吃饭前，她替他把每一根筷子用酒精棉细细擦拭过。她学织毛衣，她学做干酪，她学揪面片，她收集煤屑自造煤饼，她用粗糙的毛蓝布做围裙，她不再使用发油香脂……虽然不管她怎样努力，这个三层楼的住宅总达不到二小在时那样的整洁光彩，但她的确尽了全力。她伺候朱贵铃。她知道这是她必须尽的职责。她希望他从她身上悟到更多的过日子的规则和道理，而不是只看到一个"女人"。他搬下楼来与她同住的第一天，她给他倒了一杯临睡前必喝的红葡萄酒。他接过酒杯，忍不住握了握她的手。她忙推开他，很严正地告诉他："我不喜欢这样。"结婚都快十年了，她用水、洗脚一直还避着他。她向来不能忍受他过分的爱抚，现在在这方面更加严格。她觉得不能让他无度成恶习，她也不允许他把自己当成玩物。毫不夸张地说，在跟他生了两个孩子之后，他连她的肚脐眼和脚拇指长得什么样，都还不清楚哩。朱贵铃曾经想冲破她的这些自缚的戒律。有一次，那还是在回国前，在孟买的住宅里，晚上听到她在常用的屏风后面倒完水，正在解衣裙，便一边哈哈地找个借口，一边不等她答应就往里走。他需要夫妻间那种绝对的亲密无间，他也渴望强烈。但那天，她竟做出了那样激烈的反应，把他吓坏了。她在屏风里大叫起来，好像一个无赖闯进了浴室，紧捂住衣裤，倒退到墙根前，脸色全部青白，浑身瘫软，抖个不停地嘶喊："出去……出去……你这无赖……"最后，她抓住他，软倒在他肩头，她哭泣着哀恳："再别这样……求求你……我实在受不了你这样……我是你夫人……我不是你找的姘头娼妇……"

他什么也没说，没发火，只狠狠地摔上门，自己一个人去一家开设在杂货商场里边的三轮小电影院里，买了一张楼座最后一排最边角的票，在那闷热的黑暗中，待了三个小时。

肖天放把那个橘子吃了。他觉得这比闷坐着，想说些什么但又说不出什么，要好受些。

橘瓣上有一根半根筋络，纠缠在喉管壁上不肯下去，有点不舒服，他干咳了两声。

朱贵钤摈退了家人和勤务兵，把一个白布小口袋放在肖天放面前。这些天，从早到晚，总有成批的军佐和士兵来探望和送行。昨天黑了天后，朱夫人发现有人进了孩子们住的那个房间。近来老兵中常有流言出现，要替屈死的参谋长报仇，要让心狠手辣的指挥长断后，紧张得朱夫人和孩子们的姑姑总是轮流守护着这一对双胞胎。朱夫人自己还不敢进屋去查看是否有人在床底下安放了什么炸药之类的东西，叫来勤务兵，叫来参谋，什么也没发现。朱夫人还是不放心，她觉得他们不会平白无故进孩子们的卧室去转圈玩儿的。她把朱贵钤从床上搌起来，她让他到孩子们的屋里去搜寻，果然在孩子们的床头，发现了一个不招人眼的小白布口袋。

肖天放细看这小口袋。小口袋的针迹虽然显得粗放，但缝得结实、服帖，总的来说，活儿干得地道，像是老兵手里的活儿。袋里的东西，一共有三件。一根力巴——参谋长生前拥有的虎头力巴。参谋长被处决后，朱贵钤曾下大力气搜寻这根力巴，他自己要掌握这根兽形力巴。但奇怪的是，不管他如何搜寻，都没搜到。逮捕参谋长时，他光着上身，下边只穿了一条单长裤，他本人不可能带走它，但即便掘地三尺，也追寻不到。而这会儿，却又突然出现了。第二样，是一块黑色的石头，大裂谷里常见的黑石头。单看这块黑石头，似还不容易明白它的含义，再看第三件，就清楚了。第三件是一颗子弹头，打死参谋长的那颗子弹头。联系起来想，这块石头就是暂厝参谋长棺木时垫底用的许多块石头中的一块了，当然带着黏滑的血迹。他们的用意自然十分清楚，他们是要用孩子们的血来偿还这笔血债了，他们觉得时机到了。

朱贵铃知道肖天放也是力巴团的首领。他问："你知道这是谁干的吗？"

肖天放摇摇头。他的确不知道。很长一段时间，力巴团销声匿迹，不再活动了。也没人来找过他，似乎有意在躲着他。只是因为他手里还握有蛇形力巴，那些家伙不敢来伤害他。

朱贵铃微微涨红脸："你不想跟我说？"

肖天放不知怎么解释才能让指挥长明白自己的心迹。

"你不能对我说？"对方一句紧逼一句。

"不……不是的……"

"那么……我这两个孩子肯定没救了？……"

朱贵铃忽然呜呜地抽泣起来，完全不能自制。

肖天放见指挥长突然失态，心里一酸，眼眶湿热，忙低下头去，不敢也不忍心再去看对方。

他想帮朱贵铃的忙。他不愿看到朱贵铃和白氏兄弟垮台。这一段，他深深地觉得，朱贵铃和白氏兄弟跟他过去所知道的任何一个人都不一样。他们带给他的激奋，是那种力求充实自信的洒脱。后来他曾去过白家垴，他看见在白家大堂正中墙上挂着一个比圆桌面还要大的牛牛车木轮。没有人见过比这个更大的木轮，也没有人见过比这更古旧的木轮。当年白氏兄弟四处流浪，一个蒙古人的勒勒车队收留了他俩。到黄河边，他俩都病了，几乎死去。他们不愿死。他俩躺在牛牛车上，哭着对天发誓，有朝一日，他们能发，他俩一定给这牛牛车"塑金身，立香火"。"金身"是没塑，他俩却在自己四进四跨的大院中堂正墙上，供起了这样一个牛牛车木轮。十六根粗壮的木条支张着由八块沙枣木拼接成的木轮辋，每块轮辋由三层木板钉成，每层板有一寸厚，钉这些板的铆钉都有拳头大小。为什么要用八块轮箍接成一个混沌正圆？这应着八卦的乾巽坎艮坤震离兑。八块箍板每块都有两根木辐条支张着，也应合八卦的一极两仪之本意。每块箍板偏偏要三层钉合，是符天地人三才之势。而它开裂的木纹、残缺的接孔、磨损的轴头、灰暗变色的面容、庞大沉重的质地，使肖天放确信它所包含的正是整个古老的阿达克库都克荒原所曾有过的，无数次在它来说已成了以往的纵横交错和碾压啃咬，正昭示着他自己的今日和将来。

他总被它填满。

面对它，哭不出笑不出，他真想长跪在它面前。

他觉得自己就像这个古老的轮上的一根辐条，一个铆钉，一块板，一段已经造就但还在继续延伸的辙沟……

白氏兄弟能做到的，他按说也应能做到。

他打心底里愿意替他们——自然包括了朱贵铃，做事。

但是，今天这件事，即便对于他，也绝非轻而易举。

作为九个持有兽形力巴的团首中的一个，他本应事先得知他们这个向朱贵铃实施报复的行动计划，但他们没告诉他。他已经失去了一部分力巴团弟兄的信任，而且这必然是得到其他几位团首的默允的。他们绕过了他，撇开了他，当然不会根据他的意旨，中止这个报复计划。

但事情还没有到完全绝望的一步，还有最后的一手可做。不过，做这一手，结果到底会怎么样，他自己也把握不住。从来就十分自信的他，想到这里，竟禁不住微微哆嗦起来。但他还是答应了朱贵铃，拼全力去试一试。他觉得自己应该为朱指挥长出点血了。这是他的一个秉性，谁待他好，他总想着要为这个人出点血。过去在参谋长身边，也是这样。他还常常为自己敢于这么做，而隐隐激动。渴望冒险的天性，这一刻，又在他血管里隆隆作响了。

回到护卫支队驻地，他叫勤务兵切了两斤肉，烫了两壶酒，又烧了一锅水，吃了喝了，舒舒服服地泡过洗过，睡到半夜，起来套了辆轻便马车，孤身一人出了堡子。现在，他要按力巴团最古旧最神圣的一个规定，去完成一套程序。不只是像他这样一个握有兽形力巴的团首，即便是一个普通的力巴团成员，但凡能咬住牙，经受了所规定的一切，便能向全力巴团发出一道命令，全力巴团的人都必须为这个人办到、办好。这套规定的程序，虽然没有藏传佛教的"默朗钦波"和"默朗道嘉"那样繁复盛大，但却同样的严谨。它近似道教的"盟威"和"授符"，但又比它们残酷和严厉得多。当你找到一个团首后，得马上把你自己的那根力巴交出来，然后退出六十步，在一个空旷的地方，向着阿伦古湖的方向跪下，深深地弯下腰，前额着地，伸出双手，手心向上，手放在头前的地面上，做出接受"天启"的姿势来"授符"。但力巴神相信不相信你的诚意，愿不愿意接受你的"符"，他还得对你的诚意进行检验，力巴神的替身，那个团首，便会用使你最难以忍受的方式折磨你。按力巴团的规定，不得使用刀枪棍棒，但可以使用火和沸油。他们一般都爱用铁钉，把它夹在拳头缝里，向你额头、脸颊和脊背上砸来。当他认为你确有诚意时，他才会向你双膝跪下，奉还你的兽形力巴，听取你的旨意，他就会向他所管辖的那一部分力巴团成员，发布你所要发布的命令。力巴团的人都开玩笑说，这是跟阎罗天子买赎罪券。应该说，假如几位团首真跟你较上劲，没有谁能过得了这几关活下来的。他们不会让谁轻易地向全力巴团发号施令。所以，自有力巴团来，没有敢轻易去"买"这张"赎罪券"的。除了这样的事，比如老兵家死了人，遭了灾，让人暗算了，急需力巴团声援、资助……类似这样的情况，团首们便只是象征性地碰你一下，让你过关，他还会帮你准备更健壮的马匹，尽快找到下一位团首。但这一回，肖天放知道，这七位团首决不会轻易放过他。

他还没这样跟他们较量过。

他愿意试一试。

他相信自己命大。

五天。到第五天头上，他在最边远的一个堡子里，找到了最后一位手持兽形力巴的弟兄。当他最后收回自己那根蛇形力巴时，他已经再没有力气爬上马车了。他的左胳膊已经被打断，下巴被打碎，右眼泡肿得跟个大核桃似的，后脊梁上满是被沸油烫出的水泡；被踢断的肋骨扎进肺叶里，使他无法出力呼吸，得到此刻急需的氧气；两腿被带铁钉的马靴踩得稀里哗啦，血肉模糊；鼻梁骨歪在一边，鼻血呼呼地直往嘴里倒灌。但他必须爬上马车去，必须把马车赶出二十四里去，否则，前功尽弃。

为了爬上马车，他昏迷了十二次，他的屎尿全拉在裤裆里。他终于驱动了马车。

一路上，他又昏迷十二次，反复地苏醒。他买到了这张"赎罪券"，获取了这样的权力。他给全力巴团发出的指令是："别去碰那一对双胞胎。我们中的任何一个人，总有一天都会有娃娃的，我们也会做爹的。不要再用娃娃的血来为我们这些做爹妈的开脱什么了，我们的罪孽已经够大的了！"

天放在卫生队住了七个月。腿骨倒是接上了，但长歪了，这样他两条腿都瘸了。后来的七个月里，他不得不使双拐。他的背脊甚至都有些罗锅起来。脸颊的瘦削，使得本来十分方整的颧面，变得峻嶒峻突，几近可憎，而且这时候，偏偏还要在这两片皮包骨的脸面上，长出许多密集的刚硬的黑胡楂。他又不愿修理它们，在这段时间里面，他觉得满世界的剃须刀，没有一把不是钝到割肉不出血的，没有一把没有缺口的。他觉得自己对得起这个世界上的任何一个人。他信不过卫生队那些二百五的外科大夫的医术，常常挂着双拐，到卫生队对马路的那片大田里去，折些发青枝的柳树条放到嘴里嚼，或者把一张刚剥的活蛇皮贴到伤口上，再糊上一层自己偷偷地用黄珠子果、马勃粉和白毛夏枯草屑调制的浆汁。他常常找个锅来熬很稠的苞谷糊糊，往里拌很咸的咸猪油；并且砸碎了二十三根羊胫骨，用它们熬汤，炖胡萝卜泥。他大碗大碗地喝它们，每次都喝到浑身出汗，嘴里烫出水泡。他觉得这是世界上最能补养身体的，最有劲儿的。有时他急狠了馋狠了，就去煮出几大块半透明的黄黄的羊尾巴油，一口接一口往下吞，直着脖子，痛快得浑身发抖。

这样，他总算又给自己调理出一个囫囵的肖天放，而且，不单是一个凑凑合合地活过来的肖天放。

卫生队的军医、护士不常到他屋里去聊天，只有一个长得酷似男人的女护士，有时在换药时，敢偷偷摸他两下。他只好闲着眼睛去听隔壁病房里传过来的留声机。

从早到晚，老是那么一张唱片，老是那个高庆奎，老是那段《辕门斩子》，老是那几句急如狂瀑的快板："娘道他年岁小孩童气概，说几个年幼人娘且听来。秦甘罗十二岁身为太宰，石敬瑭十三岁拜将登台，三国中周公瑾名扬四海，十岁上学兵法颇有将才。"唱片唱机唱针都很老旧，转速不稳，喇叭筒放气，声音沙哑失真。幸亏，他不怎么懂京戏，所懂的那一点，也是过去在参谋长身边跟着哼来的。参谋长自然是老戏迷、戏油子，他好的就是高庆奎那一手须生的唱口——满宫满调，长腔拖板，那一气的高昂激越，引丹田而出百会。

大约到肖天放快出院时，朱贵铃来卫生队视察，慰问住院的老兵，特别是那些力巴团的人。这一段，他对他们特别好。他知道这些家伙还记恨舍命为他办了那件事的肖天放，所以，一个一个病室慰劳探视，却偏偏有意漏过了肖天放住的那间病房。等到天色麻撒撒黑将下来，看望了全体住院官兵，把随行的那帮军医、参谋和卫生队的主事官都带出了小跨院，已经走到临近大院的那个垂花门前了，他才做出一副突然想起来的样子，说："怎么没见肖支队长呢？他还在那小屋里住着吗？噢，你们怎么跟我一样糊涂，落了一个可不好。我去看看就来，你们就不用拐回去了，在这儿等我吧。"他甩开他们，赶紧奔肖天放那屋去了。

肖天放一直听着过道里热热闹闹的各种声音。听到朱指挥长过他屋而不入，他伤心失望已极，脸色极度灰暗，直骂自己"不是个东西"。后来看到朱贵铃突然拐回头来看他了，他心里又热辣辣地酸涩了，立时一种难以言喻的歉疚和感激之情，涌涌地在寂寞了这多时的小天地里膨胀，不是硬硬地挺住，两行委屈的泪水是肯定要往外流的。

"没有时间跟你多说。给你半年的假，回家去养伤。明天就走，车我让军务上给你派。现在啥也别说、别想，记着我这一句话：回家铆足劲儿，把伤给我彻底养好；我朱贵铃，总有一天还要用你的！"就是这最后一句话，融化了肖天放这七个月来所积攒的全部怨恨、疑虑、自卑、不安和失望。使他感到愧疚。在朱贵铃像鬼影似的，又匆匆踅出病房后许久，肖天放还怔怔地傻愣在这一片黝黑的屋子当间，极不平静地唏嘘，让自己热烫的脸面流满宽慰的泪水。

第九章　大来娘

　　槐花将谢未谢时，猪娃子出圈四处跑蹭痒痒，肖天放已经把伤养到扔了双拐能利索地去拉大锯、解木板、做腌鱼桶、砍木瓦片，耍动长把镰转圈地割金黄青白的牧草，切下一块块土豆深深栽到湿软的土豆地里去重操旧业的程度。有一天，一个女人自称是他的老婆，带着两个硬说是他跟她生的娃娃，赶着一辆还不能算是非常破旧的棚子车，到哈捷拉吉里村来找他。当时肖天放没在家，去村里新办不久的小学，跟教员在摆方论古今。这小学是他回村后办的。他带了两个勤务兵回村，背着两杆长枪。他胳肢窝里夹着两根榆木拐杖，叫那两个勤务兵跟着他，花了三个月的时间，沿阿伦古湖走了一遍，走遍了所有的渔村渔镇，也到汪得儿大山的山坑里边所有的矿区矿村矿镇走了一遍。他让那些富户人家认捐，他在哈捷拉吉里村的村口上立大石碑，碑上刻上了那些捐了钱襄助哈捷拉吉里村办起这所学校的人的名字。他把那些人的名字刻在碑的后面，把正面空着，好像做了一面"无字碑"。其实不然。他对全村人说，空起正面将来刻儿孙的姓名，刻那些从这个学校出去，到外头做了大事的儿孙的名字。他当然常常想到，有那么一天，自己的儿子和孙子。但现在他肖天放哪来什么娃娃？他都快两年没接近任何女人了，哪来这精气神？他最后接触的女人，就是那个在索伯县城常给人看手相的女人。她后来离开了索伯县城，分手时，她倒是跟他笑着说过："我已经怀上了你的孩子，我要上别处去怀胎，等把他们带大了，能开口叫爹了，再来见你。"他说："怎么是'他们'，你还怀了几个吗？"她笑着说："已经怀上两个了。老大是个丫头，要能活下来，就叫她玉娟。她是你头一回进我这屋，左脚跨过门槛那一刻，我觉得自己被震了一震，就怀上了。老二来得晚，是那天我踹你那一脚时，觉得自己又被震了一震，才怀上的。"她说老二会是个小子，活下来，就叫他大来。她说，这两个娃娃虽然在同一个月里怀上的，但将来，会差三岁。姐姐玉娟会按时按刻出生，但弟弟大来，可能要在她肚子里多待几年。因为他觉得，这世界再没有一个地方，能比娘的肚子里更安逸的了。他要愿多待些日子，就让他多待一段吧……她像说真事儿似的，说到最后，还真的难过起来，扭转身去擦眼泪，但又不好意思地笑了。他一直觉得她在说笑话，犯女人的通病，总想自己有个娃娃，想得都犯了迷瞪，入了邪魔。

大妹气喘吁吁地跑到学校来叫他。他和那个教员一听，都乐了。那教员哗哗地又给破板桌上两个仿成窑的青花草虫小盏里斟满了焦黄的浓茶汁，说："嘿，还有这种好事，怎么轮不到我？"

大妹跺脚，说道："谁还有那闲工夫陪你们嚼蛆！不信，自己去瞧。"天放便和教员一起去瞧。果不其然，有个女人，二十出了头，三十还不到，个头不算矮，可就是圆，圆圆脸，圆圆身子，一身好皮肤，黑亮黑亮。他觉得她有点像索伯县里的那个女人，却又不敢认。他已经三年没见她了。出卫生队，回村之前，他去索伯县城找过她。那屋子锁着，院子里的人说没人打得开这把锁。即便这黑黑圆圆的女人真的是她，还带着两个娃娃，他也不好认啊！谁知道这两个野种，到底是谁给种上的。

这笔账算来算去算不对头，天放的爹也不许儿子认这儿媳妇。

教员琢磨着问天放："会不会是庆官的那个三姨太呢？"这一段，肖天放常跟教员闲聊，所以，这位教员就知道了不少肖天放的往事。肖天放笑道："那就更没影儿了！我跟那位官太太压根儿没那一腿子的事。我敢吗？"

再说，庆官的那几个姨太太也早离开了老满堡。参谋长一死，力巴团的人怕她们耐不住日后必定会有的贫苦和寂寞，在那座荒凉的小楼里做出什么叫老满堡联队丢脸现眼的事，便由全力巴团凑了些钱，逼她们回了老家。他们又一把火烧掉小楼。烧到一半，就下雨，反复烧几回，就下几回雨，最后，只好留下那些断墙残壁。在冒着焦烟的废砖瓦堆上，只有三姨太的那些鱼缸是完整的。过了多半年，还能看得到，一些肥大的水蛭时时在断壁残墙上爬动，但也仅此而已。她们那几位，的确走了，有一个连的老兵一直把她们护送或者也可以说押送到省城的西沟子火车站，并瞪圆了眼，瞅着她们进了军用闷罐子车，直到车开走。

这女人把车停在天放家门口那棵老榆树下。她从车棚子里往外搬东西，有一个三岁左右的小女孩帮她忙。她俩先从车棚子里搬出一个用皮条吊在车棚顶梁上的柳木摇篮，摇篮里躺着一个还在吃奶的男婴。为了防止他被颠出摇篮，就用一根很宽的布条把他的下半身缚紧在摇篮里。他常伸出两只胖嘟嘟的小手，想把住摇篮的木框，嘴里呀呀地嘟哝。再后来，那女人独自搬，女孩儿只照看弟弟，同时拿一个用红布条白布条黑布条黄布条扎成的拂帚，来回地给那匹拉车的老马驱赶伤口上的蝇虻。这是一匹灰色的骡马，腿根儿、颈圈儿和下嘴唇边上，都有正在渗血的伤口，它自己也不时抖动稀松的马尾和肮脏的长鬣毛，去驱赶那些越聚越多的蝇虻。

她不断地往下搬。无法想象，她那个看似不大一点的车棚子里，怎么能搬得出那么多的东西。没半晌工夫，她简直搬出了一整个杂货铺，把天放家小半个院子都堆放得满满登登。她甚至从车棚子里赶出一群活鹅。它们一下地，便伸长了脖子，摆动它们肥锥似的屁股，满世界地追啄天放家那四匹惊慌的大狗。

她要跟肖天放说话。

天放爹不许天放吭声。

"天放，你只听你爹的，也不听听我说一句？"天黑了以后，她一声声凄怆地在院子的树篱子墙外头这样喊叫。

下午，村里有几个碎嘴子婆娘和干瘪师爷到天放家来悄悄告诉天放爹，有人瞧见这娘仨过阿桦河那边的大草滩地，往这边来。她们走一路，老有一块雨云跟着她们。她们走到哪儿，这块雨就下到哪儿，只要她们一过，天就晴。人还说，这女人在雨地里走，没脚印，只有一条好似蚰蜒爬过的痕迹，长长地留在她身后，只不过要粗大得多。天放爹于是更不许她娘仨进屋，掂着把长长的砍刀，坐守在台阶上，不准家里任何一个人理睬这娘仨。

半夜后，天放家门口也下开了雨，便听见那女人在雨地里喊："天放，你爹跟村里人信不过我，难道你也信不过我？我在雨地里走三圈，你叫你爹拿灯出来照照，看看有没有脚丫子印？"

大妹二妹大弟二弟端出四盏油灯，又牵着那四匹大狗，出来看。他们看见她光赤着两只脚，披着那黑布斗篷在雨地里哀哀地站着。在她身后清清楚楚地留着的脚印，分明是女人的，绕屋三匝。

"天放，你这没良心的，你不认我，也得把你这一对亲骨肉亲血脉接进屋去。老大三岁是个女娃叫玉娟，老二不满周岁是个男孩能替你们肖家传宗接代叫大来。这大雨不是为他俩下的……"她哆嗦着喊到这儿，天放觉得不能再迟疑，再迟疑就不是人养的了。他推开爹挡住门的那只柴火棍一样干硬的手，夺下砍刀，扔到房顶上，冲到雨地里抱起三岁的玉娟和一岁的大来，把他俩交给早就想冲出来亲亲这一对可怜见的侄儿的大妹，就去搀大来娘。

大来娘只想哭，只在哭。她浑身湿透，冰凉，已经连站都站不住了。她偎进天放宽厚火热的怀里，一个劲儿地躲那不让她躲的雨。天放抱起她时，发觉她无力地软垂下的脚，竟柔柔地朝他小腿上绕来。他暗自一震，骇然地想，难道她真是条蛇？但他没作声，也没敢朝怀里那一团软和和、凉飕飕的东西多看一眼。他赶紧往暗处走，不想让大弟大妹他们再瞧出个什么稀罕来吓着他们。不管她是个啥吧，她总是自己孩子的妈。她能喊出"三岁的女孩叫玉娟，一岁的男孩是大来"，她就肯定是那一年在索伯县城那窄长的院子里，在那竖着三面破旧大镜子的单间里，自己喜欢上的那个女人。就是条蛇，他也得抱回家。他忙进了自己的房，关上门，再细瞧，那绕住自己小腿的，根本不是条尾巴，只是她的黑斗篷的一条袍角。再看刚还在他怀里啜泣不止的她，竟疲惫已极地睡着了，睡得那么熟。黑黑圆圆的脸面上安详地流淌着粗糙的雨珠和晶莹的泪滴，细长的眉毛悉心地守护着那一对湿润的眼缝，那两个他曾一度十分熟悉而又久久陌生了的嘴角，在间歇的抽泣中，仍不时委屈地翘动。她的手紧紧抓住他的衣领，怕再有人夺去了他。他心疼。他觉得自己太对不住她了。他把她紧紧搂住，完全拥进怀里。大妹来敲门，说，已经给嫂子烧好了热水，快让她烫烫身子，祛祛寒湿。就那样他也不去开门。他不想惊醒她。他要让她好好睡，要用自己的体热，来焐干她周身的潮湿。不用细说，他也能想到，在没有他的这三年里，她经受的是怎样一番辛苦。他想不出，还能用其他什么方法来表达他对她的感激。老天爷啊，我肖天放总算有了儿子了！他只有一点也不放松地抱紧她，让她安安稳稳地不再抽泣。他知道，此时此刻，自己只想做这么一件事，也只应该做这一件事。

大来娘前不久才回到索伯县，仍住在那个窄长的大院里，还住在她过去那个单间里。她走这几年，这屋一直空关着。俗话说，人怕人踩，屋怕空关，空关起的屋最容易倒塌。奇怪的是，她那屋好好的，就像是老有人住着似的。院里的房客换了一茬又一茬，走马灯似的轮换，谁从这间屋窗前走过，总会有那种感觉，好像屋里有人、有响、有亮，忍不住朝里瞟瞥一眼。谁也没产生过这样的念头：我去把它租来住吧。单间竟然相安无事空关到大来娘归来。

这大院后来让白家兄弟全包租了去。铁路那会儿还在热火朝天地修着，几乎所有的人都相信它会这样热火朝天下去。白家兄弟在索伯县城里租了这个院子，挂了个牌子，叫"工程所留守所"，实际上是工程所高级职员的俱乐部。那些高级职员——当然包括各级工程技术人员，大都是从口里特聘来的，合同期有长有短，一般都不带家属。白家哥俩就想了这么一个招儿，每个月，让他们轮着到这院里歇三天，住单间，开小灶，每天车接车送，看看戏，洗洗澡，泡泡茶馆酒楼，逛逛旧货市场。每人还给一份红包，红包里钱不算多，也不算少，刚够去同春楼包个小娘儿们放松一晚上的。大伙儿开玩笑说，这是白老板赏的"跑马钱"。后来工程一再延期，接家属的越来越多，这院里渐渐全腾出来住家属。白家兄弟又上别处租了几个四合院，给没接家属的高级职员休假用。这院里房子越来越不够用，但就这样，也没人说，把大来娘空下的一间占了吧。等大来娘回来，大大方方地住进去，也没人问她是不是工程所的人。来回走动，打水，倒垃圾，晾衣服，做煤饼，没人见外，没人跟她收房钱，好像她跟她那两个娃娃就该住这儿。谁都好像早八百年就认识了这个大冬天还老喜欢光着脚、裹一身黑布篷在院子里走来走去的女人。好像这八百年，他们一直在等着的，也就是她这么个人，好像谁都觉得这个拘谨、窄长、富足、平静而又常要出点不大不小的事的院子里，从来就一直缺这么一个女人。她跟他们见过的任何一个人都不一样，但谁又都不用防备她。她随和得跟谁都能说到一块儿去。她眉目间的神情很像三圣堂里的嬷嬷，但又不像嬷嬷们那样多疑、清寡、呆滞。她总是大大咧咧地微笑，叫男人们想起同春楼里一幕幕动人心旌的风光，但又绝不会引起任何一个老婆和小姨子的嫉恨、自卑。谁也不知道她靠什么来维持自己这种简单而又安稳的日子，好像她所有的这一切都是天生的。这院里住着的人，什么都有了，就少一点奇特和随和；她好像什么都没有，而多的，恰恰是这难能可贵的奇特和随和。

大来娘住的那单间，是这一趟平房紧东头把边儿的。以前，再往东一点，就到了院子的尽头，就是版筑土填干打死夯起来的大厚围墙了。几个月前，白老二去国境线那边办事，带回来一个十五六岁的吉斯姑娘和六七个那边的大木箱。箱盖一律像面包似的拱起，用彩漆密密地画满东正教的许多图案。白老二着人紧靠这围墙外，买了两亩地，又盖了个小院。围墙上挖了个门洞，沟通了两个院，单间就算不得把边儿的了。

说来也怪，买下那两亩地，挖地基砌墙圈，发现地当间不知几千百万年前砸进一块巨石，这石头的大小真可抵一半间屋。这么大的石头没法挪。吉斯姑娘说，那就住在这石头里面吧。白老二一听，大笑说，这主意太神了。于是他让人往石头里凿洞，开门窗，内装修。在它旁边还盖了个面包房、奶牛房，常有四个轮子的牛牛车拉来一袋袋面粉。这吉斯姑娘便穿着一身灰色的薄呢连衫裙，懒懒地坐在木板走廊的护栏杆上，弹一把三角的六弦琴。她有个继父在她家乡当骑兵团团长，她最高兴的事，就是继父过河到边界这边来看她。白老二比她继父还大两岁。继父一来，她就跟继父住一个屋，白老二不从中作梗，因为这是早有协议的。他第一次去边界那面购买旧枕木，就遇到这位体格剽悍、神情洒脱、皮肤黝黑而又留着两撇极漂亮的金黄色小胡子的骑兵团长。他把他带到家里，喝了许多酒，两人称兄道弟说了许多心里话。这位骑兵团长就很坦率地提出要白老二设法帮忙解决他的这个难题。他不想失去这个继女，但又不想在家乡丢丑，失去今后前程还会看好的团长一职。他要白老二把姑娘带到边界这边来，不管用什么名义跟她同居都可以，只要允许他常来看她，不干涉他跟她的关系。报答的条件也同样是非常诱人的，他将提供一大批旧枕木，只要白老二象征性地付一点他们那边使用的钱币做个表面文章即可。这位继父用狡黠的微笑结束他坦率的谈话，最后很郑重地说："你不能欺负她、委屈她。她是个很任性的姑娘，你待她好，她会照样报答你的。"

开始几个月里，这位继父大人好像把她忘了，一直没过边界这边来打扰他俩。白老二跟她过得很好，他几乎每天都要从几十公里外的工地赶到这个石头小屋里来。他太喜欢听在他突然推门时，她那一声惊喜的叫声了。到第二天大早，蒙蒙的晨雾里，只显露出白杨树淡灰的身影和石屋浑圆的外廓，她把他送上马车。马车夫已经在严寒的雾气中等待了一个多小时。她细心地替他把盖腿的毛毯掖严实，站在马车下，扶住他双膝，抬起头，极其哀怜地望着他，求他早一点回来。她害怕，寂寞。离开娘胎四十年的白老二似乎想不起来还有谁这么真情地期待过他，这样叫他感动。他愿意在她身上大把地花钱。他要认真地让她柔弱得还没完全发育起来的身子，丰润起来。但她还是寂寞，还是那样可怜巴巴，那样使他感动，无法忘记她瘦小的脸盘上那些浓密柔软细小的汗毛和鸡头米似的小乳房，使他整日丢不下她。

有一天，她继父突然来了，独自开着一辆吉普车。他实践诺言，把她交还给她继父。他以为她会邀他进屋，由他来陪她继父说话。但他错了，从继父进那石屋后的一刻起，她似乎立即把他给忘了。以后的一个星期里，她根本不出门，继父也只是偶尔凌乱地穿着衬衣、单军裤，面带倦色地出来要一点伏特加酒，要一点酸黄瓜和奶酪。他在门外听见她不停地在向继父哭着说着什么。他从来没见她这么想说话，这么愿意说话，心里还有这么多的话要对人说。

白老二似乎这才明白过来，她天天期盼的，究竟是谁了……

送走她继父，他也马上回工地去了。他无论如何也不能强使自己再躺到石屋里那张还留着她继父体温的双人大木床上去了。后来的一百天里，他曾一千次劝自己无须计较这个，她并不是你老婆。他曾一万次走近马车，想让马车夫把他带回到那小石屋跟前去。但他一万零一次地在最后一刻打消了这个念头。他怕再见到她，怕见到她那张勉强奉承、以老充小或以小充老的脸，怕发现她所有真情底下所蕴有的装腔作势和无可奈何。多少时日来，他给自己寻找的就是那样一种诚心的期待。这一点，连大哥白老大也不知道，就算是知道了，恐怕也不会相信，还要笑掉大牙。与其看到真的变假，一度实有的终于虚空，还不如就此转身。有一次，他回到石屋去了。在故意冷落了她那么长一段时间之后，他不知道她在猛地见到他之后，到底会有个啥样的做派。他太想开这样一个玩笑了，他去了。猛地推开门，他看见她苍白、畏惧的脸，瘦小，哆嗦……但同时，他又的的确确看到了那久违了的期待……

噢，该死的期待。

怎么去挖苦她、嘲笑她、戏弄她？怎么干……

她还是扑了过来，委屈地抱住了他。哦，她惯用的那种用桦树皮煮了水来洗头的清香，几乎要瓦解了他一切抵御。原谅她，她毕竟只有十五六岁，总之还是她那个继父不是个东西。原谅了她吧……原谅了这个可怜的小丫头吧……可连他自己也不知道究竟是怎么一回事，突然地抡起了马鞭，在她那张已是泪流满面的脸上狠狠地抽了两下，连冷笑也不留一声，像逃避一具已经发胀发臭了的尸首一样，离开了石屋。他再没上她这儿来过夜。以后，他渐渐平静，时常来看望她，为她付厨娘的工钱、裁缝的工钱，付杂货铺的欠账、戏园子和果品店的欠账。继父仍每隔两三个月来看她一次。她的身子倒是一天比一天地圆润，但也日见懒散。甚至在继父来会晤她的日子里，也同样懒散，懒散到使继父不知所措。据说，只有听到白老二的马车驰近院门时，她才会悚悚地生出一点紧张，伸手去抓住平日很少用的老橡木梳子，怀揣着一种无名的自己也控制不住的期待，怔怔地望着石屋的门，倾听那一声比一声临近的脚步的叩击……

那天晴朗，阳光透过城外的那片树林，仿佛穿越一片正在熊熊燃烧的大火。深秋季节，树林变得五彩缤纷，无论是紫红的稠李、金黄的白杨、青白的悬铃，还是正由绿变黄、再由黄发出牛血一般强红的大叶枫……它们在风中飘零的树叶，被太阳从背面一照，都像一簇簇翻动的火舌，使整座树林变得无比灿烂辉煌。

大清早，白老二就驱车来到石屋，从床上叫起了那位吉斯姑娘。吉斯姑娘不知他要干什么，不免惊慌，在床上缩起已不像从前那样瘦骨嶙峋的双脚，抱起鸭绒大靠枕，紧紧捂住自己的胸部，仿佛这样就可以抵御白老二可能发出的任何一种强有力的"攻击"了。

白老二根本没想怎么她，只是把她的衣服扔给她，叫她赶快穿，赶快梳洗化妆，戴上最漂亮的宽边帽，打扮得像个贵妇人。"跟我出去秋游。"他说。他把胡子刮得精光，靴子擦得贼亮，像往常一样，穿着那套布琼尼式的灰呢骑兵制服，非常神气地束着一根宽宽的皮腰带，上下收拾得没一丝皱褶。他语气很坚决，不容她有半点含糊迟疑，但不凶狠，甚至可以说是温和的，有分寸的。他对屋里的凌乱，空气的污浊——这位吉斯姑娘本来就不太会收拾，这一段，她更无心收拾——显得很不习惯，也很不耐烦，但他还是适度地控制住了这种不悦。他不想吓着了她。那一次抽了她两马鞭，事后想想，他还是后悔：没必要这么跟她较真儿。但每每想起她的继父，他心里仍不免要针扎似的生出忌妒的隐疼。他不得不承认，自己是真心喜欢上了这个小家伙。

白老二本来满可以赶走她的，或者干脆做得大度些、漂亮些，把这石屋小院，连同她，一并送给她继父，自己再不来生这闲气就得了。他却留下了她，并且还继续和她、和她那位继父保持着来往。他这里有个算度，他正在借此实施一个巨大的"阴谋"。

　　这一段以来，白老二已经看到，自己和大哥拼全力一搏想修的这条铁路，已是绝对没有希望修成了。白老大还想置这一口气，跟那些人拼一拼。白老二却要清醒得多，理智得多。他很清楚，那些人所以还没最后下手来抹断他们的脖子，没下令让铁路工程立即收摊儿，是要最后地从他们身上再榨一些油水，再砍他们几刀。比如说，最近来了个公文，其中声明，几项主要原材料，过去都由省立的一家公司供给，现在这种供应关系从当月起转到三家民营公司去了。而这几家很大的"民"营公司，其实都是省府和省联防总部一些高级人士的亲戚们办的。这样，他们向他俩漫天要价，一天三变价，他俩也只有挨着。他们就是要他俩从这个新开的伤口里，流尽最后一滴血，而且还不担负扼杀民间实业的罪名，让他俩自己宣布倒闭。他们到那一天也许还会赶来表示痛惜，还可能在省报上发表文章，吁请各方为国为民给予加勉……

　　白老二现在想到的是要尽可能减少损失，尽可能保存下一点日后再起东山的实力。他表面上与各方虚与委蛇，让采石场每天放几炮，似乎表示工程仍有动作，但暗地里却已经把工程停了下来。这件事，他甚至都瞒过了大哥。他知道从来不认输低头的大哥，是咽不下这口冤枉气的。这一向，大哥每天都喝得醉醺醺的，到工程事务所写字间发一通脾气后，就去县剧团的"小月月仙"家去泡着了。白老二的招数，就是想把各仓库料场上存着的东西，尽快脱手，变成现金，转移存储。大量尚未使用的原材料，积压住三成的资金。最大一个料场，在离国境线不远的木渎镇附近，它离国境线近，最好的脱手之处，就是卖到那边去。因此，他要拉着那位继父。

　　做好这件事，也不容易。要脱手的毕竟不是一盒两盒珠宝首饰，而是数以千吨的傻大黑粗的木材、钢轨、水泥、碎石料，以及各种筑路机械、工具、生活用品……最难的是，难以瞒过那天天在眼鼻子底下转悠的几千民工，他们不会让你这样抽逃资金溜之乎也的。还有朱贵铃，他的护卫支队，会给这个方便吗？木渎镇料场正是由护卫支队看守的，没有他们的首肯，一根铁钉也运不到国境线那边去。闹得不好，他们还能以"叛国"罪论处，开枪。

现在，民工这一头，白老二已下了不小的功夫，疏通了，安定了。他不止一次地找到民工中各行帮的头头，对他们说，假如一点活钱都换不到手，到憋死的那一天，分文解散费都发不出，吃大亏的仍然是大家伙，到那一天，大家伙只有一起陪着抹脖子上吊了。白老二当场发给每个行帮头头一本盖了白老大印戳的折子，向他们许愿，只要能同心同力把这件事协办成，今后，有白家一碗，就有他们一勺。凭着这本折子，但凡挂白氏兄弟招牌的厂家店家，都可去谋一碗饭吃；不想替白家干了，也可凭折子到白家账上领一笔养老的年金。"不过，各位中间，假如有人一定要跟白某人过不去，我也得把丑话摞在头里。我白老二生不带来死不带去，打娘肚子往外蹦时，就是一条穷光棍汉。跟大家伙一块堆忙活一场，没能给各位发上一笔小财，有愧于大家伙，但这实在由不得姓白的哥俩。工程没成，情分在，咱们来日方长。你要断我生路，我就绝你子孙，骆驼再瘦，压死几只鸡雏恐怕还是件手把手捐的事。反正是个死，我死，你也别想喘下去。我想姓白的哥俩没做什么对不起大家伙的事，各位也不会这时往我哥俩胯巴裆里捅刀子……要喝血，咱们明着来，姓白的血腥着哩！"说着，他掏出刀，嗖的一下割破左小臂，把血喷注到一碗烧酒里，恭恭敬敬地把这碗血酒端到各位行帮头头面前。这些土里土气的人没一个敢接这碗血酒的，他们被镇住了。今天，他要找护卫支队的几位分队长谈心。怕外边眼多嘴杂，他约了他们到城圈外的树林子里野游，带着吉斯姑娘，只是做个掩护。

白老二把马车一直赶到树林深处，这里有一块空地。漫起的土坡上横七竖八倒着许多砍下了又运不出去的老树，树的空洞里聚集着一窝又一窝忙碌又贪婪的白蚁。

到约定的时间，却只来了一位分队长。白老二掏出从土耳其那边偷运进来的烟卷，却见那位分队长今天显得格外拘谨。他觉出事情不太妙。果不其然，那分队长说，事情他几个都商量过了，白家的难处，他们不是不想管，但支队长肖天放回家养伤去了，没人敢拿这个大主意。要全支队齐了心来干，还非得找肖天放。再说，肖支队长在朱指挥长跟前也能递得上话。这件事要想办两全了，只有请出肖天放。

白老二也觉得，自己忽略肖天放的确失策，没再往下磨嘴皮，摸出一个纸包，塞给那个分队长，带着歉意道："一点小意思，就算车马费，见笑。"便带着吉斯姑娘，又赶回了索伯县县城。

两三天后，一个早晨，在哈捷拉吉里村中央屠宰场院内的大空地上，拥集了十几辆刚从索伯县赶来的各式各样的马车，还有许多匹单骑。那些单骑，骑主下马后，不知为什么，都没给松马肚带，草草地把它们拴在大空地周围的木栏杆儿上，便不见影儿了。那些拉车的马，一个个也大汗淋漓，车主走的时候，也都显得那样的仓促、慌忙，既没有给它们加脚绊，也没有把它们往马桩上拴。按说，负重拉长套，到这时候，应该卸下套来，带它们遛一遛，松松筋骨，歇一歇汗气，也得请它们吃一点什么喝一点什么。将心比心，谁到这份儿上，不该将息一阵？但它们没人管。于是它们只能拉着各自的车，在偌大个空场子里晃荡，走走，停停，停停，再走走，寻找可啃食的草茎，互相磕碰得哐当直响。

这些骑主、车主都是替白家修铁路的民工，在哈捷拉吉里村有老乡或亲戚。他们是白老二派来的。让他们以探望老乡或亲戚的名义，来寻找肖天放。

白老二秘密疏通护卫支队的事，没能保住密，消息很快传到老满堡和省城。省上几位决策性人物，立即派人到老满堡来核实"传闻"，要朱贵钤立即派兵封锁木渎镇料场，不准一寸铁丝一颗螺母偷运出边界，并让索伯县警察局派人把白家兄弟俩严密监控起来。白老二几次秘密潜回老满堡，求见朱贵钤。他并不奢望朱贵钤公然对抗省总部的封锁令，他只请求朱贵钤把正在老满堡整休的护卫支队晚三几天派回木渎镇，只恳求他能稍稍打个马虎眼，把封锁的事晚办个几天，他就有可能抢出大部分东西。但朱贵铃却都托故不见，躲开了白老二。

从陆军医院做完手术回来，朱贵铃一直过得拘谨。他发现自己又变成从前的那个"朱贵铃"，又不像常常热血沸腾的祖父了。他对白家兄弟也有怨气。他觉得这么大一件事，他俩应该先跟他商量，跟他通气，不该一竿子捅到底下，搞得他在省总部的人面前，难以交代，好像他跟白家兄弟在这件事上又有什么瓜葛似的。说透了，真到节骨眼儿上，他朱贵铃也不敢得罪省总部，他不敢砸锅卖铁，他还得听话。他连夜命令护卫支队返回木渎镇，把一个方圆二三里的大料场团团围了个水泄不通，并明令：自即刻起，料场内任何一个人、一点物，没有朱贵铃亲笔批条，不得出料场门一步，违者格杀勿论。

白老二整个傻眼了。他完全没想到，堂堂朱贵铃竟一点情义也不顾，彻底地倒戈了。白老二只有让那些跟哈捷拉吉里村还有那么一点关系的民工去求肖天放。他还希望肖天放能打动朱贵铃的心，哪怕能睁一只眼闭一只眼地放出料场里一小部分东西，也叫白家有点希望去图一个今后啊。白老二甚至买通了联队部的一个参谋和一个文书，让他们悄悄跟着那几十个民工，一起赶到哈捷拉吉里村，来做肖天放的工作。但这件事，又不知怎么搞的，走漏了风声，让力巴团的人知道了。力巴团的人当然恨透了白家哥俩，他们包围了联队部，要朱贵铃对这件事表态。朱贵铃只得派直属支队的一个分队长，带人追到哈捷拉吉里村，先五花大绑捆翻了那参谋和文书，然后找到肖天放，对他说："指挥长请肖支队长跟我们一起回联队部。"

肖天放本不想卷到这件事情里去，他还想跟大来娘好好过一段。直属支队的那个分队长只得向肖天放出示朱贵铃的亲笔手谕。手谕上这样写："见此条速回。违者，军法从事。不得有误，切切。"

天放的爹却把守在自家门口，不许那些当兵的跨进家门一步。这些年，他虽然并不怎么见老，却越来越怕见生人，怕听外头的消息，任何自哈捷拉吉里村外面来的人和事，都能使他莫名其妙地紧张上好半天。平时，他

124

也常常半宿半宿地不睡，他总觉得要出什么大事。他担心别人不担心的事，嘴里常在自言自语地嘟哝。

这时，他拍着廊柱，大叫："我儿子再不走了，你们别再来祸害我们家了。他不去！"有几个老兵知道他过去在老满堡任过职，不敢对他来硬的。

肖天放只得在院子里跟联队里的人说话。天放爹一刻不放松地盯视着他的一举一动。

肖天放问那位分队长："我能不能去跟那些民工说说，劝他们别再往里掺和了。事情发展到这个份儿上，已经不是我们这样的人掺和得了的……"

分队长显得有些为难。他说："你是支队长，大主意你自己拿。不过，这次临来前，指挥长专门交代了一句，让我转告你，这档子事，深浅莫测，许多情况他都不摸底儿。在回老满堡前，连他都要你千万别再跟白家派来的人接触……"

肖天放忙问："还有哪些情况连他都不摸底儿的？"

分队长惶然地躲避："这我就更不清楚了。"

肖天放沉吟了一会儿，便请这位分队长带着他的人在外头等着，自己进屋去找大来娘了。

这半天，大来娘一直十分紧张地搂着玉娟，守在大来的摇篮旁边，倾听着屋外的动静。肖天放进屋来以后，把朱贵铃的手谕往她面前的那张旧硬木两头沉桌子上一放。

她没去看手谕。她似乎料到事情将会出现什么样的结局，她只是在等着那结局的到来。

这些日子，天放几乎不敢相信，自己真的已经成了这两个会说会笑、也有胖嘟嘟小手小脚、还会撒娇置气的娃娃的爹，不能相信天天跟自己睡一个被窝、枕一个枕头的，就是自己的女人——她管他叫"孩子他爹"。他一有空就把玉娟大来抱到膝盖头上。他胳肢他俩，作弄他俩，拼命地亲他俩，没尽没够地啜他俩的小手指、小耳垂、小肚皮、小脚脚……没尽没够地惊喜："我的娃娃？我的娃娃？"到晚上，他几乎整夜整夜地不放过大来娘。他不知道该怎么跟她亲热，才能充分表示自己对她的感激和喜爱。他常常突然地涌出泪水，把大来娘紧紧搂进怀里，拼命地箍住她，不许她动弹，好像要把她完全挤进自己灼热而宽厚的胸膛里去，完全融合到一块。她也总是由着他折腾，实在忍不住了，才哼上一哼，挣扎着说一句："求求你……"

"我要走几天……"肖天放沉沉地说。

"不能不走？"大来娘眼圈红了。

"我是军人。"他端直了上身，捏紧两只钵头大的拳头，嗡嗡地说。

"把这身灰皮还给他们！"她突然叫了起来，灰暗的眼睛中，有一种他从未见过的绝望神情。她从来没有这样对他大声嚷过，除了那天，她刚到哈捷拉吉里村，求他相认的那一次。

"我是军人。"他又重复了一遍。

她不再说话了，只是怔怔地望着他。过了许多许多年，天放想起大来娘这一刻的眼神，才省悟出，在那时大来娘就知道，他和她这一分别，就再见不上面了。这已经是他俩在一起的最后一刻了。她是知道后来将要发生的一切的，她是知道日后必定会降临到他和他的儿女身上的那一切灾难的。她只不过没说罢了。你为什么不说？难道在天地之外，真还有那样一种为千千万万个我们这样的凡人所不能掌握的力量，约束住了你，使你不能说？

大来娘，你是应该说的啊！

在后来的岁月里，当已经完全往老里去的天放，蹒跚着，拄着手杖，用残存的一条腿，走进阿伦古湖畔密不透风的大苇荡里，拨开一根根比大拇指还要粗的苇子秆儿，忍受着跟刀片一样锋利的苇叶的拉割，去寻找大来娘失踪的处所时，他在心里就这样喊叫："大来娘，你应该早对我把这一切说清的。你干吗要留下我一个人去遭受这一切磨难呢？我要是早知道了这一切，兴许还能让这些事不落到我这一家人头上。你为什么不相信我能做到这一点？我是肖天放，我能做到别人做不到的事！你听到了吗？

我是天放啊——"

他最后悔的还是，当他向门口走去时，大来娘扑过来叫了声"天放——"他觉得大门口有爹，院子里有那些联队的老伙计，便轻轻推开了她，叫她"别这样"。她就没再跟出屋去。他记得她立时地软瘫了，倚靠在板壁上，脸色灰黑，瘦而长的手紧紧抓住门框，渴望的眼神一直跟着他。而他却照直走出了屋，再没回过头去……造孽啊……

假如能整个儿重活一遍，我愿意付出多死一千次的代价，去换取这一瞬间，再多看她一眼，再回一次头……

那天下午民工们得知省政府经济资源委员会会同兰州行营公署交通厅来查处这起不法资方抽逃资金、有碍地方实业一案，同时又得知，肖天放回到护卫支队也无济于事，真急了。查封了白家，即便有人象征性地给一点解散费，也难以补足他们这两年多来所付出的一切。这点钱，连回老家的路费都不够！他们怎能就此困死在再也不想待下去的阿达克库都克荒原上？

大约有一千多民工自动啸聚，拥向木渎镇料场，想强行抢出本应属于他们的货材，来抵偿已拖欠了近两年，还没发放的薪金。

这一刻，白老二也赶到了木渎镇。他把朱贵铃和肖天放请到木渎镇镇公所一间铺有白漆地板的厢房里，做最后的谈判。那天一大早，他就派人护送吉斯姑娘潜回边界那一面，去找她继父，要她继父在约定的时间，派二十辆十轮卡，到临近木渎镇的边卡口子上接运货物。白老二觉得，委屈到这一地步，但凡还是个人，都会最后挣扎一下。就是头毛驴，不也得尥一下蹶子、吼上三吼吗？豁出去了，反正也是个死。他已经无法想象财产被全部查封以后，那日子将怎么过。重新去经历一个角子的咸菜吃一个星期的穷困？他难以忍受。更使他觉得可怕的，是失去了现有的一切以后，这些年的对手敌者对他白家所可能使出的种种凌辱和折磨、呵斥、嘲谑、责难、白眼……这些的确比一个角子的咸菜更难咽下。他不相信朱贵铃会下令向一千多赤手空拳的民工开枪。他不相信这个在印度的英国皇家军事工程学院深造了六年、会讲一口流利的英语，家里又有那么一对可爱的双胞胎、一个那样勤谨贤淑的夫人的人，会下这样的命令。在那些个值得回味的夜晚，朱贵铃多次向白氏兄弟讲过，当他听到参谋长在他身背后，不经他同意，突然向二十二特勤分队的老兵们开枪时，他全身心的震惊和茫然。这才过了几年？他不相信他会变得这么快。他要把事情挤到他面前，拽着他，逼着他，跟他一起，用他的方式来了结这件事。

朱贵铃带着肖天放赶到木渫镇的那天，镇上的一些首要人物为他俩在镇公所准备了两间干净的上房。天放的意思是，情况紧急，他就去料场那边，跟护卫队的弟兄们一起住帐篷。朱贵铃却仍去镇上最好的一家客栈要了两个最好的房间住下了。肖天放赶去料场察看情况，他却依然该洗澡时洗澡，该换衣时换衣，而后沏一壶浓茶在手，穿着宽松的富春纺便服，楼上楼下地慢悠悠转了一圈。吃晚饭时，他照常喝他随身带来的果酒，还让客栈老板找来镇上最好的烤肉老手替他烤肉。肉油滴在烧红的铁箅上，又散发出一阵阵孜然的香味儿。晚饭后，他把天放叫到客栈的木板小阳台上，谈料场那边的情况。天放很紧张地叙说，朱贵铃却像是在听，又不像在听。他更像在欣赏这木板阳台上陈旧的雕花木栏杆，欣赏越过眼前几片参差不齐的屋顶、临近镇郊的那个小牧场和牧场背后仿佛雾中蜃景的雪山，欣赏那比别处黝暗的洼地，洼地里的棕黄，欣赏一些树丛，星星散散地在眼前这一派开阔豪放但仍嫌单调空寂的布局中，增添了些许难能可贵的点缀。

肖天放吃惊，吃惊他在眼前这种一触即发的情况下，竟然还能如此地放松。几个月不见，他说不准面前的这个指挥长究竟发生了什么变化，但的确跟从前他熟悉的那一个，大不一样了。虽已经稍事歇息，但朱贵铃仍然显得疲倦，或者说，他一点都不想掩饰自己所感受到的任何一点疲累、厌倦：以往光洁的脸面陡然灰暗、肥厚，多肉的额角拥出三道明显的纹沟，惝然的微笑里总流露出一种力不从心的勉强。他已经不再喜欢穿洁白耀眼的衬衣，所有纯金的或水晶的袖扣，都被割下来，埋到樟脑味儿极浓的箱底里去了。更多的时间里，他也穿起宽松的大裤脚口的便服，似乎也觉得唯有圆口布鞋，才是最宜于得地气活血脉、通三阳接三阴的了。

他甚至还对肖天放说过这样的话："还是你爹想得开，早早地一甩手走了……"说话时，在他虚肿的眼泡皮底下，竟然闪烁出一丝湿润的泪光。

白老二见朱贵钤神色木然地在镇公所白漆地板大堂里落座，刚要叫人上茶端果品，料场那边的枪声便响了。他猛地一痉挛，浑身僵直，回头冲朱贵钤喊了声："好你个朱贵钤，不是人操的！"便推开那两个想上前来缚住他的茶役，飞也似的朝料场跑去。

但一切，都已经无法补救了。

昨天晚上，朱贵钤把肖天放紧急传唤到客栈，向他出示了兰州行营和省联防总部联合签署的开枪令。这是他们刚派人送来的，也是多少天前就内定了的。肖天放接过那纸开枪令，就像是接过一块无法举起来的大钢板。

肖天放憋出一头汗，只说了一个字："我……"

朱贵钤长叹一声："这一刻没有你，也没有我……"

肖天放颤颤地又喊了声"指挥长……"

朱贵钤拔高了声音截住肖天放的话头，喊道："你是军人！是个出色的军官！"他不能让肖天放说下去。从省联防总部开来两卡车特务连的人，护送这一纸开枪令，并且负责监督朱贵钤、肖天放执行该命令。他们已经完全占据了朱贵钤住的那个客栈。在朱贵钤和肖天放说话的堂屋影壁后头便有他们的耳报，或许还有枪口。他们在枪口里喘息！他知道，他们不执行，也总会有人来执行的，他们谁也救不了这局势，犯不着为此把自己再送上军事法庭。

肖天放紧咬牙关，猛磕脚后跟，敬了个极为标准的军礼，攥着那一纸早已被手心里的冷汗溻透了的开枪令，做了个向后转的动作，僵硬地回到了料场。

第一排枪并没向人身上打。子弹是擦着蜂拥而来的民工的头皮，奔树梢上去的，使树枝树叶和鸟窝里黏结着鸟屎的羽毛在空中飞溅。民工们乱了一阵，但有人喊："这是空枪，吓唬人哩，他们不敢真冲人打。别乱了套，上啊……"这时又响了第二排枪。第二排枪仍没朝人身上发射，但这时却流出了最早的血。把守大门的士兵，端着枪去堵再度冲过来的民工时，挨了民工手中撬根和十字镐的砸。他们被挤倒，被踩在兴奋疯狂到极点的民工的脚下。原先在货场里看管货料的那些民工，这时也冲出去接应。于是当兵的再沉不住气了。他们用枪托打退了那几个跑在最前面的民工，连滚带爬撤到第一道掩体里以后，据守在房上的机枪便开始叫响——这是正经瞄准了人体的。没人再想到下一步和往后。开枪的只想制止住发昏的人群往上拥。发昏的人群只知道发黑的臭汗在衣领子里往下流，粗胀的脖子上灼热的神经在嗵嗵直跳，看不到谁倒下谁没倒下，也来不及知觉自己已经倒下或还没倒下。此刻所有人唯一要做的是，扣动扳机，或者向前冲去，迈过脚底下柔软的扭动的黏滑的躯体，一切都被他们丢在了脑后。这一段时间，大约有十二秒钟。

白老二赶到时，料场上已倒下了一大片。他大叫："冲我开！冲我开！"他看见那个瘦弱的吉斯姑娘在国境线的那边张扬着手，喊叫着"彼佳——彼佳——"向他跑来。"彼佳"是他跟她相好的两三个月里，她给他取的小名，他没想到她还会这样称呼他。他真恨她的那位继父。枪响前，二十辆来接应的卡车隐蔽在离料场一公里外的一个河谷里，那里有青灰色树干的白杨。听到枪响，十九辆车掉头走了。最后一辆上坐着吉斯姑娘的继父和姑娘自己，继父启动车也要掉头，姑娘却疯了似的跳下车朝料场跑来。继父开着车去追她，最后只得把她拉上车，一起开到了边境线上。吉斯姑娘看见了白老二，想阻止他，别再往前跑；白老二从惊骇中清醒，怕流弹误伤了姑娘，也要她别冒险往这边来。他俩一个喊着"别过来别过来"，一个叫着"你站住你站住"，拼命朝对方跑去。士兵们的耳朵被刚才那一阵密集的枪声震得嗡嗡直响，他们听不见他俩在喊叫什么，只看见他俩向他们冲来，还在死劲地挥着手，于是十好几支枪，从十好几个角度，同时瞄准了这两个正在迅速互相接近的黑点，发出了密织的交叉火力。白老二捧住自己被击中的腹部，跟跄着，刚喊出一声"我操……"头部背部又被戳出蜂窝状的窟窿眼。吉斯姑娘不明白谁这样猛推了自己一把，并且在她胸口里塞进一大团燃烧着的棉团，突然感到一点力气都没有了，甚至沉重得抬不起头，举不起手。她不知道为什么会有一股腥热的难闻的热流涌进嘴里，又从鼻腔呛出。她感到自己正从一个非常非常高的山崖上往下坠落。她害怕，挣扎，在一大堆尸体中微微地做着最后的抽搐。

后来，他俩都被埋在了木渎镇不设围墙的坟地里，白颈鸦丛集。

五天后，消息传到哈捷拉吉里村，整个村子好像被立即冻住了一般。家家都感到慌乱。不敢出门。跟民工沾亲带故的是这样，有人在联防队当兵的，也这样。过了两三天，男人们才敢出门，哆哆嗦嗦地跟遭了水淹的老鼠似的，上外头探听虚实。

几乎全村的人都把这一向以来，不断遭受变故的惊吓，怪罪于肖家那个新来的黑胖个儿的女人。

是的，自从大来娘到这村以后，几乎人人都觉着村子里再不像从前那样太平了。女人们都爱往她跟前拢。她戴着绝不可能是天放给她打的银手镯。那是副双股刻花扁环贞叶花头的镯子，还带一根细亮细亮的银链。她跟她们说悄悄话，常常看见女人们被她说得痴笑，或红着眼圈走出她那高大的帆布车篷。她们喜欢胳肢她，她就温和地笑。她并不怕胳肢，由她们耍弄。有时还搂过她们，拿出枣木篦子，替她们篦头虱，她们就能闻到她身上一股冷腥味。后来，男人们也找她看相，他们觉得她的确能说准他们的心事。但她常常不说，只是请他们在铺着厚厚一层干草的车厢里坐上一小会儿。这时，她放下布帘，盘起腿，也叫你盘起腿。从车篷的缝隙里会散出一些仿佛从油窗纸上透出来的亮光。她轻轻地说着一些谁也听不懂的话，大家就那样静坐，等你走出她车篷，自会觉得心里痛快了许多，轻松了许多。她喜欢招村里那些七八岁十来岁的男孩到她车里玩。她拿得出村里谁也没见过的冬瓜条、金糕片、大醉枣、蜜瓜干儿。她亲亲热热地搂着他们，把他们瘦细的腿脚夹在自己粗大的腿裆里，再把他们的小手合紧，一前一后波动她至柔至韧的腰，一下下捋摸他们肮脏的手背，唱：

二月里那个杏花吗杏花里个白，
大姐姐抹罢了头油上锅台。

131

锅台台高，大姐姐矮，

大姐姐里个矮来贴饼子卖，

饼子哟卖个药铺那个来呀掌柜进喜财，

公爹姐丈腌酸菜……

　　后来，村里人说，一到天黑便常看见一条比水桶还粗的黑蛇，从房檐上游过，鳞片湿腻腻发亮，昂起头，慢慢摆动下垂的尾巴，压得房椽底下的苇铺子吱吱嘎嘎乱响。

　　许多男人都觉出，跟她说过悄悄话的婆娘，心气儿就大不似从前，再不像过去那样老实听话，再不能在家稳稳妥妥地坐住，总想往外转悠，甚至到床上也敢像男人似的说些不三不四的粗话。有几个出嫁前就多少认一点字的，跟她来往以后，更像入了道似的，常对人说些神神道道的话："阴宅重向水，阳宅重门向。里旺凭本，权衡在星。向星一白，当时得令，坐星二黑，未来旺气。三元九运一百八十年，一百八十年后从头来……"那些婆娘们回到家，拆灶的拆灶，垫路的垫路，但凡院门前有棵枯树的，她们非得拿斧子去砍了。有的重改栅栏门朝向，有的架梯子上房，把邻居家高过自己家的烟囱给砸了，有的非把自己家院里的井给填死，因为"井在二五位，落在衰死尅煞方"……开头一段，谁家里都觉得痛快——多少年没这么躁动过。但鸡飞狗跳一阵，他们又担心，不知这样下去，怎么才算个尽头。于是大家又觉得反而不如多少年来什么事都将将就就地凑合着过下去那样太平安逸踏实可靠。由四十多个老汉、八十多个精壮汉带头，先把跟大来娘最接近、总说大来娘好话的三个婆娘捆起来，带到屠宰场那个早先关牛的栏圈里，扒光了她们的裤子，让她们自己的男人狠狠用棍子抽了她们一顿。她们三个只好紧紧抱在一起。栏圈里积存着多年的圈土，圈土堆得老高，土坷垃里尽是牛粪牛血，还混杂猪鬃羊毛。而后的一天，他们又去紧紧团团地把天放家包围了起来，要天放家交出那个黑高个儿的女人。他们说她准定就是那条比水桶还粗的黑蛇、祸害。

　　天放媳妇似乎早料到会有这么个日子，头一天，她就把带来的那些零七碎八的东西又搬进了她那依然还不能算太破旧的车篷子。她最后给大来喂了一次奶。她捏住儿子的小脚趾，咬破一点点儿，轻轻舔了他一点咸咸的甜甜的血。天放不在，儿子就是天放，她舔到的，留在心里的，便是天放的精血。她听见村民们威胁地大喊大叫，砸她的篷子车，拆她的车厢板，划了她的枕头套，踩扁了她的柳条筐，挑起她还没晾干的内裤，揣走她经常要用的枣木梳，寻找她轻易不肯让人见到的首饰盒，把一锅她煮来准备留到路上吃的稠糜子粥和一罐天放爱吃的咸猪油全倒到羊粪堆上。他们飞起砖头瓦片，砸天放家的屋顶门窗，扬言要烧掉天放家的马圈和草料房，并且正经点着了四十八把火把，正告天放一家，不许再收容她。

她只有走出屋去。这些来抓她的人，平时几乎都对她说过"我可真有点喜欢你"。她曾随便让他们隔着单裤触摸她滑腻的腿。女人们摸得很放肆，她们惊奇她皮肉的细洁，恨不得立时三刻就能跟她换了一张皮。男人们则总是装出只不过无意间才触摸到她的样子，贪婪地狡黠地游荡。现在，他们却比着看谁能用砖块石头最先砸中她的头和脸。四十八个男人举着双齿或三齿钢叉，这完全是捉蛇的装备。她的眼窝被砸青肿，她的黑布篷被钩破口子。她不得不又退回到天放家的木台阶上，因为他们在院子里全撒上了特制的钢钉铁钉，她的一双光脚，每踩过去一步，都会留下两摊血。于是，包括那些很年轻的村民们一下都拥到天放家的房顶上，从她身后，用神龛里刚取来的滚烫的香灰，撒到她颈脖子里。她抖得厉害。更多的木瓦被撬了下来，并且带着早已生锈的铁钉朝她砸去。她再无退路，她的后背已经贴到天放家的门板上。她这时多么希望听到屋里有人能对她说："别慌，我们这就替你开门。"她只需要进去坐一小会儿，让肩背上烫出的水泡、脚底的血口、脸面上的青紫所引起的痉挛稍稍平复一些。她绝不想连累天放一家人。她知道即便为了天放，为了天放的那一对亲子嗣、自己的亲骨肉，她也不能再在这个大木屋里多待。她希望有人安慰她，说一声"我们知道你的难处，可我们也挺难……"也就足够了。可门里没有任何声音。天放爹不开口，也不许家里人开口。他只是紧紧守护住了孙子，不许别人再去把她放进屋来。他不想惹出更大的乱子。她哀怨地抬起被砸肿了的眼皮，她真想拿脑袋去撞那不透缝的板壁。

这时，她忽然间听到有个细小的声音叫她。她抬头一看，是天放最小的那个兄弟，老七天一。天一从天花板里爬到台阶雨檐下的梁架上，焦急地向她伸出双手，仿佛要拉她到梁架上去似的。

"嫂子，你真是条黑蛇，就现原形吧，就变个厉害的给他们瞧瞧，去吃了他们……你快变呀……要不他们真会把你打死的……我不要你死……"他哭了起来，晶亮的眼泪从他肮脏的尖削的小脸上一串一串止不住地往下掉落。

天一比玉娟只大四五岁。天放娘生他时已经够干瘪的了，完全渗不出一滴奶水来喂他，他从小靠土豆泥和苞谷糊糊长大。大来娘来了以后，奶大来时，他总在一旁馋馋地看着。他从小不仅没啜过一次亲娘的奶头，甚至都没在谁怀里认真躺过。他们总是很忙，他只有干巴巴地躺在板硬的褥垫上，看着黑黑的房梁。大来娘不忍心，总把他搂过来，塞给一只奶头，让已经七八岁了的天一，再补啜上这一课。所以，弟妹里，自然就数这个老七跟大来娘最亲、最贴肉。

听天一这么一叫唤，大来娘的心，整个都碎了。假如连天放家的人也都相信她是一条蛇，她还有啥想头呢？她强压住一阵突然涌起在胸间的呜咽，把手伸给天一，爱抚地摸了摸他苍白清瘦的小脸。天一捧住嫂子的手，伤心地放到嘴里啜着。

"天一，好好相待玉娟，把她当你的亲妹妹……"她呜咽着。这些日子，她看出，天放的爹，不管对她仍有什么样的怀疑、猜测，但对大来，却是十分上心的，处处疼爱备至。她只是放心不下玉娟。她怕她长大后，也像自己一样，在天放家里遭到另眼相待。

天放，你咋还不回来呢？

她只得走了。对渐渐紧逼过来的村民们，她喊的最后一句话是"别碰我娃娃……"她回过头，对天放一家人喊的最后一句话是"告诉天放，手背手心都是肉，儿子闺女都是他亲血脉……"

她忽然不再哭了，她完全镇静下来。她把衣兜里没用得完的一个线团留在天放家窗台上。她看见天放的几个弟弟妹妹在窗户板的缝隙里看着她落泪。她勉强地笑了笑，流着泪朝他们点了点头。她拾起女儿玩的羊拐骨，她要带着它一起走。人群又开始向她逼近。她说："让我自己走，千万别再逼我。"她双手抱住自己圆实的身子，撕心裂肺地叫了一声"天放——"就向东头的大苇荡跑去。她紧紧捂住越来越胀的乳房，她后悔，她应该再喂一次大来，应该再喂一次大来，应该再喂一次……

村民们不许她向别处跑，网开一面，只许她进大苇荡。奶水濡濡地润湿了她衣襟、裤腰，洇湿了她裤腿，奶水的清香，简直跟大来的胎发一样好闻。跑到大苇荡边上，她才站住了，最后看了一眼天放家那旧得发黑的木板房，叫一声"天放"，又叫一声"大来"，叫一声"大来"，又叫一声"天放"，而后张开了双手，一纵身，向大苇荡里扑去。

太平，许多年。不太平，又是许多年。谁能让永远不太平？可谁又能让永远太平？

牛卧槽，慢慢嚼。大瓦房上跑马。胳膊腿上架高音喇叭。井辘轳摇把终于磨断粗麻绳。北高坡走不完七八十来里。白土豆花开一年年，黑叶杨臭一年年。一年年铁板硬的光脚老是深深插进那阴凉、那滋润、那酥软的泥土地里，再用力勾起所有的脚指头，让湿漉漉把整个脚背埋住。这又能咋着？荆槐丛里长起恁些苦豆子。铁路桥墩一搁准是十来二十年。山和荒原。落叶走向一伙再没人能把他们想得起来的人。拼命拉响木筒子老板胡和蛇皮双忽雷[1]。一根根拴马桩倒像通天梯。这就是八百里再加八百年的苍黄和玄机……

后来，哈捷拉吉里村一直有人这么说，那天大来娘向大苇荡猛地一扑那会儿，的确有一条水桶粗的黑蛇蹿了进去，连那秃秃的尾巴都有碗口粗。也有人说，那黑蛇走得没那么痛快，它是慢慢往里游的，游得艰难，痛彻肺腑。它不时昂起头来看天放家那大屋，嘴里还噙着女儿玩耍过的那块羊拐骨。但也有人说，她一扑什么也没有了，只冒过一股青烟。甚至还

---

[1] 忽雷，一种在唐代典籍中可见记载的颈式半梨形音箱的拨弦乐器。

有人说，她没有扑，也没有游，是慢慢地往下蹲，好像被苇荡吸进那深不见底的淤泥地里去似的，就在原地一点一点地不见了……

没人分得清谁个是真谁个是假。只有一件事是真的。当那天大来娘绝望地在大苇荡边上喊出那声"天放"的时候，远在二三百里以外的天放，好像被枪打中了似的，心尖上突然一阵麻疼，叫他挺不住。后来，他觉得心慌，坐立不安，怎么安抚自己，也定不下神。而且，他总觉得听到了那一声喊叫，隐隐地隆隆地，使他浑身胀满。那一刻，他直想胀大了伸到云头里去，同那声音会合。他布满血丝的双眼，直瞪住哈捷拉吉里村的方向。他记得自己走过许多星夜。长桥没有水又有水，并不是每一条干河滩都和枯树一般。那许多根戳在矮土房后身的杨树桩也都同样硬撅。天放记得大来娘还有一双水红面子的绣花布鞋，洗得干干净净地放在炕头那一摞漆皮箱子上。

天放赶回村去，在大苇荡里整整找了三天，到爬出苇荡时，他连咽唾沫星子的力气都没有了，想哭都哭不动，一头栽倒在岸坡边的草棵里。他的脚他的腿全让苇茬子割破扎透，衣服也撕扯成了条条缕缕，嘴唇上起了焦皮，脸盘子上挂着一块块干巴了的碱面。

从那以后，谁也没见过大来娘。她也再没走出过阿伦古湖的大苇荡。就在她走进大苇荡的这一天，哈捷拉吉里村，整整刮了一夜的西南风。

他知道他今生今世再找不到这样的女人了。打头一次见到她，他就觉出，他要的人，就是她，只能是她。他是个好强的人，但总得有这么一个人，当他想懈劲露怯骂娘耍赖不想干也实在干不动干不了干不好，只有砸锅卖铁剁下自己的脚指头给人垫床腿的时候，还能坦然地安慰他："着什么急，天塌了还有我这大个哩！手里有漏勺，还怕捞不起干的来？怎么就不能活咧！去，天亮当天黑，踏踏实实给我歇着去！"她就是这么个人，她总能给他劲儿。他愿意在她面前低头，完全放松了自己。她煮出滚烫的冒汽的热毛巾，敷贴在他那总有老伤的后腰上。她叫他四仰八叉，放平在炕上，她光着脚，站在那滚烫的湿毛巾上，一蹦一跳地踩他的后腰脊。她知道经她这么一踩，他那板结住的腰就松快多了轻活多了。每次她的脚底板上都会烫出许多水泡，可她还踩。她把十二孔火墙烧得手不敢摸，她把十二条手巾轮番扔进开水锅里煮，轮番用这些毛巾再抽打他，从他每一个汗毛孔里逼出寒气、病气、丧气和晦气，于是那些亮晶晶的汗一遍又一遍地从他板板实实的身子上往下淌，也从她圆圆滚滚的身子上往下淌。她甚至能感觉到他的汗流到了她的汗上边。她还会皱起眉尖，畅畅地哼哼着。窗玻璃隔开了外头的风和雪，热腾腾的水汽使他们更看不清在风雪中使劲摇晃的树和山尖尖。他知道她比他聪明，她聪明到从来不让他觉得自己笨。他俩没拜天地没换帖子没请大媒没求中人没吹喇叭没抬轿子没交杯就合卺，可她从来没让他觉出他们只是一对露水夫妻。她会看相，可从来不给他看相。她总能知道别人明天明年会发生什么事，但她从来不说在他和她之间明天明年到底会发生些什么。她只对他说："好好过……我总是你娃娃的亲娘。"只有一件事让他觉得别扭：她总想让他叫她一声姐。她的确比他大，但他总叫不出口。到分手的最后，也没那样叫过她，他觉得对不住她，伤了她的心。

我现在愿意叫了，孩子他妈，大来他娘，我肯叫了。你在哪儿？我叫，叫你一声"姐——"你应呀，应我一声呀……

没人应。

空寂寂。

后来，大约是天放进苇湖寻找大来娘的第三天头上，在那苇岛的中央，袅袅地冒出许多股黑气。它们低低地紧贴住那些高高挺立的苇秆儿头，飘荡盘旋，渐渐扭结在一起，形成几大块互相总有牵连的黑云团。它们仿佛要飘走，但走走又停停；它们仿佛要升起，但升起又降下。不管它们咋个升咋个降，咋个进咋个退，又咋个飘浮，所有的人都觉得，它们好像总向着哈捷拉吉里村的方向，总是向着那小土包背后的天放家。它们悠悠晃晃，仿佛在摇着摇篮，它们扩大膨胀，又仿佛解开衣襟，托起丰满的乳房在给娃娃喂奶……再一阵风起，它们四散，又不甘心散。于是，所有的人又都听见整个大苇荡都在陪它们沙沙地一起咽泣……

这时，全村的人都慌了，都跑上大堤，冲它跪下。天放家的人也冲它下了跪。四十八个老汉举起双掌，仰起头向它许愿，一定给她修坟拜忏，求她看在自己的两个娃娃的分上，别再计较。这两个娃娃今后还得在这个村子里待下去，在这个村子里长大，在这村子里成家……保佑这个村吧，保佑你这个家吧，保佑所有那些得罪过你的人，宽恕他们的罪愆吧……

忘了吧……女人……

保佑……保佑……保佑……

第十章　再　造

"静宜号"内河客轮停机，轻轻滑过最后几米航道上那一片漂泛着许多菜皮、烟盒、酒瓶和酱黄色泡沫的水面，终于平稳地靠上了五塬城铁脚墩南码头。船壳挤在那一排坚实的防震轮胎上，没造成任何足以使船上任何一位绅士淑女感到骇异的震动和碰撞，相反，却在他们中间赢得一片啧啧的赞叹和略加节制的掌声。他们都是由怡祥泰轮船股份有限公司请来参加"静宜号"处女航的贵宾。这时，他们都聚集在船上铺有红呢毡的大舱间里，等候着上岸，自然是西装革履，长袍礼帽，珠光宝气。怡祥泰轮船公司是由五塬城里六七家商行集资联办的，"静宜号"是他们向上海招商航运局买下的第一条客轮。实际上，它是江南制造局四十年前造的一条老船，只是重新油漆和装修了一遍。即便如此，码头上仍然人山人海、鼓乐喧天，由轮船公司副董事长，苏可的大哥苏子田领着许多人，组织了个少见的热闹场面，为"静宜号"的首航举办庆典。

从州府城里请来的军乐队，换上了一色的黑制服，走上为他们特意搭起的木板台，高高凌驾在那一片黑压压的人头之上，演奏起老施特劳斯雄壮欢快的《拉德茨基进行曲》。码头附近各修造厂里的童工，都爬到了厂背台料场周围的老杨树上。这时间正届午休，他们只有三十分钟空闲，所以，他们中间的不少人，一爬上树，就赶紧掏冷大饼或大麦饭团来啃，同时诧异万分地议论客轮上那略有些向后倾斜的大扁烟囱。

宋振和在船上。他是去上海办货回来。他没急于挤进第一批下船的人流中去，虽然他急于见到苏可。他有好消息带给她。他有一个多月没见她了，非常非常想念她，但他还是控制了自己。船上的大副二副都来请过他，他都谦让地婉拒了。第一批下船的，都是那些特邀的贵宾，他不愿利用自己跟这家轮船公司的特殊关系挤进这个行列，不想炫耀自己的特殊身份。他觉得自己没什么可炫耀的，在这船上，自己充其量也不过是个侥幸的"免费搭乘者"。越到这种人多的场合，他心底里那种一直除不了的自卑感，便会越发地严重，他总自觉地往后退，不争那没趣的人先。

走过军乐队身边时，他稍稍多看了几眼，因为那板正的黑制服使他想起了商校。这似乎已经是一桩非常非常久远的事情了，但他心里仍然很热很含混地涌了一涌。

军乐队里似乎有一张熟悉的脸。他听到了一种圣洁而祥穆的旋律，同时也闻到了一股圣香。他有些不舒服，没多看。

苏可不在家。她知道他今天到家，刚才她也没去码头接他。房间里一切依然同他走以前一样，甚至那盒美人头牌的香粉也依然准确无误地放在那瓶紫罗兰雪花膏和白玫瑰生发油中间。"才一个多月，能期望有什么样的变化呢？"他自嘲地想道。他站在床前，真想去亲吻那枕头。

女儿一岁多了，仍不会走路，长得很瘦弱。虽然用美国奶粉补养，每餐都给加鱼肝油，也不见效。怀她时，苏可非常不愿让人看出自己是个孕妇，总是用很宽的布条勒紧自己的腹部。分娩时，阵痛发作两个小时后，她就叫喊受不了了，一定要那位从州府城教会医院请来的大夫，给她剖腹或使用产钳——后来，使用了产钳。所有这一切，大概都使可怜的女儿在很大程度上受到了妨碍。她似乎不大愿意再往大里长，她似乎也很少哭，很少向周围那些对她有所期望或无所期望的长辈，表示一点想吃想喝想尿想翻身想抓弄一件什么玩具的愿望。她实在是太安静了。宋振和总觉得自己对不起她。

"姐夫，吃饭了。"苏丛来叫他。

"你们先吃吧，我……还不饿。"

"干吗呀，这一个多月，没你陪着，姐不照样一天三顿吃得好好的？你别惯她那毛病！"苏丛说着便噘起小嘴来拉宋振和。苏丛是苏可同父异母的妹妹，最小一个妹妹，虽然才十一二岁，却格外懂事。

"我真的不饿。"宋振和坦然地笑笑。

"好吧，我们把醉虾全吃光，你别馋！"苏丛跨出门槛时，还回过头来"威胁"他。

宋振和在床上躺了一会儿，吃了两片她大哥从苏州带来的嵌桃芝麻云片糕，点了点饥，花厅里的立地花梨木壳大座钟已在那里当当地敲九下了。

结婚后，苏可文静了一年。生下孩子，卸掉包袱，她又重新常作"女相公"打扮，出入各种喧闹的场合。像今天这样的机会，她当然是不会放过的，这一点，宋振和能想到。但她当时不在码头上，会去哪儿呢？

他不舒服。

以前她也有晚回来的时候。但只要他在家，她总会留话给他或让家里人转告他，说明她的去向。遇到今天这样的情况，他外出办货回来，她肯定推辞外边的一切约请，会很着急地在家里坐等着他的。她同样不能忍受一个月几十天没有他而独眠的孤寂，跟他一样看重像今天这样久别后又重相聚的夜晚。

她怎么了？

有小雨洒在天井里，一点儿，两点儿，三点儿。

他带上她的雨伞和雨鞋，又走到码头上。那里更黑，更潮。"静宜号"上黯淡的灯光只照出它大舱间外壁那一段米黄的漆色。他到菜市场里边的荟仙楼上也去找过了。今晚，公司董事会在荟仙楼为"静宜号"接风，把全体船员都请了。按说，苏可应该在场，但她不在。

他重新回到码头上。他发现自己又站在那个完全被小雨淋湿了的木板乐台前。他追忆那张使他总觉得熟悉的脸。他想起，刚才在枕头底下发现的一本书，一本黑漆羊皮烫金封面的《旧约全书》。他应该感到意外，因为她已经很长时间不再对天主表示任何兴趣了。她告诉过他，她从来没有认真地想过，要把自己的灵魂奉献给那无法捉摸的天主，不是舍不得，只是觉得天主可能容纳不了她的全部。她可以全部交出，但那边收得下那么些吗？她不愿分割自己。

到这时他才想起，那个站在军乐队指挥席上让他总觉得眼熟的人，正是那个早已离开五塬城的林德神甫。黑制服，没错。忽然间，他知道该到哪儿去找她了。

三官堂桥紧邻着西公园，石板的踏步早已磨出凹凸。有一座茅舍早年是一家茶社的凉亭，夜雨使人看不清它临街两根毛竹柱上刻着的一副隶体字的对联：

煮一壶便走　莫问炎凉世态辛酸苦辣甜
坐片刻论道　方知四大皆空贪嗔痴慢疑

再往前，有一条小河。岸边长着不少高瘦清秀的树和终究要绽出肥厚的紫花瓣的桐子树，还有一些外方人不怎么知道的乔红树，团团簇簇，逶迤在高处和远处。河对岸，在一圈被草埋住的矮矮的铁栅栏墙里边，就是林家的老宅。三幢很旧的两层灰砖楼，成"丁"形组合在那并不算大的一片园子中，楼前楼后林木葱郁。园子里的树自然很粗，很老，树干上长满青苔。每一幢灰砖楼，底层都被隔断，却从楼上砌出一道曲折的带檐盖的架空廊道相通，不论小楼本身在外表上显得多么灰黯陈旧，那些廊道，总油漆得崭新锃亮。楼身上所有的砖缝，几乎都被地锦藤那酷似蜈蚣、壁虎的须根牢牢攀满，自然还有潇洒的青翠的成双成对的凤羽蕨。年代久远，那些新藤新根常发新枝新绿，也总有一些老藤老根，再不肯还原，便永远以它们苍劲老辣的棕褐和困挣的盘纠，在老墙面上组成了一个为林家所独有的"族徽"。尤其在冬天，那些大片大片的叶子凋零，那老藤老根在老墙盘曲纵横所构成的图案，永远是破解不了的谜。

林家在五埌城，与苏家齐名，同是数得着的大户，或者还应该说，更大。他们是五埌城的外来户，但发达得快。到林德祖父手上，五埌城一多半修造业都姓了林。林德的伯父叔父们，又把办实业的手伸到杭嘉沪前那一片多角地带，并由实业转向金融和进出口生意。所谓的林家五虎，就是指林德父辈的那兄弟五人。五人中，只有林德父亲这一家还留在五埌城。这也是祖父临终前的嘱托，林家总得有人在五埌守住风水故宅。林德的父亲排行第三，正好是中间挑担的。按风水先生的测算，守故宅风水的，最好是命相中五行齐全的子孙为最宜。林德的父亲蛇年出生，本命属"火"；生在谷雨那一天，又加上了必不可少的"水"；他出生的时辰是申时，"申"属金；而林德的母亲也是属蛇的，比父亲整小一轮，那一年的"蛇"恰好是"土蛇"。夫妇相因，五行齐全，老宅便交到了林德父亲手上。

没人知道林德在上海为什么不肯读完那有名的圣约翰大学，一定要转到南京的神学院再造，没人想得通他为什么要舍弃西服革履博士方帽和经理厂长的热闹去换取神甫的黑袍和清寂。父亲死后，他迅速出手了继承下来的大部分产业，把换得的钱，办了几处不以盈利为目的的肺病疗养所，只留下了这所老宅。当然他还留下了一两处修造厂，那是给他那尚未成年的弟弟留着的。

他曾是苏可的同学。他们一起在州府城医专读书。只读了一年，他执意要去圣约翰。到码头上送他时，她脸色苍白。

这些，苏可都对宋振和讲过。

苏可也带着宋振和到这条小河边来过。望着林木丛中的灰楼和棕红的油漆，她给他讲林家的故事。她告诉他，这楼里有五埌城最昂贵的一架风琴，很长时间已听不到它柔曼而喑哑的声音了。但那一天，宋振和隔着小河，隔着淅沥的小雨，隔着像皮革似的泛出湿漉漉光影的树丛，却听到了那风琴声……也听到了铿锵的灯光和神甫胸前金属链的流淌。

弹琴的不是林德，也不是苏可，而是林德的弟弟，林德和苏可在一旁用心地听着。而后，极有音乐天赋和教养的林德作了示范性的弹奏。他们议论了一会儿这首由德国古典作曲家亨德尔写于一七三八年的《广板》，便穿越架空的廊道，一起到中间那一幢灰楼去吃饭。林德喜欢指导厨子做菜，苏可也一起帮忙出主意。于是端到桌上的有冬瓜火腿玉兰片汤、金钩菜心、红烧鲫鱼、太阳肉、福建烧腊和一小碗以鲜虾仁、葱白、香菇、清骨汤、花生油为作料做得的焖豆腐，自然还有粒粒晶莹剔透香糯油润的上等青粳米饭。当时他们使用那套极为讲究的粉彩玲珑薄胎高白瓷中式餐具和那种林德喜欢的特制的铜包头烫花斑竹筷。他觉得，一双这种筷子在手，有乡土气，心里踏实。

那天，苏可在林德身边待到很晚，回家时小雨已变成了中雨，很厚的白线袜和那双平日里不大舍得穿的女式漆皮鞋，都淋湿了。当苏可从大哥嘴里得知，轮船公司董事会下决心要把林德请回来指挥军乐队，并且在大教堂给成功地完成了处女航的"静宜号"做一台大的"圣事"，以领受基督的保佑，她就决定要主动去看望林德。她没想那么多，有那样一种热望和冲动，就去了。她觉得，这一晚，自己过得很兴奋很充实很满足，少有的兴奋，少有的充实，也少有的满足。自始至终，都只有他们三个人，自始至终没想到要避开林德的弟弟，不仅弹了琴，还唱了歌，自始至终，没提及她的婚姻和他的出走，他和她都显现出至庄至谐的宽容大度。一直到重新走进绵密的夜雨里，她才长长地舒了一口气，感到累了，冷了，脸上潮红般地火热，她才想起，今天也是振和归家的日子。

宋振和伺候她洗了脸洗了脚，换了睡袍，用一条很干很白很松软的毛巾，把她很湿很黑很滑软的头发包起来后，简略概要全面地报告了办货的经过和结果，脱去外边的长衫，上外间洗漱一下，上床里，侧过脸去，自管自睡了。

一句闲话也不说。

一声大气都不出。

分明没睡着，也根本睡不着；分明有委屈，也确实有一肚子的怨气要出；分明经受着一个多月思念的煎熬，却又要强忍住这被冷落的屈辱……

　　她知道他在生闷气。但他总是不发作——习惯。

　　这已经不止一回两回了。

　　开始，她觉得他这么憋闷自己，挺可爱，也挺好玩，有时还故意逗他生生气，后来，也觉得他可怜，便留神了一段，尽量少让他憋气。他不是个好生气的人，但由于她的任性和颐指气使，总要逼得他闷气一场。后来她的确感到厌烦了，厌倦了。她渴望有人跟她说话，帮她出主意，渴望有人跟她吵架，拍桌子，纠正她，指导她；她也想撒娇、耍赖、偷懒、贪嘴，听听恭维的讨好的话；她要有人亲亲爱爱地骂她，炽烈地揉搓她，把她用力扔到床上，哪怕踹她十脚，但却能说出一番叫她死去活来心悸颤动的话……她知道这个一天比一天长大了的振和喜欢她，敬佩她。她知道他每晚的搂抱和抚摸会一天比一天强烈和放肆。她早看出他内心的力度和头脑的精明。正是因为这种力度和精明，恐怕有一天会发展到不由她驾驭的程度，她才突然终止了他的学业，重新给他套上了"笼头"。但她觉得自己在精神上始终无法跟他沟通，更谈不上托付。只要天一亮，睁开了眼，他总是那样的毕恭毕敬，那样的勤谨努力，那样的准确无误，而又那样的沉默无言。在他脸上总刻着这样一行字："我感激你，服从你，喜欢你，不计较你……"她讨厌这种沉默和顺从，但又时时担心这个她已经离不开了的"男孩"，到明天，脸上会出现别一种她完全陌生的神情，刻上一行她更接受不了的什么字。

　　"怎么了？我今天晚回来一点，就惹你生这么大的气？"她耐不住了。她要找他吵架。她受不了他这种闷气——有时，他会连着一个星期，上床后连碰都不碰她一下。

　　"你在上海花了我这么多的钱，连一支盘尼西林都没给我弄回来，我都没说你一句，你还要我对你怎么样？"她故意不提他在上海住最便宜的旅馆，一天三顿靠阳春面过日子的俭省；不提他在上海东奔西跑，兼顾着为她经营花纱布生意的二弟推销出了将近一千包白坯布的重大功绩。她要激他开口。她根本没想到，自己正在引发一场使她和他都后悔几十年的

145

"爆炸"。

"这些年，我就养了这么个哑巴？"她转过身来冲他叫喊，把躺椅上的白竹布莲藕鸳鸯戏水靠垫扔到他身上。他仍不响，只是痉挛了一下，憋不住的哽咽，无声地涌到喉头又被强压了下去。

"你起来！我愿意什么时间回来就什么时间回来！还不到你来管我的时候！不想说话你就给我滚外边去！我不想花钱买个冷面孔……"她的这句话还没说完，宋振和再忍不住了，他突然喊叫起来："求求你……你……你……"他从床里坐起，全身僵直，直瞪双眼，两只手紧攥，拳心向上，不知所措地一上一下地来回捣动。"花钱……我花你钱……花你钱……我知道……花你钱……"眼泪止不住地从他细小而深陷的眼窝里，像趵突的泉水一样，涌到他难看的窄长的脸盘上。他不知要说什么，只觉得这一切都受够了。"花钱……我花你的……花你的……"他掀开缝着洁白龙头细布被横头的缎面被子，光着脚，跳到地上，冲到她面前，继续干叫。她吓坏了，逃到外间屋。只听到他颓然坐倒在床前的大方凳上，垂下头，用力捶打着桌子，仍在叫着："花钱……我花你的钱……我花你的钱……我……我……"

他哭了很久很久。

后来没有声音了。

又过了一个来小时，他收拾好床铺，到外间来请苏可回屋。她愧疚地害怕地站起。他把她的软底绣花面的绒垫鸭舌轻便鞋轻轻放在她脚前——刚才跑过来时，她没顾得上趿鞋。他同时带来了擦脚布。上床后，她哭了，但不敢碰他。他也默默地流泪。

第二天，第三天……事情好像完全过去了。他只是脸色有些青黄，只是偶尔会踅进那屋，独自站在可能要终生残疾的女儿的小床前，怔怔地看着女儿流泪。除此外，他照样勤谨、周细，待苏可也一样地敬重，只是再没有晚间的搂抱抚摸和战栗，没有期盼的痛苦和甜蜜。

第二年，女儿死了。她终于没熬过从胎里带出来的损伤和衰弱，像神甫们常喜欢说的那样，"从土里来，又回到土里去"。他哀哀地在女儿精致的墓碑前坐了一个下午。几个星期后，他什么东西都没拿，只身去了苏北三圩镇，说是投了什么部队。

那年他可能刚过了二十一岁的生日，也许是二十五岁，但人都说他像三十一岁，或者三十五岁。在他后来的大半生中，他的相貌总要比他的实际年龄显得老成十岁。

第十一章　过　渡

　　木渎镇血案发生的当天，省联防总部怕走漏消息，急调两个加强营，封锁了木渎镇，并且吊销了省内各家民办报纸记者的出城采访的许可证，控制住电话局、电报局，只许这些摇笔杆子的师爷们，仿效热锅上的蚂蚁，集合在新闻署大衙的门外操场上，空喊口号，乱作猜疑。各家报纸连连开"天窗"，以示抗议。

　　第二天，他们饬令朱贵钤，"即刻启程，回老满堡议事"。命令是由总部的一位卫士长亲自送达的。在朱贵钤阅看饬令时，这位瘦小精悍的卫士长和随侍的八位彪形卫士，一律地都打开了驳壳枪的木盒盖，早已张开了保险机机头，把手按在了枪柄上，眈眈而视，唯恐朱贵钤会一时发狠，做出什么抗命的动作。朱贵钤自然是不会做这种动作的。他们不了解他，他不是那种人，从小没受过那种教育，祖宗也没给他留下那份儿种气。他把掩埋尸体等一应善后事宜，托付给了肖天放，便默默地跟着总部的卫队，回到了老满堡。

　　联队部大院已经被省总部的人接管了，联队部所有的军官士兵，都已被软禁审查。他们中间，只有三个人领到了新的出入证，仍可自由出入大门。这三个人中，一个是军官灶的采买，一个是门诊部的药剂师，第三个家伙原先在地图室当文书。文书是一个老斜着眼看女人的手淫痞子，一年四季扬着张薄饼似虚弱的脸。很少见他说个啥，只要一开口，准是在挖苦调侃女人，那种刻毒和贪婪的劲头，使得那些历来都不把女人当回事的老兵，也都觉得恶心。这是个在联队部男人女人都不把他当人看的东西，只因为会唱几句秦腔，偏偏在远近几个秦腔剧社里还有那么几位藕断丝连的老相好。而总部的卫士长偏偏也是个秦腔迷，还最爱唱黑头的女角和唱丫鬟旦的男角，这真是没说的了。

总部的人当然先要朱贵钤交还那一纸开枪令，而后再来查核他和白氏家族的干系，弄清他"秘密"处决参谋长的真相，最后再跟他算总账。

朱贵钤不交开枪令。他说他已经销毁了。他知道这一纸开枪令的重要，日后，只有它才能向世人昭示木渎镇血案的缘起，澄清他自己手上的那一份血迹。

总部的人不相信他的"销毁"说，立即电告总部，由总部明示，把朱贵钤单独软禁在小跨院的单间里，并从其他联队调来十二位参谋长，专查这份开枪令。

十二位参谋长，每人每天找他谈一次话，车轱辘转。同样的话他得说十二遍，把眼睛都说绿了，他们还是不信。到最后，朱贵钤一听到自己的声音就要吐，他只好请求住卫生队。当时还没免他的职，更没定他的性，还不能不让他住院，只好把他抬进卫生队。他们立即解散了卫生队的原班人马。为了方便监视，十二位参谋长还下令扒去朱贵钤住的那排病房的屋顶。就算是这样，朱贵钤也不出卫生队，拥着很厚的印有红十字的白被褥，木木地躺在没有屋顶的星空下。十二位参谋长依然每天来一次，十二辆马车周转得十分有秩序。

有一天，肖天放获准来探望他，他也只是闭着眼睛不说话。肖天放看见他头发胡子长得像鸟窝，原先方正的国字脸，此刻也浮肿起来。他心里难过，但不能说话，因为看守绝对禁止他俩对话。肖天放回去把看到的这些情况告诉了指挥长夫人。夫人憔悴得已经哭不出声来，而双胞胎日益变得粗野。孩子们的姑姑把天放拉到厨房，悄悄塞给他一小包东西，请他伺机带给朱贵铃。肖天放打开那个小包来看,只见里边是二小留下的一条头巾和一双布鞋。后来朱贵铃紧握着这双小巧的鞋,竟潸然泪下。等卫兵转过身去卷莫合烟时,他竟俯下身去,死劲地亲吻它,并把它藏到了自己被窝里。果然如孩子们的姑姑所希望所预料的那样,当天,他的精神头就大不同于往常:开晚饭时,居然还多要了半个馍馍和一份菜;本来已经红肿了的嗓子眼儿,竟开始消肿;还向卫兵借剃刀修理那早已不成个模样了的胡须。参谋长们立即发生了怀疑。连着撤换了三批卫兵,才使一直为此亢奋着的朱贵铃,意识到应该有所收敛,才能最终保住被窝里掖着的那两件二小的遗物。

事情已到了不能再往下拖的地步。阿桦河对岸的木楞子堆上,初雪覆盖了蓝领狐的踪迹。从林深处不再恬静幽闭,白桦树上的疤眼越发深沉明显。从兰州行营来了一位长官,全权了结朱贵铃案。

朱贵铃知道自己最后的日子到了。他完全木僵了。他甚至都不愿重新收拾干净自己,像应该做的那样,一身戎装地出现在那位行营长官面前,再去争辩个什么。他恨已经发生过的一切,他只想对妻子说一声我对不起你。

不管十二位参谋长怎么劝说,朱贵铃都不回答,只是闭着眼,喘气。

"别装孬!"他们一起吼叫。

"那也没用。"他一动不动,只是在被窝里夹紧了二小的那两件东西。

出乎任何人的意料,行营长官竟提出要到病房去"提审"朱贵铃。他们不知道,这位长官是朱贵铃祖父生前最亲密的好友之一。他当然痛恨朱贵铃竟会勾结地方上的那些没有根基的暴发户,处决了曾在自己祖父手下效力多年的老军人。但他绝没想到,这个逆畜竟会长得那样地酷似他那位杰出的祖父,以至于使他无法硬下心来秉公执法。他觉得法办朱贵铃,几乎等于法办自己那位不可多得却又偏偏失于早逝的老朋友。他挥泪痛骂了朱贵铃一通,让他详细讲述了他祖父和这位长官分手后那许多年里的种种情况,又用了不到五分钟的时间,让朱贵铃讲了白氏兄弟的情况和处决那位参谋长的情况，最后又把那十二位参谋长叫来痛斥了一通。因为他发觉，病房上没有顶盖，快到天亮时，他和朱贵铃的头发、肩膀、屋内的衣架、床架、暖瓶盖、桌面上……包括床前床后堆着的那些碎砖残瓦上，都落满了一层厚厚的白茸茸的霜毛。而他那位老朋友的孙子，却只能缩在一条印有红十字的白被单里，光着脖颈儿，光着双脚，直打哆嗦。他限令那十二位参谋长到明天天黑前，完全按原样，把这一排病房的顶盖重新砌起来。他要朱贵铃当着他的面，对着祖父的遗像发誓，从今往后再不做一点有悖于祖父和祖父这些老朋友的事。

朱贵铃发了这样的誓。

祖父的这位老朋友解除了对朱贵铃的审查令，把联队指挥权又交还给了朱贵铃，带走了六位参谋长，但仍留下六位参谋长，协助朱贵铃重整老满堡的秩序，逐个地审查全联队军官、士兵，搞清他们每一个人跟白家的关系。

大院里一时便挤满了那些在受审期间只能在院内的阳光下闲逛的军人，懒洋洋，酸臭。山仍在河的那边，很重的皮靴开始在墙头上的岗楼里走动。

有一天夜里，朱贵铃在自己家的那个工作间里翻箱倒柜，寻找祖父的一些遗物。他虽然恢复了指挥权，但仍比较清闲。他比过去聪明多了，他知道自己只是个名义上的指挥长。他已不想跟任何一位参谋长再争个啥了，况且现在已不止一位，而是六位！

有个值班参谋来向他报告什么，听了半天，他没听清他在说些啥。这也是最近经常发生的，别人来向他报告，头一遍，他好像在听，却往往什么也没听进去。他大声呵斥："你唛个啥嘛！说简单点！"于是对方再说一遍，他才能听进去。

值班参谋报告说，卫生队来电话，夫人的病况有变，她执意要见指挥长。恢复指挥权以后，为了让六个参谋长对他放心，他没让人恢复他住宅里的电话。他让全联队的人，在找他之前，都先去找一下参谋长们，或者找值班参谋。其中，值班参谋会做详尽的电话记录，以备查核。

妻子已报过几次病危。九个军医轮流昼夜地值班，孩子和孩子们的姑姑也一直守在她病房门口。老兵们给找来各种偏方：一百只雄老鼠的精水，一百钱救世观音像前的木鱼上刮下来的木屑，一百根从老道肋排上搓下来的泥条，一百片从气功大师枕头里取出的荞麦皮，甚至到庆官儿三姨太住过的那小楼的废墟里，找来肥得已成了精的水蛭，最后还要她最亲近的人身上一百滴滚烫的血。老兵们问她，除了儿子，在眼前，谁是她最亲近的人，他们去取他（她）的血。她摇了摇头，她说她身边没有亲人。

朱贵钤不希望妻子就这样死去。他要她活下去，陪着他。他知道，在今后的岁月里，他只能完全按祖父和老兵们的模样活着，才能在那六个参谋长眼皮子下继续待得下去。那将是怎样的一种无聊和陈旧呢？假如没有她，他又怎么熬得过那难以计数的夜晚？虽然单调，虽然刻板，只要她还活着，总还能跟他聊聊印度的六年。热雨中的丛林，阿帖儿王陵墓前破旧的人力车。烈日下，穿着一身白制服，头裹红头巾，满脸大胡子但又十分年轻的卫兵。在加尔各答街头，他俩的第一次相遇，他慌乱，她却大方地微笑。他要和她一起无数次地回忆在学院附近那个白色的旅馆里，他俩度过的第一个夜晚。他邀她来，她来了。他紧张，却充满着欲望；她紧张，却完全被他吓坏了——她完全不知道男女之间还会发生这样的"肮脏事"。她几乎晕过去，倒在他臂弯里咽泣道："怎么能这样……怎么会这样……"昨天他还到卫生队去，把她抱在怀里，对她说："承认我是你最亲近的人，用我身上的一百滴血陪我继续往下活。我是你孩子的父亲，我的血也就是他俩的血，他俩的血也就是你的血。我俩已经有过无数次的融合，你为什么不肯再接受这一次呢？我要你活着，陪我继续往下活吧……"她哭了，但仍然坚定地摇头。

朱贵钤赶到卫生队，她刚在针药的作用下平静下来。这两年过分的操劳，使她原先秀美而黝黑的头发变得稀少干黄。

她要回家。

朱贵钤看看大夫。

大夫躲开了他急切的疑问的视线。后来在走廊里，大夫对朱贵钤说：

"满足她所有的愿望。"

回到家，她让朱贵钤搀扶着，楼上楼下都看望了一遍。最后，朱贵钤要抱她回卧室，她却要他抱她到他的工作间去。她很少去他的工作间。二小在时，有二小，二小失踪后，她依然迈不进这个屋的门槛。她一直想不通，丈夫为什么偏偏喜欢跟这么个粗使丫头纠缠？

工作间里乱得没法立脚。满地是打开的箱柜，所有的橱门都开着。

他收拾出一个可以让她躺下的地方，赶紧去关窗。远处的阿伦古湖正泛出今年最后一片棕红和焦黄，它轻轻地拍打，起皱。

"别关窗。"她说。

"太冷了……"

"你在找什么？"她从地上捡起一条领带，这是他过去穿白衬衣时，常戴的一条深藏青色的领带。

"随便瞎翻翻。楼里只剩下我一个人……"

"你在找你祖父的东西吧？"

"你知道藏哪儿了？"

"你不用再找了。他所有的照片、衣服、绶带、皮靴……我全烧了。不信？你为什么不相信我会这么干？我干了。我恨你那个祖父……是我烧的！还有些烧不掉的东西，我全拿剪子铰碎了埋在院墙根那块蒜苗地里了。我为什么就不会这么干？我要让你相信……相信……"

"我相信……别说了……"

"你为什么不信……难道我就真的那么没有用……你到那块蒜苗地里去挖出来看看……"

"我相信……"

后来才知道，自从发现朱贵钤越来越像他祖父的那一刻起，她几乎每天都要毁一件他祖父的遗物。她恨这位先祖。她以为，是他使她的贵钤一天天变得再不像在印度求学时的那个贵钤了。

"你恨我吗？"她喘吁吁地问。

"别瞎想，我怎么会恨你……"

"不，我要你恨我！我这一辈子还没让一个人恨过。我怎么就不能叫人恨？你还想听听我的故事吗？没有时间陪你了。告诉你吧，你的那位二小也是我打发走的！那天你派人满世界找她的时候，她正在我屋里待着哩！我把她关在我屋子里，你没想到吧。我让她在我屋里整待了十二天，我伺候了她十二天。我跟她说悄悄话，我把我们俩所有的往事都讲给她听，我让她知道，曾经有过怎样一个她根本不知道的朱贵铃，温文尔雅、风度翩翩……我逼她讲她跟你之间做过的事，我让她一点不漏地全讲出来。我让她自己比较，到底是哪一个朱贵铃好。我告诉她，那个天天来缠着你的，不是指挥长，是他祖父的阴魂！我对她说，我们两个人里边，只能留下一个。你可以留下，我可以走。但那样的话，指挥长只会越来越像他祖父，他再也找不回他自己。要是我留下，也许还能帮他留住一点自己。我问她，你愿意你心爱的指挥长一生一世只像他祖父的影子那样活着？她哭了。她答应走，她说她知道，她早就该走了。第十三天的夜里，我用我的马车送走了她。我对你说，我要去省城给孟买的父母寄一个包裹，你相信了。那天我'寄'走的'包裹'，就是她……"

到天亮前的那一刻，妻子死了。那一夜她都不愿睡到床上去，她说她要像在孟买时那样。在孟买那间临时租来的后堂屋里，屋子小得根本架不起床，他为了准备毕业设计的答辩，必须通宵达旦席地而坐，趴伏在一张矮小的几桌上。她不时地用毛巾蘸了井水，擦去他背上的汗珠。到后半夜，稍稍起来一点凉风，她才能在地席上，就着他的膝头做枕头睡上一会儿，就该轮着他来轻轻地替她擦去鼻尖和上嘴唇上的那些汗珠。他总是轻轻地吻她，以此驱赶天亮前那点最后的困乏。留住那点轻吻吧。

她紧紧抓住他的手，恳求道："别恨我……行吗？别恨我……"

他哽咽地点了点头。

几小时后，她仙逝了。

恩恩怨怨，生生死死，仅有的那一点缘分，也就此了结。

夫人故去后，这位指挥长在跟以往那个自己决裂方面，似乎一点顾忌都没有了。他封存了白家垮剩余的家产，亲自带人到索伯县剧团"小月月仙"家的炕上，抓起了"漏网"的白老大。他毫不留情地执行那六位参谋长的命令，把全联队分队长以上军官，全拘在马场的那十二个土堡里，逼他们交代与白家的关系。这些土堡，跟个圆筒似的，径深三五丈不等，高有两三层楼高，只在顶端墙沿开一排小窗户眼儿，早先存放草料马具，堡子里每一只老鼠都曾咬死过猫。特别是在收拾七、九两个支队的军官时，他更加下得了手，一律扒光上衣，绑在拴马桩上，交执法队用军棍杖责，还不许还嘴。

最后，他抓到肖天放头上，逼肖天放交出那份开枪令。

那天，他得到饬令，让他立即回老满堡议事，精神上垮了一多半。他把肖天放叫到自己屋里，沮丧万分地对他说："一切都完了，怎么干也脱不净木渎镇这几百条人命的干系了。总有一天会有人来清这笔账的……"他掏出开枪令交给肖天放。"你要豁出一切保住这片纸。只有这片纸，能给你我证明，在这场阿达克库都克历史上绝无仅有的血案中，我们是无罪的。收好它，就等于为咱们自己的子孙积德。我的目标太大，不便保存它，只有你。拜托……"为了使肖天放更有心保护它，朱贵钤还在这张开枪令的背后，特别注明，肖天放在料场指挥护卫队士兵向民工们开枪，是得到他朱贵钤的命令的。接着他又详细记述了省联防总部的某某、某某某、某某某等人，在何年何月何日几点，在何处，召集哪些军官，决议开枪案，又于何年何月何日，通过谁，下达了这个开枪令。

现在，他忽然觉出，自己当时这么做，是多么愚蠢、天真、幼稚。这完全是给自己套上绞索以后，把绞绳的那一头双手奉献给了肖天放。从此以后，自己或生或死，这大权便操在了肖天放手里。自己将一生不得安宁，无法安宁。

朱贵钤把肖天放单独拘禁，不许任何人接触他，甚至也不提审他。差不多有半年的时间，肖天放在模模糊糊的昏暗中，跟自己的喘息待在一起。他不知道已经过了多少日子，被一种如坠深渊、如沉冰窟、完全不会再有出头之日的灭绝的感觉所摧毁，一切的一切都像炉台上的蜡油一样熔坍。肖天放本来不想逃跑的。他觉得自己大马金刀，可是个要脸的硬汉子。

他觉得朱贵钤这么做，无非是要在那几位参谋长面前装个蒜、混个事儿，到时候，会来跟他道歉的。但他失望了。他忽然觉出：人是个多么易变的东西。当这世界上不再有真心实意的时候，谁还要"脸面"那个玩意儿呢？

　　肖天放决定逃跑。只要他想逃跑，他准能逃跑，否则，他怎么会是肖天放呢？

第十二章　端实儿巷　鸡屁眼儿院

省城南梁头火车站东货场老栈，天上地下全是煤烟、煤面，不能刮风。一到三黄六阴天，下的雨水，也都能赶上一得阁精制的那上品墨汁儿了。三十六道、七十二股道岔，繁而不乱、游而不动，平展展齐刷刷随了东西南北的冷风而远去。在老式的蒸汽机头的尖叫和战栗中，它们消失在地平线上老树背后。在那儿，还有几堵刀削般平整的黄土崖。酸枣刺。风硬。石头更硬。

东货场头前，横岔口，有一条端实儿巷。你说它是个啥吧。贫民窟？没错。盲流窝？也对。下九滥？稍稍抬举了它。总之是个土杂巴凑儿，到这儿，全能对上。谁也别觉着古怪。在这条巷子里住着的，你说干啥的没有吧？趸柴的、卖草药的、做皮靴皮帽的、卖鞍桥脚镫肚带马嚼子笼头的、砟子堂贩女人、摞地摊儿卖膏药、搭班唱戏不成在这儿拉皮条望风的、板儿爷蹬车炸馃子烙麻酱火烧、打首饰凿耳环的、扎纸马纸箱的、缝寿衣寿帽的……还有那一号，不为活人媒只做冥中配的"迎魂婆"……别说你腰包里分文不剩，先甭闹心，只要你还有手段，这南梁老栈横岔子竖道道，就是你这条大鱼后半辈子的浑水池塘。也别夸下海口，说自己怀揣千金万贯、花旗支票汇丰银单十六两的戥子，秤不起你那一把抓，眨眨眼的工夫，准能叫你在这儿做了"赵旺"他孙子，"李铁拐"的徒儿。

这巷筒，登高一望，七支八岔，真跟一个瘸了腿的螃蟹一样。没一家的房顶盖，掇弄得哪怕有那么一丁点正份儿模样，不是耷拉半边，就是歪起一面，再加横七竖八的院墙，有一搭没一搭的高矮不齐的杂和树，一下雨准跟你拧上劲的道儿，的确叫人烦心。假如因此，你觉得只有指望从巷筒里走出几个十二三岁的年轻娃娃才可能让你有点精神气，而那些上了年岁的一概全是豁豁嘴——漏了气儿的主儿，那你可真是又跟自己开了玩笑了。俗话说，一把杂和豆砸遍天下，三句老土语憋死圣人。你要在这远望西安兰州不见尘土的又一个省城里，真正塌下心待个一年半载，准会有人劝你：走，上那头端实儿巷里找人精儿、能豆儿子去吧！那地方净出人精儿能豆子哩！

肖天放逃出来后，在省城端实儿巷落脚，是后来的事。那天出了老满堡，他先回村，一路上躲躲藏藏，自己吓唬自己，本来一天多的路程，他整花了六七天。等他到家，朱贵铃派出来缉捕他的小分队，早已在他家等候着了。他们在天放家四周的大树上搭了四五个木板窝棚，日夜看守，坐等人归。

肖天放不知道这情况。他在村外的看瓜棚里躲到天黑，等屠宰场放出一群到明天才宰的老牛，哞哞地慢慢腾腾挪到村后头小土包下啃草根，他混在牛群里溜进了自家院子。但他这一手并没耍得过这次带队来缉捕他的那位老支队长。他是先前让朱贵铃遣散回口里老家的六个支队长中最干练的一位。朱贵铃这回又把这六位全从口里请了回来。

第二天早上，天放正捧着个大木盘，在使劲舔着盘底剩下的那最后一点苞谷粥时，这老家伙突然闯进屋来了。他没带近侍，躲过在窗口望风的大妹，趸上台阶，用刀尖熟练地轻轻拨开门闩，完全跟一只凶狠而狡诈的山猫似的，猛地搡开门，但等屋里人尖叫，他已经把惊惶中抄起板凳向他扑过来的大弟二弟撂翻在地上了，同时又用手枪对住了一转身就要去那边墙上木匣套里抽砍刀的肖天放。"行了，肖支队长，跟我玩刀，你还嫩了点。快，回到饭桌跟前去，舔你的木盘子。"他蔫蔫地调侃道。

肖天放扔掉砍刀，果然去舔木盘子，却趁他不备，突然起手，把木盘当飞镖，闪电般向那老家伙砸去。老家伙一偏身子，让过盘子。他本来可以在盘子向他飞过来时，开枪击碎盘子的。他有那么一点准头，可他没那么做。盘子正飞行在他和肖天放的中间，这时开枪打盘子，很可能同时会击中肖天放。他并不想要肖天放的命。所以，等让过了木盘，又未等木盘飞走他才迅疾回手在自己身后开枪击碎了木盘子。老兵们爱练这一手绝活儿，他们管它叫"回头草"，就是"好马偏吃回头草"。他似乎又预料到肖天放会借短暂的混乱再图它谋，所以，这边枪刚响，他整个人的重心已经移到左脚的脚后跟上，人稍稍矮下一点儿，稍稍向后仰起半点儿，发力转身，右脚横扫了过来，刚接触到正在弯腰去抢地板上的砍刀的肖天放；接着，人又猛地往上一蹿，右脚尖插进肖天放怀抱，使劲一挑，没等肖天放的手挨着砍刀柄，已把肖天放挑了起来，远远地摔出三四步去，重重跌倒在堆放木柴的墙角落里。天放急了，他去抓木棒子砸这个老家伙。他想跟他拼了，他还没吃过这样的亏。但不管他抓着哪一根木棒子，那老家伙枪中的子弹都会不偏不倚地把那根木棒子击碎，他连抓了七八根木棒子，老家伙连发了七八枪，碎木片跟铁屑似的在他周围飞溅。肖天放不敢动了，再动一动，那子弹兴许就直冲着他手背上来了。

老家伙笑了笑，道："瞧你那白薯劲儿，还跟我玩这二屁漏子！"

这时，那些个正闲待在肖家门外大树上板棚里的老兵听到枪声，抓起枪一出溜，冲进肖家。那老家伙似乎并不想让这些个手下的人知道肖天放已经到家，在他们手忙脚乱一起拥上木台阶之前，不容分说把肖天放推进了另一个房间。

"支队长，咋的了？"那几个老兵踢开门，互相掩护着吼叫着，拿枪指着在一边早吓傻了的肖家人。

"跟他们闹着玩哩。"老家伙拿自己手里的驳壳枪拨拉了一下老兵手里的长枪，示意他们收起家伙，便带他们出去了。临出屋前，他对着肖家的人，一语双关地吆喝道："老老实实在屋里待着，爷们的子弹没一颗是吃素的。"

159

第二天大早，灰雾蒙蒙，他又把肖天放约到屋后土包上的草棵里去说话。肖天放已看出自己很难逃脱这老家伙的监管，但也品出老家伙无意加害于他，心中感激，便应诺到土包上去。

"这大早，你一个人往这儿溜达，你手下那几位弟兄会不会起疑心？"上了土包，肖天放提醒道。他仍戒备着，不知老家伙为何这么优待他。

"我每天早起都要上这儿来解大溲，他们疑心个鸟！"老家伙说着，还真烧着支烟，解开裤子，在一边蹲下了。

出空了肚子，他们又往远处走了走。霜打的草叶，早已黄蔫。各处的树丛仍然黑着，只有东方临近地平线的那一片天空，将将才开始从黑里渗出一点青冷的幽蓝。深秋没有虫子叫。放羊的人家想着得动手贴饼子了。他俩在一个倒塌了的羊圈里找个干燥的地方坐下。

老家伙掏出两根兽形力巴。一根是他自己的，另一根是肖天放的那根蛇形力巴。肖天放逃离老满堡时留下了它，留下了自己的手枪、军服，燃着三支香，放了一碗自己的血。按力巴团的规矩，天放这么做的意思就是：我能给的都给了，能留的也全留了，但凡还有一丝半点可以凑合将就，他也决不会撇下众弟兄做出这种不要脸的事，现在只剩下最后一句话，那就是，别再追我。

老家伙此次赶到哈捷拉吉里村来，表面上看，奉的是朱贵铃的差遣，实际上他在执行力巴团几位团首交付的使命，要挽留肖天放。参谋长死后，他们一直在为力巴团和那几百老兵的今后前程发愁。在这几百个老行伍中，谁能替代参谋长做他们实际上的首领呢？他们绝对地信不过朱贵铃。他绝对不是他们的人。他们可以服从他，但绝对不可能把自己的身家性命、一切的一切都交给这个"公子哥儿"。他不会让他们心里踏实下来的。他们也恨过肖天放，想收拾他，但他们心里很清楚，将来有那么一天，在老满堡能替代死去了的参谋长，把几百个老兵弟兄拢在一起的，只有这个肖天放。从根子上说，他总是他们这一路的。他们早就瞄着他了。他们之所以在他还根本算不上个什么老兵的时候，就把九根兽形力巴中的一根交到了他这位小老弟的手上，以后又盯住他，一次又一次收拾他、调教他，无非就是想到那一天，他真正能担当得起力巴团总团首的重任。他们甚至想，他将来能成为老满堡联队新任的参谋长——肖参谋长。事情应该如此的简单明了，简单明了得就像是滴到热炕砖上的一滴血，必然会啜啜出响一样。

"我不能再回去了……"肖天放歉疚地回答。

"朱指挥长也没想一定要把你咋样。"

"别跟我再提那鸟家伙了！"

"这又是干吗呢？他也得活，他那样也是一种活法。"

"是，他活得忒滋润了！"

"你管他那么多呢！"

"可他得管我那么多！"

"上哪儿不受人管！"

"那也得找个愿意。"

"一定不跟老哥回去了？"

"老哥抬抬手，活路到处有。"

"我要不抬抬手呢？"

"那你就提溜我脑袋回去交差。"

"你已经那么讨厌咱们这些老哥们儿了？"

"放我走吧，肖天放长这么大，还没出过老满堡哩！"

肖天放这样恳求，真挚地凝望着为难的老支队长。老家伙苦笑笑，垂下了头。这不是个安于被人埋没在老满堡的人啊！可惜，我已经老了……

"下一步，奔哪儿呢！"过了好大一会儿，老家伙突然这样问。

"说不好。"

"是说不好，还是不想跟老哥说？"

"先到省城看看吧……"

"在省城有混饭的地吗？"

"恁大个地盘，总能找一个饭辙吧。"

"只为了找个饭辙去省城，你不嫌寒碜？"老家伙骤地又上火了，一把揪住肖天放的领口，狠狠搡了他一下。

肖天放没敢顶嘴。被惊醒的白嘴鸦开始四处盘旋。又过了一会儿，老家伙弯下腰去从靴筒里拔出刀，拣起一小块木片，在上面莫名其妙地剜了几刀，并把它削成一个类似木符的模样，而后郑重地交给肖天放。

"给你这个。拿它到省城找我一个朋友。实在没辙了，他能管你吃住……"

肖天放刚要伸手去接那个木符，却从半坍的院墙后头蹿出个人来，先一把抢过了那块木符，然后掏出枪对准了惊愕的两个人。

这是随老支队长来的同伙中的一个，也是朱贵铃派来暗中监视这个老支队长的。朱贵铃对这些老家伙历来不放心。

"朱指挥长早料到你这一手了。把枪给我撂下，快！解下裤腰带，把肖天放捆上！"那家伙挥动长枪，命令老支队长。

老支队长慢吞吞解下裤腰带，捆住肖天放。那家伙知道老支队长的拳脚功夫厉害，便离他远远的，拿枪逼住他们，往土包下走去。还没等走到土包底下，小分队里其他几个老兵都觉出苗头不对，端着枪往这边搜寻了过来。那家伙便大叫："他要放跑肖天放。我兜里带着朱指挥长的手令，现在小分队归我指挥。拿绳索，把这老家伙也捆上，快！"没人上前去捆老支队长。五六个老兵慢慢拉开枪栓，把子弹推上了膛，枪口一下子都对准了那位正激动得浑身哆嗦的暗探。

"你们想干什么？我兜里有朱指挥长手令！"他开始慌张，声音发颤。

"撂下枪！"始终十分镇定的老支队长，掏出锋快的匕首，对那家伙说道。那家伙忙扔掉枪，冲老支队长扑通一声双膝跪地，哀求道："老支队长……老支队长……"

"你才知道我老支队长？"老家伙一把把那家伙提了起来，不等他再喊出第二声，那柄刀锋已经从他左间第五根肋条中间斜插着，捅了进去。他想挣扎，老支队长攥住刀把，又使劲往里攮了攮，并拧了一下刀把。那家伙的脸色，一时从惊骇、哀怜、恐惧，急剧地灰黯下来，又断断续续叫出一声"老……老……支队……长……"便像一个装满了死猪肉的麻袋似的，轰的一声，捂着咕嘟咕嘟不住冒着带血的气泡的伤口，仰天倒了下去。

肖天放当天离开了哈捷拉吉里村，带着老支队长给的木符，奔省城去了。

老支队长的那个朋友，就住在东货场头前的那条端实儿巷里。

在以后的几十年间，肖天放始终忘不了，那一天，老支队长久久地看着那家伙的尸体，脸上所流露的那种木然的自嘲、凄清的自嘲和若有所失的自嘲。应该说，这个家伙不是老支队长亲手捅死的第一个人。当时，要不捅死这家伙，那么遭殃的恐怕就远不止老支队长自己一个人了，捅死他，似乎是唯一可供抉择的方案。但他为什么会显出那样一种长久的自嘲呢？在很长一段时间中，天放都无法解答这个疑虑。

从那以后，天放就再没见过这位老支队长。至于，回到老满堡后，老支队长是怎么向朱贵铃交了这差使的，肖天放当然就更不得而知了，只知他们相安无事地过了一段。后来兵临城下，省城和老满堡相继易帜，迅速接管政权的人民解放军军事管制委员会解散了这支联防军，大部分军官，自然也包括朱贵铃，还有大部分的士兵都在起义后被收编。有一部分拒绝起义，向边境流窜，煽动暴乱，抢劫银行，袭击土改工作队。他们中间，有的被击毙，有的被俘获判以重刑，有的流窜到国外，或者在印度沦为乞丐，或者远走缅甸，进入北部稠密的原始的热带雨林中，当上了可卡因走私集团的武装保镖。老支队长大概是属于当时就拒绝起义，而被击毙的那少数人中的一员。

天放循着老支队长给的门牌号，在省城，找到了端实儿巷那个由一抹小趴平房围成的鸡屁眼儿院，十九号。交出了刀刻的木符，领到了一副床板，他在一个已经住进了二十三个退伍老兵或逃兵的大屋子里，得到了一个容身的床位。在很长一段日子里，没人来问他姓甚名谁，到底从哪儿来，还打算往哪儿去，老家还剩几张吃饭的嘴。同屋的那些家伙年龄跟他相差不大，都管他叫"二十四"，他叫他们"二十三"或"十八"……

大概有一个半慈善性质的面目很不清的从来不肯公开自己身份的机构，在暗地里委托这鸡屁眼儿院的院主，也就是老支队长说的那位朋友，管理着这几十号退了伍、因各种各样的事端回不了家或不能回家的老兵，管理着那些因各种各样的原因不能再在原部队往下混、必须逃出来的逃兵。至于要问这位院主、朋友究竟是个什么样的人，可不能看外表。看外表，他破衣拉撒，成天傻呵呵咧着张大厚嘴，连句囫囵话都说不周全，一副老实到不能再老实的样子。你要扔一根纸烟给他，他犯难，他抽不惯那洋玩意儿。他非得把它撕开了揉碎了，掺到他那莫合烟粒儿里边去，重新卷出个"大炮筒"来。假如这样，你就小看他，要耍弄他，背弃他，那你等着好受的吧。你一步迈出他这个圈儿，不管去哪儿猫着，只要你这逃兵的身份不变，不出三天，城防警备、区防保安准能找到你，拘你进收容大队，就是街防联甲那些龟孙子，也会欺负到你头上，不把你口袋里最后一个子儿榨干净了，绝不算完。你连躲都躲不及，还想干活儿找饭辙？但你要在他这儿，愣就是没事儿，愣就是没人来找麻烦。他保你有活儿干，天天有饭辙。当然，这活儿，是他给你去找来的，你从他手上开支。至于他从你干活儿的那一家厂主店主场主手上支取了你多少血汗钱，你最好趁早乖乖地别打听——假如你还想在这鸡屁眼儿院里待下去的话。说老实话，他并不求着你。想进这院、手里又缺了块必不可缺的木符的退伍老兵、逃兵，城里有的是，他可不是见兵就保护的善主，还是得有来头。据说，他在城北别墅区另有公馆，这鸡屁眼儿院并不是他真正的家。同样没人知道他真名实姓，大家伙只尊称他"十九叔"，大概跟这院儿的门牌号是十九有点关系。据说，十五年前，他也是个逃兵，现在则靠喝兵血混事儿。

这一段，天放在东货场打短工，卸煤，卸红砖，卸沙子，卸钢筋，铸铁锭，也卸大米。他不在意在鸡屁眼儿院里会遇到什么样的家伙。他要在意这些，就不离开老满堡了，他也就没法在这儿活下去了。临走时，老支队长对他说："天放老弟，记住我这句话，你可不是个一般的人。今生今世，别小看了你自己，用心去走你的阳关道。有朝一日，在外头混好了，想着，在老满堡还有恁些没出息的老哥儿们……"天放常想着这句话。他确信自己不一般，但又不清楚自己到底跟别人不一般在何处。他常常想起大来娘半夜昂起头对他的凝视，她那炯炯的眼神仿佛也在说："天放，你知道不知道，你跟别人不一般。可你干吗非要不一般呢？"他无法忘记她澄明的眼睛中所流露出来的那种无法测度它深浅的忧虑。在这院里住了没多久，同屋的老兵们也这么说他，他真感到了奇怪。静夜，他在被窝里，无法入眠；脱光了，抚摸自己；闭上眼，倾听自己心跳；每天晚上，都去青年会，读免费的夜校。他觉得城里太好了，竟会有人办这样的青年会，这样的夜校。当然，他也得付一定的代价——每个星期天的早晨，到青年会礼堂，听牧师布道，时间两小时。这两小时，要让他少赚好几斤烙饼。唯一的补偿是，当他心猿意马地坐在幽暗的礼堂里，听那絮叨的布道时，他能看到平时很少看得到的女学生和她们的妈妈。平时，她们怎么会到煤灰飞扬而又十分偏僻的东货场堆栈附近来溜达呢？哦，她们真干净。那脖子，那短发，那长袖的阴丹士林布褂子，那专注的悲天悯人和深重的自责自愧……自然还有那刚开始自豪地隆突的乳胸。他不敢靠近她们，不敢紧紧地跟在她们后边往外走。他竭力地从她们互相紧挨着、紧挽着、谦和而又亲热的模样里，去想象她们的父亲和丈夫，想象他应该时常看到的脖子、肩头、黑裙和穿着白长筒线袜的匀称的小腿，而且拼命地想象，套上了这么洁白的袜子，又穿着那样细巧的布鞋，她们的脚又怎样走进她们自己家的客厅、书房或教室。他开始不安，而且很不安，开始后悔，后悔自己从老满堡往外走得太晚了。等她们走了，他久久地抚摸她们坐过的板凳，抚摸她们留下的《天国津梁》读本和新旧《圣经》。他的头一阵阵胀着疼。他简直不愿意走出这早已空空落落的礼堂。只有在这儿，在刚过去的两个小时里，他跟周围这世界是平等的。他跟她们是平等的，他可以跟她们以及他们，向往同样的境界，去做同样的祈求，而不受别人的耻笑。他看重这两小时。他真想走进她们每一个人的家，去看看她们平日到底是在怎么活着的。他想象不出。

有一对母女俩，每次都坐在他抚摸过的那张板凳上。从她们的衣着举止和气度上看，肯定是个上等人家。母亲最多也就三十刚出点头，女儿却有十五六岁了。那微微隆起的胸前所戴着的三角形中学校徽，便是明证。他曾细细地翻看过她俩留下的《圣经》。在母亲用的那本里，他十分

165

感动地看到，母亲把大段大段的圣经，用极工整的线条画上了精美的花边。而女儿那本《圣经》，始终像新的一样，每次走之前，她都用一块新的手帕细心地把书盖好，每个星期都换一块手帕。他真想跟她们说说话。有一次，他提前赶到礼堂，紧挨她俩的位置，占了个座位。他那样焦急地热烈地等待她俩，唯恐她俩会不参加这一天的礼拜。她们来得很晚，礼堂里差不多快要坐满了。女儿先来了，她找到座位，没坐，只是用极诧异的目光看着肖天放。一会儿，她母亲也来了，她悄悄在母亲耳旁说了句什么。母亲打量了一下肖天放，没显得那么诧异，但也久久地不入座。这使肖天放很尴尬。他不明白她俩为什么不入座，为什么只是站在一旁看着他，显得那样的为难，似乎又在等待。他开始不自在起来。因为周围的人也在用一种他不能理解的目光在打量他，责备他，无声地议论他。他不知道自己做错了什么事，触犯了这个礼堂的哪一项不成文的规矩。所有的人都在等他做一种明智的抉择，但又不愿开口来伤害他。布道快开始了，母女俩还在过道里站着。女儿的诧异已变成了焦急和怨恨，并在那么多人的注视下，越来越显得极不自在。终于有一个坐在肖天放身后的老人，轻轻探过头来问肖天放："这位先生原先就坐在这儿的吗？"他的声音很轻柔，但仍把肖天放吓了一跳。他忙大声回答："我没占她俩的位置。"那老人说："你看看，人家是两个还是三个。"这时，他再仔细看，在她俩身后，果然还站着一位西装革履的先生。他这才发现，自己从来只注意到母女俩，没有发现，还有一位先生也是跟她们同出同进、有着非同寻常的关系的。他惶惶地站起来走了。他发现，当他让出位置来时，周围的人似乎都松了一口气，礼堂恢复了正常。

他向后走去，短短的二十来米的过道，仿佛一条他永远也走不完的隧道。他这时才发现，即便在这圣洁的"天国"里，人也是分着等级的。他和他的伙伴，都只能坐在最后边的两个角落里。礼堂没做这样的规定，但人们自觉地这样区分了，做了这样的区分，大家安心。他在伙伴们低声的谑笑嘲弄中，回到自己的位置上，在坐下去前，他又朝那母女俩看了一眼。她们已安然坐下，捧起了她们至诚圣洁的经本，端庄贞淑地敞开了高贵的心扉，准备接受神的甘霖。而她们的那位先生，却仍弯着腰在一个劲儿地擦着被肖天放坐"脏"了的座位。

他曾想发誓，再不进那礼堂了。但他没这么做。他已经看到世界远不止是一个哈捷拉吉里，一个老满堡和几支二十响的驳壳枪。既然下决心离开了哈捷拉吉里村边的阿伦古湖，那么就应该咬住牙闯进那不熟悉的另一面去。伸出手，迈出脚，回头不是岸，两头皆是道。去做一个上等人，闯进去。哦，她们是那样的端庄贞淑……

有一天，也是礼拜天，听完布道，他还得去加个班。这一段，他拼命地接近鸡屁眼儿院的院主，院主也开始使用他来管治这几十号退伍的老兵和逃兵。他虽然瞧不起这院主，无论从哪一方面，这家伙都远不如朱贵钤、白家哥俩和参谋长，但是现在他只有这么个"据点"。他得先在这个小盆里把"根"长出来，慢慢地再让那肥白的多权的贪婪的无法遏制的日益顽固而在暗处让人瞧着甚至都觉得有些狰狞的"根"，胀破这小土盆，伸到广阔无边的土地里去。哦，端庄贞淑……他永远不会忘记，她们的那位先生用力擦那被他坐过一下的板凳时，所留给他的耻痛……永远忘不了，她俩等着他离开时那种陌生的矜持的谨慎和怨嗔的目光。

他去给院主的公馆整治花坛。他喜欢花坛里种的那些蜀锦葵。刚出院门，他瞧见一辆车把上镶着白银一般的铜护手的私家人力车，响着清脆悦耳的车铃声，从一条狭小的小巷岔里拉出一个女客。她戴着墨镜，还打着遮阳伞。车夫年轻，车跑得飞快，巷子又窄，他得赶紧贴在一边的土院墙上，才免得被车撞着。他没法看清这女客的脸，他也没想去细看她。别瞧这端实儿巷，暴七月里跟个大泔水缸似的脏臭，还常有这一号女人，人模狗样地坐在人力车上被拉进拉出。她们会是哪一号货色，肖天放明白。他只想让过了她，赶紧上路。没想，她从他身边闪过那一刹那，忽然带过了一股他多时再没闻到过的清凉味儿。哦，干涸的河滩并不总是跟枯树一般，在夜的星空下，有水和没有水，有桥和没有桥，都带着土豆地里的那股湿润。凉飕飕应着一股雨雾，顺得得唱个大喏，羞答答还看新红。这是七千年和七万年一起在湖底沤烂的苇根，带着湖边那几间土屋背后常在的清风……虽然也有胭脂膏，还有花露水、爽身粉、生发油、蔻丹紫、薄荷清凉龙虎牌万金油伽楠龙桂玉佛薰衣香……他忙回头用目光去追那女客，可她已经拐过弯去了。她穿得素净，这是她给他留下的最后一个印象。她冷不丁也回头来看了他一眼，这是另一个重要的发现。

这一天，他总在想，她会是谁？这一天，他从来不疼的胃，疼了七次；他砌的花坛坍了七次；坍下来的砖七次砸到他脚背上；他七次走错了门，明明想上厕所，却一次又一次地走进院主家那满堂布置着红木家具的客厅。

后来，他又见过她一次。虽然仍是在匆忙间，她仍戴着那副墨镜，他却觉出，这女人，眼熟，尤其是那副脸模子特别眼熟。

又过了几天，他突然看到那个年轻的车夫来敲鸡屁眼儿院的门。

"有位肖天放肖先生是住在这儿吗？"那车夫问。他的车停在门外柳树下，是辆空车。

"噢，哈哈哈……肖先生……哈哈哈……"正在井边洗澡的伙伴大声起哄，拿一桶桶冰凉的井水泼他。他正在一边窗台底下，做夜校布置的作业，所有的纸都被泼湿了。他后来跟着车夫走时，伙伴们还追上来继续用水泼他。车夫无意让他坐车，他也没想弄脏车座上雪白的布罩，一直在车后跟着。那车夫故意晃唧晃唧地慢走，在三个小摊儿上，吃了三碗凉粉，跟三个卖《古兰经》的老头，开了三回玩笑，绕到大清真寺的背后，穿过警察局的院子，走出民政厅厅长家的夹皮巷，又在京剧班晾晒旗靠蟒袍珠花厚底靴髯口发片凤披绿衣绿裤的大杂院里转了个圈，替他们捡起三条掉在地上的假辫子和吊袜带，碾疼了三只黄猫的尾巴，才转向城西。那边出了镇安门，再过忠勤场更俗剧院，便是军事重区。马路上军人多于老百姓，或者也可说，只见军人，不见老百姓了，所见到的一些老百姓，也肯定是军人的眷属。全是些两米七以上的灰砖院墙，墙头又竖着高压电网。天放知道，省联防总部的大院，也在这一带，十八棵高大的法国梧桐和一排围成半圆形的匣式楼房。他紧挨着人力车黑漆车篷走，他的心跳得很凶。

车夫说，是他的女东家有请。

哪位女东家，当上了夫人、太太，还能在自己身上留住了阿伦古湖的气味，那七百万年的深度呼吸？会是大来娘吗？那脸模子还真有点像她。

不⋯⋯

她不应该是大来娘，不能。就算她有千年道行，黑蛇成精，大苇荡里死不了，阿伦古湖湖底本是她的家，有能耐走出上千里干旱的大戈壁，混到省城来当夫人、太太，可她怎么能撇得下她亲生的玉娟和大来，还有他，一个人在这儿吃香喝辣穿丝绒旗袍坐包车，几年不回头？这能是她吗？他不敢往下想，他不愿再往下想。

再往前走，他惊异。好一个去处，好房子好街区好幽雅好清静。咖啡店门前架着两门仿制的十八世纪古炮。面包房背后高高耸起一根戴着小红帽的铁皮烟囱。根本不见行人的街道两边排列着剪得一崭齐的矮棵冬青。小酒馆里白天也点着蜡烛。戏园子门口刚换上新画的海报。太阳特别高远，黄土和蓝天同样单调。他想起来了，曾听人说过，城西有一个专供高级军官们使用的住宅区，闲杂人等免进。

是这儿吗？

车夫把他带到一个中式的四合院门前，替他按了下门铃，便赶紧走掉了。

出来应门的便是那位女东家，自然不再戴墨镜，也没穿尖头的漆皮鞋，袅袅一副单薄的样子，穿一件家常的竹布旗袍和一双黑布鞋。

不是大来娘，他松了一口气。

不是大来娘，他又非常非常失望。

"不是冤家不见面噢。"女东家甜甜地笑道。

他愣怔着认出，她竟是庆官儿的那位三姨太。

"三⋯⋯"他结巴了。

那年她没走。她不想离开这个地方。被送上了火车，走了一站地，不顾那几位姨太太的劝说威吓，她提着自己的皮箱，带着自己的披风，找了趟回头车，又回了省城。头几个月，她一直住在城防警备司令部附近的一家小客栈里，专门给军官看相治病，早几年就雇上了自己的包车，后来

169

又结识了城防军重炮旅的旅长，做了他的干女儿，便住进了这么个气度不凡的四合院。

"今天不许回去了。"她的口气，就好像他们是从来没分过手的一对同胞兄妹或同胞姐弟。

"那不行……我在那儿还管着点事哩。"他一边说，一边打量这间作客厅用的北房。

"哟，还管着事呢。手下养几员大将哪？"她笑着问。

"四……"他本想说四五十的，但又觉得四五十太少，便说了"四五百"。

"四五百……哈哈……"她在天放对面一把太师椅上坐下来，跷起一条腿，双手搂住膝盖头，调侃似的看着天放，但没有一点恶意。她朝茶几上那部老式电话机点了点头。"你给他挂个电话……"她说出了鸡屁眼儿院院主的名字，"问问他，他一共才有几个虾兵蟹将？"

看样子，她在这几天里，早把他的底牌摸清了。他脸一热，愧疚地躲开她注视的目光。

"非得回？"她静静地追问。

"真……有事……"他结巴得更厉害。为了证实自己的确在那院里还管着点事，他忙乱地解下挂在腰带上的一把小刀。这小刀插在一个扁平的木鞘壳里，木鞘壳上缠着五道牛皮，刀把比刀身还长，是个紫铜铸的圆筒，刀把的头上，另外套了个羊皮小口袋。他这是学白家兄弟，也刻了一方私章。只不过，他的这方私章刻在刀把的头上，想有朝一日，能让自己这一方印章，在省城出大名。他现在替那院主办事，就常让这印章来代替自己说话。

三姨太接过那印章，故意问："刻的什么字呀，欺负我们这些睁眼瞎。"

天放知道三姨太小时候上过学，便说："三太太别寒碜人了。我还能刻什么字，自己的名字呗。"

三姨太把印章放到嘴前哈了口气，往桌上一本印笺上一盖。肖天放没想到，她这一口气哈出，竟比印油还管用，盖出的印子鲜红锃亮。但使他更觉奇怪的是，那印章上显出的，不是他熟悉的"肖天放印"四个篆体字，而是他根本不认得的什么字，不是四个字，而是八个字。

"不对……"他诧异，看看三姨太。

"怎么不对？不是从你这刀把上印下来的？"

他不知说什么才好。

三姨太又朝章子上哈了口气，在那竹青色的印笺上又盖了一次。奇怪的是，这一次盖下的印，比原先的那个要大了一些，字迹也清楚多了，天放这才看出，八个字是"地老天荒，游于无有"。他拿起印章来看，那上面刻着的，分明仍然是自己的名字，盖出来，怎么会变成那样的八个字了呢？

他简直惊骇了。

他才觉出，眼前的这个三姨太，绝非从前他记忆中很熟悉的那个三姨太了，甚至都不是他在那小楼里最后又见过一面的那个病恹恹十分古怪的三姨太。

她？

说不清。

但她的确还是三姨太，长相、声音……还有她身上的气味……特别是在那一排雕花木格子窗棂下，依然有一排硕大的方形玻璃缸，玻璃缸里依然养着一条条肥大的水蛭。

"陪陪我……"她收敛了脸上的笑，沉静下来，"茶没味了吧？我替你再沏杯新的，别喝那姑子尿了……我不信你那边一天也离不开你，别把我当白板儿蒙了。咱俩好不容易才遇上一回，你就舍不得少赚那几斤烙饼的钱？缺钱花，以后来找你玉清姐呀。"

她学名叫玉清，他还是头一回听说。

"别再不好意思了。留下吧，陪我说说话。"说着，她去关窗，关门，把院子里那几棵海棠、紫槿、丁香、白榆、黑杨、芍药、牡丹都关在了门外，哗哗地拉严了窗帘。她这窗帘布做得特别，拉一圈，能把整个屋子四面墙壁全围住，他俩就好像坐在了一个紫红的方箱里头一样。

他忽然紧张起来，执意要走。他看见那些水蛭纷纷爬出玻璃缸，在那薄薄的缸边上，向他竖起了扁扁的软软的身子，定定地盯住了他。

第二天，他带着人卸红砖，一整天都恍恍惚惚、心神不定，总觉得那些个水蛭还在盯着他。傍黑时分，卸完最后一个车皮，带着浑身的红砖碎末粉屑，回到端实儿巷，见三姨太竟在鸡屁眼儿院里等着他。他住的那间小趴房前，有棵老大不小的枣树，她就在枣树下站着，不肯进屋，嫌这院里所有屋子的气味都难闻。

"你咋来了？"天放吃了一惊。

"啥'咋'啊'咋'的！快走，都等你半天了。"

巷子口停着辆一九三三年出的莱诺克牌黑壳轿车，看牌照，是军车。车窗挂着纱帘，关上车门，车里挺暗。

"你这是唱哪出戏哩？"天放傻不愣登地问。

"三娘教子呗！"她笑道，熟练地启动了马达。

天放脸红了。玉清暗笑着从后视镜上瞟瞥他。

"跟我说实话，昨儿个，干吗非走不可？"

"有啥干吗不干吗的……"天放躲开她从后视镜上放出的窥探，支吾道。

"是想起你那两个孩子的亲娘了？"她突然这么问，但口气里毫无戏谑调侃的味道。

肖天放的心猛地收缩。

铁道上正巧过火车，汽车被护路的木杆挡在了岔道口。岔道口两旁都是低矮的杂货店，很拥挤，一直挤到铁道边上。道旁有几棵半干枯的杨树和废水泥墩、铁丝网，杨树上挂一排竹丝鸟笼。

肖天放昨天的确想到了大来娘。他怕。他怕自己在那几近于密封的紫红色"方箱子"里再待下去，会控制不住自己，会把她当成了她……

离开四合院后，他并没立即回端实儿巷。那并不是他的家。他趁着夜幕，在东货场月台前那一列空车皮上坐了很久很久。空车皮也不是他的家。但他还能去哪儿呢？他需要亲热，渴望身边有一个能亲近自己、也能让自己亲近的活人，他需要一个活人……有时一觉醒来，他真觉得自己没着没落，一点可抓挠的都没有。他问自己，这么活着，有意思吗？他太希望抓捏住一个什么，紧紧地抱着……

汽车突然停住。天放撩起一点纱窗帘往外看，十分意外，三姨太竟把车开到东货场来了。她下车，向夜幕下的月台走去。月台空荡荡，到处是洒落的石灰、煤渣、破的草包和装运老头牌香烟的硬纸板箱。有一盏蓝色的号子灯，只有这么一盏，斜靠在站务工休息室的外墙上，有一根生锈的长铁钉支撑着它。这休息室四四方方像个小砖匣，四扇玻璃窗砸碎了三扇半，门上扭结着五斤重的铁锁，门边的墙上还挂着长柄弯把的消防斧和盛满了沙子的消防桶。

火车走远了，但钢轨上的震荡却依然在跳动和扩散。

"看啥呢？"他问。他不无困窘。他不想让三姨太知道他每天竟是在这种地方赚取那几斤可怜的烙饼钱的。假如大来娘活着，他也不会让她亲眼来见识。

"天放，将来……有一天……你就是真的能成了另一个鸡屁眼儿院的院主，你手下真的拢集到四五百个伙伴……你又能怎么样？"她问。

"我没四五百个伙伴，昨天那么说，是因为……"他打了个格楞，说不下去了。他解释不清。

"假如你想干，我相信有那么一天，你会成这一带的'兵霸'，你能拢起四五百、一两千个弟兄，你有这个能耐。我问你，你回我话，就算能到那一步，又能怎么样？"

"我不明白你的意思……"天放不愿正面回答，他不愿意让任何一个人来动摇他已经开始坚定的决心。

"你明白。"

"你说我还能干什么？"

"只要你愿意，我能替你想法子另找个活路。"

"别麻烦了。我知道我能干啥，不能干啥……"

"你不知道！"

"我知道！我知道我自己往下一步步到底该怎么走。不管你瞧得上我们这种'兵霸'也好，瞧不上我们这种'兵霸'也好，我只有这么干才能先把脚跟在这块独缺沙质土黑黏土的地面上戳住了，我才能走进这一片片楼群里去找我的市面……我现在只有这点根基！"

"你别这么糟蹋自己。"

"行了吧，你们这些人！"

"你信不过我？连我也信不过了？"

天放不愿跟她再这么斗嘴皮子了。阿达克库都克刚发生的那一切，使他不愿再跟人在嘴皮子上争高低。一切的一切，想起来都让人伤心，还能叫人听谁的、信谁去？大来娘，你到底在哪里？

他独自走到月台的尽头。在那些黑糊糊的树丛后头，隐藏着同样黑糊糊的破旧房。水塔高耸，从砖缝里渗漏、反射那模糊的月色。

"回去吧。上这儿来斗嘴，咱俩真是吃饱撑的了！"过了好大一会儿，他静下气，又回到三姨太身边，和解道。他不想再依赖谁，更不能依赖一个女人。他可以喜欢她，但决不依赖她，何况她曾经还是三姨太，虽然她现在长得的确有些像大来他娘。

玉清好像没听见他的劝解似的，依然很难过地呆站着。

天放去搀扶她。没想到她竟用力甩开他的手，惊叫了一声："别碰我！"

她那早已不能算是丰润的胳膊，冰冷，像冰一样冷。他以为她病了，着了风，重新去搀扶她，关心地问："咋了？不舒服了？"

三姨太倒退着躲他的大手，一句话也没说，回到车上，去发动车。

他默默地看着她。这回，他坐到了前座上，就坐在她边上。发动了几次，都没发动着，她弯腰去拿摇把，想上外头去摇它两下。他想替她去摇，也弯腰去拿摇把。她不给，她在赌气。他知道她是在生他的气，为他着想，可是，三姨太啊，难道我愿意在那臭气烘烘的端实儿巷里混饭辙吗？除了那端实儿巷、鸡屎眼儿院，我还能去哪儿？我肖天放还能干个啥呢？我不是不愿干别的，我天天上夜校，我跟着那些人模狗样的先生小姐夫人在礼拜堂听那咸吃萝卜淡操心的布道，低三下四地伺候那位在过去给我提鞋都不会要他的院主，我为的啥？又有谁会来对我说一声，天放，实在是委屈你二十来年了……想到这里，他一咬牙，便夺过那根铁的摇把，推开惊呆的三姨太，到车头前，把马达摇着后，哐的一声，把摇把又扔回到三姨太脚下，到后座上闷闷地坐着了。

赌气？你以为我就不会赌气？你心里有火，我心里就没火？我早就想发火。发火！发火！发火！

马达匀和地颤抖着。两个人谁也不理谁。过了很长很长一段时间，听见又一列拉着木头和煤的火车，拐过弯道，很快就要驰入这个东货场了，她才默默地启动了车。

第十三章　重炮旅旅长姓那

　　他以为她从此以后不会再来找他了。他突然变得极度烦躁、蛮横而不讲理。他几次都想把那口砌在院子里正熬着糜子粥的大锅踩翻了。他一次又一次把跑回院来的那只黄猫扔过院墙去。他要听它尖厉的惨叫和柔软的身躯砸在隔壁土墙上发出的那一声钝响。

　　院里人全都躲着他，偷偷地往他粥碗里搁败火的铜盘一支香草。

　　没想到，没有两天，她又来看他了。没带莱诺克轿车，甚至都没叫那辆包月的人力车跟着，她只说要和他一起上外头走走。

　　他什么话也没说，赶紧跟上她走了。他不想再说什么，只想见到她。更俗剧场周围原先是一片开着不少家车马店的骡马市场，有几十上百棵沙枣旱柳，稀稀落落地分布在那片沙质土的空场子里，被骡马啃去了树皮，自然而然成了枯死的拴马桩。出了骡马市场，有一片乱树岗，更多的白榆挨挨挤挤，常常使阳光也难射透。岗坡起伏，再往外走，便是一片连接老飞机场的沙棘原。

　　他希望她什么也别再说，只求能见到、闻到她身上的气息。大来娘常常什么也不说，只怜爱地把他拥进自己宽大而温软的怀里，让他完全放松下来，闭上眼歇息。世间只知女人需要依靠一个坚实的肩头，却不知男

176

人也常常奢望着一个宽容的胸怀。他们有时更累，心底里更懦弱。

她在一个岗包上站住。面前已没有白榆，脚下只有稠密草丛。不远处的沙棘原，在耀眼的阳光下，隔开了机场上那几架美国援助的宽体运输机和蚊式战斗机。热风卷起一个个沙柱，挨着地面，飞快移动。风力强盛时，它们常常被高高地卷到半空，而后迅速溃散成一道道扁平的沙幕，褐黄的雾幛，或雾帘，涌向依然爽朗的边际，让人觉得，在那儿，似乎有一千支马队，挺着长矛，将在杀声中逼近。

她带着遮阳伞，她示意他一起站到伞下。她说："明天我带你去见个人。"

他点点头。他不想张嘴。

她问："你听到了吗？"

他没回答，只是用一种使她感到诧异的眼光看着她。

"天放，你应该明白，你跟别人不一样……"

她又开始了新的一课。

"别跟我说这些！"他不甘心地叫道。

"天放！"她猛地向他转过身，还想说服他。他不想让她再说下去，他一把抱起了她。他想不到她会那么沉，每挪动一步，都费了牛劲儿，但他还是把她抱到那一片由几千棵密集的白榆构成的林子中间。他求她别再说这种话，他不希望听到再有人说他跟别人不一样。他现在只想跟别人一样，在这个东南西北有着四座分别被古人称之为"和阳""拱定""靖远""镇朔"的城门，另有瓮城、翼城和月城的省城里，赢得一个存身之处。他希望她把他搂到怀抱里去，希望她能给他一段空白，使他不再去想必须由他承担和将要由他承担的种种责任。他把头和脸整个地埋到她怀里，贪婪地呼吸着那阿伦古湖面上的清风。他亲吻她。他看到那几团黑色的云慢慢从湖面上升起；四月的大地已被烤灼；牛牛车的本轮在震颤中迸裂；高坡上的黄太阳和那倾颓的磨坊风车一起燃起了大火。他渴望这一切的灼热。他绷紧了全身的力气。他扯开了她所有的衣扣。他的胃又剧烈地疼痛起来……

第二天，不等天黑，那个年轻的车夫，拉着车又来请他。虽然还想冷淡他，但这一回，他请他坐上车，直接把他拉到四合院门前。黄杨道上依然空寂无人。

她在她卧室里等着他。昨天从白榆林里回来，她一直把手浸泡在玻璃缸里。她无法承受他那么多的灼热，但她又多么需要他那样的灼热。看到他匆匆推门进屋，她甚至都不好意思直视他。她怕他再有昨日的粗暴，又怕他再不敢有昨日的率直。

他还是他。孩童般愚直的微笑里，有许多满足和歉疚。

关上门，他深深地吸了一口气。在阿伦古湖面上的那股清风里，他能嗅出异样的脂粉气了。

"带你见个人。"她微微红着脸，显得格外清新好看。她拿出事先准备好的一套旧西服，一件白衬衣，叫他换上。

"我穿这玩意儿，好看吗？"他笑道，随手拨弄了一下那些衣物，还拨出一条死蛇般的领带。他嘲笑自己的五短身材，一个没法矫揉造作的黑脸包公。

"快换吧，我的傻二哥！"她上前来动手解他衣扣了。

"那是个什么角儿？那么难见？"他不太情愿地脱下自己的土布褂子。白衬衣有点小，他的胸脯也太宽厚，绷得太紧。

"不管是什么角儿，你也不能拿着这一副二尺半的短打架势往人跟前凑。"

"二尺半又咋的了？我本来就是卖块儿扛活儿的。你瞧不起？我还不想往谁跟前凑咧！"说着他就要扯去那绷得他难受的白衬衣。

她忙抱住他，不让他扯，委屈地埋怨："傻二哥，我瞧不起你，昨天……能让你那么折腾？"

他一下泄了劲儿。

是啊，昨日里，白榆林。

"你能耐，你听不得别人说一声不。可你知道这世界到底有多大？

除了煤黑砖块青，你还知道牡丹也有黑的，龙泉官窑烧的瓷瓶也青得可以不？亏你还是个大男人。你说你累人不累人！"说着，她眼圈还真红了。抹去两行情不自禁往下流的眼泪，自己也觉得可笑，赶紧又去逼着他换上西服。只是那领带，天放实在不愿戴，只好免了。他说："拴毛驴呢？你跟我玩儿这！"其实他也不是不知道领带是什么东西，早在老满堡，他就见朱贵铃戴过多少回了，暗中也羡慕过多少回，但真要自己戴，又觉得别扭，迈不开那一步去。从抄手回廊，进玻璃暖阁前，天放看见，客厅里有灯光。本不该有灯光的。玉清要他去见的那个人，此刻就在客厅里等着。

他是城防警备区重炮旅的旅长，这个四合院的主人，玉清的干爹。是他把这个小院借让给这个干女儿的，自己并不在这儿住，只是常来走动。

想不到他也是个小矮个儿，而且瘦瘪得厉害，纯粹是几根干柴火棍儿挑着那一身特小号的将军服，小皱皮脸上架着副二十八K真金的金丝边镜子——假如有二十八K金的话，总有五十好几，或者六十开外，穿着十分讲究，举止文雅得体，想必一年四季都要用从巴黎进的男用洁肤润肤霜养护着的。他当然一眼就看出肖天放身上那套西服是临时凑合上去的，但他却好像没感觉出来似的，只是宽容地友好地笑了笑，居然还给肖天放做了个让座的手势。

从领花上看，他是个少将。

肖天放本能地打了个立正，而后才拘谨地坐下。玉清给二位上了茶，便很亲热地坐到旅长身边的沙发扶手上，把身子倚靠在小老头的肩头上。那小老头也很随便地抄过手去，亲昵地围住了玉清的腰臀，说话时，还常拍打着玉清的腿。

肖天放恼火。他真想把茶几上那一杯刚沏得的惠明云雾茶泼到眼前这一对恬不知耻的狗男女脸上去。他觉得他俩在欺负他，没把他当个正经人看待。但对方是个少将旅长，军人的天性约束了他，使他没敢胡来。但因此，他也没法正眼去瞅他俩，只能胀粗了脖子，耷拉下厚重的眼睑，把脑袋微微垂下，纹丝儿不动地端坐起，两只蒲扇般的大手，使足了劲按住自己的大腿。即便是这样，那一阵难受，那一阵尴尬和紧张，仍使他腰以下的部位，在不住地合筛颤抖。

他俩都看出了他的不悦，笑着分开了。她笑着过来坐到天放的身边，把茶递给天放，说道："喂，有那么瞧着自己的裤裆的吗？旅长问你话呢，哑巴了？"

天放憋着一肚子气正没处撒泼，三姨太这可真是自找没趣了。天放粗暴地推开她的手，笔直地跳起来，对那位小老头嚷道："长官要没什么事叫我做，我得回我那小趴房去了。对不起，我明天还得起早干活儿。"

茶汤全泼到了旗袍上。

小老头抬起自己那只瘦小干瘪的手，制止她声张叫嚷。

"小后生吃醋了……"小老头坦然地笑道。

"报告长官，我没资格吃醋。她并不是我的什么人……"

"不是？"小老头慢慢站起来，走到天放面前。

"不是！"肖天放赌着气大声回答。

"不是？混蛋！"小老头突然抽了肖天放两个嘴巴，而后便喘个不停，一边掏出手绢去揉搓打红捆疼了的手掌心，一边退回到沙发上继续去咳喘。

肖天放和玉清都愣怔住了。肖天放一方面是被打蒙了（虽然并不很疼），一方面却深深被这位老军人的衰弱所震惊。他没想到这位现任的重炮旅旅长，才到六十边上，就跟个灯篓风儿似的，没一点儿囊劲儿了。

玉清慌着去隔壁小屋里取出一个常备的小药箱，用一个小喷雾罐对准小老头的鼻孔，连连喷了十几下。小老头灰白起脸，闭上眼，死人似的，靠在长沙发上，躺了下去。"混蛋……你对她都那样了，她还不能算你的什么人？混蛋……"似乎这几天玉清和天放之间发生的一切事情的细枝末节，他都清楚。每过一小会儿，他总要大喘一口，而后咬牙切齿地骂骂咧咧地嘟哝几句。同时，他那干巴的小瘦脸上掠过一阵剧痛般的痉挛。他嘟哝的声音，嘶哑、低沉，仿佛完全是从一堆浓痰中挣出。

一个多小时后，小老头得着药性，才逐渐平复。天放端端正正地连一口气都没敢好好喘地站了这一个多小时，这时想动弹动弹，活络一下僵直的筋脉。他刚向门边迈了两步，长沙发上便又嘶哑开了："坐下。"声音虽然依然绵软无力，却不再呼哧带喘。玉清端来一碗参汤，"木乃伊"小小地喝了口，长长地很舒服地打了个嗝，这才又慢慢重新坐起。

"你这五大三粗的年轻后生，值当跟我这么一个土埋大半截的老头吃醋吗？"小老头的目光强睁着很精亮地闪了一下，但这并不能掩饰住他心底的自嘲和灰黯。有一句话，他没直说出来："我连打你嘴巴的力气都没有了，还能对她做什么出格儿的事？"但天放从他扯动了嘴角的那点自嘲中，把这句没说出的话看出来了。

肖天放放心了。但天放并不清楚，这位重炮旅旅长又的确是极喜欢疼爱玉清的，只是的确再也疼爱不动了。他这一生疼爱过许多女人，自认为对每一个都是真心地疼爱的，但他从没有遇到过一个像玉清那样，几经大起大落，轮番过着天堂、地狱生活，却依旧楚楚动人、落落大方的。他自己的一生，就不用说了，自然也在行伍中几经大起大落，也是一会儿天堂一会儿地狱那么过来的。他一直希望能找到这样一个有同样经历、人生感受相似的女人。他知道自己的身体糟糕成这个样子，自己正在自己的墓地上掘最后几锹土。他已不能再妨碍别人了。他只希望在这样一个女人身边再得到几个安安静静的夜晚，踏踏实实的夜晚，这里甚至都不带有半点要跟她上床的欲望。如果说，佛陀悉达多太子，渡过民连禅河，在迦耶山附近的菩提迦耶村的那棵菩提树下，终于找到了自己完成无上正觉的一块"净土"，那么，他在玉清身边所要的，也只是给自己留一块心灵的"净土"。但他又不愿别人说他在这儿做着"同病相怜"的游戏。不，他不是可怜虫，他经常让别人清醒地记起，千万别忘了，他还是此地各方驻军的高级军官中，为数不多的领有少将衔的一位。别忘了，他手里还握有这个边防省所有驻军中唯一的一个重炮旅。

"你写几个字我瞧瞧。"他对肖天放吩咐道。这是他考察下属的一个常用的方法。

聪明的天放在玉清递来的一张毛边纸上，马上很用心地写了这样一句话："刚才的事，请将军原谅。"

"鬼哦！"小老头笑了。显然他对这几个字和这句话本身都还是满意的。"上过学？"他又问。

"可以说没有。"

"哦……"小老头稍觉意外。这几个字写得还算有点功底，并不乏欧柳的气韵，居然出自这么一个没上过学的年轻行伍之手，不能不让他刮目相看。

"你想，他那样的能上哪儿去上学？还不是自己跟自己学一点，垫个底儿呗。"玉清在一旁赶紧帮腔。

老头没搭理玉清的话茬，一心只在眼前这个长相粗陋，但却明显有一种内秀内热在衬底的年轻人身上。他太明白了，这样的人，在军中的用处。

"你当过联防军的支队长，怎么又跑这儿来混饭辙？"他追问。

"一时半时，真说不好。"

"当兵的，有啥说啥！"

"用马太福音里的话来说，我这些年，可以说……"肖天放刚露了自己那一手字，得了个好，便想再露露这一向来在青年会礼堂里的收获，也好让玉清和这小老头以后别太小看了他。没想却被小老头一句话恶狠狠捣穿了老底儿。小老头说："你他妈的懂什么马太福音牛太福音，别跟我要这个！竹筒里倒豆子，三句话，给我把事儿兜底儿挑明了！"

"是。三句话，挑明了……"天放一下涨红了脸。他不免慌乱。但他开始喜欢、敬重这个苛刻的老军人了。他知道自己遇到了一个真正的军人，目标明确，手段简捷，态度坚决，死活由天。

天放低下头，稍稍沉吟了一下，便开始说道："我这人，活到现如今，敬佩过两个人：一个是我爹，再一个是我联队的现任指挥长……"他不好意思提大来娘。

"一句了。"玉清在一边笑道。她觉得有趣。

"但万万没想到，我爹窝囊，指挥长软蛋混球，生死关头又把我给'卖了'……"

"第二句。"

"可我掏心窝子说，实实在在不愿跟着爹窝囊一辈子，又不甘心随便让人'卖'来'卖'去……"

玉清忘了数数，眼圈一下让天放说红了。

"三句都说完了。"小老头提醒道，"就这些？"

"就这些。将军要把我当逃兵送城防警备司令部，我也只好认了。"

"你不是逃兵？"小老头尖刻地反问。

"我是。"肖天放挺直了身子，大声回答。

"你们这又在干啥呢？说点人话，好不好？我这儿不是你们的司令部、指挥所！"

玉清见他俩突然又动起真格儿的来了，急忙上前打圆场。

"瞧瞧……"小老头笑了，"有人专护逃兵哩！"

肖天放没笑。他笑不出来。

又过了些日子，依然相安无事，只是局势一天比一天紧张。机场由城防警备接管，大肚子的美援运输机，一天起落几十架次，赶着往外运一些铁皮包角、铆钉铆实的保险箱，枪毙了几个趁乱用飞机走私金银的上尉飞行员。重炮旅也奉命调归城防警备指挥，旅长兼任了城防副司令。炮车调动频繁，半夜从街头驰过，震得苏俄领事馆洛可可式建筑物的石砌立柱，几度弯曲，又几度绷直。院子里所有的老橡树都涌到铁栅栏墙跟前，以樟子松为核心，组成街垒式的阵营。烟囱不肯冒烟。

有一天，小老头把天放叫到自己住的公馆。天放见他穿着猩红的丝绒睡袍，黑牛皮面的软底拖鞋，戴着顶黄色的压发帽。他的小脑袋上早就没剩几根毛，戴压发帽，只是一种习惯。他的客厅里，四面墙上镶嵌着八块长条的足有一人多高的玻璃镜子，这使天放忽然想起索伯县那个窄长的院子，大来娘的单间。不同的是，这八块镜子全镶嵌在喷涂着金粉的浮雕金属框架中间。没有人真心地注视它们，但天放激动，因为他又一次同时看到，这么多的自己在看着自己，有这么多的自己坐在自己的对面。他想大声叫他们一声"肖天放"，问他们一声："你们混不混？"

小老头告诉他，这些天，玉清天天逼着他，让他想法子给肖天放恢复军籍，入到他的炮旅里，重新在省城的军界好好再干一番。

"现在轮到我来吃你这小嘎娃逃兵的醋了！我还没见玉清这么为人求过情。你到底有啥好的？在我旅部能写你那几笔毛笔字的家伙有的是，一捋一大把！你让她瞧上了！"老头戏谑。

"我没想再穿军装。"天放应道。

"行了，别跟我得好又卖乖了！"老头嘶嘶地喊。这一段时间里，老头给他化个名，重做了一套身份证明，包括一张炮兵官校的肄业证书。

"你先得到炮兵要塞去干几天上等兵，摸摸炮，懂一点操炮技术。别到时候在人跟前，尽说外行话。每周，搭乘要塞的通勤车，上我这儿来两次，我给你'单练'，给你上一点炮兵战术的基本课目、炮兵参谋的基本业务。我已经给要塞司令打了招呼，他们不会阻拦你，不会查问你。这一段，在炮塞，就老老实实当个上等兵，让你干啥你就好好地干啥，忘了自己过去的身份，别老想着还带过几百号人。你们那联防军，算不了个鸟玩意儿！把过去的都甩了，别提了！到我这儿，就好好学参谋业务。少将旅长给你当教官，我可不是跟你闹着玩咧！"

"以后呢？"

"以后？以后只有天知道。"

"你准备怎么用我？"天放盯着不放。

老头颤颤巍巍地端起那杯清茶，起身离座，不想回答天放的追问。走到门口，他又回过头来挖苦肖天放："军人素质中有一条，不该知道的决不问，懂不懂？你还算个老兵……我早就说过你们联防总部那些家伙，根本不懂怎么带兵、练兵，早该解散！你就得在我这儿从上等兵干起！"

他没顶嘴。他回到玉清那儿。玉清已经从端实儿巷把他的全部家当搬来了。大部分扔了，一部分烧了——她怕带进臭虫虱子之类的小玩意儿，只留下了几本字帖，两支毛笔和一方砚台，留下了一摞他去旧书店淘来的旧书，还留下了两个铁疙瘩——这是天放上列车段大修厂废料堆里，特地寻来练自己的臂力的。玉清并不知道它的用处，只觉得它粗笨得可爱，又见天放在床底下专为它砌了个小砖台，怕它受潮生锈，料想它准是天放丢不得的用物。幸好它藏不进臭虫跳蚤蟑螂,只是搬它要费一番力气。

玉清在整理。他却一直闷坐在院子里的一个镂花石鼓上。他不在乎从上等兵干起。他自信,不要用太长的时间,他会让重炮旅的任何一个人看到,他肖天放绝对是一个不可多得的炮兵指挥人才。他能干好,能冒尖儿。况且还有玉清,还有她那个小老头,城防军炮兵部队的最高指挥官。有他的亲自提携,着意的提携,一切确实可以用"今非昔比"这四个字来包容。但奇怪的是,他高兴不起来,激奋不起来,完全不像几年前,接受朱贵铃的任命,东山复出,当护卫支队支队长,有一种如释重负、跃跃欲试的快感;更不像那一年,终于当上了新兵营管带,自己竟激动得关起门乱砸乱捶了一通,胳膊肘都抡肿了,用绷带吊起,挂在脖子上好几个星期。

离开端实儿巷,离开那些一无所有,还赖了吧唧的"兵哥儿们",他突然觉得失落。他突然怀念那青年会礼堂,那一对清高的母女,巷子里大清早卖老豆腐的吆喝,怀念每天几十趟带来远方尘土的重载列车。劳累和臭汗中,有一种天上地下老子就是我自己的宽慰,不依赖任何人,爱哭爱笑爱踢爱踹,我自己疯狂,我卖我自己的血汗蛮力。熬得住饿,我就多躺一会儿,谁还能把我的鸟咬了去?喷!穷的不止我一个哩!天下恁大。

他似乎已经厌倦了约束。

何况又是上等兵,再从第一步走起。

狗娘养的!

那晚,玉清知道他在生闷气,憋骚气,不敢招惹他。他却希望她跟他吵架。他想嚷一嚷。晚饭端上桌,都凉透了,他也不进屋。她只管在一边厢房里洗涮,泼出很浓的香胰子水,湿的长头发上腻腻地发出刨花水的气味。后来,她索性躲到南耳房里待着去,打开收音机,很轻很轻地听着白玉霜的落子腔。后来,她突然关掉了收音机,她听见他拿一块包袱布,裹起那一些字帖、毛笔、砚台和铁疙瘩,要走,已经走出垂花门了。她拼命地叫了一声,追了上去。"傻二哥,饿着肚子咧,你上哪儿去憋骚气?我躲在一半拉,空给你恁大个院子,还不够你闹腾的?你还要上哪儿去?我怎么对不住你了?旅长怎么坑了你了?你干吗要这样气我伤我的心?"

她哆哆嗦嗦地抱住他。这时他光着膀子，只穿了件竹布单坎肩儿。他觉得她火烫火烫地紧贴住他，使劲地吮吸着从他身上发出的汗气。

"还要我怎么跟你说，你才能明白？你干吗非得要混在那些下三烂的人中间？你跟他们不一样，你跟我们也不一样……"

"我不爱听这个！"他吼起来。

"你能听到那种你心里的声音，我们听不到……"

"我不想听！"

她的脸色一下苍白起来，电击似的，松开了他，倒退了好几步，无奈地，哆嗦着说道："好吧，那就让你看看……看看……"她突然转过身跑回客厅，跑到玻璃缸边上，拿起一把用红丝线缠着刀柄的剪刀，没等天放来得及去夺抢，咔嚓一声，剪开了自己的小臂。天放看见了她的血，开始流出一点还能算是红颜色，接着往外流的便已是粉色的了，最后便只流那种黄不黄、白不白的汁儿，而且也越来越黏稠，像熬过了火的糖稀。她还用手指撩起一点那汁儿，向他叫喊："看到了吗？再看看你的……"

天放不明白她这是想干啥，撒腿扑过去，捂住她伤口，哈腰揽住她腿弯，抱起了哆嗦得已经快站不住了的她。

把她放到床上，她还挣扎着不让他包扎伤口，还努着劲儿，也要剪开他的小臂，让他跟她比较比较血的不同。他觉得她疯了，使出吃奶的劲儿，才在床上摁住了她。一直到她累得连哼哼的力气都没有了，只在床里头侧起身子，背对着同样累劈了的天放，默默地呜咽，他才放开了她。他去客厅拿绷带，顺便想收拾地上的血迹，却看到，不知什么时候，那些水蛭已经从玻璃缸里爬了出来，在地板上蠕动着，兴奋地争抢着，吸食那些黏稠的或不太黏稠的白血。

他不敢往前走。他怕这些没头没尾没手没腿，没有自己的一切，只靠玉清的血活着的家伙。他甚至恨它们。他紧紧地抓住自己的胳膊，觉得它们也爬到了自己的身上，在往血管里钻。他浑身的毛发根根立了起来，他止不住地对它们大叫："滚——滚——"

它们好像听到了，缓慢地竖起上身，晃动着朝天放盯视了好大一会儿，才又都慢慢爬回到玻璃缸里去。

地板上的血不见了，一点都没有了。

炮兵要塞全用大块的城墙砖包砌。据考，乾隆壬午年间在此建堡，周围两里，高三丈五尺；设都统、副都统、提督各一人，封骑都尉，正四品，禄米六百四十石五斗，掌漠南军务，服四开衩袍，束黄色腰带，俗称黄带子。第二年给城墙包砖，建墩台。虽然自康熙时起已有汉人任副都统的先例，但此间的几位"军政首长"用的仍是旗人。早已改作要塞司令部机要处的都统府大堂，青黄琉璃，脊兽高踞，至今仍然是要塞内最令人瞩目的建筑物之一。司令夫人小姐贵婿每次来要塞，都要在大堂前那棵足有数围之粗的古树前拍几张合家福，寄给正在加利福尼亚留学的二公子。

要塞里的人都觉出这个矮矬个儿的上等兵有来头，绝不是等闲之辈，都对他挺客气。要塞司令请他吃过两次饭，榴弹炮营营长托他办过两回事，副参谋长托他给将军上过一个折子。通勤车一到，进城度假的军官士兵蜂拥而上抢占座位，却唯独不去占驾驶座边上那个空位。那位置上早有负责这趟通勤车的一位上士把着，它是专门留给那个上等兵的。大家都对他敬而远之。他勤谨、寡言，做完上等兵该干的事后，绝不过问别的任何一件事。

到这一年的秋天，小老头忽然无心再给他上课了，甚至连着几周，都通知他不要进城，不要离开要塞。要塞里也在传说，解放军已经占了兰州，正坐着飞机和卡车，日夜兼程，向这边逼近。要塞司令每天都往城里跑。务长们便每天都蒸出许多屉馒头，切成片，晒成干；又把全要塞的柴油桶搜集起来，拿碱水煮过，刷洗干净，灌满清水，滚到巨大的地下防空洞里码放贮存；做出一罐罐的油泼辣子，分到各炮班；并把库存的蒜头，也全都分到个人手里。好像已经接到的作战命令是，必须使用蒜头来加药增强炮弹的穿甲能力，于是在那一段比夏天还要闷热的秋杠头上，全要塞都弥散着极其浓烈的蒜臭，连肖天放那样从小就吃生蒜长大的家伙，也几乎要被熏晕了过去。

快到月底，大肚子运输机不断从头顶上飞过，降落城外机场。在炮

187

台上仰着脖子数飞机的值星官，有一天把脖子都拧了筋，也没数清楚到底有多少架在天上——太多了。但城里却又没传出激战的声音，也不知道为什么始终没下令让要塞开炮。有时零零星星地听到几下枪声，也满不像是真拉开了阵势在跟攻城的解放军干。

又过了几天，听说，城防军司令部已经倒戈起义。但要塞这边却迟迟没接到倒戈令。几位副司令和几位参谋长、副参谋长、后勤部长、后勤部副部长，在司令部关起门憋了一整天，等司令的电话，到最后也没等到，才发现，从要塞通往城里的电话线，早让沿途放羊的家伙割去了。这时，十二位副司令参谋长副参谋长联名签发了一道命令，让运输团发动所有还能发动的卡车，拉起大炮，往山里开。愿意一起去山里的上车，不愿去的随你待在屋里等城防司令部派人来收编，他们也不勉强，但也不说到底接到城防军司令部的倒戈令没有，只是把所有的馒头干、清水桶和油泼辣子全带上了车。

肖天放没走。也没人顾及他。他说动了修械所的几个弟兄，鼓捣着了一辆被运输团撇下的老爷车，咕咕喃喃，一路放着"炮"，往城里开去。出要塞时，一大批等着收编的弟兄都往车厢里爬。到城边上时，刚过黑山口，车厢里没剩几个了，绝大多数在半路上跳车跑了，去找这些年在要塞外头认的老乡去了。

玉清住的那个四合院，门大开，北房客厅那八扇格子门也大开。天放磨过身来看，她卧室的门也开着。院子里那棵最高的海棠树，早已挂满了果。天放最后一次见到它们时还绿着的果子，这会儿红了，那时红的，这会儿紫了，那会儿紫的，现在全跟淤结的牛血一样，黑得叫人心尖发紧——只是静悄悄一个也没少地在枝头上坠着。

屋里没人。肖天放满世界喊，回答他的也只有在院墙外那一圈白杨树上的黑老鸹。屋里一点不乱。衣柜里，她那些丝的呢的麻的府绸的香烟纱的织锦缎的海虎绒的、三十六支七十二支一百零九支的、长的短的开襟的套头的连衣连裤的不连衣不连裤的……统统都在，一件不少。她四十八双尖头黑漆皮红漆皮白漆皮缀金扣儿染色羊皮儿嵌银丝高跟不高跟的皮鞋，整整齐齐一长溜摆放在大床前的踏脚板上，一双没少。大床上枕头、被卧、床单一丝不乱，屋里依然淡淡地弥留着她身上所特有的一股清香。只是不见了她的一双黑布鞋，带走了她让他写给她的一幅中堂。他说他的字还没练到能替人写中堂条幅的地步，挂起来看，他的字就不像个字了。她说："就这样，别再等了，你快写吧。"他问写什么。她说："我这一向想着学画几笔没骨花鸟，你就写几句石涛的话给我。"他说："石涛是谁？他说什么来着？"她拿出一张早抄齐了的小纸条，交给天放。小纸条上便是她要天放写的那段石涛语录："在墨海中立定精神，笔锋下决出生活，尺幅上换去毛骨，混沌里放出光阴。纵使笔不笔，墨不墨，画不画，自有我在。"写到"自有我在"这一句时，天放忽然很难过。刚搬到这四合院来住时，玉清整理他的东西，翻来覆去地梳理，也没找见一件大来娘留给他的东西。她觉得很奇怪，还追问过天放。天放也不知说什么好。

"你留点什么给我？"他停下手中的笔，怔怔地问玉清。他想，这一回不能糊涂了。

玉清勉强地笑笑说："大来玉娟的亲娘都没能留成，我又算个啥呢？"

天放便留下"我"字的半边和"在"字的下半截没写，对玉清说："你要什么也不给我留一点，这'我'就只剩半个，'在'也就在不成了。什么时候你能给我一点什么，我再把这两个字添全。你还不能跟大来娘比，不管怎么样，她总留下一对亲骨肉给我。你也替我生个儿子吧……"

大概是这最后一句话刺疼了玉清，她连刚写得的这幅中堂都没拿，便跑进了自己的房间，一晚上都没给他开门。他在厢房的木摇椅上和衣将就了一夜，天不亮赶回要塞去销假。这是他跟她相处的最后一夜。

现在她就带着这半个"我"和在不成的"在"，走了……

城里四处戒严。他到一个熟识的阿訇家，换了一套老百姓服装，进城找那位重炮旅旅长。玉清曾对他说过："假如再有什么大的变动，我一定再经受不起了。你们就把我忘了。"

"有我，还有你那位干爹，你发什么愁！"他托住她尖尖的下巴，抬起她满是泪水的脸，笑着逗她。那时他俩正躺在床上。

她不回答，不解释，只是把脸和整个身子蜷缩成一个虾球似的偎进他的怀里。即便在火热的八月，她的身子也一天比一天凉，只有偎在他怀里，手脚才慢慢能焐出一点暖意。

　　现在她真的走了。假如说，大来娘的失踪，人们还知道她最后扑向了阿伦古湖那终年不安的大苇荡，那么，玉清最后的去向，始终无人知晓。她一直显得那么能说会道，那么自有主张，那么饶有兴趣地做着明天后天该做的事，却谁都不知她心底日渐的亏蚀和虚空……

　　那天，天放也没找见那位旅长。解放军把大阿訇住的院落保护了起来，在附近的街口都严密布上了岗哨，他只有很小心，才能接近那位旅长原先居住的地段。他看到小老头的住宅门前停着好几辆装甲车，进进出出的解放军正忙着往楼里拉新的电话线。他看见通讯连的战士在楼顶上安装天线，看见每一个窗户里都有年轻的打着绑腿的军人在往外打电话。巡逻队搜索附近的林带和绿篱的暗处，他觉得再往前走已没有任何意义了，便悄悄退了回来。

　　又过了很多年，天放已经回到阿达克库都克，他已成了名副其实的中年人。他在失去一条腿以后，自己动手，安上了一根奇特的木腿。他又再度成为哈捷拉吉里所在的阿伦古公社响当当的大人物。他不是公社社长，也不是党委书记，他甚至连党都没入上，但他还是成了阿伦古湖畔响当当的大人物。有一次他去木西沟农场管理处开会，那边的人向他请教一个有关引阿伦古湖水灌溉农田的大问题。在木西沟那一片古木参天、浓荫蔽地的招待所里，他忽然看到了这位重炮旅旅长。他已很老了，耳朵很聋，腿脚很不便利，只是腰脊却还没有佝偻。他和一大批起义的军官一起，在被收编后，便被派到木西沟办农场。同来的还有一大批解放军自己的官兵，都在同一道命令下，脱去军装，在同一面旗帜下，屯垦戍边。按起义的政策条例，他们按国家干部分配工作，他在木西沟农场管理处做着一名副处长。他和处长兼政委、山东子弟兵出身的迤发五一道来看望肖天放。肖天放一眼就认出了他，老头却装作不认识肖天放。那浅灰的眼眸里十分紧张地闪动一种意图，暗示肖天放，千万别声张。吃过晚饭，天还不黑。木西沟里高耸的百年老杨树一棵比一棵粗壮。肖天放坐立不安，总觉得小老头这时在什么地方等着他。他找了借口，摆脱了管理处机关派来专门陪同他的一个年轻人，静静地站了一会儿，由着心里那声音微细的导引，果然在马场后边那片开阔地的林带边上，找到了这位"少将旅长"。他依然独身，管理处为他单建了一个小院，离马场不远。

天放急着问他玉清的下落。他吃了一惊，反问天放："她没去找你？"他愣怔地呆站了好大一会儿，吞吞吐吐地说："那才怪了……那天，我派马弁去接她。她说她要收拾一下屋子才能走，她让马弁在门房里等着她，收拾好了屋子，她会来叫他的。她一直也没去叫那个马弁。我总以为，她是去找你。她跟我说过多少次，她只有在你身边，心里才觉得踏实。那天，你怎么也没来找我……我让人通知你赶快进城跟我见面，可他们说，电话线割断了。"

"的确是割断了……"

"看样子，这些年你过得不错……"

"都一样……就是丢了一条腿。"他笑笑。

"从那以后，再没当过兵了？"旅长又问。

"这说来，话就长了……"

"可惜了玉清……"旅长轻轻叹惜。看来他的耳朵并不像在别人面前聋得那么厉害。

天放苦笑笑，也叹道："她还带走了半个'我'……"

重炮旅旅长不懂这句话的意思。再要问时，一队骑着自行车，从马场几个生产队赶到管理处处部看露天电影的年轻男女，嘻嘻哈哈地追打着、闹腾着，把自行车骑得一歪一扭地向他们拥来。他俩赶紧分开，最后互相又看了一眼，一个装作继续散步的样子，迈动僵直碎细的步子，显得格外老态龙钟；一个则赶紧拐进黝黑的林带，仍不无伤感地回想刚才重炮旅旅长的那句话："我以为她去找你了……"

不大一会儿工夫，最后一片宽阔的火烧云已经被黑狼群般的暮色吞噬净尽。迅速灰黯下来的天空，低低地沉落到一望无边的原野上。刚逝去的冬末和正在到来的初春，一起在滋润膨胀发育这块酥松湿润的土地，让它等待那些祖祖辈辈都不知什么叫辛劳的人，再一次把马拉播种机的输种软管，深深插进它宽厚仁慈的胸膛里去……

肖天放艰难地移动着那条木头做的假腿，走出黑杨林带。他忽然想起，这位重炮旅旅长，姓那，好像还是个正宗镶黄旗的后代。

第十四章　准黑白进行曲

那一年，老满堡久攻不下，战斗一直持续到第二天拂晓，还在激烈地进行。迺发五恼火了。他叫人把朱贵铃带到前沿指挥所，用自己心爱的白搪瓷缸，倒了多半缸浑如泥浆的茶水，而后问朱贵铃，堡子里除了他原先指挥的那个杂牌部队外，到底还部署了别的什么部队没有。

根据省总部的命令，三天前带着联队部大部分军官前来投诚的朱贵铃，这些日子，都没能睡个囫囵觉。不是解放军不给他整块的睡觉时间，而是他内心紧张，每时每刻都在揣测、等待，无法安睡。门外总有持枪的警卫。他疲倦，他觉得自己没法使眼前这个解放军的山东大汉相信自己。他怔怔地望着迺发五的脸，却奇怪这么个大壮脸盘上，竟光光净净地瞧不见半点胡茬。

"老满堡是我们联防军的地盘，现在在堡子里继续跟贵军顽抗的，确实只是我的旧部……"朱贵铃竭力保持一种应有的身份和平静。他想，只有这样，或许还能在眼前这位解放军长官心目中增加一点自己的可信度。

"索伯县县城里的守军也是你的旧部，我们通过县城，只花了十五分钟时间；左邻的灰林堡守军，同样是你的旧部，虽然稍稍发生了一点麻烦，我们也只拉了一个连上去，只用了二十七分钟就解决了战斗；可这劳什子，我们的两个营，整整攻了三十个小时……到底哪门子事？"

"是力巴团……"

"力巴团？是你的一支什么部队！"

"不不……它不是我的什么部队。"

"你刚才还说，堡子里只有你的旧部。我们很愿意相信朱先生率部起义的诚意，不过，这诚意应该和实际行动相符才对。"

"力巴团……力巴团……"朱贵钤结巴了。

他可以解释清楚，力巴团既是他的旧部，又不是一支什么"部队"。但他觉得自己恐怕没法使对方相信，一帮老兵痞破罐子破摔后，还真具备这样的力量和素养，沉着应战，把近千名攻城部队阻挡几十个小时，并且给他们造成令人惊愕的伤亡。只有亲身跟力巴团打过交道的人，才会相信它确有这样的蛮力，说是说不清的。

朱贵钤曾估计到因为有力巴团，在老满堡执行省总部的起义令，绝非易事。他处处小心，但还是在举事前，让力巴团获悉了这个起义的决定。他们伤心透了，立即把全体成员从各支队秘密召回城。那天，朱贵钤带解放军进城接管老满堡时，他们突然袭击了解放军已经空虚了的后防营地，不仅枪杀了解放军留守营地的所有的女兵、文艺兵、医务兵和机关兵，还枪杀了俘虏营里全体俘虏。

朱贵钤还猜测有人在指挥这个力巴团。他熟悉这个人用兵布阵的风格。因为这个人，力巴团才能如此有效地在堡子里抵抗了三十多小时。

这人就是肖天放。

但朱贵钤并不是太有把握去确认这一点。他知道肖天放早已潜逃在外，怎么会偏偏在这个时候重新出现在力巴团中间？他也怕说出肖天放来。说出肖天放后，解放军查出他过去跟肖天放那一层非同寻常的关系，会不会认为是他秘密召回肖天放取代他在堡子里组织抵抗，而他只是玩了一出假投诚的把戏呢？

他艰难地咽了一口唾沫。他知道自己正在刀刃上走路。

假如，在城里组织指挥这场抵抗的真是肖天放，朱贵钤估计，这场抵抗不会持续得太久，肖天放不会坐等弹尽粮绝、人困马乏，最后被全歼。他了解肖天放，这是个比任何人都想活下去的家伙。肖天放也会设法让力巴团的那些弟兄们活下来一部分，他会设法脱身的。朱贵铃犹豫了好大一会儿，才吞吞吐吐地对迺发五说："假如可以的话，暂且采取围而不打的办法，看看到明后天，堡子里那股顽固分子还会有什么高招……我想，他们会撤出老满堡的……"

"撤？"迺发五当时不相信。他恨透了这帮所谓的力巴团老兵痞，他要狠狠地敲打他们，一个也不留，全部歼灭他们。那天赶回后防营地，他看到一片血流成河、尸横遍地。卫生队的三个女看护兵，是省城解放的第四天才报名参军的三个女学生，她们全都让力巴团轮奸后用刺刀挑死了。她们比他们中间有的人的女儿，大不了一两岁。

"围而不打？我要把他们一个个抓到那三个女兵的坟前用刺刀挑了！"迺发五咬着牙冷笑，让这句话，一个字一个字地从牙缝里往外蹦。

但就在这天晚上，城里突然静寂下来。迺发五当时正忙着调炮兵来支援。在这以前，他一直不同意使用炮兵对付老满堡。他打听到城里有个九十岁的富商，他家有一座仿照麦加"克尔白"建造的圣堂。建造这座圣堂用的石块，全部是老人家族的祖先去麦加朝圣时，从麦加近郊的那座山上搬来的，积攒了一百年或三百年，才建起了这个圣堂。它跟麦加的"克尔白"一样，用一块很大的黑锦罩幕覆盖着，这黑锦罩幕上，用金线绣着《古兰经》的全文。它是九十九个女教民，相继用九十九年时间，才绣成的绝世珍品。虽然麦加的"克尔白"一而再再而三地被战火摧毁过，但迺发五并不愿意让老满堡的"克尔白"毁在自己手里。"总前指"也有这样的命令。但现在他不能再忍受了，他把所有能调集来的炮兵全部部署到老满堡正面的小山坡上。就在他下令炮击力巴团的前一分钟，老满堡城突然死寂了。拂晓时，他们看到所有的城门都已打开，城里的力巴团不见了。街道上、屋顶上到处都留下了一堆堆滚烫的子弹壳。来不及掩埋的力巴团兄弟的尸首整整齐齐地排放在圣堂前的大街上，每一具尸首的胸口，都被子弹打得成了个烂蜂窝。力巴团撤走前，不愿给这堡子的新主人留下活口，怕他们的兄弟活着当俘虏受凌辱，便给每一个正在流血或已流尽血的兄弟都补了九枪。九是至高无上的，苍龙八十一鳞不也是九九之数吗？阴阳八卦中，阴爻称六，阳爻称九，阴为地，阳便是那至高无上的天啊！

肖天放是在那个稠密的水杞柳丛里，包扎自己的伤口时，被力巴团的兄弟们发现，带到堡子里去的。他从省城往回跑，偷偷接近迺发五的后防营地，想去偷一匹马。他想回哈捷拉吉里村，但他已走不动了。营地里很安静，只有不多的几个游动哨。肖天放穿着那套很脏的老百姓衣服，大摇大摆地走在无数条晾晒着的纱布绷带和三角包扎巾中间。他本来可以提前接近马群，但他突然听到那三个女看护兵窃窃的笑声。她们躲在一堆很大的木桶后边洗澡，想清洁一下自己再进城——她们毕竟是城里出来的女学生。她们总算找到这么一个清静安全的空闲来洗一个澡。这是她们离开家几个月来洗的第一个澡。肖天放不敢往前挪动，怕惊扰了她们。他可以绕道，但他没有绕道。他无法劝动自己，离开这个既可以清清楚楚看到她们、但又不会被她们发现的死角。一时间，他几乎什么都忘了。马不重要了，哈捷拉吉里村更虚缈。使他突然忘怀一切的，还不是她们的赤裸，而是她们那种谨慎而又谨慎的大胆。他第一次发现女人有时竟会这么大胆。她们大胆时的可爱，实在比她们拘拘束束藏起自己时给人的那种可爱，要光彩得多。他兴奋得喘不过气，迷惘地愣怔住了。他本能地猫下身子，想在这角落里多待一会儿，但枪声紧接着而来，好像有人在后背上猛推了他一把似的，他一个跟头摔出墙角。经验告诉他，他已负了枪伤。他中的是流弹，袭击者的目标不是他，而是她们或他们。他忙捂住流血的肩头，一骨碌滚进了水杞柳丛。他听到她们一阵尖叫，听到她们互相安慰、互相鼓励、互相提醒："你的裤子……别找鞋子了……先去八号帐篷，把昨天刚锯了腿的那个副连长背出来……"但一切都来不及了。更加密集的子弹飞蝗般扑向她们四周，把她们封锁在这一堆如小山般垒叠起来的大木桶前，不让她们动弹半步。她们光着脚，刚来得及穿上内裤，双手紧捂着前胸，相互依靠着，惊惶地看着那些用准确的枪法在威胁、挑逗、谑弄、谩骂她们的老兵痞。足有几十个力巴团成员，在离她们数十步的正前方，轮流开枪，让子弹在离她们八寸到一尺的桶壁上炸响。盛酒的大木桶，被射穿无数个小孔，酒液雨注似的浇淋到她们乌黑的短发和玉石般苍白的肩头上。他们一边开枪，一边咬着牙吼道："臭婊子……臭婊子……把裤子脱了……脱了……"后来他们把她们拖走了。

　　肖天放费了九牛二虎之力，才劝动力巴团，撤出老满堡。临走前，力巴团还想带走那块金光闪闪的黑锦罩，但一阵黑风过来后，他们怎么也找不见它了。在大裂谷里，他跟他们分手。他们要他继续带领他们，从红其拉甫山口，去印度或西藏。他说："我们的缘分就到这儿。"他们说："我们可以逼你跟我们走。"他说："那你们就打死我。"他把他们给他的那支勃朗宁手枪放在一块含有橄榄石的狭长岩上，说："我把你们带出老满堡，是因为我们曾经兄弟一场，我想我们都应该活下去。你们要是觉得我跟那三个女兵一样，也不该再往下活了，那你们就开枪吧。你们这些杂种。"他突然吼了起来："为什么把她们都宰了？她们是看护，是专门救治那种再也拿不动枪了的人的。公狗都不会那样咬母狗，你们这些连狗都不如的东西。你们没看出来，她们还都是些孩子？她们将来可以给这世界生儿育女！毁了三块肥沃的田地，三片树林，三座山头，三条长河，三个太阳……开枪呀，狗杂种！"

　　他一步步向后退。身后就是暂厝参谋长的地方。"你们可以问问他，该不该杀那三个女兵！"他指着身旁参谋长的棺木大声嚷道。棺木依然摆放在露天地里，盖板被沙暴击出麻点般的坑坑。"他才是你们的头儿！"喊到最后一句，力巴团的弟兄们见他好像烧红了似的，浑身陡然胀直粗大起来，就像要伸到半空去炸裂，整个人不住地前后摆动，又像是大潮中的浮标。两旁的石壁陡岩缝里传出隆隆的震动，天边迅速昏暗，只有贴近地平线的那一长溜扁扁的云缝里，闪烁出通红的急剧在变动的从棕褐里翻滚出黑紫又回复到紫红的火光。大风鼓起了他的衣衫，好像就要把他带走。他们想举枪射击那迅速从他身后压将过来的黑色云头。他们觉得那云团正在吞噬他。但枪却像石柱似的牢牢生了根，怎么也扳挪不动。天放这时只觉得头疼得要爆裂，那久违了的声音又一次突然从四面八方逼近，这次还带来了黄色的沙暴。一瞬间，天昏地暗，整个大裂谷仿佛都在飞旋，那强大的离心力，将要把这条长达数百公里的大裂谷抛向玄而又玄的太空。

无法搞清，声音、沙暴、大风是什么时候才消失的，但它们终于停息下来。肖天放发现大裂谷里只剩下了他自己，参谋长的棺木不见了，力巴团的那几百弟兄也不见了。他急忙向高坡上跑去。他看见力巴团牵着几百匹马，拉着几十辆大车，带着参谋长的棺木，在对面的大山上，正冲着红其拉甫山口的方向移动。他们已经走得很远很远，走在头里的，已经顺着大坡漫长的弧度，落到山脊那半边去了。他们中的不少人都把妻子儿女扔在了大山的这边——他们知道自己回不来了，因为他们中间不少人都已四十开外，甚至奔五十去了。他们走得十分吃力，十分沉重，十分缓慢，但终于在天还没有完全黑下来的那一瞬间，翻过了山脊，带着参谋长的棺木，从肖天放的视野里，完全消失。

迺发五后来一直把朱贵钤带在身边。整编起义部队的那天晚上，下着大雪。原老满堡联队幸存下来的近千名官兵，集合在原联队部的大院里，等待分配。有大衣的当然穿着大衣，没有大衣的，便裹着毯子或棉被。有的有两顶或三顶皮帽，便把余剩的皮帽套在没鞋穿的脚上，或者拿它去跟别人换莫合烟和火柴。当时，火柴缺得厉害，一顶狗皮的帽子，至多换十五根火柴，狐皮的也就换半盒吧；假如是换毛皮靴，一顶只能换一只靴。很多人却愿意拿它们换酒喝，很多家伙光着脑袋，穿着单鞋，裹着棉被，就是因为把防寒用品换了酒。在那一段时间里，很少有人再想到明天该怎么过。军官们稍好一些。朱贵钤当然更好一些。他依然穿着得比较整齐。他非常愿意用自己身上那件用上等英国海军呢作面料的皮大衣，去换一件解放军的棉大衣——当然没换成，不允许。他只得穿着这件十分显眼的华贵的皮大衣，穿着高帮的皮靴，戴着无沿的高筒绅士皮帽，同那一千来名从前的部属一起，接受新的安排。家属们在另一个院里，他们不跟自己的丈夫或父亲走。他们或者发给路费，遣散回老家，或者集中到一个留守营地去暂住。他们中的许多人选择了回老家，因为留守营地经常遭袭击，那些拒绝起义或起义后又叛乱的旧军人，经常袭击这些营地。他们并不一定是为了对这些家属实施报复，更主要的倒是想劫走他们，以此来要挟那些已经起义的官兵，逼他们反水。

朱贵铃的家属没有被要求到那个院里去集合，允许他们仍然待在原先住的那幢小楼的客厅里。这一向，只许他们使用底层的几间屋子，二层和三层封掉了。即使是这样，他们比别的军官家属的条件仍要好得多。客厅的壁炉里生着很旺的火，两个已很大了的男孩，穿着很厚的皮大衣，坐在一堆收拾好的行李上，和他们的那位年老的姑姑在一起。

名单一份份地公布，人员一批一批地被领走，院子里只剩下十来个军官和几个军士，还有朱贵铃。这些军官和军士，都是有技术特长的。

他们和朱贵铃一起，带着他们的家属，被派到离逎发五驻地不太远的一个小村子里住下。部队征用了一些民房，派来两个解放军做他们的队长和指导员，组长的职务，则派给了他们中间的两个军士。

逎发五平日里很少去看望这批人，也不去看望朱贵铃。但叫人纳闷的是，谁要想从中调几个走，特别是要调朱贵铃走，他却又死把着不放。干吗呢？难道他也想搞一个"二十二特勤分队"？不知道。他把这些人的孩子集中起来送到县城或省城的中学住读，老婆们则分配到驻地的菜园和食堂里工作，教他们办起自己的裁缝社、猪场。他迁走原先的村民，重新按军营的样式，盖新宿舍，平整操场，栽上篮球架。营地四周，长起二三十米高的白杨林带，甚至还有自己的小农场。一过六月，青纱帐起，越过那油汪汪、绿莹莹、黄澄澄的玉米地高粱地小麦地大麻地，再看那一圈城堡似壁立的树木，葱郁蓬松宽大的树冠，树围里永远肃穆、静谧。从那"绿堡"里出来的人，永远带着远望的神情，不和别人交谈。

这一段，朱贵铃过得苦闷。孩子去住读后，他便送孩子们的姑姑回了老家。他和其他单身的军官一起住大统屋。他要在其他军官面前换衣服、擦澡，在别人的鼾声里入睡，忍受其他男人的体臭、口臭，听他们大声议论自己从前的情妇。小分队第一任队长指导员调走后，新调来一个更年轻、文化程度更低的指导员，队长则由过去的一个军士担任。这个军士从前在老满堡联队军械所当过几年修械员，是朱贵钤手下的老熟人儿。半年后，这个指导员又调走了，由队长改任指导员，另一名过去的军士担任了队长。这两名军士比那三名解放军干部对待他们要严厉得多，对朱贵钤更严厉，一开口总是："喂，拿出点精神头来。你还以为你是指挥长？好好干！要叫人瞧得起，你自己不做出点样子来，行吗？别老叫别人为你操心。"小分队里所有的人，包括那一半从劳改队、新生队选来的人（按迺发五的指示，他们和他们分开编班组，也不在一起干活），都希望这两名军士能尽快得到提拔，盼他们早一日离开这儿。但事实上，一直延宕到小分队解散的那一天为止，管着他们的始终是这两名靠一盘红炉、一个铁砧、一把大锤，便能打制出马拉播种机上全部零件的军士长。

他常常觉得无法忍受，忍受不了这两个待他特别凶狠的军士。许多次，他都想去问问他俩，是不是上头有话，让他俩这样管治他。每每走到队部办公室门口，却又举不起手来敲门，他实在张不开嘴，向他俩喊"报告"。他相信这绝不会是迺政委的本意。潜意识告诉他，迺政委对他是好的。他拿不出确凿的根据来证实这一点，但总有这样的感觉。起码，迺政委把他这个英国皇家军事工程学院的毕业生，当作高级工程专家来对待，否则，不会把他放到这个"特勤小分队"里来的。他觉得自己应该忍着，也应该多从自己身上找找欠缺之处，无须跟这两名军士做什么计较。

但终于到了实在忍不下去的时候了。大约有一个多星期，这两名军士天天在全体大会上点名敲打他。他觉得自己在这两个家伙眼里，连走路喘气都有错，不管干什么，总落一个不是，已到了一无是处的地步了。

他惊慌。

这是上边的意思？查到他在木渎镇下令开枪的罪行了？

他到总部找迺发五。他写了一份详细的检讨。他要面谈。找了三次，迺发五都说忙，不见。那会儿的确也是忙，筹建十八个农场，新辟七个垦区，连朱贵钤递上去的检讨也没时间看，只批了一笔："此类事归政治部管，我就不看了。定期做思想总结，是有益的，但是否要叫作'检讨'，请朱贵钤同志斟酌。"

200

为什么既称他"同志"，又不见他？也许只是一种手腕。这里边究竟发生了什么变故？闷葫芦里卖的到底是哪一味药？他惶惶不可终日。他给儿子们留下一封信，走出小分队的驻地。他留恋那高耸的白杨林，在酥软的田埂上绊了两跤，走到渠首。这是条不小的主干渠，水深四米三，渠岸的护坡和闸板全都用水泥预制，闸门一启开，每秒六十多个立方米流量的水一泻而下，铁砣砣也冲碎了。只要往下跳，一了百了，它会冲去木渎镇的淤血，老满堡积尘甚厚的足迹……

跳吗？

水哗哗地响，响得他头发晕，腿发软。

但……就这样死去？

果真舍弃了"忽去却来蜂个个，自啼还在鸟深深"的夙愿，亲手去写那个一旦写下后便再也擦不去的字——死？

他问自己。他没勇气回答。他紧紧抓住过闸天桥两边的铁栏杆。过了好大一会儿，一阵风过，他打了个寒战，清醒了一些，这才觉着天上开始下起蒙细蒙细的小雨来了……

那年解放军开进省城，收编一应伪军，天放在城里没能找到玉清，到老满堡又摆脱了力巴团的纠缠，好不容易回到哈捷拉吉里村。敲开家门，家里人简直都不敢认他了，那副苟延残喘的狼狈相，只比丐头少根打狗棍。

在家待了一段，他又重重地伤害了大妹天桂一回。

那个放走肖天放的老支队长，在撤回老满堡时，为了在朱贵铃面前交得过去账，曾留了两个弟兄在哈捷拉吉里村，说是继续"缉候"肖天放。后来这两个弟兄中的一个，跟大妹天桂好上了。这两个弟兄心里当然都明白着哩，"缉候"是假，跟朱贵铃打马虎眼是真。他俩便安逸地布置好树上的板棚，日长夜短，没事就去帮着肖家兄妹干活，要不了多久就熟识得很了。肖家兄妹早看出他们其实是护着天放和肖家的，待他们也跟自家人一样，除了没敢请他们进屋来住，此外的桩桩件件，都跟一家人一样。大妹包揽了他们身上衣服的缝补拆洗。这两个人出外当兵时间不短，现在又再一次体验"家"的舒闲、熨帖，真都不想回老满堡了。联队里那些家伙，那一段自顾不暇，整日惝惶，也早把这两位给忘了。他俩索性自在下去。天放的弟弟妹妹亲近他俩，是因为在他们看来，他俩既很像他们的大哥——都有一股子老兵的气息，同时又有非常新鲜的东西。弟弟妹妹们长这么大，很少接触别家的男人。从他俩身上，他们才知道，男人不一定都像爹那么"窝囊"，也不一定全像大哥那么严厉、较真儿。男人还是有耐心的，会讲笑话的，除了干活儿，也还会玩。带他们一起玩，在这一方面，他们的大哥肖天放几近于一个呆瓜白痴。

有一天，大妹带那个姓陈的老兵去库房阁楼上抱草，那上面存放的都是牲口最爱吃的苦豆子和木草。阁楼里本来就黑，上了阁楼，那姓陈的家伙又偏偏一反手把小小的阁楼门给带上了。大妹轻轻地哎呀了一声，觉得他挨近了自己。她听见他轻轻地问："草呢？"手却从腰里慢慢摸索了过来。她告诉他草在他脚下，一边竭力想挣开他那双叫人心慌的手。他嘴里问有背草的绳子吗，脸却低俯下来，贴到大妹的肩头上，亲吻。她害怕极了，不知所措，直嘟哝着背草绳……背草绳……背草绳……身子却软得一点都动弹不了。他把她抱到草堆上，赶紧脱掉自己的衣服、裤子，一边说"别慌，我们就去拿背草绳"，一边就在她身边躺下，伸手去搂她。瞧见他竟然光起身子，她愤怒了，哇的一声哭起来，大声叫："娘……娘……"吓得那姓陈的老兵赶紧去捂她的嘴，慌忙穿衣裳，抱起一大捆草，跌跌撞撞地滚下楼去。叫大妹好笑了几天，心慌了几天，又惦念了几天。等天放这一回回家，大妹肚子里已经怀上了他的娃娃，只是家里人还不知道。她连他都没好意思告诉。大妹跟这个姓陈的老兵，最后也没成了家。大妹后来的丈夫，是哈捷拉吉里镇粮库管理员。她给他生了七个，加上姓陈的那个，八个。她说："好了，我已经比我娘都多生了一个，不生了。"从此以后，她真的再没生过。

天放回村，听说老满堡仍闹得激烈，收编不那么顺当，阿达克库都克到处都有解放军的马队，搜捕这些仍在武装反抗的败兵。天放到家的那一天，让大妹大弟取出家里窖藏的散酒和腌鱼、薯面团，又炸一盘油撒子，叫来那两个弟兄，美美地吃喝了一通。那两位还以为肖支队长此举，是领他俩这一段替他照顾这一大家子的情分。没想，肖天放到晚上，却悄悄叫醒大弟二弟，让他们带上麻绳，跟他一起去把那两位捆起来，送村里刚成立的村政府。大妹急了，扑过来，死活不让他们干这事。肖天放说："村里人都知道我在老满堡当过伪军，还当过支队长一级的伪军官。新成立的治安联保队里，真有几个家伙，当年走过我的关系，到老满堡联队吃兵饷；我看他们不是当兵的料，一个个又让我刷回村来刨他们的土豆了。他们真恨我，这一回不会放过我。我们要再护着这两位兄弟，我在村里就没几天好待的了，咱们这个家也就完了。"大妹说："你不在家这些日子，多亏这两位大哥照顾。现在，咱们怎么能干这种没人味儿的事哩？"天放叫道："那行，你们把我捆上，送村政府去！反正这两坨子，只能活一坨子！"这时，天放家干涩的门轴吱吱扭扭地响起，那两位兄弟走了进来。成立村政府这一段，他俩一直躲在天放家地窖里，不敢露头。他们也知道，这样躲着藏着，不是久长之计。这天吃罢喝罢，回地窖待了一会儿，又来找肖支队长，想商量个两全的办法脱身，正巧在门外听到他们家这一场口角。两人回地窖闷坐了一会儿，互相把对方捆绑好，主动请肖家把他俩送村政府法办。他俩说："这一向，肖家兄妹待我们不错，肖支队长过去也把我们当自家弟兄看，就冲这些情分，我俩也不能连累了你们，为难了你们。"他俩这么仗义大度，肖天放却又下不去手了。他长叹一声，上前解开他俩的绳索，透出一个难看的苦笑，说："你俩这又是干啥！"

第二天，他一天没出门，只是搂着大来干发愣。到晚边晌，他跟大弟大妹说了声上村里走走，就去了村治安联保队队部。他交了一支从前藏在家里的手枪，但还藏着一支从西藏那边弄来的匹脱兹双管马枪。他对他们说，他在外头混腻了，金窝银窝怎么也不及自己家的草窝，他想通了，还是回家来刨土豆、打鱼、编苇席，跟乡亲们一块儿过。他是来打探个虚实的。联保队几个家伙，让他填了一张表，凡是上缴武器的，都得把情况写明了。然后，一个联保队的文书，腰间束根皮带，头上戴顶解放帽，叫肖天放在板凳上坐下。板凳脚被一根铁链拴住。他训了天放一通："愿意回来，还是好的。先歇些日子，别乱串门，别再在村里摆你过去那臭军官的架子。自己要放聪明点。你们家，在反动军队里混事，已不止你这一代了！"他觉得他们不善，好像是不大肯放手。他没敢回嘴，闷闷地坐了一会儿，出来还想去村政府探探虚实。新委派的村长，就是原先村小学里的那位教员，天放跟他有交情，还跟他学过毛笔字，借过书，请教过历史典故，两个人很谈得拢。但这位村长去区里开会了。天放在家里又闷坐了两天。有一天，大妹突然很惊慌地闯进他屋，失神地责问："你去村联保队告发陈大哥他们了？哥，你怎么能这么做人？陈大哥他们跟我们家怎么过不去？你怎么能这样……"肖天放呆坐得无聊，正在教儿子做弹弓，让大妹刺得丈二和尚摸不着头脑，反问："你吃错药了？我告发谁呀！"大妹跺着脚叫道："你自己看！"天放起开护窗板，一看，那位新任村长，身后跟着两名联保队员，带着两支长枪，一摇一晃地向肖家走来。

"你说咋办！"大妹急得快要哭了。

"慌个屁！"天放瞪她一眼。他看村长他们那架势不像是来抓人的。老陈他们藏起多日，村里知情的话，早该来抓了。他让大妹先去地窖里稳住那两位，自己便忙迎出院去，招呼村政府的人。大概是过于造作热情，那位原先当教员的新村长，捶了他一拳，笑道："收起你那一套吧。听说你去村政府找我了？真对不住，我去区里开了两天会。回来好啊，这一向，我还老在琢磨，天放这家伙也该回来了，别给打死在外头了！""死不了死不了，还想着给家乡出力咧！"两人一起笑。进屋，坐下来，喝茶。天放指着那两位联保兄弟，笑道："刚才真还吓我一跳。我想，咱们这位村长老兄，带两名兄弟，掂着枪，是干吗呀！"村长笑道："以为是抓你来了？新政府可不乱抓人——有政策嘛！可现在土匪逃兵也太可恨。阿伦古湖边已经被烧了好几个村政府，好几个村长让他们暗杀了。"天放听了心里暗自吃惊，脸面上却依然跟老朋友开着玩笑："你也得带保镖了。"那两位联保兄弟冷冷地纠正："什么叫保镖？革命需要。"天放忙改口："是是是……我这旧脑瓜臭脾性……"老朋友见气氛开始紧张起来，便把他俩先打发走了。

"你……不是被谁派回来的吧？"村长开门见山问。

肖天放略一愣怔，忙反问："谁派我？这边派不着我；那边兵败如山倒，派我我也不能再干了。我恁傻？腰里别着几个脑袋？你……信不过兄弟？"

村长笑笑："信不过你，刚才我就让那两位铐起你了。村里可不是没有想铐起你的人。"

"我知道。"

"回来，有什么打算？"

"村长……"

"你忘了我姓什么叫什么了？"村长笑着打断天放的话。

村长叫石连德，肖天放当然不会忘记。但他还是犹豫了好大一会儿，吃准了对方脸盘上的微笑是真诚的，才腼腆地改口道："石老兄……你说我还能有啥打算呢……"

"就因为你在旧军队干过几天，就背包袱了？你知道，我过去当教员前，也在县衙门里干过一点伪职，你看政府不照样派我做了村长？能出来帮我张罗一阵吗？联保队那一帮子军事素质实在太差，掂个枪，跟拿烧火棍似的，跟在我后头，直让我担心。真要出点事儿，还不知谁保护谁哩！"

"连德，我可真不想再摸枪了。"天放说得诚恳。

"兄弟我求你都不行？"

肖天放为难了。掂量了好大一会儿，他才迟疑地问："假如我干，能带两个弟兄进你们的联保吗？"

"哪两位？前一段在你家门外树杈上等着缉捕你的那两个？你还跟他们死缠呢？先保你自个儿吧！联保队一直怀疑那两位在你家藏着，我怕连累到你，才没准许他们来搜查。你今天晚上必须让他们走！别再给我添麻烦！"

"行……"

到晚上，起风了。肖天放怕自己家那条小船被刮走，到苇荡边拴船，却看见几个联保的人，骑着马，急匆匆奔北边去了。北边桦皮搭子，是区政府所在地，有解放军一个军管小组，负责阿伦古湖边几十个渔村的清肃工作。回到家，大弟气急败坏地来告诉，有人暗中监视了村长家。大弟说，联保的人对石连德一直不服，一直在往上举报。全家人都觉得今天晚上可能要出事，可能连石连德自己也不一定保得住。天黑以后，大妹还发现，肖家门前也有人监视上了，到半夜，监视的人增加到四个。天放不得不从床上跳了起来，赶紧收拾东西，起出双管马枪，装上顶膛火。家里人说："房前屋后那么多眼睛盯着，你怎么出得去？"肖天放说："我有招。"他让他们捆起老陈他俩。大妹还不肯。天放跺着脚骂她："到这地步，我已经跟他俩拴一根绳上了，我还能卖他们害他们？"

肖天放"押"着老陈他俩，对监视肖家的人说，这些天，他一直劝这两个"反动家伙"自首，争取宽大，但他们执迷不悟。"我只有送桦皮搭子，亲自交给解放军。"联保队一定要派人同去。天放说："行，同去更好。咱们是不是应该跟村长打个招呼？"

到了石连德家，聪明的石连德自然看出肖天放玩的什么把戏。他知道联保队派人去桦皮搭子告他的状去了，当然也包括今天下午他亲自到"反动军官"肖天放家去拜访这件事。出肖天放家，回村政府，他就接到通知，要他去区政府开会，"暂时"把村长一职交给联保队长代理，会期不定。他还没把这通知张扬出去，他暂时还是这儿的村长，他还能帮肖天放的忙。他支开其他人，单独把肖天放叫到里屋，低声地但急切地问："你要对我说一句实话，在那些年里，你手上有没有血债？"

肖天放被他问得愕愣住了。他忙摇头："我没杀过人……"

石连德说："要对我说实话，这一点将来对我很重要！"

肖天放咬着牙说："我没向解放军开过枪！"手背拍在桌面上，火辣辣地疼。

石连德松一口气："有你这句话就行。"

肖天放说："别的……对你还会有啥妨碍吗？"

石连德沉吟了一会儿，说："那就顾不得那许多了。"

肖天放说："他们把你也监视上了？"

石连德说："我这会儿还是村长。天放兄弟，你是一个粗人，但身上有一种跟别人不一样的东西。正直地活下去吧，也许我太书生气了，但我还要这么说……"

石连德到门外，没让那几名联保队员跟到桦皮搭子去，他借口让他们去护送一份紧急公文，支开了他们。肖天放和那两位兄弟就此脱身。到湖边上，他放了他俩，匀出一部分干粮，又给了一点盘缠，三人各奔东西。肖天放去了南磨沟煤矿，隐姓埋名当了一年多煤黑子，后来从矿上参军，去了朝鲜。南磨沟那些黑洞洞的巷道，当然不会是他久留之地。

肖天放出走的第三天，区公安特派员带人来拘捕了石连德。理由很简单，他放跑了重大嫌疑分子肖天放。

宋振和一走五年，到五塬城解放时，他已是个营长了。第一次探家，他带了个警卫员。在这以前，来自五塬的消息，吞吞吐吐地总捎带着要说及苏可一点什么，大概的意思，总是说她不那么安分，好像出了点什么事儿。宋振和心很乱。五年，无论对谁，都是一种不小的惩罚。回到五塬城，他原准备先到军管会民政组去了解一点情况，或者回城外的宋家庄老宅，听自己家族里的人说点什么。但一进了城，一见小五河，见到河两岸所熟悉的一切，北码头菜市街被十八家茶馆拱围在中间的那个壬生坊八方小吃，黑漆金匾额上刻着真楷大字道家名言"治国如烹小鲜"，戏园子老屋下的灰暗和蓝布列宁装的时兴，他哪儿都不想去了。他只想一步迈进苏可的房里，他要澄清一切流言，也需要一个决绝的了断——是或否。他去推门。他心跳得厉害。他以为里边没有人，因为他在门口已经站了好大一会儿，没听见里边有一点声音。屋里并没有别人，只有苏可。

苏可在睡午觉。他以为这样的五年，她会干瘦。但她却丰润、白皙，酣睡中的惊醒，也没稍许减少她慵倦的富态，甚至可以说，她比从前任何一个时候都更像一个女人——她还穿着一身白地碎花宽袖宽裤口小圆领的细布睡衣。依然是那张深色的铁梨木老床，铜钩撑起半边蝉翼般细薄的帐纱。她支撑起上半身，在惊骇中本能地合起松沓的领口。一时间，她认不出撞进屋来的这个瘦高个儿军人到底是谁，她本能地一眼先被他斜挎在腿胯上的盒子枪震慑。但马上意会到这可能是谁，她没细想，也不可能细想，便立即向床头一张摇篮扑去。

他也看到了这孩子，不满周岁⋯⋯她的丰盈，她全部的奶汁，还在哺养这个不满周岁的孩子。她比从前任何时候都更像一个女人，也是因为有了这个还⋯⋯不满⋯⋯周岁的⋯⋯孩子⋯⋯

那么所有的流言并非捏造！他觉得自己全身的血都朝头顶上涌来，直接就去掏枪。她扑了过来，栽倒在地板上，匍匐着爬过来，抱住他双腿，哭着哀求道："你杀了我⋯⋯别碰那孩子⋯⋯"她像个重罪犯似的伏在他脚下，久久地战栗着，哭泣。是的，那久已不见了的腰背，想象不到的肥厚、柔软，直到那宽大了陌生了的臀部，都是自己在朝鲜的坑道里曾焦虑地思念过的。有时，她在他的记忆里总是以不确定的形象出现，他无法认清她真切的模样，只想得起来她那过于干脆和快当的声音。他为此焦躁，甚至不敢让战地医院的女军医和女护士触碰自己的伤口。

看啊，白得跟牙粉一样的胸脯从敞开的领口里暴露，膨胀的奶水濡湿了胸前大部分衣襟。她不再剪短自己的头发，她早已把头发按那神甫所要的那样留长了。那神甫对她说过，把头发留起来，这是主在创世的那七天里，专门赐给女人的一个优惠。在州府城里做商校生的时候，宋振和就常看到十二位穿着黑袍的男教友和十二位穿着黑袍的女教友，从教堂祭台旁边那个神秘的小门里出出进进。女教友们果然留的都是神甫喜欢的长发。教堂建在海边的长堤上。沙滩是湿的，天总是干的，沙滩总是黄的，天常常又净蓝，而那教堂的高耸和灰白，便使人们觉得，它就是人世与天堂之间应有的一架梯子，一个台阶，一声无与伦比的吟唱，一把终于冷凝了的火炬。

谁去重新点燃？

冷静！他知道此时此刻留给自己的只应是冷静。他从驳壳枪盒上撤回了自己失血的手，一脚踢开了依然抱着他腿的苏可，回到了军管会招待所。

第二天，苏可的大哥带着苏可的小妹苏丛，带着她的二哥二妹，三弟三妹，来见振和。宋振和说："这件事跟你们无关。假如有兴趣，我倒想听你们谈谈五塬城工商界开展增产节约运动的情况。"

他们没作声。

宋振和要去洗衣服了。警卫员替他买来了肥皂。军管会招待所里还没接自来水管。潮湿的院子里有一棵上百年的白果树，树下有一口前清举人捐赠的老井，井台光滑坚硬。

宋振和说："我会心平气和地跟苏可协商解决好这件事的。别影响你们的工作，请回吧。"

小妹苏丛说："振和哥，你真的再不理我们了？"

宋振和勉强地笑道："什么理不理的，我不还是你'振和哥'吗？"听他这么说，全家人都松了一口气。但他没像他自己说的那样，再去找苏可"协商解决"。当天夜里，他带着警卫员，就离开了五塬城回部队去了。

第十五章　姐　妹

　　苏丛喜欢县委大院后身这条幽静的林荫道，喜欢在薄明时分，夹着一部蒲宁的小说集《败草》或陀思妥耶夫斯基的《白夜》，踩着满地像火焰一般的落叶，走向大院残缺的后墙，看远方。稀疏的小林子正对北高坡紫色的冈峦。冈峦上除了军分区设下的一个电台，有它一幢白色的小楼和那些密如蛛网的巨型天线，再没别的建筑物了，只有榛莽的开阔起伏和并不常见的散淡。县委大院里那个警卫班，早晚都在巡逻的小战士，都愿意回答她提出来的种种问题——她对什么都感到新奇。战士们很拘谨地从她手里拿糖果吃，一颗或两颗。她总是很精心地再把透明的或不透明的玻璃糖纸折成一个个微型的穿着曳地长裙的细腰贵妇人，送给他们。他们总是很高兴，很惊奇，微微红起粗黑的脸庞。他们也给她送吃的东西，煮熟的玉米棒，或者咸鸡蛋，她大声地笑着收下他们赤诚的礼物。他们并不知道她就是本县新来的县委副书记的妻子。应该说，连她也不知道自己已经是书记夫人了。泗洋只对她说："又要调动工作了，跟我去索伯县吧。那儿的土豆比咱们这儿的更大更面。新单位给的房子可能还会宽敞些。"她就来了，连他调来干啥，自己跟着来又干啥，都不问一问。他也没细说。她相信他。他太值得相信了——跟泗洋结婚的这一年多时间里，他已调

210

动了三次工作。每次都这样，她习惯了，虽然并不一定每次都能住上更宽敞的房子。比如到索伯县来以前，他在黄土岗公社当副社长，他们住的就是很破旧的两间土房。说是两间，实际上是把很窄很长的一大间，用一道火墙分隔开来而已。他在外头那半间接待没完没了的来访者，她就躲在后面那半间悄悄织毛衣，很轻很轻地开着一个巴掌大的袖珍半导体收音机，把它放在离耳朵很近很近的一个墙洞里。后来泗洋送给她一副豆粒儿大的耳机，她高兴得不知叫他什么才好。她非常兴奋的时候，非常冲动的时候，兴奋冲动到难以自抑的时候，喜欢叫他一声"哥"，有时喘息着，紧紧地搂着他，一连串地叫出许多声"哥"。那天，她踮起脚，搂住他脖子，就羞怯地感激地叫了他一声"哥"。之所以有些羞怯，是因为还是白天哩。

泗洋原先是木西沟子女学校物理教员，中学部副主任。

那天早饭仍在机关食堂吃的。因为还没有分到住房，所以自己还没开伙。吃罢饭，泗洋说："走，带你去看房去。"她一惊，甚至都有些不相信：到索伯县才两天，能那么快就给房了？在从前，他一定会捏捏她鼻子，挖苦她几句。现在他不了，对她这老也改不了的一惊一乍，只报以适度的微笑，稍带些嗔意瞄她一眼。他太喜欢她那双富于神情变化的大眼睛了，也太喜欢她那个常常要跟他赌气的小嘴巴了。从政以后，每次宣布散会，涌到他眼前的第一个念头，往往是，哟，她在干啥呢？快走……

县委大院最早是军分区的大院。他们的新房在原先军分区做弹药库的那个小院里。老库房自然早被拆除，东西两厢盖起了两套两明两暗、各带一个小厨房、专供县级领导使用的住房。因为两套住房合用一个公厕，加上有一套住房朝向不好，坐东向西，冬冷夏热，所以，这院里总只住一家，只使用坐西向东的那一套住房。而对面空出的那一趟厢房，就让总务科占去，做了库房。

前些天，总务科叫城关镇房修队派人来把西厢那一趟重新装修了一下。院子里还堆着些砖瓦木料，有几个小工正在打扫"战场"，对环境做最后的清理。他们走进院子时，苏丛听见有人叫了一声"泗书记"，她没在意，以为叫别人。后来有人很殷勤地送钥匙来开房门，郑重其事地冲着泗洋，很恭敬地叫了声"泗书记"，苏丛这才醒悟。

进了屋，她也不看房子了，径直走到最里边一个小屋里去赌气。

"发生这么大一件事，事先也不跟我说说。"她不免有些心慌。虽然不是她当书记，但这毕竟是一个有几十万人口的县城，不再是一个黄土岗，一个北水南调工程，一个木西沟子女学校，或一堂风趣的物理课……众多的身家性命……重大决策。

"几十万人哪！"她叫道。

他关上门，轻轻地搂住她，轻轻地把散落到她眼眉上的那一缕额发梳理到她耳后。

"放心。"他微笑着，在她耳边轻轻说道。他浑厚的中音和温热的气流，搔弄得她耳郭里直痒。

她还是心慌意乱。他却已经松开了她，抓紧时间去察看其他屋子的装修情况了。

"这里再搁一个文件柜就够了，蛮可以了。就要那种刷了绿漆的铁皮文件柜……"

他的声音在隔壁屋里嗡嗡地响过来。

苏丛是两年前从五塬到阿达克库都克来找姐夫宋振和的。宋振和干到退伍的年限，主动申请转业，来到这边远省的边远区，被分到酒发五手下，任独立团团长。这些年，边境局势紧张，火药味儿大增。各垦区都奉命组建了以退伍转业官兵为主干的武装值班团队，兼种些地，放一些羊，但以武装值班为主。他们统一着装，老兵也允许带家属，营区里同样张扬着尿裤子和红内裤那样的万国旗。独立团就是这样的一个单位，只是武器比别的值班团队更精良。独立团的干部战士穿一色的灰军服，老兵们谑称自己"二八路"，包含着"又一支八路军"或"二等八路"两层意思，多少隐含着某种自嘲和辛酸。但宋振和却看重自己的这个团和这些老兵。独立团的这些老兵退伍前大都已有七八年以上的军龄，多数是共和国的第一批义务兵，实行军衔制那会儿，多数受领过上士或中士衔，当过班长、副班长，有的代理过排长，只是因为文化程度稍低了一些，年龄刚过了上限，

212

或者正巧跟连长指导员闹了次别扭，班里的新兵蛋子出了一档丢失武器的重大恶性事故，或者星期天去司务长家多喝了两盅酒，惹得司务长老婆不自在了脸红了……他们才最终没能提上干，终于退伍转业，携家带口，一路上屁股颠成了八瓣儿，暖瓶搂在怀里也照样给颠碎，奔塞北漠西而来。十六对新婚夫妻住一个废弃的大菜窖。床与床之间架起树枝编的"席片"，再糊上泥巴，互相瞧不见，心里就踏实，至于听见了什么，嗨，还不就是那么回子事儿！谁还不知道谁？二十六七、三十好几，胡子拉碴，一早起还得出操，半夜照样紧急集合。泥里水里，春种夏收，伺候老婆子坐月子，推炮车进隐蔽部，上棉花地弯腰，把节省的苞谷粉换成粮票给老家的父母兄弟姐妹寄去……他们集中在独立团，过去当班长副班长的，现在只能当战士；过去代理过排长的，兴许才给个"班头"当当。到这份儿上了，又第二次"入伍"、第二次当"大兵"，不仅让自己，而且还牵累老婆孩子，一起面对这片荒原。他们不骂娘？骂。但骂归骂，干还照样干。太阳刚落山，嘻嘻哈哈，互相串开了门儿，找新的自在和乐子去了……这世界，上哪儿再去找这样的兵？

宋振和真疼爱他们。

宋振和没跟苏可离婚。那时节，在五垣还没时兴离婚这风气。多少年，只讲"休妻"，不讲"离婚"，宋振和是革命军人，当然不再讲"休妻"，但一时他又下不了离异的决心。苏可曾哭着主动提过离，他没同意。当时五垣城里正在清查各工商户的不法行为，他和苏可的离婚，无疑会加重当地军管会对苏家的清查。苏家跟他没仇，他不想再在火上浇油。后来他也知道，那年代里，城关保安队因宋振和投新四军，常找苏家敲竹杠，苏可名下的几家店铺不久便只有关门歇业。苏可也病倒过。林德把苏可接到了州府城去养病。苏可后来回五垣，林德不放心，为了就近照顾苏可，他放弃了州府城教区的优渥待遇，请调到五垣这个小教区。他那会儿已经是个很有名望的主教了，他有可能庇护苏可。他觉得只要离他近一些，苏可就能生活得平静一些。他专为苏可办了一所教会学校，他只需要苏可每周跟他商议一次校务，其余的，他全部放手交给苏可去办。苏可开始找到了一种新的平衡。后来发生的事，似乎不是他俩事先设计好的，但也不能说是他俩完全没料想过的……宋振和原打算，等苏家安定了，再去了结他和苏可的这段孽债。后来，他被调去炮校，负责把一种新设计的大功率火箭炮运往东北某试验场试验，路上翻车，压死了中将军衔的一个主设计师。他立即被拘押审查，摘掉领章帽徽，押送黑山农场劳动。苏可闻讯，带着小妹苏丛，代表苏家全体成员，去大兴安岭北麓看他。他说，他现在想离婚了。她说，别急，等过了这一段吧，我跟老宋家也没什么仇。那会儿，宋振和一被拘押，五塬城外宋家集老宅也马上由县公安局派人监视了起来。苏家的问题查清了，算个基本守法户。大哥的轮船公司交了公，但大哥还在轮船公司里当工程师，兼任了县工商联副主任。他们同样不愿在宋家的这场火头上再浇一碗油。宋振和的事查了三年。一百七十多个有关人员全被隔离起来，在黑山农场种大豆，睡通铺，钻白桦林。有一百七十多个卫兵看守他们，还有一个十七个人组成的专案组在等着最高方面的结案意见。最后批示下来了，给了这样十四个字："知道了。还有必要关着这些同志吗？"他重新戴上了领章帽徽，并且被派到中印边界的作战前线。去前线前，他回过一次五塬，对她说："我是去打仗，不一定回得来。咱俩还是把该办的手续办了吧。"她说："既然又要打仗，你先安下心去打。有什么手续不能等打完仗再办？"他说："万一我要回不来呢？"她说："那你就白饶我一个'烈属'。"他低下头，想了想，说："好吧。"后来，她又生病，也调动工作；他又转业。两个人永远也平静不了，一直在等待中准备在同一份离婚报告上签字。

在表面上看，他们依然还是夫妻。苏可每年还享受一次有一个月期限的探亲假，到木西沟来看望宋振和。当然，她早已不调皮不撒野，早已不是那位潇洒的"女相公"。而他，似乎也渐渐淡薄了心头的创痛，甚至容纳了那个她和林神甫所生的男孩。在这男孩十六岁的那年，还允许他到木西沟来看望过他一次——当然是代表母亲，代表苏家全体。这男孩，随母亲姓苏，后来在县织袜厂当保修工。

雨，一阵阵的，带着喘，飘忽过黎明前灰暗空旷的院子，滴打在苏

214

丛卧室的窗玻璃上。

"喂，醒醒了，小懒猫。跟你说件事。"总是提前起床的泗洋洗漱完毕，带着满嘴的牙膏清香，俯下身，对依然还赖在床上的苏丛说，"你姐夫来了，昨天晚上到的。"

"什么？"苏丛惊喜地坐起来，"你怎么那么坏？昨天晚上干吗不告诉我？"

"好消息我得留着早上催懒猫起床哩！"泗洋笑着，扣上雨衣的最后一粒扣子，出门去了。吉普车早已在院子里等着。检查阿伦古湖秋汛防范准备工作，他已这样起早贪黑地在各低洼区公社大队里跑了三四天了。

苏丛披上衣服，追出门去给他送干粮，吉普车却早已驰出了院。她赶紧收拾屋子，梳洗。等天色亮透，她急匆匆去独立团驻地时，雨已取了明显的收势。街筒子里自然又是一番说不清道不明的泥泞，风更是腥腥地凉，凡是被大水漫过的地方便都留下黑不黑、黄不黄的浸迹。苏丛只得像负了伤的小鸟似的，歪斜着身子，一纵一跳地，专拣高的干的地处下脚尖，有时就只能紧挨着人家一个劲儿往外突出的窗台。窗台下、墙根前常有干地，但也不多。

年前宋振和奉命带独立团到前边为野战部队修工事，运送弹药食品，搞战地救护，抢运伤员，也单独地正面跟老毛子小小地接触了一下，干掉了他们一个坦克连。普遍的反映是宋振和的独立团打得比野战部队还理想，于是通令嘉奖，于是撤回木西沟休整。昨天路过索伯县，小憩两天，让县里组织人搞一点拥军活动；他们也有八辆运粮的卡车要修一修，有几个突然高烧不退的重病号，要请县人民医院的大夫会会诊。

多半年没见到姐夫了，苏丛想见他，有话要跟他说。

苏家的人都敬重宋振和，苏丛更是这样。两年前，苏丛和第一个丈夫离婚。她原想，终致解脱，总应感到轻松，但没有。她感觉到陌生的怅惘、失落，总觉得被他带走了什么，不是自己所要的，而是自己原有的。她再也回不到从前那样的纯净、单一。她自己揣摩，假如这场婚姻别别扭扭地再拖几年，自己就不会再敏感到有什么被他带走了，那时就只会有终致解脱的轻松、痛快，即便想哭一场，也会以大喘出一口气收场。可自己跟他，从结婚到离婚，不到一年；从脑子里出现离婚的念头到终致离婚，不到一个月；从她开口提出离婚，到他同意在同一份离婚报告上用他那一笔清秀细柔的钢笔字签下他的名字，还不到三天。他总是依从她。她没法不可怜他，但又厌恶他。她始终没法消除掉那种不切实的臆想：不管怎样，还是被他带走了自己单纯的本原。她惋惜，哆嗦，使劲地擦一块永远也擦不去的污垢。她不想再在五墩待下去，也许越远越好，越陌生越踏实。

于是，姐夫说："来吧，到我这儿来，我这儿有一个很出色的年轻男子。"她就来了。

假如连姐夫都觉得他出色，那么，他就一定是出色的。她这么想。苏家的人也这么想。

泗洋的确是出色的。

但是……

"但是"什么？

你急于找姐夫，到底又想说些什么？

说什么……难道泗洋还不够出色吗？

索伯县县城不算太大，骤然间开进一个独立团，满街满巷能见到的，仿佛全是穿灰制服的兵了。马拉的辎重车不时隆隆驰过，横躺在车上的吊下大腿，坐在车上的懒懒地吹着口琴。所有这些浑身酸臭的老兵，都死死地盯着从车后走过的苏丛，盯着她修长的双腿和十分匀称的胸部。车走好远了，他们想起来，还舍不得，非要回过头狠狠地再补看两眼。她知道他们并无恶意，只是离家太久，挖工事太单调、太辛苦。后来有一辆车是独立团卫生队的，车里躺着三四个女护士。她们也东张西望，但胆怯得多，互相挤得很紧，合盖在一条军绿色的大苫布里，苫布上溅着许多还没干透的泥巴坨。有一个护士年纪大一些，总有三十开外。她好像对马上回家淡漠得很，似乎还留恋着战地的紧张和那里所特有的自在。她骨架粗大，手和脸盘和男人的一般生硬，独缺圆润。她披着一件很脏的灰军棉袄，交叠起双脚，把整个下半身都深深地顺进那硬撅撅的军用苫布里头，似乎在看什么，似乎又什么也没在看。

独立团团部被临时安顿在远郊一座很有点名气的老宅里。长顺街顺到这块堆儿，就算到了尽头。手工业联社最后一个库房大门有点破旧。焦炭、石灰和碎麻袋片沿途散落，连接上农田的干褐和大小土包的起伏。那一律都是些残缺的黄土高包，远看，像倾斜的炮台，也像黄帝驱赶蚩尤撤兵时，遗留在这片土地上的战鼓。那老宅，就建在这样一个土冈上。宅门外，还有一片不算小的荒草地，停放着独立团三七炮连所有那些炮管低平细长的战防炮——这种炮用来打坦克。老兵们说，它们很像他们十二三岁的小妹妹，正在抽条儿长个儿，瘦是瘦了点儿，但机灵，懂事，难免有些任性，倒也可爱。

宋振和跟炮连的老兵们一起在擦炮。他跟他们几乎都是一样的装束：上身很单薄地只穿着件旧的白平布衬衣，下身穿的是一条臃肿肥大的灰军棉裤。有些老兵在刷洗拉炮车的大叫骡，掺和着鬃毛的脏水，哗哗地从硬板刷上往下流淌。还有两个老兵正在泡病假，帮着去拉了几车草料，这时侧斜过身，躺在草料堆上歇息，用一只胳膊肘撑起宽厚的上半身，把两条腿长长地伸出去，一边卷着莫合烟，一边目不转睛地打量着从他们面前走过的苏丛，苏丛的袅袅和坦直的微笑。

阳光刚从云缝里挤出。

一个参谋替宋振和把保温茶杯和记事本拿回屋。宋振和稀里哗啦地洗过，舒舒服服地在一把临时借来的藤靠椅上坐下，小小地呷了口能烫麻舌头的酽茶，惬意地长出了口气，才笑着跟苏丛说话。

苏丛爱看姐夫做事。人说，女人是用水做的。这句话含义又复杂，又丰富，哭着说，笑着说，咬着牙说，都不会错。最浅近直白的解释，大概是指女人爱干净，老也在洗。但论干净、爱洗，恐怕一多半女人都不及自己的这个姐夫。苏丛这么想。她爱看姐夫做事，不管他做什么事，她都爱看。他不管做什么，总是那么专一，那么津津有味，那么彻底，不达目的决不回头，但又没有半点穷凶极恶、肆无忌惮的样子。在自己达到目的的同时，他还总能想到身边的人，总还能想到那些他觉得必须想到和应该想

217

到的人。只要他愿意带着你，你尽可以放心地跟着他，他会带你走过鬼门关前任何一条奈何桥，并回到天地人之间那片般若洁境，也许会遍体鳞伤，可总有保障。苏丛常常喜欢在姐夫身边一声不响地坐一会儿，默默看他做事，看他从绝不漂亮（她不愿说他丑）的马脸上，慢慢渗出一纹温和的明澈的微笑。她知道，只有在他真心愿意笑的时候他才笑，他决不勉强自己。转业到垦区来时，人事局给他列了一长溜去向：总部直属中学校长，食品六厂副厂长，机修总队政委，供销二处处长，机要处处长，总部机关协理员——全体机关干部和首长的总管家……按总部首长的意思，是一定要留他在总部机关，至少也要把他安排在总部所在地的直属单位。但他最后选择了独立团。所有人都觉得不可思议：木西沟离繁华已成城镇的垦区总部两百公里，只不过是一条长满了"木头"的沟壑。他说："我看中的是独立团。"你还跟他说啥？他彻头彻尾就是个当兵的料！

苏丛理解姐夫的选择，但她说不出道理。

姐夫所做的一切都使她激动。五岁时，她就喜欢跟这位未来的姐夫手拉着手上街。

后来他说："来吧，到我身边来，我给你物色一个出色的年轻人。"她几乎未加任何犹豫就上了轮船和火车。要知道，即使计算直线距离，从五塬城到木西沟，也有二千七百公里。什么叫荒原？上火车时，她心里只有绿洲。

今天，她仍只想在姐夫这儿静静地坐一会儿。她不想说什么，虽然……虽然……虽然，她已经非常畏惧地感觉出，在自己和那位十分出色的泗洋之间，已出现了一条还隐约不可见的裂纹。她怕它变成裂缝，变成无法探其深浅的沟壑。她害怕——怕自己。五塬城里几乎所有的人都说她第一个丈夫是个最好的男人，她却没法跟他往下过；现在，几乎所有木西沟和索伯县的人都看重泗洋，自己却又开始在挑他的毛病。玻璃上的那条裂纹在嘎吱嘎吱的微响中延长分岔。她不愿意。她不愿意让别人说她是一个专门挑剔男人的女人，是一个没法跟任何一个男人老老实实过日子的女人，是一个一刻也离不开男人、但任何一种男人都无法满足她的女人。她自觉自己不是那样的女人。

　　她想说："我和泗洋之间没有任何裂纹，没有。"

　　但是……

　　哦，不要这"但是"……泗洋是个出色的男人。让我静静地坐一会儿，让我恢复正常。

　　我也是个真正的好女人。

　　帮助我吧。我到底怎么了？

第十六章　瘫　鬼

　　垛装完第十二辆马车上的柴火，再使粗麻绳来回倒过五六道，死死地煞紧，大弟天观对大哥天放说："这么点事，还非得你亲自去？我派个人去办，不就晓得了？"

　　肖天放对大弟的劝说，未置可否，只是牙疼似的哼了哼。熟悉他这些年变化的人，都明白，他虽然没有明确说出什么，但这已然表示，他不改变先前的决定，执意要亲自颠这一趟。这不是哼，而是他的笑，一种不冷不热，既不想怠慢了对方，但也不想让对方觉得自己缺乏主见的笑。

　　假如你真的已经十年没见他了，那么再猛地一见，绝对不会认出他来。他变化太大：更加粗矮，臃肿地堆叠在脖颈儿、下巴和额头处的皮肤，油黑地发亮，布满大小不等的肉疙瘩。他总是剃个光头，头皮刮得生青，常年戴一顶油腻到极点的单军帽。镇上的人说（哈捷拉吉里村早多少年，就已扩大成了个镇），光这顶帽子上洗下来的油腻，足够肥三亩地。他承认，却由它去。他把帽檐和帽圈的前沿捏一块儿，让它像鸭舌帽那样，低低地压在无比突出的眉棱上，遮住那一对深陷在肉窝里却又常在炯炯发光的小细眼。帽子戴得过分地靠前，就遮不住他那肥大得惊人的后脑勺，更别说他那根好像是一段烧焦了的柱杠的后脖颈儿。

大概是因为体形的缘故，不管出自哪一位名裁缝之手的衣服，穿到他身上，都好看不起来，总是前边太长后边太短。他索性不讲究穿着。他也没工夫去讲究那玩意儿。他似乎要所有的人记住，不管他肖天放出过什么样糟心的事，他总还是个老兵，他这一生是在枪杆子底下滚出来的。故而，他总穿着一套旧军服。人们发现、因此也认定，天放老叔、天放老爷子、天放大大就只适合穿军服，没错。

他增添一条木头做的腿，同时也就少一条肉长的腿。平日里，他根本不用手杖。他使唤他那条木头腿，跟使唤爹妈给的肉腿一样灵活自便。只有到正经场合，大伙都装腔作势，他不得不也跟着装腔作势一番时，才用上他那根用黄姜藤做的铁一般坚硬、弹簧一般柔韧而又富有弹性的手杖。

"肖天放。犯过错误。请多帮忙。"

如果他认为必须跟你打交道，那么他总是用这样的开场白，来开始跟你的交往。他希望你感到他对你是坦诚的，绝不会伤害你，更不会对你构成任何威胁，他会替你做你需要他替你做的每一件事，他在你面前是卑屈的。但因此，你就忘乎所以，就大模大样，人五人六，真不把他当一回事，那么，你就大错而特错了。三天后，或者三回交道打下来，你就会为自己的这种粗浅和傲慢而悔之不及。他不是镇长，不是镇委委员，连个"共产党"都不是，但在哈捷拉吉里镇，他说了算。不信？你试试。

肖天放今天要带儿子肖大来，去索伯县县城找县中校长，安排他儿子入学。按上级对学区的划分，哈捷拉吉里镇的学生，只能上老满堡中学，或者挤到灰林堡，但不能去县中，它容不下那么些。但肖天放非要把儿子送进这所已经有了八十年历史，在全县全地区都数最好的中学去。

他必须让自己的儿子上最好的学堂，接受最正规的教育。他绝不允许自己再像自己的爹对待自己那样，去对待自己的儿子，也绝对不允许儿子再像自己那样，苦挣一辈子。他要他过另一种日子，做另一种人。是的，现在他只剩下这最后一桩心事——那就是儿子。

大来娘，你放宽心，我能办到。我要让你我的亲骨肉过上那种连白家兄弟见了也眼红的日子。不只是吃好穿好，不只是说话算话……眼看着年年月月更多的雪水流进阿伦古湖，它越来越宽阔，也更浑浊。岸边的沼泽地里冒出越来越多的老树疙瘩，疙瘩光滑，古怪，精黑铁硬。涨潮时会引出风，也招来成千上万只黑压压的寒雀，带来它们的盘旋起落惊叫翻飞，并且低低地从哈捷拉吉里镇面粉厂和榨油厂的工棚顶上掠过。成千上万对翅膀所扇起的声音，仿佛一个坦克团或十个拖拉机作业站。它们消失得如同它们出现一样突然，而后降临的空寂旷远，就好像真发生了什么，却又好像从来都没发生过什么似的……

　　那年，肖天放随老五团特务连去了朝鲜。志愿军里不分什么上等兵下等兵，但扳着指头细算，他这已经是第三次当兵了。他苦笑着，但又松了一口气：不管怎么样，他又回到自己最熟悉的队列里了。他真服了自个儿，不管干啥，到最后，还是当兵最自在。"你他娘的，恐怕活到九十九，也还只配扛枪打仗正步走。没出息的货。"他笑着骂自己，心里还是感到舒服。他小心谨慎。矿上给他开的入伍证明，说他直到参军前，干的只是农夫渔夫脚夫，只会使用炸药只会做腌鱼桶只会钉马掌。他装得什么也不会，糊里糊涂连向右转向左转都闹不清。他"慢慢学"，他要让这支军队里的"同志"看到，他决心当一个出色的军人。他最怕遇见那些刚从旧军队里解放过来的"同志"，他怕他们一下就觉出他身上他心底已有的军人习气。他知道这是很难掩饰的。十个人一起吃饭，一声口令说"开动"，他们同时去抓饭碗，你就能看出谁当过兵，谁纯粹是个老百姓，就是不一样。开头几个月里，他真是连睡觉时，都睁着眼睛，怕露了马脚。想来拼死拼活跟洋鬼子干仗，打完这些仗回到国内，别人再不会跟自己计较，在老满堡联队所经历过的那旧日的一切了吧？他好好干，被调到军急救站，背伤员、漂洗消毒绷带、挖坑掩埋带枪洞的内衣和截断的四肢、整理烈士的遗体。他终于习惯了这支军队。它不许军官打当兵的耳光。指挥官和士兵穿一样的制服，他觉得可笑。他用沙哑的低音，悄悄安慰那些因突然失去半截身子或全部视力而无法镇静下来的年轻人。他把他们抱在怀里，让他们使劲地咬住他的手指头。手指头出血，他们疼得好受些。他甚至隐隐地埋怨过停战来得那么快。他曾盼着有朝一日重新回步兵分队去施展，他再得不到那样的机会了。他将只能带着"急救站男护理员"的身份回国，他有些懊丧。接着，就发生了那起事后不管到什么时候，他都无法原谅宽恕自己，同样也不能原谅宽恕这场战争的事情。

那天军急救站奉命转移。停战谈判期间，谈谈打打，打打谈谈，有些仗还打得异常激烈凶猛。有些部队的任务就比较稀松。急救站所在的部队，就有一度稀松，转移中失去跟军部的联系，被突然包抄过来的洋鬼子包围，死伤大半。那会儿，他没受伤，没昏迷，枪膛里还有两粒子弹，弹袋里还有一颗揭开了后盖的手榴弹。他看到几个年轻的美国兵，黄头发蓝眼睛，或者红头发蓝眼睛，顺着他们在的这条战壕搜索过来。他赶紧猫下了腰。他很清楚一个出色的军人，此刻，应该怎么干，他的确也上起了刺刀。他准备转过身，冲上去，他端起了枪。但这会儿，他想起了儿子。他太有经验了，他很清楚，在眼前这种态势下，自己一个转身，一个突刺，将意味什么。用一根老式的步枪去对付四五支美式冲锋枪，结局无须推算。他忽然问自己：死不死？就这会儿死？可是儿子呢？大来娘……没来得及往下想，他好像听到火辣辣一串子弹飞行的声音和几个同时吼出的生硬的汉话："缴枪！"他只觉得自己痉挛了一下，像被子弹击中，本能地贴紧土壁，枪便从手中滑脱……也许什么也没发生，没有痉挛，没有举起双手。但后来，交换战俘时，从对方战俘营回来一位急救站的大夫，指证那天他被俘前，看清肖天放是喊着"别打……别打……"举着双手向后倒退的。

"你这臭狗屎，自己不要脸，做俘虏，还要拉个人做垫背的！你他娘的是人操的吗？！"他发急了，向那家伙扑去。后来，他转身冲到一边的工具箱前，抄起一把锋快明亮的利斧，叫道："你们不相信我说的，可我是真的……真的……"说着，他便高高举起利斧，狠狠向自己小腿上连连砍去。但等工作组的人从蒙怔中惊醒，慢慢围过去，要夺他手里的那把斧子，他小腿上早已着了七八斧。血肉模糊中，已经露出白不呲咧的骨茬，一条壮实的小腿跟膝盖之间就只连着薄薄一点油皮和几根抽跳着的筋腱。

但事后无数次揪心的回忆，他一次比一次清楚地看到，自己当时的确是举起过手……

肖天放被遣散回了村，没有复员费，没有安家费。伤口老不止血，区和乡卫生院所有的大夫都叹气："回家养着去吧，想吃啥，赶紧弄点吃吃。想开点。"他知道自己不行了，脓血成桶成桶地往外流，便趁着个月白风清的夜晚，悄悄下了床，一路爬到阿伦古湖大苇荡，找到大来娘当年消失在那儿的荡口。他没别的想法。他不愿死在所有那些被他瞧不上眼的人的面前，也不愿让那些本该死在他头里的人，瞧见他死在头里。他要趁自己爬得动，爬出去。他要最后看一眼大来娘消失的那片苇荡。他怕孤独，他怕被人忘记。他要爬到大来娘身边，或者说，他要向大来娘爬去。比刀锋还要快的苇茬，割破衣服，割破皮肤，割破早被脓血浸黑的纱布绷带，一次、再次、三次、十次、三十次地深深扎进他那露着白花花骨茬的伤口里。他不埋怨那些疏远他的人。作为一个老兵，他知道，"投降"是不能原谅的。自己早该死去，能死回到大来娘身边，他不悔，只是觉得不能再为这个家尽力，为儿子尽力。无论从哪一方面看，自己都成了废人。他下定决心去死。第二天，家里的人循着那条黑黑的血迹，很容易地便找到了他。即便在苇荡里，即便在水中，那黑浓的血道道，竟也不融散，只是像稠黏的下脚油料粘附在草叶苇根上。

　　他没死成，偏偏又活了过来：血不流，新肉芽包裹住了骨头茬；知道饿，饿得狠，每顿都能喝下去半锅拌了咸猪油的苞谷糊糊。特别叫人发愣的是，几十年都没长起来的个头，那几个月里，一天一个样地往上抽，就像那苞谷苗，旱过了劲儿，铆然吃着头遍水，嘎巴嘎巴抖开了骨节，摇摇晃晃，呲呲咧咧，翻动那长条鱼似的叶片，往起蹿拱。头半年里，他每个月必须到区公安助理员那儿报告自己的踪迹和思想状况。他常常到大苇荡去等那几朵黑云战战栗栗出现。他等那声音。他需要那黑云，需要那声音。他拄着双拐来回在村里走动。他不愿躲起来。他要让全村的人都看到肖天放是丢了一条腿，才活着回来的。他不想去解释，他只想让他们看到，他要待下去，待到老死。他不会放过自己，也不会让别人小瞧自己。他见天在村子里走。足有半年，他没干活，默不作声地靠三个弟弟两个妹妹养活。等把伤养好，他心里便琢磨妥了一个周全的计划。他把弟妹们陆续地全打发到外边去，能参军的参军，愿当差的当差。他们问他："谁养活两个老人和两个孩子？七弟天一还不到参军年龄，还在老满堡上着学。"他说："当然我来养。"他们说："你赶走了我们现成的十条腿，只留你一条腿，到底打的是一把啥算盘？"他说："你们别多问，要把我当大哥，就听我的。在外头好好干，拼命干，少说话，多干活儿。不要惦记这个家。我过去两条腿时，养活过全家。现在靠一条腿，同样能养活剩下的两老三少。我只求你们在外头好好干，在往后的几年里忘记这个哈捷拉吉里村！这就算你们成全了肖家！"

他们走了。他给自己装了条木头腿——自己拿蒙古栎做了个假腿，拿皮条绑在残肢的肢端。假腿只不过是一段圆木，圆木下安了一小段直径不会比墨水瓶大多少的金属棍触地，这样耐磨损。他开始丢掉拐杖，到生产队挣工分。一开始，队里只按半劳力给他计工。他不作声。但从那以后，不管干什么活，他都摽住队里最强壮的那几个家伙。他们干啥他干啥，他们干多少他也干多少，队里不让他干他也这么去干。不给工分，他也要摽住那几个家伙，无论是上山砍树，下湖拉网，放水和泥打土坯，清渠挖淤筛沙石……一天天残肢的肢端被假腿磨得鲜血淋漓，一天天他的后腰椎间盘突出，渐渐再挺不直脊背，一天天跟他一起干活的人都能听见他身体里骨头跟骨头摩擦碰击的声音，一天天他闭紧了嘴不跟会计记工员王八羔子队长论一日之长短……最后他拿到了整劳力工分。晚上，他揣着工分本，到会计家，说："把前一段的工分都给我补记上。"会计说，这得找记工员。记工员说，这得找队长。队长说，这得找书记。他把记工员队长书记会计全找到一个大屋里，把工分本摊在他们面前，解开木腿，露出淌血的肢端。他还把全村那几个最强壮的劳力也一起叫来。队长说："肖家二弟在县委党校当了炊事班长吧？"书记说："县妇联昨天还表扬了他大妹。"记工员说："他家老三上个月在区政府还只是烧烧茶水喂喂猪的，听说从这个月起，当了区长指导员的内勤公务员，管理文件收发了。"会计说："我前些日子到省城拔牙，住在县供销社驻省办事处里，听说肖家老四在办事处转运站里做了个管库的，腰里别着老大不小一串铜钥匙。"——那就给他们家老大把这点工分都补上吧。算盘响多大一会儿，他肢端的血就淌多大一会儿，算盘不响了，肢端也不淌血了。

到成立公社那一会儿，他突然把在外的弟弟妹妹全招了回来——除过七弟天一，他那时刚参军不久。

小小的哈捷拉吉里村，本没有什么人在外头混事，现在肖家一家便集中了四五个从外头回来的"公家人"，这自然使肖家身价百倍。恰如肖天放几年前暗中所算计的那样，阿伦古湖畔的"天平"又一次向他肖家倾斜了：哈捷拉吉里村成立大队，大队部有了肖家的人；后来又扩组成四个大队，四个大队的大队部里都加进了肖家的人；四个大队归归拢，升格为镇，镇党委副书记一职，看好落在了从部队复员回来不久的肖家老七肖天一肩上。

哦，不能说是"看好"，更不能说是"碰巧"，一切的一切，都是肖天放多少年前，从朝鲜回来后那些个无法入眠的夜晚，苦苦盘算，一点一滴计划下的。

而他自己，却依然只是个"普通老百姓""干粗活儿的"。筹备成立哈捷拉吉里镇的那段日子里，有一天，请县政府几位秘书长吃过饭，送他们去新盖的招待所住下后，在哈捷拉吉里镇一大队当支部书记的大弟天观，在二大队当妇女队长的大妹天桂，在三大队当会计的二弟天德，在四大队当副大队长的三弟天灵，在公社拖拉机站当站长的二妹天芳，在供销社当营业部主任的三妹天芝，还有已被提名内定为镇党委副书记的老幺七弟天一，一起郑重其事地来找大哥天放。他们说："大哥，也给你安排个位置吧。你为我们辛苦这么多年，你也得叫我们安心得下。"他牙疼似的哼了哼，摇摇头，眼眶湿了好大一会儿，叹口气道："有你们这句话就够了。大哥是犯过错误的人……"天一说："在咱们的哈捷拉吉里，你还说这干吗？"天放垂下头，咬着牙，沉吟了好大一会儿，跟自己好一阵搏斗，最后还是说："不用了……只求你们上进，别忘了侄儿大来就行。"天一说："说啥忘不忘记？我们敢忘了我们那位老侄儿吗？"在场的人都笑了，虽然笑得不免有些沉重。

肖天放在哈捷拉吉里虽然什么也不是，全镇却再没第二个人像他那样受到敬重。他的脊背重新挺直了，腰椎间盘也不那么突出了。他的骨头和骨头之间照样有种种磨击，但哈捷拉吉里镇人听到的，更多的是他那条木头假腿顶端那个金属小柱头，在镇街碎石子路上、咯噔咯噔自信的稳当有力快速的敲击声。他几乎不再去干活儿。从前，只有在要装那么一会儿腔，作那么一下势的时候，才掂上手的手杖，现在可是时刻地不离手了。现在，他已经不那么担心再有人会说他"装腔作势"了，或者说，他已经必须在更多时间里都做出一副"装腔作势"的样子才行。当然，他依然少不了跟各种各样的人说他那句老话："多多帮忙。我是一个没用的人，一个犯过错误的人……"

现在盘算的，就是儿子的前程。大来娘，我要送儿子走出哈捷拉吉里，让他做完我肖天放从小就想做而一直也没能做成的那个梦，然后心甘情愿地到大苇荡去跟你会面。多少年，多少天，我肖天放忍气吞声所干下的这一切，所打点下的这份根基，全是为了他——我和你的儿子。我再没别的指望了。我没忘记你向大苇荡里跑去的时候，口口声声喊的是我，口口声声还喊着我们的儿子。我会安排妥他的一生的。大来娘，你就放宽了这个心吧……

星期六下午，学校分副食品，有时是土豆，有时是包菜，有时半斤豆腐，有时两条腌臭了的巴鱼。学生都放走了，教员们、家属们就掂着各式各样的器具，在大食堂门口排队。苏丛不要。泗洋叮嘱她："你也得去要一点，别让其他教员觉得你这个县领导的家属特殊，家里有特供。你拿回来不想吃，送人也可以嘛。"但苏丛还是不想要。她不忍心挤在大队伍里，跟那些再无其他副食来源的教员们，去争那一点点配给。她和泗洋总比他们好得多。姐夫宋振和经常从独立团给他俩捎一点市场上难以见到的腊肉、腊肠和老牌的固本肥皂、黑头火柴，这就足够他俩吃用的了。况且县委大院里，也总在分东西。商店的货架上东西虽然稀少，但各种各样的大院里却总在分各种各样的东西。这是苏丛来到阿达克库都克以后，觉得它和五塬古城非常大的一点不同。（现在的五塬城，许多东西也都不

227

从商店里走，而拿到各种各样的大院里去分了。）看着在一个个大院里热热闹闹吵吵嚷嚷排起的长队，再对比街面上的冷清，她总觉得这件事简直是太有趣了。但她还是不想去排队。

校长说，你替我去接待个来访者，我得去排队。从过完"五一"，就再没分过鱼了，鱼不能不吃。

这个来访者就是肖天放。他让十二辆满载的马车，一字排开，停在校门外，独自来找校长。虽然还只是九月初，哈捷拉吉里镇的人出远门，习惯带皮大衣。一路的暴土和中午太阳的灼烤，皮大衣的肮脏臃肿，嘴唇上的焦疤，木腿的狰狞，手背上的黑垢，以及四五天、四五个月或者四五年都没认真洗刷过一次的身子头发上散发的体臭，莫合烟和羊油和生蒜的气味，所有这一切，都使苏丛不敢走近去说话。但那个小老头（她看肖天放，一定有五六十岁了），却偏好凑近来搭讪。她只得竭力遏制住泛自心底的战栗，退到一边，让两张合并在一起的办公桌隔开他和她，使他不能凑得太近。

"你是……校长？"他牙疼似的哼了哼，毫不掩饰自己对面前这个干净清秀而又拘谨的女教员的怀疑。他不相信她会是校长。难道校长这角色，是谁都能当的？啧！

"我不是。"苏丛一边说着一边去开窗。

"我找校长。"

"校长委派我来接待你。"

"对不起，还是请你去请校长。"

"校长很忙……"

"不就分那点臭鱼吗？"他又牙疼似的哼了哼，鄙视似的朝窗外大食堂门口那一大溜子人，歪了歪他那大得出奇的脑袋。他这口气、神情，一下激恼了不大容易被激恼的苏丛。到索伯县这一段时日，她见过不少眼前这样的小老头、半老头。他们大多在基层单位当个头头，都是在一方土地上，说话绝对算数的角色，成天只有人求他，给人分配谁可以过好日子，谁必须过坏日子，谁将就着过不好不坏的凑合日子，从来没人敢当面说他们一个"不"字。日子一长，就惯出了他们这毛病：哼哼唧唧，满不在乎，你的就是我的，我的还是我的，天下人生来就得听我的。为啥？啧！

"你要愿意对我说，咱们就快说。如果你一定要等校长，那只能很抱歉，请你下周一来。周末放假，明天法定休息日。"苏丛斩钉截铁，把身子挺得笔直。

肖天放略略一愣：想不到这小女子还真较上劲儿了。他喜欢这样的女子。校长能派这样的人来接待他，他甚至都有些喜欢那位尚未见面的校长了。

"给口水喝喝，行吗？"他开始寻机缓和突然紧张起来的局势，并狡黠地眯起眼，正经打量苏丛，同样也不掩饰自己对对方的兴趣。这些天上火，他眼角有点糜烂发红，常有分泌物黏结，内衣口袋里便老揣着一小管眼药水，每每得闲，就掏出它来，往眼睑缝里挤，一天总要点它七八回。

当然肖天放最后还是找到了校长。校长开始不肯收肖天放儿子，肖天放就让人把十二辆大车赶进校园。校长还是犹豫，肖天放说："我能保证你全校一年四季烧柴取暖。"校长心动了。肖天放瞟了一眼校长手里那两条可怜巴巴的臭鱼，说："这种东西在我们那儿，喂狗都不吃，嫌它咸。"校长苦笑笑："不能这么比……"肖天放觉得最后的时机已临近，忙大声说："除了柴火，我一年给你们再供两吨最好的腌鱼，哈捷拉吉里腌鱼。嗯？土豆白菜什么的，你要多少我供多少。嗯？"他见那位校长还在犹豫，便耐不住地拍着桌子，逼近校长，大嚷道："我不就是求你开个恩，给我儿子一个上学的机会吗？你要挤不出这多余的课桌椅，我自备课桌椅；你教室里没空余的地方搁我儿子的课桌椅，就让他在窗外坐着；你学生宿舍里没多余的床位，我给儿子租旅馆。校长，你还要我这做爹的咋个样？你还有啥不肯的？你连那样的臭鱼都要了，我那两吨哈捷拉吉里腌鱼，你不要？我再给你两条，你让那位女教员记下来，我给盖章画押，官司打到哪儿我都认账。第一，我说给的那些东西，哪一天给不上了，你开除我儿子。第二，我儿子准能学好功课，哪一天学不好，胡捣乱，惹你生气，你开除他。哈捷拉吉里镇的肖天放犯过不老少错误，可有一条，你去打听，说话算话！"

这是苏丛头一回听到"肖天放"这三个字，也是她头一回听说"哈捷拉吉里镇"。

没等肖天放嚷够，校长觉得还是赶快答应他为好。两吨鱼固然不能不要，但最怕的还是，这小老头嚷到最后，一定还会上房掀屋顶。这几间办公室的屋顶有十好几年没翻修了，还真经不住他去一掀一抖落哩！校长估计，那两吨鱼，肯定能比那修房款来得快。在这里起作用的是经验，"老奸巨猾"的经验。但有一点他不怀疑，修房款早晚是要拨下来的。

城关第二照相馆门前蹲着一匹黑狗。云缝里显出太阳，其他地方便游离出两块不大不小的蓝天，傍晚的阳光就得以很黄很浓地照住半边街厢，至于另外半边，却依然阴沉。肖天放到照相馆去找老朋友石连德，替儿子找寄宿的地方。租旅馆？说得轻巧，谁恁阔绰？再说，有钱也不那么花！

那年，他们给石连德判了三年刑。为以防万一，查证核实没有终止，一年半后，没有发现他参与什么阴谋的迹象。真正策划参与阴谋的人是有的，但不是石连德，至少还没发现。倒是查出他在任伪职期间，常去县稽查主任家修钟表，后来十二年没生养的稽查主任太太奇迹般得了胎气，居然开始生养。当时县政府那长长短短的走廊里，就飞短流长地产生许多关于他和那位太太的议论。但议论毕竟只是议论，作不了证，即便查实了，他勾搭的也只是一位伪稽查主任的太太，犯不着今天再用革命的名义来惩治。经过反复研究，他被免去余剩的一年半刑期。他不能再当教员了，就到县城开照相馆。公私合营后，他留在照相馆里当摄影师，住在照相馆里。这照相馆，临街有两间铺面房，后院里还有个小楼——正宽两间，上下两层，走廊和门都冲着院子的那种老式楼，足够让大来住的。

石连德说："儿子搁我这儿。我还兼做家庭辅导员，保你儿子门门功课得优。"

肖天放说："那我该咋样谢你？"

石连德说："你把儿子交给我，我就得谢你。"

肖天放说："那可真便宜了我。"

石连德高兴地说："也便宜了我。"

肖天放就再没跟石连德客套下去。石连德从出监狱后，一直自己单过，再没娶一个放在自己身边，在镇上找了个相好的，在长桥那头开小酒馆，也忙着一摊儿。他俩谁也过不到谁店里去，谁又离不开谁，常常是下了班，关了店门，互相再走动走动。她那儿，也是自己单过，在店后头的小厢房里支一张单人铺，不缺冷清。

石连德一直很喜欢大来。这跟他很早就认识大来娘，也喜欢过大来娘，但始终没跟大来娘好上，兴许有点关系。石连德至今还记得，大来娘常给那些去她那儿坐坐的客人，沏一种清茶，每杯清茶里浸一个翠绿翠绿的橄榄果。北方佬都嚼不惯那又酸又涩的青果，他们皱眉头时，她就捂嘴笑。她从来不赶走任何一个想亲近她的人，但从来也没让他们真正地亲近过。除了肖天放。

肖天放喜欢听石连德讲大来娘。

石连德也喜欢听肖天放回忆大来娘。

那天，石连德说："走，这么多年，我都没叫你见见我那位相好的，今天叫你见见。不过老弟见了，可别耻笑。当然了，不及大来他娘。"

肖天放说："世界上不就一个大来娘吗？"

石连德说："不过，我那个……一双手还经得住人细看。"

肖天放说："鬼！谁看女人往她手上使劲？"

石连德说："不管咋着吧，当面你多少得替我夸她几句，让她高兴高兴。女人嘛，都爱听个软话。"

肖天放哈哈笑道："男人就不爱听软话？喷！走你的吧！还叨叨个啥！"

走过军分区被服厂，厂区里常年不断地飘浮出棉絮的纤维尘粒，厂区外居家的屋顶和路两边的树木，全蒙上了灰白的一层。再往前，县看守所青砖大院的高院墙，就挨住了河边。河不小，一年四季浑黄，常有大树连根飘来，但流出三五里去，出县城不太远，水渐少，而后突然见少，空旷起一大片灰白的河滩，堆满大大小小的卵石，还有半间屋那么大的青石块，磨秃了棱角，悠然自得而又寂寞百代地侧起接近清澈的小涧。清倒是清了，水也少得很了。

河对岸，有县城的另一半，老城区那一片都在对岸。河宽，桥就长。这是一条完全用圆木方木木板堆垒钉筑成的公路桥，桥桩上涂着很稠的一层焦油，桥面上厚厚地铺着一层细沙或煤渣。那小酒馆就坐落在看守所斜对门，桥的这一头。这时，一辆特制的马车带着轰轰的巨响，飞快地从他俩身边一擦而过，奔桥那边去。亏得老石耳朵好使，老远就听见了那蹄子和轮子的动静，一把把天放拽到了路边，要不，只想着向那小酒馆里找那双经得住细看的手、又习惯横着身子过马路的瘸鬼肖天放，真要让那疯了似的四匹马撞倒了、踩烂了、拖碎了。

"不要命了……这些年轻嘎娃……"马车过去好一会儿，石连德对老城区狭窄弯曲的小街筒里的马车嘀咕了一句。

肖天放没应声，只是盯着那辆很熟悉的马车不放。好大一会儿，看准了马车的去向后，他匆匆说了句"你先去占个位子……"便挪动他那条木头假腿，急急向桥那边走去。

耳朵被炮火震聋过，但眼睛却鹰一般好使的天放，在马车风驰电掣般从他身边掠过的那一刹那，只回头瞟瞥了一眼，就认出，在车上坐着的，正是他女儿玉娟和他七弟肖天一。

马车急速深入老城区，拐进紧邻几家煤场制砖厂修造厂和粉条厂的窄街筒，天一觉得，再没人能瞧见他们了，这才放慢了车速。刚才过桥的那一瞬间，真把他吓呆了。他知道大哥带大来也到索伯县来了。但一个十二辆马车的车队，怎么着，也走不了那么快吧？他带玉娟走的是近路，他满以为，找到大夫，替玉娟了结那件揪心的事，再往回走时，大哥他们也还不一定到得了县城边上。但他们偏偏在桥头遇见了。他只得把玉娟往车厢肚里一推，撩起马鞭，狠狠在辕马和梢子马耳朵根上，来回捎出一连串尖脆的鞭花，自己也忙勾下肩背，埋下头，一路狂浪地冲撞过桥。但愿灰暗的暮色和瞬间的猝不及防，能使大哥没能看清了他。

玉娟不知道刚才那一会儿，幺叔为什么突然变得那么凶狠，而这一会儿，却又铁青着脸，只顾匆忙钻弯曲的街筒，好像要把她带到什么地方，赶紧深埋起来似的。

她不敢问，也不想问。也许已经到了天边，也许正在走向尽头。她只愿幺叔别再对她那么凶。

街区在冥冥的暮色中，呈现出应有的陈旧拥挤和参差的斑驳。它又不断往下倾斜，能看清前方街区房顶的起伏，各种院落中树群和衣物的杂色，自行车的扭动，收音机天线杆儿的歪斜高耸，木板小阳台上的花盆，后院的厕所，猫追狗，揪片子不搁高汤。

"下车了……"幺叔终于开口了。他伸手搀扶玉娟，脸色已完全恢复了平静。她想问，刚才究竟出啥事了。但现在再问，又有啥用呢？她没接幺叔伸过来的手，她不想在街面上让人瞧见她跟幺叔这么亲近。她自己扶着车厢板，挪动坐麻了的双腿，把孕期反应十分强烈的身子，一点点移下车来。

这边已近城关的市梢。面前是公社卫生所，还是城关大队的卫生所，已无须弄清。总之，卫生所的人早已下班，空剩一个院子和几棵白蜡蜡的械树。鞋片儿撂到屋顶上。走廊尽头才有盏灯。那位外科助理果然依约，在他屋里等着他俩。十天前，天一独自来找过这家伙。这家伙精明得像一匹恰逢盛期的公狸猫，天一犹犹豫豫地刚磕巴出两句，他就马上明白，到底是咋回子事了。他先古怪地瞟瞥了一下肖天一，而后皱起眉头说："未婚女子……是未婚女子吧？未婚女子做这号手术，可得办不少手续……到所长办公室去申请了吗？"一边说，一边折腾他屋里那个火炉。他身后，挂满了大大小小、各式各样空鸟笼，一个双开门玻璃柜，广口大肚子标本瓶，被福尔马林浸泡起的粉红的灰褐的可怖的怪胎。天一忙给他递去一个不算厚也不算薄的纸包。这精明的家伙，不用打开纸包，只用捏惯手术刀的手指，轻轻捏捏纸包，大概齐就能确定里头包的是粮票、布票还是钱票，或者每样都有一点，各有多少。他把纸包扔进一个中等大小的鸟笼，拉下蓝布笼套，把鸟笼遮得严严实实。天一这才注意到，所有的鸟笼有已被罩起和待被罩起之分。纸包被扔进中等大小的鸟笼，无非告诉对方，你这点出手，不算多，也不算少，马马虎虎还将就得过去。而后，这家伙随手从一个黑粗陶罐里抓起一把盐和碎铁骨木，往炉子里一扔，炉子里立即爆出一声棕黄的闷响。天一不明白他这一手，究竟又表示什么。他只知那纸包里包着自己六个月的工资。

那家伙把天一推出门去，带玉娟进了手术室。他不正眼看玉娟，总是趁玉娟不备时，狠狠地瞅她一眼，又赶紧掉开视线。玉娟怕他，当他的手故意触摸她的腿杆时，她几乎要昏厥了。

玉娟出手术室，天已全黑。那家伙一边锁手术室的门，一边对天一说："明天再来，还是这时间。来早了你自找麻烦，来晚了，我也不恭候。回见。"说着，提起两个被蓝布套罩严实了的鸟笼，胳肢窝里还夹着一棵大白菜，回家去了。

"走吧……"天一去搀扶玉娟。他不知该怎么去安慰为他遭了罪的玉娟。

玉娟不动弹，低着头，倚在近门框的墙边，索索地颤抖，双手下意识地捂住小腹部，只是在抖。

"疼……很疼吗……"天一嘴发黏，嘴唇焦躁。他都想不起来，身边的挎包里还预备了几个生鸡蛋、四两红糖和一包油炸排叉。他偷偷地跟人请教，听说一出手术室，就得给女人喝两个生鸡蛋，在蛋壳上，凿一个小洞眼，而后叫女人仰起脖子，稀里哗啦地吸；再用烫烫的水泡一碗排叉，撒进两把红糖，再拿个大碗扣住，严严地焖一会儿，趁热用筷子挑来吃，捧起碗喝，出一身汗，歇着，等汗自己干了，给女人裹上块头巾，再上路。但这会儿工夫，他全记不起来了。

玉娟只是龟缩着。

"怨我……都怨我……"天一磕磕巴巴。

玉娟忽然拧过身去，哭了。

原来，刚才那家伙只是要了玉娟一回，根本没给玉娟做那手术，只是用镊子夹着酒精棉替玉娟细细地擦了一回。他说高压蒸煮过的手术器械已全都用完，所以手术今天还做不成，今天只能消消毒。天一马上找到那家伙的家。那家伙家里也挂满了鸟笼，天一一声不吭先踩扁了两只用蓝布套遮严实的鸟笼，而后擒住他手腕，不由分说，把他拖进大杂院一旁僻静的夹皮巷筒。肖天一在部队当过五年侦察兵，这一手，小菜一碟。

"你这是干啥哩？"那家伙觉得手腕已接近骨折，疼得想嚷。但肖天一不许他嚷。

"去替我侄女把手术做了。明天你爱擦谁擦谁去，我侄女明天没工夫再来伺候你。还不许你在我侄女身上出半点差错，留半点病根儿。跟我玩这哩格儿隆，我叫你全家好瞧！"天一松手，那家伙倒退十八步。

这一回，肖天一在手术台边上监督着。但他一直没敢往亮处看。听着玉娟一声声地挣扎，哀求："幺叔……幺叔……你出去……出去……"他惭愧地悔恨不已地闭上了眼。后来，他抱起玉娟，向卫生所大黑门走去。苍白的玉娟挺沉，也挺轻。

马车慢慢出了城圈，由沙砾、礓板土、碱蒿、猪灯笼草组合的漫坡，托起远去的大路。天一把车棚后门脸上的布帘子卷起一点，让玉娟远远地看一眼索伯县县城里的灯火。长这么大，她真还没来过县城。大来到县中上学，她跟在马车后头，送了好远好远。从来没人问过她一声，是不是也想进县中。城区里的灯光白明明闪烁。苹果花……苹果花开几月白？她突然觉得心酸，小肚子里又一阵阵隐疼。

"我要死了……"她轻轻地对幺叔说，泪珠无声地淌下。漫坡留在了身后。他们必须在固集海子那一片干涸了三百万年的卵石滩上露宿。卸罢套，让加了脚绊的马们，在一旁安详地嚼它们的晚餐，除了干草，还有一道主菜——干豆。他俩便并排躺在大车排子上，盖着厚厚的皮大衣，身底下垫起暄软的干草和皮褥子。听远处，寒气冻裂了老树。那一声声的喘息，仿佛汪得儿大山在起身巡渠。

天一没吱声，他替玉娟掖紧大衣，便走到篝火旁。他抬起头，让自己尖削的鼻尖，正对着弯拱起的苍穹。他不知道该恨谁，责怪谁。也许该恨那年不该得罪了团司令部的军务股长、政治处的干部股长、后勤部的膳食股长。他本可以留下，他已提了干，当了连长。他还年轻，满可以再在部队里干十五年，第一批初拟的转业名单里并没有他。只是到了最后一分钟……也许该恨自己不该听了大哥的话，去争哈捷拉吉里镇党委的这把交椅。县安置办原意是要让他去新开的那个矿上去当矿长或副矿长，但总有一天会让他当矿长或局长。他不想干，他想去县剧团。他羡慕做舞台布景的人：在七彩变幻的灯光中，真真假假，假假真真。在那真真假假、假假真真中，他能做几回平日做不到的人。他知道自己不是大哥那样的人，他不喜欢去左右别人、摆布别人。大哥要不是有在朝鲜沾上的那一档子事，绝不会把镇党委这差使推到他头上，大哥会自己干的。现在只有这个七弟能推到那位置上去。大哥早想妥了的，年轻、有文化、当过兵，又是个连长，兄弟姐妹七人中，也只有这老七最聪明，见识最多。肖天放把一切都算计得好好的。

他只是没想到，自己这个兄弟厌烦那种迎来送往的日子，厌烦看着别人的脸色说话行事。厌烦心里有七分，脸上只能表三分，嘴里更只能说半分，或者什么都不说最好。他厌烦对谁都点头，只说些干瘪的原则的话。他要痛快，要快刀子砍肉，见血见响见火星。他厌烦干涉别人。他不懂为什么不能让大家各奔一摊——只要他不伤害别人，不欺骗别人，不侵占别人。

假如他不厌烦这一些，他就不会觉得哈捷拉吉里寂寞，不会觉得镇公所里的白天黑夜太长太长，不会觉得土路旁的木栅栏太老太歪，他也就不会总去问那一块支在木棍上晾晒的牛皮，为什么老在往下滴发黑的血。水井上的辘轳把裂了又裂，露天堆放的化肥撒了又撒，片儿林上空的黑雀群重复了又重复。后来，他甚至都怕看见羊群。它们坦率、热闹、拥挤、忙活，但又随便被人赶来赶去。他知道自己不该厌烦，但又忍不住要厌烦。

镇公所里有他单独一间住房，值班用。开会晚了，不回家；谈话晚了，不回家；陪客晚了，不回家；统计表格晚了，不回家；闲聊乱扯晚了，不回家；不想回家时，不回家……不回家，大哥心疼他，常叫家里做些好吃的，给他送去。常常是叫玉娟送，总是送晚上那一餐。一荤一素两个菜，再加一碟下酒的肉皮冻或水煮花生豆，拿干净毛巾盖上，玉娟提着它们，慢慢走进镇公所。家里的好酒都留给他喝，大哥说："费一天脑子了，叫他提提神吧。"玉娟总是在一边静静地看幺叔喝。送汤，怕路上洒了，汤就在镇公所的煤油炉子上做。做了两回，玉娟说煤油炉子做的汤不好喝，有煤油味，就从家里带一个炭炉。幺叔说："傻丫头，煤油燃烧，跟那汤还隔着一层金属锅哩，煤油味怎么进得到汤里去？"她说："进得去进不去，我怎么闻着老有那股子煤油味？"他说："那是煤油在进行不充分燃烧时，有一部分煤油燃气分子被挥发到空气中，又被你嗅到鼻子里去了。"她说："既然燃气分子会被人鼻子嗅进肚子里去，它怎么就不会拐个弯钻到汤锅里去？"他只好笑了，帮她一起支炭炉。笑完后，他感到轻松。他给她讲"燃气分子"，讲"气体扩散"，讲"嗅觉神经元"，讲"煤炭总有一天要挖完"，讲"太阳也总有一天不会再那么烫"。她好像听懂了，又好像没懂。她愿意听，不只是因为，除了幺叔，再没人跟她讲这些。她愿意听，还因为她可怜这个只比她大四岁的小叔。镇上人人都羡慕他，她可怜他。她知道他不愿待在哈捷拉吉里，但为了肖家，他必须留在哈捷拉吉里。她也只能待在这里。

有一天，下大雨。他打回电话来，叫家里别给他弄晚饭了，但她还是给他做了，又送去了。那一天，假如玉娟像往常那样，只是静静地在一旁看他吃，到底也不开口，他一吃完，乖巧地收拾碗筷擦干净桌子提起饭篓赶紧走；假如她不羡慕他那些年在外头的生活，从来没轻轻地要求过他给她讲讲；假如那天镇公所里不是那么静，那么黑，雨又下得那么响，她全身的衣服都湿透……他拿毛巾让她擦脚，拿自己的军便服给她换。她害臊，转过身去。他出了屋，让她一个人在屋里。油灯光透过格子扇门上的窗户纸，艰难地在廊檐下做成半个朦胧。他心跳得厉害。他不知道自己为什么要去关上镇公所大门。沉重的木门生涩地往一起合，轰轰隆隆，吱吱嘎嘎。他在整个镇公所里绕了一圈，他一间屋一间屋地去敲，去推。他不知道自己当时为什么要急于证实偌大个镇公所，的确再无旁人。后来，他在做会议室的大堂屋里站了许久。原先的红砖地，是他让人换成了水磨石地，一下雨，便泛潮，便紧着往上透阴凉。曾有过的太师椅、花楸木虎茶几、螺钢镶嵌大案桌，自然早就换光，他讨厌这种老里老气、冷冰冰的僵硬。他让人从镇中心小学借来几张旧桌椅，他宁可要它们。现在，他站在这些桌子前，强使自己镇静。假如那天他真能镇静下来，再不回那屋；即使回了，假如进屋前能得体地先问一声可不可以进；假如等里边那一阵忙乱的衣衫声消失，再慢慢推门……假如那天，玉娟利索一些，把该换的早换了，该扣的早扣上，她不是那样地犹豫磨蹭为难心慌，假如她没有卷起裤腿，当么叔猛地推门进来时，慌张得怎么也扣不上最后两粒纽扣；假如这时他不走过去，不想做一件要跟所有的人都过不去，特别是跟自己过不去，跟玉娟过不去的事；假如他没"假惺惺"地对玉娟说那句话："傻丫头，咋的了？我来替你扣……"假如所有这一切"假如"都不是假如，第二天，玉娟不再理他，不再到镇公所来，不再正眼瞧他，不再觉得他可怜，不再愿意听他讲"太阳总有一天也不会再发烫"，她没有在躲闪推拒挣扎哀求的同时又紧紧地抓住他……那么，结局又会是怎样？

为什么不是那样呢？

为什么？

老天爷，你为什么偏偏要跟我过不去呢？

"我要死了……"玉娟又轻轻地哭道。

天一闭上了眼睛，胸底兀然涌起一股强烈的呜咽。他连连颤抖了几下，眼角便有滚烫黏稠的火，往下烧灼。这湿的火流，淌过他坚韧黑亮的脸面，渗进鬓发间，甚至窝集在耳蜗里；有的直接淌进嘴角，一股咸苦的辛辣。换一种身份，他这时应该、他也会去紧紧搂住为他受苦了的玉娟。他要对她说一千种最好听的话，让她沉浸在对他俩曾经有过的最激动的甜蜜的回忆中。他要向她许愿，他要让她索取 —— 哪怕狠心敲诈他。他要亲她，求她别再哭了，事情过去了。上帝把所有的苦处都放到了女人肩头上，他看到了，他懂得了。他没法来替代她，但他会终其一生地小心翼翼地把她捧在自己的手掌心里的……

但这会儿，他连碰都不敢再碰她一下。他觉得自己没有资格去碰她。一种深重的罪孽感缠绕了他，压迫着他。这是比愧疚更深重的怅惘。

238

他曾经想理智地结束。他曾经试着跟别的女人来往。镇公所里有好些个从粮库调来帮工的女办事员。在成立镇公所以前，粮库是哈捷拉吉里村唯一的国营单位，它们是"国库"，代表国家在这儿收购贮存粮食。还有一个女办事员是从镇中心小学调来的，因为生孩子太多老歇产假，没法再正常带班教学；她丈夫又在县手工业联社当会计，一年也回不了几回家，帮不上她的忙，就把她商调到镇公所。他留她们加班，他给她们说笑话。他买饼干糖果偷偷塞到她们挂在椅背上的手提包里，向她们挤挤眼睛，表示默契……或者装作漫不经心的样子去捏她们肥厚的手背脚背，让她们高兴地或装作不高兴地向他挤一下眼或啐一嘴……凡是能做的，他都做了，凡是别人会做的，他也试着去学着做了，但是除了得到对自己对她们更加的厌恶以外，他什么也没得到。或者还得到了一种少有的鄙视，对自己的鄙视。

玉娟总是静静地看着他，带着阿栉河河湾突出部中那块大沙洲上一片黄栌树的秋色。

她总是不说话。

她总想知道一切。

她总是推开他，但又紧紧抓住他。

也许她还并不明白自己和幺叔之间究竟发生了什么犯天条的事。她只希望有人待她好。只是到后来，有一天，她懂了，她曾跪在天一面前，哭着求他："咱俩再不敢那样了……别那样了……"

这是一团飘浮得很高很高、又很温暖的云，但它却载不走人。

回到家，天一立刻把玉娟安排到河对岸东风公社东风大队举办的新法奶牛饲养短训班学习。主持学习班的是天一的老战友，一起参军，又一起复转回来的。天一对他说："我这侄女太会干，太肯干，该不该她干的活儿，她全往自己身上揽。年纪轻轻，得好几种病，身体虚成这样。让她上你那儿，学养牛，是挂个虚名，就是想把她托给一个我信得过的人，找个背静的去处，让她将养一段。你给我拿鲜奶子鲜鸡子新鲜蜂蜜和稠稠的羊骨头汤好好喂她，伙食标准单列，伙食费找我报销。"

老战友索性去公社党训班那儿为玉娟找了个小屋，安安静静住下。那段日子，党训班恰恰没办班，院子里见天落满了野鸽子和家鸽子，红嘴唇，黑嘴唇，红爪子，黑爪子。屋后还有一排高高的老杨树，也像营房。

有一天，又下着大雨。到下午，镇公所里便再度只剩下他自己了。这一段，玉娟去"学习"了，家里人轮流来给天一送饭，保证他每天一遍酒。他似乎喝得比以往任何时候都多。他想喝，有时连中午也喝。

总要到天黑下来，家里的饭才会送到。这一段时间里，他披上雨衣，到河边转圈，远远地去看东风公社短训班那几间平顶小砖房和小砖房后身那排老杨树。浑浊的河水在继续上涨，波波拉拉地涌动，漫进岸边低洼地的树丛里，带进许多新起的泡沫和霉烂的草叶。他看到玉娟站在那院子里也在向这边眺望。他忙躲闪到大树后头。他不想让她瞧见，他要让她安下心来。

回到镇公所，大姐天桂打来电话，让他回家吃晚饭。这可是从来没有过的。

"咋的了？"他迟疑着问。这一段，他很过敏。

"没咋的，二哥三哥都回家来了，全家聚聚。"大姐接着在电话里解释，口气有点冷峻。

天一放下电话时，心就耿耿抽紧。他觉出，要出事。他早知道，他和玉娟的事是瞒不长久的。大哥的脾气，他当然清楚，一旦事发，结局不堪想象。

一瞬间，他甚至都支撑不住自己沉重的躯体，颓坐在电话机旁的一张板凳上。

他又赶到河边。他曾跟玉娟约好，假如家里有什么动静，她没法应付，需要他紧急赶过河去，就在平房前高高的那根旗杆上，升起一面小三角红旗。但这会儿，在阴霾的雨云笼罩下，在冰冷的寒风中，那灰秃秃光净净的旗杆，依旧灰秃秃光净净，很瘦很高很孤独，并无半点红的三角。玉娟没发出求救告急的信号，他稍稍放了心——假如事发，他们不可能不去找她——看来，不像会有大的动作。但他不知道，就在大姐给她打电话的那一刻，大哥天放正在短训班那间小平房里，揪着玉娟的头发，要把她拖回家去。玉娟来不及升旗，她没力气升旗。她死死地扒住门框，怎么也不肯上车，最后还是两位姑姑把她抬上了车。她翻滚着窜下车，疯了似的向大苇荡跑去。她叫："娘——我下回再不敢了……娘——你救救你女儿……娘……"她看见那雨白哗哗地飘来飘去。阿伦古湖上空凝聚着一片很大的乌云，但怎么也靠不到镇子这边来，它只有无可奈何。而挟带着雨的风，推拥长长的粗粗的苇秆儿，让宽宽的苇叶摩擦宽宽的苇叶，发出绿闪绿闪的光。玉娟终于跑不动，一股很热的东西顺着裤腿不断往下流。她知道，只要能跑到苇荡边，做娘的不会不来救自己的女儿，但她实在跑不动了。她脸上一点血色都没有了。二姑捡回她一只鞋，大姑悄悄把事先准备好的一小段木根填到她嘴里，叫她紧紧咬住。他们没把她拖回家。天一赶回家时，没见到玉娟，没见到大姐，也没见到二哥三哥二姐三姐；院子空空，一排九间平房，窗户玻璃全黑着，门全开着；院子里既没有脚印，也没有车轮印。他真有些害怕了。为什么叫他回来，又不见一个人影？爹和娘没搬镇上的这新居里来，他俩仍住在老村址的那个土包后头。他们全聚到那儿去了？他不想去。他不想面对爹，也不想面对娘。要砍要剁，趁早，干吗躲着？是我对不起你们，对不起祖宗！

他在院子里，怔怔地环顾四周。雨的喧哗，告诉他，结局已经逼近，很近。

当他回到镇公所时，看见大哥天放在他屋里正等着他。大哥木然的神情和全身每一块都鼓凸起来的肌肉，已经说明了一切。

大哥好像是送饭来的，他带来了玉娟常用的那个饭篓。但他摆上桌的，却只是两个空碗，一个空酒盅，一双白木筷，还有那段几乎都已经让玉娟咬烂了的木根。

大哥从朝鲜回来后，把全部的希望都寄托在弟妹和儿女身上。他管教他们十分严厉，但他又不愿让外边人知道肖家内部有任何一点不和与不肖之处。每次他惩罚做了错事不肯听话，或始终学不会什么叫"听话"的弟弟妹妹儿子女儿时，总把一段木根塞到他们嘴里，强令他们咬住。他每次打他们打得都十分凶狠，要他们不哭不喊，是根本办不到的，只有紧紧咬住木根，哭声喊声才传不到院子外头去，才不会让外头人得知肖家也出事了。他要让所有的人都觉得，肖家的人总是心齐的、有劲儿的。

看到咬烂了的木根，天一便知道玉娟已遭遇到什么了。他的心一颤，扑通一下跪倒在大哥面前，叫了声："是我不好，你放过玉娟……"

天放沉沉地说道："去闩上大门。"

天一照办了。

天放说："吃饭吧。"

天一不知所措。饭篓里是空的，碗和酒盅也是空的，大哥送来的只是一场空。

吃什么？

"吃呀！"大哥吼叫。

天一慢慢挪近饭桌，端起空碗。

"你吃呀……"大哥的声音颤抖了。他哇的一声大哭起来，垂下那坛子一般粗大的脑袋，紧攥着钵头一般大的拳头，毫无节制地痛哭起来。

"你吃！"他又一次吼起来，把饭桌掀翻。

这些天来，他在自己心里一遍又一遍地把这个自己一贯最器重的七弟，打了又剐，掰碎了揉开了再撕烂……用牙咬，用指甲一点一点地抠……他整夜整夜地睡不着。他到大苇荡里，让苇茬刺穿自己的脚掌心，让苇叶割破自己的胳膊和胸膛脊背。他对大来娘说，他对不住她，他没能看管好他俩唯一的闺女。他本来不想把这件事告诉天观天桂他们，本想一个人憋在心里，悄悄了结这件事。但他实在憋不住。再憋下去，他觉得自己真要疯了，真要瘫了，真要炸了。

天观天桂执意要由全家人来惩戒这畜生一般的七弟。天放考虑再三，没让他们这么做，甚至都不许他们今晚见到他。只要一见面，哥哥姐姐们肯定会气疯了，任什么也拦不住，只等扑上去，一人一口，一人一棒，一人一刀，天一就活不成了。但肖家还经不住这样的折腾，肖家还不能没有这个在镇上正走红的七弟：大来刚入县中，后面的路还长着；肖家的第三代还有七八岁、四五岁、一二岁的，他们也都需要这个七叔。臭了老七，也就臭了肖家。多少年，多少忍耐，肖天放才把老肖家弄成这个样子。经不住啊，再经不住从头到尾把那段弯弯曲曲高高低低磕磕绊绊已走过的路，再重走一遍，再没恁些精血，再没那个气魄，也没那种耐力——肖天放已经老了……

天放捂住脸，呜呜地抽泣。

五十年一笔老陈账。我的爹啊……

不知过了多长时间，天放慢慢站起来，让天一收拾起破碎的碗盏，倾倒的桌椅，把屋里的面貌恢复到跟原先的一样，而后把天一带到天桂家。玉娟在天桂姑姑的屋里躺着，浑身上下已经没一块好肉。屋里除了天桂，再无旁人。

天放让玉娟把衣服脱了。

天桂一惊。

天放吼道："脱——"一马鞭把哆哆嗦嗦刚从炕上强挣着爬起来的玉娟，又抽倒在地上。

天一想到屋外去待着，刚转身，被天放一把揪住。天放说："天一，肖家出这样的丑事，总是我这做大哥的不正经，没管教好自己的闺女。也是我这做大哥的没能耐，没能让你这做兄弟的明白，咱肖家出不得这种丑，没那本钱出这种丑。几十年……我知道你恨我。你可以当着你大哥大姐的面，打这不要脸的侄女，也可以当着你大姐侄女的面，用刀剐我这叫你恨的大哥。可我得求你，你再别这样来报应肖家，肖家经不住……你怎么还不明白，咱们肖家经不住啊……"说到这里，肖天放再也忍不住了，咬着牙，一掌打倒了天一，用脚踩住他腰胯，哗的一声，撕开他裤子的后门脸，趁手摘下天桂家割猪草的镰刀，用它锋快的刀尖，在天一背上深深地划了道血口，叫坚韧的薄皮和粉嘟嘟的油肉一起往外绽翻。

即便在这个时刻，肖天放也没让疯劲儿完全左右了自己。他不破天一的相，只在他背上给一刀。他依然遵循自己的这个治家原则，决不让外头人瞧见肖家的不是。

几天后，哈捷拉吉里镇做秋季征兵动员。会前，肖天放问肖天一："你能主持这个大会吗？"肖天一只答了句："为了肖家，你放心吧，大哥。"肖天一果不其然，一口气，连说带比画，依然做了两个小时零九分钟的动员报告。镇上的人除了觉出肖书记在台上有一点不敢直腰挺脖颈儿，再没瞧出来别的什么。镇上的人一向爱听肖书记作报告。他见识多，口齿清，脑子又够用，不爱死板地照县里发的宣传讲话提纲念到底，经常把提纲扔在一边，跟大伙摆豁儿。他从小在哈捷拉吉里长大，对这儿的一切太熟悉了，知道台下的人心里在想什么，要什么。所以时不时，他再捎带抖搂一点哪个梆子剧团哪位女老生的私事，哪位刚被免职的中央领导的传闻，卖蹿儿走东村，邪带着劲儿哩。台下抓耳挠腮地乐，不住地笑得前合后仰，他自己在台上却依然稀沉个脸，声色不动，从从容容，一句一顿，有板有眼。娘的，真有他个一辙！

第十七章　木屋　泥屋　石头屋

　　那天，泗洋在上班前交给苏丛一封大姐的来信。信揉得很皱，边边角角都有点磨损，肯定又在他口袋里耽搁了好些日子。这已经不是头一回了。苏丛早已跟各方亲友告示，她有她的工作单位、通信地址，她不用别人代收信。但他们还是觉得寄给泗洋转交，更放心。

　　"哦，还有件事，我差一点又给忘了。前天，姐夫打电话来说，你大姐要来探亲，要你得空，给回个电话。"他匆匆忙忙换着胶鞋。索伯县城，一到春天，雨就不少。

　　"知道了。"苏丛也忙着往手提包里装学生的作业本、教材、备课笔记。

　　"你不去回个电话？你大姐可能已经到木西沟独立团团部了。"他见她不像去邮局挂长途，便又叮问。

　　"知道了。"苏丛憋了一肚子气。但她不愿吵架。她知道跟谁吵都没有用。既定的，变也难。认识到这一点，几乎是这两年里自己最重大的收获。

　　"我已经替你向领导请了假，你今天不用去学校了。待一会儿，我问问小车班，假如有去木西沟办事的便车，你上午就走吧……你大姐这一回恐怕不能像以前那样待够一个月，好像有点啥事，要提前回五墕。你别耽误了……"苏丛提着包，走出门去时，泗洋又追上来补充。

苏丛憋不住了："你请假？干吗要你替我请假？"

"昨天，正巧见到你们黄校长……"

"那你去木西沟好了，你索性包办到底吧。"

"苏丛……"

苏丛并没直接去学校。学校并不需要她去这么早。学校里几乎所有的人都认定她在县中待不长，像泗洋这样年轻而有能力的县委书记，县里也留不长，他什么时候走，她也就跟着走了——他在县里找个过渡，她也只不过走个形式。学校没敢给她安排正式的教课任务，没敢让她正经顶岗。常有这样的教训，类似的夫人，说走就走，连找代课老师的提前量都不给，叫校长手忙脚乱，冷汗一身。校长把她安排到教务处赋闲。她给自己争取到了每周八节物理课的代课任务，那还是"耍赖"要来的。她私下去找那个代课老师，说："初中的这几节物理课，我来代。你太忙了，高中班的事儿已经够你受的了。咱俩均匀均匀吧。"那老师不敢做主。她不让他去报告校长，她让他先听她两节课，假称他感冒。两节课下来，学生都说听懂了，愿意听，她和他才又去找校长。

谁都非常非常尊重她，但谁又都没把她真当一回事儿。

她走到学校后头的土豆地里。雨还在细碎地滴落飘洒。她看见了肖大来。她一度很讨厌这个身份和来历都相当特殊的学生，后来觉得他有点儿古怪、阴沉，最近又发现他聪明得出奇，所以不禁常常注意他。

靠十二车最好的梭梭[1]柴和两吨著名的哈捷拉吉里镇腌鱼入了县中，肖大来在同学中便得了这么两个雅号，大家叫他"十二车""四千斤"。用这绰号嘲讽他的，都是高班的住校生。跟他同班的不敢嘲弄他，他比他们大得多。县城里的那些初一学生，都只有十二三岁，他插班读初一，已经十六岁了。肖天放个儿矮，可生的这儿子，人高马大，坐在教室最后一

---

[1] 梭梭，藜科梭梭属植物，可用于绿化沙漠。

排，还戳出老高一截，跟教育局派来听课的督导员似的。同班的说不上话，高班的又嘲笑他，所以他孤僻。学校的司务长待他特别好，怕他在学生寝室里受气，住不惯，单给他在食堂那杂物不算多的小库房里安了张二起楼儿的双层床。司务长原意让他睡下铺，上铺搁东西，他却偏偏睡上铺，空出下铺来搁东西。下了课，他哪儿都不去，操场上从来见不到他人影。他总是躲在小库房里做作业，而后爬到二起楼儿的上铺，凑到床头的一个小窗户眼儿跟前，定定地去张望那些在操场上玩耍的同学。三个月，他读完了初一的课程。三个月，他又读完了初二的课程。寒假里，他爹没让他回哈捷拉吉里，拉来两麻袋黄豆、两桶腌鱼，请了几位老师帮他补习初三的课程。这一开春，他就插班进了高中一年级。嘲笑声正从学校里慢慢消失。低班的同学，比他小的同学，越来越佩服他，愿意接近他。他不欺负他们，他床底下常有可以随时撕来吃的油红油红的腌鱼，他总是把这种在县城里几乎见不到的食品分给那些小同学。高班的同学不愿意佩服他，虽然不再经常嘲讽，但仍然冷不丁地远远地喊他一声"十二车"，有时干脆喊他"腌鱼干"。几个人从那小窗户下走过，齐声喊，然后哈哈大笑。他从来不把腌鱼分给那些比自己强的同学，也绝对不给女生——虽然他有"十二车"和"四千斤"。奇怪的是他常年不穿鞋，总爱打光脚。老师说，这样进教室不雅观，他就拿毛笔在光脚背上画了双袜子，还画了鞋口、鞋帮，惹得全班同学捧着肚子大喘，整堂课都没法安静下来。入冬前，雨夹雪，苏丛见他大大咧咧地把两只光脚丫子伸到课桌之间的过道上，脚底板上净是结着冰碴的泥水，她不禁打哆嗦。下了课，她把他叫到办公室，给他钱，叫他去买鞋。他说："苏老师，我爹常年给学校供柴、供鱼，还供不起我一双鞋吗？我穿不惯鞋，一穿鞋，脚就烧得慌。"苏丛惊讶地问："寒冬腊月呢？"大来说："那也只要穿双单布鞋。要不是怕你们瞧着冷，其实我光脚也能过冬。你们为什么不光脚呢？真的有那么冷吗？"苏丛微微红起脸，说些别的事，岔开了话题。

学校里几乎所有的老师都觉得这孩子少年老成，无法接近。但苏丛却觉出，他也有不被人识见的另一面。他总小心地避开所有的女生，甚至在一些年轻的女老师面前，也过分地拘谨、冷漠。这也许是他早熟中的某种压抑。但奇怪的是，他很愿意跟苏丛接近，开始只是远远地打量她，后来也愿意往她跟前凑。轮到她的课，即使不该他值日，他也会抢先去把黑板擦干净，去把教具搬来，甚至换上他为她特制的教鞭。其实他的手挺笨，并不会做这些小玩意儿。到比较熟了，苏丛问他，为什么单单愿意接近她。他说："你像我妈妈。"苏丛笑了。他突然很生气，嚷叫："这可笑吗？"她很歉疚地沉默了一会儿，等他稍稍平静，问他："我听你说过，你还在襁褓中，妈妈就出事了。难道你家里还留着妈妈的照片？"大来摇摇头说："没有一架照相机能照得下她来。"苏丛大笑说："这怎么可能？"大来怅然地说："这是真的。那年省城照相馆高级照相师用东洋相机都没能在底版上照出她的相来，最多，也只能照出个虚影。"苏丛不笑了，想了半天，又问："那你怎么知道你妈妈模样的？"大来说："我知道，我能看见她。去年夏天，爹带我来县城，告诉我，我妈从前就在这城里住，还跟一个叫吉斯姑娘的女人做过邻居。他带我去找那旧院子，走了不多一会儿，我说他走错了。他骂我混蛋，娘住这儿的时候，还没有你哩。我说你就是走错了。那些巷筒街道，这些年变化挺大，死胡同通了，灰砖房拆了砌红砖楼，新工房一片片代替了原先的趴平房。他走错了，是正常的。可我怎么会知道妈原先住哪儿呢？我也说不清。但我只知朝那个方向走心里就舒服，背过身来就堵得慌。我让爹跟我走。我们穿过好几家的过道，出他们家的后门，差一点头撞南墙不拐弯，最后走到一个正在挖地基坑的工地上，我说到了。爹去打听，那儿果然就是原先那个院儿的旧址。爹呆住了。"苏丛说："既然你有这样的本事，为什么不把妈找回来？你不是说，她只是失踪了，并没有死？"大来愣怔了一会儿，脸色唰地灰黯下来，木木地瞪着前边，说："那里太暗，苇子太密，水太深，雾太浓……我去不了……"

"你待在这儿干啥？"苏丛走近大来，惊讶地问。雨淋湿了他衣服，他的皮肤变得又黑又亮。他不怕冷，还不怕水。他住到小库房里以后，司务长很意外地发现，原先小库房里猖獗得吓人的那许多老鼠，全都不见了。

　　学校安排，那天上午劳动，平整一块猪饲料地。已经到开早饭的时间了，他还在这儿等苏老师。没人告诉他她会来，但他知道。

　　大来是来给苏丛送一副"水晶"纽扣的。

　　那天，雪化了，苏丛穿了件大姐穿旧了改给她的花呢大衣，纽子晶亮。大来没见过会发亮的纽扣，也没见过粗花呢大衣。那时，在县城里，带尖顶帽的"棉猴"，已算时髦，女教师里更不会有人穿呢大衣上课。一直到下了课，他还盯着那大衣和扣子看，甚至走近去摸那扣子。只要他觉得是好的、新奇的，他绝不顾忌别人会怎么说，总要去摸一摸，问问清楚。他跟同学们争论。他说，苏老师大衣上的扣子，肯定是最金贵的那种水晶扣子。其实，究竟什么是"水晶"，他也没见过。不知为什么，他总觉得，苏丛身上任何一件东西，一定是最好的。男同学嘲笑他，一口咬定，那些无非是牛角扣或料器扣。于是争吵。很少跟他们争吵的他，却认真争吵着。最后女生们来裁决，告诉这些根本不懂服装行情的"二把刀"们，那既不是上蜡打光的牛角扣，也不是本身就会发亮的料器扣，更不是金贵的水晶扣，是一种新产品，叫"有机玻璃扣"。只是玻璃？大来不服，上课时当众站起，问苏丛。苏丛不明白，为什么要在物理课上追问她的扣子。她只好如实说，的确是一种有机玻璃扣。于是全班冲着肖大来哄。其实，即便是有机玻璃扣，这在当时，也算相当时新和值钱的，但只要不是水晶扣，男生们便觉得大胜。大来还是不服，下了课，他去城里，转遍了各家商场找水晶扣。后来一个小贩说他卖的就是水晶扣，大来见那扣子的模样，紫盈盈的确光润晶莹，就出大价钱买下了。

　　他要苏老师一定换上"水晶"纽扣。苏丛很感动，接过那纽扣一看，仍然是有机玻璃仿制的。她不愿伤了这孩子的心，谢过了，收下了，催他快去吃早饭。

　　猪饲料地邻近猪圈。脏臭的黑水顺人工挖就的小渠时断时续地流到地头的一个沤肥坑。地其实已让别的班的同学平整好了，今天的活儿，只是拣拾去年留下的苞谷根茬。碰到这种老根疙瘩，播种机的圆片耙、开沟

249

器就伸不进土里，种子就只能播在浮表土上，黑雀就会来啄了它们去，出苗时就会断条，结果就减产，猪赖般瘦。

大家都脱了鞋袜——地里太湿。苏丛也只得脱。走过那个浮着厚厚一层泡沫的沤肥坑，苏丛战战兢兢。等她走进地里，有十几个男同学早拣出十来米去了。大来拣在头里。一下地，他的精气神全来了，兴奋得两颊通红。潮湿的风鼓涌起他单薄的褂子，像蝗虫的翅膀无声扇动。他不时回头来找苏丛，并帮她把她那一趟里的根茬拣了。过了一会儿，突然他很响地叫了一声："天爷，咋恁白！"大家被他吓了一大跳。四周围的雪都已化完，杏花苹果花都还没张开它们的小嘴。天上，雨不再下，乌云仍很密集。在这片灰秃秃的四野里，还有什么能被称作是"白"的东西呢？大家更纳闷的是，从来不一惊一乍的肖大来，今儿个是咋的了？大家装作漫不经心，却都把疑惑好奇的眼珠直愣愣支到眼角的尽头看。

肖大来又嚷了一声："你们都来看呀！"他向苏丛跑去。他看到苏丛的脚了。他常年光脚，脚掌是粗硬的，脚背晒得油黑。在阿伦古湖边，他身边的男女老少，但凡能光起脚时，也总是光着脚的。他从来没见过，也不知道，人的脚还能这么细洁白润。他简直不相信自己的眼睛。他无比诧异但又极其惊喜地看了看苏丛，并且又嚷了一声："快来看呀！老天！"

其他那许多在场的人，并不是没有注意到苏丛脚的与众不同。特别是那些成年人，成年的女人，从苏丛进县中那天起，甚至在有消息说她要到县中来的那天起，就在背后经常地打听她。他们议论，比较，偷偷地笑或叹息，也诧异或疑惑或感佩艳羡。他们只是当面不出声，绝不公开表达自己的惊喜或厌恶。当他们发现肖大来这几声喊，是冲着苏丛的脚去的，他们觉得这孩子简直疯了。学校管理员忙跑过去，狠狠地推了肖大来一把，训斥道："邪门儿！干啥哩？"

肖大来不知道自己做错了什么，还想辩解。管理员又推了他一掌。他踉跄着，手在空中紧着慢着划拉了好几下，才没有像狗啃泥似的倒下。

所有在场的人都哄的一声开心放怀大笑起来，并且趁机去看刚才还不敢如此放肆地盯视的苏丛的脚。

苏丛窘迫，着急，不知所措地用一只脚去搓另一只脚的脚背，仿佛这样就能把自己这一双暴露在众目睽睽之下的光脚遮盖起来，结果，反而把前几天刚撒到地里的羊粪蛋和猪屎坨，都蹭到了脚背上，让自己一直恶心了许多天。

第二天，她匆匆赶到木西沟去看望大姐。她刚走，学校里就有人议论，说她是气恼之下才走的。有些人相信，有些人不相信。到第三天，有她一堂物理课，她仍没回来。不相信的人，也都相信起来，当晚，就有人去校长家，很郑重地劝告校长，要他重视这件事——苏老师毕竟是县委领导的家属。

苏丛也怨大来不懂事，让她在那么多人面前好不尴尬。但她知道这孩子并无恶意，他是真没见过这么白的脚，真惊奇，真欣喜，真还不会掩饰他自己。想到他竟还有这么单纯的一面，她不禁为他高兴。甚至她也去打量自己的脚，多少有些羞涩地暗忖，它果真值得一个男孩那么惊喜？她要找大来好好谈一次，要告诉他，学得更稳重一些，该掩饰自己的时候，还得学会掩饰自己。

等她回学校，正赶上放春假，学生都回家，帮社里队里闹春播。春假结束，仍没见大来返校。开始，她没在意，因为没及时返校的不止他一个。又过了半个来月，别的没返校的都返校了，却仍不见大来返校，她觉出蹊跷，再去打听，才得知，为了那天在土豆地里所发生的那件事，学校已经勒令大来退学了。

她吃惊了。

她赶紧去找校长。她说肖大来并没有做什么对她不恭敬的事，他说"天爷，咋恁白"那句话，就像在说"看啊，像天上那朵云彩"一样，不带半点邪念。校长犹豫。她又去找泗洋。泗洋笑道："这也要我出面，你觉得合适吗？"

苏丛急忙解释："他们就因为我是你的妻子，才这么严厉地处理了那个学生。"

泗洋温和地劝说："也许事情不像你想的那么简单。别固执在牛顿力学的立场上，去解释量子现象嘛……"

苏丛忍耐不住，大声叫起来："别跟我谈你的物理了！一个被县中清退的孩子，今后会遭人什么冷眼，你也很清楚！"

泗洋从公家发给的藤椅上站了起来，他准备结束这场谈话。这几个月他总是这样，一旦觉察谈话出现不愉快的迹象，裂痕将要扩大，他就不再继续下去。他不想跟苏丛吵。"告诉你，我们不能利用已有的这点身份去干预下边同志职权范围内的工作。我们刚到这个县不久，我们还不太了解情况……"

"我可以向你保证，他们这样处理肖大来，是不公平的！"她又一次打断了他的话。

"我要去参加常委扩大会了。希望你能尊重我的意见。"

每回都这样，他总及时地开动消防龙头，把已经冒出浓烟的柴火堆浇个精透。他总是用公允的断语、坚定的请求，结束谈话，不等苏丛回答，也无需苏丛回答，就离开了屋子。

浓烟转化成灼热的水蒸气，从烤裂了的木柴缝里，嘶嘶地往外喷发、弥漫、翻滚。苏丛感到被冷落了。但也许他是对的，他或她，不该干预，干预不过来，干预错了，影响更不好。

但是，一个孩子的前程，怎么办？

她又一次去找校长。

她说："我不知道肖大来在其他方面还犯过一些什么过错，假如只有这件事，你们一定要处罚他，我会不安生一辈子！我会跟你们吵到北京教育部！你要是觉得收回处分决定，对你做校长的面子上太过不去，我到哈捷拉吉里镇去给孩子和孩子的家长做工作，我去承担责任，我去带他回来。"

校长对她的任性，简直毫无办法，便苦笑道："肖大来本来就不是我们学校正式的学生。通知他，撤销勒令退学决定，让他就近找个学校读一读就算了，何必非得你亲自跑这一趟？"

"反正我不要您报出差补助。别的，您就别管那么多了。行吗？"

"行啊行啊，你愿意怎么办就怎么办吧。"校长笑道。

苏丛立即去买班车票。出门前她还郑重向校长声明："我这么做，跟泗洋同志完全没有关系。他不同意我来给你们添麻烦，您要觉得我这么做，真是给学校添麻烦，那我就……"

校长忙起身，做了个"请快走吧"的手势，又用开玩笑的口气说："快去吧，我的泗太太。要不是为了你，我们能舍得放弃那十二车柴火和两吨腌鱼？肖大来一年工夫学完初中三年课程，这样的学生不是每年都'捡'得到的。明后年，我们还指着他给县中增加几个百分点的高考录取比例咧。你去，来回车费，我给报，出差补助一分不少你的。听明白了？"

但苏丛却没能叫回肖大来。她看到了那个遥远而又遥远的渔镇，看到了那片宽广而又宽广的湖水。那里潮湿，风干白芒硝大片起伏，无尽头的消失和黑色的棕褐。她终于明白大来为什么会惊讶她的"白"。但是她却没能劝动肖大来，他死也不愿再回县中了。全家人都帮着苏丛劝，他爹肖天放在桌面上把手掌心拍出血，他也只是一个不作声。后来，他们趁苏丛回招待所歇憩的空儿，把大来四肢八叉吊在院子里两棵邻近的大树中间，也没能叫大来开口。大来从小蔫偏，但还没见他像这回这样，偏过死牛。第二天大早，苏丛又来大来家。大来忙给苏老师沏油面茶，而后，他又蔫蔫地待一边去了。

"你还要人家苏教员跑几趟？你狗日的做了对不起苏教员的事，人家苏教员倒过来大老远地上门来给你说好话。多大的冤屈？啥金玉身哩？什么面子？你连嘴也不张一下，你个什么东西！你对得住人家苏教员不？"天放骂到兴起，抡圆了胳膊，一个巴掌甩过去，苏丛没来得及拦，大来便被打飞了起来，远远地摔倒在墙根下。后脊梁重重地砸到墙上，好像要断裂了似的。五根手指印，从耳朵根一直红到下巴颏上，凡是起红印儿的地方，立马儿又高高肿起。血呼呼地从鼻子、嘴巴里咕嘟咕嘟涌出，头一低，便全滴到衣服上、地上。苏丛没见过这么打儿子的，吓得一动都不敢动。大来也被热血呛住，闭住了气，连咳带喘，吓得连连往墙犄角里退缩，不

253

敢用手去捧那好像小水柱似的血流，只好稍稍仰起一点脸，由它顺脖颈儿煞煞铺开，一会儿工夫，就把为了苏丛到来才换上的那件白衬衣，染得一片鲜艳。到末了，还是天观、天一冲上前，一个抱住正摸着找斧子劈大来的天放，另一个抱着大来，连拖带拽，把他赶紧弄出屋。

"太对不住您了。麻烦您回去告诉校长，三天后，我准把这狼不吃狗不啃的娃，给她送到。活的不成，死尸我也要送一个去！县中老师来请还不去，你祖宗八代还没修怎好的福咧！"肖天放无比地歉疚，他说不出自己该怎么感激这位好心的女教员。他觉得自己在她面前，简直抬不起头，说到后首，他忍不住又冲着门外去追骂儿子。这时，几个姑姑和姐姐正围着大来，心疼地替他擦血、止血。大来有长房长孙的身份，在众姑姑和叔叔的心目中，地位自是不同。

回招待所时，苏丛把大来也带到招待所里。

"能告诉老师，为什么不肯再上县中吗？"苏丛问他。

大来脱去上衣，让苏丛看爹以往在他身上留下的伤痕。苏丛简直不能相信，这全是亲生父亲留给的。

"为什么？"她觉得喘不过气来了。

"要我听话……"

"让你听话……总还是为了你好……你总不能因此……因此就不愿再上学了……"

"上学？"大来一下跳了起来，"我不愿再为他上学。"

"什么叫为他上学？前途是你自己的。"

"自己？我们肖家，除了他肖天放，没一个人能有个'自己'。"

"什么意思？这到底是怎么回事？"

大来不说了。说不清，永远也说不清。不做肖家人，是永远也弄不明白这到底是怎么一回事的。

"既然你不愿说，我也不强迫你。你曾经对我说过，我长得像你妈，那么，听我一回，就当是你妈妈在求你：谁也不为，只为你自己，为了你那不见了的妈妈，跟我回县中。"

大来心酸了，头一低，眼泪不断线地滴下，滚烫滚烫地滴下。他把苏丛带到阿伦古湖边，妈妈走失的那苇荡入口处，对苏丛说："苏老师，你回县里去吧。在县中这一段，我已经摸清自己的实力了。我不想再作为我爹的替身，在那儿待下去。拿不到毕业文凭，我也不会自暴自弃，我会找别的机会继续学，不断学。我要做的事，我一定能做到，在这一点上，我绝对像我的爹。今后，我要做我自己愿意做的事，我要做我自己。肖家的人都怕我爹，因为他们都欠了他。我不怕，我不欠他。我没想做他的儿子，是他要把我生下来的。我不想怕他！"他吼着，蹲到那一边苇荡的入口处，抱住头，呜呜地哭了起来。

几年后，当木西沟革命委员会公检法军管领导小组的行刑队要处决肖大来的前一天夜里，苏丛被特许带着一些经过仔细检查的水果、点心，去特别监号看望大来。大来这才告诉她，那一回，在阿伦古湖边大苇荡的入口处，他蹲下哭的那一刻，只要她再多说一句，或者用手轻轻触碰他一下，他一定会跟她走的。那样的话，也许所有事情的走向，便不会跃迁到今天这么个焦点上。"你当时为什么……"苏丛听他这么说，心一下碎了，她哽咽着追问。肖大来却没让她问下去，拿起她一只手，把它合在自己一对冰凉的大手里，淡然一笑道："说点别的高兴的话吧……没时间了……别再为那些老古事伤心落泪了……我一点不后悔……"她却再说不出话来，只是垂落下头，把灰白的脸颊紧挨住他光滑而瘦削的手背，一直哽咽到警卫人员催促她离开监号时为止。

回到索伯县城，苏丛简直累劈了。她真想睡它三天三夜，真希望连下三天的雨，在雨幕的遮掩下，躲它三天三夜。但偏偏不下雨，后来的几个月，都不下一滴雨，整个县城像一只大火炉。阳光在起着暴土的房顶和街筒子上闪耀，在堆满羊毛的腥臭和杂乱的畜产品公司料场上闪耀，在街边干涸了的污水沟里游荡。汗和着泥土，树叶不再飘扬，苞谷高粱卷叶。在民政局门前砸杏核，耷拉下油腻的黑皮帽。太多的懒洋洋，只有伸出舌头来喘。马队陆续从城圈边上踏过，不肯嘹亮。都敞开破旧的衬衣。秃秃的山包在隆隆地蒸发。打马草的镰一路挥洒。稍稍有点对流，便旋转。那

255

一望无际的干黄的戈壁滩上，立起许多道移动的沙柱，而后又散成一片片重浊的沙帘，然后消失。不卖凉粉。搓出泥条。在冰窖里支撑了百十年的老木桩子，也开始融化。那所建在花椒树丛中的小木屋，又究竟在哪里呢？她常常回想到这一点。

第十八章　政　委

　　几千几万年的木西沟，弯弯曲曲几十上百公里，不算长，也不算短，最宽的一处，有近千米，还有很窄的，也有很浅的，几乎跟地面取平，只留几道树杈状的裂缝。沟两边，是一色干旱，一色灰黄，一色地泛碱或不泛碱长草或不长草，但肯定都统统长着一种叫琵琶柴的矮趴趴的东西，或者长着墩棵儿细柔的红柳丝。唯有最宽最深的这一段，却自古以来就长满了这种怎么看都叫人心里爱得发紧的黑杨树。它们疏密有致，叶大杆儿粗，每一棵几乎都有几十米高。它们长上缓坡，在那儿远望汪得儿大山的雪峰和红石口那座规模巨大但又设备简陋粗糙的精神病院，远望太阳。有时它们干脆长到陡立的沟壁上，用自己粗壮的奇崛的布满伤痕的根条扒住沟壁，再把树干笔直地送往蓝天。

　　也只有这几公里长的地段里有水。四股泉水汇成一股常流水。出了这一段，它们就突然消失。它们流到哪里，树就长到哪里；它们在哪里消失，树也决不肯再往前多走一步，没有过渡，没有草地。最后几棵错落不齐歪歪斜斜地长着的黑杨树，面临的便是灼热的黄沙，便是枯死的老杆儿和倒毙的白骨、碎毛、皮屑。

　　人们习惯只把这几公里有水有树的地段认作是"木西沟"。另外那七沟八岔的几十公里，人们便只叫它们"干沟"或"黄沟"。

那年，迺发五在垦区总部的司令部当副参谋长。他一再地主张在这一带建农场。他几次带人来勘察，画出许多张图，提出一个又一个可行性的例证。最后党委正式讨论这件事，大声问："谁能够，谁又愿意到那片荒原上去负责筹建这十六个农场？"他说："我。"

这片荒原，是垦区内最后一片荒原。

五位司令和副司令员同时问他："你准备把管理处处部放在哪里？"他说："木西沟。"

木西沟？五位司令员和副司令员几乎同时惊叫，虽然没叫出声，但仍面面相觑。他们原准备在索伯县县城里给他找一块地皮，盖几幢小楼。在新楼盖起来前，他们跟县委商量好了，先借用县总工会那幢旧楼，每年只要付十六万元租金，便可一直使用下去。他说："你们把这十六万元给我，让我自主。"他们问他还有什么要求。他说："没啥大要求。第一，别免去我这副参谋长的职；二，木西沟农场管理处处长和政委两职由我一个人兼。"他们又问："这么短的时间，你能找到这样一批干部跟你去木西沟那么一个地方？"他默默一笑，答道："人员嘛，我已经准备了好几年了——不动你们身边的人，不要你们用熟了的人。请你们按这份名单，下任免令。"他胸有成竹地掏出两张纸，放在总部首长面前，上面开列着木西沟管理处十六个农场场长政委和管理处机关全体科以上干部的名单。

总部干部部长笑道："真该撤我职了。"

迺发五笑道："那就上我机关食堂来当炊事班长吧。"

这份名单中，一半左右的人，都是朱贵铃所在的那个"特勤分队"里的。

朱贵铃也在这份名单中。

到这时，大伙才明白迺发五当年"扣住"这批人的用意。他早把眼睛盯住了木西沟这一片荒原，一个想象中的无比大的"庄园"，还有做种种试验的想法——不只是小麦或玉米，而是一种社区，独立的谐和的社区——在自己的地平线上，炊烟清淡，马匹成群，交通车往来，亲切恭敬的问候，了如指掌。

迺发五喜欢用这批人。他们的确有技术，有学问。况且，他们头上有"辫子"，抓捏得住，他们比任何人都听话。事实证明，话说得最少，活儿干得最多，最不敢也最不会给他迺发五捅娄子的人，往往都是那年他搜集到"特勤分队"里去的那一帮子人。由于处境的变化，他们中间即便在过去不算能干，或根本就不能干的，也学得能干起来；过去很爱嘀咕的，也学得不再嘀咕。比较难弄的，反倒是那些刚从学校毕业分配和刚从部队转业来的两种人。

车早已备妥。司机老周极耐心，在驾驶座上等待，不开收音机，不看杂志。假如在雨中，他就只注视着前窗上做匀速摆动的雨刷和被雨朦胧去的林带屋顶、草垛。这会儿没雨，迺政委家门前屋后那几十棵高大的黑杨树形成的"静流"——由树叶的翻动、摩擦、喧哗所构成的静的流动和光影的闪烁，同样笼罩着这辆苏式"嘎斯六九"五座车。老周可以一动不动地这样等十二小时，十八小时，决不离开一步，决不喝一口水，只等迺政委说声走，车即刻就能发动。迺发五从来没夸过他一句。了解迺发五的人都清楚，有两种人他不夸，一是根本不值得夸的；另一种就是像老周那样，跟随他多少年，被他完全信用、视同手足的人——他认为用不到夸。迺发五每月的工资都由老周去领，交一部分家用，余剩的就由老周保管。下农场检查工作，交饭钱；去垦区总部开会，买特供烟；交互助会会费；机关里哪个小伙子、丫头办喜事得随个份子凑个热闹表个心意……一应经济上杂七杂八的开支，都由老周代办，迺发五从来不查他的账，用不着。老周也是那年起义的老兵，但他不是老满堡联队的，也不是灰林堡的。没人去打听他到底在哪儿当的伪军，他自己也不说。

朱贵铃这会儿也在车旁耐心地等待着。

午睡起来，迺政委喜欢坐在他那宽大得简直像个陈列室的起居室里，慢慢地喝一碗鸡蛋羹——他烟抽得很少，基本不喝酒，也不相信任何补药——一天就这么一点享受、补偿。在他黑而宽大的脸盘子上，长着两片罕见的厚嘴唇。

好几张老式的桌子都靠墙放着，桌上堆满了他需要的书、文件、材料、拖拉机零配件或农作物实验品种的标本。一些图表就在地板上摊开。宽大的窗户之间，挂着各式各样的猎枪，从最原始的土造的到国内所能找到的最新式的带望远瞄准镜筒的舶来品，挂得并不整齐，有些甚至干脆就在墙根前靠着歪着。枪筒上落满尘土，窗帘也在褪色。他不让家里人去碰它们，他只要自己看着舒服就行。想要的东西，他都把它们放手头，一伸手，便得，他喜欢这样。

今天政委去靶场。往日不大愿意分身出来去跟总部那些家伙来往的他，今天却兴致勃勃地要在靶场亲自接待一批总部来的客人。他发现朱贵钤有些神不守舍，或者说非常神不守舍。昨天，从遥远的阿兹拉山口边防哨所赶来的两名战士，找到朱贵钤，告诉他，他大儿子病了，他大儿子身边的那个女人死了，让他去看看他们。他只说了声"知道了"，连谢都没谢人家一声。

他不想见大儿子，也不想见小儿子。朱贵钤已经有很长一段时间没见过他俩了。他俩之间也离得很远。

那年肃反补课，他已经离开了"特勤分队"那个僻静的小天地，被迺发五保送到垦区农学院场长副场长进修班深造。班上，别人全都是从场长副场长现职岗位上抽调来进修的，只有他不是，也数他年龄最大。他非常不喜欢农业，但他已经看出迺发五想使用他。他知道，这可能是自己最好的前途。班上，也有起义过来的人，但像他这样，在那边曾被授过上校军衔的，真正绝无仅有。他学得很勤奋，对哪一门最不感兴趣，就偏偏对它最用功，逼自己。他知道非这样不可，绝不能让迺发五对自己失望。他并不认为迺发五真会让他主持一个农场，但心里总有这点希望在跃动。有一天听大课，指导员突然通知他不要去听课了。他心里一紧。这一段肃反补课正紧，常有突然被通知别去听课而再没回班上来的事。他在宿舍里呆坐起，几分钟后被人叫到校本部。有不认识的几位，很严肃地坐在一排办公桌的后头，验明他身份，便直截了当地追问"木渎镇血案"。他反复申明，开枪令是那个伪省总部下的，他反对这么干。伪省总部派来侍卫队，监督执行，他军职在身，无法违抗。事实真相就是如此。他脸色苍白，结结巴巴，干咽唾沫。总以为当年交给肖天放保管的那一纸开枪令，早已不复存在——因为最可怕的是自己为了解脱肖天放，在这张纸的背后，注上了一笔，肖天放让护卫支队开枪，是执行了朱贵铃的命令。坐在桌子后头的那几位，脸色越来越难看，先扔出了他们去哈捷拉吉里村找肖天放拿回来的一张纸条。肖天放在纸条上写着："朱贵铃，向人民认罪吧。我们都不要一错再错下去了。"接着又向他亮出了当年的那纸开枪令。翻过来，他给肖天放的那道"手谕"，依然清晰可辨，几乎还跟当年写下时一样完整。朱贵铃几乎要瘫倒。他在心里连连叫道："肖天放啊肖天放，你真坑苦了我……"最后验证开枪令确系发自上头，他只负执行的责任，只被判了两年徒刑，被送到阿伦古湖的那边，一个专为犯事的起义高级军官服刑而设置的营地。营地太大，四周无法砌高墙，外沿有一道宽五十米的松软隔离带，是用拖拉机犁出来的黄土带，这条松软地带上能留下任何一个越狱者的脚印。以后的事情，便可由警犬帮着完成。黄土带前每隔百十米，便栽着一块醒目的木牌，木牌上写着醒目的"禁区"二字。根据营规，越过木牌一步，无论是流动的还是固定的步哨或骑哨，便可以开枪。他常常站在黄土带的边沿，眺望老满堡的城墙。他后悔当年听从了祖父，去印度，上军校……或者索性固执己见，再不离开印度，事情也会是另一种模样。他曾经想不顾一切冲一冲那由黄土带组成的警戒线，引得警卫一起向他开枪。换上黑囚服，跟几百名服刑者一起，分乘十几辆加长的四轮槽子车，重返阿伦古湖时，他的确想还是死了好。姐姐专程来送行。姐姐虽然没带双胞胎来——她不想让孩子们看到这个场面，留下这种记忆，但姐姐还是使他想起了自己还是个"父亲"。他不能把有待养活的两个孩子都扔给既黑又瘦的姐姐，他能熬过、也应熬过这有形的两年。虽然无形的"黑棉袄"可能要他驮一辈子，但他总还能挣一份并不脏的工资，养活理该由他养活的骨肉。这点义务，他不能不尽。管教人员发给他们路上使用的干粮袋，他去接干粮袋时，勉强地向姐姐笑了笑。姐姐后来说，她一辈子忘不了他的这一下笑，她即便死，也合得上眼了。在说过这话的三个星期后，她病死在老家县医院急诊室门外的走廊里。那天在走廊里躺着的还有十八个炸铁矿石而断了腿的民工，十二个吃错了麻壳笋而食物中毒的学生，三个把酒精当酒偷来喝而昏迷不醒喘息不止的老头，一个被决意忏悔改过的姘头咬掉半个舌头的浑球，在接受观察、等待空床位。

但使他惊奇的是，他在那营地里只待了半年，就被迺发五接出去"监外执行"了。迺发五依然还把他放在"特勤分队"的小天地里，让他经常翻译一点英文的农业资料。这些资料都由一个秘书直接送到朱贵铃手里，翻译好了，再由这位秘书直接取走。孩子们由老家的一个亲戚抚养。后来他得知，在这段没有薪水的时间里，是迺发五派人给这两个孩子寄生活费，后来又把他俩接到木西沟来，放在他身边。迺发五担心老家的地方政府会因为朱贵铃的事，歧视这两个孩子，在木西沟，一切由他说了算，总要好办得多。朱贵铃曾经写过八封信去感谢迺发五，这些信原封不动地都给退了回来。迺发五几次来"特勤分队"检查新品种长绒棉试种情况，他都想上前跟他说几句好话，迺发五却都像不认识他似的，不加理会。一直到刑满那天，他突然接到迺发五亲自打来的一个电话。电话里，迺发五只跟他说了两句话：一，从今往后，好好干；二，该去看看那两个孩子了。朱贵铃哭了，抓住电话，哽咽不止。

孩子接来后，朱贵铃却一定要他俩跟他划清界限。孩子们哭着喊："爸，你不要我们了？"朱贵铃说："我负责抚养你们，但我们没有父子关系。我不配做你们的爸爸。"后来，迺发五就把朱贵铃调到木西沟农场管理处机关，在基建科过渡了一下，调入最重要的生产科任科长，协助迺发五管理十六个农场的农业生产这一项目。

朱贵铃又可以有自己独门独户的小院了。但他没要。他仍然住办公室，也一直没再娶妻。他完全变了个人。他甚至不想让两个儿子读完中学，就要他俩去干活儿。孩子们没听他的。后来，他又限定他俩在三十岁前绝不许接近女人。他俩又没听他的。第一次违父命，有迺发五在暗中襄助，两个儿子不仅读完了中学，还考上了农学院的大专班。第二次违命，没有迺发五的插手，应该说还是朱贵铃自己造成的。正常恢复工作后，朱贵铃恢复了与儿子的来往，但他决不让这来往影响到他工作。他知道自己在生产科的这个位置来之极为不易，他生怕别人使坏，撬开了他。他像一只抱窝的母鸡看守自己屁股底下那窝鸡子一样，警守着自己这个位置。他不让任何人经手生产科的业务，但凡生产上有需要找逎发五汇报请示，他一定亲自去办。有一回糖尿病急性发作，血糖三个加，又并发肺炎、小腿溃疡、大便带血、颈椎扭伤、坐骨神经疼痛……他去管理处医院门诊，大夫要给他作紧急治疗。那天垦区总部刚巧有一个关于三秋战役的紧急通知，下达到逎发五那儿，逎发五便要生产科组织实施。电话打到生产科，在电话机旁值班的是个新分来不久的大学生。他觉得科长生病，这件事又火烧眉毛，就去了政委办公室，领受任务。他刚走，科里就有稍年长一些、曾在这方面有过教训的同志，马上往医院门诊打电话。朱贵铃得讯，一定要让大夫拔去正在输液的针头，愣是让人搀扶着赶到逎发五办公室，先检查自己失职，接着支开那小年轻，掏出笔记本来记逎发五的指示精神。他决不能让逎发五产生一丝一毫这样的想法：在木西沟，没有朱贵铃，生产科的工作也照常在运转。他要让逎发五清楚地感觉到，他朱贵铃没二价地在倾全力为他工作；在木西沟的生产科，没有另外一个什么人，能替代得了他朱贵铃。他几乎把两个儿子完全都忘在了脑后。儿子来看他，他也只是匆匆忙忙在办公室的一个小煤油炉上给他们下一点挂面，三个人挤在那一张办公桌前，稀里哗啦地喝。这时，大儿子准备考研究生，小儿子在木西沟兽医站当医助。爷仁相对无言，或者问一声"还好着吧？"就再没什么可说的了。他忙着去整理当天的生产战报——各种田间作业的进展情况统计一览表，每天就寝前都得准时送到逎发五家。这个差使可以交给一个专职的统计员去做，但朱贵铃不放心，他不能让别人来做这件事。他知道逎发五非常重视这每日一报，看不到当日战报，他睡不着。有几回暴雨，山洪冲断了好几个农场通往管理处的电话线路，当日作业情况报不过来，逎发五让宋振和亲自带独立团通讯连的人去抢修线路，他自己守在管理处电话总机房等消息。朱贵铃非常愿意看到逎发五拿到当日战报时那种迫不及待，甚至都有些手忙脚乱的神态。这时走出逎家的门，他能得到一种特殊

263

的满足和自慰。他觉得自己只有保住生产科的位置，才是对儿子们的最大的负责。他忘记了，失去父爱的儿子，常常是畸形的。老二很快娶了兽医站的一个女同事。他这样做，似乎故意要和冷落了他俩的父亲对抗。老大没想成家。他一直在反复修改自己一篇论文。他在所有将要倒塌的马号里寻找，计算所有正在淤塞的涵洞，从将要腐烂的桥桩上取样，核查林场头一天砍剩的树墩。谁也弄不清，他到底要从那些在别人看来绝对是千篇一律的树的年轮里寻找什么，有时，竟一连半个月，呆呆地琢磨一个树墩。他一天只肯吃一顿饭，这一顿，他也只许自己吃一点盐水煮的蚕豆和黏稠的苞谷糊糊。于是他病了。他几乎是盼着自己病倒。他觉得应该有这么一个环节，在极度的虚弱里去体会什么。但他没想到自己竟虚弱到这般程度，连续的高烧，使他连续昏迷了半年。朱贵钤只到医院去看过两次。老二去把老大接到自己家，腾出堆柴草的那间小屋。老二只得找父亲。朱贵钤说，你现在有个家，还是你照顾他吧，就给了老二一笔钱。老二只得托自己孀居多年的岳母照顾哥哥。后来，老大竟就这样娶了自己弟弟的这位岳母。他不明白别人为什么要愤慨，要震惊，要耻笑，他搬来所有成文的法律条例，准备和他们辩论，向他们解释。他们只是觉得可笑。但老大还是躲在那间柴草屋里改完了自己的那篇足有一千页之多的论文。虽然没有人愿意承认它，更没人愿意发表它，他还是用一个小箱子把它们保存了起来。弟弟的岳母精心地把它们分成摞儿，一本一本地装订好，装上布的封套，满满装了一小箱。后来老大便带着他弟弟的岳母——这时岳母已怀孕——赶一辆带篷的牛牛车，到几乎是没人去的阿兹拉山口，在边防哨所附近的一块高地上，自己动手盖两间小泥屋，用刺儿柴夹了个篱笆墙。哨所里一共只有两个随军家属，有五个大小不等的孩子，从一岁半到十五岁半。他俩便在那儿受哨所的委托，办了个全日制"一条龙"学校，从托儿所到中学，全管。哨所给盖教室，拨给他们口粮和烤火煤。老大继续修改他那部手稿，每一页手稿的空白处都密密麻麻地勾勾画画。离开木西沟前，老大曾去向父亲告别，朱贵钤不见他。他气恼他只做那些毫无实用价值、并又见不得人的事，他气恼这兄弟俩娶了人家一对母女。这一回，老二的那位岳母临死前，非常想能得到朱贵钤的一句话，希望他能宽恕他，也宽恕她。她给朱贵钤写了封信，说，她可怜这两个没有母亲的孩子，她一直把这一对兄弟当自己的孩子在照顾，在她对他们，特别是对老大的所有的爱中间，母爱一直占据着中心位置。朱贵钤看过以后，冷笑了三天，又把信退了回去。接到退信，她知道自己不会久于人世了，她叫老大把她抱到屋后旷野的一块大石头上，拿羊毛褥子枕在她的头下。她拉着他的手，问："你后悔了吗？"他反问："你呢？"她哭了。他没哭。旷野的风这些年把他吹得糙黑。当暮云从地平线底下升上来，又向四野铺展开去，覆盖到他们头顶上时，他怕她冷，就脱下哨所所长"借"给他们的那件军用皮大衣，盖在她身上，深深地弯下瘦长的腰，使劲地搂抱住她。等他再一次抬起头来打量她时，她已经咽气了，但还在流泪。

如果说，阿达克库都克是省区内最后一片荒原，那么在木西沟农场管理处西北角还有一片荒地，应该说是阿达克库都克剩下的最后一片亘古荒原了。迺发五曾带着朱贵钤去实地踏勘过，不多不少，恰好可供再建十六个农场用的。开垦出这最后一片处女地，木西沟农管处，将成为全垦区最大的一个农管处，虽然它仍是最偏远的一个农管处。迺发五觉得，办完这最后一件事，自己就能在木西沟安心养老了。他在木西沟里铺了一条木板人行道，宽两米二三，长三公里四五，从他家那幢封闭式的大木屋一直通到黑杨林尽头那个带河湾的大沙洲前。大沙洲上戳着个瘦高的小岗亭，木板钉的，油着黄漆。岗亭里并没有人，岗亭的门常年用薄板条钉死，荒草掩没门界儿。

迺发五渴望让阿达克库都克每一片沙荒地都开出淡紫暗黄浅粉明白的木樨花。木樨草是碱地上能长旺盛了的最好的一种绿肥作物，又是上等牧草。他看着不长草的荒地难受。但是再建十六个农场，首先得有水，干旱的退化了几百万年的荒原，有水才有一切。水在阿伦古湖里。迺发五想通过天然的大裂谷，把阿伦古湖水引到这最后一片处女地上。他想到参军前，在山东老家，替一个有十五公顷地的财东扛活儿。那财东端着一海碗高粱米粥，筷头上夹两瓣腌蒜，得意扬扬地站在他那六七挂大车跟前，吆喝他女人给他把他最爱吃的风干獐子肉，切得细细，拌上蒜泥红辣糊，浇上醋，在粗花盘子里码整齐了，撒一点香菜末，赶快往出端。那神情，那口气，那几乎叫所有的人都眼红死的滋润劲儿、自在劲儿，现在让迺发五想起来，就觉得可笑。十五公顷？还不及他现在一个农场一个连队的一个拐把子角哩！小家子气。

但要引出阿伦古湖水，绝不是件简单的事。工程的浩大，技术的复杂，都在迺发五的估算之中，最困难的还是如何处置阿伦古湖畔那几镇几乡多少个人民公社的多少个大队的出路问题。引出阿伦古湖水，那些祖祖辈辈靠打渔为生的阿伦古人，自然就面临一个生计问题：还有鱼可打吗？鱼还愿意留在阿伦古湖这个越来越浅的"大坑"里吗？如果把那些鱼类加工厂、那些西安兰州分来的大学生……把这几个镇几个乡多少快艇码头，那些缉查私捕偷猎的机构，那些人民公社多少个大队一起迁移到新建的十六个农场里去种地，实现这样规模的大迁移，其难度恐怕不下于再造一湖阿伦古水。

最难之处，还在于，阿伦古湖和湖畔的这些公社大队乡镇都归地方政府管辖，不在垦区属下。他说了不算。

靶场突出的标记，是两大坨干黄干黄的秃土山。四根很高的标志杆儿上，一旦都升起红色的三角小旗，这就告诉方方面面：这儿正在实弹打靶，切勿靠近。

今天不打靶，标志杆儿上却也升起了小红旗。土山前搭起了个简易的观礼台，抬来许多办公桌，都铺上了白布床单，摆上了带盖儿的茶杯。十八面红旗分列在观礼台两厢。

宋振和今天一早就带着独立团的标杆儿老兵连队零七连到靶场，布置，热身训练，让每一个老兵再做二百个出枪动作——这个动作他们也许已做过不下两万次。送饭的车刚到，他就让他们在十分钟内必须吃完饭，清理好场地，各就各位。

迺发五今天要在这儿接待地方政府的一些领导，也许还有垦区内的一些首长。十点钟左右，独立团还将有六个连队开过来接受检阅。为了那

266

一湖蓝里透着许多黑的阿伦古湖水，这么做还是值得的。宋振和明白这一点，他愿意配合政委做好这件事。十分钟后，他获悉，今天来观看零七连操练和检阅步兵方队的不是那些首长，而是他们的夫人、女儿或儿子。首长们已去了木西沟种马场。他们只在那儿活动。电话通知，要宋振和多准备些女厕所，注意清洁卫生。宋振和顿时觉得受到了极大的侮辱。他不是对她们有什么成见，但她们有什么资格来检阅他的老兵连队？怎么可以用他的老兵们去取悦那些胭脂粉黛？况且还有那么一些黄口小儿！他不想冷笑，只铁板起他那张依然很难看的马脸。

到时间，遢发五亲自带着一辆大轿子车缓缓驰进靶场。车里果然清一色的女客，还有那些子女。女客们惊讶这儿空气的洁净、天的透明，惊讶风的调皮无赖，大声地笑着去捂住被风撩拨斜了的太阳帽和飘拂起的裙，纷纷伸出白皙丰润或干硬黄褐的手去测试阳光的热量，立即开始议论眼前的一切，并对遢政委表示自己衷心的感谢。有的便结伙去上厕所。遢发五却发现靶场上空空落落，既没有欢迎的队伍，也没有受阅的队伍和演练的队伍。在那样一片平坦的黄土地上，只单单地站着瘦高的宋振和和三个老兵。

遢发五觉出：这位老资格的独立团团长又在跟他闹别扭了。

"咋回事？"遢发五仍然笑着去问。

宋振和让零七连回去了，同时下令让那六个已集合起来的连队解散待命。

"政委，既然只是一些女客上这儿来找找乐子，我看就不必兴师动众了。我这个老团长给她们练几手，让她们开心开心，就满够的了。要是觉得还不够，我还留了几个老兵，一起陪她们开心开心……"宋振和打着立正姿势，说得一本正经，毕恭毕敬，却把遢发五堵得半晌出不来气儿。好一会儿工夫，遢发五才干咳似的笑了两声，哑板着嗓门，搅动他粗大的舌条，说："你这儿不方便，就让朱科长带她们去参观葡萄园里的酒窖，还有刚从法国买进来的几头种公牛。反正看啥都一样，她们懂个啥？"他拍拍宋振和的肩膀，带着大轿子车走了。

宋振和佩服逦发五的宽容冷静，但心里却又总堵着一股说不上来的味儿。他让那几个老兵回连队去了，独自陪着那两座秃秃的小土山，在靶场上一直待到天色擦黑那一会儿。半边身子又突然抽疼，这种烧灼般的抽疼一直延伸到那半边的脸上和太阳穴上，他略略弯下一些身子，用一只手去抱住那疼痛的半边。具有典型的马法氏综合征患者体态的宋振和，不要多大一会儿时间，便在已搬空了的那个简易观礼台上，佝偻成了一团。

　　又过了一些日子，逦发五把宋振和叫到自己家，给他看一份电报。电报的大意是为加强对木西沟各农场武装值班团队的领导，现决定在管理处机关内设武装处，在管理处党委的统一领导下，负责处理协调全木西沟武装团队的组织、训练、教育等工作。武装处接受垦区武装部和木西沟党委的双重领导。武装处处长为正团级，享受管理处副处长待遇，并增补为管理处党委委员。垦区党委同意木西沟党委的建议，调宋振和同志为木西沟武装处处长，立即免去其独立团团长的职务。电报后边，附有木西沟党委写给垦区党委的一份请示报告，主要陈述了为什么举荐宋振和的理由，自然是说了许多好话。

　　宋振和拿着电报，默坐了一会儿，问道："谁来接独立团？"

　　逦发五很平静地回答："朱贵钤。有啥想法吗？"

　　"政委信得过的人，我还能有啥想法？"宋振和笑笑，几乎和来的时候同样镇静，并很快告辞。只是为了用最大的注意力去保持语调和步态的平和，克制住从心底突然涌出的失望、怨懑和无奈所搅和成的那阵阵战栗，却偏偏把从来不会忘记的军帽落在了逦发五家的茶几上。下了台阶，让晌午颇有些威力的太阳一晒，才觉得脑袋上少了点什么。但这时他已不想再回逦发五那屋了，不想再听见他干咳似的笑声，便跨上自己那辆早先在西安一家旧货商场用很便宜的价钱，买到的一辆英国"lion"牌自行车，直奔独立团团部去了。

第十九章　种马场

　　跟地方政府，特别是索伯县的谈判已经进行了好几轮了，有两个字最能概括目前的谈判局势，那就是：卡壳。

　　谈判对手恰恰是从木西沟中学调出去的那个泗洋。现在他代表地方政府，精明过人，在县政府招待所那个铺着和田地毯的小会议室里，跟这边的首席谈判代表迺发五斗法，为补偿损失问题，真是锱铢必较。他总是那么尊重迺发五，迺发五进出会议室，他总要抢先一步，先去把门开开。他处处表示出，他没忘记自己曾是木西沟人，自己那位做铁匠的老父亲至今仍在木西沟住着，他由衷地尊重木西沟的老领导。但在谈到迁移和引水的技术细节和补偿的具体方法和数额时，他却一点也不肯装迷糊，一步都不肯让。他慢吞吞地说来，手头不拿一片文字资料，可那些谁也反驳不倒的数字，却跟铁豆儿似的，成串往外蹦，总是在恰当的时间，打在最疼的地方。迺发五随身还带了两个会计，但在谈判桌上，还算不过这个前物理教员。为这件事，迺发五专门去责问过干部科科长，向他追查，当时怎么会把这么颗"能豆儿"调给别人了。"当时社教工作团还在木西沟。是宋团长推荐上去的……"干部科长小心翼翼。他说的宋团长，就是宋振和。"推荐！你干部科咋把的关？你这就回去给我好好地查一查，等

269

着办调动手续的，都重给我筛一遍，你亲自一个一个给我过筛。你要再放走一个能豆儿、人精儿，回头来跟我们自己作对，你这干部科长算是干到头了！鬼花狐！随便拿根红辣椒都当糖棍儿咂巴哩！"。

今天，他已是第五次把全管理处十六个农场的场长十六个生产股十六个财会股十六个基建股的股长找到老满堡种马场会商对策。车到种马场门前停下，歪斜起的日头，已经疲软地落到汪得儿大山西背梁那一片厚厚实实的大漫坡上了。草丛绵密金红灿烂有如一匹古老而辉煌的锦缎。

而在种马场古堡似的环形大屋门旁，还停着一辆加长的槽子车。看那样子，它到的时间不短了。拱形的帆布车篷，车后驮着好几麻包的草料，显然是走了长途。迺发五和场长股长们乘坐的吉普车一辆接一辆从它身旁驰过。他们都以为它是给会议上送蔬菜副食来的，便都没加理会。

赶这辆车到这儿来的，正是与我们久违了的肖天放。他来求朱贵铃。他听说朱贵铃还活着，在木西沟又重新红了起来。他想求朱贵铃，为儿子肖大来安排个出路。这一段，大来到索伯县县城，在石连德照相馆里帮忙，整天待在暗室里冲洗相片，整天对着各种各样人的相片发呆。他好像全认识他们似的，好像要从这些陌生人的脸模子上找出点什么来。肖家所有的叔叔姑姑为他找过不下二十个门路，全被他拒绝了。"你到底想干啥！肖家怎么对不住你？你拿个什么劲儿！你想跟谁作对？你窝在你石叔那憋屈小屋里，到最后又能把谁咋的了？除了耽误你自己，损不了别人一根鸟毛！你个狼不吃狗不啃的杂种！"肖天放跳脚骂。大来只是恨恨地看着他。

现在他在槽子车的车棚里闷坐着。他担心，这位老指挥长还愿意帮这位旧部下的忙吗？自己曾交出过那纸开枪令，害他穿了两年的"黑棉袄"。朱贵铃不肯帮忙，还有谁能帮得上这个忙？这十几年，自己一切的一切，全为了这小杂种，难道就这样了结？仍在哈捷拉吉里，再看着一个"肖天放"慢慢老去？不，不能。帮帮忙，我腆着这张不要脸的老脸来了，帮帮忙吧……正因为这样，当肖天放由种马场场部的值班员带着，领进朱贵铃屋里时，他手扶着门框，竟半天也抬不起自己那条哆嗦得十分厉害的木腿，手心里一个劲儿地冒冷汗，迈不过那低矮的门槛去。

黄昏阴暗，环形大屋的楼层里光线更显不足。肖天放这些年体形改变得极为厉害，站在门口，战战兢兢，粗看之下，竟像一个装满了麦麸的大麻袋，而且是个很旧很破又不算矮的大麻袋，倚靠在门框边上。一时间，朱贵钤竟认不出他来了。

"我是……肖天放……"他喑哑而断断续续。

朱贵钤一惊。他还没去独立团上任。独立团几千官兵不放宋振和走，正在向上请愿。朱贵钤依然兼着生产科科长的职，由他负责这次"种马场对策会"的会务。他正在审查司务长报来的明天的食谱。

"肖天放？"朱贵钤站了起来，转过身，机械地去按亮绿玻璃罩铜座杆儿的老式台灯，并掀起灯罩，让那因电力不足而常常显得缺乏底气儿的灯光，软软地弥散到门口那个"大麻袋"上。"大麻袋"就变成了一堵"黑墙"，宽厚，魁梧，比记忆中的高了许多。

肖天放有些不知所措。也许正是这种从前很少在肖天放脸上出现过的迟疑、自卑、狡黠和恳求所混合成的神情，使朱贵钤越发对这堵"黑墙"感到生疏。

"哦……肖天放……"朱贵钤转身去找暖瓶，暖瓶被埋在几大堆书报资料中间。他没找到，他不知道自己要找什么。他又回过头来，迟迟疑疑地瞟了肖天放一眼。

"指挥长……"肖天放怯怯地低声叫道。

"你喝点什么……你怎么找到我的……你还不怎么见老……你怎么来的……你还住在那个……那个……哈什么村……"朱贵钤一边发问，一边仍在机械地转圈，寻找那个他怎么也想不起来的暖瓶。所有的茶杯里都积有茶垢。他端起这个茶杯看看，又去端那个茶杯。

"是……我还在那哈捷拉吉里村。"肖天放从背囊里掏出四瓶捆扎在一起的洋河大曲。书橱前放着一对单人沙发，沙发里堆满了各种报表图册。他把酒悄悄放到沙发边的暗处，朱贵钤不去看他。

"我戒酒了。不喝那鸟玩意儿了。你拿回去自己慢慢喝……"朱贵钤拿一块很脏很皱的毛巾去擦茶杯。

"镇子小……没啥像样的东西……"肖天放又从背囊里摸出几块特制来专供出口的哈捷拉吉里腌鱼。腌鱼晒干之后，依然黑红油亮，仿佛特制过的油棕木，每一块都是大鱼的中段，每一块足有两斤来重。

"稀罕东西……"朱贵铃伸出一根指尖轻轻触碰了一下那些鱼块，然后又换出另一根指尖，再去触碰一下。

"自己家里做的。您尝尝……"肖天放索性把鱼块推到他面前。

"鱼好大……"他不再去碰它们。

"不大……"他也把迟钝的目光落在那些鱼块上。低下头。沉默。再说点啥？

"那开枪令……"

"啥开枪令？"朱贵铃一时竟没回过味儿来。

"我真没法见你……那会儿也在查我的被俘问题，我实在不敢……"肖天放涨红了脸。舌条有些麻木。

"哦……不要再提那些事了……"朱贵铃突然显得很不安，而后去关窗。

"求你帮我一回忙，能把我儿子带到你独立团去……"

"我还不是独立团团长。"朱贵铃回答道，非常干脆。他怕沾这种事。他知道，迺发五器重他，是因为他能替他办事，迺发五并不希望、甚至很不希望看到他利用他给的职权，去办别人的事，特别是私事。

"指挥长，只求你这一回……"

"我还不是什么独立团长。"

"指挥长，全阿达克库都克都知道这个任命了……"

"全世界都知道也不行。我不是。我还没上任。能不能上任还很难说。就是上任了，我也办不到，不能办。真正的独立团长是咱们政委本人，他只是要我去代他守着这个位置。这里的复杂，没法跟你说……"

"指挥长……我当初不是存心要坑你才交出开枪令……你可以去查……你看看这……"肖天放见朱贵铃怎么也不肯在大来的事情上出力，真急了，顿时逼出一身冷汗，手忙脚乱、下身酥软、哆哆嗦嗦地去拉起裤管把那个简陋寒酸到几近狰狞的木腿撩给朱贵钤看。他自己也说不清，木腿和他正在说合的这件事到底有什么关系，它又能向朱贵钤说明什么。他只是觉得，只有它，才能表示那一切无法用话语述说的经历、遭遇和感慨恳求。他以为朱贵钤还在开枪令这件事上记恨他。

看到肖天放那样一条木腿，朱贵钤不禁也哆嗦了一下。但他还是坚持说："我们都这把年纪了。但凡能办的事，我干吗不替你办。可我不能……你不知道我……我……"

肖天放真要哭了，真想扔开那条木腿，冲朱贵钤下跪，真想倒在一个角落里，去抽泣，去干号，像一段委屈了几百年几千年的沉香木、伽楠木、黄檀木或红柳疙瘩。我得罪过你们，我做过错事，可我儿子又怎么对不住你们了？他是一个自小就没了亲娘的娃娃啊！哦，老天爷……他胸隔膜急剧地痉挛起来，鼻腔一阵阵尖酸热辣，经常发炎红肿的眼角也湿润了起来。他忙掉过脸去，恶狠狠地哼了哼，用力甩上门扇，急急地拖着那条僵直的木腿，走下楼去，在楼板上敲出一连串凶狠的橐橐声，只留给朱贵钤一个高傲的背影。他不愿让朱贵钤那老杂毛看见自己的眼泪。那是肖天放的眼泪，他要留到阿伦古湖畔的大苇荡里去流。他流的不是泪水，是燃油，是铀235，是钚238，是在地心涌动奔蹿的熔岩，是让太阳躁动喷发燃烧爆炸发光缩小膨胀的原生液，是能把任何一种规格的钢板全都腐蚀透的硝酸硫酸或硝酸加硫酸或硝硫酸它爹妈血管里流着的那种最刻毒的血液……够了，够了……

肖天放走后，朱贵钤脑子里空空荡荡地麻木了好一阵。他觉得异常的疲软，浑身跟装满沙子的大木桶一样沉重。他慢慢去收拾被肖天放那笨重庞大的屁股揉皱了的椅套。这时，迺发五派人来叫他，他赶紧起身。但奇怪的是，他总觉得肖天放还在屋里。走了几步，回头来看看，有个影子——肖天放，哀怨，恳切，自愧，绝望，好像还穿着十七八年前在老满堡联队当支队长时穿的那身制服，手里掮着那四瓶酒。

"你把它们拿回去吧，请回吧。对不住你了。"朱贵钤喃喃。那影子不见了，但四瓶酒仍在一个沙发的腿跟前立着。朱贵钤走出门，又觉得肖天放进屋来了，仍是影子。"请回吧……"他喃喃。影子晃了两下。"肖支队长，不是我不办……"他上前想去推那影子。这时迺发五的秘书又来催促，见他这样，便问："你跟谁说话呢？"

"没……没有……"他没敢再回头看，匆匆跟着那位才届中年、头发便全花白了的秘书走了。后来朱贵铃看见，肖天放在种马场场部这幢由他根据迺发五的意愿设计监造的全封闭式的环形大屋门外，在他那辆加长了的四轮槽子车旁边，一手扶着软沓沓的帆布车篷，一手搭在车前粗大的辕杆儿上，死死盯住天边紫下去又黑上来的云头，呆呆地站了许久许久。

天终于黑透，环形大屋那椭圆形的天井，被从楼上二十五个房间里泄出的灯光，切割得支离破碎。天井里一棵树都没有，只有沙子地，几段挖成马食槽的枯木，几根拴马桩。那年垦区总部的合副司令病了，要休养，对迺发五说："给我找个背静地儿，我真该好好地歇一歇了。医生那玩意儿，怎么就那么厉害？！"迺发五说："你什么时候来，我替你收拾几间干净屋子。冻不着你，也保证饿不着你。"合副司令得先动个手术，三个半月后，当他带着家属、警卫、秘书、厨师和几位必不可少的参谋干事助理员来到老满堡时，他惊讶地看到，迺发五给他"收拾的几间干净屋子"，竟是这么一个庞大的椭圆形"古堡"——三个半月的时间，突击建造起来的。迺发五向他解释道："我本来就想在这儿搞一个种马场场部，计划没那么快。既然你要求，我只不过提前实现这个计划。借你住几天。你走了，我还用它办我的种马场，两不耽误。你别瞪眼。"尔后干咳似的笑，让合副司令的警卫往楼上搬东西。合副司令走后，这儿的确办起了个种马场。有"阿尔顿"，有"奥尔洛夫"，有"苏格兰公爵"，"墨尔本姑妈"（种马场工作人员给种马起的外号）……但它真正的用途，却是个连以上干部的"俱乐部"。迺发五觉得木西沟地区的基层干部太辛苦。他每年到农闲，都要在这环形"古堡"里办两期连以上"干部轮训班"，每期一个月。二十名连长指导员，五名场长政委，楼上被环形走廊串联起来的二十五个房间刚够分配。他让他们骑马打猎打牌量血压，讨论明年的生产计划。不是他们自己连队农场的生产计划，而是让他们帮着出点子，安排全管理处明年的总体规划。他让朱贵铃在"古堡"里设计监造了设备绝对上乘的手枪靶场，在山脚根围出狩猎区，还安排了三个能做满汉全席的特级厨师，几十只纯种英国猎犬。轮训班的经费由十六个农场均摊。"处长特支"里再出一点儿，谁都乐意。于是你从远方来，一翻过木木齐克大坂，就能看到这个突兀的尤物。它那用糯米汁儿和了黄土夯打起来的外墙，是那样的粗糙笨拙高大，但又是那样的牢固、厚重、稳妥、朴实、耐用，永远不会动荡。这儿就是当年老满堡联队马场的旧址，还是白氏兄弟出资开辟了这片荒滩，后来一度又荒过。当朱贵铃从迺发五那儿领受到设计这个"种马场场部大屋"的任务时，他脑子里立即顽固地出现了这么个环形堡的形象。它那样牢固地占据了他的思路，致使其他的方案都无法再浮现。只有它了。有那厚重高大的木门上铆上九九八十一个拳头大的铁陀。风沙扑击它，暑气蒸烤它，冬去春来，年复一年，斑痕累累，阴阳或缺，清一色朱漆地板，自造土暖气。

朱贵铃匆匆赶到会议室，十六位高矮胖瘦不一、但差不多都在四十左右、一身旧的黄军棉袄裤或粗黑呢中山服伺候的场长，在把朱漆楼板踩得一通乱响之后，早已在会议室各自拽一把椅子，找靠近烟灰缸或有地方搁他那自带的自制的烟灰碟的位置落座，当然还带着十六个自备的保温杯。迺发五不喝茶水，他说他是旱鸭子。他讨厌那些正跟你说着话、开着会、干着活儿、站着队，却老要往厕所跑的家伙。"婆婆妈妈的，给我滴干净了再来说事儿！没个男人劲儿！"可他爱吃生萝卜片。人家喝茶抽烟，他面前老有一碟削去了皮，整整齐齐切成长片儿的青萝卜。跑长途，一车的人都昏昏沉沉东倒西歪瞌睡，他在前座上，精气神十足，掏出小刀，慢慢削萝卜，尔后用他强有力的大臼牙，嘎吱嘎吱嚼出满嘴生脆。有时他还替下老周，自己开一会儿车，让老周歪在他的座位上，眯一会儿，醒醒神儿。

迺发五三言两语便把他最近这一次跟对方首席谈判代表泗洋接触的情况介绍透了。现在看来，从官方，从上层，要谈妥这件事，相当困难。今天找大家来，就是看能不能越过那些地方各级官员，直接找阿伦古湖那许多个渔村的人，用比较适中的价钱，通融了这档子事，回过头去再打通他们的上层。"各位跟湖边四镇十八村有什么私人关系,过去打了埋伏,现在这节骨眼儿上,能不能亮一亮?哪怕先找到一个突破口。谁先交个底儿?"

满屋的肃静。只听见他在脆脆地嚼,慢慢地咽。种马场这儿单有一个砖砌小窖,窖藏着足够他吃一冬一春的水萝卜。这当然也是朱贵铃在设计这幢环形大屋时就考虑进去的。

总部已经认可了这项引水工程,批准木西沟再扩建十六个农场。投资是固定死了的,拖一年是它,拖两年拖个三年五载也是它。越拖,就越尴尬,越要爹死娘改嫁,越会跟豆腐掉在灰堆里一样,吹也不是拍也不是打更不成,的确是个急茬儿。

足有一支烟工夫,没人吱声。

谁敢当着政委和其他场长的面拍这个硬胸脯、揽这瓷器活?在阿达克库都克干了这么些年场长,不能说没在那四镇十八村里结识几个头头脑脑说话顶一点用的人,但能不能构成"突破口",实在心中没底儿。私下,也许可以给政委提供几个线索,会上可实在不能充这个好佬。

"那个泗洋书记,不就是咱们独立团宋团长的连襟吗?这关系多近。不能让老宋去做做工作?"一个宽下巴、瘦高个儿的场长提议。

很多人都瞟他一眼,觉得他冒失。宋振和这家伙软硬不吃,政委刚用明升暗降的办法,把他调离独立团,独立团全团官兵还不服,事情正闹在热火头上,政委怎么可能再求他去做连襟的工作?老宋能忍着不使阴劲儿,拆这边的台,已经满不错的了。

遐发五没责备这位出了这馊点子的场长,只是不出声地笑了笑。他扫了其他各位一眼,请他们跟到会的股长们再商量一下,找找这种关系,一个小时后汇报;不愿公开这种关系的,单独谈,工程一定要按时开工,七万会战大军,一定要按时组织好,下一步就具体研究那七万人马的组织办法。

场长们走了。朱贵铃也要走。但他总有一种预感,遐发五会留他说什么事,会说阿伦古湖,哈捷拉吉里村,还有肖天放。"但肖天放只是一个普普通通上了年纪的村民，恐怕对这么大一件事，起不了什么作用。"他安慰自己。自己刚才毕竟得罪了那个历来肯干的肖天放，他祈望政委不会为肖天放的事找他。等最后一个场长从会议室的弹簧门里消失后，他便赶紧往外走。以往，他总要再问一声："政委，还有啥事吗？"今天，他连这一句话都不敢问，他想早一步出了这会议室的门。所以，当迺发五说："朱科长，你待一会儿走。我还没让你走哩！"他的心，的确很重地往下沉了一下。甚至都有些惊悚。马上收住了往外迈去的那只脚，向着迺发五转过了身。

迺发五刚才向十六位场长介绍情况，瞒去了一个最重要，但又不能公布的细节。那天谈到最后，对方寸步不让。局面十分尴尬。迺发五出了县委招待所那个小会议室，连晚饭都不吃，就想立即驱车回木西沟。但泗洋却格外热情，非留他吃饭。在场还有地区和县政府其他一些领导，纷纷挽留，但态度都不如泗洋那么坚决。大家都佩服泗洋在会上针锋相对，会下磊落大度的政治家风度。迺发五虽然恼恨这小子，却又无法不喜欢他。泗洋拉着迺发五，故意落在其他谈判组成员的后面，等他们在前边林带拐角处进入另一个弯道，有一条厚重的林荫路把他们隔开的时候，他突然压低了声音，急促地对迺发五说："留下吃饭，而且住下。有些情况我要跟你单独说说。我已经安排妥了。请你按我安排的去做，就这一次。"他很用力地握了一下迺发五的手，就大步上前赶他的同事去了。这一晚上的活动果然特别丰富，晚餐桌上七个碟子八个碗不用去说它，晚饭后还由县政府两位秘书长陪同去看了山东吕剧《李二嫂改嫁》。泗洋一直没露面，只在晚餐开始时，匆匆到了一下场，跟迺发五和地区政府水利局基建办公室的几位头头碰了下杯，又走了。他说连夜要赶个材料，明天县长、书记去省里开会，指定要带上的。迺发五不清楚这小子要的什么花招。但在碰杯时，泗洋却对迺发五说："你能留下，我很高兴。我想，这个愉快的夜晚一定不会使你失望的。"看完戏，又安排大家洗澡，热热地泡着身子，有几位地区来的同志甚至在浴缸里都打了一会儿畅心惬意的富有韵律感的鼾。的确累了，要放松一下了。专供县团级以上干部住用的一号楼很快安静下来。只有门厅里两盏低光度的兰花壁灯，幽幽地透过门前两棵球形的黄杨树，映亮那几级必须映亮的水磨石台阶。十二点，一号楼总服务台的服务员按规定也可以回值班室休息了。这时，泗洋来敲逦发五的房门。为了使别人对他今晚出现在招待所不感到蹊跷，他特意安排今晚在招待所一个"高间"里赶材料。他对逦发五说："这一段，让你，让木西沟的同志受委屈了，可我是身不由己啊。不过，政委，我没忘记我是从小喝木西沟的苞谷糊糊长大的。这出戏唱到这个份儿上，我要对木西沟的首长和乡亲尽一点心。第一，我想向你提供一个底数，在下一轮谈判中，我们这一方可能作出的让步限数。我要向你透这个底儿，县里已得知省军区和垦区总部正在向省委施加压力，要从那条线上，再给县里加码，逼我们让步。县里已看到，最后总是要让步的，现在只是想多要一点补偿。他们不会主动关上谈判的门，假如你态度太强硬，他们会据此向上报，谈判无法进行，而把谈判破裂的责任推到你这一方。说心里话，县里不希望垦区通过大裂谷把手再伸到阿伦古湖以北去……""你为什么要向我透这个底？"一向多疑的逦发五追问。"我总还是木西沟人……""说实话！""这就是实话。""没那么简单。想把我当老小孩耍？"这些日子一向谈笑风生意趣横溢的泗洋突然灰黯了脸，苦笑了一会儿。这时的泗洋就完全不是人前的泗洋，甚至都不是苏丛面前的那个泗洋。他有那么多难言之隐，只有在逦发五那样饱经风霜的老人面前，他才能即便不发一言，也能期望得到理解。"干得很难？"逦发五拈起一片青萝卜，谨慎地问。泗洋不作回答，只是坦诚地望着逦发五。过了好大一会儿，他突然问："一方土地只养一方神。假如有一天，我泗洋在地方上待不下去了，逦政委肯网开一面，还认我这个木西沟的子孙吗？"逦发五扔掉那片萝卜，答道："只要你没在跟我唱《蒋干盗书》，你什么时候回木西沟，我都让你分管新开发的那十六个农场。"泗洋有分寸地叹道："这倒不必。只要政委还认我就行。"最后，泗洋告诉逦发五，除了在谈判桌上纠缠，还可以直接去串联阿伦古湖边那四镇十八村的人，对他们动之以情，晓之以"利"，让他们去找省地县各级，要求参与这项重大开发工程。索伯县就难以有大的动作了。反过来，假如索伯县有人去鼓动这四镇十八村的人起来反对这样的开发，谈判桌上进展得再顺利，也很难预料，究竟要拖到哪一天才能真正去实施这"伟大"的工程计划。逦发五一听，真急了，忙问："县里有人去做这鼓动工作了吗？"泗洋叹口气笑道："可惜，到今天为止，能想到这一招的，还只有我……"几分钟后，泗洋悄悄离开逦发五的房间，这一回，轮到逦发五紧握住泗洋的手不放了。

随后，泗洋又把逦发五带到城关镇煤场，介绍他见了个人。这人不是别人，正是那年木渎镇血案后，被朱贵铃抓捕后，在押解途中逃跑了，潦倒一阵，已然销声匿迹的白老大。他随当年县剧团的台柱子"小月月仙"出省浪迹了许多年。改名换姓在剧团学拉弦子学敲梆子。"小月月仙"死了，他在外头怎么混都觉得没意思，蔫不出溜，又回到阿达克库都克。那时节，有一帮盲流住在索伯县老城外，结伙置办了一些毛驴车、架子车，上戈壁滩打柴火，卖给城里人。他入了那个帮伙。后来又怎么让人认出他就是当年"响百里"的白老大，无须细究，后来就多次请他到县文史馆地方志办公室深谈，安排城关镇煤场给他开支。新的县剧团派人来记录他肚子里的梆子曲谱。又俨然成了个"梆子专家"。他手里又常端起一把紫砂茶壶。

泗洋对这一号古董式传奇人物颇感兴趣，也找他聊过"木渎镇血案"始末和一些当地名人名事。

他觉得，白老大兴许能向逦发五提供一点线索，帮他找到几个在阿伦古湖畔四镇十八村说话算话的人物。

白老大向逦发五说了一个人名：肖天放。

接着又说，在你逦政委身边，有一位能帮你支使肖天放，这人就是朱贵铃。

今天，逦发五找朱贵铃，果然是问肖天放的事。

"他……据我知道……在镇上啥工作也没担任……"朱贵铃解释。

"据说他各个兄弟姐妹全是镇上的头面人物……"

"可即便是他能左右哈捷拉吉里镇，那也只有一个镇……"

"哈捷拉吉里镇的位置控制着出水口那边的一片大苇荡。它又是四镇十八村中最大一个镇，最老一个镇。一多半鱼品加工副业都在这个镇上，阿伦古湖唯一的渔业码头也建在这个镇市梢。拿住了哈捷拉吉里镇就拿住了这四镇十八村，拿住了我们所要的那个阿伦古湖！这些情况你应该清楚！"迺发五生气了。朱贵铃从来不跟他对嘴。今天却一句一项。还都没顶到项上！"这肖天放是你过去的老部下？"

　　"是"

　　"还有往来吗？"

　　"没有！绝对没有！这些关系早断了……"

　　"去接上关系。"

　　"是。"

　　"找到他。亲自跟他谈。"

　　"是。"

　　"不管他提什么条件，你都先答应下来。"

　　"是。"

第二十章　关于度的哲学浅释

　　从索伯县县城开出的长途班车，到达木西沟的时间是下午三点多钟。长途汽车站大门门口的彩牌楼上还钉着去年或前年用木板制作的"庆祝国庆"四个大字。独立团团部在沟西北角十三槽子岗后边的一块高地上，远看像个倾斜的炮台，由北向南，向着管理处处部的方向倾斜。

　　苏丛到独立团团部来的次数并不多，但每次来，都有一种非常强烈的感觉：好像自己昨天才离开这儿。一切总是那样的熟悉、亲近，而且奇怪的是，每一回走近独立团团部时，所看到的景象，总是上一回来的时候曾看到过的。她惊异，但又暗自祈愿它别做改变。保持这种熟识和亲近。她需要这种熟识和亲近。有时她真想就坐在那些老兵中间，再也不离开他们。

　　七七四十九级台阶。举手方能触摸到那一块块粗糙硌手的麻条石围墙基座。团部外面草很深，停放着二九一十八门三七战防炮，炮口的朝向高度完全一致，都没卸炮衣。驭手们又在那儿刷洗拉炮和驮弹药的马和大叫骡。早就该换成机动的了，但迺发五为了节约开支，一直让独立团维持着现状。驭手们依然是那个模样，上身单穿一件破旧的灰军褂子，下身却穿着条臃肿的棉裤。他们把褂子的下摆全塞到裤腰里。褂子里并没有衬衣或汗衫。他们全打着光脚，全挽起裤腿。棉裤里的衬布全发了黑。他们抓住细钢丝刷，蘸好凉水，哗哗地从马的脊背上刷出一股股黄黑的泡沫，叫那些畜生们喜欢得直打哆嗦，不住地动着前腿。老兵们大都认识苏丛、喜欢苏丛、都跟她打招呼，但绝不像对待其他女人那样随便。不知为什么，在她面前，他们总有点自卑，有点羞怯，不仅仅因为她是他们团长的小姨子。今天，照样有两个泡病号的老兵，裹着肮脏的军皮大衣，躺在草地上，背靠住一个长条的翻扣着的铁皮马食槽，嘴里嚼着他们自己去干沟里挖来的甘草根，慢慢啜着那黄黄的带着草药味的甜汁儿，眼睛却盯住了苏丛流水似的腰和细巧的脚踝、耀眼的白袜子。他们下意识地把长满黑胡茬的下巴缩进大衣领子里。把那样一个下巴暴露在这样一位女士面前，显然是既不聪明也不礼貌，他们懂。虽然是这样，下一回来，她能看到的，依然会是这样的两个下巴，他们绝不会为了一个什么女人去专门修理下巴。她温和地对他们笑笑。

苏丛是被大姐的一封急信催来的。探亲假到期而不走，这在大姐，多少年来还是头一回。宋振和工作上的烦恼，自然是她迟迟走不开身的一个重要原因。宋振和曾把全团连以上干部找来开会，对他们说："不要为我的事这么闹，你们要考虑后果。我去哪儿，干什么，还不都一样？我和你们都不可能在独立团待到七老八十的。它虽然不是正规部队，说到底还是一支武装，还是有个始终保持年轻化的问题。""朱贵钤比你年轻？"一个连级军官站起来反问。大伙一阵哄笑。当然不是笑宋振和。另一个连级军官又站起来说道："您去哪儿都一样，可对我们来说，谁来当团长可就太不一样了！""说得好！"几个年轻一些的军官叫嚷。"团长，这件事，您就甭过问了。回避开吧。清清闲闲歇一段。您放心，咱们不会闹到那一步去的，都是多年的老兵。上有老、下有小的，总还是会瞧着自己脚尖迈步的。这么些年，咱们这一拨子应该说是人群中最听话的了。从来不说个不。对啥都不说个不。只有这一回，咱们和和气气跟人家说个不字，请他们也能和和气气回个话，我想也不为过吧？咱们到底要在木西沟待一辈子的，咱们该想想，怎么活才更值得，更自在。要是连这一点权利都不给，我真不知道，在木西沟，咱们还能有点啥。"说话的是一个三十三四岁的陌生军官。宋振和很奇怪。连以上干部里怎么会冒出这么个陌生人？"你是谁？"他警觉地问。他一直担心，老兵们这次行动，背后有人操纵，他怕老兵被人利用。纠缠上这种人，后果真的就难以设想了。"张满全。三营八连代理排长。"那个叫张满全的大个儿，立正答道。宋振和想起来了，最近是有这么个人，由三营营长、团军务股股长、机炮连司务长和武器库主任这几个人保荐，调入独立团来当代理排长，是他们的老战友，听说是个经历非常坎坷的人。宋振和做出一种漫不经心的样子，迅即打量了他一眼，见他脸面上还不乏诚挚和善意。但宋振和还是厉声问道："谁让你来参加连以上干部会的？"气氛一下紧张起来。三营营长、军务股长和那位武器库主任忙一起往起站，想解释。张满全却用眼色制止了他们，恭敬地对宋振和说道："我只是想来见见您。没人让我来参加会。我到咱们团的时间不长，但我跟全团官兵一样，敬重您，团长。"尔后，认真敬了个礼，用极正规的动作，向后转，出门去了。

当然，苏可延期返回五塬，还有一个重要原因，就是为了苏丛目前的家庭关系。她放心不下这个已离过一次婚的小妹。

苏可虽然一年才来探一回亲，独立团还是给了老宋一套固定的住房。宋振和不愿住办公室。他希望有自己的一个小院，一明两暗，坐北向南或坐西向东的三间小屋；他希望把院墙砌得整整齐齐，刷得白白净净。他希望有一条雨天不沾鞋底、晴天不起浮土的甬道；紧挨甬道栽两行墨绿的葱兰，一到夏天，它会吐出羊脂玉一般白而又朴实清香的小花；南道两厢，他希望各有一棵桃树。独立团不少老兵都劝他们的这位团长，不要把桃树往自己院子里栽，邪，妖，艳。他笑："妖？还妖得挺艳？我正缺这两门咧！叫她们来！"于是大伙开心地大笑。桃树还是栽进了他那个小院，每年春风几度，都给团长院里洒一地花瓣儿。大家知道，团长嘴里这么说，实际上可老实，绝不跟女人胡来。他自己没孩子，他喜欢所有老兵家的孩子，不管这些小屁漏子脏还是不脏。谁家有事来找他，他都管，他特别护着那些老兵的家属。有理没理，他先熊当兵的一通："人家跟你跑这么远的路，到这儿来落户，有啥事不能让着点儿？"有他这么句话，哪个老

283

兵老婆心里的气都能顺了。回家再去闹腾吧，睡一宿，两口子又跟胶泥似的黏乎起来了。但他那小院里从来不招女人，即便是在索伯县的那位小姨子苏丛，有时到独立团来看望他，只要她姐不在，他肯定让她住团部招待所，决不留她单身在自己小院里过夜。他跟任何一个女人谈话时，总保持两尺半距离，双手背在身后。他让你觉得他亲而不可近，真叫有些家属在背后叹惜。老兵们不明白，他们的这位正值壮年的团长，一年里怎么能熬得过那十一个月的寂寞，又为什么不把家属接到自己身边来，为什么要让这样的日子持续十多年。他还能有几个十来年？

　　通里间的门上，总是挂着大姐亲手绣的白竹布门帘，门帘上淡淡地缀着几枝将开未开的桃花。她虽然早已不像过去那样刻意追求一种“女先生”的风度，早已沉下心来，逼自己去做一些女红，又过了这么些年，但要绣花，在她，仍还是件难事。可她还是绣了。把它挂在这屋里，隔开里外间。她每年都按时来探望宋振和，平时，得知他有个头痛脑热的，也会马上撇开手头所有的事，不远千里，赶到木西沟来伺候他。她就是不回答任何人都会对她提出的这个问题：为什么不留下？她很文静又落落大方地招待老宋的战友、部属，给他们带许多坝上五墟的名特土产，用芝麻桂花白糖红丝绿丝果脯杏仁姜末莲心糯米猪油做出许多精致的小吃，或盛在青花小瓷碗里，或用小白盘端上来，插上一根雪白的牙签，量不会多，但绝对看出女主人的真心、细心、诚心。更叫人服气的是，不管来什么客人，她都一律相待，哪怕是炊事班烧火的老洪。老洪他那在山沟沟里窝了一辈子的老爹，她都给做同样的小吃。独立团的人特别看重他们这位团长夫人的这一点做派、这种气质。觉得她是给团长添彩儿，真有独立团第一夫人的架势。连宋团长自己也承认，她这么做，实际上是帮他做了很重要的团结工作。当然她决不参与公事，等老宋要和来客谈正事了，她便收拾起碗盏，擦抹净桌子，给每位送上一小块净手的小白毛巾，再给每人跟前的茶杯续满刚开的开水，进她里屋，悄没声地翻她的画报去了。到送客时，她必定会准时走出那白竹布绣花门帘，和老宋一起走出房间，再一起走回房间。他总请她先进门，随后再轻轻带上房门。她总是穿件月青白的大襟褂子，蓝布裤，剪着齐耳的短发，多少还带着点书卷气。

这一夜，苏丛跟姐姐睡一个屋，一张床。

"你还准备要离几次婚！"大姐开门见山。

"你说啥呢？姐，你疯了！"苏丛猛地从床上坐起，涨了个大红脸。

"你才疯了！"大姐气冲冲背过身子，掉过脸去，拿一个套上了米黄色绸睡衣的脊背，对住苏丛。

"我到底怎么了？我就是犯了死罪，你也得对我进行宣判，让我死个明白。你催我来，就是让我受你闷气儿的？"自小被宠惯的苏丛说着，眼圈红了。

"你心里是不是又有人了？"大姐翻过身来问。

苏丛叫了起来："你瞎说什么呀！"

苏可扔出六七封苏丛写给老宋的信。苏丛以为苏可误解了，忙红起脸笑道："哎呀，姐，你也把妹妹看得太坏了，我再不是个东西，还能欺负到你大姐头上？"

"别跟我瞎打岔！谁说你跟你姐夫好了？这些信上反复提到的那个男孩，到底是怎么回事？你跟泗洋到底又怎么了？你到底还想要个什么样的丈夫！"大姐突然变得十分不耐烦，青白起脸，做着激烈的手势，坐在床上，狠狠数落苏丛。

苏丛真呆住了。长这么大，还没见大姐对她这么生硬凶狠刻薄过。这些信，的确反复提到了一个男孩：肖大来。她是想请姐夫帮个忙，为肖大来安排个工作。请姐夫跟大来见个面，开导开导这个孩子。她怕他自暴自弃。她觉得自己有责任对他做这么点事。她没法忘记这孩子一双多疑却又敏慧的眼睛，从这双眼睛里流露出来的，总是一个孤独的年轻人所特有的那种内心的强烈。她根本没往别处想。她怎么可能往别处想，他还是个孩子，十六岁，十七岁，或者十八岁，她连他到底有多大都没弄清楚，也没想要弄清楚过。

苏丛哭了。

她知道大姐一直在生着她的气。苏丛的第一个丈夫，是大姐替她撮合的，他是林德神甫的亲弟弟。他文静，清秀，长得跟林德神甫一模一样，也是那样的一个细高条儿，那样一个白净瓜子脸，皮肤同样细洁地透出那些蓝色的枝状血管。他对苏丛好，他们也执意要她跟他成家。她跟他都是州府城医专的毕业生。他没拿到毕业证书，并不是因为他功课不好。他的考试成绩总在前三名里，只是因为得到消息，毕业后，她能分回五塬城，他却要分到下边的一个大队卫生所门诊室，照顾不到她。于是两家的兄姐一致议定让他在临毕业分配的三个月前退学，回五塬城。他照办了。他说为了苏丛，他怎么干都可以。后来，他们在城里一个储蓄所替他找到一份工作。他很满意，因为能整天干干净净地戴着套袖，并且顾客总是隔开在一个高大的柜台外边，顾客站着，他却能坐着。最令他满意的是，储蓄所很少加班，也几乎不用出差，他总能按时到家，经营他最为醉心的家务。他不太会做家务，却喜欢坐在一旁，津津有味地看着苏丛做。时不时，轻声赞叹一声："丛，你的手指尖实在太好看了……"或者赞叹一声她的颈窝。他也不希望苏丛出去开会、串门。当然他不会阻拦，但他会悄悄地远远地在后面跟着。林家有不少亲戚在国外，有一段时间里，几乎每月都有包裹和汇款单寄到林家。城里总有些"青皮"仰慕林家，时常围着他转，他也就不客气地让他们帮家里干点木工活儿或泥水匠活儿，给一点外国的口香糖，或圆珠笔之类的小玩意儿。他们一走，他马上把沏给他们喝的茶收集起来：一口没喝的，全汇到大茶壶里，继续沏用；动用过了的，留下茶渣，沥净茶水，摊开晒干，积攒起来填作枕芯，据说能明目清心，利尿安神，降血压，防惊厥。他什么都听苏丛的，从不跟苏丛顶嘴，家里平静得使苏丛直想跟他吵，但吵不起来。他严格执行苏丛的规定，一星期只行一次房事。虽然有很多很多次，苏丛睡到半夜里，忽然被冻醒，发现自己的被子被掀开，半裸地躺在被子外面。而他，却远远地缩在另一个床角落里，倚墙坐着，紧搂住他那瘦白的双膝，直瞪瞪地瞪着她。到规定房事的那一天，他总早早去街上华清浴池买了澡票，总是给她买最贵的那种单间盆汤，自己只买统座大池，还有意无意地让她注意到这点区别；尔后早早做罢晚饭，在床前放好了拖鞋，早早地去杂和院各邻居家串了门，免得他们天黑下来又上门来叨扰他和她的好事。这一整天里,他都会格外地顺她的意。跟她说话总是格外细软,有时还会流露出几分忸怩,一种别有意味的微笑,使她惊愕。她简直厌烦透了。她觉得自己只是在"例行公事",在"照章义务"。最后一次,当他刚急着要往她身上爬去时,她再也忍受不了了。她哆嗦,一连迭地大声尖叫。把他的脸都吓白了。后来,他们再没往一张床上去过。

当然还有一件事,她不能跟大姐说。说了,大姐也不会相信。她也还没十分的把握来查证这件事。想起它来,她甚至都有些害怕。

说不说?

她犹豫。

睡到半夜,她忽然听见,一直掉背脸、没再理她的大姐,却在轻轻啜泣。

第二天,大姐却像没事的一般,提出要带苏丛到集民县那边走走。那儿离国境线更近。苏丛说:"你要有什么气儿,就在这儿对我撒,不用带我到什么集民县去。不用费那么大的劲儿。"大姐只说:"我的五小姐,你就放心大胆跟我走吧,我吃不了你!"她只得依从。到集民县,得坐长途客车。虽然只有四个小时的路,但当天是绝对赶不回来了。下了汽车,又去雇马车。出县城,还要往更远处走。随着车厢底板的颠动摇晃,大姐只是在看车外那些黄土,那些在很远处或不远处秃秃地隆起的岗包,不说话。开头,苏丛还只是纳闷儿,到后来真有些着急了。因为再往前走,县城最后一片屋顶都被由那千古风沙切割得支离破碎的土包遮去。远近的开阔,在一望无际中展现的沙荒和草棘、砾石,漫漫延延直到天边。颜色从褐黄转褐红。而马车只是在一道高梁的脊背上缓缓前行。这道高梁同样没有尽头,没有树木,更不会有人家。大姐,你到底想干啥呢?苏丛当然不知道,大姐正是要带她去见识见识那个肖大来眼下待着的地方。

这儿原先是集民县地方农场属下的一个骑兵连,一年前才划归独立团管辖。大来到这儿才半个多月。那天,他挑起一桶马料豆,刚出库房门,一抬头,便看见远处岗包上缓缓驰来一辆马车。集民县马车站常有这一种简易的篷车供到这个县出公差的人租用。当时风沙正大,带着呼呼的响声,越过岗包的秃顶，昏昏蒙蒙地直向岗包下的漫坡扑来。从马车上下来两个女人，他看不清是谁。车老板上车后头，掉转身，扒开裤子，冲着岗梢头轻松。那两个女人赶紧向前走。在大风中，她俩紧挨着，一个搂住一个，走出三五十米才在梁脊上站定，眺望这个坐落在大阴山脚下的骑兵连。总有半个来小时，她们不动。风汹汹，掀她们大衣的下摆，一涌一涌地使她俩站立不稳。其中的一个女人，他看着眼熟，但一时又想不起来到底能是谁。又过了一会儿，似乎是车老板催得紧了，她俩才又相互搀扶着，挣扎回马车里。上马车时，那个让大来感到眼熟的女人又回过头来张望了一下骑兵连，大来这时才突然想起，她像索伯县县中教物理的那个苏教员。哦，是她！他浑身一紧，撂下马料桶，向岗包跑了几步，刚要张嘴叫喊，却被一阵狂风灌进许多沙子。不一会儿，马车掉头，在秃黄秃黄的岗包上颠动，渐渐地就只剩下那一片高凸起的旧帆布棚顶在昏蒙的地面上摇晃。甚至一直摇晃了许久许久。

集民县县政府县委县武装部县招待所，全在一个不大点儿的院里，甚至包括"工青妇"，统共才一幢灰砖小楼。楼后边有个平顶车库，车库顶上加砌了一层，那便是县政府招待所。整个县城一共才两千来人。人说，即便到星期天，抱一挺机枪，站在县百货公司门前的十字交叉路口，那么来回扫射，你也打不住几根人毛。这说法并不夸张。那天夜里，在招待所住宿的只有她们姐俩，窗户后头便是布满黄沙的山丘。沙丘里并不是没有草，更不是没有鸟，只是天黑得太晚，风又太硬太冷。招待所并没有单独的食堂，跟机关干部合开一个伙仓，即便这样，也没几个人用餐。锅灶旁边只搁了一张小方桌，擦得还算干净。买了馍，用手捂着，赶紧回家去就刚煨烂了的白菜粉条。食堂门外是一条坡度挺大的沙石路，路边有几棵不算年轻的老榆树，在远近三公里之内，它们可能就算是唯一能称得上"树丛"的东西了。

这姐俩根本不能适应这儿的气候和环境，一吃过晚饭，便紧锁了门，只希望火炉别在半夜里灭了，只希望明天一大早，回木西沟的班车能准时开出、不出故障。

"跟我说实话，你跟那男孩之间到底有什么没有！"大姐躬身坐在火炉旁边，用炉钩在烧红了的炉盖上来回画着一些毫无意义的线条和圆圈。

"大姐，这怎么可能！"

"跟我说实话！"

"你到底要我对你说什么？你以为我不会生气？你干吗要这么逼我？！"苏丛不知所措地对大姐嚷嚷。

"最近你跟泗洋到底又闹腾什么了？"

"这个……你就别管了……"

"所以，你把兴趣又转向了这么个小男孩？"

"没有没有没有！你要逼死我，是不是！"

"你能抛开索伯县城那个环境，到这地方来跟这么个小男孩过？"

"大姐！"

"听着！别任性。一个人只能年轻一回。你已经不算太年轻了……"苏可紧攥着炉钩，两眼炯亮地瞪着苏丛。"因为任性，你姐姐付出过什么代价，你清楚吗？"

"别说这些了……我全知道……"

"你不知道！"苏可哽咽了，忙背转身去紧紧咬住嘴唇。因为深深地垂下头去，她那原先就跟男人似的肩背此刻越发显得宽大。"任性……我当时就不该别出心裁非要自己栽培个'小丈夫'，不该又去爱上个神甫，不该留下他的孩子……老宋那年曾说过，只要我能把孩子还给林德，别的，他都能忍受……可我……"

"这些事情过去了，别说了，我求求你……"

"没过去！所有的人都不知道！从那以后，老宋和我一直没有同过床。十多年……十多年……他一直……一直……"

苏丛一下呆在那儿了："你……你……不是每年都来探亲的吗？你们……"

"是的，我每年都来探亲。我们都想去弥合这道旧缝，但谁都没勇气先去撩开隔在我们中间的那一条薄薄的'门帘'。从表面上看，我们一切照旧。尤其在客人面前，我总是最好的主妇，他也是彬彬有礼的家长。但只要等客人一走，夜深人静，他就会从大床底下搬出那张行军床，到另一间屋子去歇息。他一直藏着那张行军床。我早该把它劈了的……我早该去劈了它……"

"老天，这么多年，你们……"

"不要再任性。懂了吗？"大姐再一次叫道。

苏丛忽然被一阵莫名的酸涩和委屈所压迫，她突然觉得喘不出气来。她什么也不想说，什么也说不出来。她只能冲过去，紧紧抱住她这位可怜的姐姐，伏在她软实丰腴的肩头上，大哭起来。

苏丛不知道怎么向大姐说清，这一段时间她和泗洋之间所发生的一切。她甚至不能确定，究竟有没有发生所谓的这"一切"。也许什么也没发生，一切的一切，只是她的敏感、神经质和幻觉。只是由于她自私，只顾及自己，不会体恤丈夫的结果。她第一次提出离婚时，全家人一起向她扑过来，大吼时说的也是这句话："还说人家不好？你就只顾你自己，从来不懂什么叫体贴男人！"

泗洋当然不是那个神甫的兄弟。如果说，那位神甫的兄弟从来就没让苏丛醉心过迷恋过，那么，在结识泗洋以后的很长一段时间里，苏丛确认，对泗洋，自己曾全身心地投入过，也可以说，熔化过，甚至唯恐熔化得不彻底不长久。

他是一个铁匠的儿子，这一点曾经非常吸引过她。五塬城里最热闹的便是铁匠铺，那些沉默寡言、精瘦但却有力、常年被炉火燎红被煤烟熏黑光着脊梁戴着连胸的皮围腰的铁匠，连同他们的黝黑的角落里默默替父兄拉着风箱的孩子，都是苏丛那样的小姐们好奇的对象。她们总把他们想象成一块晶红发亮的铁块，他们是那种谁也无法接近，正在力的搏击中形成自己生存轨迹，别人无法与之类比的奇人。铁匠铺低矮的房檐和屋后高大的砖砌烟筒，以及铺面招牌下悬挂着的巨大的菜刀剪子或火钩镰刀模型，都曾引发过她种种想象和敬仰。当然，她不敢在铁匠铺门前逗留。那儿往往是最脏的地方，而她的白袜黑鞋白衬衣黑裙子却又是全城最干净的。第一次见到泗洋，她曾非常失望过。她怕见白面书生，她怕优柔寡断，她怕想得到却又不敢伸出手，但第一次见到的泗洋恰恰多了这么一股文弱劲儿。后来他笑着承认，是装出来的，他以为她的出身教养使她喜欢这类"斯文"。他带她到宿舍，她想不到他根本不住学校分的教员宿舍，自己找了一间早被校方废弃的半地窝子，收拾得真干净。外间，完全是他独用的物理实验室，里间是个宽敞的起居室。全木西沟还找不到一张沙发时，他就已动手给自己做了一张多用沙发。到晚上，又是他的床。他有那么多的朋友。不管有什么事，他们都喜欢来找他出点子。他总有那么多的点子供他们挑选使用。他常常十天半个月不刮胡子。她喜欢看他瘦瘦的脸颊上长满黑黑的胡茬。她觉得那样，他的眼睛格外有精神。他知道她喜欢安静，便替她装了一台能收短波的收音机，朋友们来了，他就让她躲到火墙后边去，戴上也是他做的耳机，去收听遥远的俄罗斯音乐。她知道他需要朋友，他有许多事情必须和朋友们一起干才能完成。他精力那么充沛，愿望又那么复杂，他不可能把自己完全局限在这小小的校园里，更不可能局限在更小的教室里。朋友们一来，他就神采飞扬，格外有男人气儿。等朋友们一走，他马上爬上自备的"袖珍梯子"，去打开墙头上那一排他自己设计的小窗户，打开他自制的"排气扇"，还扇动枕巾，大叫大嚷地往外赶烟气。他的那些朋友没有一个不是烟筒子，没有一个不是酒篓子。接着他就会跑到火墙后头来向她道歉，说刚才冷落了她，说要给她补偿，嬉皮笑脸地去胳肢她，逗她发笑，钻到怀里去亲她，亲得她满屋乱跑，最后跟他一起倒在他那张自制的跟棺材一样笨重的土沙发上。她紧紧地抱着他，咬着他的耳垂，听他喘着滚烫的粗气，叫她"小妈妈"。是的，他那当铁匠的父亲，曾给他娶回来过三个继母，但她们没一个对他说过一句软话。结婚后，他发现她有两大箱旧衣服，全是大姐年轻时，把上海南京苏州的高级裁缝请到五塬家中，做的各种各样的旗袍、长裙、工装裤、猎装和晚礼服，还有几套大姐年轻时爱穿的男式绅士服。苏丛动身来木西沟时，大姐说："当布料带走吧。改一改，兴许还能穿，放在我这儿反正也是压箱底。"泗洋太高兴了。他没见过这么多这么好这样眼花缭乱的女服。他把门关紧，拉上窗帘，让苏丛一件一件试穿给他看，一边还放着广东音乐《步步高》或《雨打芭蕉》。他有一个自己装的唱机。他让苏丛换上长筒丝袜——也是大姐当年到上海"先施公司"三楼大厅里买来的，再抹上淡淡的口红——这是在大姐一件旧大衣口袋里找到的，趿上全木西沟第一双半透明半高跟紫色的塑料拖鞋，拿一把现做的"湘妃竹团扇"或"檀香木折扇"，一手叉住腰，走起来，还要扭上几步，拿时新的话说，叫"猫步"。假如这时有朋友来了，这可要了命，叫他们看见，再传出去，那算啥？她忙躲进里屋，得把它们全换了。泗洋恶作剧，装着马上就要去开门，一刻都不能等，急得她直跳，只能叫："再等一分钟……我数到十……"她解不开吊袜带和古老的盘香式纽扣，或者把两只秀足同时伸到一条裤腿里去。等朋友们走了，她当然要找他算账。她会拿手头所有的衣服去砸他。他不慌不忙——天啊，他那几近于永恒的不慌不忙和胸有成竹，绝对使她心悦诚服——他，稳稳当当地坐到沙发上，根本不躲闪，接住那一件一件好似轰炸机群向他飞来的衣裙，吻着这些带上了古老樟木箱气味的女衣女裤丝袜，一直吻到她心发软……。

为什么他的不慌不忙，他的胸有成竹正在减退、削弱、异变、稀薄……这一年他总是显得疲倦。他想念那些朋友，却又怕他们常来。他有新的常客，表面上，他仍和他们大笑大嚷，但他们走后，他总显得沉重、忧虑。他变得谨慎：天天都要刮胡子；每当有什么重大活动，他总要设法打听别的县委领导穿什么衣服。假如他们穿中山装，他就绝不穿他很喜欢穿的那种翻领夹克衫。有一次他请两位地区专员公署的同志来家做客。苏丛忙着做菜，穿着拖鞋，依然是那双半透明的半高跟的硬塑料拖鞋。因为是春末夏初，她就光着脚没穿袜子。他提醒她几次，客人快来了，是不是换双鞋，穿双袜子，在客人面前光着脚，总不是那么得体。说得很婉转。苏丛随口答应了，但并没把这当回事，又去厨房忙她的了。他俩过去都不把这些事当回子事，图的就是随意自在。尤其是他，在朋友们面前更不拘小节。她就喜欢他的这种旷达。但没想到，在后来的半小时里，他竟寻找各种机会，提醒了她八次，也许九次，十九次；该换鞋了，套上一双袜子吧，不要给专员公署来的同志留下不好的印象，要让别人觉得我们是庄重的，有分寸的。"无论是物理还是化学的世界，或者在政治和伦理、社会和家庭、微观和宏观的领域，度的这个概念太重要了。万事唯有'适度'才能形成，才能稳固。中国第一次得到统一后，秦始皇为什么首先立即要统一'度量衡'？你想想。"他叨叨不休地劝说，后来他突然叫了起来："换鞋！请你尊重自己也尊重别人！我已经说了九遍了……九遍……九遍！"在那两位同志进屋前，他粗暴地把苏丛推进厨房，扔给她一双朴素的布鞋和一双干净的旧的线袜。事后他很后悔。夜很深了，客人早走了，他给她打来洗脚水，切了几片大姐寄来的猪油白糖桂花年糕，在沸油锅里把它们一片片炸软炸黄炸成外脆内黏，盛到小碟子里，用酒精棉细细擦过白木烙花筷子，给她端去。她没动那筷子。他也一直在她边上站着，迟疑了很久，去搂她。他俩有很长时间没这么亲热过了。他想靠在她温软的胸口上，像以前那样，什么也不去想，只去贴住那温软，完全放松下自己。但他贴不过去，木僵僵地涩住。他不习惯了。他只能叫她"小苏"，或者干脆叫她"苏丛"。她也不知所措。没法撒娇，更没法把他当成她的"大孩子"那样搂进自己怀里。假如一个女人在属于自己的男人面前，已经撒不起娇，又宠爱不起来，她会渐渐枯萎、变性。他感到了她的僵直、失望、战栗，他淡淡地苦笑了一下，松开了她，十分温和地掩饰道："你先去睡吧，我再看几份材料……"

紫色的冈峦在晨雾中濡湿。遍地金黄。或者没有清凉也是清凉。这究竟是为了什么？

还要说说血的颜色吗？

跟神甫的兄弟结婚不久，苏丛发觉，他最怕被什么划破了自己的皮。有一回他很紧张地从储蓄所跑回来，离下班时间还早。紧紧抓着自己的一只手背，让苏丛给他找纱布药棉和红汞。他不让苏丛替他搽抹消毒和包扎，自己躲到小房间去摸索，过很久，才乏力地走出房间，脸色好像动过大手术那般的苍白。事后知道，那天，手背上只不过被捆扎现金口袋的铁丝拉破一道很小的口子。当时，他却很响亮地尖叫了一声，把全储蓄所的人都吓了一大跳。尔后就见他立即捂住了伤口，极慌张地说了声："我回去包扎一下……"没等储蓄主任同意，就跑了。大家都觉得他胆小，或者犯有晕血症，见血就头晕、脸白。一年多以后，一个很偶然的机会，她才发现，他血的颜色是乳白色的，或者说近乎乳白，好像豆渣浆子似的，带着一些小颗粒。泗洋的血，最初当然是红的，黑红黑红。他"淘气"时，她常扑过去，咬他肩头。常常咬破了他黑黝黝坚韧的皮肤，流出畅快的黑红。但这一向，它们粉嘟嘟地往淡里去。他自己好像还没在意，并不像第一位那样掩饰。苏丛给他包扎那些伤口时，他总还在忙于别的事，眼睛注视别处别人。这几个月，她发现，泗洋的血一天比一天逼近乳白，而且也像豆渣浆子似的，带着细小颗粒……她怕让他自己发现。当他回过头来，探看正在包扎的伤口时，她总忙不迭地惊叫，用手去捂住它们。他有时还温和地嘲笑她："又不是小毛娃，咋呼个啥嘛！"

她害怕，常常半夜惊醒，紧紧抓住自己的手背。她想知道自己血的颜色，但又怕真的发觉什么。她抓住它，捏住它，一直到它发紫发胀发木发麻为止。

她开始注意别人的血的颜色。不管哪儿出什么事故，只要有可能，她总会拼命赶去。她常到外科门诊，她对人解释，她有医专的毕业证书，她的本行应该是大夫。她觉得自己越来越不能安静，晚上的睡眠时间越来越短，越来越不想睡，总想做一件什么早就想做的事，但又不知道到底是一件什么样的事。她无法自抑，常常问自己：你到底在想什么……

能把这些都告诉大姐吗？

又过了一会儿，苏可发现苏丛愣愣地站在窗前，只是不作声，瞪瞪地瞪着眼，朝车库前那个荒草场子张望，手下意识地执住窗台，牙齿紧紧地咬住下嘴唇，脸色些微地灰白。"又在看啥呢？"苏可疑惑，凑到跟前，却见一个十七八岁的大小伙子，牵着一匹高大的坐骑，正向楼下招待所服务班的一位"大姊"打听着什么。那很旧的马鞍，被磨蹭得锃亮的脚蹬子，烙在马右臀上的拼音大写字母，还有他那一身灰军服打扮，都表明，他来自当天下午她们曾走近过的那个骑兵连。

她和她几乎在同一刻都认出，他就是肖大来。

苏可见过他。宋振和在决定接收肖大来前，派人把他找到独立团团部，面试他时，她也去窥视过。

他在问，招待所里是不是住着一位索伯县来的"苏教员"。苏丛刚想开窗去招呼他，却被苏可拦住。

"我去。"

大姐斩钉截铁。她不愿意曾在自己身上闹过一出的"小丈夫"戏，再在苏丛身上重现。

"这儿没有什么苏教员。"苏可很冷漠地回答肖大来。

"对不起……下午……你们是两位……我……"肖大来解释，用力勒住马缰绳，不让躁动的坐骑靠近苏可。苏可走到楼梯半中腰就停住了，她也不想靠近那匹一刻不停地在踏着四个蹄子的高头大马。

"请你回去，这儿没有什么苏教员。"苏可语气更加严厉。

"我是她过去的学生。"大来脸红起来。

"我知道你是个什么样的学生！"苏可故意刻薄他。这句话果然起了作用。大来猛一拉缰绳，便再没作声。但他不走，只是拧过头去，不无尴尬，不无委屈，十分不情愿地看着那边荒草丛中撂着的一个旧客车壳儿。它被扔在那儿，总有好些年了吧，破板条没能封住车窗洞，漆皮掉了不老少。后来，他见苏可执意把守住楼梯，不让他上楼去寻找，只得朝苏丛所在那个窗口张望了一眼，翻身上马，让风沙裹着自己的背影和蹄声，回骑兵连去了。

第二十一章　不是我不愿意

　　朱贵钤没让吉普车直接开到肖天放家门前，也不想惊动太多的人。他愿意走着过去。天色还不算太晚。下车以后，还需要斜穿过一片晾晒腌鱼的空场和一个早已废弃不用的老锯木厂。风自然是咸，是腥，混杂着陈旧的松树皮的芳香，从那一堆堆发黑发酵了的木屑里散发出来。矢车菊紧挨着倒塌的篱笆。车前子钩住细毛羊的厚皮。成捆的干草受潮。砍倒的柳树三百年后再度成林，今天刚抽出翠生生鲜嫩的枝条很快发黄。他走得很慢，心却跳得很快。这十来年，他从来没有接触过一个老联队的人，更没打听过那些力巴团老人的消息。当他第一眼瞟见肖家大院那红瓦房盖和青砖院墙时，他那一直有些不太利落的双腿已经不可思议地哆嗦起来，感到了酸软，感到了沉淀，感到了过电似的抽搐，一时间，竟连半步也挪不动了。他咬住了牙关。

　　家。

　　别人的。

　　他再一次感到了从未有过的辛酸，也许还有嫉恨。哦，肖天放啊肖天放，你到底还是个肖天放。你看你这肖家大院，何等的气派，它岂止是一个"院儿"，它简直是一片可观的营区。除了最近才盖起的那个又窄又

296

长的大院，这儿还有七八个过去盖的小院，这都是在那些年里，肖天放为每个将要成家的弟弟或妹妹盖的。他把弟弟妹妹们"赶"到外边去营生时，就给他们立下过死规矩：男的可以在外边娶，女的一律得回来嫁；不管你是在外边娶的还是回来嫁的，都得把"家"安在他给你盖的小院里，都得把心拢在肖家大院里；最后，反正你得给我回哈捷拉吉里，至于你在外头还有几套房几间屋几个户口本几副锅灶几个液化煤气罐，另说。肖家营区，真的是肖家营区啊。别看他只剩一条腿，别听他一张嘴总是那句话："我犯过错误……"他的心气儿依然比天高啊！

高高的草垛像巨型的蘑菇，不前不后，不新不旧，不卑不亢，不悲不喜。

他摘下帽子，敲响门板，明知故问："这是……肖天放同志的家吗？"

这一段，肖天放真是病了：不耐烦，核桃那么粗的手杖让他折断了四五根；断腿的肢端又开始流脓流血，黑黑的脓血，一桶一桶往外流；高烧一直不退，即便把他全身浸在刚打上来的井水里，不用多大一会儿工夫，那冰凉凉的井水也会跟他身上一样，烧得烫手，咕嘟咕嘟地往出蹿热气。什么药，什么大夫，对他都没用，肖家的人都慌了手脚。他还不许任何人碰他，除了玉娟。烧得实在受不了了，他只要玉娟扶着，跌跌撞撞，找到大来娘当年消失的那苇荡口，浸在那苇根水里，往里爬，让比刀锋还要快的苇茬割破他那粗胀的全身，割破早被脓血浸透的纱布绷带，再一次、再二次、再三次地苇茬深深扎进他那在烂肉里露着白花花骨茬的伤口。这样，他会松快些。淌出的脓血，在苇荡里依然不溶散。它们依然像稠黏的下脚油料一般，东一片西一坨的，粘附在将要腐烂的草叶和依然坚挺的苇根上。他不让任何人跟着他。其实谁也跟不了他，谁也不可能像他那样忍受住苇茬的割和扎。等流尽了黑血，又在冰冷的苇荡里泡了大半夜，他开始清醒、明白，便挣扎着往外走，等着下一次高烧的到来。全家人都知道，他这样难受，全是为了那"浑脑不开"的大来。但他却偏偏不许任何人在他面前提一句"大来"。"我没那么个儿子……"高烧的妄语中，他总是这样叫喊。玉娟哭着求他，让大来回来看看他。他总是喷出滚烫的热气，支撑着坐起来，要伸手去打玉娟。大来执意要离开这个家，到那样一个骑兵连去当个最不起眼的马夫，的确伤透了天放的心。天放太了解那个骑兵连，他们常来向他买草料。天放也知道集民县了，这个地域比索伯县大三倍，人口却只及索伯县十分之一，常年有那么几辆破旧的马车懒洋洋地在那无比爽朗而又总是干绷绷寒嗖嗖的太阳光底下待雇。至于那个骑兵连，原来是集民县一个地方国营农场为应付差事，在边界上老闹矛盾那段日子里，很仓促地凑合成的——很少的一点经费，很庞杂的人员。大部分是盲流，从部队复员回口里老家，分的口粮不够，跟大队书记干架或短了账上的金额，或跟公社秘书的老婆偷情，或实在不肯上山背炭炼钢铁……种种原因待不住了，便盲流到集民。根据他们自报的原籍家庭住址单位名称，这边去函调查，不少人的回函均为"查无此人"，但他们口袋里都揣着有国防部钢印的《复员证》。于是这骑兵连就一再出事，打架，动刀子，盗卖军马饲料，合伙搞破鞋，能站到连长办公室房顶上撒尿，上俱乐部里拴毛驴，收上场的麦子还不够给明年留种用的……连着换了几茬连长指导员，都不顶用。说是"骑兵连"，从来没人给他们发过枪。不敢，怕他们有了枪，真去把县政府给端了。怎么办？想来想去，决定交给宋振和。这家伙喜欢老兵，对付老兵有一套办法，不管是盲流来的，还是有正式手续来的，只要是老兵，他准能拢住了。集民县还主动给了个"政策"：三年之内，这个骑兵连仍由那个地方国营农场供养，经济上不给宋振和的独立团增加负担。宋振和笑着说道："行，有这一条，我就敢接。"全指望宋振和拿出镇天之宝回天之术，三年内调教好这帮子浑油子兵，能让他们在老阴山脚下那片只出风沙和荒草的高地上，自己养活了自己。

肖天放怎么肯把儿子往那种地方塞？可大来偏要去。那天独立团来了两名干部，要带大来去面试。宋振和也很想知道，苏丛那么尽心地推荐的人，究竟是哪一茬的，他要亲自看看。肖天放就是不放大来走，大来不跟爹闹，也不争，很平静地抓过一把斧子，对爹说："爹，我知道你是为我好，从小到大，为了我好，你也打够了我，骂够了我。我现在一定要走了。你让我去试试，看看，没有你这个爹，能不能给自己挣个好。你要觉得你还没打够，还没骂够，我叫你再打这一回，骂这一回。你要觉得我这样的儿子不该带着你和娘给我的这个身子囫囵地离开这家门，你就用这把斧子砍我，剁我，片下我几斤肉……我绝不怨恨。但是等我出了这家门，你要再打我，再骂我，再要逼我替你去活着，你可别怪我不是个好种！我可就不是从前那个肖大来了！热耿耿、红腾腾、末冬冬、泪花花，我可也要杀人了！"说到收尾那几句，大来忍不住喊叫起来，从睁大的眼眶里，爆出一串串泪珠，让它们咸苦咸苦的一起往尖刻的嘴角里涌。肖家从来还没一个人敢这么对肖天放喊叫，全家人立时三刻地吓愣了。天放也呆住了，不明白这儿子今天怎么痴迷过了劲，走火入魔了。肖大来自己却伤心地大哭，哭软了身子，竟连几斤重的斧子都掂拿不起，让它咣的一声掉到地上，把三合土的地面砸出一个不大不小的坑，又把淬过十八回火的锋钢斧刃磕出十八个豁口。

肖天放想不通，儿子为什么这么恨他。独立团的那两名干部问他："我们到底能不能带走你儿子？"他吼叫："带他走！我没这样的儿子。"他们问大来："你是不是晚走两天，让你老爹消消气，再做做他工作？"大来擦干眼泪，出力地捆扎铺盖卷儿，回答道："没人在两天之内能说服了我这个爹。你们要么这就带我走，要么永远别来添麻烦。"肖天放追着那两名干部问："你们独立团不是已经让朱团长当家了，那个姓宋的还瞎张罗个啥？"那两名干部原先还没那么大决心就这样带走肖大来，还不忍过分伤害了这个"不舍得儿子远离家门"的老人，但见他对他们正拼命设法挽留的宋团长如此不敬，一狠心，就给大来使了个眼色，让他把行李往吉普车上一扔，开起车，走了。

肖天放觉得这个猪不啃狗不咬狼不吃猴不挠的儿子简直是在他心窝上深深扎了一刀。儿子走了，几乎等于维系他生命的全部希望都崩溃了。

大来娘……

大来娘——你为什么不管一管这块从你身上掉下来的肉！

"不是我不愿意……你说的这件事，根本办不成……"肖天放强打起精神，陪朱贵铃在大屋的长条桌边上落座，并且马上让家里人把司机也带到家里来。上烟，沏茶。又让天一给镇政府招待所打电话，今晚上不管房间有多紧张，必须腾出一套带里外间的"高间"。

"怎么说办不成？"朱贵铃进门时还担心自己曾冷落过这个老部下，假如他翻脸不认人，给个难堪，自己还真不好收场，但看来，他是没计较那一回的不快，只是一口咬定根本不可能通过大裂谷引出阿伦古湖水。"是不是怕引出了湖水，这四镇十八村的日子不好过？"

肖天放叹口气，摇摇头说道："在阿伦古湖西北再建十六个农场，哈捷拉吉里镇就成了贯通阿达克库都克南北交通的大码头，修个拖拉机，榨个油，办个影剧院，轧个棉花，做个糕饼、成衣，办个运输站……活路还多的是。哈捷拉吉里镇工副业生产基础比哪儿都强，你那新建的十六个农场更没法跟我这儿的技术力量比。被这么一变夺去的，还会从这变动里赚回来，哈捷拉吉里镇不会没有用，没人能取消得了它……"

"没人要取消它。"朱贵铃忙补充道。他兀自暗中叹服这老部下内心的精明，更诧异这家伙身上那一种不是镇长的镇长气势。

"假如能从大裂谷引水，我们早引出一部分去了。我前些年就想把哈捷拉吉里往那边再发展发展，咱们没那气魄在阿达克库都克修铁路，可把哈捷拉吉里镇再扩大个两三倍，还不是办不到的事。"他似乎暗暗提了一下白氏兄弟当年修铁路的事。朱贵铃马上明白他的意思，心里甚至很感动地热了一下。

"那你怎么没引出水？"朱贵铃趁机打听。

"引不成……"肖天放又重重叹了口气。

"哪个门槛太高，迈不过去？"

肖天放忽然不说话了。

"你派人去勘察过？大裂谷过不去水？"朱贵铃盯着不放。他是学工程出身的，自然对技术问题尤其敏感。

"我没勘察过，但我知道……水出不去。"肖天放犹豫了好大一会儿，透出一点儿讯息。

"理由？"朱贵铃穷追不舍。

"指挥长，您就别再刨根问底了……"

"肖老弟，这件事非同小可。垦区总部决心已下，七万引水大军不日开赴工地，随后便是一千台拖拉机和四百条排灌渠配套工程全面铺开。万一引不出水，或者引出了水，却从大裂谷里渗漏掉了，到不了新垦区，那种损失是没法计算的……"

"你们没派技术员去勘察大裂谷？"

"勘察了。反复勘察论证过了，所有的结论都是，水一定能通过大裂谷到达新垦区。"

"那就……那就相信你们自己的结论吧……"

"阿伦古湖上的渔民都这么说的，水引不走？"

肖天放沉默不语。

"那你是怎么得到那种结论的？"

依旧是沉默。

"肖老弟！"

"我不是不愿意说……这……"

"好，我给你亮个底，遁政委在我动身到你这儿来时，给了这么句话，只要你肯帮忙，促成这件事，不管你提什么条件，我都能给你应下。"

"姓遁的还能管独立团的事？"

"瞧你说的！在木西沟，他就是你'肖老大'！"

"我有什么难处，他都管给解决？"

"你说我都奔六十去的人了，能磕掉自己下巴说那些没底儿的话吗？不领到尚方宝剑十二块金牌，我敢到哈捷拉吉里镇来敲你肖老大的门吗？"朱贵铃越说越激昂。

肖天放仍半信半疑地瞟瞥着朱贵铃。但他的血在往上涌，他浑身的骨关节都嘎嘎巴巴地生响，他病中虚软的双手又开始膨胀有力，他塌陷的眼窝里又在炯炯灼灼。是的，朱贵铃的许诺使他看到自己又有希望给儿子安排一条更好的出路了，又能逮得住这个从自己手里挣脱的儿子了。

"先吃饭，洗个澡。我让人领你去看看住处。剩余的，咱们晚上再谈。你是稀客，我还要领你去阿伦古湖边去转转。在阿达克库都克，你满世界去找，怕也再找不出第二个像我这么熟悉它所有水道暗汊浅湾苇荡的人了。别小看我这个糟老头，少了一条腿，可一点也不缺心眼儿……"他兴致突然高涨，说了不少生气勃勃的废话，半点病怏怏的痕迹都没了。他让家人赶快到地窖里去拿酒，他说他一定要陪"朱首长"喝一通。玉娟怕他久病后体弱，经不住那些一桶桶的在地窖里存放了多少年的烈性子陈酒，就往里兑水。他喝第一口就觉出来了，把一杯酒全泼撒在玉娟身上，骂她在酒里做假，亏待了他这么尊贵的客人——肖家还没穷到那一步，得靠水来招待客人。"你糊弄谁呢？"他跳脚。朱贵铃明白玉娟体贴老爹的用心，倒是非常在意地打量了两眼这个跟当年的二小差不多大的女孩，替她在怎么也不肯宽恕她的老爹面前圆了场。直到玉娟重新下地窖，取来一点没掺假的陈酒，她那个老爹才住口。这酒，是肖家自己酿造的，黑红黑红，跟牛血一样，清凉地嘶嘶冒着酸气，辛辣，但却回肠荡气而不伤人。三杯以后，天放沉默了。

第二天大早，天还刚见一点灰白，或者说只是在东边地平线上的那一抹黑沉沉里才掺进一点根本不透明的青蓝时，朱贵铃便醒了——他自己也觉得奇怪，多年鞍马生涯，又经历了那许多变故，他早已不是当年的皇家军事工程学院拉计算尺的"娇公子"了，他没有那种坏毛病，换一个地方，换一个房间，换一张床，就要失眠。再一回味，自己是在盘算，今天再到肖家，该给那个能忍住委屈体贴老爹的女孩买一点什么带去。他焦急地等着天大亮，没想到，就这会儿，肖天放却来把他叫到阿伦古湖边的大苇荡跟前。

"上船吧。"天放抓着湿漉漉的缆绳，邀请道。

风带着浓霜似的寒气，还相当冷。朱贵铃打了个寒战。小船悄没声地在苇丛里行进。找到苇荡和空荡荡的湖面交界处时，天放歇住了，船便在平滑如镜的湖面和丛林一般的苇荡之间不住摇晃。

昨天这一夜，天放也没睡好，他一直在琢磨，怎么才能使眼前这个已经老得不像样了的朱贵铃相信他的儿子绝对不是一般的儿子，是值得任何人为他尽心尽力的。有许多话，许多事情，他不能让他俩之外的任何人听到。只有这阿伦古湖的依托，才能让他放心大胆地说出它们来。

说到儿子大来，天放的确憋着满肚子的心酸。大苇荡里经常起黑风，狂暴的黑风摇撼着密集的高耸的粗硬的苇秆，长长的苇叶摩擦长长的苇叶，迸出绿闪绿闪的火舌。那年大来娘失踪，他赶回村，抱着大来上湖边待起，在堤岸的土坡上伸远了脚，叉开了腿，把儿子放在腿裆中间，叫他脸向着苇荡，哭。他希望她听到。心碎啊，真希望有一条水桶那么粗的黑蛇游出来，带走他爷俩，或者干脆一口把他俩吞了。他愿意暖暖和和地在她身子里，跟她一起走得远远的……但没有黑蛇。只有那连串的干雷，在堤岸上空劈炸，终于燃着了那些小山似的柴草垛。浓烟中，男人们女人们又一次冲上堤岸，绕那熊熊燃起冲天大火的苇垛跺脚呐喊，向左走三步，又向右走三步，一会儿，雨水潲透了她们薄薄的衣衫，薄薄的衣衫又裹紧了她们干瘪的和饱满的身躯。阿伦古湖轰轰地上涨，浸没了天放的半个身子。哭累了的儿子睡着了，泪珠凝固在黑红黑红的小圆脸蛋上，嘴里吮着肥肥嫩嫩的大拇指，每过一会儿，都要抽咽两口凉气。睡梦中，他侧过身，往父亲怀里拱，小手在父亲胸前摸索，津津有味地咂着小嘴唇。天放知道儿子在寻找妈妈的乳头，寻找那再也找不到了的妈妈。儿子啊……他紧紧地搂着儿子，那天他就发誓，决不让儿子再吃他曾吃过的那些苦，他的儿子必须过上最好的日子，必须成为最出色的人。

大来从小便有点古怪。黑黑胖胖的，跟他那亲娘活脱脱长得一模一样，全家人都喜欢得不得了。他三岁才开口说话，一年里说不了几句话。他老在村子里转，大人们不管干个啥，他都爱往跟前凑，默默地看。他水性好，好像天生的。阿伦古湖和阿桦河的交汇处，水面足有一里多宽，河中心有座鱼脊背似的小岛。岛上有一片疏落有致而高直挺拔的桦子林，每到秋末，林子便金红金红地耀眼。他喜欢游到那岛上去，飘雪花时也游，光着小黑胖身子，一只手提溜着小裤衩，另一只手拿根树枝串起一长串那金红的叶片。他不认生，跟谁都要好，上谁家去，肚子饿了，他都往桌子跟前一坐，跟大人似的，把两只手往桌上一搁，开口要吃的，"大大，我饿了。"或"亲娘，我饿了"。村子里所有的女人搂他时，亲他时，都让他叫她们"亲娘"。他不挑食。你给什么，他吃什么。给多少，他吃多少。决不剩下，也不再开口要第二回。当然，他跟天放一样，最爱喝很烫的很稠的黏苞谷糊糊，加上两勺猪油，再撒一点盐花，捧着碗，转圈吸得稀里哗啦地响，碗太大，整个小脑袋都埋了进去，最后把碗舔得光光净净。不留半点糊糊渣。糊糊渣都粘到他头发、小鼻尖和小下巴上去了。他喜欢在别人家里转，进这屋，出那屋，小手摸着墙壁，东张西望。谁要给他个酸梨，他就老老实实坐在那家台阶上啃，多酸多涩多硬，他也不拣嘴，最后把梨核都嚼了咽了，把那些大婶大娘，心疼得直搂住他叫"小乖乖宝贝儿子"。但有一条，他怕去村当间那块窄长窄长的空地。甚至还在不会走路的那时候，家里人抱着他，只要一走近那块空地，他就害怕，就蹬脚哭，就憋得满脸青紫，一点气都喘不上来。小手就连连指着身后的山林，指着林子那边的阿伦古湖，希望大人抱他去林子里，去湖边再不肯往前走。几乎每一回都这样，绝无例外。其实这空场里没什么，只有个庙壳儿似的空房，四壁的土墙不算高，镂空砌着一方方窗花格，屋里只有一个空的土台子，土台子上堆着四四方方一根土的立柱，立柱里隐约还能看到一些砖瓦的残迹。据说，那年发大水，冲走尚月国，在这一带唯一没被那场大水冲走的东西，就是它。谁也闹不明白，尚月国里那么些坚固的整块大石堆砌起的神庙、大堂、仓库、厨舍、寺院、青楼舞榭……都被冲得无影无踪，而这根由泥土垒起、直径不过五六尺的方柱怎么偏偏留存下来了呢？从尚月国灭迹，到第一批流放犯迁到这儿建村，越一二千年，这儿绝无人烟，谁又会在这儿留下这么一根土柱？土柱里那些砖瓦碎片却又分明告诉后人，这的确是人工的痕迹，绝非自然造化的积淀。村里人在这根土柱上挖了不少黑洞洞的神龛，供着各家的祖宗牌位。常有香火。两壁窗花格上，常系着一些长短不一的红布条——村里人有什么心事，便上这儿来拴上一根红布条。红布条系上后，是不能再动它的，尘土便越积越厚，许多布条在暴晒中褪成白色，又积满尘垢变黑。大来怕什么呢？怕那些全村老小的祖宗？怕那些维系全村人自古至今的红布条？怕方柱的神力？怕那袅袅不绝的香火烟灰？怕它曾有过的或将要有的，没人说得清。

有一年，羊毛提价，收羊毛转手倒给兰州西安毛纺厂的那山东老板和村子里剪羊毛卖的主儿，都得了大钱。山东老板上了劲儿，掏钱让哈捷拉吉里村的男人去索伯县白玩两天，还租了一辆烧木柴的老爷卡车，一趟拉不完，分两趟拉：山东老板豁出点血本，想独揽这地方的羊毛生意。肖家的羊毛卖得多，肖天放自然在第一趟去索伯县的名单之列。但到动身那天，怪事便出来了，五岁的大来说什么也不肯离开他爹。打从鸡叫天明，就老围着他爹不走，手老拽着爹的衣服角。天放去后坡草棵里拉屎，他也跟着。天放说："儿子，你也想上索伯县看热闹？下一回吧。这一回去的地方，全是只能让大人玩的，你去了也没意思。爹给你带油炸和棒棒糖回来。"可大来却紧抱住天放的腿，抬起头只是哀哀地看住天放，一个劲地说："爹，不去。爹，不去。"后来天放要上车了，这孩子竟号啕大哭，拿头撞天放，疯了似的去拉天放，叫："爹，回家。爹，回家……"天放恼恨起来，用力打了大来一个巴掌，骂他："搅屎棍！滚开！"车开好久，他一直平静不下来，扇大来的那个手掌心也比往日辣疼，眼前总也驱散不去大来那哀哀的眼神。那眼神的确酷似阴沉天气中的阿伦古湖湖面，而且让他想起久不敢再去思念的那种熟悉。车开近阿伦古湖，沿着阿伦古湖要走几个小时，他就老想去看苇荡。那边腥腥地潮。大来的叫声老在耳边响起，每响一回，他心里就泛闷。他在车里待不住，就往外挤，挤到车厢边，靠近那烧木棒子的长筒铁炉。铁炉火烫火燎地散发着木焦油的臭味儿。又走了一会儿，大来的叫声在耳边一声比一声紧。他忽然觉得要翻车。一股从来没闻到过的腥味，团团包裹着这辆由于严重超载一直走得十分吃力的老爷车。那大苇荡上空的云层也变得格外低沉，格外灰暗，格外绵延。后来车莫名其妙地就翻下湖堤了。天放幸亏靠车厢边站着，跳得快，只擦伤了一点皮。而车里的那些老少爷们，死了几个，残了不少。这样的事，后来又发生过几次。天放才渐渐相信，大来跟他亲娘一样，是真能预知些什么的。他又喜又怕。他悄悄问大来："是你娘来跟你说了些啥吧？"大来摇摇头。天放问："你真知道那天要翻车？"大来摇摇头。天放问："那你干吗不让我走，干吗要哭？"大来直愣愣地看着父亲。他也不明白这一切究竟是怎么发生的，他只知道，在那一刻，心里就像猫抓的一样，就好像有人在把他向父亲身边推过去，有人要他去紧紧拽住父亲。他害怕。后来村里埋葬了那些死者，活着的人，受了伤的人，一起拥到天放家，要找大来，讯问那天的事。天放全家怕他们又要像处置大来娘那样处置大来，便死活不让他们见大来。天放爹抱着自己的这个长孙，躲到一个很远很深的地窖里，藏进一个腌鱼桶，浑不见天日地藏了三个月。老人整天搂着大来，胆战心惊地嘟哝："稽首三界尊，皈依十方佛，我今发宏愿，持此金刚经，上报四重恩，下济三涂苦……"三个月后，老人头发全白了，从此也不吃荤了，再不愿在屋里住，只肯待在那个老支队长留在老宅门前大树上的木板棚里。从此他怕见村里的人，在以后的三年中，他甚至都不敢让大来离开他的视野。他愿意住在树上，也是因为这样能看得远些，能把村里人的一举一动都看清了，怕他们再举起四十八把火把四十八根钢叉，跟着四十八个老汉，来包抄肖家。那三个月后，大来也变了。他不再黑，不再圆，他忽然像爷爷那样，长得高大漂亮白净，像父亲那样固执、有力。他把妈妈留给他的，全藏进了心里。从那以后，他再没在任何人面前透露过他所能预知的一切。随着年龄的增长，周围给他的烦恼越来越多，他能预知的事也越来越少；爹打他打得越狠，他所能预知的也越少；渐渐地，即便在天放眼前，他也不再说什么了。更多的时间，坐在宅院后头那高高的干草垛上，搂住自己的双膝，把那已经很有些男子模样的下巴搁在渐渐粗壮起来的膝盖头上，远远地看着地平线上那些浑圆的起伏，那道棕黄的灰暗。他身边常放着一两本书，别人以为他在草垛上看书，其实他没看。看书他花不了那么些时间。他能同时看三本或五本书，过目都不忘。他很容易就把这些人写的东西看得透透的，记得牢牢的了。他觉得怎么也看不透的，便是地平线上那种空阔幽远凝固的散淡和灰暗和浑圆和起伏……最近这几年，他只跟天放说过一件事。他说他常去大裂谷，因为喜欢那里近似蓝色的一股氤氲，也喜欢西边陡立的岩石的狰狞、嶙峋，喜欢四百万年前那场造地运动所拉出的那道山岩褶皱曲线，它们或灰或黑或棕红或褐黄，仿佛斑马的条纹，裸露在岩表，蜿蜒起伏，随着山体的走向，在山腰间延伸多少公里。他常常从那些褶皱线中间听到呻吟。他常常在大裂谷中央，听到水的轰鸣，听到磅礴，听到波涛起落，听到女人孩子挣扎哭喊，听到枪声，听到神庙的坍塌，听到一颗子弹、十几个男人的不服，听到所有的水一落千丈，无影无踪。甚至觉得自己也被卷进了那个大水跌入口里。肖天放曾明确地问过儿子："假如我要走大裂谷这条天然大渠，引阿伦古湖水，你说能成吗？"儿子说："爹，这么简单的事，你怎么想不通？水根本出不了大裂谷。它走不出去。尚月国那年就是跟水一起消失在大裂谷里的。"

"那它们到底去了哪儿？"天放紧着追问。

"我想，过去它们把尚月国带到哪儿去了，今天还会往那儿去的。"

"你能找到那个跌入口吗？"天放粗声粗气追问。

大来想了半天，摇摇头说："这不是我做得到的事。我看不见它……"

肖天放对朱贵铃说完这些，天便大明。湖面上聚集弥漫着或浓或淡的雾气。湖水像完全冷却但又没有凝结的铅或锡的溶液，开始骚动，不安地拍击小木船的底部。小木船失修，底部有些漏水。这一会儿工夫在舱底积起的水，已浸到朱贵铃的鞋面上来了。他感到冷，因为潮湿的雾，也因潮湿的鞋。但他没动弹，只是用胳膊肘夹紧了自己早已肥胖起来的上身，将信将疑地打量着肖天放。而肖天放却因为叙说的激奋、这一会儿哆哆嗦嗦地怎么也卷不起一支莫合烟来。

"你不信我说的？"肖天放见他不作声，便问。

朱贵铃不置可否——他没法确定，判断。他掏出一盒锡纸精装的"恒大"烟，递给肖天放。肖天放一把夺过烟，叫道："哦，你们这些家伙……"

这时，在他们身后忽然有响声，朱贵铃以为惊动了水鸭群，他忙抓起船头的那枝猎枪，带着一个老军人特有的机敏和冲动。他动作快，肖天放的动作比他更快，他一把抓住枪管，叫道："别开枪！"但枪声已经响了，子弹从压低了的枪管里，射入灰亮的湖水。朱贵铃不明白他为什么不许他开枪。他看见肖天放低低地伏在潮湿的船舷边上，惊惶地回头张望着身后那一片正急剧摇晃起来的苇丛，脸上的专注、渴望，使他全部的肌肉块都在抽搐地跳动、鼓凸，那瞪大了的小眼睛热辣辣地灼烧，扁平的脸盘瞬间变成了一块鼓满了小丘和土包的山前平原。身后并没有惊起的水鸟，那响声是突起的风在摇动苇丛。而苇丛的上空，风的旋涡中心，正由下而上地冒出两大团黑云，应和着呼呼的风声，越来越膨胀，越来越松软，越来越宽广，升得也越来越高，最后，肖天放不得不站立起来，仰着头来追寻它们。朱贵钤连声追问："怎么回事？出什么事了？"肖天放不回答。那两团黑云很快覆盖了大半个湖面，天色突然又阴暗下来，风越来越湿重。在没有被黑云覆盖住的那些地方却仍然十分豁亮，这半边却下起冰凉的暴雨来了，云层里不断响起似远又近的闷雷声。在云层的压迫和狂风的刺激中，湖面越发显得动荡、狰狞，深不见底。朱贵钤担心这条被他们这两个宽身躯的男人占领下本来就显得窄小的破船，很快就会被雨水灌满而沉没。他慌张地摘下帽子，狂乱地从船舱里往外舀水，并焦急万分地对仍呆立在那儿的肖天放大声嚷叫道："你还傻站着干啥呢？快往回划！"肖天放没理会他，只是生硬地回答道："别嚷嚷！"雨停的时候，船舱里几乎灌满水了。在沉重的负荷下，船舷已经快要和水面持平。筋疲力尽又十分寒冷的朱贵钤，一动也不敢动地望着已颓然坐下的肖天放。肖天放毫不在乎地把两条腿插在船舱的腥水中，手里还揑着那盒完全湿透了的"恒大"烟，过了好大一会儿，才重重地舒出口长气，对朱贵钤说："那是大来他亲娘……听见我在说她的宝贝儿子了，就出来见见我们……可你还不相信我说的，不相信我的儿子。告诉你，不管你们有多大能耐，我说阿伦古湖走不出大裂谷去，就是走不出去！"

这一天，朱贵钤再没出招待所他那间屋的门，脱下了湿衣服，在滚烫的花椒水里泡去了骨节眼儿里所有的寒气之后，没穿肖天放让玉娟给他拿来的那一身干衣服——他自己还带了一套衬衣衬裤，然后裹上毛毯，坐在专为他生起的火炉旁，寻思了一整天。大概到傍晚光景，将到未到掌灯时分，他打了个电话，把肖天放叫到自己房间里，支吾了好半天，最后要肖天放保证，绝对不再和第二个人说今早在小船上说过的事，在没有得到他首肯的情况下，绝不再对第二个人说阿伦古湖水走不出大裂谷去那样的话。

"干啥呢？"肖天放疑惑，狡黠地眯起眼打量着此时此刻显得非常急迫的朱贵铃。

"你别管。"朱贵铃心虚。

"哦，拿出力巴团兄弟的架势来了。可你从来都不是力巴团，力巴团没要过你，'指挥长'……"

"没人跟你开逗！"朱贵铃忽然间显得底气不够似的，涨起了他那张皮肤早已变得粗厚的脸，喘急道，"提条件吧……你想要什么……"

"干吗这样啊？好像咱们在做一笔什么买卖似的……"

"好了，别耍嘴皮子了。你肖天放不是耍嘴皮子的人。扛着竹竿儿进城门，别绕弯！"

"好，不绕弯。把我儿子调出那个'骑兵连'！给他另安排个好去处……别跟他透露，是我要你们这么干的。"

"提干、入党？"

"你把我想得太没劲儿了。提干入党算个鸟？！你掰掰指头算一算，我肖家现在有多少个干部和党员。假如只要提干入党，假如我儿子只想提干入党，我还用得着来求你吗？老天，那天在老满堡，你让我看了一张什么样的冷面孔。我真没想到你还会有今天，倒过头来求我这个瘸腿肖天放……"

"你他妈的岂止是瘸腿肖天放，简直是魔鬼肖天放！"朱贵铃受不了他的挖苦，也嚷了起来。

"哈哈，说得好，魔鬼肖天放。那咱们还往下说不说了，还谈不谈那个条件了？"

"你狗日的到底想要我怎么样？"朱贵铃叫道。

"怎么样？"肖天放重重地重复，突然苦笑了，放低了声音，"怎么样……我还能把你怎么样……我还能把你们怎么样！你说我还能把你们怎么样？"他又吼叫起来。

朱贵铃不作声了。

肖天放也不作声了。

他俩好像早就想冲着个什么人这样撕心裂肺地嚷上一嚷了，现在嚷出来了，终于痛快些了。朱贵钤先软了下来，起身去给肖天放沏茶，自嘲道："操！真是一对老小孩儿……说吧，你到底要我们替你做什么？"

肖天放没让朱贵钤替他沏茶，暖瓶也早让在屋里捂了一整天的朱贵钤喝空了。

"我求你……"他语调沉重。

"别再这么跟我开逗，现在不是你求我……"

"我求你！"肖天放再次打断朱贵钤的话，抬起头，恳切而痛心地望着朱贵钤，说出了下面这样一段使朱贵钤完全料想不到的话："求你把我儿子带在身边，求你把你肚子里喝的所有的墨水都倒给我儿子，求你把你在那什么皇家学院学的那些学问都教给我儿子……大来……我的大来的确跟别人家的娃娃不一样。收他做学生，你不会后悔的。现在我只有求你了……求你了……我要他有学问有头脑！"

第二十二章　疑是兵变

　　百货大楼前的老树上，挂满彩灯和彩带。安在两侧翼楼檐牙上的高音喇叭，一遍又一遍地播放雄壮的军乐，排炮似的贝斯，又始终贯穿大镲的明晰和小军鼓的逼急，还有圆号的豪放和从容。大楼后身，百货批发二级站的货场，许多个高大的自行车零件箱都已被搬走，或者紧挨着围墙重新堆叠。这时，场院里停放着各种车辆。临时建在绿帆布帐篷里的十二个厨房打开了十二桶据说有可能或没什么可能在人体内产生微妙化学反应的棉籽油，每一桶都倒满四个大水缸。合副司令今天要亲自校阅独立团，并宴请全团排以上干部和八百零八位五好战士的代表。十二个砌在林带北边沟沿上的烤炉，由十二个炊事班的人伺候着，每隔十二分钟便往烧红了的黄泥炉膛里送进一条叉在铁条上涂满各种作料的石鳊鱼，每条鱼重十二斤或二十四斤。牛是两天前宰好的，剥下的牛皮转着圈晾在屠宰公司那结实的篱笆墙上，一片黑红和湿黏。有那么多道工序在等着它们，还要过许多日子它们才会变得坚硬可用，不再散发人们嫌恶的腥臭，去除牛毛上结着的细粪蛋子包括牛毛，再让人拿去切割缝制定模压抛光打蜡上油钻洞缀加金扣铜扣玻璃扣或钻石扣，全过程被称作"熟制加工"，就好像一个人对另一个人说"好了，你终于成熟了"一样——或者说"只有这样你才能健康成长"。

傍黑时分，风在木西沟嚣张得势。那许多壁缩隐藏在黑杨林深处的阴气，趁着暮色降临，沟内外气压差剧增，便纷纷从种种隙缝里逸出，来回在沟帮子之间反复弹射，驱散白日最后一点干热，排出木西沟夜所特有的生冷。

独立团在垦区总部搞请愿的二十八位代表，今天也被召回木西沟，由总部运输团派了一辆卡车运送。另派了一卡车人"护送"，怕他们半路跳车，重返总部那个完全掩映在白杨深处的新城。总部的一些人，对这件事，原想拖一拖，跟他们打打哈哈，不必怎么多加理会，他们自会感到腻烦、没趣，自动往回撤。这段日子以来二十八位代表占了木西沟驻总部新城办事处三间半房。他们自己起伙，啃干馍馍喝稀糊糊，从独立团给他们拉酱油泡制的圆白菜疙瘩和腌萝卜条，有时他们只希望多来两头生蒜。合副司令不想对他们采用强硬措施，否则到半夜时分，开去十二卡车人，十二个人对付一个，抬起来，扔到一辆用军用苫布密封的车厢里，开回木西沟，绝不会惊动任何人，更惊动不了那些长驻总部新城的省内各报记者团。合副司令本希望他们自动撤回。有一度他们也的确想撤了，因为等待了那么长时间，总部机关一直没人理他们。有命令给机关各部门，不要去理睬他们。来申诉，只听，不回答。要回答也只说一句话：军人不可以干预上级对团级干部的任免事项，意见留下，人赶快回去，这样耗着，也乏味。但后来走不了了。木西沟十六个农场都有人来找他们，把许多平日递不上去的状纸交到他们手上，以为就能通天。他们渐渐忙了起来。又过了一段，其他管理处辖下的农场人，也来找他们递状纸了，院子里经常有成百上千的人围着。他们居然还腾出两间住房来做"接待站"，桌椅板凳是借附近一个工建师子弟学校的。后来为了这些桌椅板凳，这个学校的校长被正经免职八个月。但莫名其妙的是，后来竟然有人在那三间半屋子里给那些老兵安了个电话机，使他们常常能把电话直接打到总部值班室，甚至和首长的红电话机连上线，每周都叨扰首长好几回。于是这件事就不能不管了。到这一步，合副司令仍不愿用十二个人对付一个人的办法。他要亲自见独

312

立团全体官兵。独立团的老兵全都是由中印边界自卫反击战中退伍下来的。时届退伍四周年，独立团成立四周年。以纪念庆祝这四周年为由，合副司令本人亲自赶到了木西沟。

木西沟百货大楼主楼四层，向东西两侧伸展出去的翼楼虽然不短，但却只起两层。从昨天起，大楼就奉命暂停营业了。一夜工夫，在木西沟那条木板人行道的两旁，搭起了三十八顶帆布帐篷，搬进去了一百五十二张玻璃柜台，百货大楼暂时迁到此地营业。而在同一夜，腾空的东西两侧营业厅便被布置成宴会厅。主楼那四层，迅速用油漆漆成各种颜色的三合板、五合板分隔出一个个舒适干净但并不十分隔音的小房间，接待与团庆有关的宾客。从总部首长的特别经费中，特支了一笔款，给独立团全体官兵添置了一身新的灰布军服，一双翻毛皮鞋——缺一顶军帽，让大家在四小时内洗干净原先的军帽，焙干了，烫平展了，用新的硬纸板把帽檐衬起来。衬帽檐，是个绝对的技术活儿，一顶军帽能不能在你头顶上给你提气儿添几分帅劲儿，全在那个不当兵便不知它重要的帽檐上，它的弧度、宽度，由上向下的拱弯度，以及可能不那么重要、但也绝非可以等闲视之的厚度、柔韧度……对于这些三年才发一顶军帽、又得经常保持军人风度的农场老兵来说，无疑是件挠头的事，也不愿掉以轻心。独立团谁能一剪子就剪出个服服帖帖绝对合适的帽檐里衬来？好手不止一个。但好手中的好手，却偏要数那个张满全，就是领着二十八个代表在总部搞请愿的家伙。因此，今天不少人也盼他回来。他那个年轻的小媳妇就更甭说了。几个月没咬他捶他踹他拧他没亲亲他了，都快想疯了。

昨天合副司令亲自找宋振和谈了半宿。"老兵们离不开你，我们都为你高兴。但你必须离开独立团，你不懂工程。总部已决定把独立团改编成一个工程团，维持武装值班的建制，但今后几年，主要任务是实施阿伦古湖引水工程计划。七万施工大军里，没有几个像独立团那样能打硬仗，有好的传统，能指到哪儿就坚决打到哪儿的老兵团队为主干，这支大军就很难带，很难用得顺手。你带了这么长时间的兵，这里的道理不用我细说。"

"我不懂工程，可以学嘛。合副司令，您精通工程吗？您不也当了工程总指挥？"

"问得好。其实我相信，你能很快学会指挥施工。但有一条你学不会：听话。而且必须听你们那位遒政委的话。他是这次工程的副总指挥，是七万施工部队的实际调度者。你能做到无条件服从他吗？或者……你来代替他，当这个副总指挥。你觉得你在木西沟能代替得了他吗？"

宋振和没有回答。

"在阿达克库都克所有带兵的人中间，你应该算是最出色的，没人能比得上你。但你实在不是个出色的部下，总让人感到不那么舒服、顺当。"

"是的。"

"不能改进一下？"

片刻沉默。

"一九四八年，你在哪儿？"

"运城前线打攻坚。"

"主攻营的？"

"是的。"

"那会儿我带一个团在赵州灵源一带替你们打阻击。你那会儿就是主攻营的营长了？"

"是的。"

"四八年的营长……振和同志，我实在不能说这些年你的进步是快的……"

"我清楚。我这个人太僵硬。"

"僵硬不好，很不好，我是这样看的。"

"是的，我知道。"

朱贵钤去检查了宴会厅内外的环境布置和纠察线的安排，又去小厨房仔细辅导了那位从索伯县请来的特级厨师，做几道合副司令点名要的印式菜点。他在讲完要领之后，又把这些菜点的做法，详细抄写在一张大纸上，用红蓝笔分别画出重点和绝不可疏忽的注意事项，把它钉在油腻的墙上，叮嘱厨师依法炮制。回到迁居不久的小院，便接到宋振和打来的电话，今天晚上将由总部首长主持，举行独立团新旧团长交接仪式。"你作为新任团长，请你带妻子出席宴会。"新任团长……妻子……他心里一阵激奋、不安，赶紧向宋振和表示谦逊和惶恐，只是在觉出宋振和语气中并没有其他的含义，依然是那么稳重而泰然自若以后才渐渐安下心来。

几天前，遁政委就曾透露给他，拖了这些时日的交接仪式快要举行了，但必须等宋振和亲口来说。目前，只有他能稳住独立团里那许多老兵。宋振和不愿离开独立团是尽人皆知的。他不支持老兵去总部请愿，但也不阻止他们这么干。他从没公开反对过遁发五对朱贵钤的任命，但这么长时间来，他却一天也不离开独立团团部。他怎么会亲口来许这个愿？朱贵钤一直不相信，他甚至认为这件事八九不离十，肯定要搁黄了……没想到，离宴会开始没几个小时了，他果然亲口来通知……新任团长和……妻子……

朱贵钤简直都有些手足无措了。他没有把握。他沉住气，用极谦恭和迟疑的口气，又给遁发五打了个电话，核实这个"消息"。遁发五正在接待来自总部的许多部门首长，很不高兴这时有人来打扰，就不太耐烦地回了句："你就赶快准备吧。"

那么，这是真的了。真……的……真……的……真……他在心里反复念叨着，十八遍。他重新成为一支几千人部队的主脑官，同时，依然由他替遁发五掌管全木西沟的生产、开发。他闭起眼睛默默地站了一会儿。他觉得门外已经有很多人在等着他了。是不是还要和儿子通个电话，告诉他们些什么……还有妻子……该把肖玉娟叫来了……

那一回，他去哈捷拉吉里镇，临走时，肖天放又吞吞吐吐地请他帮忙在木西沟替玉娟找个工作。他说他想让她在外头干一段，离肖家远一点。朱贵钤觉出肖天放有什么难言之隐，不便追问，后来就把玉娟介绍到遁发五家，不说是帮佣，只说是暂住一段，等有个比较合适的岗位再去上班。木西沟再没有别的熟人了，玉娟间或去看望"朱伯"，替他洗洗衣服，收拾收拾屋子。科里的人笑道，朱科长收了个好女儿。他忙说，不是女儿不是女儿，脸涨紫，心有点跳。玉娟每次来，每次走，都使他坐立不安。他也常常到遁发五家去看她，找个借口，在她房门口站一站，听她说几句话。

她好像不再那样黄瘦和乏力。他有时也替她买一件很便宜的花布罩衣。后来他常常吞吞吐吐地到逎发五面前询问玉娟的情况，有时提到玉娟以后，又故意沉默地打住话头，表示千般万般的曲折、为难、恳切但又渴望。逎发五起初并没理会朱贵铃，以为老头想好事，心躁动一番，过过嘴瘾，劲头就会过去，并没当真，也不想当真。逎发五自己对女人并不感兴趣。年轻时，他也没想过什么"志同道合""共同奋斗"；后来发觉，女人太强了，就不是女人，而不强的女人，万变不离其宗，也就那么一回事。从那以后，他尤其忠实于自己那位小时候一度也缠过脚的老伴。家的舒适、熨帖、安稳、无声，也是他引以为自豪的。后来朱贵铃更多地在他面前提到玉娟，他哭笑不得。他当面骂过朱贵铃"你个老臊羊"。朱贵铃羞愧地苦笑笑，不肯罢休。逎发五时而恼怒、时而又觉得可笑，有一次就把肖天放请到木西沟，替朱贵铃提了亲，要肖天放把玉娟嫁给朱贵铃做填房。肖天放一听，脑子嗡的一声要炸开，连逎发五后来又说了些什么，也没听见。他坐在逎发五对面，弯下那越来越显得臃肿的脊背，压迫着肥大的肚子，一只手抓住倚靠在凳沿上的手杖，一只手支撑在膨胀的膝盖头上。他穿着一件为了来见逎发五而特意让镇子上的那个苏州师傅赶制出来的的卡中山服，过分肥大，过分正经，有热汗和松弛多皱的皮肤，一层层相叠，耷拉黏湿密封沉闷。伤肢的残端又在抽疼。他清楚地感到全身的血都在变成脓，一起往伤肢的残端奔涌，于是那儿胀得无法挪动。他愤怒了三天，最后还是答应了这门亲事——既为了大来，对玉娟也不能不说是一条出路。还能让她继续留在天一身边吗？全家已经逼着天一娶了一个"二婚头"，据说这个已经生过四个丫头的"二婚头"，不管什么样的男人到她手里，她都能把他管住、捏住，又能把他伺候得舒舒服服。还能要个啥呢？玉娟开始只是不答应，只是不说话，只是哭，只是闹着要回哈捷拉吉里，吵得逎发五烦透了，只得让他家里好几个女眷看住她。她依然是哭，不说话，要回家，找亲娘。后来，有人从天一处要了一句话，把写着这句话的纸条交给玉娟。那纸条上写着："听话，玉娟，幺叔希望你活下去。"还带来三百元钱。玉娟关起门来狠狠哭了一场，再没闹腾了。当然，她不让朱贵钤碰她。朱贵钤一挨近她，她就脸如白纸，就想呕吐，心里直打战，每次几乎都要晕厥过去。她知道幺叔给她捎出三百元和紧着娶了那生过四个丫头的女人后，立即下令在镇上盖了七个澡堂。一个礼拜七天，他挨着个儿地去洗刷自己——就这些。

不过朱贵钤跟玉娟至今没敢去正式登记，中间就碍着那个已经长得完全跟个大人样儿的小舅子大来。大来得知爹要把姐姐嫁给那个姓朱的糟老头，曾骑着马赶到木西沟来过一次。那天在姐姐的屋里遇见了那个糟老头，也遇见了爹，当然还有姐。粉红的床筛子，光净的黄漆地板，印着粉色花的玻璃杯和一盆塑料做的茑萝。大来挥舞着马鞭，在屋当间吭吭喘半天，也没说出什么像样的话。一到爹面前，他总是说不出要说的话，不仅仅是怕，该有的那份自信会突然消失。但今天再不说，姐姐就不是他的了。他不能没有这个姐姐。自从没了娘，是谁跟他在一起长大的？就是这个姐。他更不能让姐姐跟着那么个"老门茄"去过。大来知道姐姐跟幺叔好——当然不知道究竟怎么个好法。幺叔从部队带回来一本可以分开做十六分册的大辞典，是家里唯一能引起大来一点兴趣的书，他翻来覆去看好多遍。他有时喜欢搂着个大枕头，把它一半抱在怀里，一半夹在腿裆里，躺在床上琢磨那大辞典里所有的词条。那天看了两页，心里总不是滋味。他看见幺叔和姐同进同出的那样子，心里烦躁，他想找几瓶什么药，一口全吞了，才舒坦。找不到平静，他把脸整个埋在松软的枕头里，心里潮得慌，下身便涌动，一些不明不白的东西，模模糊糊地在脑子里扑撞：浑圆，丛林，阴暗和裂缝，某种隆突，土丘……不一会儿便全身震颤，心悄悄地慌，很湿地在流。他不知是咋回事。他刚想去摸，门被推开了，是幺叔和玉娟姐。他慌慌扔开枕头站起，却忘了裤子上还有湿斑。姐姐笑他白天尿床，幺叔忙上前遮住玉娟的视线，悄悄对大来笑道："还不快去换了！"过后，幺叔大概跟玉娟点破了啥，等第二天玉娟再见到大来，竟会脸红，还悄悄去从一个大肚子小口子的粉彩瓷罐里舀出两勺子红糖，卧一碗水蛋，端给大来，叫他躲到灶洞后头，独吃。

"我只有这一个姐姐！"他叫。"让她这么嫁出去？胡来……你们要胡来，我跟你们没完！"他很少这么耍横、干瞪眼。

肖天放于是给朱贵钤丢下一句话："那你们就别太急着办事。等一等……他姐弟俩不比一般的姐弟。你就再等一等……"

这会儿，朱贵钤却把玉娟叫到小院里来。这是定亲后，迺发五拨给他使用的一个旧院。调离的一个副处长留下的。院墙后头堆着许多发了黑又长出木耳的朽板材。院子里的野草能埋起树。好几间房都让处部管理员做了存放杂物的库房。院角落里还堆起许多破烂床板，瘸腿脸盆架，缺口水缸，掉瓷痰盂。草丛中，有几棵蜀锦葵长疯了，高高地戳出墙头去。

朱贵钤并不敢把玉娟真当作妻子、夫人，带到宴会厅里去。他决不会再让自己在公共场合遭人注目或横生物议。他已经习惯静静地站在迺发五的背后，随时准备咨询和支派。但他还是要把玉娟叫到这个将来既属于他，也会属于她的院子里来，关上门，装着要带她去出席宴会的样子，看她羞急惶困。他要竭力泰然安详从容劝说，娓娓道来，接受她哀告的眼神，打量她素净的身材。她会并拢双脚，踩在座下的高几凳凳腿之间的横档上。他要在这僻静得近似有些荒芜或实际上已经荒芜了的小院子里，用这种方法尽情享受那种"带夫人去赴宴"的乐趣。玉娟越窘急，越结结巴巴，越说不想跟他到众人面前去，他越兴奋，越从容，越是用心地打量她身躯的每一下扭动、战栗，肩头的每一下侧斜摇摆，胸脯的每一下挺凸收缩和手脚的每一点痉挛不知所措。他打开那几只已故妻子留下的衣箱，让玉娟挑一件"宴会礼服"。她不肯挑。他便一件一件地替她拿出来，扔到她膝头上。他说："我上外头去待一会儿。你换上这衣服，叫我瞧瞧。"他去拉窗帘。玉娟以为他要侵犯她，便惊叫，紧紧地抱住那一团红的绿的紫的粉的白的绸的呢的长的短的有蛀洞和没蛀洞的衣服，好像它们就是护身的盔甲。其实朱贵钤既没有上外头去等，也没上前来侵逼，他只是想惹得她窘急，他只想注视玉娟的脚。她穿着一双黑面圆口搭布鞋，一双最普通最常见的带色条的线袜。他真想能像年轻时一样，不顾一切地跪下去，抱住她的腿，哀哀地把脸贴住她，或者干脆整个地塌下腰去，亲着她的脚面，再也不去想什么，再也不去做什么，只让自己的呼吸细长地游动。眼睛浑然地关闭……二小会惊叫，缩回她的脚……双胞胎的妈妈甚至会踢他……她们都不知道，他只是太累了，只想跪倒在一个他最喜欢的人面前，希望她（或他）能收留他片刻，保护他片刻，容许他在这段时间里什么也不想、什么也不做。但她们都不让，不容许。她们害怕，把所有的男人都当成狼。

现在他已经没有这个勇气扑过去了，膝弯处也僵硬了，真要跪的话，还得扶着桌子或椅背，才哆哆嗦嗦跪得下去。

他没跪。

即便是这样，他似乎觉得也蛮好的了，很够了，该知足了……

运送那二十八名代表的卡车并没在木西沟停留，甚至都没开近独立团团部，就抄一条近路，直奔集民县那个骑兵连去了。等张满全发觉这一点，卡车正行驶在阿达克库都克那最后一片荒原上。"停车，他们骗了我们！"张满全大叫，使劲去敲砸驾驶楼的顶板。但卡车司机似乎是事先领了任务的，不停车，反而加速。发现前边这辆卡车上骚动起来了，后边护送的那辆卡车上立即伸出几支枪来，并有喊话声："请你们安静，服从命令。有话到停车点再说。"张满全没理会，带着几个人爬出车厢，强行占领了驾驶室。他本来不想在这荒野里停车的，但在他缓缓地倒车掉头时，那辆车上哗哗啦啦跳下来几十个持枪的卫兵，把车的退路和去路全堵死了，而且用枪口指住了他们。张满全钻出驾驶室，站在踏板上，一只手把住车门框，一只手从敞开的衣领处伸进去，慢慢地在锁骨下边的皮肤上搓着泥条。他打量着对方那个带队的军官，平静地问："兄弟，你也是复转军人吧？"那军官警惕地扬了扬手枪："别说这个。把方向盘交给司机。往前走。"张满全说："瞧你个熊样。收起你那没发子弹的枪吧。跟我玩这一套？好了，你也拦过我们了，算你尽了责了。别怕，我们只是要见首长，没别的恶意。闪开条道吧。兄弟。同志。不怕死的，你们就往前来啊！"他回到驾驶室里，一轰油门，拍上四挡，车便飞一般向前冲去。同样地穿着灰制服的卫兵们急速后退，闪出大道，分立两厢，默默看着这辆卡车像发了狂的棕熊，一蹦一跳地在高低不平的荒原上颠动着，吼叫着，扬起漫天的尘土，飞快地驰远了。这些卫兵是垦区独立二团的人。跟张满全他们一样，都是这些年从各大军区的正规部队里复转来的。张满全什么都估计到了，唯独这一点猜错了：他们所持的枪里，是有子弹的，危险！

宋振和给朱贵铃打电话时，他那半边身子正在抽痛。老毛病又犯了。烧灼般的疼痛一直牵扯到那半边的脸和太阳穴。他换只手去捉拿电话，让身子紧靠住土墙，不再往下痉挛。没有任何药能止住他的这种撕裂般的疼痛。这样抽搐发作，时间都不长。说不疼，片刻间疼痛立刻就会消失。但发作时的痛苦，他简直不敢回想。放下电话，他没敢挪动自己。也挪动不了。一直到疼痛感消失，他还站立不起来。这期间，有几名值星军官来找他，他都没给开门。他不愿骇着了自己的部下。几分钟后，他接到合副司令亲自打来的电话，告诉他，张满全带着那二十八名代表闯回木西沟来了。

卡车呼呼隆隆地被截在团部大门外。岗楼上的探照灯刺眼。门里门外的哨兵纷纷上岗。宋振和向合副司令报告，张满全等二十八人全都到了独立团团部，他已留住了他们。合副司令和迺发五稍稍放宽了心。迺发五接过电话，叮嘱，宴会不延时。要宋振和妥善处置好张满全，带领排以上干部和几百名五好战士代表准时到宴会厅。"垦区的首长，差不多的，都来了。很大的面子，别让那几颗老鼠屎搅了这锅汤。"迺发五粗重地吩咐。宋振和稍稍犹豫了一下，探问道："是不是……政委或者那位新任的朱团长，也来一下，跟他们谈谈……"迺发五没让他把话说完，斩钉截铁地说道："别再另出岔了。就你处理。"咔的一声，电话挂断了。

二十八个人黑压压站了个满院。正准备出发的那些排以上干部和八九百名五好战士代表也都围堵在院门外头，焦虑地等着宋振和对这二十八个兄弟的发落。

"都还没吃饭吧？"宋振和扫了那些老兵一眼，回头去低声问张满全。

"吃不吃都行。"张满全压住满腔怒火，答道。

"先吃饭。"宋振和对等候在一旁的副团长做了个手势，让他把那二十七个老兵带到大食堂去，却单单留下了张满全。

乌云很快升到半空。风猎猎地刷动树梢。当院子里只剩下宋振和和张满全两个人时，张满全突然委屈地垂下头，呜呜地抽泣起来。进团部大门时，哨兵已经偷偷告诉他了，今天宴会上就要宣布新老团长交接。二十八名代表在垦区总部这一通闹腾，反而促使总部党委下决心换掉宋振和。

"我们连累了你……"张满全哽咽道。

宋振和苦笑着，摇摇头，拍了拍张满全的肩头。这是个长得既高大又结实的老兵，还是个好庄稼汉子。

"满全，单独留你几分钟，是有句话要交代给你。你不是个安分的人，过去我在这儿，不管你捅什么娄子，可以替你担待一切；从今往后，我不在了，你要为自己担待那一切必须担待的责任。我没有那个意思，要你学成圆滑，变一条泥鳅。但是……总得学会多用用自己这颗好不容易从爹妈那儿接来的脑袋瓜吧。它还不是个长空了的老倭瓜吧？！直来直去，捅不了，就得折！你要记住！"宋振和眼圈也红了。他连连地倒咽几口冷气。风里都带上一些雨的潮腥味了。

"一切到此为止，跟着新团长好好干。"宋振和咬住牙关命令道。

"是。一切到此为止。不过，今天，我还得做最后一件事……"

"别再犯浑了！"

"犯浑也就这一回，我得见见总部几位领导。"

"还有什么可说的？"

"团长，这几个月我们在总部新城接触了不少其他农场的老兵，谈了许多许多其他地方的情况，接了一沓又一沓递不上去的状纸……"

"是。你们在那儿包打天下咧！"宋振和挖苦道。

"我们哪敢！我们只是想帮他们往上递个话去。你没见，想往上递话的人恁多！恁可怜……"

"今天这个场合是你们递这种话的场合吗？你们知道那些话有几分真几分假就瞎给人递！"

"今天我们只想跟总部首长说一件跟我们木西沟、跟我们独立团有关的事。你走了，咱们独立团要编成工程团，这消息有准头吗？"

"别在我跟前套话。"

"还要调七万劳力，要动迁阿伦古湖边四镇十八村——可这是一件

321

根本办不成的事。我们在那儿接到过一封很古怪的信，没写信人的姓名，但每个月都给我们寄这样一封信，要我们把这情况递上去。据这人说，阿伦古湖水根本走不出大裂谷。我们一共收到了七封这样的信，对了一下笔迹，全是一个人写的。"

"你怎么知道他不是个疯子？"

"万一他不是个疯子呢？万一他说的全是真话呢？你想想这后果！"

"总部特设一个小组，十来个专家在勘察论证它的可行性哩！"

"可我说的是万一。让他们听一句反对的话，这没坏处。"

"好，那七封信呢？给我，我去说。"

"团长，你就别再招惹他们了。这件事由我办到底。我一个小小的代理排长，错了，就是不让我'代理'，也没半分损头。"

"把那七封信给我。"

"不，这件事我得亲自办。"

"好吧，你再想想吧，什么时候想通了，愿意交出那七封信来了，就让警卫来叫我。"宋振和说着，撂下张满全，就往院门外走去。张满全追出小院，他发觉小院已经被团部警卫班看管起来。那二十七个弟兄，围着两箩筐白面馍、两桶蛋花汤，两脸盆莲花白炒肉片，剥着生蒜，大口大口嚼得牙根发涩的时候，也发觉他们所在的大食堂被逎发五派来的一个连，团团看管住了。不一会儿，团机关食堂炊事班班长奉宋振和之令，给张满全送去了一大碗蛋花汤，一大碗炒肉片，一斤白面馍，一头生蒜，一碟油泼辣子，还给提了一暖瓶开水去。

第二十三章　张满全其人

　　张满全，男，河南洛丰市人，三十一岁。祖籍甘肃陇南。祖母常年在铁道旁扫煤屑。那条肮脏而又顽固的铁路，几乎支撑起了他童年记忆的全部重负。哪年全家迁居洛丰？记不清。为什么要迁居？通常的故事都说是逃难。逃荒、发大水，或者旱魃为虐。兴许是爷爷想到洛丰去发财。因为到了洛丰后，满全记得他们家的确在洛丰河车站南边小满巷口子上，置起了个煎饼摊——满记，张小翠。怎么又来个"张小翠"？他说不清，也许不肯说。后来这煎饼摊并进国营第三十九小吃店。但他们一家照旧住在小吃店楼上那间向着街面开一排四扇大窗的大屋里。兄弟姐妹多，屋里有不少张双层床。他说他从小就在"兵营"里长大，这样的说法，和那些排列整齐的双层床不无关系。参军前，上过几年小学。因此，战友们老说他是"知识分子"。他说："操，我呀，知吃分子。"不过他对吃，还真不在行。除了懂点煎饼的门道，连条鱼都做不熟——吃现成的吃惯了。上那几年小学觉得没多大意思，便仗着天生一副漂漂亮亮的小生身材和脸模子，考进了市豫剧团学员班。但没两年，栽了。变声期，嗓门劈了。豫剧团想让他改武行。他觉得一辈子在舞台上跟人鞍前马后地翻腾，呐喊，打旗，一张嘴除了"在"，就是"是"，未免活得太窝囊，就想趁早另打锣鼓重开张。但剧团的人还偏不放，觉得他机灵，腿脚勤快，嘴巴子里又翻得出花活儿，打磨打磨，兴许能培养成一个不错的后台监督、演出经理，主管外事，草签合同，不会叫剧团亏着。可他偏偏又跟剧团里唱旦角的一根"台柱子"黏乎上了。假如要摊开来，公平地说，是那根"台柱子"想尝他这根"嫩黄瓜"，勾引的他。但剧团里的人当然不会这么说。"台柱子"艺名叫"响八县"。闹出事来，最简单的解决办法，就是把屎盆子往那根"嫩黄瓜"头上一扣，保住这根"台柱子"要紧。必须让他走，还有一个理由。台柱子的男人是她父亲的一个老友，是洛丰市古玩收购门市部大拿一把手的古玩鉴别专家。什么都好，就是老了一点。他擅长鉴别种种昂贵的古地毯、壁毯。从解放前的那时候，到解放后的这时候，他结交了不少有地位有身份的"毯友"。他曾经为一位好朋友，从人手里，用收破烂的出水价，收进一批极为罕见名贵的明代西藏红花毯。仅此一批货，就让那位同样玩古玩的好朋友，结束了几十年来可怜巴巴地往来于古董大户之间充当"二过手"的凄凉境地，终于有了自家的庭院、小妾、包车。这好朋友，就是她的父亲。他肯把女儿嫁给他，跟那批西藏红花毯有什么样的关系，外人不得而知。反正先有红花毯后，才有这门亲事的。这些年，也常有黑壳小汽车来接她的这位上了年纪的男人，去省里的大宅院或小楼群里去帮着鉴定各种古玩。市文化局长搭不上的话茬，他有时能给搭上。那年市里扩建人民公园，圈进的八十八户人家一定得搬迁，最后搬走了八十五家，拆了八十五户。特批了三户，可以不搬。他和她就在这余剩的三户里。至今他们还住在人民公园里，独门独户一幢老式小四合院，环境比省长住的还幽雅。老人亲自找满全谈，既往不咎，只要他离开她，离开洛丰，他能为他办一切事，补偿一切损失。老人只要面子，他再经不起这种风波的折腾，不想再闹一次"响八县"。老人甚至捧出一对家藏的北宋年间建窑兔毫碗，战战兢兢、心疼万分地放在他面前，请他"笑纳"。他看那两个"扁碗"，黑不溜丢，当尿盆小了点，做菜碗又太土，上不了酒席，就没要，只哈哈一笑说："行了，我当兵去了。好好看住你那个宝贝疙瘩吧！"他真的走了。一甩手，再没回洛丰。

你说他是个什么样的人吧？他呀，只要愿意，管能在凉白开水里也喝得出广东鸡粥那种天下独一份的鲜味来。

第二十四章　乔　木

　　后来，张满全和他那二十七个兄弟，仍然被远远地调到集民县的那个骑兵连去了，连家一起搬。宣布调令的当天，二十八辆大卡车开进独立团。张满全带着这二十七个兄弟找宋振和告别，宋振和关着院门没见他。一年后，宋振和悄悄去看过他们。张满全已不常穿发给的灰军服了。他拿高粱秸做了个衣架，支起它们，挂在床里边的那面墙上，连着裤子和褂子。陌生人进他屋，猛一抬头，老觉着有个灰军人被吊在墙上似的，准吓一大跳。即便是熟人，也觉得别扭，眼不顺。他平时就老穿着条正规军里发的黄军裤，上身穿件老土布白褂，剃个寸头，笑嘻嘻地抿着个有棱有角、不大不小的嘴，往林子边的土垧上一蹲，不多一会儿，不用招呼，准有一帮子人往他跟前围。虽然早已不让他代理排长了，但无论班里排里以至连里的事，也常常在这个人围子的三不嘀咕八嘀咕中定盘。过去，骑兵连接家的人不多，从张满全他们来了后，接家的人一天比一天多起来。没人再拆俱乐部的门框窗框当劈柴烧。没两年，小院呼呼啦啦盖起一大片。就是树还不多。张满全又去找打磨厂林场，等今年秋天，割完最后一茬马草，给马群备完料，他就带人到林场，替他们打一批盖房子用的土坯。算是以工换物吧，到明年春上，林场免费给他提供一批一米五左右高、大拇指儿粗细的银白杨苗。他对宋振和说："过两年你再来瞧吧，不敢说干旱了三百万年的大坂坡下就再不见一点黄沙，但肯定得有一片片晃晃忽忽、随风翻荡、支棱着阳光的耀眼、又切开了那亘古荒原的绿或者嫩绿，或者老绿，或者黄绿，或者软绿硬绿。邻近三株乔木金不换。你信不？反正我信。他们说我是这儿的"二连长"，这不明摆着糟践人咧。想当连长我还上这鬼地方来混？还只给个二连长！这帮子丫头养的。不过，咱们这儿还真有棵好苗苗，听说还是你当团长那会儿把他撂这儿的。你还记得他叫甚吗？肖大来。给他挪挪地儿吧，别窝坏了这年轻娃。"

张满全说得轻巧、平静、自在。好像他身边已经长起一片乔木灌木琵琶柴。其实，他瞒着宋振和一件大事。他在筹划一场风暴潮，他在等待一场风暴潮，他在掩盖一场风暴潮，他在组织、煽动，暗中使着吃奶的劲儿哩！他不想让宋振和知道。他已经不太信任这个老团长了，但他还能谅解他。他不愿让他为他担心。同时，他也忌讳那个肖大来。他承认他是棵好苗苗，难得有一颗透亮的心。但他仍然觉得摸不透这个聪慧而沉默的年轻人的心气儿，透着亮光的红影儿前影影绰绰总好像游动着一层两层或稀薄或浓稠或凝滞或动荡的灰雾。他怕他坏了他的事，他愿意他走，早走。

肖大来曾有过一百次机会，可以离开这个骑兵连。但他没走。不只是讨厌父亲把他托给那个叫他打心底里厌恶起的"朱伯伯"，也不是心甘情愿地在这风沙窝里埋没住自己——他常去集民县那只有两间藏书室的图书馆，然后在苏丛曾住过的那个招待所楼下台阶上坐一会儿——当然更不是被骑兵连哪个骚女子绊住了手脚——她们常逗他。他脸红，有时他不明白她们到底想干啥。他害怕从她们衣领里边和头发根里散发出的浓烈的汗酸气，他总觉得女人不应该有这种气味。他喜欢大阴山黄土原沙窝窝硬朗朗的风和热耿耿干沟那半枯的树。他并没有蓄意追求寻找哪一种粗犷和自在，他只是潜意识地等待，希望自己长大。张满全那一伙人来了之后，他很兴奋。他看出张满全对他抱有戒心，不让他掺和他们正在秘密进行的什么事，但他仍然怀着极浓的兴趣注视着这个富有头领气质的河南侉子。

他们各家用破毡片连成的门帘总在掀动。那些宽厚的汉子，老土布褂子，千层底鞋子，能咬碎铁核桃的下巴，不常用的钢笔夹进笔记本子——几乎每个人都有这么个老也不离手的笔记本子。在这种繁忙的出出进进中，骑兵连变样了，仿佛一个被重新粘合起来的碎瓷盘，或搪了炉膛净了炉坑掏了烟道换了炉箅炉条正待升火起航的一条铁壳老船。屏息静气中各就各位。原先那些浪荡惯的"盲流兵"，忽而都整整齐齐地穿起了灰军服。而那二十七位从独立团本部剋下来的家伙却一色地学张满全的样儿，上身穿一件白老土布褂子。每天都有十二匹军马投入训练。引流管一根根扎到地头。松软的沙质土终于被犁开，草根被翻起，尘土在灼热的对流中弥漫。他惊叹这种气质和变异。他拿大铡刀铡马草，细碎的干草埋起了他黝黑壮实的腿杆儿。

宋振和回到管理处处部，既没回家，也没回武装处办公室。他往高处走。这是一片被最早砍伐的黑杨林区，砍得很干净，光秃秃地一直延伸到木西沟那高耸的沟壁。风化中的沟壁，裂开许多条深峻的缝隙，在许多次崩坍之后，留下了许多根独立的大柱，危如累卵地耸立在沟壁前，尔后在某一个深夜訇然坍塌。或者在某一个凌晨，沟壁继续风化，继续留下肯定要坍塌的大柱。木西沟越来越宽阔，也越来越灼热、干旱。木板人行道早该修理替换了，但迺发五下令，决不许再砍伐木西沟里的树，一棵也不行，由着木板人行道去糟烂、缺损、残破。木西沟不能没有这一类乔木种属的大树，砍光了黑杨树，不出三五年，沟两侧绵延百里千里的荒沙，就会像被阿拉丁神灯施加了魔道的妖怪一样，喧嚣着来填平你木西沟。迺发五坐在木格子窗前，和夹带着黄沙的风交谈。他宠爱所有这些高耸的黑杨树。他一定要再扩建十六个农场。那天，泗洋带他去见过白老大以后，他肩周的老伤又一次发作。深夜，他烧烫了十八块红砖，来热敷、止疼、消炎。他不愿再见白老大——虽然回到木西沟以后，他让人给白老大送去了两袋白砂糖、两条羊腿和两斤烟叶——他不信，几十年前，那么两个盲流崽儿能鼓捣着差一点修成那样一条大铁路，现在反而不能把沙荒完全挡在阿达克库都克门外！滚烫的红砖穿透脊椎把空窑的闷热干燥传遍他周身的骨骨节节。窗外黑将下来。他不让拉窗帘。

那边高地上，有几间刚修复起来的半地窝子。宋振和把它们打通，连成一个"大厅"。武装处处长实际是个闲职。他没有更多的地方可去，就常到这个"大厅"里来坐一会儿。自己跟自己下盘棋，煮煮挂面。管理处小车班有空余的车了，他就带上两个参谋一起下去转转，上那些常常是牢骚满腹的老连长家里坐一会儿，切个瓜，盘起腿唠一会儿嗑。名义上，独立团也受武装处管，但他绝对不去独立团。即便非得由武装处去传达的文件，他也打电话把独立团的干部叫到武装处来。他没法再走进独立团那高堡似的大院，他不想让自己跟谁怄气。独立团一直在为开进引水工地做准备。凡是有小学文化程度的战士，都已被实施技术轮训，朱贵钤亲自讲课。同时以独立团为基地，也在轮训各农场会战队伍的技术骨干。工程所需原材料、工具、机械设备，正源源不断调运采购，全都忙得脚后跟踢着后脑勺。最大的闲人，却是宋振和。管理处党委会，有时通知他参加，有时也不通知，通知不通知，他都不在乎。即使去了，他又能说什么？他总坐在最靠门口的一把椅子上，去看门外的麻雀或公鸡。白天，管理处处机关院内总是很静很静。整个木西沟都很静，只能隐隐地听到一点锯木厂圆片锯的旋转和拖拉机的爬行。

这一年苏可一直在这儿陪着他。他几次买了车票要让她走，她都把车票退了。他说："你在这儿，我心理负担更重。"她说那就干脆让它重到底。她常跟他吵架，也变得不太耐烦。她说他不该这样。他气冲冲问她："你说我该哪样？"她说："你比我更清楚。"他说："我不清楚。"她说："你清楚。"他说："我不清楚。"

他俩还是分居，他拥有他的行军床，她拥有她亲手绣的那块粉面桃花白竹布门帘。每吵过一次，他俩都后悔。后悔得一定要毁掉那行军床、撒烂布门帘。但又都下不了那手。也许他俩都在等对方先动第一下手。

宋振和走到那几间半地窝子门口，门上挂着三斤重的大铁锁。

苏可在这些地窝子前焦急地等着宋振和，甚至有些慌张。她告诉老宋："小妹来了。好像出了点事，快回去看看她吧。"

泗洋五天前接到省委组织部的通知，让他立即到中央高级党校报到、学习。他憋住气，欣喜若狂，差一点就喊叫了起来。他很快锁上所有的抽屉，离开办公室。走出那条已经走了好几年的几乎是黝暗的走廊。回头去看县委领导的几间办公室，才发觉它们是那样的矮小简陋和憋屈、陌生、疏远。不知道是谁疏远了谁，在他走出这走廊的那一刻，他觉得已经在疏远。他向所有的人微笑，用一种强烈抑制了另一种的强烈。后来他把这消息告诉了苏丛。

　　苏丛听了，并没马上做出反应。她刚下班，正准备换拖鞋，手提包里鼓鼓囊囊，都是下班路上买的副食。泗洋希望晚饭能在自己家里做，不吃食堂，但他又非常讨厌炒菜的油烟，所以厨房门必须密封。这样，很有几次，在油煎干辣椒时，苏丛差一点给呛得闭过气去。

　　"我……大概也要离开县中了。"过了好大一会儿，苏丛才慢慢说。新买的皮鞋挤脚，脱掉皮鞋后，好长一段时间，她都没再去趿别的鞋，光穿着那双丝袜，站在地板上。

　　"当然不会让你一个人留在这儿。"泗洋笑道。他已经有很长时间没笑得这么轻松放肆了。他到苏丛的手提包里翻东西，抓起一个西红柿，在衣服上随便蹭了两下，便大口咬了起来。

　　"我不是那意思。我离开县中，但不离开这个县。"

　　"你可以暂时在县里再待一段，等我学习回来，定了新的工作地点，再去也不迟。"

　　"你没听明白我的意思。我不想再跟你调来调去了，暂时不再离开这个县。起码在一个……一个还无法确定时限的阶段里，我要到医院去工作……我是医专毕业的……"

　　"你跟我走，那儿会有更大更好的医院。"

　　"可我要做的那项医学研究的对象，都在这儿……"

　　"医学研究？你搞什么研究！"

　　"请你别用这种口气跟我说话。"

　　"你什么时候又想起要搞研究了？"

"为什么我不能搞研究？"

"假如你只是想找借口，为了离开我……"

"我没必要找借口。起码到现在为止还没这种必要。我的确想做一种实验……"

"同时也是为了能离开我一段时间。"

"你为什么偏偏要往那儿想？"

"我不愿意这样想。"

"那就请你别这样想！"

"苏丛，我们能有今天，可以说很不容易。我们……我，也包括你，有一千个一万个理由珍惜我们共同得到的这一切。我需要你，需要你的支持，你的安慰，我需要自己身边有这样一片蔚蓝，一个缓冲区。我们要做的、要达到的，远还没做完、没达到。我们一起还可以往前走好远好长一段五彩缤纷的路。你为什么要撕碎这一切？"

"为什么？"宋振和问苏丛。

"为什么？"苏丛反问，"为什么我这么做，在你们眼里就变成了'撕碎一切'？难道你们没在撕碎你们自己的一切？"她叫道。她气冲冲地把那张行军床从大床底下拖出来，扔在他俩面前，她扯下那幅永远也不会脏、永远也不会旧、永远是那般清秀文静典雅高洁的粉面桃花白竹布门帘。"我只是想做点什么……做一点我自己想做的事……让我做！我不害人！"说着，她竟拿起一把剪刀去剪那行军床上的帆布。苏可夺下剪刀，她又到厨房里拿来菜刀，拼命地砍那张行军床。苏可还要去夺菜刀，苏丛叫道："你夺，我连你也一起砍了。"宋振和便一把拉住苏可，搂着她肩头，让她侧转身，免得飞溅的木片木屑打到她脸上。他觉得她浑身在哆嗦，浑身在抽泣。他自己也禁不住地哆嗦。

苏丛砍不动了。哭了。她叫道："你们这样，就不是在撕碎自己的一切？"她抱起砍残了的行军床，到屋后的林带里，点火烧了。

这个屋，第一次没有了行军床，第一次没有了那幅既薄且软但又厚重而冰冷的门帘，宋振和竟觉得心里一下虚空起来。面对着同样在发愣的苏可，他无所依托。那年他对苏可说"我整整离开了你五年，连一封信也没给你写过。后来你跟那个神甫做出那种事，我不全怪你。现在只要你做一件事，把你跟他生的孩子还给他。"她答应过，但办不到。神甫怎么抚养一个还需要吃奶的婴儿呢？如果让孩子在孤儿院里长大，那么，她这个做妈妈的又怎么能对上帝说，我不再是个罪人了？如果注定了我这一生只能是个罪恶的女人，那就让我在所有的人面前，继续做个罪人吧。她执意留下了这个神甫的儿子。一想到这一点，宋振和就没法再去亲近她……

多少年了？宋振和第一次觉得自己支撑得太久了。第一次觉得自己是那样的想依靠在一个熟悉自己体谅自己又愿意接受自己的女人肩头上，把脸紧紧地贴住她的颈窝，去抚摸她柔软光滑的长发或短发。他第一次觉得自己的手掌心空洞地潮热。还是第一次有人当面这样责问他和苏可："你们这样就不是在撕碎自己的一切？"还要惩罚多久？他早已无法忍受每天晚饭后到开会前的那一段空白。他无法忍受自己屋子里的干净，但又更不能忍受可能来玷污他这干净的任何一点灰尘。他无法忍受每一个都可能延长到无尽头的瞬间，但又不能忍受可能会结束这瞬间的侵扰。因为每每结束这瞬间后，他又得进入另一个瞬间，在那儿等待他的依然是独自……独自的熟习，独自的安排，独自的换算，独自去独自……为什么？还要让谁去继续赎那赎不完的罪？

这一夜，苏丛苏可都没睡。苏可一直在追问苏丛，她和泗洋之间到底发生了什么。苏丛一直在说，没发生什么。最后苏可生气了，拿起大衣，想撇下苏丛，自己上外头屋去睡时，苏丛急得直叫唤："你们为什么都不相信我呢？我只是……只是……"

"只是什么？"苏可反手带上门，紧紧逼问。

"我只是想给自己留出点时间，搞清楚，泗洋他那血……还有其他那些变化……"

"什么血？"苏可一惊。

苏丛把姐姐拉到里屋，这才把这些年在林德神甫的弟弟和泗洋身上所发现的血的颜色的变化，告诉了姐姐。她说她要查清这种变化的机制、原因、预后及发生范围。她准备在阿达克库都克抽查七千个人的血样……

刚说到这里，苏丛觉得姐姐突然直起了上身，紧紧抓住自己的手，手心凉得好像刚从冷藏室里拿出来的针筒一样。

"你怎么了？"苏丛惊问。

"没什么……你说你的……你说……"姐姐忙推开苏丛伸过来想试探她体温的手，转身走到窗前，交叉起双臂，紧紧抱住自己的身子，即便是这样，她仍像发黄热病似的，抖颤个不停。

是的，这些年，苏可早就发觉自己血的颜色，越来越灰淡，石灰水似的血汤里，生出越来越多白色的小渣粒。她必须靠别人眼底的暖意，才能保持自己的体温。她越来越怕别人不理睬她，更怕振和不理睬她。她用过许多药，鸡血藤、紫河车、合欢皮、朱砂、红花、益母、首乌、旱莲……没一样顶用。她甚至长期饮用毒性挺大的雷公藤汤剂，来驱除骨节里的寒湿、痹毒，依然不管事。但她并不知道除了她，还有别人也在经历这样的血变。过一会儿，屋里的灯灭了。每天半夜十二点，负责给管理处处直各单位送电的拖拉机修配总厂动力车间，要关闭发电机。屋里黑幽幽，姐妹俩谁也没去点那备用的煤油灯。苏丛以为大姐还在伤心她和泗洋的关系，便歉疚地走过去，搂住了姐姐，把脸偎在姐姐的肩头上，半晌没说话。过了一会儿，才听姐姐说："小妹，还是你过来跟你姐夫过吧。兴许这样，对你对他都更好一些……"

苏丛用力推开姐姐，气鼓鼓地说："戏弄我，你有什么开心的？！"

苏可默默地苦笑了一下，说："我绝没戏弄你的意思……没有……老天可以作证。"

后来，她俩就都没再作声。

第二天，宋振和回到小院里来时，姐妹俩都已梳洗整齐，一本正经地在屋里坐着等他了。他看见，苏可把她的东西，全都收拾进了衣箱——那是个枣红色的老式漆皮箱，方方登登地立在她们脚边——大衣帽子围巾也都放了手头。只等把钥匙向宋振和交代过后，就要起身。桌子上还放着一封写了一夜的信，或者说，整整写了这十多年的一封信，把这长时间来想说的该说的，都写在了那薄薄一张小纸片上了。苏丛的脸板得更加严正，苏可却多少仍有些凄恻悲切。苏可见振和进得屋来，便颤颤地把房门钥匙、抽屉钥匙、大衣柜钥匙、自行车钥匙、文件箱钥匙……一大串，轻轻搁到桌上，低声说了句："连累你这些年……我也该知趣了。"说着，眼圈更红，声音哽咽。苏丛把信交给老宋，冷冷地说："不敢当你面说的，姐都写在里头了。等我们走了，你再细细看吧！"

宋振和拿起信，掂掂它分量，苦笑了一下，就要拆。苏可却惊叫："别在这会儿看。"

宋振和似乎知道里头写了些什么，也似乎决定要结束他和苏可之间的这种尴尬。他撕掉了信，慢慢地一点一点地把它撕得很碎。他不想看。尔后，他给苏丛一沓饭菜票，一个盛馍馍的小筐，让她到食堂去买早点。她问："买几个馍馍？"他艰难地笑了笑，说道："你愿意买多少就买多少，我不管。你这个明白人，今天怎么就不明白了？我是想跟你姐单独说句话。"

苏丛迟迟疑疑、十分不放心地走了。她根本没去食堂。她一直走到黑杨林的边上，看见刚上升的太阳和正在退却的晨霭。她不知道老宋那句憋了十多年的话，要说多久才能说完。但她知道她应该等待。

苏丛走后，宋振和收拾起那一团信的碎片，很古怪地看了苏可一眼，尔后走过来，根本不容苏可推拒挣扎，就搂过苏可，把她的脸紧紧接在自己的颈窝里，久久地一语不发地用自己狭长粗糙黑油亮的脸颊去摩挲苏可的头发。

"女相公……我的女相公……"他不住地喃喃，心酸得想哭。苏可感觉他那只箍住她后腰的手越来越用力，另一只按住她后脑勺的手，则已经下移到她肩上背上，虽然也多少有些慌乱，但却绝对不让人抗拒、也无法抗拒地在那儿抚摸、揉捏。她全身像着了火似的飘忽，喘不过气。她要脱身，想远离开他越发贴近来的身躯，但却又办不到。她酥软得一点力气都没有了。只想紧紧抓住他板实的身躯，别让自己瘫倒下来。

不知道过了多久。也许一分钟，也许一百年，她忽然想起苏丛，想起透过窗纱而映照到对面墙壁上的朝霞，想起自己的头发一定凌乱得不像个样子，衣服也皱了，想起哨兵换岗、直属队跑操、小猪娃子追着母鸡乱叫……她终于推开宋振和，刚把头发梳理好，苏丛进屋来了。她什么也没买，她让冰冷的晨风唰唰地吹了好一阵子。她看见大姐苍白疲惫的脸上泛出娇红，早已不再圆润的脸庞显出柔和的线条，少有的惶急忐忑羞窘难堪……苏丛明白，今天大姐绝对不会走了。

这一夜，宋振和和苏可又经历了一次新婚。苏可久久地不敢也不肯脱长棉毛裤。她紧紧地抱住宋振和那干瘦但却有力的火热的身子，一边又四处去挡他那只装得老实却实在是不老实的大手。他在耳边似乎一直在对她絮叨。他从来不是个絮絮叨叨的人，她不懂今天晚上他怎么会变得这么婆婆妈妈。她一句也没听清，而他大概也没说清那堵在心里非要说清楚的东西……可从那一天后，她突然发现，周身那曾叫她数度为之困惑惧怕的变灰白了的血，又重新地一天比一天红净起来。

第二十五章　来自另一世界的年轻人

　　到冬天，大来去了参谋集训队。打个背包，领一件新的军用皮大衣，在公路上截了辆拉羊毛的老道奇车。他看见骑兵连一多半人都出来给他送行，默默地站在各自的家门口，甚至包括那个总让人觉得高深莫测的张满全。在讨论肖大来入党的支部大会上，就是这个张满全，曾拼全力阻止来着。但骑兵连全体党员都在沉默中通过了大来的入党申请。他们不愿得罪张满全，但又说不出大来任何一点不好。在骑兵连，大来根本不说话，只干活儿。大来没想到，到他真要走时，张满全带着他那一帮子人却又出来送他了。张满全私自给军用皮大衣换了个狐皮领子，又戴了个黑毛小羊羔皮缝制的直筒无檐帽，脚上穿着一双新的大头鞋。不知道他哪来恁些新大头鞋，大来总见他换着新鞋，几乎每天都在换。他是那样的与众不同，那样的忧郁，阴沉。大来多瞟了他几眼。

　　参谋集训队在省城，肖天放让儿子得便去看看当年端实儿巷的小鸡屁眼儿院，甚至还想让他去找找那个跟东货场离得不远的青年会礼堂，看看当年那位那旅长和玉清住的房子。大来真去找了。他给爹回信说："所有这些房子都还在。但我不能肯定，它们还是不是您在这儿时的那副模样。我想大概跟人一样，它们也都老了吧……"肖天放看了信，断肢的残端又

336

疼了好些天。他想象不出，玉清老了会是一副什么模样。偶尔想起她，她总还是那一副瘦弱清白的样子，年纪轻轻的，像水蛭一样依恋人。但是，他却能想象，在青年会礼堂遇到的那一对母女老了的模样。

到参谋集训队，才知道满不是那么回事。根本不是集训，只是以"集训"的名义，集中了两千名身强力壮的值班战士以防万一。那段日子，整个省城都乱了套。经常有十万人聚集在省府大楼前的人民广场上，一起高声朗读语录，一起念刚发表的套红标题的社论，一起辩论那十多条规定，一起来提出种种要求，指定某个省府领导人公开作出回答。全省最大的"红五月"拖拉机厂已经停工。但十二座铸铁用的冲天炉却依然整天在喷吐蓝色的大火，二十四小时不停地轰响，震得省城上空的云层越聚越厚，整天都有粉尘似的碎粒，纷纷扬扬地降落。所有的女人上街都只能裹上长长的头巾，男人穿皮大衣。最后几天，省城黑白天都得开灯，不再有人上街，也不开窗。只有几个病孩坐在老街口那排收皮货的营业社门口的台阶上，看几条被粉尘裹白了的黑狗，呆呆地站在那里望着坚固而浑厚灰白的箭门楼子。

木西沟到第二年春末夏初才闹腾起来。苜蓿刚开出成片的紫花。蜂箱整批地转移到地头和槐树林边起。苞谷打杈。总干渠清淤。管理处处部中学的学生们反复挥动"红宝书"，反复宣读"北京来电"，反复高呼"我们要见迺政委"，反复高唱"革命不是请客吃饭"……当迺发五决定不去理睬他们时，他们就整夜整夜地围困管理处机关，点上十六堆篝火，整夜整夜地含着眼泪高唱"抬头望见北斗星，心中想念毛泽东"。木西沟没有聚集云层，降落粉尘。木西沟的黑杨树在夏日晴朗的夜晚，依然在颇含了些凉意的风中轻轻摇摆。后来，这些学生一怒之下，便到拖拉机修配总厂借来许多工具，也动员来许多工人，把迺发五家门前那条木板人行道全给拆了。十年后，根据当时偷拍下来的照片，那几个带头拆除木板人行道的学生全被判了徒刑。判刑时，他们的妻子头上都插满了紫盈的苜蓿花，脸色苍白地聚集在临时改作法庭的小礼堂门前。她们知道，她们的年轻的丈夫，在那年拆除木板人行道时，曾打伤了不少人。

那天，遁发五派人把宋振和偷偷叫到他跟前。那些天里，遁发五每天都换一个住处，不在他原先那幢老木屋里住着了。不是怕学生揪他，是不想耗那些时间陪那些嘎娃子闹腾。他着急阿伦古湖引水工程，他怕这工程给闹黄了。秋末年初，沉重的暮云堆积起来，四处的黑杨林里不断渗出寒气。木板人行道被拆除后，淅沥的雨便把一向光净的木西沟变成了烂泥塘。有人挑唆学生把遁发五屋前屋后那片黑杨林全砍了，不让那狗日的遁老头儿有地方躲躲藏藏，遁发五就派他全体侄儿侄女站在黑杨林边上高喊：伟大领袖毛主席教导我们，黑杨林可是个好东西。在那些年里，遁发五山东老家七十八个侄儿侄女和外甥外甥女到木西沟来找他安排工作，他曾非常高兴，又非常为难过，这时都派上了大用处。

　　遁发五的一个侄女和侄女婿在一处的黑杨林边上等候着宋振和，把他带进遁发五的临时住处。这幢"老破房"其实也真不小，高高地架在用二十二根圆木打成的基架上。他们把这二十二根圆木深深地砸进土里，连网成架。那天遁发五没穿过去常穿的那件黑缎面的驼绒袄，光着两只又肥又厚的大脚，盘腿坐在床单布上。木桶似粗大的上身，披着一件蓝布棉袄，里头贴身穿着一位侄女给他编织的圆领混纺黑毛衣——很旧了，掉了毛，只剩线。

　　屋里除了一张床一把椅子，便再没别的东西。椅子充当茶几和桌子。见宋振和进来，他抬起同样肥大的胳膊，做了个手势，让他一位外甥媳妇把堆放在椅子上的一些小零碎东西，比如茶碗、花镜、语录本老三篇和汗巾烟嘴等，都挪到床上，请宋振和入坐。留下三位外甥在屋外黑杨林里警戒，其他的侄女、外甥媳妇替他把屋里的黑布窗帘放下蒙严实，灌满床脚跟前那两个暖瓶，便都悄悄地走了。走在最后的一位侄儿，在管理处通讯站当副站长。他替遁发五把一部挂在床头的军用电话机的接线咬子，咬到外边从这儿经过的一根电话线上。所以，遁发五不管躲到哪儿，仍能和外界保持密切的联系，指挥着那一部分依然听从他指挥的力量。正因为如此，也可以说，木西沟的造反派全是一帮笨蛋，看了十八遍《列宁在十月》和九十九遍的《地雷战》《地道战》《南征北战》后，仍没闹明白，伟大的革命导师列宁在攻打冬宫的同时，为什么要派最忠实能干又非常幽默的马特维也夫率人去占领彼得堡的电话局。他们每一次看到这里，都只去琢磨马特维也夫抱起那位被枪声吓晕过去的接线员小姐时，是不是把手伸到她那尤其饱满的"妈妈头"上违犯了革命纪律，而没认真地悟出造反必须控制电话局或总机房这么个简单而又还不算十分残酷的真理。

遢发五告诉宋振和，刚开工不久的引水工程，几近瘫痪了。每天都有从各农场来的造反派开着几十辆卡车到引水工地上冲击，阻拦各农场派出的民工队伍。到最后，工地上只剩了独立团。独立团手里有枪，谁也不敢冲击他们。独立团奉命看守大型施工机械和炸药雷管仓库，也看守着工程指挥部的资料库和金库。

合副司令去北京住院治疗了，他把工程上的一应事项都托付给了连自身也难保的遢发五。现在他最担心的是独立团内部有人起来造反。十天前，全垦区都掀起了揪"反动旧军官"的浪潮。独立团内部的骚动也一天比一天激烈，早有人在喊叫"朱贵钤也是反动军官"。骑兵连的那个张满全还成了独立团骚动的总根子，不断有人从骑兵连往独立团本部的各营各连去，也不断有人从独立团本部往集民县大阴山脚下跑动。

"我想请你出山。也许过不了多久，我也会被打倒。但在我被打倒前，我十分诚恳地请你出山到独立团把朱贵钤换下来，稳住独立团，稳住阿伦古湖引水工程。不能让任何人把这件事搅了。只有你办得了这件事。"

宋振和苦笑笑。

"请不要计较那时调换你工作的事。当时换下你来是对的，现在再把你拿上去，也是对的……朱贵钤懂技术。我也着急消灭阿达克库都克最后一片荒原。咱们总不能显得还不如白家那一对尿货吧？不管怎么说，我想在阿达克库都克布满农场，没错！现在只有再来求你，我也不顾脸面了。你以管理处武装处处长的身份兼任独立团团长，全管理处的枪杆子都交给你。一切拜托了。"遢发五说完这些粗重地叹了口气，闷闷地咳嗽似的笑了两下，情不自禁地握住宋振和的手，重重地晃了晃，眼眶竟然湿润起来。

他本可以不再热心于阿达克库都克原野上这最后一片荒原。有一个独自掌管的木西沟，似已能满足早年的愿望。但他刹不住车。他无数次带人越过阿伦古湖，到这最后一片荒原丛林中打猎，他觉得应该由他来结束这一部延续了四百万年的荒原史。他所有的老部下都撺掇他这么去干一下。也许是最后一下了。他甚至确定新管理处处部就建在老满堡。他还带人去考察过白家垱遗址，看到那个曾被白家兄弟当作图腾圣物一样供奉在中堂大墙上的牛牛车木轮。大青条石台阶和断壁残垣上的青天，锈蚀在荒草丛中的铁壳马车残余，也不算灭迹。他不能容忍自己面前还有荒原，他自信掌握了一切使林带耸立、渠水纵横的力量和秘诀。这些，也许正是宋振和不得不感到佩服的。是的，没法否认，逦发五本身就是木西沟里一片最出色的土地，一条无法改移的河沟，一座古老而又红火的砖瓦窑，一扇厚重而又不为别人开启的大木门。他完全属于这片土地，始终和那些黑杨树们在一起。虽然他有时粗野，每次放电影都必须等他到场才允许放映，哪怕他送走客人要迟到一个小时，有谁喧闹，他也会把你拘役三个星期。他绝对热心于自己那些侄儿侄女外甥外甥女的婚事，热心给他们配对，把每一个远表侄女全都嫁给他外姓的外甥。他一定要他们回到他的老木屋里来举行婚礼，而且完全按老家的风俗办，让新媳妇驮着或抱着"小男人"绕宅三周，在枕头底下搁四片红薯干——这在从前用来擦拭初红，次日清晨，交给公婆以"验明正身"。现目今，不再做这种蠢事。仍然放薯干片儿，只为图个彩兴。于是第二天大早，一定会有那么一帮愣头青们冲进新房，去新娘身上乱摸，抢走四片薯干，或者大嚼，或者逼新郎拿重礼来赎取，逼新娘当众回答"疼还是不疼"，最后才呼啸着大笑散去，婚礼才算圆满。逦发五记得他所有新老部下的姓和名，远远地看见背影，他就能认出是谁。特别是对那些当年跟他一起建过木西沟各农场的老兵，他总要吩咐司机老周把车停在他们身旁，很客气地请他们上车，送他们一段。他绝不会忘记任何一个替他出过力的老人，但也绝不会放过任何一个跟他正在作对的新人。

当逦发五把他那只多肉宽大潮湿火烫的手掌捂到宋振和干瘦细长硬实多皱的手背上，并紧紧握了起来的时候，宋振和感到有一股巨大的热，像燃烧着的原油一样淌了过来。他觉得自己不可能也不应该拒绝迺发五的派遣和恳请——虽然他是可以拒绝的。

突然间，宋振和生出一种极悲壮而且悲凉的感觉：假如整个木西沟，以至全垦区的指挥系统都瘫痪了，他将运用他个人的影响力，动用独立团在全垦区的影响力，把引水工程进行到底。即便是为了迺发五，也值得。

这一年下头场雪，肖大来被三封电报从那个"参谋集训队"催回集民县骑兵连；也就是在同一天，张满全被走马回任了的宋振和叫到了独立团团部。早就该在九月初下的这场雪，一直被捂了两个半月，推迟到今天。天色因此一直阴沉，风也因此一直停刮。冰层开化，阿桦河和阿伦古湖交汇处的沙渚上一直有黑色的泥浆从憋胀的地缝里冒出。汪得儿大山阴坡上的红松林，每天都有几十棵巨松从胀破的树皮里流出翠绿嫩黄的松脂，总有那么几棵树终于倒下。黄羊群在荒原上惊恐，站立不动，寻找完全没有了踪迹的风。漫坡一天天浑厚生硬，好像一块块严重角质化开裂的患病的皮肤。雪是从头半夜下起的。一开始便响起一阵暴雨似的沙沙声，冰珠子打到窗台上，溅进羊圈里。尔后便起风，那风声像几十架喷气客机同时从低空掠过，尔后便再无音讯。这样一种静寂，仿佛一切都失去，只留下许多不安、惶恐。围坐在被窝里的一家人，明显地感觉出，天空好像碎裂了一般在往下沉降飘荡，明显地听到房顶在重负下嘎吱嘎吱脆裂，听到柏树的暴坼，听到湖面的收缩，听到干沟的上翘，听到无数只乌鸦扑腾着翅膀坠落。那一夜的雪花的确像死鸟的翅膀一般大小，很快埋住了所有的低谷和趴趴房。

张满全带了六十六个随从赶到团部。他对宋振和说："今日不比昨日，今日黄花照眼明。你要像上次那样，拘了我，全骑兵连和整个独立团都会反了你。"

宋振和说："我倒要试试，看独立团会起来反谁。"张满全哼哼。宋振和又说："满全，先不要那样激烈。这一年多，人都说你挺忙。告诉我，你到底在忙活个啥？"

张满全说："我不能说，你已经不是从前那个宋团长了。"

宋振和说："我又是宋团长了。"

张满全说："你不是。"

宋振和笑道："从前那个宋团长不跟老婆睡觉。"

张满全跳起来吼道："我不管你跟老婆睡不睡觉！你心里已经没有我们这帮子老兵了！"

宋振和继续笑道："谁在木西沟代表这批老兵？"

张满全继续吼道："你想试一试吗？"

宋振和把张满全带到独立团的大操场上。死鸟翅膀一般大小的雪依旧在纷纷扬扬坠落。这儿邻近河滩，干涸的河滩对岸便是起伏的山丘。饱含大雪的云层低低地包裹着那些秃圆的坚硬的山丘。操场上同样有细小的卵石和卵石砌的壁垒、碉堡和演习用的堑壕。从清早起，宋振和就命令独立团全体官兵在大操场上集合等候。宋振和把张满全和他那六十六个随从带到操场中间，让他们每一个人都面对着一个老兵连，或者老兵班排，尔后宋振和给张满全递了一支烟，用只有他俩才听得到的声音，对张满全说："我现在要以你在独立团从事非法组织活动，拘留审查你。你也可以向你认为是你的人宣布我已经不是你们这些老兵心目中的团长，让他们驱逐我、拘押我、流放我。我让你先宣布，我在你宣布后十分钟内，不动弹不作声。如果在十分钟内你控制不了面前这七千个老兵，那么我就要抓你了。"张满全的脸色唰地变白了。他拧过身去，看到的不是他非常熟悉的老兵兄弟，而是一道道冰冷的雪壁、方形古堡的箭垛、防火的女儿墙、会移动的障碍物、全部的山岩和绝不会移动的庞大的山脚。他叫喊："阿达克库都克在等着你们，难道你们把我昨天和前天对你们说的话都忘了？难道你们把自己在昨天和前天对我作的许诺都忘了？不要仅仅为了一棵树、一亩地、一条路、一间房、一扇门、一片水而活着。更不要只为了嘴巴前的一块白面馍，才张开你们紧闭的嘴。谁在真正替你们着想？抬起头！看着我，张嘴说话呀！"

风声贯穿着一种沉默。这是七千个老兵面对重新又被任命为他们的团长的宋振和所必然会保持的沉默。

张满全应该能预料到这一招。

张满全原以为骑兵连的兄弟会急速作出强硬的反应。但当他得知，在他离开骑兵连的两个小时后，一个全副武装的加强排便被宋振和派到大阴山下，宣布任命年轻的肖大来为骑兵连连长，他知道，骑兵连也动作不了了。

加强排排长把一封厚厚的信，交给肖大来，对他说："这是宋团长写给你的。今后三个月，你应该做些什么，全写在里头了。"肖大来没看信，但他还是回答说："我知道了。"尔后他就把这个加强排撤到集民县县城。他让自己默默地坐在空空荡荡的连队俱乐部里，弯下他那秀长的背脊，轻轻地握起他那已完全成人化了的大手——这是一双白皙的敏感的粗看却略有点笨拙的大手。全连的每一扇挂着破毡片的木门都紧闭着，谁都怀着忐忑的心，猜不透这个新任的年轻连长会对他们采取什么样的行动。从宋振和把肖大来放到骑兵连来吃苦那一天起，连里的人似乎都莫名其妙地产生了这样一种预感：总有一天，这个毛娃子会做他们的连长。他们知道宋振和常把肖大来叫到木西沟去，有时去半天，有时去两天；有时叫去让他看完一本必看的书，就把他赶回集民县。并不谈什么，自有人向宋振和汇报肖大来的情况。

这孩子早熟、从容、随和，谁都可以支使他，他从来不跟谁计较个啥。从来没听见他跟谁嚷嚷过，自己一定要什么，或一定不要什么。好像怎么过，对他来说都无所谓似的，怎么过他都能往下过。铡草时，他爱用大铡刀片。去食堂打饭，胳肢窝里夹个大饭盆。你问他吃什么，他总说"随便"，好像食堂里天天炒得有这样一种叫"随便"的菜。不管你差遣他去干啥，他也总说"行嘛"，不见得每件活他都会干，但他保证件件替你抻练得有板有眼、尽心尽力。初看，他不慌不忙，从来不做出拼命的样子，但真出活儿，限时限刻，交给的活儿总能替你干完，还地道。他常常往那儿一站，一动不动半天，只看着对面那常常刮黄风的大阴山和曾走过一辆马车的黄土坡，谁也闹不清他心里到底有个啥。天黑后，常常找不见他了，后来他又突然出现。他常常说些叫人不摸根底儿的话，比如，他常一个

343

人喃喃道："那块石头……那棵大树……"待一会儿，他的眼睛会变得很亮很亮。

让他当连长，他没表示任何惊异、歉疚，或忐忑。他只说他要一个人独自待一会儿，独自作一番回想。省城郊外的猪场。蓝玻璃似的杂院。猪食槽和泥泞。小猪蹄儿印并不通向那耸立着高大烟囱的烟雾阵。那些完全用冷冰冰的水泥砌成的厂房，拥挤的街道，连片的灯光，变幻的吆喝，高矮错落的门，大小不一的窗。清真寺的顶。阴雨和浓雾。脚步声车马声杂沓。他从来没想到，人本来是可以不被分散的。

"那块石头……那棵树……还有一扇门……"

第二天他把全连集合在俱乐部里。他让文书提前把俱乐部里的那几个大火墙烧热。他嗅出俱乐部里还有散不去的毛驴子味儿，他笑着叹了口气。从省参谋集训队回来，大伙儿都觉得他似乎变得更加温和了，个头也长足了，不能再往高里去了，一双手大得难以想象，常常像蒲扇一样张扬着。似乎他自己对它们长得如此之大，也感到无所适从，有点不知道该把它俩往哪儿搁才好。

这一段骑兵连也没好好干活儿，又开始有人偷卖马料换糖，拆走马号里的椽子给小家搭窝棚，拿连部的板凳回家架床，卷走库房的麻袋包沙发。夜班浇麦，却把水往地里一打，自己上老相好家被窝里找滋润去了，结果那水跑到人家老乡公社，把小学校校舍给泡塌……肖大来有茬儿下刀，那六十六个跟随张满全一起去团部闹腾的老兵心里更紧张。他们是今天早上才被放回连里来的，大衣还没脱，头发胡茬眉毛上的冰霜还没化，灰溜溜地在俱乐部门外一块堆挤着，不敢往屋里来。张满全老婆越发紧张——张满全没回得来。她把四个娃娃都带到俱乐部来了。肖大来但凡说声抓，就一起走，省得她再回家去一个个安排他们了。肖大来见人到齐了，就说拉冰的事。骑兵连冬天喝用的水，一是雪，二是走十几里，到总干渠砸冰往回拉。连里有个大冰窖，拉冰时全连出动，拉一次冰使十天半月，最后一次的冰贮存起来，留到夏天。骑兵连的冰冻酸黄瓜好吃，连集民县县长也来尝过。

说完拉冰的事，肖大来就宣布散会，没事了，各排带回，准备出发。有人蔫蔫往外走，有人走到门口了，想想，还是觉得不对劲，不抓人？再回头看看肖大来。肖大来这时正抱起张满全最小的那个娃，用自己的皮大衣裹着他，要往张家送。过去骑兵连早上起床敲二百八十下钟，有时好些，只需要敲一百九十三下，有时能敲到三百三十三下手不酸。拉完冰回来的第二天大早，号兵从号筒里倒出一窝还没睁开眼也没长毛的小肉肉老鼠，扔掉两片破鞋垫，刚吹响第一声，上操的人陆陆续续就都哈着长长的白气，在蓝玻璃似的夜空下，在操场上站成队。老兵们比肖大来还早起，他们在操场上整整等了他一分零九秒，没人咳嗽，没人跺脚。

即便在这样隆冬漆黑一团的早晨，老兵们也都看到肖连长的眼睛像小珠子似的发亮。

索伯军分区管辖着不短的一段国境线。驻守在边境线上的老兵自不能带家属。按规定可以随军的干部家属，一般也都不去边卡哨所住。太偏僻，太荒凉，有时连泥土都没有，除了石头，就是空气。家属们便集中在几个留守处里，给军官探亲假。索伯县留守处就是其中条件比较好的一个，但它仍跟绝大多数军事设施一样，不在城圈里。出城圈，到北山跟前，一片碎石坡，稀稀拉拉长些尖锥形的干巴草。干打垒的院墙围起十多排红砖平房，如果不看大门口站岗的军人，那么这个大院跟别的居民大院几乎没什么两样：煤渣道，污水坑，柴火垛，林立的烟囱管，飘扬的"万国旗"，端着尿盆的女人，集体等班车接送、在城里上学的孩子，东张西望的野狗，富态十足的白鹅群。大白天，总是很静，晾出许多被子和床单。但这儿每天进进出出又很热闹，每天都有假期已满、急着回哨卡去销假的军官，满面红光，着装整齐；每天又有刚获准从哨卡赶回来度假的风尘仆仆、胡子拉碴的军官。你看，在这院里，过了九点，太阳比烟囱高了，才懒洋洋穿着件军绿色的球衣、单裤，在台阶上打哈欠、伸懒腰，横着脖颈儿都不知上哪儿去打洗脸水的家伙，准是昨儿个才到家的，这头一夜的辛苦兴奋，到这会儿还没转过向来哩。至于那些一早就起来忙着劈柴、晾被子、晒干菜、清地窖、修理手推车，见人就喜笑颜开，赖了吧唧的，则至少已回来四五天了，正在二度蜜月的高潮期。还有那些突然又穿得板板正正，动作迟缓，目光忧郁或慈祥，家门口特别平静无事的，那大概一两天里又要出发回哨所销假了。他们虽然在一个院里住，但各自的哨卡却离得相当远，互相之间并不熟识。另有一些，早已调到别的军分区部队或机关，因为舍不得这儿的地窖和小窝棚，舍不得这儿的白菜和土豆，赖着没搬家的，回这儿来，跟其他军官更说不上话。说不上话，也没啥，回这儿来，本来就是只为了还那些在老婆娃娃跟前欠下的"债"的。其他的，一概可以不论。

这两天，肖大来也在这院里住着。留守处腾出两间房，办了个小小招待所。平时没人上这儿来住招待所，"招待"的都是替院里干活的临时工。八张简陋的木板床。被子够黑够腥臭的了。茶壶盖儿没一个囫囵整的。炉渣堵着炉门。窗帘布上沾满了去年夏天或前年夏天或家族史更悠久的那些苍蝇崽们留下的尿点点。窗台上总有几个没洗的碗或空酒瓶，歪歪倒。

骑兵连的连长来办事，完全可以住城里的高中档旅社或宾馆。但宋振和交代他这个任务时，就要他到这儿来住，到这儿来把一包有关引水工程的绝密计划交给一位来自北京的"客人"。这位"客人"从合副司令身边来——合副司令已搬出陆军总医院。那一年，陆军总医院里住满了级别比合副司令高得多的军方或非军方首长。他们并不是真有病，只是需要陆军总医院这样的环境。总医院不许任何人冲击，冲不进去。在总医院人满为患三个人才能摊到一个特别护理的情况下，病得也还不算太严重的合副司令觉得还不如搬到一个表弟家去住着，照顾得更好。这个表弟自小由合副司令带出来在北平读书，后来受合副司令影响，便进入当时的交通银行谋一个职务做掩护，实际上从事地下工作，以后又被派到苏联去学习。回国后一直做到部长助理。就是最近，半夜里依然有黑壳的吉姆车或红旗车，接了他去钓鱼台或中南海，应各种急差。

垦区总部的领导班子这一段变动频繁，不断有一些高级的现役军官，戴着领章帽徽，带着各自的秘书和夫人，来接替原垦区的一些领导。而且有消息，还将派一位正兵团级的高级军官来接替合副司令。之所以还没有下最后的决心，上边踌躇的就是阿伦古湖引水工程。已投入数万劳力，如果必须把它进行到底，就没有任何理由在这个节骨眼上撤换工程的主政官合副司令。合副司令的去留，自然牵连一大批十几年或几十年跟合副司令一起出生入死、栉风沐雨的干部，比如迺发五，这是尤其令人揪心的事。

现在，关键的关键，要说动中央，核准引水工程继续进行，要争取一个专门为此批示的红头文件。让肖大来交转的绝密材料究竟是些什么，他当然不知道。大概和工程有关，这是能猜到的。

他已经和这位北京来的客人接上头了，材料也已经交转到对方手中。现在要等合副司令的一个口谕。今天那位客人到军分区大院通过军线给合副司令挂长途去了。军分区和省军区支持地方和垦区各级政府的一些老同志继续工作。驻本省的那些野战部队却奉命支持新来地方政府或垦区领导机构大换班的那些现役高级军官。所以那位"客人"，只能到军分区去挂长途。临走前，他还特意留下一本内部发行的苏联小说《多雪的冬天》，让大来消磨剩余的这一点时间。但《多雪的冬天》并没把大来吸引住。他突然产生一种预感，觉得要出一点什么事，一件久久期待而不得的事。他把书塞到枕头底下，披上大衣，便在院里溜达。那位客人也住在这院里。当然他不会住这二半破子的"招待所"。他住后院，也是一排军营式的平房，只是台阶更高些，拱形的门檐和廊柱新油漆过，没有前院那种杂乱，只有冷清、干净、没种花的花坛。这一排平房总有七八间屋，但只住了两个客人。另一位，好像是个女客。这一点，大来是从她晾晒在窗台上的一双黑布圆口搭襻女鞋上判别出来的。她的窗帘别致，绝不是管理员老婆给采购的那种大路货，好像是她住进这屋后，自己添置的。浅粉的底色上，有两棵绝对叫不上名的热带大叶藤萝科植物，贯通上下。布的质料属于凹凸不平的泡泡纱一类。她大概是个长住客，因为从她放在台阶旁的簸箕里，大来经常看到刚削不久的土豆皮、白菜帮子、罐头盒和一些纸屑、碎布片。但他从来没看到屋里的陈设，那热带大叶藤萝总是冷酷而严密地封锁着两扇窗玻璃。

北京客人的窗户里也没灯光，大来只得向院外走。太阳正在落山，大院门外的荒坡渐渐灰暗。暮色中的阳光清寂干黄。坡顶哨所的小屋却被寥廓的天空衬托得越发奇特。有披着黑毡片的牧民走动。云层堆涌上来，好像奔跑着一条不动弹的肥肥的大灰狗。他喜欢看那些披黑毡片的牧民，喜欢他们黑毡条里又编织进猩红的毡条，以及流露在黑毡帽外的那许多根细辫。天上的灰狗演变成驼群。接送孩子的大客车回来了。大来走到那几棵大杨树背后。他不大喜欢孩子们的叽叽喳喳，他妒忌这种叽叽喳喳。但他忽然觉得自己心慌起来，忽然觉出有个女人从自己背后走过。直觉告诉他，她就是住后院的那个女客。他闻到一股清香，有水的声音，风带起淤泥的浓烈，苇叶在摇摆。他忙回过头去，只看见她的一点背影。她走得很快，那水声和风声隆隆。她穿着一件紫酱红或朱砂榴色的高领毛衣，当然还穿着件军用皮大衣。一只手里提着个医用采血箱，另一只手的臂弯里挽着一件白大褂。她走路的样子，很像一位他一直期待着能再见一面的熟人。他跟了上去，等她走到那间挂有热带藤萝图案的大窗帘屋子门前，掏钥匙开锁时，他看清了，她果然就是苏丛。他太高兴了。但没马上冲过去，相反，却闪避到墙拐角的那一面去了。不想让她这会儿认出他，他需要一个整块的时间去见她，对她说很多很多的话，有太多的话要说，要拼命说。他听见她关上门进屋去了。回到招待所，又等了一个小时，北京客人才回来。他有一辆自己驾驶的专用吉普，军分区拨给的。传达完了合副司令的口头指示，他问肖大来："你还没吃晚饭吧？快去吃快去吃。"大来这才出了那屋，在清新冰凉的夜空下镇静一下，然后去敲响苏丛那间屋的门。窗台上的布鞋已经收进去了，窗帘映出不算明亮的灯光。

门虚掩着，炉子上的水壶在嘘嘘喷气，矿石收音机喑哑地单调地播放着千篇一律的雄壮的进行曲，却没人来开门。迟疑了一会儿，他叫了一声："有人吗？"便往里进。过道很深、很暗，他以为这个院里的房子，不会有这么深的过道。一路走去，总在磕碰，似乎走了很久很久。他擦擦汗，后来看见苏丛端着碗小刀面，正在过道的尽头等着。她好像早知道他要来。身后的桌上，早盛好一碗面条，还备好一碟油泼辣子，一碟蒜泥，另有个大盘子，码放着几个热热和和的白面馍。每个馍足有四两，或半斤。

"你好……"他喃喃。想叫声"老师"，但没叫得出来。

"洗手。"她吩咐，没半点寒暄。好像他是她这儿的常客，每天都上这儿来陪她吃晚饭似的。"快洗。"她朝屋子一头的脸盆架颌首示意。

他听话地去洗手。自己也奇怪，怎么这么听话。水里漂浮起阿伦古湖的腥凉气。他悄悄打量她这屋子。虽说是里外间，外间的几面墙壁几乎全让同样高大的白漆试管架占满。那试管架一直顶到天花板。每一层上都密密地插满了同样粗细同样长短的玻璃试管，试管口一律用严格消过毒的软木塞堵得严严实实。还有老式的显微镜、酒精灯、烧瓶和试剂。

"这一向还好？"她慢慢挑起两根滑溜的面条，用洁白而细长的牙尖去接住。

"挺好。"他伸手去抓白面馍。在向往已久的老师面前，他竟然拘谨，他自己也恼火。相反，苏丛却放松到了极点，没等喝完面条汤，她就后仰起，靠在椅背上，把脚远远地伸出，甚至伸到大来坐的凳脚旁边，跷起小巧的皮靴尖，轻轻晃动。自从一个人搬到这儿来住以后，她确有重获"解放"的感觉。她双手托住碗底，把碗放到自己圆实的小腹上，听大来说往事，隔好大一会儿，才垂下头去，挑一筷面条，稀溜溜地吸进尖起的嘴里。有一缕黑发松散地掠过她短而细的眉梢，弯弯地垂到嘴角边。因此，她经常像个调皮的活跃的小姑娘似的，不是去咬住那缕带着卷的头发，就是扁起嘴来吹弄它。她知道他一直在欣喜而又羞涩地打量她。她知道他已经懂事了，再也不可能像当年那样，看到她的脚白，就会在众人面前什么也不顾忌地叫喊。但她还是喜欢他的拘谨和羞涩。自从到过哈捷拉吉里镇，亲身体味了那种遥远偏僻颠簸闭塞寂静和沉闷后，她越发珍惜大来身上所具有的那种直率和单纯，单纯和热情，热情和忧郁。她想起发芽的土豆，那脆生生外貌狰狞到发紫的芽茎，她想象它们日后的葳蕤，由此生发的白花的咀嚼时满嘴流淌的汁水。她常常觉得他身上有一股不是什么人都能抑遏得住的力。如果说姐姐苏可曾先后在两个男人身上（林德神甫和宋振和）崇尚过他们精神的力，那么作为妹妹的苏丛，一直渴望得到的，就绝非止于精神的力了。她越是在大来面前装得放松、漫不经心，其实，心底里越在这长大了的男孩身上用心寻找那种促使他能从"一个被勒令退学的中学生"跨越到"骑兵连连长"的力。太阳使他黝黑。但又是谁使他具备了那种力？他总是有一股大孩子的单纯。天哪，她真想去拉住他的手。一到他面前，她总觉得他们早就相识，从未分过手，本该如此。

这种奇怪的感觉他也有。最初自然是因为他觉得她长得像妈妈。有一次，在石叔的照相馆门口遇见她，他鼓足勇气请她到照相馆里，脱光了脚，换上黑袍，完全装扮成妈妈当年的模样，照了张相。但后来他觉得她使他不能忘记的，绝不是她已经给他的，而正是他要在她身上寻找的。他不否认这里包含依恋和安慰，但肯定还有一种更深层的东西。她像一部读不完的书，虽然并非深奥到难懂。

"吃呀，上我这儿来，还大脚装小脚？"她的口气依然像个物理教员，依然把脚远远地伸到他面前，把面条碗托放在自己的小腹上。

泗洋离开索伯县后，她完全可以仍然住在县委大院里，但她不愿意。她觉得自己只是个普通的血液科的大夫了。她请姐夫帮忙，找军分区的熟人，在这儿"租"到了这么间房。

大来继续把手伸向那四两一个的白面馍，他已经记不住自己究竟吃了几个。四个？五个？也许更多。他不敢朝苏丛晃动的靴尖斜过一丝丝眼光去，虽然他很想看。后来她笑了，脸红了。知道，如果一个劲督促下去，他会顺从地把这一笼屉五斤白面馍全吃下去。她赶紧收拾碗盏。

"你不教学了。为什么？"等苏丛收拾好碗盏，洗干净双手，又搽上护肤霜，重新落座后，肖大来问。

"我本来就不是个教员。"

"这些玻璃试管里都是些啥？"

"血样。"

"血样？管啥用？"

"你别问。一时也跟你说不清。今天，我能抽你一点血吗？"

"尽管抽。要多少都行。"

"我可不开人血汤小吃铺。"她笑道。搬出整套白净光亮的抽血器械，用一个雪白的搪瓷盘子托着。她抓住他的手的时候，心里涌过一阵战栗。

也许是经验，也许只是一种直觉，她预感，她将得到一份跟所有已采集到的几千份血样完全不同的血。她甚至为此而手忙脚乱了，一根细长的玻璃吸管因此掉到搪瓷盘子里，差一点折断。一阵狂风吹来，撞开房门。她不知所措，只知紧握住大来的手，让风扫过所有的玻璃试管，发出风铃的脆响、悠远，到后来才慌张地扑去关门。从大来的手上，她觉出他年轻的壮实，他年轻的涌动，他年轻的坎坷、艰难。她竟感动得心乱起来，探身去取酒精棉球时，都没注意到自己贴他太近，自己微微隆起的小腹竟触着了他坚硬的肘头，宽松的毛衣拂着了他燥热的耳郭。这些他都感受到了，都使他一动都不敢动。

先侧过他脸，采了一点耳血，尔后又捋起他袖管，从静脉里抽了一管血。按说，50cc 就够了，但抽到所需量时，她没停止。她停不下来。她惊讶那血的颜色，血的急迫、鲜活、纯净。它们是那样地想到外面来，几乎不用她挪动针筒的抽杆儿，就直往针筒里涌。它们紧贴住半透明的筒壁，像扑上沙滩的浪峰，像穿越浪涛回到礁石上来的企鹅群，一个劲儿地向上蹿冒……当她从惊讶中清醒过来时，涌入那粗大的针筒里的血，可能已超过 200cc 了，而且还在继续往里涌。

"行了吗？"她慌张地去问大来。

大来笑了。他不明白苏丛这会儿为什么显得那么忙乱。行不行该问谁呀！他温和地看着面前这个"大夫"。他真不愿意她停止抽取，不愿她转身去收拾器械，不愿她忙于往血样里添加各种保鲜防凝的剂液，不愿她离开他。他体会到了她那从衣服里透出的体热，她小腹的坚实和柔韧，她全部的清新和搏动。假如没有顾忌，他会去抓住那件松软的毛衣，但他不敢。他甚至屏住了呼吸。他不能吸入更多的她的体息了。哦，阿伦古湖畔潮湿的草滩、独立的小木屋和渔网的腥咸。有人说，即便是最强有力的男人，一走到他真正喜爱的女人面前，有一个很短的瞬间，他也会陷入一种祈求依恋的儿童心态中，或者说"胎儿期心态"。大来这时说不上来也不敢这样去透彻地想明白自己对苏丛的向往究竟是什么，但他却无可避免地陷入了这样一种软弱无力的状态中。他甚至觉得自己在往一个黑暗的深渊里坠落。他紧紧抓住了椅背，把所有的牙齿都咬得嘎吱嘎吱硬响，只是在苏丛连着提醒催促他"放松"后，才又慢慢恢复了平静。

针头从蓝色的粗大的静脉管里拔出，依然不甘心的血很快把揉捂针口的酒精棉球染得透红。他发觉苏丛忽然间变得冷淡了，他愕愕，不知道仅此一会儿工夫，自己又怎么得罪了她。她只是不作声，机械地做着采血的下一步工序，给大来沏了杯多维葡萄糖水，也只说了句："喝两口。免得头晕。"大来听话地端起水杯，他木然。他当然不会知道，在刚过去的那一刻里，苏丛心底所发生的一切。当她扳过大来的脸，给他消毒耳垂之初，她想的还是怜惜男孩，但当自己纤细的手指触到他那厚实的耳郭时，她诧异地震动了。是的，她还从没有这么近地接触过他，他的头颅几乎已经贴到了她胸部，宽阔硕厚的头顶，突出而傲慢的后脑勺，浓黑刚硬的头发，还有粗壮的脖颈儿……俯看下，更显宽厚坚实的肩膀和棱角分明线条简练的五官，丰满黑褐的嘴唇上风沙所造成的纵裂，毛孔的粗糙，皮肤的皱褶，雀斑。她从没想到他竟是个这样成熟的男人。他缓重起伏着的呼吸竟会使她感到那样一种压迫，仿佛走近了另一尊十分高大的石刻狮身人面像。自己忽然间变得十分柔弱、细小，渴盼中，她想扶住一种坚毅，一种宽容，一种体贴，一种火热，希望有什么来融化了自己。她那样欣喜而敏感地接受了他那坚硬的肩头在她小腹部一下下偶然的碰撞……几秒钟，她哆嗦了一下，她问自己，怎么了。她忙避开，在试管架没被灯光照到的一个黑暗的角落里，稍稍待了一会儿。她有些怕，怕他那还完全鲜红的血，也怕她自己……因为一个月前，她发现她自己的血也在褪去那仅有的一点鲜红，在粉淡的趋向中，生出小虫似的白颗粒……

不能这样接近。

是的，不能。

于是他俩在一种难以言喻的尴尬中分手。她又忙了半夜，去敲开好几位军械师的家门，请他们帮着修理不转了的离心机。而他，这一夜简直就没睡。他先照直地走出院门，伴着黑影幢幢的大树，呆望县城里迷离的灯火。山影压到头上，仿佛即刻间就要倒下。军队的大院，按时关闭大门，按时熄灯。他只得回招待室。熄灯号吹过，他看见苏丛的窗户里仍然亮着灯。他想，她或许会来敲他的门，跟他说句啥。明天，天不亮，他就得走了。他告诉过她。她会来告别吗？他知道，这是不可能的，根本不可能。假如她愿意跟他道别，刚才分手前她也就不会那么冷淡。她突然间的冷淡，也使他不敢再造次。况且，夜已很深，再去敲门，也不合适，他毕竟已不是那个看见老师的脚白便会不顾一切惊叫的土毛孩了。他烦躁，莫名其妙地内疚，并自愧地等待。明明知道，烦躁也罢，内疚也罢，等待也罢，都不会有什么结果，但他还是烦躁，还是内疚，还是等待，一直到约定的军车，在约定的时刻，开亮强力的车前灯，逼近留守处大门口接他返回木西沟时为止。

第二十六章　连续常鳞凡介不同于寻常尺寸

过了不久，上面决定解散那个总让人觉得碍手碍脚的骑兵连。宋振和找肖大来，问他："你有办法，在我们砍这一刀时，不让连里那帮子家伙闹腾吗？"大来反问："你们真的就那么讨厌这些老兵？"宋振和说："不是讨厌。"肖大来问："你跟张排长细细地谈过吗？"张满全一直还被拘押在团部看守所里。宋振和说："这个你别管。"肖大来想了想，回答道："好。我试试。"宋振和说："不能试。行就行，不行，我另派人。这件事试不得，必须万无一失。"肖大来笑道："团长，你是要逼死我咧。"宋振和笑道："爱死不死，独立团反正不能乱。"肖大来笑了笑，低下头去，用他那长得过分宽大的手掌，在桌面上漫无目的地摩挲着，这样又默默地坐了一会儿，这才起身，去马号牵过马，回集民县。后来的一段日子，只见他在骑兵连不停地串门子，一户不落地串，详细地问，还详细地记。他跟他们一起待这么久，其实已经比较熟悉他们的身世了。三言两语，就能把话问到坎节儿根劲处，就能引起他们的一番辛酸，牢骚，怨恨，激奋……引出没完没了的"啰唆"，翻来覆去的"唠叨"，结结巴巴的"迟疑"，咬牙切齿，捶胸顿足，如逢知己，感激涕零……还从来没有人来跟他们这样细谈过，从来只有人对他们嚷嚷：嘿，你这二八沟子咋这样嘿？你给我怎么怎么去！他也找他们的老婆谈。她们先是笑着躲："嘻，张罗着过日子呗，有啥可掰指头的嘛！"再说说他们家不争气的老大，淘气的老二，憋气的老三，赖着不走又老给惹事的小叔子，嫁了几回也没推出门去最末了还回哥这儿来白吃饭的小姑子……她们的劲儿才激了出来。谁也不知道他为什么要听这些，为什么要倒刨这些老根儿。但他是连长，他们寄希望于他能替他们解决一点什么，见他这样认真地大规模地"家访""普查"，以为他总能解决些什么。他们信赖这个允许他们要求他们说心里话的年轻人。在一种从未达到过的畅快、期待中，骑兵连空前和谐平静，出工率也上升到最高峰。大概就在这个时候，肖大来宣布了第一批调动名单，尔后是第二批，第三批。一批接一批，搬家的卡车一辆接一辆开进骑兵连。几乎所有的人都自动地把这次调动和肖大来前一段的"家访""普查"联系起来。以为他准是摸准了他们的什么情况，在做处置。没有人说不走，只关心把自己调往何处，干什么，只觉得，新去处也许更适合自己，因为……因为……那位年轻的肖连长来了解过自己所有的情况。二百二十七辆卡车陆续驰出草场，过了对面的那一长道高地，才各奔东西。肖大来带着连部的几个人，站在连部外的那个大彩牌楼下，送他们。他没给他们许任何愿，就这样让他们带着莫名的希望和感激，平平静静地离开了骑兵连。看着向太阳歪西了的高地上远去的车队，大来忽然感到很难过，也感到自己很卑劣，很对不住这些被自己轻易地"耍弄"了的老兵。连里最后只剩了一家，张满全家。肖大来和连部的那几个文书会计统计料理清了骑兵连的账务，盘点封存了库物，才带着张满全一家回到木西沟，又过两个月，张满全才被释放，也被分到一个非武装系统的生产连队去干活儿了。他听说了肖大来所做的事。离开独立团团部前，他去找过肖大来，对肖大来说了一句话："肖连长，这一手，你玩得挺漂亮啊。别得意，咱们后会有期。"肖大来没作声，没反驳，在他的确感到内疚。水泥甬道上刮起风。白蜡树在摇动中洒下那许多不规则的光影。鸡冠花不再挺立。凝寂。有一盆水，一点云。

宋振和没让大来在木西沟闲多久，很快就把他派到看守武器库的老兵连队零七连去当副连长。"你当过连长，这一回又让你去当副连长，愿意吗？"宋振和问他。"什么叫愿、意、吗……"肖大来一字一顿，学着宋振和的乡土口音，不紧不慢地反问道。老兵油子说话常常是这样一副腔调。"不是多少还给了顶'副连长'的乌纱帽吗？"肖大来嘴上这么说，心里却比谁都明白，骑兵连不能和零七连比，那个"连座"，也不能和这个"连副"比。骑兵连是杂八凑，零七连却是宋振和的"精锐"。骑兵连徒有虚名，连一颗子弹都不趁，零七连却名副其实一个机炮加强连：六门战防炮，六挺重机枪，最近还配备了三个四零火箭筒班；战士清一色都是几年前从军区两个工兵团转业来的，转业前，在部队大都当过班长副班长；那位老连长，在部队就当过很多很多年的连长，他儿子的年龄跟大来都差不了几岁。这个连负责警卫垦区最大的两个武器库。武器库在大漫坡肚子里，武器库里储备的武器弹药，一旦发生战争，能按正规军战时编制的需要，装备一个师。有一条小火车的铁轨通往库内的纵深处，那巍峨的双层大钢门，必须用电动的启闭机才能开启，否则，即便用炸药也很难炸开它。这也是朱贵铃的一个杰作。

老连长已经干不了几年了。今天的副连长，到明年，或后年，也许明天或后天，就是这个连的下一任连长。正因为如此，零七连副连长一职一直空缺着。候选者，不下十七八个。但宋振和最后圈定的却是这个根本就没在正规部队里当过兵、年纪要比全连平均年龄小十多岁的"黄口小毛伢"。这么器重他，他除了"诚惶诚恐"，还能说啥？

宋振和喜欢肖大来身上那一股貌似漫不经心的狠劲儿，稳重忧郁而又一步一个脚印，随和但又隐含着某种不可逆的韧劲儿，聪慧和憨厚出色地嫁接在一棵苗上，对什么都不在乎，无所谓，但心里却十分明白，自己究竟该怎么活着。他一直在寻找这样一个年轻人。也许还不能说，正是宋振和的这个圈定，才最终导致肖大来面对死刑判决。但的确可以这样说，肖大来奉命去零七连报到的那一天，就是他年轻生命终结的开端。每一座孤独的山峰似乎都是这样，由同一个点来显示两个过程的连接。结束了，或正在开始：向上的终结或急剧向下的起始，或者是零，或者是无穷大。

大来原准备自己扛着行李，步行去零七连报到。零七连离团部并不远，两公里，或稍多一些。他喜欢这么个想法：一个十分年轻的副连长，自己扛着行李，步行去报到，大踏步走在干旱开阔的高地上，沙砾中长着不少坚硬的草。但干部股股长说，零七连已派出车来接他了，他只得取消了这个念头。不步行也无所谓。干部股门口的杨树上，筑满一坨坨鸟窝。他在廊檐下站着，很长时间屏住呼吸，一再地想起苏丛。那天离开索伯县留守处招待所，车走出好几里地了，他又请司机把车开了回去。当然找了个恰当的借口，但实质上他是想再见一见苏丛，看一眼她的脚。头天晚上只顾了跟她说话，让她抽血，忘了再看看她的脚。也许能从她走路的样子中，看出她为什么突然对他冷淡了。他曾受过很多人的冷淡。刚分到骑兵连那会儿，几乎所有的"盲流老兵"都不把他当一回事，所有这些老兵的老婆都想方设法戏弄他。他无所谓，不在乎，唯独不能忍受昨晚苏丛的冷淡。她有她冷淡人的权利，但他得知道自己为什么会得到这样的报应。等他又拐回苏丛屋前，她早已起床，穿整齐了，包括黑皮鞋，像修女穿的，老式的，尖尖头，把整个脚都严严实实包裹起来，再系紧黑黑的鞋带，深色的长裤宽大而飘荡，一直垂落到鞋面，遮去了一切。但还是看到了鞋。她像神经错乱的耗子，来回忙着倒腾东西，把一面面或大或小的玻璃镜搬出来，椭圆形，菱形，大多是长方形，把它们竖起来，架在对面那排平房的屋顶上，或者是窝棚上、柴火垛上、鸡窝上、拴铁丝的木桩上，连续地在她那窄长阴暗的过道里，再支起一面面镜子，把清晨那一点并不大红、但又并不太黄、并不太白的阳光，折射到她那些贮存着七千零一份血样的木制试管架上。随着太阳升移，她又忙着变动镜子们的角度，在那个有点弯扭的木梯子上，爬上爬下，很利索。她搬出个樟木箱子，斜支在墙根前，打开盖儿。他不知她要晾什么，因为这纯粹是个空家伙。她把一件黑长袍挂在门的左边，五斤黄小米摊开在门的右边，并且在门上画向日葵。一瓶瓶广告颜料泼到墙上，又溅回来。向日葵越来越黄，她的手上脸上深色的工作大褂上都沾着向日葵的花粉花瓣。当太阳完全从汪得儿大山山背后跃出，灼灼地已容不得人对它直视的时候，她便赶紧收下镜子，把它们藏到樟木箱里，一层镜子衬一层旧呢料裙。当她抱出那么些旧的呢料裙来拍打时，大来又一次闻到了那样一股属于阿伦古湖底淤泥所特有的气味，只是这一回有些干呛了，好像站在湖边的一个什么石灰窑中间。

他没走过去跟她说话，怕再一次受到冷淡。她也没看到他，没顾得上。当她脱掉工作大褂后，他才看到她穿得很单薄，一件短袖的圆领府绸内衣。每一次举起手来时，便能看到她腋下茸茸的稀疏的汗毛，能感到她内衣下无奈的波动。他愣怔住了，因为她的颈脖，的确像牙雕那般圆润冰凉细洁。后来她向院后走去。院后有几棵几十米高的青杨树，青杨树拔起在高地的边缘。漫坡上一袭干草柔软而萧索，她便站定在青杨树下，顺着高地下那朦胧升腾的紫色的氤氲，不再看沟壑底里缘沿着峭壁行走的毛驴车队，不再看干河滩里尘土飞扬，不再听空阔中无所谓远近的喧嚣。她紧紧抓住自己的手。

不久，有人专程从哈捷拉吉里镇给大来捎来口信，说爷爷病得不行了，让他赶快回去瞧最后一眼。连长准假。车到阿桦河边，天还黑，大约只在凌晨三四点光景。河面上找不到摆渡的船，满河都是黏稠的波动声。河对岸才是哈捷拉吉里镇浸湿的土地和丑陋低矮参差灰暗，还有新起的水塔楼房，都在凉飕飕的风里，叫他觉得生疏、古怪，甚至虚假。汛期的浑浊冲刷岸脚残破的苇丛，一个漩涡紧连着一个漩涡。与好像要膨胀出河堤的河水相比，对岸的古镇就显得太呆板、细小。小旅馆的门还没开。新盖的酒厂也只证明所谓的镇街，只是一条根本不起眼的最常见的砂石路。

大来竖起大衣领，刚觉得那阴沉的天空在凉丝丝往下掉点儿了，近边一片小林子里便走出了几个人。有人低声喊："是大哥吗？"听得出是二叔天观的儿子小来。小来是个瘦而不弱的小子，但阴郁古怪。一直对全家器重宠爱大来，很不服气，但又从不把这一点不服气摆到脸上。他在镇子副食品门市部肉案上掌斧，才十六七岁，就阴冷得叫人不敢往他那板斧跟前靠拢。他已经奉命在这儿等候两个早上了。

"爷爷咋样了？"大来赶紧问。

"回去你就知道了。"小来斜起眼瞟了瞟大来。大来手里提着一网兜水果罐头和一些细点。这些吃食东西，在一般大合作社的货架上是看不到的，得托人到库房里去搞。一向在副食品门市部干活儿的小来自然清楚这一点，对此他感到意外。他向来瞧不起大来，觉得他过于正经老实，缺点活气儿，折腾不开。他总想，假如自己是大伯的儿子，是长房长孙，全家人对他另眼相待，都来为他创造条件，他准比大来有出息。最不济，也不会为一个什么女教员的脚，被学校劝退，丢失去兰州西安北京上大学、在大机关挣工资的机会。

一旁有几个跟他一同来的小哥儿们在伺候着。他吩咐他们，从河边的水杞柳丛里拽出一条小船。到河那边，大来才看出，过河前所感觉的古怪，是因为镇子好像刚遭了劫：中心小学的校门被拆去大半扇；所有教室的窗户全用红砖垒上了，各留一个枪眼儿；大合作社护窗板上刷上了大字标语，是打倒枪毙油炸热煎七叔天一的标语；还有针对他们老肖家的大小字报飘零在街头；兽医站后头的树全让砍了；镇公所的墙头上留着一片又一片子弹钻出的眼眼坑坑，跟麻点儿似的；所有黄狗的脊背上都被点上了红油漆。

全家的人都在等着大来。

"你总算回来了。"大姑天桂未曾开口，眼圈先红，赶紧给这位当了标杆儿老兵连副连长的大侄儿沏茶。

"路上还好走吧？"二叔天观拆开一包"恒大"，递了过来。

很有些堂弟表妹，则把眼光盯在了大来腰后鼓鼓囊囊挎着的那支美制"加拿大"手枪上。老式枪，笨重，子弹少，但打得远，有准头，还带标尺。连长说给他换一支国产"五四"，轻巧些，他没在意。换不换，无所谓，他不相信自己真的会使上它。他天生的不喜欢枪。

玉娟也来了。她已经跟朱贵铃过了。没过上几天安稳日子，随着迺发五受到冲击，朱贵铃从独立团团长的位置上被拿了下来，生产科的一帮年轻人也起来造他的反，他被分到一个很背静的配水点上去配水。玉娟只好跟着走。那是一个只管一个渠口的小配水点，只有他俩，一间地窝子，几分菜地。离最近的居民点，也有一公里多路，整天见得最多的是渠帮上的荒草和堤头上的旱柳，还有地平线那一溜光秃秃的土包。到配水点以后，朱贵钤脾气变得很坏，所有的家务事都推给玉娟，不许她接触任何一个男人。他自己则一刻也不离那个电话机，除了在规定的时刻里按常规去测定水流量或按水管站的指令启动闸门，调剂水流量外，他从不离开那电话机。现在，这是他跟外界唯一的联系。他盼着有人给他打电话，接电话时，总情不自禁地做出唯唯诺诺的样子，希望对方跟他多说几句。电话坏了，他就像热锅上的蚂蚁，一天往通讯站跑几趟，求人家来修理。农场里，有线广播和电话，用的是一根线路，到广播时间，电话就不通了，拿起电话便能听到广播节目。这时他把电话听筒放在桌上，静静地听，贪婪地听，什么也不能来干扰，这时吵了他，他真会去拿刀。有一回玉娟抓鸡，吵了他，他冲出地窝子，抄起一张小板凳向玉娟砸去，在玉娟的额头上砸出一个不小的口子，留下一道不短的疤痕。每天晚上他都要纠缠玉娟，要玉娟亲他，摸他，他自己却怎么也硬实不起来。他就狠狠地掐玉娟，恶声恶气地问玉娟："你是不是讨厌我了？是不是嫌我老了？你跟你一家是不是都瞧不起我了？"更多的时间，他总在追问，为什么跟他圆房的头一夜，她就已经不是处女了。结婚前，她到底失身给谁了。"给我老老实实说！"他骑在她身上捶她。只有这样，他才觉得好受些。

十分钟后，大来便得知，爷爷没病。爷爷活得挺硬朗，只是干瘦，仍住在老宅门前树上的木板窝棚里，只羡慕那些有药吃的人。他总在大把大把地吃药，身边藏了各种各样不知从哪儿"偷"来的药瓶。他必须大把大把地吃药，心里才踏实。不管见了谁，他都求人家给他抓药去，而且还只肯吃西药或中成药。其实他没病，或者说，犯的是药瘾，一天里不吃一大把乱七八糟的药片药丸药粒，就没着没落，就跺脚大喊："你们盼我早死呢？"他把过去藏下的那些紫砂茶壶，那些临摹伪造的名碑名帖，文房四宝，茂叔爱莲，渊明对酒，五婴相戏，瓜茄吉祥，香草鱼藻，涵朴精雅累堆杂陈，仿佛"广陵锦镜铜器，会稽吴绫缟纱、南海玳瑁象齿，豫章瓷器茗铠"……都拿出来堆在自己身边，板棚里只留一点伸脚的空地。

他们叫大来回来，为的是他七叔天一。

天一被河对岸的人抓了去，差一点被打死。放回来，昏迷了七天。一直还在尿血。虽然醒了转来，细碎的骨渣和断裂的脉管，仍使他疼痛得说不出话，没半点力气把自己的脑袋支撑起来。

打天一的是不愿看到阿伦古湖水被引走的人。他们的祖父或曾祖父的确是流放来的"钦犯"。但他们自己却实实在在已做了几代良民，他们离不开这片湖水。是的，日后还可以到高地上种地、刨土豆、栽花生、腌莲花白疙瘩、熬苞谷糊糊，可上哪儿去逮鱼？渔网，渔钩，渔叉，那样一个跟小草房一般大的鱼的头盖骨。上哪儿去梦鱼姑娘？女人奶膀子上的鱼腥。每年四月二十，谷雨前后，那条红脊梁黑尾巴的鱼王，摆动着船似的身躯，再来找谁要羊头猪头？谁他娘的生来就该着替你车后喘马前垫？该着睡斜尖儿炕吃瞪眼儿食？谁他娘的是八辈子一根开不了眼的棒槌槌，叫你姓肖的把掐把拿着随便抻练？！四镇十八村都得在你肖家下巴底下滴溜溜打转听喝肝颤？白儿搁张，由着你使玻璃绳捆，抠嗤哑吧，还让人觉着我们只会这么小模小样扭摆？六！现如今，既然允许大伙开口说话，那就来说道说道。于是他们一次又一次组织人往河这边冲，最后一回竟让他们把天一给逮了去。要不是哈捷拉吉里镇上的人跟肖家还齐心，带着火铳长矛大刀雷管霹雳连珠爆，又去把天一抢回来，天一这条小命，这会儿早上肖家祖宗那儿报账了。

天放没敢让天一住镇卫生所，那样目标太大；更不敢送他去县人民医院，怕半道上被人截；甚至都没敢留他在家养伤，怕祸及肖家其他老少男女众生灵；只去镇子后头一个岗子地槽子沟里头，找了个早八百年就让人废弃的大地窖，收拾一下，把天一藏那里了。地窖顶上堆不少柴草。到天将黑未黑时，天放把大来带到他七叔床前。

一路走去，天放不说话。他阴沉得厉害，脸颊两边的皮肤全松耷下来，像一张张生了霉斑的老豆腐皮子堆叠着。他真显老了。他手背上的老年斑积淀起太多的黑色素，积淀了太多的焦虑劳累。这大半生，对自己做过的每一件事，从来不知后悔的肖天放，现在真有些后悔了。他不让任何人知道他在后悔，但他不能瞒过自己。他不想后悔，但他没法阻止这种被所有没出息的男人女人所定名为"后悔"的虫子来咬噬他早在淌血的心肌。也许当初就不该答应在引水工程问题上帮迺发五他们这一把的。明明知道水走不出大裂谷,自己却昧了良心。假如有那么一天,阿伦古湖水真的一点不剩地在大裂谷里漏泄个精光,四镇十八村的父老乡亲真的将面对一个完全干涸的湖底,他们的土豆地只能种花生或只能长那些扎扫把的草,他们的渔船只能堆羊粪、起狗窝、搭晒破布片,他肖天放再怎么见这些乡亲?他们在这窝搭住过了三四代人。还有他的大苇荡……那时时会浮出的黑云,还会出现吗?那总会四散的腥味,还会四散吗?那一代代绿色的火舌,还会像闪电那样在密不透风的苇丛里游走吗?而汪得儿大山跟前,这一马平川的盆地上空,还会有潮湿的雷声哀怨的乌云和凝重的东南风吗?失去了阿伦古湖,汪得儿大山也许就会变成另一座火焰山,这又叫大来娘上哪儿藏身?

哦,大来娘……

天一依然还没力气说话。得知大来来了,过了好大一会儿,泪珠才慢慢从他干瘪的眼角里滚出,好像两颗带着杂质的黏油。他终于睁开眼,细细看住大来,嘴角一阵阵抽动,好似要说些什么。大来赶紧说:"幺叔,我一半天还不会走,你好好歇过劲儿来,咱们再聊。我回去给你找好药。"

天一艰难地笑着摇了摇头,刚喘气般挣出断断续续的"别……麻……烦了……"就被又一阵咳呛堵住。从他那被折断了的肋骨戳伤的肺泡里,即刻涌出大量带血的气沫。从镇卫生所挑选来专门护理他的两个大夫护士忙上前用吸管帮他吸出堵在气管里的凝血块,尔后又是好一阵剧疼般的喘息、痉挛。

"大来已经被他们团里正式任命到零七连做副连长。那可是个营级单位加强连……"天放想用这好消息来安慰天一。没想,这番话反而在天一心里激出了一种难以忍受的精神的痉挛,使他脸色再度青白,喘得接不上气,一些淡淡的血丝再一次随着只出不进的气息,从紧紧咬住的牙缝里嘶嘶渗出。

天放不知道自己在哪一点上触动了天一。他顾不得去细想,慌忙叫来大夫护士，让在场的人好一阵子忙乱，天一才又慢慢平静。

"回去吧……"天一嘶哑地又挣出三字。抖抖地在床边上竖起几根水竹管似青白细长的手指，想去拉住大来，嘱咐他什么。

大来心里难过。所有的长辈中，他最看重这个幺叔。幺叔只比他大六七岁七八岁，可以说他们是一起长大的。他对幺叔，不仅有对长辈的尊敬，还有对兄长的亲近。他捧住幺叔冰凉的手，想说些安慰他的话，但细细一掂量，没有一句话能真正熨平幺叔心里所有的那些郁忿，没一句不是废话。他便一句也没说。天一这时疲累已极，闭上了眼睛只做假寐，被大来捧住的那只手，不时在不由自主地痉挛抽动。

天放曾跟天一商量过，万一不行，就放弃了那份跟木西沟方面签订的合同，不再硬抗着坚持要把引水工程干到底。

"你现在不怕得罪迺发五了？"天一不无揶揄地笑道。

"嗨，不是那么回事……"天放脸红了，"咱们也别叫一根筋拧住了窝在夹板缝里待着……"

天一却蔫蔫地笑，回道："您瞧我是一根筋拧得住的人吗？我要真那么憨傻，认死理，也不至于……不至于……"天一长叹口气，眼眶潮红，没紧着往下说。天放知道他要说什么。天一从不回头埋怨大哥，每一回话都说到这份儿上打住，兄弟俩便各自垂下头去沉默自责。但那天，天一却没就此缄口不语。他直了直腰，让酸疼的后背换一个姿势受劲儿。自从那一回后脊梁上被天放拉了那一刀后，他整个身子——主要是上半身，就一老那么斜拧着，让人觉着，他总在找谁的岔子，琢磨着算计谁。其实，自从出了那回事，他变得特别宽容和善，有时甚至让人觉得他宽容和善到了散漫散淡的地步。他不再去争个啥。不想争了。"哥，您不用脸红，我明白您这节骨眼儿上撤退，也还是为我，为我们老肖家着想，怕一道箍儿死凿，到末了竹篮子打水，白玩。咱弟兄几个，几十年，挣到这一步，的确不易，犯不着为那姓迺的倒贴老本，把哈捷拉吉里镇全输进去。我天一也不想在谁跟前充大瓣儿蒜，当盖世英雄，不想跟别人比。不过，有一家兄弟，过去您给我们讲的，我老忘不了，我想您大概也不会忘了，那就是老满堡的白家兄弟。倾家荡产修铁路，的确动人，咱们不以成败论英雄。说实话，不管你升什么旗唱什么歌打什么鼓点发什么誓，不管他俩怎么死又怎么烂，阿达克库都克都不会忘了这一对哥俩。谁能说他俩干的一切是粪叉子下河，多余的一档子事？！咱老肖家哪一点比他姓白的差？"

"听说那白老大没死。还在索伯县城兰镇里待着。白家……肖家……不比了……"

"要不想比，就一老也比不了。"

"比不了的，也不止老肖家一家。"

"可我们是老肖家，大哥！"

"大哥老了……"

"老肖家不会老。"

从地窖里出来，天色将晚，浑圆的落日在浓重的暮霭里，渐渐失去耀眼的光泽，而阿伦古湖却在扁平地反照出千片万片金灿灿的鳞斑，同时也在闪烁中，往地平线下收缩沉落。

天放没照直地按来时的路，带大来回镇子。却带他上了近处一个草木丛生榛莽遍地的岗包。大来看出父亲有话要跟自己说，便不催促，只是跟他往榛莽深处蹚。

这次回来，大来也看出，父亲大不如从前了，动作迟缓，眼神犹豫。他常常回到小土包后的那幢将要坍塌的老板房里去，不知不觉地就走回去，似乎只有那儿才有某种他祈求的安逸、急需的空白，那种短暂的遗忘的淹滞的啥也没啥的忽而惊醒的空白……跟天一谈过那番话后，他曾深深自责过，自责自己为什么竟不如天一，还能想到老肖家在阿达克库都克还能做点啥，死活还要去跟那早已没影了的白家比照比照。

做点啥？

可以跟儿子商量商量吗？儿子……

有件事，他既没告诉天一，也没告诉过大来。这一段，他在肖家那幢老板房里藏起了好几十位老人。他们都是从前那个老满堡联队的人，许多还是当年"力巴团"的弟兄。前一段，各地在清理"旧军人"，他们的日子都不太好过。他们知道，"肖支队长"，在哈捷拉吉里镇有一方大地，便不约而同都来投奔。先是一两个，再是三五个，尔后十来个，没想越来越多，现在老板屋所有的大房间小房间，连过去存放腌鱼的地窖和酒窖都住满。天黑狠了，只得悄悄匀出一小部分住到大树上那几个窝棚里去，白天再回屋来，一块堆闷头烧莫合烟，还不敢敞开窗户大声喧哗。

这几十个老家伙对肖天放说："支队长，你要有法子闹到枪，我们管保再没人敢越过阿桦河一步，跟老肖家有半点过不去。"

是的，要是有几十支枪，老肖家不用发愁了，哈捷拉吉里镇不用发愁了，阿伦古湖也不用发愁了。

枪，谈何容易。但儿子手里有枪。

可怎么跟儿子开口呢？他知道儿子这个连看守的武器库里存着的枪，足够他十个一百个哈捷拉吉里镇自卫用的。只要说动"副连长"配合，他能取到枪。

但作为一个老军人，他明白，他真要这么做了，无异于把儿子往死里送。

他当然踌躇。

还有没有更好的招数，既不把儿子牵扯进去，又能取到那库里的枪呢？

他还想问问儿子，阿伦古湖水到底能不能走出大裂谷。他想让儿子带他走一趟大裂谷，再听一听，还有没有那水漏走的声音了……

大约就在天放想开口还没来得及开口的时候，玉娟慌慌地跑来说，有二十八九个骑马的人，包围了老肖家，指着名，要大来出去见他们。

"哪儿的人？是河对岸的？"天放问。

"不认识。不过不像是河对岸的。不少都穿着灰军服。"

"兴许是独立团的。我去看看。"大来说着就要走。

"你别急着上前。我看来者不善，要是独立团的人，他围咱老肖家做甚？我去探探虚实，回头叫玉娟来跟你通情况。你就在这儿待着，别动弹……"天放叮嘱。

365

"爹，我能对付……"大来不放心父亲。

"你能对付一个两个、十个八个，你还能对付他二十三十？"天放横了他一眼，便带着玉娟匆匆走进夜幕。不大一会儿，玉娟白呲着脸，又跑了回来，对大来说："他们……他们把爹带走了……在咱家堂屋里还留着几个人，非要见你。二叔大姑叫你快去幺叔地窖里躲一阵，千万别露头。"

大来听了没言语，根本没想去幺叔的地窖藏起自己，跟玉娟一起悄悄潜回家，去自己房里，枕头底下掏手枪。玉娟扑过去，使出全身力气，摁住枕头，不让大来带枪："好汉不吃眼前亏，你不能跟他们来硬的。"玉娟真要哭了。

"你兄弟不会恁傻，快，一边待着去。"大来温和地笑笑，掰开玉娟摁在枕头上的手，取出手枪，去堂屋里一看，等候着非要见他的竟是集民县原先那个骑兵连的几个老兵，都戴着顶破军帽，油泥早把帽圈染黑，帽檐多一半都耷拉下。而在镇市梢那个废弃的杂草丛生的院里，黑压压一片，蠕动着马的脊背和散发着臭牛皮味的马鞍。天放被他们围在台阶上，他一见大来玉娟，便急得直跺脚，大吼："谁叫你们来的？有你们啥事？"没等大来作出什么反应，那一帮人便把大来也围住了。带头者，仍是张满全。这时，大来和玉娟同时看到，在一边的墙犄角旮旯里，还蹲着个朱贵铃。黑条绒面的驼绒短大衣，臃肿地在他腿两边撒开沾满灰土的衣襟，脸上斜起两道新落下的伤痕，也红也黑，一只眼泡肿起老高。面前有个小马扎，他不敢坐。另有两位张满全带来的人，一左一右分坐在他两厢，紧紧看守着他。

骑兵连被拆散，但张满全却一直没死心。兴许是天性，他没法在一个地方老老实实待上一年半载。他喜欢在这块土地上跑来跑去，住各处的收容所，把油腻的背包单肩挎起，背包里有半副扑克牌和一条紧折起的灰棉毯。他想不通，这世界为什么总是只许一小部分人大声嚷嚷，而剩余的那些人，就只有悄悄听着的份儿。他想嚷嚷，偏要找找它的茬儿，牙根儿痒痒。他一直在那七封匿名信上下功夫。他通过各种关系接近那些能获知阿伦古湖和大裂谷秘密的人，寻找他们的笔迹，右手的，以至左手的反复对照。最后他终于查出，匿名信是朱贵钤的"杰作"。

朱贵钤那时并不相信肖天放说的话，不相信什么大来的预感。但他的谨慎、本分、细心，却总使他面对天放提供的这个情况无法安生。于是他偷偷地叫回自己两个儿子，让他们重新勘察大裂谷。尔后他独自一人，用那台老掉了牙的手摇计算机，关起门，计算那所有勘察所得的原始数据。全部的材料有二十公斤重，他都装在一个铁匣子里，埋在老满堡种马场环形大屋中央天井的一块大石板底下。他没有使用通常的方法计算。他使用的是世人所不知的尚月国人的计算法。结果是，大裂谷无论如何都经不住阿伦古湖水的冲击。到那一刻，整个大裂谷都要坍陷，也许还要带动汪得儿大山的剧变，也许会沿着阿达克库都克新旧褶皱带的交接部出现一条新的撕裂带，而阿伦古湖则将用它黑蓝而又纯净得不能再纯净的水，淹掉阿达克库都克荒原已经开发成的那几十个农场，或者被大裂谷底下那亿万年前形成的大溶洞吸收，和当年的尚月国一起，汇集成一个泱泱的地下湖，永无天日地在黑暗中涌动。朱贵钤不相信自己的结论，他一遍又一遍验算。他不敢冒犯逦发五，不敢上前去说个不字。但他清楚此事的利害关系。他知道工程建成，要放水的那一刻，他自己也会在现场，尔后绝对要发生的事，他不敢细想。得找个"大炮筒子"来替他把这事往外捅！把所有的熟人、半熟不熟的人都筛了十八遍，他看中了张满全。他开始给他发匿名信，他希望借张满全的折腾，去引起广泛的注意、复查、验算……他没想到张满全竟找到了他。张满全知道这家伙轻易不会说出真情，但他一定要得到这个真情。他把那七封匿名信拍在朱贵钤面前，朱贵钤装迷糊，不认账。张满全叫人用树条子抽他，他尖叫，翻滚，求饶，两个腿弯和大腿根几处都被抽紫、淤血，他还是不说。张满全最后一招是向朱贵钤抛档案，从一个借来的皮包里掏出两份影印件，一份是当年会议记录的影印件，一份是当年批准对朱贵钤等人执行逮捕进行劳动改造的命令的影印件。那个会议有逦发五参加，那份命令有逦发五的签字。

朱贵钤的精神防线顿时崩溃了。

但他还挣扎了一阵。

他说："这两份影印件是假的！你们不可能得到它们……"

张满全不反驳，继续从那个借来的皮包里往外掏材料：朱贵铃的全部档案，宋振和的全部档案，直至遁发五的全部档案副本影印件。

还要说个啥？

朱贵铃软瘫下来。

他恨张满全撕碎了他对遁发五的全部信赖和依赖。他必须依赖一个人，他毕竟不是他那一生强硬的祖父，虽然他也早已做了祖父。

"遁发五当年下令逮捕我，这不能说明啥。我当年的确有罪，我是应该被捕，应该接受劳改，应该受到那样的惩处的……"他哆嗦着还在抵御。

"我没说你不应该，我只要你头脑清醒清醒，用不着死跟着遁发五。希望你在阿伦古湖引水工程上，说实话，做一件你应该做的事。"

朱贵铃再说不出啥来。

他终于交出了那份重二十公斤的勘察报告。

现在张满全对肖天放和肖大来只想说一句话：这二十公斤勘察报告，是由肖家人向阿伦古湖四镇十八村的人公布，还是由张满全代为公布。

假如由张满全去公布，不出三天，愤怒的四镇十八村人准定会来踏平肖家。他们肯定会认为，肖家有意隐瞒了自己家这位"老女婿"的勘察报告，为讨好遁发五，而置四镇十八村人身家性命于不顾。最可怕的是，哈捷拉吉里镇的人因此也会被激怒，加入反肖家的大军。在目前这个情势下，没人会冷静地细究细问个什么。一片草原干黄，太阳灼热，不引火种，只凭太阳那点烧劲儿，也要起火了。况且再扔下这一大桶燃烧着的汽油。

"把朱贵铃和他的勘察报告都交给我。"肖天放知道，张满全绝不会无条件这样做，但眼目今，只有这一种选择。

"你能阻止遁发五他们这种不计后果的疯狂行为吗？"

"你要是信不过我，还跟我谈什么呢？"

"我只是想帮你父子俩一把！"

"你要我们做啥？"大来忍了半晌，再也忍不住了，插嘴问道。

"帮助我占领独立团武器库。"

"你疯了!"

"疯了的不是我!"

"你要武器库做甚?"

"不让逦发五用它来对付我们!"

"有这种必要吗?"

"我想肖家父子都是绝顶聪明的人,应该明白光靠抛材料还不能迫使引水工程停工,更不能使那已进入工地的几万民工撤出工地。伟大领袖毛主席教导我们,扫帚不到,灰尘照例不会自动跑掉。所以必须强占工地。不控制武器库,是办不成这件事的。我决不连累肖连长,到时候,你只要能放我们进零七连的警戒线,以后的事,都由我和我的人来办。"

"你把朱贵铃的勘察报告留下,别的都好说。"

"不,等占了武器库,我自会告诉你到哪儿去取那二十公斤资料!"

"肖家刚有个好日子过,你……你们……这是做甚呢……做甚呢……"

"肖天放,除了老肖家,再想想老张家老王家老赵家老李家吧。"说完,张满全留下朱贵铃,限定肖天放四十八小时后回话,带着那一帮马队,呼啸着向他们来的地方去了。

张满全刚走,肖天放就圆睁着布满血丝的双眼,扑向朱贵铃,一把卡住朱贵铃的喉管,吼道:"我的指挥长,你瞒天瞒地,为什么偏偏要瞒我这个把女儿都给了你的可怜虫!"要不是大来和天观等人解救得快,朱贵铃那根皮皱肉厚的脖颈儿子,当场就会像根老黄瓜似的折断在近似疯狂的肖天放手里。

第二十七章　最后一扭

　　大来回到零七连的当天，就看见武器库所在的那个土山上，竟停着一辆黑马拉着的篷篷车，篷是白篷。他一惊，他想起张满全的计划。他急忙问哨兵，谁准许那辆车爬到武器库顶上去的。深藏在土山大漫坡腹内的武器库很有几个通风口，都在那土山顶上。人可以从通风口悬入库内，所以，土山顶一直被列为绝密级警卫区域。哨兵却告诉他，这辆白篷车已经在土山顶上等了他三天了。她们是经宋团长的批准，来找你肖副连长的。

　　不一会儿，车里下来四个白大褂，捧着医用的白搪瓷盘和全套的取血样器械，来找肖大来。这三天里，她们已经取了零七连全体官兵的血样，只缺副连长一人的了。问清了她们是苏丛手下的护士，肖大来对她们说："我的血样取过了。回头问你们的苏大夫吧。"

　　四个女人很不满意地灰白着脸，同时后退一步，动作整齐划一，非常标准，好像不仅受过长期严格训练，而且每时每刻都有人在暗地里给她们下着口令。她们都长得高大、干瘦，有一张颧骨高耸的马脸，白大褂里都没穿长裤。四个人穿了四双解放跑鞋。这使大来感到滑稽。她们继续后退，步调完全一致，上身挺得笔直，眼睛严厉地注视着大来。退到第七步，她们又一起向后转，这才各使各的小碎步，快速向白篷车跑去，仿佛大来在背后拼命追赶她们似的。大褂高高扬起，显露出她们灰白的大腿。

大来回到自己屋里不久，哨兵来报告说，又来了个女大夫。大来预感到这回是苏丛，他忙跳起来去开门。果不其然，是苏丛，只是瘦了一些。

苏丛第一次取了大来的血样后，初步的化验，怎么也得不出准确的常规数据。她怀疑化验仪器失常，试剂变异。她惊诧极了。她立即带着大来的血样赶到省城，找医学院的教授或副教授。她自己在他们专用的化验室门外焦急地等待结果。

"你拿来的是动物血，跟我们开什么玩笑？"教授或副教授和苏丛说话时，竭力不瞟苏丛那过于秀挺的胸部，只去注视那尊立在苏丛背后、他们已熟悉透顶的人体经络穴位塑像。他们的白大褂上净是黄褐色的药水斑渍，脚上的拖鞋过于肥大，袜子皱缩到脚踝下，裤管又短了一截，露出干巴发黑的腿杆儿。

苏丛坚定地强调，这血样是她亲手取自一个年轻军人的静脉。

"不可能……"教授或副教授游移着把视线落到苏丛激动困惑的脸上。"有人跟你开了玩笑，换走了你的血样？"

"不可能，从取到它的那一刻到现在，它从来没离开过我的视界。"

"那也不一定。比如，你那位可爱的丈夫……"

"我现在没丈夫！"

"那么……你觉得……我这个血液学教研室的副主任，省人民医院化验室主任，连人血和动物的血都分不清？"

"可这……怎么可能？他跟你我一样，有名有姓有父母姐妹……"

"这正是我想问你的……"

苏丛决定再找一次肖大来。她一到独立团，宋振和和苏可曾联合起来追问，她跟这位从前的学生到底是一种什么关系。现在当大来又一次出现在自己面前时，她却脸红了。他没问她为什么要再取第二次，他信任她。她曾使他知道，人完全可以用跟别人很不一样的方式去穿去吃去走路去笑去哭去喊叫去生活。拔出针头后，她拿酒精棉球替他按揉那小小的出血口，她柔软细长的手指不时触碰到他壮硕的胳膊——皮肤光滑而富有弹性。

她甚至都忘了他浓稠得像酱汁的血。她一直低着头，她感觉到他在直愣愣地打量着自己，那激动不安的目光顺着她的头顶，一直滑向她密密地长着细小茸毛的后脖颈儿。

后来她说她要走，他送她回团部。月色宜人，田野开阔。他替她背着器械箱，慢慢走下高地。她则抱着那个存放血样的小小不大点儿的冷藏罐。冷藏罐外壳上印着一个白色的十字，还写着几个中间打点儿的英文字母，好像是一个什么国际机构的名称缩写。他俩走得很慢，不时抬头去看朦胧的山脊。有人说，晚上别往远处看，白天别往近处看，心里就不会害怕。但此刻他俩都想让自己害怕，都想做一两件出格儿的事。特别是她，挺喜欢这种冲动，在这种愿望的逼迫下，她甚至怕冷似的打起战来。她并不想说话，只想留在这并没实际行为的冲动和压抑中。

"你跟别人不一样……"也许是他，也许是她，这样说道。

"你也是。"这好像是苏丛的声音。

"是的，我出生在那么偏远的哈捷拉吉里，我在阿伦古湖带雾的腥风里长大。我爹每一个巴掌都能叫我鼻子牙龈出一次血。我从来不知道女人的脚还可以那样的白……"

"我不是那种意思。"

"不用解释，我明白我自己。"

"不，我的确没半点意思，想把你看得很土很糟糕。我说你跟别人不一样，是因为我觉得……而且我有确凿的证据，你来自另一个世界。你所做的一切，只是在寻找你原来的世界。你并不在乎在我们这个世界里得到什么，或失去什么。"

"不，我在乎。"

"你并不了解你自己。"

"从前我不了解，现在，了解了。"

"你做了你自己的教师。"

"我们每一个人不都是自己的教师吗？"

"太多的人做不到，不是他们不愿意。"

"苏老师……有句话能让我大着胆儿，说出来吗？"

"你要说啥？"

"你听了别见怪。"

"可我还不知道你到底要对我说啥哩。"

"那你就再考虑考虑。"

"怎么，不想说了？"

"啊，没什么……"

"怎么又'没什么'了！"

大来不作声了。

第二天清早，天麻壳笋似的刚有点泛青，哨兵来通报，那个女大夫来了。大来这一夜根本没睡，忙熄了灯出门，只见苏丛远远地在连部外头那座瞭望哨棚下站着，好像长在那儿的一棵女贞树。她没带大衣，只裹了条招待所里的棉毯就跑来了。他要带她进屋去，她不肯。

"我还得去赶班车，别瞎耽误工夫了。快说，到底要跟我说什么，我想了一夜，决定了，不管你说啥，都不怪你。"她笑着。声音发瓮，好像有点感冒。

"就这么……待在外头说？"他反而拘束起来。

"哎呀，你怎么那么多事儿？到底要说啥嘛！"她叫道。这时，他俩已远远地走到了高地的边缘，脚下磕磕绊绊净是碎砖和石灰。这里曾计划修筑炮台，刚开始备料，计划便被取消。草的枯叶上结满浓霜。胡杨树古怪而阴沉，大多数低矮粗壮，枝叶像悍妇的头发一样蓬乱。黑团团的鸟窝，有白颈鸦的呱叫，扇动悠长的翅膀，脊背上黑色的羽毛在幽微的晨曦中发亮发颤，酷似上等的绸缎。

"让我拉着你的手说。"大来鼓起勇气。

苏丛一震，倒退了一步，忙转到树的背后。他却逼了过去。她伸手去推挡，灰黑色的棉毯蛇蜕似的软溜溜滑落到她脚边。于是他抓住了她冰凉的手，觉得她的手原来这么小，这么柔软。

"苏老师，假如我根本不是你说的那种人，我根本没那么好……或者我根本就不是个人，你会怎么看待我……"他怕她疼，没敢使劲，即便是这样，她仍无法挣脱。

"别胡说了……放开我……"她躲到树后，把红热的脸贴住粗糙的树皮，呻吟着。

他执意不肯松开她。可是看到她竟是那样的慌乱、难堪，他也慌乱了，不由自主地松开了她。她顾不得去拾棉毯，退得远远的，惊惧地下意识地揉搓被大来捏疼了的双手。

大来显得垂头丧气。他不满自己一时的冲动、鲁莽，呆呆地站了一会儿，便去拾棉毯，抖掉毯上的尘土草屑，向苏丛道歉。她不知道该怎么答复他的道歉。她觉得自己比他还难堪。她觉出有一瞬间，他想把她拉进怀里。她想不到他会这么粗鲁。她觉得自己推拒的还不是他的粗鲁，是另一种什么她不敢接受的逾越。它究竟是什么，她说不清，很惶惑。

肖大来脸色苍白，扭过头去看一无所有的荒野。那是一片叫东大洼的荒野，绵延在高地的下边。假如有太阳，那会是一片焦黄，焦黄里稍稍泛出一点棕红。但这时却没有太阳。槽子地头撂着一台生锈的马拉播种机。几棵斜长的钻天杨高耸入云。听不到拖拉机和牛群的迟重吼声，只剩下遥远空寂。

"对不起……"他又重复道，很想解释清自己刚才一时的冲动，而这种解释必须在得到对方很亲近的表示后，才能进行。他寻找这种彻底透明的亲近，他要叙述自己。这一向，他的确感到自己在古怪地变异，常常忍不住在自己屋里无目的地走动。从表面上看，他比任何一个老兵更像老兵，着装规整，步履孔武有力，作风粗放干练，目标明确但又带着很大的随意性，而且慷慨大方，温和地罗锅起他那已过分高大宽厚的背脊，垂下他那双奇特地白净的双手。但实际上，他无所适从，他总想从一个什么绷紧的壳里挣脱。连里的文书经常瞧见他在自己屋里，在一堆堆书的中间来回穿行。他在屋里钉了许多搁板。他有时烦躁到一天之内同时看如下的几本书：非洲人塞塞·塞科·恩关杜·瓦·扎·卢希写的《黑色DNA的转移》——这一长串名字意译过来，就是"卢希村这地方的比辣椒还要辣的像烧焦了

374

的土地一样伟大的儿子"——还有法国人帕斯卡写的《思想录》，罗海依姆著的《万物有灵论、巫术和天帝》，亚历山大的克里门特写下的《告诫古希腊人》三部曲，罗马哲学家采利斯的《老实话》，日本人福岛邦彦的《视觉生理与仿生学》和一部中国人写的《飞机空间机动飞行曲线运动和质心运动方程式》。还有一本已被他撕得很薄了的《北京及晋冀鲁豫老区方言词典》。这本词典他已看了半年多，每背熟一页，便撕去一页。他不停地在书堆中穿行，随手抓起这些书中的一本来阅读，飞快地跳读，丢下这本又去抓那一本。每一回结束这样的穿行阅读，他都会累得四仰八叉地倒在小屋的地板上，再没半点力气挪动一下酸软的脖颈儿或身躯。但他会觉得无比的满足。那些天里他常常做梦，梦到在一个崇山峻岭之中的小火车站上，他独自一人候车。雨从小山背后的小林子里飘来，空空荡荡的月台上淡淡地飘散着掺和起硫黄味的煤烟。候车室的红砖墙并不冰冷。那些小山丘上长满细密的茅草。他总想回到候车室温暖而幽暗的门洞里去。他总看见两个长得一模一样的女人，穿着一式的白连衣裙，提着同一牌号的小皮箱，在检票口等着他。她们不说话，只微笑。她们一边一个挽起他胳膊，带他向那浑圆的隆起的土丘走去。细雨淅沥，茅草缠绵。步调一致。后来他又回到小车站上。她俩又在检票口等着他。他们再一次向小土丘走去。雨还在下着。信号灯全灭了。火车总在不远的地方鸣叫，却开不过来。她们的脚步声轻软整齐细碎。当他回过头来看时，发现自己仍在那空空荡荡的月台上站着……他发觉自己白天不想待在太阳地里，老想找背阴处，老想戴墨镜，老式的。透过黑玻璃看太阳，太阳中间有一坨土黄色的泥团，柔柔地流汤、闷蒸、烤灼。他觉得自己没法应付周围的变化，他们变得那么快，没人脸红。昨天的，去年的，还有七千年前的，所有那些被算作"人"的东西，所要求于他的，无非一个"听话"。要一个人的壳架。有时候的确需要听话，但如果只剩下一个"听话"，只有它才能构建成这种壳架，那又会咋样？

他要摆脱这壳架。

他扭动，常常扭动，逃脱心底的空白，脱去了灰军服，把衬衣磨破，下半身反复甩打高大的窗框。在暮色里拉严实了窗帘，他不知道别人是不是也在这样从各种"人壳"和"人架"中扭动。他并不知道自己是不是就真的扭成了，他睁不开眼，只能听到自己下半身来回甩打地板窗框墙壁的声音，听到坚韧的皮肤在磨蹭中发出的窸窸声，撞倒玻璃瓶辞典和煤油灯。他觉得屋里总弥漫烟雾，腥黄地流动。每次这样扭罢，他总是渴，好像每一根血管里都只剩下了滚烫的黄沙，脑袋里装的也是烧热了的红砖。他总要跳起来，跑到自流井上，咕嘟咕嘟喝上两桶冰凉的水。有时惊醒过来，发现自己躺在床上，被窝扭得凌乱不堪，床单几乎被冷汗濕透。还有一次，连部的文书去找他，看见他在书堆里来回穿行，累了，但没倒下，只是倚着墙，闭眼歇息，手里还端着一杯凉白开，已经喝了一多半。文书不想打扰他，便掉背身去看跟落日一起袅袅地接近地平线的暮鸦。这时，突然地，屋里一下变得很暗很暗，所有的书堆和高架只剩一点模糊的阴影，屋子臃肿得喘不过气。肖大来不见了，玻璃杯歪倒在窗台上，剩下的一点水正从杯口往下滴答，而窗前的地板上却盘曲着一条粗大的黑蛇，昂起水桶般大的蛇头，张开大嘴，耐心地接着那股细小的水柱。文书差一点吓晕过去，一个跟头从台阶上倒栽下去，再抬起头来看时，没蛇，仍是那个肖大来，好端端地在窗前站着，手里还端着那半杯凉白开，正温和地向文书点着头。文书不知道究竟发生了什么，咽了口唾沫，很快溜走了……

大来把这一切都给苏丛说了，甚至解开衣扣，露出肩膀头，让她看了身上的擦伤。她不免有些失望，她以为她能听到另一种话。

"别吓唬我。"她轻轻叹口气，对他说，"有个教授就说你血管里流的不是我们人的血咧。"他笑笑道："也许……"一个星期后，苏丛拿着新的化验报告又来找大来，喘着气，激动万分地对大来说，这一下验证了，是人血，不过成分有点怪，跟我们的不太一样。大来对这个结果显得很淡漠。他似乎并不看重别人最后怎么来验证他。他心里很清楚，自己究竟是个什么，要靠自己判别，自己选择，而且越来越清楚，他只看重这一点。

几天后，肖天放到零七连找儿子谈枪的事。张满全丢下四十八小时的最后限期，的确叫肖天放慌神。他不能再失去哈捷拉吉里镇父老乡亲的信任。他不能想象当年赶杀大来娘那样的情景在哈捷拉吉里重演，让它再一次发生在他自己身上，发生在老肖家全体成员身上。

天放曾去找天一商量。

天一说："你想咋着就咋着，别跟我商量。"

天放说："你要有气力，帮我琢磨琢磨吧。"

天一说："我再没气力了。"

天放说："不想帮我了？"

天一强挣起来吼叫："我没气力，没了……"

天放说："好吧……我自己做决定……"他扭头向地窖口走去。他没想到在这最重要的坎节儿处，自己的亲兄弟也都厌弃了他。他走到窖门口，回头来颤颤地说："我知道……你们都恨我。"

天一继续拍着床沿嘶叫："我没气力了，没了……"而后虚脱一般颓然倒下，两边眼角溢淌某种无奈和怨懑的湿润。那是两颗黏稠的泪珠，似乎并不甘心，像两个十分破旧的小镇，浓缩着许多不愿期望的朦胧、委屈。使肖天一感到委屈的正是大哥走到地窖门口，又回头来刺他的那句话。大哥从来不曾细心体察过他们这些做弟弟妹妹的心，他只知道他自己所要干的，他面前只有他为肖家所立起的那本真经。他哪里知道他七弟这些年早已不恨他这位大哥了。不仅仅是恨不起来，也的确不愿再恨。镇公所的喧闹，会计室的拥挤，女文书的腋臭，小火轮码头的潮湿，木桩上剥落斑驳的青苔或霉迹，渔监所灰暗的小屋和屋后成堆的空酒瓶，晒不干的渔网咸腥，泥炭和沼泽，他的确认可了这一切。玉娟去了洒发五家后，他就娶了一个叫三根的女人。三根带来四个女儿，长得都跟男人似的，都把头发剪得很短，跟秃尾巴母鸡一样。她们都把小褂子贴肉绷得实紧。很小很小那一点妈妈纠儿，透过布褂，丢人现眼地凸出。她们常常一起斜过眼来打量这位后父。当他在屋里，顶上门，把那个甚至比他还要高大粗壮的三根挤到床边上，扯开她裤腰带，三根软弱慌乱地抓住那紧着往下脱落的裤子，往床里角翻滚躲闪时，他知道她们四个总在门口守定。第二天早起，她们准定会用变得更加粗大的骨骼，摆出越发冷漠的架势。他认定她们四个总有一天都会同时长出喉结来的，并把他堵到一个大缸里头，轻而易举地把他骗了。他喜欢三根上半身的瘦弱和下半身的肥硕，他几乎一天不落地要和三根做那事。他喜欢她的惶恐和狡猾、呆木和浅薄。她不像玉娟，只是颤颤地细吟，像怕冷的小老鼠。她每回都嚷嚷得要房倒屋坍，叫他手忙脚乱，更加凶猛。她的前夫是前任镇长，因此她还随嫁来了他所未曾期待的一切。他还缺什么？不缺了！他甚至希望阿伦古湖干涸，忙乱地搬迁。白家兄弟留下那一条肿块似的铁路路基，空对蓝天，可也算是一道荒寂中的伤痕，划破那永无了期的单调木僵。他喜欢那引水的计划。别去管它会不会从大裂谷里漏走，引出来，引它出来，它们在那眼睛似的湖涵里已经待得太久太久了，引它们出来吧。即便会漏掉，即便要引发大地震，即便天崩地陷、日月改颜，也引它们出来吧……它们早该出来走它娘的一走了！该动一动了。

肖天放套上他那辆加长的四轮槽子车，带上一皮囊水和一袋干馍，穿一件黑条绒的短大衣，肥厚地敞开衣襟，跋沓着从小就在马背上别弯了的那条腿。皮靴靴筒揉得很皱，由于受力不匀，靴子的后跟磨歪了半个，走路便像瘦鸡一样摇晃。他甚至把那条木腿也装进了皮靴里。他不想让人看出，这个糟老头就是远近闻名的"瘸腿肖天放"。他没让车直接驰到零七连，而是停在独立团团部的大合作社门口。那里经常熙熙攘攘挤着不少从汪得儿大山里来的牧民车辆和马匹，他就装作是他们中的一分子，把皮帽压得低低的，斜躺在车上，装作喝醉了酒。后来啃一口干馍，喝一口凉水。到天快傍黑时分，林带左近的大路上再没人闲逛，灰蓝色的暮霭从远远的山脚前铺天盖地般驱赶了白昼的喧闹后，他悄悄赶着车向零七连靠近。

他看见大来在书堆中穿行。他向他诉说了来意。他告诉儿子，这一两天，奇迹似的，他过去在老满堡联队里共事的老兵，都来找他了，差不多集结了有几百人，据说，这些年幸存下来的力巴团人，都来了。"别看他们五六十岁了。但一个个都是晒干的尖辣子，已经辣到心眼里了。他们都指望我别向河对岸的人投降，他们发誓愿意帮着老肖家守住哈捷拉吉里镇。我也去找过你们的团长，我还见了你们团长的那个老婆。我当然没跟他们谈枪的事，只问阿伦古湖的事。你们团长穿着皮夹克，黑的皮夹克，太神气了。那对夫妇太好了。他俩拿最好的茶叶招待我，端出一碟五仁云片糕。我不知道要剥出片儿来一片片嚼，拿起一块就啃，闹了笑话。反叫团长老婆向我道歉，教我一片片剥。团长知道这样的传说，湖水走不出大裂谷去……但是他们还是决心要试一试。他称我'老兄'，你听听，他要我帮助他。他很尊敬遒政委，他说遒发五是个少有的实干家。引得出水引不出水并不是最重要的，重要的是必须有人在阿达克库都克做出点什么，在做什么。很痛快。要保住哈捷拉吉里镇，保住湖口工地，阻止河对岸那帮子浑球，阻止张满全那只小叫驴……你没听你爹说？你胸口疼？"天放发现儿子一直没作声，眼睛只望着窗外，一只手捂住胸口，脸色渐渐跟蛾子翅膀上的白粉一样惨淡，便问。

"不……我听着……"

"你最近去过大裂谷吗！"

"很久没去了。"

"你还听到过那些奇怪的声音吗？"

"很久没听到了。"

"水有可能通过大裂谷了？"

"不知道……"

"儿子，兴许我们是应该帮助遒发五宋振和他们把这件事干成。"

"阿伦古湖的水都流走了，娘住哪儿呢？"

"儿子，你真相信，娘还在湖里待着？"

"爹，湖上起风了，云头在往下落，雷走山包后，我们都见过那风，闻过那风。只能往前走……"

"你说的啥话嘛？"

"湖上起风了……"

"你到底想说啥？"

"风……"

"你听我说，张满全这几天在河对岸活动得特别厉害。水杞柳林里的沙滩地都让他们蹚出许多条小路。他们知道你是我儿子，害怕这大库里的武器会偷偷转到我手里。他们打了你七叔，怕我带人去报复。他们怕我得到了枪，他们就占不了湖口工地。他们要先下手，砸你的零七连，抢你的武器库。他们要控制这批东西……"

"我伤害谁了？妨碍过谁了？"

"不是说你干了啥，是说他们压根儿心里就不踏实。大库里的武器决不能让他们得了去。他们没武器还把你七叔打成那样，要有了武器，河这边的几千口子人和工地上独立团的那几个营就难说了……我现在手里有几百个老弟兄，我让他们来先把大库占了，我替你把这批武器保管起来，留住这批枪支弹药。等河那边的人再不来撒野了，等迺政委重新说话算话了，所有的人都懂这一条——不听话还是不行的——我把它们如数交还，一支枪一粒子弹都不会少你的。"

"这不行。"

"现在只能这么办了。张满全肯定会带人来冲武器库，你对付不了他。让我来，我先把武器运走……"

"我去找张满全，我去劝他，我做过他的连长。"

"他现在手下有好几千人，他不会听你的。"

"你带人来，也是抢武器，也是犯法。"

"爹不会为难你。等我决定要行动的前一天，我会派人来给你打招呼。你躲出去，你别在现场。你不在场，出什么事，你也不负责任。爹只求你一条，你事先要向大库警卫排的人下个死命令，不许开枪。爹只要你这一条，你能做到吗？"

"干吗要这样……为什么一定要这样……"

"没时间再说什么'为什么'了……"

"爹，还有今后的七千年……你再掂量掂量……"

"我想我们还是应该帮宋团长和迺政委，不能让张满全这小子得逞。你听我的，没错。我来办这件事，你别管了。"

"爹……"

"爹从来没求过你。爹只求你这一回，别让警卫排的人开枪。你要爹冲你下跪吗？你不用替你娘着急，她在阿伦古湖里待得也太久了。湖水引得出来，就让她跟着湖水往外走一走，她会愿意的。替阿达克库都克荒原办件大事，老肖家还有指望，你听清了没有？"

第二十八章　结　局

　　大约到这一年的六月，太阳里不再有泥黄的汤流溢。马车从几百年前留下的那条古驿道上过，能把在路面上积起的那一厚层浮土扬起七八丈高。最耐旱的沙枣树也开始卷叶。打轱辘转的水车不再打轱辘。水车板晒裂发白，以至于要像洋蜡似的被烤化。

　　那一天，阿柈河两岸的人都冲着零七连去了，好像约好了似的。这些天，肖天放一直在监视着张满全和他的人。他原先获悉的"情报"说，张满全要到后天才会有所动作，没想这小子鬼，突然提前。等肖天放得知后召集人去追赶，张满全和他的人，发动了十三辆卡车，已走了两个小时。等肖天放的人赶到，那十三辆卡车上的人已团团围住了武器大库，砸开了大库的铁门，正往卡车上搬家伙。张满全还有一招更毒更鬼——他让他这十三辆卡车全打着肖天放和哈捷拉吉里镇"红色兵团"的旗号。张满全蒙过了零七连的哨兵。认出他们不是哈捷拉吉里镇的人的，恰是肖大来，但为时已晚。他们把车直开到大库门前，一跳下车就分出两百人来对付警卫排——每五个人去围住一个战士，把他们全都分隔开来，一手拿着红宝书，一手拿着土制武器，高喊"人民军队爱人民""枪口要对外，胳膊肘朝里拐""军民团结如一人，试看天下谁能敌"。在这种鼻子尖对着鼻

382

子尖的情况下，警卫战士无法开枪，也不忍心开枪。

那天，老连长不在连里。肖大来有意支开了老连长。自从父亲来谈过以后，肖大来似乎已意识到，一场大的劫难在所难免。这个聪明的年轻人能同时看七八本十来本别人看不懂的书，但他却怎么也闹不懂，人和人之间为什么一定要闹到这样剑拔弩张的地步。为了让自己和对方都活着，并且活得更好，有什么谈不通的？为什么一定要强迫？为什么只能让一派的人活得好？他往后退。他想去调更多的战士来劝阻张满全的人。他让连里的另一位干部赶紧向宋振和报告，希望团里派人增援 —— 不是枪击，而是赤手空拳来阻拦这些试图把武器大库搬走的人。他大声对从哈捷拉吉里镇赶来的人喊道："你们就别往上涌了。你们别插手了。往后退。"但没人听他的。从哈捷拉吉里镇赶来的正是那几百名老"力巴团"的人。他们在肖家那老板房里被憋屈得太久了，他们已经有很长很长的时间没这么奔跑喊叫了，已经有很长很长的时间没有人敢于或愿意向他们委以如此重任，他们已经有太长太长的时间没在这样一种人际争斗的舞台上出现过了。他们感激肖天放。他们并不在意今天究竟要他们保什么、打什么。保什么都行，打什么都行，只要允许他们去保去打，就高兴。他们没向大库冲。他们似乎得知内情，知道大库里的武器已经分解保管，重要的精小的零部件，如枪栓、撞针之类的，已从枪上卸下，埋在另外一些更隐秘的地方。张满全他们冲进大库能扛走的，充其量也只是一些铁"烧火棍"。他们知道另有一些值勤用的轻重武器，完整地保存在战士家里，主要是班排长和党团员的家里。它们是准备上级下达紧急出动令时使用的，弹药和枪支都在一块堆存放着。肖天放手里有一份零七连全体班排长和党团员的名单，有一份手绘的地图，标明这些班排长党团员家的位置。肖天放没下车，留守在领头那辆车的驾驶室里。"力巴团"的那些老人凭借着这名单和地图，很快便搜出了第一批武器。他们以满头灰发的老人的面貌出现在战士家中，战士和他们的家属不防备，当他们凶神恶煞地翻箱倒筐时，战士和他们的家属上前阻拦却已来不及了，开始撕扯、推搡、扭打……并且响起了枪声。事后组织了六十人的专案组，挨个儿地调查了一年多，也没查清到底是谁又是为了什么才第一个扣动了扳机。但查清，第一枪没打着人。因为所有的证人都证明，第一声枪响过后，自己没看到任何伤亡。但紧接着发生的事，却使肖天放、张满全后悔不已——枪声一响，所有的人都乱了套。张满全的人听到枪响，以为零七连战士开枪阻击。他们已经发现抢到手的武器都是些不能使用的"残废"，便慌慌张张抢了些手榴弹、炸药包、信号枪、老式扁刃刺刀、工兵铲、武装带往外冲。有几位还抢了两副马鞍、颠啊颠地往外扛。有一位沉不住气，便向响枪的地方扔了颗手榴弹。据事后的调查，正是这颗被抢的军用手榴弹造成了现场的第一次流血，炸死零七连三十五岁的司务长一名、抢枪的中学生两名、罐头厂工人一名，炸伤多人。大来紧着喊："别开枪，别开枪——"并向正在流血的地方扑去。连部的两个文书和上士拼命抱住了他。这时，最沉得住气的是肖天放带来的那帮子力巴团老人。他们手持可使用的武器，封锁了所有通道，命令张满全的人放下武器。他们看到张满全那边有几辆卡车已经启动，有不少人带着武器正往卡车上爬，想突围。他们开火了，对准车头就是一个清脆的点射。哦，久违了，七点六二口径的转盘轻机枪。第一辆车上的司机被打倒，车一下折进路沟，第二辆第三辆紧跟着撞了过去。车上的人有的被砸死，有的在跳车时别断了腿。有一个中学生抱着七八颗手榴弹，手上抓着一个，已经把拉火环套在自己小手指上，奔跑中，那个手榴弹掉在地上，他慌忙去捡，手榴弹把他自己的双腿胸部脸部炸得血肉横飞，临死前还喃喃着："要捍卫……捍卫……捍卫……"手榴弹不断地炸响。枪声更密集，已分不清哪是向天鸣枪警告，哪是自卫还击。在事后的调查中，所有开枪者都申辩，自己是向天鸣枪，但验看各处的弹着点，几乎都在房檐下面，还在各家各户的窗棂格上查到了难以计数的弹着点。两个力巴团的老人，各抱着一挺机枪，简直打疯了。他们痛恨抢枪的人。他们当了那么些年的兵，他们懂得，一个老兵什么都可以丢，只有一件东西不能丢：枪——老兵的命根子。肖天放对他们说，是来保护这些枪支弹药的。他们并不认为自己也是来抢枪的，现在他们就要教训那些抢枪的混蛋。"我叫你们跑！我叫你们跑！"连续的点射，穿越手榴弹爆炸所溅出的碎片、浮土、硝烟，把整个零七连搅成了一锅血汤。等肖大来组织战士，包围那两个打疯了的力巴团老人，已经有七辆卡车被他俩打歪倒在场院路沟地窖口和猪场边上了。这两挺机枪剿杀了三十二个抢枪者，二十四个死难的中学生中，九女十五男。肖大来三次向这两个老人喊话，不知是耳背，还是真打疯了顾不上，他俩不回答，只是在喊："狗日的，我让你们来欺负当兵的……狗日的，我让你们来欺负当兵的……"他俩继续向四处作鸟兽散，向慌忙钻进近处苞谷地里躲藏的抢枪者射击。这两个鼻子尖削、颧骨高耸、两眼发直、嘴角挂着傻笑的上一代老兵，太熟悉手里这种打四十年代起就在中俄边界一带流行的七点六二口径的转盘机枪了。快二十年没人让他们摸过它们了，太痛快了。在这种情况下，大来只好下令开枪，命令零七连的四挺机枪同时向这两个老人开火。第一批点射击发过去后，天底下突然静寂下来。只见他们陡地从隐蔽角站起，摇晃着依然健壮瘦削的身子，向射击他俩的阵地转过身，满脸惊愕。经验告诉他们，扎进他们身体的子弹是一些老练的机枪手、一些训练有素的士兵击发的。他们睁大了眼，慌慌地喊了一声："别打……我们是帮你们的……帮……"但没等他俩再喊第二声，第二批点射的几十发子弹又一起噗噗地钻进了他俩突然瘫软下来的身体里。然后，各排排长带领战士围住那些来不及外逃的抢枪者，一边叫"放下武器，还你生路""伟大领袖毛主席教导我们：没有人民的军队，就没有人民的一切"，一边朝天鸣枪，从碧油油青蓬蓬密不透风的苞谷地里赶出他们，生获九百二十六人，还跑掉了一些。

　　鉴于从生获者手中抄到零七连班排长党团员名单和住房平面配置图，上面认定此次抢枪为里应外合。名单和地图都出自副连长肖大来的父亲肖天放这一边的人手，于是三天后，肖大来以第一号嫌疑被拘捕审查。甚至有人怀疑，那两个打疯了的"力巴团"老兵痞也是他暗中指使的，尔后又让人杀人灭口。当然，相信这话的人不多。最反对这种说法的便是宋振和，但他也不能不让大来接受审查。肖天放、张满全都被拘捕到案。设立专案学习班，总共有四十多个抢枪骨干分子，被勒令扛着自己的行李铺盖卷儿，到学习班报到。学习班设在原木西沟党校里，三个门岗，四周一圈另设了四个游动哨。所有在学习班接受审查的人员都不许交头接耳，上厕所得喊报告，得有人跟着。肖天放跟专案组的每一位"首长"谈，谈得嗓子出血，声带撕裂："放了我儿子……杀我，我该死。我儿子跟这件事没关系……那些名单和平面图是我偷偷去弄来的……我儿子正经是个好军人……他反对抢枪，他叫我别这么干……我也是想把阿伦古湖引出大裂谷。阿伦古湖在那一抠抠儿眼里待得太久了，我想叫它走动走动。没别的想法。太久了。放了我儿子……杀我……杀我……"

　　肖大来被单独拘禁在木西沟一个已经有六七年没再关过人的老看守所里。这是一个扁狭的院子，四间单人监禁室面对一堵既厚又高的土墙，墙头上有哨兵游动。被拘在这儿的人，会产生一种掉在井筒里的感觉，看不到很大的一个月亮浮上来，红红地搁在那汪得儿大山细碎平缓青紫黑蓝冷寂小风飕飕的山脊上。

　　案子拖了一年多。学习班的人在木西沟都种了两茬水稻。像肖天放那样年老体残的，不下水田，加工莫合烟。这一年多，他悔恨得把什么都忘了，夏天忘了脱棉袄，下雨忘了披麻袋片，上厕所忘了带手纸，拉完了，抠一块墙土或撅几根苇柴擦擦，连集合点名完工，都会忘了回宿舍。场院里走得光光净净，只剩下他自己，木呆呆地看那树顶上红红的大月亮。他知道被单独拘禁的儿子看不到它。他冲着月亮，低声叫："儿子……"但是，学习班和专案组的每一位首长他却记得清清楚楚，一个也不会混淆。他们吩咐他干的活儿，每一件他都干得利利索索，漂漂亮亮。他愿意用自己的大拇指给人垫床腿。他只求一件事，让他见儿子一面。但按规定，这是不允许的。各国的法律都一样，在正式开庭前，除辩护律师外，案犯是不能与外界、特别是与有同案犯嫌疑的人接触的。而在那会儿的木西沟，还不存在辩护律师一说。肖大来只有孤单单地待着。过了许多年，人们重新回忆，只想起，在这段时间里，遢发五曾去看望过肖大来。当时已经传出风声，遢政委要重掌木西沟。人们又在筹划把那条拆毁的木板人行道重新铺架。朱贵钤整理生产科以往的卷宗。管理处机关食堂一天里做了三回油烙千层饼和那著名的"蚂蚁上树"——这是一道遢发五最爱吃的菜点。

但那天逦发五没去食堂，甚至都没允许家里人去食堂。不去凑这份热闹，再不能凑这种热闹。当然，他也没去责备制造这种热闹的家伙，他不想再在无谓的小事上伤害人。他只想集中精力办好最后一件大事，把那十六个农场建起来，把阿伦古湖水充分利用起来。他不相信所有那些关于阿伦古湖和大裂谷的传说。如果听信蜾蜾蛄叫，那么，阿达克库都克荒原只配流放重刑犯，任由沉重的木轱辘来回碾压，禁卫军老去，风雪堵住窗户和烟筒。但事实上，这些年他已经跟阿达克库都克较量了多少个回合，现在只剩下最后一片荒原。能把尚月国卷走的洪水也不能把他怎么样！他相信。他希望不要过分追究零七连事件中各方当事人的责任，他希望他们都到引水工地上去。他把肖大来带到索伯县城关镇煤场，让他听白老大拉的弦子。他要肖大来说一声，阿伦古湖水能从大裂谷里通过。肖大来的话，能对湖边四镇十八乡人起作用。四镇十八乡的老人都还记得当年他们怎么驱赶大来的亲娘，他们总有那种感觉，肖大来嘴里的声音，不只是他一个嘎娃子想说的，也许还有他那个亲娘的意思在里边。他们说不明白为什么会产生这种感觉，他们却怎么也除不掉这种感觉。

肖大来在白老大面前只是不说话，只是听着那断续嘶哑的弦子调。白老大一直拉到煤场的煤堆全变成稀汤绕着煤场流淌。他颤颤地愿意为逦发五拉弦子，但又不愿开口。逦发五本想请白老大再劝说肖大来几句，后来看到，再不走，那煤浆汤将全涌进小屋，或许还能淹去长桥的木桩，便让人把肖大来带回看守所。

逦发五说："你还年轻。阿达克库都克有你干的事。我不会让人跟你过不去的。我最小一个孩子的年纪都比你大了，我没那兴趣跟你说瞎话。许多人不懂我的心思，在汪得儿大山面前，在阿达克库都克，交手的双方只能是所有想在这地方待下的人跟不想让咱们好好往下活的荒原。人和荒原……你在哪一方？你是人！跟着我！我知道你们肖家！当然，没有你们肖家，我也要收拾净了这荒原。我也是为你们老肖家着想。别太固执。我再说一遍，我只说一遍，你听着……"

肖大来不作声。

他不知道自己是不是真的年轻过。

后来，军法处的人不断提审大来。他依然是不开口，听着训斥或开导。只有一次，主审者痛心地说："肖大来，你才二十一二岁，干吗要跟自己过不去？你还很年轻，天大的事，说清楚了，总还有出头的那一天。"他忽然抬起头来怔怔地看着主审者，反问："我年轻过吗？你们觉得我年轻过吗？"看守们经常听见从他屋里传出啪咯啪哒的甩打声，发现他屋里四处的墙皮老是脱落，有时发现凳腿被绞断。他吃得越来越少，水喝得却越来越多。他常常昂起头，炯炯地注视人群背后那片空旷落寞。他打量人的神情，也越发陌生，甚至有些凶狠。

又过了两个月，春天来了。阿伦古湖岸坡上杂草丛里的芦笋尖冒出小小的红芽。晃动的湖水开始从冰缝里送出一个个青黑的气泡。最后一场暴风雪冻死了和什托洛盖牧区两千三百只羊羔和五百多头勉强过了冬的老骆驼，它们聚集在老风口下的大洼坑里集体倒下。人们赶快背着破麻袋，掂着生锈的剪刀，抢着剪下它们身上最后那点驼毛卖钱，还有它们集体穿越灌木丛林，被铃铛刺、棘棘棵、铁爪扒勾住的那一团团绒毛。

那天，天放又咯血了。一到春天，风里一带上青草的腥和花粉的香，他总要咯血。大口大口往外吐，半盆半盆地往外端。头一年春天，医生们就断定他过不了今年春天。他不信，他说，听蝼蝼蛄叫唤，还不种地了哩。他说他得活下去，活到此案结束。现目今只有一个人能证明大来无罪，大来与抢枪事件不相干，这人就是他。

又过了一段日子，本来已松弛下来的形势突然又紧张起来。传说上头有话，不管怎么样，也得有人为那几十条人命顶罪。肖天放手里既然拿着零七连的名单、地图，这已经足以说明一切了，可以结案。这消息传来不久，提审肖大来的合议庭工作人员中间，果然出现不少陌生面孔，工作人员口气越发生硬。过去同情肖大来的一些看守也躲着他了。有人偷偷告诉他："你这案子可能要移交省公检法军管会去办了。"有人看到迺发五几次走近拘押肖大来的看守所，但又几次退了回来。那几天里，他的白发骤然增多，那咳嗽似的笑声也从他胸膛里隐匿。他无数次地带人从大裂谷里走，用水泥浆重晶粉灌填谷里每一条裂缝。把喷枪深深地插进去，日夜开动高压泵机。他倾听水泥凝固裂缝的声音。他每一个手指都让水泥灰浆腐蚀出血口子。他的头发、脸面、脚背腿弯处都流淌水泥灰浆和血水。他到军法处，希望他们在荒原面前，不要过于计较人的错处。但没人听他的。因为那会儿，他还没正式上任。

大来不说话，把两手高高举起，扶住墙。这一向，他老是这样，喜欢扶住墙，低头默坐或默站，不知在追忆什么或深思什么。有时，解开衬衣扣子，把光肚子贴在潮湿冰凉的地砖上歇息。他总在写信，一封又一封，有时写到天明时分。信都整整齐齐地压在褥单底下。这一段，只有苏丛被允许来看过他一次。她是以大夫的身份来替他看伤的，因为他身上，总是莫名其妙地有许多叫人无法理解的擦伤。有几天，从拘禁他的看守所方向，传来大潮般的哄闹声。总有人在传，在那看守所里发现了一条粗得跟水桶不相上下的黑蛇。有好几次他们说已经把它堵在中间那个屋里，门窗都封了起来，四处的墙头上都燃起了火把，出动消防队员和长把的消防斧，从酒厂搬来成桶的烈性散酒 —— 他们准备捉一条醉蛇。但始终没能捉住。他们曾去问过肖大来，肖大来只是怔怔地看着他们，并不回答。他们要走近他，他就竖直了身子，晃动几下，炯炯地盯着他们。他们于是慌慌地退出。

那天，看守们告诉大来，很快将把他移送更高一级的公检法审理。看守们便看见两颗黄浊的冰凉的泪珠，颤颤地亮亮地从他闭起的眼角溢出。看守们交给大来一封苏丛寄给他的信。大来便把这些日子来写的所有的信都托他们寄走，并退下手腕上的那只半钢手表，作邮费。看守们年龄跟大来差不了多少，都是农场的子弟，他们同情大来。等他们寄完信回来，便发现大来不见了。起初以为他躺下了，没太在意。后来又听见那惊心动魄的啪嗒声，有东西在拼命甩打，他们忙从号门上的窥探窗眼儿里往里瞧，看不见人，床上被窝乱着。一张板凳翻倒在地，屋里黑沉沉弥漫着一股灰暗的潮湿的带有浓重腥味的雾，四处都在响着那种巨物游动的声音，甚至还能听到呼呼作响的喘息声。那声音渐向门口逼近。他们紧张得不敢出气。后来那瞬间发生的事，他们便都怎么也说不清了。有的说，他看见一条亮闪闪的黑影，啪地向窥探孔砸来，那柔软坚韧的圆筒状，他可以肯定是一条大得惊人的尾巴。但有人说，那是人的身躯，是挥动的手臂，是大来那厚实的脊背。有人说还看到他那一头黑亮的头发。有人说，他看见黑雾中有发亮的一对小眼睛。还有人说的确看到了泪珠。甚至有人说那是肖大来求告的眼神。当他们找齐了更多的人，打着手电，屋里除了那腥湿的雾以外，既不见大来，也没见什么大蛇。但有人突然叫了一声："它在梁上盘着哩！"大家一起吓跑。后来回忆，谁也记不起来谁真的在大梁上看见有什么盘着。几分钟后，足有好几千人团团围住了看守所高大厚重的黄泥围墙，大概有几十支猎枪、小口径步枪、火枪都瞄准了那梁上据说是大蛇的黑影。肖天放跌跌撞撞地赶来，他叫嚷："别打……别打……他不伤人……他不会伤害你们……"

两天前，在军法处人的监督下，肖天放父子见过一面。大来曾对天放说："爹，我要走了。"

天放一惊，问他："走？现在这模样，你还想上哪儿？"

大来只是看定了天放，不作回答。天放想了想，也许是军法处的人找大来谈了什么，告诉他此案解决有了日期，所以大来才这么说。旁边有人，他又不便细问，只说："你要出去，好好干。爹这回算是完了。肖家就指着你了。"大来却愣愣地回答一声："指着再下一代吧。"

"再下一代？"天放没明白这句话的意思，只在心里犯嘀咕。他想问问外边所传看守所里闹蛇的事，他怕几十年前大来娘被众乡亲赶杀的事重又发生。他犹豫了好大一会儿，才嘟哝道："你那号子里……没事吧……外头有人瞎嚼舌头……"

大来好像明白天放话里的意思，艰难地笑了笑，握了握爹浮肿的手背，只说道："你放心……"后来，天放又向大来说了许多悔恨的话。这些话既是说给大来听的，又是说给坐在一旁监听着的那些军法处官员听的。大来就再没作声，只是静静地听。

"别打……别打……"现在天放似乎明白儿子那些话的意思了。他发疯似的扑过去，要夺人们手里的枪。他吼叫："他不是蛇，让我来跟他说……他会听我的……他没别的意思，他就是想去寻他那可怜的娘……别打……让他活下去……"这时许多人向后门退，因为有人扛来了炸药桶，准备炸开围墙，再往里冲。大约就在这时候，屋里突然传来一声闷响，房倒屋坍，腾起腥咸的灰雾浓烟。所有的人都吼叫一声，静静地等烟雾散去。尔后，遒发五和宋振和闻讯带了一个连的骑兵赶来，驱散了围着一定要捉蛇的人群，进看守所里找大来。看守所已经变成了一堆废墟。宋振和怒不可遏地问："谁使的炸药？"那几个扛炸药来的人吓白了脸，嘟嘟囔囔地怎么也说不清——炸药没有起爆。屋里那一声闷响是从哪儿来的呢？那四间建了几十年而依然坚固结实的号屋，怎么在片刻之间就全倒塌了呢？人们细细地拣过废墟堆，把每一片碎木片碎瓷片碎墙皮碎布片碎砖块都翻看过，没有血迹，没有遗物，更别说活物活人了，自然也没有半点蛇的遗迹。这一年多来，宋振和对肖大来案一直采取回避的态度，这时，他却逼着军法处和合议庭的工作人员，派人四处寻找肖大来。

该找的、能找的地方都找遍了。肖天放一家三代人都出来找，天放爹把他积攒了那些年的药片都捧了出来，四处去撒。玉娟哭得跟泪人儿似的。肖家人中，只有天一没出来找。熟人中，只有苏丛没有露头。天一强撑着半残的身子到阿伦古湖边的大苇荡里去转了一趟，回来后便再没出门。苏丛一直等这件事完全平息了，才去哈捷拉吉里镇看望了一趟肖天放。由于大来失踪，几乎所有的人对抢枪事件都失去了兴趣。省、垦区总部和索伯县、木西沟都忙于筹备成立革命委员会，于是决定封存学习班所有调查材料，有关人员发回本村本镇，交革命群众监督劳动，等局势平稳后再作结论。

苏丛来看望肖天放时，他到家已经有七天了。这七天里来看望天放的熟人川流不息，但他一概不见。除了喝一点用阿伦古湖边苇根煮的水，别的，他一概不吃，也吃不下。他不相信外边一切传说中的鬼话，他只知他唯一的儿子跟亲娘去了，他们不会再回来见他了。他知道自己也将不久于人世，但肖家就这样了结了吗？不甘心。他把自己紧锁在黑乎乎的屋里。

他恳求年轻时曾多次拯救他于困危之中的那种声音再度出现，告诉他可以到哪儿去再见大来母子一眼，作为肖家的长子长兄顶梁柱，他在离开这人世前，还能做些啥……总不能就这样撒手走了啊，老天爷……但那声音却从此不见了。他恨它不来找他，他恨它在自己最需要它的时候，却不再提醒他给他鼓劲儿给他一把他必需的力……他乏力透了，一动也不动地躺在木板床上。听到苏丛来，他却一骨碌跳了起来，赶紧叫玉娟燃着薰衣草，打开所有的窗户，请进苏丛。他记得这个苏丛。那一年，就是她一双白净的脚，叫大来丢了学籍。他早就觉出，儿子对这个长得极像大来娘的女教员，自有一种非同寻常的感情。

"你知道他在哪儿？"他急急地问，黄色的汗汁儿像夏天凝结在冰果子外皮上的汽水珠一样，淋淋漓漓地在他额角和鼻尖儿上冒溢。

苏丛摇摇头，她也不知道。她最后一次去看大来时，曾告诉大来，要耐心地等待下去，要相信自己的清白。大来说，他知道自己没罪。他并不怕军事法庭定他的罪，只是觉得没法再适应下去，他想走。苏丛说："你能往哪儿走？"他古怪地看看她，不答。她又劝他，只要活下去，总有一天能找到一种活法。他却不相信，叫起来，说："你不知道我爹从小是怎么逼我的。我没年轻过。"他喊叫时，黑的浓的血，一起从他鼻子嘴角里喷出。她问他："你既然要走，什么时候再回来？"他却低下头去，慢慢搓弄他那一双出奇地大而且白净的手，莫名其妙地说道："湖上起风了，云头往下落，雷走山包后。我们都见过那风，闻过那风。你走这边，我走那边。水里不会再有水了。"她不懂他这话里的意思，听了后，只想哭。她拉住他手说："别泄气，不管他们怎么判处你，你将来总还是有希望的。你很年轻，将来当不了军官，拿不了枪，咱们不当军官，不拿枪。你跟我去学医，咱们替人治病去。"突然，他跪倒在她面前，捉住她手，发疯似的亲着，呜咽起来。她要去扶他起来，他却一把抱住了她，把脸紧紧贴住了她的腹部。他抱得那么紧，仿佛要把自己整个儿地嵌入她柔软的体内。他战栗，不知所措地嘟哝。她感觉到他急浪般的潮涌。她抚摸他粗硬的头发，硕大的头颅。他狂热地亲吻着她的腹部，使她不能自持。她忽然也想抱住他。他却俯下身，捧住她的脚，不断地喃喃："所有的人……所有的人……"当她怜惜地半蹲下来，怎么着也要把迷乱中的他搀扶起来时，他却抱住了她的腰，滚烫的泪水濡湿了她全部的胸衣、脸颊。她不知道自己是怎么倒下的。他滚烫地在慌乱中寻找，并且仍在不断地喃喃："所有的人……所有的人……"她心疼他，只想安慰他，让他镇静，她搂住他宽厚的背，抚摸他完全湿透但又火热的后腰。后来她也决心寻找，寻找那种使自己不再受压抑的喷发和震颤，寻找火热的融合，期待那一团弥天的灼热把自己每一滴血都烤干，融化了自己心底全部的渴念和无奈。

也许他不知道他在做什么。也许他很明白自己在做什么。他那样用力，她激奋得惊惧。尔后他很长很长时间一直不敢抬起头，一直偎依在她胸间，由着她去怔怔地看着那扁狭的院子上空那点疏淡的树影和散远的月色。她弯过一只胳膊，母亲似的抚摸着他依然在微微颤抖的肩头。

这些，她当然不会告诉肖天放。但最后，她却对肖天放说："老爹，大来让我告诉你，他可能在什么地方给肖家留了个血脉……"

天放急忙问："他有儿子？"

苏丛微微红起脸，低头答道："还不知道是儿子还是女儿……"

"他说了他把那点血脉留在哪一方土地哪座山的哪个门里了？"天放再追问，苏丛就只是摇头，再不肯说什么了。

天放也没再往下问。他忽然注意到苏丛那白得跟石膏像一样的脸，她略有些散乱的额发，她神经质地使劲绞扭在一起的手指，她微微隆起的腹部和她那不得不略略叉开了平放的双腿……

老人忽然想呜咽。

但他到了也没哭出一声 —— 他不许自己哭。

苏丛走后不久，雨便连着下个不停。在一个细雨萧瑟的早晨，天放扔下那根使用了快二十年的手杖，换了一身干净的军便服，瘸着那条木腿，饱饱地吃过一顿绝对地道的咸猪油拌苞谷稠糊糊后，走到老板屋前的窝棚下，对自己的爹说了声："对不住您老人家了……"再没跟家里任何人告别，便晃动着他那不再矮矬不再敦实但依然坚硬得像个铁砧似的身子，不留一点踪迹地消失了。

从那以后，连以往每年都要在阿伦古湖上空出现那么几回的黑云团，也不再出现了。人们说，他们团聚了。有时玉娟去看望苇丛，苇丛静静地摇动。湖是个海，苇丛也是个海，阿达克库都克更是个海。簸荡凝固的巨浪变形的山头和浪谷里的青烟水雾并不是空空荡荡一无所有。

就这样过了好几年。大约在阿伦古湖引水工程竣工临放水的前几天，工程指挥部奉迤发五之命，调来了八百个锣鼓队，独立团的老兵每人挑一挂鞭炮，列队山头。一辆老式的马车载来了一个女人和一个三岁的男孩。她俩下了车，向刚搬空的哈捷拉吉里镇走去，寻找肖家的老屋。动员搬迁，各级政府费了很大的口舌，到最后期限，还有不少户死活不肯搬。有一天，久未出现的黑云团突然又在湖面上浮现，阿桦河两岸四镇十八村脚底下的土地山谷都好一阵颤抖响动，红水从泉眼里挟带着黄沙，堆尖似的冒出，许多鸟窝都从大杨树上震落，瓦片飞了起来。第二天，不肯搬迁的人家抢着要车，一周内，四镇十八村便搬得只剩了个空壳。

那女人穿着一条深色的呢子长裙，上身穿着大翻领的粗毛线外套——这是用新旧两股不同颜色的毛线合成一股后编织的，她脚上穿着一双老式的漆皮鞋。这一身打扮，好像倒退了三几十年似的。她领着那小男孩，在肖家老院里默默地站了好大一会儿。过几天，阿伦古湖水将从这儿流向大裂谷，哈捷拉吉里——这个直译过来应该称作"典狱长"的地名，将不复存在。也许在某些高地上，还会留下一些当年白氏兄弟筑起的那条铁路路基和石砌涵洞，但哈捷拉吉里镇却注定了要被淹没。

肖家老院的门框、窗框都给扒走了。院子里几棵杨树依然绿得老练沉稳。四野那些起伏的地平线依然坚定执着。阳光平静地流动。低的云团和倾斜的黄土高坡，都不能昭示未来的变迁。而旱獭们和金花鼠们似乎嗅到了阿伦古湖水的阴冷潮湿，在洞口不安地张望。

这女人领着孩子耐心地跨过砖砾堆、破板条，从一个门洞走向另一个门洞。她教孩子说："家……家……家……"当她俩走出院门时，突然地，那黑云团再次出现在即将消失的阿伦古湖湖面上。云有三团，它们不断上升、膨胀、扩大、蔓延，带来风和雷声。那女人忙抱起小男孩向湖边跑去。女人哭了，拿起小孩的手，拼命向三团黑云挥动。黑云越升越高，不一会儿便密布整个湖区上空。那雷声仿佛要把整个堤岸震坍，把汪得儿大山摇碎。孩子紧搂住女人的颈脖，哭喊："我怕……我怕……"那女人撕开男孩的搂抱，要男孩正对黑云，叫一声"爹"，再叫一声"爷爷奶奶"。男孩缩回小手，惊惧。

那女人跑到空阔的湖堤上站住了。面前是灰黑色的波涛汹涌的湖面。湖水冲击堤岸，溅湿她鞋面，很像要吞噬她，然而涌到她面前，汹汹地立起来之后，却又吼叫着倒塌下去，在翻滚中，退回到湖心，准备第二次冲击。

几十分钟后，三团黑云才渐渐收敛，回到了那密不透风的苇丛里。赶马车的慌慌张张跑来，以为这母子俩早被风浪卷走，见她俩还活着，便催她俩赶快回到马车里去。她拉着孩子的手，继续站了一会儿，最后又看了一眼哈捷拉吉里镇，在心里细细地默念了一遍这个她永远也不会忘记的名字："哈——捷——拉——吉——里"，随马车走了。

有人肯定地说，她就是苏丛，那男孩就是肖家第四代子孙中的头一个，肖大来的儿子，在阿达克库都克的肖家的长重孙。我想，大概吧，也该是这样。第七天过去了，在后边早已等得不耐烦了的，难道不正是我们无法回避的第八天、第九天吗？七千年过去了，紧跟着到来的肯定就是那第八千年的第一天啊！

一九九一年三月定稿于北京莲花池

关于《泥日》的复信（代后记）

王蒙老师：

　　您给《泥日》作的序，看到了。谢谢。为熟人作序，是一件挺难为人的事，说深了，说浅了，都不好办。况且您依然很忙。所以，我的谢谢，绝非客套。

　　《泥日》是我有意识的一次尝试。尝试着比较彻底地（？）打碎自己。当那僵硬的常年一贯的臃肿的涂红抹绿的"大阿福"式的"泥娃娃"，终于迸裂开来，以空气动力学所无法计算的慢速度四下飞散，颠着跌落下去，终于分解、无奈或忿忿。此时此刻，我那种痛快真是无法言喻，甚至无法理喻；同时揉搓着写肿了的手指，同时瘫倒在地。我并不指望笑着流泪。

　　我想我应该经常这么做才是。我早就应该被打碎十次。起码十次以上，比如说十一次或十二次。打碎了，抛弃了，我才知道，有一种再生的轻松，否则的确很沉重。那么些苍苔、鳞屑、痂壳、烂泥和绳索的残段。那么些新版旧版今古篆文祖传秘丹或者科尔伯特门大街和外白渡桥上叫卖出的《字林西报》……

　　为什么不可以打碎一次呢？现在想起来，那的确是很过瘾、很有趣味，也绝对地有意思。虽然连头带尾，花了我三年时间，但我觉得还值。即便诚如您告诫的，这次的努力还远未到达"化境"，但我还是觉得值得，不冤。

左顾右盼，包括那些缺少灵性的生物又何尝不是在如此做着呢？比如那些跻身于昆虫界的节肢动物，常年只能扭来扭去的爬行动物，以至于那些貌似没有知觉的树们（特别明显的要算上海街头多见的法国梧桐），总是很自觉地从旧我中蜕挣、胀裂出来弃去旧壳，以确保自身的成长和成熟。悲哀的倒是，当它们不再去蜕挣和胀裂，便标志它们衰老的开始，一天天地走近死亡了。小说中的肖大来，故弄了一番玄虚后突然地不见了，害得一切爱他恨他的人都寝食不安。唯一写明的是，他想摆脱"人壳"。我猜想他的心里，是绝无用自己极痛苦的扭动挣脱大汗淋漓干渴异常哄然作响来贬斥影射周围人事的恶意。我猜想这只是一种生命元的连动、再造。最低的动机也是不愿让别人来打碎他自己，他自己动手。可能是这样，也难说。

您常说我写得太苦，活得太累。我常常无言以对。其实，我也一直在追求那种必需的内心的松弛，努力使自己进入那样一种精神空间，就像阿瑟·密勒说的那样，让自己的创作"不是为了迎合事先定好的规格和要求"，而只去对"发生在（自己）身边的事情和（自己）内心里的思想变化过程"作出"反应"。用我自己的话说，应该是一种完完全全（？）的再生，内在生命力的充分膨胀、呼唤、递进和爆发，或者还有某种落差参照。这里的确有个抽象的过程，不间断地做着各种超标的逾越的动作（不尽然像跨栏冠军），做着各种组合（也不近似幼儿的搭积木）。从总体来说，一定具有象征的意义，各分部也贴近内在的涌动。但我总是给人感觉太努劲儿。不知道为什么，说不好。暂且就还那样干着吧，好在它还不妨碍吃喝，还不妨碍"扩大再生产"。

由此又想到《泥日》——肖天放和凡·高。不知道您是否注意到了，我那个没什么值钱玩意儿的家里却正经挂着两幅凡·高的复制品。那大的一幅，有十三个头的向日葵，是请一位美院科班出身的朋友画的，当然不错；那幅小的，真不好意思，是在下的拙作。要知道我从来没画过油画，可有一阵，真是有瘾了，疯了似的，一点都压抑不住想临摹凡·高的冲动。

我煞有介事地，俨然出入各个美术用品商店，添置全套油画"作料"和工具，拆了一个小茶几面板，做调色板。跟楼上一位在美院附中待过两年的邻居谈过二十分钟后，我就开始往调色板上挤五花八门的罐状"作料"。画出来以后，我那个在学校里把白菜画成柴火棍的小儿子看了看，便正告我，别再糟蹋人家凡·高大师了。开始我是不服的，因为凡·高原画变形就很厉害，色彩也重，我的临摹虽然在变形之后又失控地加进了另一种变形，但怎么说，房子还像个房子，人也有个人形，没走了大模样。后来我细看，才觉出，大模样是没走了，但的确少了一种活分儿劲儿，没有了味道，丢了那点神韵。过去我只欣赏凡·高的变形、怪奇，等我也这么去变一下后，才知道人家在变中表现着一个强烈的完整的凡·高的内在、世界。你抓得住这个吗？你表现得出这个吗？当然，更高明的是，这个"凡·高世界"不只是属于画家一个人的，而是和后代千百万人的心是沟通的。这是一种说不清的东西。其实，除了凡·高，我也同样喜爱伦勃朗和列宾，音乐中浪漫的抒情的带有标题的李斯特和老柴也叫我如醉如痴。无论音的流动和色的糅杂，它们最终价值总取决于对生命内在精神的体现，总是"通过'外表'的途径来探求'内在'"（康定斯基语），也就是那种"内在"的真实、"内在"的强大、"内在"的典型、"内在"的复合、"内在"的行进。总之，用我喜欢说的话说，就是"内在"的涌动。不管打什么招牌，现实主义也罢，现代主义也罢（当然得去掉那些掺假冒牌和半生不熟的），它们在这一点上总是共通的和共同的。可以说，这是个无可变更的分界线，区分开了真艺术和伪艺术，就像区分开了我的油画和凡·高的油画一样。同时，也因此能把打着不同旗号的真艺术集合在一个殿堂里，把它们留给历史。

在《泥日》里，我试着根据自己的内在感受，有意对"外在"的进行了某种变形，希望有助于表现我那种方式的内心，表达一种绝对的认同，也就是对我们脚底下这块泥土和我们头顶上那颗太阳的认同，对祖先苦难和众生努力的认同，对无法避免又总在避免的认同，对持久负重和绝不认输的认同。肖天放，我的祖宗，我的儿孙，他只能以他的方式活着。他毕竟只是个肖天放，但他做了他所能做的一切。他和所有的人一样，心底只有一个想法：活得好一些。他那样渴望肖家第四代的出现，即便化作"越升越高"的黑云，"密布在湖区上空"，他也要来看一眼为他带来肖家第四代的那个女人，因为这是整个希望所在。我相信，他和我一样，坚信"第七天过去了，在后边早已等得不耐烦了的，难道不正是我们无法回避的第八天第九天吗？七千年过去了，紧跟着到来的肯定就是那第八千年的第一天啊！"

只能如此。

至于在同一部作品里，"经学家看见《易》，道学家看见淫，才子看见缠绵，革命家看见排满，流言家看见宫闱秘事……"，古已有之。我想是好事，起码证明，这部作品不单薄，还有点看头。就像河南人爱吃的压面馍，耐嚼。也许作者并没这许多"怪念"，他只是端出了他认为的"一切"。

我不是宿命论者，肖天放也不是。否则，我和他都不会干得那么苦，活得那么"累"。我们心中都是有盼头的，是在不同层次不同意义上的理想主义者。受苦受累大概源出于此。这么说不知是否有往自己脸上贴金的嫌疑？

您说呢？

保重

撰安

天明

一九九一年六月二十九日于莲花池

后　记

　　想起来，迄今为止，自己已写了十一部长篇小说。但为它们写后记的好像只有一两部。不写后记，大概是觉得堵在心里要说的那些话在小说里已经说完了。无须再赘言，余下的只等读者朋友来评点。当然每部作品的问世，总有一些文本以外的甘苦得失是文本传达不出来的。一般情况下也是无需去向读者昭示它们的。有一些甚至只关乎作者本人的"创作或个人境遇的秘密"，只能埋在作者心里的。在久久的写作岁月中反刍，总结。《泥日》更不例外。因为有王蒙老师的序，有关题内题外的话，我自己就更没必要去絮叨了。但这并不表明作为作者的我关于《泥日》就无话可说了。不。当时只是没说罢了。或者说只是不去说它罢了。

　　《泥日》于我，在已问世或即将问世的十一部长篇中不是"最有名"的，它从来没有产生过类似《苍天在上》《大雪无痕》《省委书记》那样的轰动效应，但在我，它始终是最重要的作品之一。我要告诉读者朋友们的是，我从上个世纪七十年代中期正式涉猎文学创作始，是经历了一个重大转型期的，说"陆天明"因此"脱胎更新"也不为过。《泥日》是我这个重大转型的"代表性作品"。在此前，我并非没有在写作中追求一个"陆天明"的存在，但只有在《泥日》的写作过程中，这种追求才清醒地自觉地成为一种刻意的文学行为。在此前我并非没有在文学的表达和表现方式上有所变革，但只是在《泥日》的写作中追求这方面的变革成了一种自觉的刻意的艺术悟性。如果说在此前我并不是不懂得一个真正的作家必须拥有独特的风格，而形成自己的风格才能表明作家的成熟，但也是从《泥日》起，追求自己写作风格（题材的选择，叙事的方式，主旨的确定，文字的组合，对世事的姿态等等）也才成了一种显意识的行为。可以说在《泥日》之后，在文学界才出现了一个"与众不同"的"陆天明"（不管别人是怎么看待撞进文坛来的这个"野人"），他觉得自己找到了一条自己要走的，适合他走的，走下去并非只剩"平坦"（事实证明后来遭遇的创作风波远远出于他的预料），但从此他确定，他就要这样走下去，写下去。

在《泥日》以后，我又写了不少长篇。它们的风貌和《泥日》不尽相同。但细心的读者一定会发现，在这一点上，陆天明始终没再变过，那就是要求自己以满血的热情和执着关注现实，关切民众。关注我们民族和祖国的命运。如果只以一句话概括这种"满血心志"那就是"只为苍生说人话"。

是的，一切都从《泥日》始。我爱她。